龍蜂集

鏡花小史

# 龍蜂集

澁澤龍彦　泉鏡花セレクション　I

国書刊行会

泉鏡花　著
澁澤龍彥　編
山尾悠子　解説
小村雪岱　装釘・装画

# 龍蜂集

澁澤龍彥　泉鏡花セレクションⅠ

目次

協　力　泉鏡花記念館
造本設計　柳川貴代

谷崎潤一郎も川端康成も決して連れていってくれない一種澄みきった天上界、そこへ連れていってくれるのが泉鏡花の文学だということを、三島さんはしきりに強調していたが、まったく私もその通りだと思う。いくら鏡花文学の構造を論じ、基層を論じ、文体を論じても、鏡花の幻想の翼に身みずから乗せられて、この天上界の至福に一挙に参入しえないひとは、不幸な読者というほかあるまい。

（澁澤龍彦「天上界の作家」）

三島さんとの対談中、期せずして両者の意見が完全に一致して、お互いに非常に愉快な気分になったのは、戯曲『山吹』が話題になった時だった。「僕は今まで『山吹』を読んでいるひとに会ったことがないんだ」と三島さんがいっているように、少なくとも鏡花の没後、この知られることの少なかった作品を、口をきわめて絶讃したのは私たちが最初だったのではないだろうか。

（澁澤龍彦「天上界の作家」）

# 山吹

# 序

山吹《やまぶき》の花《はな》の、わけて白《しろ》く咲《さ》きたる、小雨《こさめ》の葉《は》の色《いろ》も、ゆあみしたる美《うつく》しき女《をんな》の、眉《まゆ》あをき風情《ふぜい》に似《に》ずやとて、――

時《とき》。
　現代《げんだい》。
所《ところ》。
　修善寺《しゆぜんじ》温泉《をんせん》の裏路《うらみち》。
　同《をなじ》。下田《しもだ》街道《かいだう》へ捷径《ちかみち》の山中《やまなか》。
人《ひと》。
　島津《しまづ》正《まさし》（四十五六）洋画家《やうぐわか》。
　縫子《ぬひこ》。小《こ》糸川子爵夫《いとかはししやくふ》人《じん》。
　おぬひ（二十五）（もと料理屋《れうりや》「ゆかり」の娘《むすめ》）
　辺栗藤次《へぐりとうじ》（六十九）門附《かどづけ》の人形使《にんぎやうつかひ》。
　　ねりものゝ稚児《ちご》。童男《どうなん》、童女二人《どうによふたり》。よろづ屋《や》の亭主《ていしゆ》。馬士《まご》一人《ひとり》。
　　ほかに村《むら》の人々《ひとぐ》、十四五人《にん》
候《こう》。
　四月下旬《しぐわつげじゆん》のはじめ、午後《ごゞ》。――

# 第一場

場面《ばめん》。一方八重《いつぱうやへ》の遅桜《おそざくら》、三本《みもと》ばかり咲満《さきみ》ちたる中《なか》に、よろづ屋《や》の店見《みせみ》ゆ。鎖《とざ》したる硝子戸《がらすど》に、綿《わた》、紙《かみ》、反《たん》もの類《るゐ》。生椎茸《なましひたけ》あり。起癈散《きばいさん》、清暑水《せいしよすゐ》など、いろ〳〵に認《したゝ》む。一枚戸《いちまいど》を開《ひら》きたる土間《どま》に、卓子椅子《テイブルいす》を置《お》く。ビール、サイダアの罎《びん》を並《なら》べ、菰《こも》かぶり一樽《ひとたる》、焼酒《せうちう》の瓶見《かめみ》ゆ。此《こ》の店《みせ》の傍《わき》すぐに田圃《たんぼ》。一方《いつぱう》、杉《すぎ》の生垣《いけがき》を長《なが》く、下《した》、石垣《いしがき》にして、其《そ》の根《ね》を小流走《こながれはし》る。石垣《いしがき》にサフランの花咲《はなさ》き、雑草生《ざつさうは》ゆ。垣《かき》の内《うち》、新緑《しんりよく》にして柳一本《やなぎひともと》、道《みち》を覗《のぞ》きて枝垂《しだ》る。背景勝手《はいけいかつて》に、紫《むらさき》の木蓮《もくれん》あるもよし。よろづ屋《や》の店《みせ》と、生垣《いけがき》との間《あひだ》、逕《みち》をあまして、あとすべて未《いま》だ耕《たがや》さゞる水田一面《みづたいちめん》、水草《みづくさ》を敷《し》く。紫雲英《げんげ》の花《はな》あちこち、菜《な》の花《はな》こぼれ咲《さ》く。逕《みち》をめぐり垣《かき》に添《そ》ひて、次第《しだい》に奥深《おくふか》き処《ところ》、孟宗《まうそう》の竹藪《たけやぶ》と、槻《けやき》の大樹《だいじゆ》あり。此《こ》の蔭《かげ》より山道《やまみち》をのぼる。

狭《せま》き土間《どま》、貧《まづ》しき卓子《テイブル》に向《むか》つて腰掛《こしか》けたる人形使《にんぎやうつかひ》——辺栗藤次《へぐりとうじ》、鼻《はな》の下《した》を横撫《よこな》でをしながら言《い》ふ。うしろ向《むき》のまゝなり。

人形使。お旦那《だんな》——お旦那《だんな》——もう一杯《いつぱい》注いで下《くだ》せえ。

万屋。（店《みせ》の硝子戸《がらすど》の内《うち》より土間《どま》に出《い》づ。）何《なに》もね、旦那《だんな》に（お）の字《じ》には及《およ》ばないが、（苦笑《くせう》して。）親仁《おやぢ》、先刻《さつき》から大分明《だいぶあ》けたではないか。……然《さ》う飲《の》んぢやあ稼《かせ》げまいがなあ。

人形使。へ、へ、最《も》う今日《けふ》は稼《かせ》いだ後《あと》だよ。お旦那《だんな》の前《まへ》だが、これから先《さき》は山道《やまみち》を塒《ねぐら》へ帰《かへ》るばかりだでね

――ふらり〳〵とよ。

万屋。親仁《おやぢ》の、其《そ》のふらり〳〵は、聞《き》くまでもないのだがね、塒《ねぐら》にはまだ刻限《こくげん》が早《はや》からうが。――私《わし》も今日《けふ》は、恁《か》うして一人《ひとり》で留守番《るすばん》だが、湯治場《たうぢば》の橋《はし》一《ひと》つ越《こ》した此方《こつち》は、此《こ》の通《とほ》り、ひつそり閑《かん》で、人通《ひとどほ》りのないくらゐ、修善寺《しゆぜんじ》は大《たい》した人出《ひとで》だ。親仁《おやぢ》は此《これ》からが稼《かせ》ぎ時《どき》ではないのかい。

人形使。されば、此《こ》の土地《とち》の人《ひと》たちはじめ、諸国《しよこく》から入込《いりこ》んだ講中《かうぢう》がな、嫗《ばゞ》、嬶々《かゝあ》、爺《ぢい》、孫《まご》、真黒《まつくろ》で、丁《とん》と、はや護摩《ごま》の煙《けむり》が渦《うづ》を巻《ま》いて居《ゐ》るやうな騒《さわ》ぎだ。――此《こ》の、時々《ときぐ》ばら〳〵と来《く》る梅雨模様《つゆもやう》の雨《あめ》にもめげねえ群集《ぐんじゆ》だでね。相当《さうたう》の稼《かせ》ぎはあつたゞが、もうやがて、大師《だいし》様《さま》が奥《おく》の院《ゐん》から修禅寺《しゆぜんじ》へお下《くだ》りだ。――遠《とほ》くの方《はう》で、ドーンードーンと、御輿《みこし》の太鼓《たいこ》の音《おと》が聞《きこ》えては、誰《たれ》も此方人等《こちとら》に構《かま》ひ手《て》はねえよ。庵《いほり》を上《あ》げた見世物《みせもの》の、ぢや、ぢやん、ぢやんも、音《おと》を潜《ひそ》めただからね――橋《はし》を此方《こつち》へ、はい、あばよと、……はゝゝ、――晩景《ばんけい》から、また一稼《ひとかせ》ぎ、みつちりと稼《かせ》げるだが、今日《けふ》の飲代《のみしろ》にさへありつけば、此《こ》の上《うへ》の欲《よく》はねえ。――罷《まか》り違《ちが》つたにした処《ところ》で、往生寂滅《わうじやうじやくめつ》をするばかり。（ぐつたりと叩頭《おじぎ》して、頭《あたま》の上《うへ》へ硝子杯《コツプ》を突出《つきだ》す。）――お旦那《だんな》、もう一杯《いつぱい》、注《つ》いで下《くだ》せえ。

万屋。船幽霊《ふないうれい》が、柄杓《ひしやく》を貸《か》せと云《い》つた手《て》つきだな。――底《そこ》ぬけと云《い》ふは、これからはじまつた事《こと》かも知《し》れない。……商売《しやうばい》だからいくらでも売《う》りはするが。（呑口《のみくち》を捻《ひね》る。）――親仁《おやぢ》、また其処《そこら》へ打倒《ぶつたふ》れては不可《いけな》いよ。

人形使。往生寂滅《わうじやうじやくめつ》をするばかり。（がぶりと呑《の》んで掌《てのひら》をチウと吸《す》ふ。）別《べつ》して今日《けふ》は御命日《ごめいにち》だ――弘法様《こうぼふさま》が速《すみやか》に金《きん》ぴかものゝ自動車《じどうしや》へ、相乗《あひのり》にお引取《ひきと》り下《くだ》されますてね。

万屋。弘法様《こうぼふさま》がお引取《ひきと》り下《くだ》さるなら世話《せわ》はないがね、村役場《むらやくば》のお手数《てすう》に成《な》つては大変《たいへい》だ。ほどにして置《お》きなさいよ。（店《みせ》の内《うち》に入《い》らんとす。）

人形使。（大《おほき》な声《こゑ》して。）お旦那《だんな》、もう一杯下《いつぱいくだ》せえ。

万屋。弘法様《こうぼふさま》の御祭《おまつり》だ。芋《いも》が石《いし》に成《な》つては困《こま》る。……もの惜《をし》みをするやうで可厭《いや》だから、まゝよ、いくらでも飲《の》みなさい。だが、いまの一合《いちがふ》たつぷりを、もう一息《ひといき》にやつたのかい。

人形使。これまでは雪見酒《ゆきみざけ》だで、五合一寸《ごがふいつすん》たちまちに消《き》えるだよ。……これからがお花見酒《はなみざけ》だ。……お旦那《だんな》、軒《のき》の八重桜《やへざくら》は、三本揃《さんぼんそろ》つて、……樹《き》は若《わけ》えがよく咲《さ》きました。満開《まんかい》だ。——一軒《いつけん》の門《かど》に此《こ》のくらゐ咲《さ》いた家《うち》は修善寺中《しゆぜんじぢう》に見当《みあた》らねえだよ。——此《これ》を視《なが》めるのは無銭《たゞ》だ。酒《さけ》は高価《たけ》え、いや、しかし、見事《みごと》だ。あゝ、うめえ。

万屋。くだらない事《こと》を言《い》ひなさるな、酔《よ》つたな、親仁《おやぢ》。…………

人形使。これと言《い》ふも、酒《さけ》の一杯《いつぱい》や二杯《にはい》ぐれえ、時《とき》たま肥料《こやし》にお施《ほどこ》しなされるで、弘法様《こうぼふさま》の御利益《ごりやく》だ。

万屋。詰《つま》らない世辞《せじ》を言《い》ひなさんな。——全《まつた》く此《こ》の辺《へん》、人通《ひとゞほ》りのないのはひどい。……先刻《さつき》、山越《やまごし》に立野《たつの》から出《で》るお稚児《ちご》を二人《ふたり》、大勢《おほぜい》で守立《もりた》てゝ通《とほ》つた切《きり》、馬士《うまかた》も見掛《みか》けない。——留守《るす》は退屈《たいくつ》だ——あゝ太鼓《たいこ》が聞《きこ》える。…………

（此《こ》の太鼓《たいこ》は、棒《ばう》にて荷《にな》ひつりかけたるを、左右《さいう》より、二人《ふたり》して両面《りやうめん》をかはるぐ打《う》つ音《おと》なり、ドーン、ドーンドーン、ドーンと幽《かすか》に響《ひゞ》く。）

人形使。笙篳篥《しやうしちりき》が、紋着袴《もんつきはかま》だ。——消防夫《しごとし》が揃《そろ》つて警護《けいご》で、お稚児《ちご》がついての。あとさきの坊様《ばうさま》は、香《かう》を焚《た》かつしやる、御経《おきやう》を読《よ》まつしやる。御輿昇《みこしかつ》ぎは奥《おく》の院十八軒《ゐんじふはちけん》の若《わか》い衆《しう》が水干烏帽子《すゐかんゑぼし》だ。——南無大師《なむだいし》、遍照金剛《へんぜうこんがう》ツ！　道《みち》の左右《さいう》は人間《にんげん》の黒山《くろやま》だ。お捻《ひねり》の雨《あめ》が降《ふ》る。……村《むら》の嫁女《よめぢよ》は振袖《ふりそで》で拝《をが》みに出《で》る、独鈷《どつこ》の湯《ゆ》からは婆様《ばあさま》が裸体《はだか》で飛出《とびだ》す——あはゝゝ、やれさて此《これ》が反対《あべこべ》なら、弘法様《こうぼふさま》は嬉《うれ》しかんべい。

万屋、勝手《かつて》にしろ、罰《ばち》の当《あた》つた。（店《みせ》へ入《はひ》る。）

人形使。南無大師遍照金剛《なむだいしへんぜうこんがう》。——（ちびりとのみつゝ、ぐたりと成《な》る。）

（夫人《ふじん》、雨傘《あまがさ》をすぼめ、柄《え》を片手《かたて》に提《さ》げ、手提《てさげ》を持添《もちそ》ゆ。櫛巻《くしまき》、引《ひつ》かけ帯《おび》、駒下駄《こまげた》にて出《い》づ。其《そ》の遅桜《おそざくら》を視《なが》め。）

夫人。まあ、綺麗《きれい》だこと――苦労《くらう》をして、よく、こんなに――（間《ま》。）……お礼《れい》を言《い》ひたいやうだよ――あゝ、真当《ほんたう》に綺麗《きれい》だよ。よく、お咲《さ》きだこと。（恁《か》くて、小流《こながれ》に添《そ》ひつゝ行《ゆ》く。石《いし》がきにサフランの花《はな》を見《み》つゝ心付《こゝろづ》く。）あら鯉《こひ》が、大《おほき》な鯉《こひ》が、――（小流《こながれ》を覗《のぞ》く。）まあ、死《し》んでるんだよ。

（やゝ長《なが》き間《ま》。――衝《つ》と避《さ》けて、立離《たちはな》るゝ時《とき》、其《そ》の石垣《いしがき》に立掛《たてか》けたる人形《にんぎやう》つかひの傀儡《にんぎやう》目《め》に留《とま》る。あやつりの竹《たけ》の先《さき》に、白拍子《しらびやうし》の舞《まひ》の姿《すがた》、美《うつく》しく臈《らふ》たけたり。夫人《ふじん》熟《ぢつ》と視《み》て立停《たちどま》る。無言《むごん》。雨《あめ》の音《おと》。）

あゝ、降《ふ》つて来《き》た。（井菊《ゐぎく》と大《おほ》きくしるしたる番傘《ばんがさ》を開《ひら》く。）まあ、人形《にんぎやう》が泣《な》くやうに、目《め》にも睫毛《まつげ》にも雫《しづく》がかゝつてさ。……（傘《かさ》を人形《にんぎやう》にかざして庇《かば》ふ。）

人形使。（短《みじか》き暖簾《のれん》を頭《あたま》にて分《わ》け、口大《くちおほき》く、皺深《しわふか》し。眉迫《まゆせま》り、ごま塩髯《しほひげ》硬《かた》く、真赤《まつか》に酔《ゑ》ひしれたる面《つら》を出《だ》し、夫人《ふじん》の其《そ》の姿《すがた》をじろりと視《み》る。はじめ投頭巾《なげづきん》を被《かぶ》りたる間《あひだ》、おもて柔和《にうわ》なり。いま頭巾《づきん》を脱《ぬ》いだる四角《しかく》な額《ひたひ》に、白髪長《しらがなが》くすくすくとして面凄《おもてすご》し。）

画家。（薄色《うすいろ》の中折帽《なかをればう》、うすき外套《ぐわいたう》を着《き》たり。細面《ほそおも》にして清《きよ》く痩《や》す。半《なか》ば眠《ねむ》れるが如《ごと》き目《まな》ざし、通《とほ》りたる鼻《び》下《か》に白《しろ》き毛《け》の少《すこ》し交《まじ》りたる髭《ひげ》をきれいに揃《そろ》へて短《みじか》く摘《つ》む。おもての色《いろ》やゝ沈《しづ》み、温和《をんわ》にして、然《しか》も威容《ゐよう》あり。旅館《りよくわん》の貸下駄《かしげた》にて、雨《あめ》に懸念《けねん》せず、ステツキを静《しづか》につき、一度《いちど》桜《さくら》を見《み》る。）

人形使。（此《こ》の時《とき》また土間《どま》の卓子《テイブル》にむかつてうつむく。）

画家。（夫人《ふじん》の身近《みぢか》に、何等《なんら》の介意《かいゝ》なき態度《たいど》。）はゝあ、操《あやつ》りですな。

夫人。先生《せんせい》――ですか、あの、此《これ》は私《わたし》のぢやあございませんの。

画家。（はじめて心付《こゝろづ》きたる状《さま》にて。）何《ど》うも、此《これ》は失礼《しつれい》しました。いや、端《はな》から貴女《あなた》がなさると思《おも》つた次第《しだい》でもありません。一寸今時珍《ちよつといまどきめづら》しかつたものですから。――近頃《ちかごろ》は東京《とうきやう》では、場末《ばすゑ》の縁日《えんにち》にも余《あま》り見掛《みか》けなく成《な》りました。……これは静《しづか》でせうな。裏《うら》を返《かへ》すと弁慶《べんけい》が大長刀《おほなぎなた》を持《も》つて威張《ゐば》つて居《ゐ》る。……其《そ》の弁慶《べんけい》が、もう一《ひと》つ変《かは》ると、赤《あか》い顱巻《はちまき》をしめた鮹《たこ》に成《な》つて、踊《をどり》を踊《をど》るのですが、これには別《べつ》に、然《さ》うした仕掛《しかけ》も、からくりもないやうです。――（覗《のぞ》き〳〵、済《すま》して夫人《ふじん》のさしかざしたる番傘《ばんがさ》の中《なか》へ半身《はんしん》。）純《じゆん》、これは舞姫《まひゝめ》ばかりらしい。あゝ、人形《にんぎやう》は名作《めいさく》だ。――御覧《ごらん》なさい凄《すご》いやうです。……誰《だれ》が持《も》つて居《ゐ》ますか。……何《ど》うして、こんな処《ところ》へはふり出《だ》して置《お》きますかね。

夫人。人形《にんぎやう》つかひは――彼処《あすこ》で。（軽《かる》く指《ゆびさ》し、声《こゑ》を低《ひく》くす。）お酒《さけ》を飲《の》んで居《ゐ》るやうですの。……然《さ》うらしいお爺《ぢい》さんが見《み》えました。

画家。うまいでせうな、屹《きつ》と……一《ひと》つ使《つか》はせて見《み》たうございますね。

夫人。およしなさいまし、先生《せんせい》。……大相酔《たいさうよ》つて居《ゐ》るやうですから。

画家。如何《いかに》も、酔《よ》つ払《ぱら》つて居《ゐ》ては面倒《めんだう》ですね。あゝ、しかし、人形《にんぎやう》は名作《めいさく》です――帰途《かへり》にまた出逢《であ》ふかも知《し》れない。（半《なか》ば呟《つぶや》く。）貴女《あなた》、失礼《しつれい》をいたしました。（冷然《れいぜん》として山道《やまみち》の方《かた》へ行《ゆ》く。）

夫人。（二三歩《にさんぽ》あとに縋《すが》る。）先生《せんせい》、あの……先生《せんせい》――どちらへ？

画家。（再《ふたゝ》びはじめて心付《こゝろづ》く。）いや、（と軽《かる》く言《い》ふ。間《ま》。）……先生《せんせい》は弱《よわ》りました。が、町《まち》も村《むら》も大変《たいへん》な雑閙《ざつたう》ですから、其《そ》の山《やま》の方《はう》へ行《い》つて見《み》ます。――貴女《あなた》は、（おなじく眠《ねむ》れるが如《ごと》き目《め》のまゝ。）つい、お見《み》それ申《まを》しましたが、おなじ宿《やど》にでもおいでなのですか。

夫人。えゝ、ぢき（お傍《そば》にと言《い》ふ意味《いみ》籠《こも》る。）……ですが、階下《した》の奥《おく》に。あの……

画家。其《それ》は何《ど》うも――失礼《しつれい》します。（また行《ゆ》く。）

夫人。（一歩《いつぽ》縋《すが》る。）先生《せんせい》、あのこゝへ入《い》らつしやりがけに、もしか、井菊《ゐぎく》の印半纏《しるしばんてん》を着《き》た男衆《をとこしゆ》にお逢《あ》ひなさりはしませんでしたか。

画家。あゝ、逢《あ》ひました。

夫人。何《なん》とも申《まを》しはいたしません？…………

画家。（徐《おもむろ》に腕《うで》を拱《こまぬ》く。）さあ……あの菊屋《きくや》と野田屋《のだや》へ向《むか》つて渡《わた》る渡月橋《とげつけう》とか云《い》ふのを渡《わた》りますと、欄干《らんかん》に、長《なが》い棹《さを》に、蓑《みの》を掛《か》けたのが立《た》てゝあります。——この大師《だいし》の市《いち》には、盛《さかん》に蓑《みの》を売《う》るやうです。其《そ》の看板《かんばん》だが、案山子《かゝし》を幟《のぼり》に挙《あ》げたやうでをかしい、と思《おも》つて、ぼんやり。——尤《もつと》も私《わたし》も案山子《かゝし》に似《に》ては居《ゐ》ますが、（微笑《ほゝゑ》む。）一枚《いちまい》、買《か》ひたいけれども、荷《に》になると思《おも》つて見《み》て居《ゐ》ますと、成程《なるほど》、宿《やど》の男《をとこ》が通《とほ》りかゝりました。

夫人。えゝ、さうして……

画家。あゝ然《さ》うです。（拱《こまぬ》きたる腕《うで》を解《と》く。）……「其処《そこ》に奥《おく》さまがおいでゞす。」と言《い》つて行《ゆ》き過《す》ぎました。成程《なるほど》……貴女《あなた》の事《こと》でしたか。お連《つれ》に成《な》つて一所《いつしよ》に出掛《でか》けたとでも思《おも》つたでせう——失礼《しつれい》します。

夫人。まあ、先生《せんせい》。……唯今《たゞいま》は別々《べつべつ》でしたけれど、昨夜《さくや》おそく着《つ》きました時《とき》は、御一所《ごいつしよ》でございましたわ。

画家。貴女《あなた》と……

夫人。えゝ。

画家。存《ぞん》じませんな。

夫人。大仁《おほひと》で。……自動車《じどうしや》はつい別《べつ》に成《な》りましたんですが、……おなじ時《とき》に、——

画家。私《わたし》は乗合《のりあひ》でしたがな——然《さ》やう……お一方《ひとかた》、仕立《した》てた方《かた》があつたやうに思《おも》ひますが、それは、至極当《しごくたう》世風《せいふう》の髪《かみ》も七三《しちさん》で……（と半《なか》ば言《い》ふ。）

夫人。其《そ》の女《をんな》が……（やゝ息忙《いきせは》しく。）其方《そのをんな》が、先生《せんせい》、宿《やど》へ着《つ》きますと、すぐ、あの、眉毛《まみへ》を落《おと》しましたの。（顔《かほ》を上《あ》げつゝ、颯《さつ》とはなじろむ。）髪《かみ》もこんなにぐる〳〵巻《まき》にしたんです。

画家。はゝあ。（いぶかしさうに、しかし冷静《れいせい》に聞《き》くのみ。）

夫人。先生《せんせい》。（番傘《ばんがさ》を横《よこ》に、うなだれて、さしうつむく。頸脚《えりあし》雪《ゆき》を欺《あざむ》く。）宿《やど》の男衆《をとこしう》が申《まを》したのは、余所《よそ》の女房《にようばう》と言《い》ふ意味《いみ》ではないのです。（やゝ興奮《こうふん》しつゝ。）貴方《あなた》の奥《おく》さまと言《い》ふ意味《いみ》でございました。

――間《ま》――

画家。（かくても、もの静《しづか》に。）……と仰有《おつしや》ると？

夫人。昨晩《さくばん》、同《おな》じ宿《やど》へ着《つ》きますと、直《す》ぐ、宿《やど》の人《ひと》に――私《わたし》は島津《しまづ》先生《せんせい》の――あの私《わたし》は……（口籠《くちごも》る。小間《すこしきま》。）お写真《しやしん》や、展覧会《てんらんくわい》で、蔭《かげ》ながらよく貴方《あなた》を存《ぞん》じて居《を》ります。――「私《わたし》は島津《しまづ》の家内《かない》ですが」と宿《やど》の人《ひと》に――「実《じつ》は見付《みつ》からないやうにおなじ汽車《きしや》で、あとをつけて来《き》たんです。」辻褄《つじつま》は些《ちつ》と合《あは》ないかも存《ぞん》じませんが、然《さ》う云《い》ひましたの。……其《そ》の次第《わけ》は「島津《しまづ》は近頃《ちかごろ》浮気《うはき》をして、余所《よそ》の婦《をんな》と、此処《こゝ》で逢曳《あひゞき》をするらしい。」

……

画家。私《わたし》が。

夫人。貴方《あなた》が、あの、そして、仮《かり》に私《わたし》の旦那様《だんなさま》が。

画家。それは少々怪《せう〳〵け》しかりません。（苦笑《くせう》する。）

夫人。堪忍《かんにん》して下《くだ》さいまし。先生《せんせい》、――「座敷《ざしき》を別《べつ》に、こゝに忍《しの》んで、其《そ》の浮気《うはき》を見張《みは》るんだけれど、廊下《らうか》などで不意《ふい》に見附《みつ》かつては不可《いけな》いから、容子《ようす》を変《か》へるんだ。」と然《さ》う言《い》つて、……いきなり鏡台《きやうだい》で、眉《まゆ》を落《おと》して、髪《かみ》も解《と》いて、羽織《はおり》を脱《ぬ》いではふり出《だ》して、帯《おび》もこんなに（なよやかに、頭《つむり》を振向《ふりむ》く。）あの、蓮葉《はすは》にしめて、「後生《ごしやう》、内証《ないしよう》だよ。」と堅《かた》く口止《くちどめ》をしました上《うへ》で、宿帳《やどちやう》の御名《おな》のすぐあとへ……あの、申訳《まをしわけ》はありませんが、おなじくと……

画家。（微《かすか》に眉《まゆ》を顰《ひそ》む。しかし寛容《くわんよう》に。）保養《ほやう》に来《く》る場所《ところ》ですから、そんな悪戯《いたづら》もいゝでせうな――失礼《しつれい》します。

夫人。あれ、先生《せんせい》、お怒《おこ》りも遊《あそ》ばさないで…………

画家。綺麗《きれい》な奥《おく》さんに悪戯《いたづら》をされて――却《かへつ》て喜《よろこ》んで居《ゐ》るかも知《し》れません。――しかし失礼《しつれい》します。

夫人。どうしませう、先生《せんせい》、私《わたし》……悪戯《いたづら》どころではありません。

画家。悪戯《いたづら》どころでないと言《い》ふは？（此《こ》の時《とき》はじめて確《しか》と言《い》ふ。）

夫人。（激《げき》して、やゝ震《ふる》へながら。）後生《ごしやう》です。見《み》て下《くだ》さいまし。貴方《あなた》に見《み》て頂《いたゞ》きたいものがあるんです。

（外套《ぐわいたう》の袖《そで》を引《ひ》く、引《ひか》れる力《ちから》に、画家《ぐわか》を小流《こながれ》の縁《ふち》に引戻《ひきもど》す。）一寸御覧《ちよつとごらん》なさいまし。

（鯉《こひ》を指《ゆびさ》す、死《し》したる鯉《こひ》、此《こ》の時《とき》いまだ客者《かくしや》の目《め》につかず。）

画家。おゝ、此《これ》は酷《ひど》い。――此《これ》は悲惨《ひさん》だ。

夫人。先生《せんせい》、私《わたし》は、こゝに死《し》んで流《なが》れて居《ゐ》ます、此《こ》の鯉《こひ》の、ほんの死際《しにぎは》、一息前《ひといきまへ》と同《おな》じ身《み》の上《うへ》でございます。

画家。（無言《むごん》。……）

夫人。（間《ま》。）私《わたし》には厳《きび》しく追手《おつて》が掛《かゝ》つて居《を》ります。見附《みつ》かりますと、いまにも捉《つかま》へられなければなりませんものですから。――途中《とちう》でお姿《すがた》をお見上《みあ》げ申《まを》し、お宿《やど》まで慕《した》つて参《まゐ》つて、急《きふ》の思《おも》ひつきで、失礼《しつれい》な事《こと》をいたしました。一生懸命《いつしやうけんめい》なのです。そして一寸《ちよつと》の間《ま》に、覚悟《かくご》をしますつもりで居《を》ります。――眉《まゆ》を落《おと》して、形《かたち》をかへて、貴方《あなた》の奥《おく》さまに成《な》つて隠《かく》れて居《ゐ》ましても、人出入《ひとでいり》の激《はげ》しい旅館《やど》では、些《ちつ》とも心《こゝろ》が落着《おちつ》きませんから、恁《か》うして道《みち》に迷《まよ》つて居《を》ります。何《ど》うぞ、御堪忍《ごかんにん》なすつて下《くだ》さいまし。……夢《ゆめ》にも悪戯《いたづら》ではないのですから。

画家。いたし方《かた》がありますまいな。

夫人。（もの足《た》りなさに、本意《ほい》なげにて。）無理《むり》にもお許《ゆる》し下《くだ》さいましたか。……其《そ》の上《うへ》尚《な》ほお言葉《ことば》に甘《あま》えますやうですけれど、お散歩《さんぽ》の方《はう》へ……たとひ後《うしろ》へ離《はな》れましても、御一所《ごいつしよ》に願《ねが》へますと、立派《りつぱ》に人目《ひとめ》が忍《しの》べます。

――貴方《あなた》（弱《よわ》く媚《こ》びて。）何《ど》うぞ、お連《つ》れ下《くだ》さいましな。

画家。（きつぱりと。）其《それ》は迷惑《めいわく》です。

夫人。まあ。――いゝえ、お連《つ》れ下《くだ》さいましても、其《そ》の間《あひだ》に、唯《たゞ》（更《さら》に鯉《こひ》を指《さ》す。）此《こ》の姿《すがた》に成《な》ります覚悟《かくご》を極《き》めますだけなんでございますもの。

画家。それは不可《いけ》ませんな。御事情《ごじじやう》はどんなであらうと、此《こ》の形《かたち》になつては仕方《しかた》がありません。

人形使。（つんのめりたるが猛然《まうぜん》と面《おもて》を擡《もた》げ。）お旦那《だんな》、もう一杯下《いつぱいくだ》せえ。お旦那《だんな》。

画家。（此《こ》の声《こゑ》を聞《き》く。敢《あへ》て心《こゝろ》に留《と》めず。）私一人《わたしいちにん》としてはこんな姿《すがた》にお成《な》りなさるのだけは堅《かた》くお止《と》め申《まを》します――失礼《しつれい》をします。（衝《つ》と離《はな》れて山手《やまて》に赴《おもむ》く。）

夫人。（画家《ぐわか》の姿《すがた》、槻《けやき》の樹立《こだち》にかくれたる時《とき》、はら〳〵とあとを追《お》ひ、また後戻《あともど》りす。見送《みおく》りつゝ。）はかないねえ！

（わが声《こゑ》に、思《おも》はず四辺《あたり》を視《み》る。降《ふ》らぬ雨《あめ》に傘《からかさ》を開《ひら》き、身《み》を恥《は》ぢてかくすが如《ごと》くにして、悄然《せうぜん》と、画家《ぐわか》と同《おな》じ道《みち》、おなじ樹立《こだち》に姿《すがた》を消《け》す。）

人形使。お旦那《だんな》、もう一杯下《いつぱいくだ》せえ。

万屋。ちよツ、困《こま》らせるぢやあないか。（ついで与《あた》ふ。）

人形使。そのかはり、へ、へ、今度《こんど》はまた月見酒《つきみざけ》だよ。雲《くも》がかゝると満月《まんげつ》が忽《たちま》ちかくれる。（一息《ひといき》に煽切《あふりき》る。）あゝツ、う――い。……御勘定《ごかんぢやう》……（首《くび》にかけた汚《きたな》き大蝦蟇口《おほがまぐち》より、だらしなく紐《ひも》を引《ひ》いてぶら下《さが》りたる財布《さいふ》を絞《しぼ》り突銭《つきせん》する。）弘法様《こうぼふさま》も月《つき》もだがよ。銭《ぜに》も遍《あまね》く金剛《こんがう》を照《てら》すだね。えい。

（と立《た》つ。脊高《せたか》き痩脛《やせすね》、破股引《やれもゝひき》にて、よた〳〵。酒屋《さかや》は委細構《ゐさいかま》はず、さつさと片《かた》づけて店《みせ》へ引込《ひつこ》む。）

えい。（よた〳〵。やがて人形《にんぎやう》の前《まへ》までよた〳〵〳〵。）はツ、静御前様《しづかごぜんさま》。（急《きふ》に恐入《おそれい》つたる体《てい》にて、殆《ほとん》ど土下座《げざ》をするばかり。間《ま》。酔眼《すゐがん》を鯉《こひ》に見向《みむ》く。）やあ、兄弟《きやうだい》、浮《う》かばずにまだ居《ゐ》たな。獺《かはうそ》が銜《くは》へたか、鼬《いたち》が嚙《かじ》つたか知《し》らねえが、わんぐりと歯形《はがた》が残《のこ》つて、蛆《うじ》がついては堪《たま》らねえ。先刻《さつき》も見《み》て居《ゐ》りや、野良犬《のらいぬ》が嗅《か》いで嗅放《かぎつぱな》しで失《う》せをつた。犬《いぬ》も食《く》はねえとは此《こ》の事《こと》だ。おのれ龍《りう》にもなる奴《やつ》が、前世《ぜんせ》の業《ごふ》か、死恥《しにはぢ》を曝《さら》すは不便《ふびん》だ。――俺《おれ》が葬《はうむ》つて遣《や》るべえ。だが、蛇塚《へびづか》、猫塚《ねこづか》、狐塚《きつねづか》よ。塚《つか》と言《い》へば、これ突流《つきなが》すではあんめえ。土《つち》に埋《うづ》めるだな、土葬《どさう》にしべえ。（半《なか》ばくされたる鯉《こひ》の、肥《こ》えて大《だい》なるを水《みづ》より引上《ひきあ》ぐ。客者《きやくしや》に見《み》ゆ。）引導《いんだう》の文句《もんく》は知《し》らねえ。怨恨《うらみ》あるものには祟《たゝ》れ、化《ば》けて出《で》て、木戸銭《きどせん》を、うんと取《と》れ、喝《かつ》！（財布《さいふ》と一所《いつしよ》に懐中《ふところ》に捻《ね》ぢ込《こ》みたる頭《づ》巾《きん》に包《つゝ》み、腰《こし》に下《さ》げ、改《あらた》つて蹲《うづくま》る。）はツ、静御前様《しづかごぜんさま》。（咽喉《のど》に巻《ま》いたる古手拭《ふるてぬぐひ》を伸《のば》して、覆面《ふくめん》す――さながら猿轡《さるぐつわ》の如《ごと》くおのが口《くち》をば結《ゆは》ゆ。此《こ》の心《こゝろ》は、美女《びぢよ》に対《たい》して、熟柿臭《じゆくしくさ》きを憚《はゞか》るなり。人形《にんぎやう》の竹《たけ》を高《たか》く引《ひつ》かつぐ。山《やま》手《て》の方《はう》へ。）えい。（よた〳〵。よた〳〵〳〵。）

（夫人《ふじん》、樹立《こだち》の蔭《かげ》より、半《なか》ば出《い》でゝ此《こ》の体《てい》を窺《うかゞ》ひつゝあり。）

人形使。えい。（よた〳〵。）えい。（よた〳〵〳〵。）

夫人。（次第《しだい》に立出《たちい》で、あとへ引《ひつ》かへし状《さま》にすれ違《ちが》ふ。尚《な》ほ其《そ》の人形使《にんぎやうつかひ》を凝視《ぎようし》しつゝ。）爺《をぢ》さん、爺《をぢ》さん。

人形使。（丈高《たけたか》く、赤《あか》き面《つら》にて、じろりと不気味《ぶきみ》に見向《みむ》く。魔《ま》の如《ごと》し。）

夫人。（大胆《だいたん》に、身近《みぢか》く寄《よ》る。）私《わたし》は何《なん》にも世《よ》の中《なか》に願《ねがひ》はなし、何《なん》の望《のぞ》みも叶《かな》はなかつたから、お前《まへ》さんの望《のぞみ》を叶《かな》へて上《あ》げよう。宝石《はうせき》も沢山《たくさん》ある。お金《かね》も持《も》つて居《ゐ》ます――失礼《しつれい》だけれど、お前《まへ》さんの望《のぞ》むこと一《ひと》つだけなら、屹《きつ》と叶《かな》へて上《あ》げようと思《おも》ふんだよ。望《のぞ》んでおくれな。爺《をぢ》さん、叶《かな》へさしておくんなさいな。

人形使。（無言《むごん》のまゝ睨《にら》むが如《ごと》く見詰《みつ》めつゝ、しばらくして、路傍《みちばた》に朽《く》ちし稲塚《いなづか》の下《した》の古縄《ふるなは》を拾《ひろ》ひ、ぶらりと提《さ》げ、じり〳〵と寄《よ》る。其縄《そのなは》、ぶる〳〵と動《うご》く。）

夫人。あゝれ。（と退《すさ》る。）

人形使。（ニヤリと笑《わら》ふ。）

夫人。あゝ蛇《へび》かと思《おも》つた。――もう蛇《へび》でも構《かま》はない。何《ど》うするの――何《ど》うするのよ。

人形使。(ものいはず、皺手《しわで》をさしのべて、唯招《たゞまね》く。招《まね》きつゝ、あとじさりに次第《しだい》に樹立《こだち》に入《い》る。)

夫人。何《ど》うするのさ、何《ど》うするのよ。(おなじく次第《しだい》に、かくて樹立《こだち》に隠《かく》る。)

(舞台小時空《ぶたいしばらくむな》し。白《しろ》き家鴨《あひる》、五羽《ごは》ばかり、一列《いちれつ》に出《い》でゝ田《た》の草《くさ》の間《あひだ》を漁《あさ》る。行春《ゆくはる》の景《かげ》を象徴《しやうちよう》するものゝ如《ごと》し。)

馬士。(樹立《こだち》より、馬《うま》を曳《ひ》いて、あとを振向《ふりむ》きつゝ出《い》づ。馬《うま》の背《せ》に米俵二俵《こめだはらにへう》。奉納《ほうなふ》。白米《はくまい》。南無大師遍照金剛《なむだいしへんぜうこんがう》の札《ふだ》を立《た》つ。)あゝ気味《きみ》の悪《わる》い。真昼間何事《まつぴるまなにごと》だんべい。いや、はあ、こげえな時《とき》、米《こめ》が砂利《じやり》に成《な》るではねえか。(眉毛《まゆげ》に唾《つば》しつゝ俵《たはら》を探《さぐ》りて米《こめ》を嚙《か》む。)先《ま》づ無事《ぶじ》だ。(太鼓《たいこ》の音近《おとちか》く聞《きこ》ゆ。)――弘法様《こうぼふさま》のお庇《かげ》だんべい。あゝ気味《きみ》の悪《わる》い――いづれ魔《ま》ものだ、ああ恐怖《おつかね》え。

――(廻《まは》る。)――

## 第二場

場面《ばめん》。――一方《いつぱう》やゝ高《たか》き丘《をか》、花菜《はなゝ》の畑《はたけ》と、二三尺《にさんじやく》なる青麦畠《あをむぎばたけ》と相連《あひつらな》る。丘《をか》のへりに山吹《やまぶき》の花咲揃《はなさきそろ》へり。下《した》は一面《いちめん》、山懐《やまふところ》に深《ふか》く崩《くづ》れ込《こ》みたる窪地《くぼち》にて、草原《くさはら》。苗樹《なえき》ばかりの桑《くは》の、薄《うす》く芽《め》ぐみたるが篠《しの》に似《に》て参差《しんし》たり。

一方《いつぱう》は雑木山《ざふきやま》、就中《とりわけ》、かしの大樹《だいじゆ》、高《たか》きと低《ひく》き二幹《ふたみき》、葉《は》は黒《くろ》きまで枝《えだ》とゝもに茂《しげ》りて、黒雲《くろくも》の渦《うづ》の如《ごと》く、かくて花菜《はなゝ》の空《そら》の明《あか》るきに対《たい》す。

花道《はなみち》をかけて一条《ひとすぢ》、皆《みな》、丘《をか》と丘《をか》との間《あひだ》の細道《ほそみち》の 趣 也《おもむきなり》。遠景一帯《ゑんけいいつたい》、伊豆《いづ》の連山《れんざん》。

画家。（一人《ひとり》、丘《をか》の上《うへ》なる崕《がけ》に咲《さ》ける山吹《やまぶき》と、畠《はたけ》の菜《な》の花《はな》の間高《あひだたか》き処《ところ》に、静《しづか》にポケット・ウヰスキーを傾《かたむ》けつゝあり。——鶯《うぐひす》 遠《とほ》く音《ね》を入《い》る。二三度《にさんど》鶏《にはとり》の声《こゑ》。遠音《とほね》に河鹿《かじか》鳴《な》く。しばらくして、立《た》ちて、聊《いさゝ》かものに驚《おどろ》ける状《さま》す。尚《な》ほ窺《うかゞ》ふよしゝて、花《はな》と葉《は》の茂《しげり》に隠《かく》る。）

夫人。（傘《かさ》を片手《かたて》に、片手《かたて》に縄尻《なはじり》を控《ひか》へて——登場《とうぢやう》。）

人形使。（猿轡《さるぐつわ》のまゝ蝙蝠傘《かうもりがさ》を横《よこ》に、縦《たて》に十文字《じふもんじ》に人形《にんぎやう》を背負《せお》ひ、うしろ手《で》に人形《にんぎやう》の竹《たけ》を持《も》ちたる手《て》を、其《そ》の縄《なは》にて縛《いまし》められつゝ出《い》づ。肩《かた》を落《おと》し、首《くび》を垂《た》れ、屠所《としよ》に赴《おもむ》くものゝ如《ごと》し。然《しか》も酔《ゑ》へる足《あし》どり、よた〳〵として先《さき》に立《た》ち、山懐《やまふところ》の深《ふか》く窪《くぼ》み入《い》りたる小暗《こぐら》き方《かた》に入《い》り来《きた》り、さて両腕《りやううで》を解《と》けば縄落《なはお》つ。実《まこと》はいましめたるにあらず、手《て》にて爾《しか》く装《よそほ》ひたるなり。人形《にんぎやう》を桑《くは》の一木《ひとき》に立掛《たてか》け、跪《ひざまづ》いて拝《をが》む。かくてやゝ離《はな》れたる処《ところ》にて、口《くち》の手拭《てぬぐひ》を解《と》く。）御新造様《ごしんぞうさま》。そりや、約束《やくそく》の通《とほ》り遣《や》つて下《くだ》せえ。（足手《あして》を硬直《かたく》し、突伸《つきの》べ、ぐにや〳〵と真俯向《あをむ》けに草《くさ》に俯《ふ》す。）

夫人。真個《ほんたう》なの、爺《をぢ》さん。

人形使。やあ、嘘《うそ》にこんな真似《まね》が出来《でき》るもので。それ、遣附《やつゝ》けて下《くだ》せえまし。

夫人。真個《ほんたう》に打《ぶ》つの？

人形使。血《ち》の出《で》るまで打《ぶ》つて下《くだ》せえ。息《いき》の止《とま》るまでもお願《ねげ》えだよ。

夫人。真個《ほんたう》かい、真個《ほんたう》に打《ぶ》つのかね。

人形使。何《なん》とも最《も》う堪《たま》らねえ、待兼《まちか》ねますだ。

夫人。……あとで強情《ねだ》られたつて、それまでの事《こと》だわね。——では、約束《やくそく》をしたものだから、真個《ほんたう》に打《ぶ》つてよ。我慢《がまん》をおし。（雨傘《あまがさ》にて三《み》つ四《よ》つ。と続《つゞ》け状《さま》に五《いつ》つ六《む》つ。）

人形使。堪《こた》へねえ、些《ちつ》とも堪《こた》へねえ。

夫人。（鞭打《むちう》ちつゝ。）これでは――これでは――

人形使。駄目《だめ》だねえ。（寝《ね》ながら捻向《ねぢむ》く。）これでもか、これでもか、と遣《や》つて下《くだ》せえ。

夫人。これでも、あの、これでも。

人形使。そんな事《こと》では、から駄目《だめ》だ。待《ま》たつせえまし。（布子《ぬのこ》の袖《そで》なし、よごれくさりし印半纏《しるしばんてん》とゝもに脱《ぬ》ぎ、瘦《や》せたる皺膚《しわはだ》を露出《ろしゆつ》す。よろりと立《た》つて樹《き》に其《そ》の身《み》をうしろむきに張《は》りつく。振向《ふりむ》きて眼《まなこ》を睜《みは》りながら。）傘《かさ》を引破《ひきやぶ》いて、骨《ほね》と柄《え》になせえまし。それでは、婆娑《ばさ》々々《く》するばかりで、些《ちつ》とも肉《にく》へ応《こた》へねえだ。

夫人。（ため息《いき》とゝもに。）あゝ。

人形使。それでだの、打《ぶ》つものを、此《こ》の酔払《よつぱら》ひの乞食爺《こじきぢゞい》だと思《おも》つては、些《ちつ》とも力《ちから》が入《はひ》らねえだ。――御新造《ごしんぞう》様《さま》が、おのれと思《おも》ふ、憎《にく》いものが世《よ》にあるべい。姑《しうとめ》か、舅《しうと》か、小姑《こじうと》か、他人《たにん》か、縁者《えんじや》、友《とも》だちか。何《なん》でも構《かま》ふ事《こと》はねえだの。

夫人。あゝ。

人形使。その憎《にく》い奴《やつ》を打《ぶ》つと思《おも》つて、思《おも》ふさま引払《ひつぱた》くだ。可《い》いか、可《い》いかの。

夫人。あゝ。

人形使。それ、確《しつか》りさつせえ。

夫人。あゝ。あいよ。（興奮《こうふん》しつゝ、びり〳〵と傘《かさ》を破《やぶ》く。ために、疵《きず》つき、指《ゆび》さき腕《うで》など血汐《ちしほ》浸《にじ》む――取《とり》直《なほ》す。）――畜生《ちくしやう》――畜生《ちくしやう》――畜生《ちくしやう》――畜生《ちくしやう》――

人形使。うゝむ、（幽《かす》に呻《うめ》く。）うゝむ、然《さ》うだ、其処《そこ》だ。些《ちつ》と、へい、応《こた》へるぞ。うゝむ、然《さ》うだ。まだ〳〵

まだゝ。

夫人。此《これ》でもかい。此《これ》でもかい、畜生《ちくしやう》。

人形使。そ、そんな、尻《しり》べたや、土性骨《どしやうぼね》ばかりでは埒明《らちあ》かねえ、頭《あたま》も耳《みゝ》も構《かま》はずと打叩《ぶつたゝ》くんだ。

夫人。畜生《ちくしやう》、畜生《ちくしやう》、畜生《ちくしやう》。（自分《われ》を制《せい》せず、魔《ま》に魅入《みい》られたるものゝ如《ごと》く、踊《をど》りかゝり、飛《と》び上《あが》り、髪乱《かみみだ》れ、色《いろ》あをざむ。打《う》つて打《う》つて打《う》ちのめしつゝ、息《いき》を切《き》る。）あゝ、切《せつ》ない、苦《くる》しい。苦《くる》しい、切《せつ》ない。

人形使。うゝむ堪《たま》らねえ、苦《くる》しいが、可《い》い塩梅《あんばい》だ。堪《たま》らねえ、いゝ気味《きみ》だ。

画家。（土手《どて》を伝《つた》はつて窪地《くぼち》に下《お》りる。騒《さわ》がず、しかし急《いそ》ぎ寄《よ》り、遮《さへぎ》り止《とゞ》む。）貴女《あなた》、――奥《おく》さん。

夫人。あら、先生《せんせい》。（瞳《ひとみ》を睜《みひら》くとゝもに、小腕《こがひな》しびれ、足《あし》なえて、崩《くづ》るゝ如《ごと》く腰《こし》を落《おと》し、半《なか》ば失心《しつしん》す。）

画家。（肩《かた》を抱《いだ》く。）ウヰスキーです――清涼剤《きつけ》に――一体《いつたい》、これは何《ど》うした事《こと》です。

人形使。（びくり〳〵と蠢《うごめ》く。）

画家。（且《か》つ此《これ》を見《み》つゝ。）何《ど》うした事情《じゞやう》だか知《し》りません。けれども、余《あま》り極端《きよくたん》な事《こと》をしては不可《いけな》い。

夫人。（吻《ほつ》と息《いき》して。）私《わたし》、何《ど》うしたんでございませう、人間界《にんげんかい》にあるまじき、浅《あさ》ましい事《こと》をお目《め》に掛《か》けて、私《わたしど》何うしたら可《い》いでせうねえ。（ヒステリックに泣《な》く。）

画家。（止《や》むことを得《え》ず、手《て》をさすり背筋《せすぢ》を撫《な》づ。）気《き》をお鎮《しづ》めなさい。

人形使。（血《ち》だらけの膚《はだ》を、半纏《はんてん》にて巻《ま》き、喘《あへ》ぎつゝ草《くさ》に手《て》をつく。）はい、……此《これ》は、えゝゝ旦那様《だんなさま》でござりますか、はい。

画家。此《こ》の奥《おく》さんの……別《べつ》に、何《なん》と言《い》ふではないが、一寸知合《ちよつとしりあひ》だ。

人形使。はい、其《そ》のお知合《しりあひ》の旦那様《だんなさま》に、爺《ぢい》から申上《まをしあ》げます。はい、えゝ、くどい事《こと》は、お聞《き》きづらうございますで。………早《はや》い処《ところ》が、はい、此《こ》の八《や》ツ目鰻《めうなぎ》の生干《なまぼし》を見《み》たやうな、ぬらりと黒《くろ》い、乾《ひ》からびた老耄《おいぼれ》も、若《わか》い時《とき》が一度《いちど》ござりまして、その頃《ころ》に、はい、太《えか》い罪障《ざいしやう》を造《つく》つたでござります。女子《をなご》の事《こと》でござりましての。はい、ものに譬《たと》へやうもござりませぬ。欄間《らんま》にござる天女《てんにん》を、蛇《へび》が捲《ま》いたやうな、いや、奥庭《おくには》の池《いけ》の鯉《こひ》を、蠑螈《ゐもり》が食《く》ひ破《やぶ》りましたさうな儀《ぎ》で。……生命《いのち》も血《ち》も吸《す》ひました。――一旦夢《いつたんゆめ》がさめますると、其《そ》の罪《つみ》の可恐《おそろし》さ。身《み》の置《おき》所《どころ》もござりませぬで。……消《き》えるまで、失《う》せるまでと、雨露《あめつゆ》に命《いのち》を打《う》たせて居《を》りますうちに――四国遍路《しこくへんろ》で逢《あ》ひました廻国《くわいこく》の御出家《ごしゆつけ》――弘法様《こうぼふさま》かと存《ぞん》ぜられます――御坊様《ごばうさま》から、不思議《ふしぎ》に譲《ゆづ》られたでござります。竹操《たけあやつ》りの此《こ》の人形《にんぎやう》も、美《うつく》しい御婦人《ごふじん》でござりますで、爺《ぢい》が、この酒《さけ》を喰《くら》ひます節《せつ》も、嘸《さ》ぞはや可厭《いや》であらうと思《おも》ひますで、遠《とほ》くへお離《はな》し申《まを》して置《お》きます。担《かつ》いで帰《かへ》ります節《せつ》も、酒臭《さけくさ》い息《いき》が掛《か》ゝらうかと、口《くち》に手拭《てぬぐひ》を噛《か》みます仕誼《しぎ》で。……美《うつく》しいお女中様《ぢよちうさま》は、爺《ぢい》の目《め》に、神《かみ》も同然《どうぜん》にをがまれます。それにつけても、はい、昔《むかし》の罪《つみ》が思《おも》はれます。せめて、朝《あさ》に晩《ばん》に、此《こ》の身体《からだ》を折檻《せつかん》されて、拷問苛責《がうもんかしやく》の苦《くるしみ》を受《う》けましたら、何《なに》ほどかの罪滅《つみほろぼ》しに成《な》りませうと、それも、はい、後《のち》の世《よ》の地獄《ぢごく》は恐《おそ》れませぬ。現世《げんせ》の心《こゝろ》の苦《くる》しみが堪《た》へられませぬで、不断常住《ふだんじやうぢう》、其《そ》の事《こと》ばかり望《のぞ》んでは居《を》りますだが、木賃宿《きちんやど》の同宿《どうしゆく》や、堂宮《だうみや》の縁下《えんのした》に共臥《ともぶせ》りをします、婆《ば》ゝ嬶《か》ゝなら何時《いつ》でも打《う》ちも蹴《け》りもしてくれませうが、それでは、念《ねん》が届《とゞ》きませぬ。はて乞食《こじき》が不心得《ふこゝろえ》したゝめに、お生命《いのち》までも、おうしなひに成《な》らつせえましたのは、美《うつく》しいお方《かた》でござりましたもの。矢張《やつぱ》り、美《うつく》しいお方《かた》の苛責《かしやく》でなうては、血《ち》にも肉《にく》にも、些《ちつ》とも響《ひゞ》かぬでござります。――又此《またこ》の希望《のぞみ》が、幽霊《いうれい》や怨念《をんねん》の、念願《ねんぐわん》と同《おな》じ事《こと》でござりましての、此《こ》の面《つら》一《ひと》つを出《だ》したばかりで大概《たいがい》の方《かた》は遁《に》げますで。……よく〳〵の名僧智識《めいそうちしき》か、豪傑《がうけつ》な御仁《ごじん》でないと、聞《き》いてさへ下《くだ》さりませぬ。――此《こ》の老耄《おいぼれ》が生《うま》れまして、六十九年《ろくじふくねん》、此《こ》の願望《ぐわんまう》を起《おこ》しましてから、四十一年目《しじふいちねんめ》の今月《こんげつ》今日《こんにち》。――たつた今《いま》。其《そ》の美《うつく》しい奥方様《おくがたさま》が、通《とほ》りがゝりの乞食《こじき》を呼《よ》んで、願掛《ぐわんがけ》は一《ひと》つ、一《いつ》ケ条何《でうなん》なりとも叶《かな》へて遣《や》らうとおつしやります。――未熟《みじゆく》なれども、家業《かげふ》がら、仏《ほとけ》も出《だ》せば鬼《おに》も出《だ》す、魔《ま》ものを使《つか》ふ顔色《がんしよく》で、威《おど》しては見《み》ましたが、此《こ》の幽霊《いうれい》にも怨念《をんねん》にも、恐《おそ》れなされませぬお覚悟《かくご》を見抜《みぬ》きまして、さらば、お叶《かな》へ下《くだ》されまし、と豫《かね》ての念願《ねんぐわん》を申出《まをしい》でまして、磔柱《はりつけばしら》の罪人《ざいにん》が引廻《ひきまは》しの状《さま》をさせて頂《いたゞ》き、路傍《みちばた》ながら隠場所《かくればしよ》の、此《こ》の山崩《やまくづ》れの窪溜《くぼたまり》へ参《まゐ》りまして、お難有《ありがた》い責折檻《せめせつかん》、苛責《かしやく》を頂《いたゞ》いた儀《ぎ》でござります。……旦那様《だんなさま》。——もし、お美《うつく》しい奥《おく》方様《がたさま》、おありがたうござります。おありがたうござります。

夫人。（はじめて平静《へいせい》に。）お前《まへ》さん、痛《いた》みはしないかい。

人形使。何《なん》の貴女様《あなたさま》、此《こ》の疼痛《いたみ》は、酔《よ》つた顔《かほ》をそより〳〵と春風《はるかぜ》に吹《ふ》かれますも、観音様《くわんおんさま》に柳《やなぎ》の枝《えだ》から甘露《かんろ》を含《ふく》めて頂《いたゞ》きますも、同《おな》じ嬉《うれ》しさでござります。……はたで見《み》ます唯今《たゞいま》の、美女《びぢよ》で以《もつ》て夜叉羅刹《やしやらせつ》のやうな奥方《おくがた》様《さま》のお姿《すがた》は、老耄《おいぼれ》の目《め》には天人《てんにん》、女神《めがみ》を其《そ》のまゝに、尊《たふと》く美《うつく》しく拝《をが》まれました。はい、此《こ》の疼痛《いたみ》のござりますうちだけは、骨《ほね》も筋《すぢ》も柔《やはら》かに、血《ち》も二十代《はたちだい》に若返《わかゞへ》つて、楽《たの》しく、嬉《うれ》しく、日《ひ》を送《おく》るでござりませう。

画家。（且《か》つ傾《かたむ》き、且《か》つ聞《き》きつゝ、冷静《れいせい》に金口煙草《きんぐちたばこ》を燻《くゆ》らす。）お爺《ぢい》さん、煙草《たばこ》を飲《の》むかね。

人形使。いやもう、酒《さけ》が、あか桶《をけ》の水《みづ》なれば、煙草《たばこ》は、亡者《まうじや》の線香《せんかう》でござります。

画家。喫《の》みたまへ。（真珠《しんじゆ》の飾《かざり》のついたる小箱《こばこ》のまゝ、衝《つ》と出《いだ》す。）

人形使。はツ此《これ》は——弘法様《こうぼふさま》の独鈷《どつこ》のやうに輝《かゞや》きます。勿体《もつたい》ない。（這出《はひだ》して、画家《ぐわか》の金口《きんぐち》から吸《す》ひつける。）罰《ばち》の当《あた》つた——勿体《もつたい》ない。此《こ》の紫《むらさき》の雲《くも》に乗《の》りまして、ふは〳〵と……極楽《ごくらく》の空《そら》へ舞《ま》ひませう。

夫人。爺《をぢ》さん、もう行《ゆ》くの。……打《ぶ》たれたばかりで、真個《ほんと》に可《い》いのかい。

人形使。たとひ桂川《かつらがは》が逆《さかさ》に流《なが》れましても、此《これ》に嘘《うそ》はござりませぬ。

夫人。何《なに》か私《わたし》に望《のぞ》んでおくれ。何《ど》うも私《わたし》は気《き》が済《す》まない。

人形使。此《こ》の上《うへ》の望《のぞみ》と申《まを》せば、まだ一度《いちど》も、もう三度《さんど》も、御折檻《ごせつかん》、御打擲《ごちやうちやく》を願《ねが》ひたいばかりでござります。

夫人。そして、それから。

人形使。はあ、其《そ》の上《うへ》の願《ねがひ》と申《まを》せば、此《こ》の身体《からだ》が粉々《こな〴》に成《な》りますまで、朝《あさ》に晩《ばん》に、毎日毎夜《まいにちまいよ》。お美《うつく》しい奥方《おくがた》様《さま》の折檻《せつかん》を受《う》けたいばかりでござります。――はや酔《ゑひ》も覚《さ》めました。もう世迷言《よまひごと》も申《まを》しますまい。――昼《ひる》は遠《ゑん》慮《りよ》がござりますが、真夜中《まよなか》は、狸《たぬき》、獺《かはうそ》、化《ばけ》ものも同然《どうぜん》に、とがめ人《て》のござりませぬ、独鈷《どつこ》の湯《ゆ》へ浸《ひた》ります嬉《うれ》しさに、たつ野《の》の木賃《きちん》に巣《す》をくつて、しばらく此《こ》の山道《やまみち》を修善寺《しゆぜんじ》へ通《かよ》ひましたが――今日《けふ》かぎり下田《しもだ》街道《かいだう》を何処《どこ》へなと流《なが》れます。雲《くも》と水《みづ》と申《まを》したけれど、天《あま》の川《かは》と溝《どぶ》の流《なが》れと分《わか》れましては、もはやお姿《すがた》は影《かげ》も映《うつ》りますまい。お二方様《ふたかたさま》とも、万代《ばんだい》お栄《さか》えなされまし。――静御前様《しづかごぜんさま》、へい〳〵お供《とも》をいたします。

夫人。お待《ま》ちなさい、爺《をぢ》さん。(決意《けつい》を示《しめ》し、衣紋《えもん》を正《たゞ》す。)私《わたし》がお前《まへ》と、其《そ》の溝川《みぞかは》へ流《なが》れ込《こ》んで、十年《じふねん》も百《ひやく》年《ねん》も、お前《まへ》の其《そ》の朝晩《あさばん》の望《のぞ》みを叶《かな》へて上《あ》げませう。

人形使。や〻や。(声《こゑ》に出《だ》さず、顔色《かほいろ》のみ。)

夫人。先生《せんせい》、――私《わたし》は家出《いへで》をいたしました。余所《よそ》の家内《かない》でございます。連戻《つれもど》されるほどでしたら、何処《どこ》の隅《すみ》にも入《はひ》れませうが、此《こ》のま〻では身《み》の置処《おきどころ》がありません。――溝川《みぞかは》に死《し》んだ鯉《こひ》の、あの浅《あさ》ましさを見《み》ますにつけ、死《し》んだ身体《からだ》の醜《みにく》さは、恁《か》う成《な》るものと存《ぞん》じましても、矢張《やつぱ》り毒《どく》を飲《の》むか、身《み》を投《な》げるか、自殺《じさつ》を覚悟《かくご》して居《ゐ》ました。たゞお煩《うる》さ〻の余《あま》りでも、「こんな姿《すがた》に成《な》るだけは、堅《かた》く止《と》める。」と、おつしやいました。……あの先刻《さつき》のお一言《ひとこと》で、私《わたし》は死《し》ぬのだけは止《や》めましてございます。

先生《せんせい》、――私《わたし》は、唯今《たゞいま》では、名《な》ばかりの貧乏華族《びんばふくわぞく》、小糸川《こいとがは》の家内《かない》でございますが。

画家。あ〻子爵《ししやく》でおいでなさる。

夫人。何《なん》ですか、もう……――あの、貴方《あなた》、……前《ぜん》は、貴方《あなた》が、西洋《せいやう》からお帰《かへ》り時分《じぶん》、よく、お夥間《なかま》と御贔《ごひい》屓《き》を遊《あそ》ばして、入《い》らしつて下《くだ》さいました、日本橋《にほんばし》の……(うつとりと更《さら》に画家《ぐわか》の顔《かほ》を見《み》る。)――お忘《わす》れでございますか、お料理《れうり》の、ゆかりの娘《むすめ》の、縫《ぬひ》ですわ。

画家。あ〻、然《さ》うですか。お縫《ぬひ》さん……お妹《いもうと》さんの方《はう》ですね。綺麗《きれい》なお嬢《ぢやう》さんがおいでなさると言《い》ふ事《こと》を、時々風説《ときぐうはさ》に聞《き》きました。

夫人。（はかなさうに。）え〻、先生《せんせい》は、寒《さむ》い時寒《ときさむ》い、と言《い》ふほど以上《いじやう》には、お耳《み〻》には留《と》まらなかつたでございませう。私《わたし》は貴方《あなた》に見《み》られますのが恥《はづ》かしくツて、貴方《あなた》のお座敷《ざしき》ばつかりは、お敷居越《しきゐごし》にも伺《うかゞ》つた事《こと》はありませんが、蔭《かげ》ではお座敷《ざしき》においで遊《あそ》ばす時《とき》の、先生《せんせい》のお言葉《ことば》は、一《ひと》つとして聞《き》き洩《も》らした事《こと》はないくらゐでございます。奥座敷《おくざしき》にお見《み》えの時《とき》は、天井《てんじやう》の上《うへ》に俯《うつむ》向けに成《な》つて聞《き》きます。裏座敷《うらざしき》においでの時《とき》は、小庭《こには》を中《なか》に、湯《ゆ》どのに入《はひ》つて、衣服《きもの》を着《き》てばかりは居《ゐ》られませんから、裸体《はだか》で壁《かべ》に附着《くつゝ》きました。其《そ》のほか、小座敷《こざしき》でも広室《ひろま》でも、我家《わがや》の暗《やみ》をかくれしのぶ身体《からだ》はまるで鼠《ねずみ》のやうで、心《こゝろ》は貴方《あなた》の光《ひかり》のまはりに蛾《ひとりむし》のやうでした。ですが、苦労人《くらうにん》の女中《ぢよちう》にも、わけ知《しり》の姉《あね》たちにも、気《け》ぶりにも悟《さと》られた事《こと》はありません。身《み》ぶり素《そ》ぶりに出《だ》さないのが、真個《ほんと》の我《わ》が身体《からだ》で、口《くち》へ出《だ》して言《い》へないのが、真実《しんじつ》の心《こゝろ》ですわ。唯恥《たゞはづ》かしいのが恋《こひ》ですよ。――ですがもう其《そ》の時分《じぶん》から、ヒステリーではないのか知《し》ら、少《すこ》し気《き》が変《へん》だと言《い》はれました。……貴方《あなた》、お察《さつ》し下《くだ》さいまし。……私《わたし》は全《まつた》く気《き》が変《へん》に成《な》りました。貴方《あなた》が御結婚《ごけつこん》を遊《あそ》ばして、あとまる一年《いちねん》、唯湧《たゞわ》くものは涙《なみだ》ばかり、うるさく伸《の》びるものは髪《かみ》ばかり。座敷牢《ざしきらう》ではありませんが、附添《つきそひ》たちの看護《かんご》の中《なか》に、藻抜《もぬけ》のやうに寝《ね》て居《ゐ》ました。死《し》にもしないで、じれつたい。……消《き》えもしないで、浅《あさ》ましい、死《し》なずに生《い》きて居《ゐ》たんですよ。

――我《わ》が身《み》に返《かへ》りました時《とき》、年紀《とし》も二十《はたち》を三《みつ》つ越《こ》す。広《ひろ》い家《うち》を一杯《いつぱい》に我儘《わがまゝ》をさして可愛《かはい》がつてくれました母親《おふくろ》が亡《な》くなりました。盲目《めくら》の愛《あい》がなくなりますと、明《あかる》い世間《せけん》が暗《くら》く成《な》ります。いまゝで我《わが》まゝが過《す》ぎましたので、其《そ》の上《うへ》の我《わ》がまゝは出来《でき》ない義理《ぎり》に成《な》りました。それでも、まだ我《わ》がまゝで――兄姉《あにあね》たちや、親類《しんるゐ》が、確《たしか》な商人《あきんど》、もの堅《がた》い勤人《つとめにん》と、見立《みた》ててくれました縁談《えんだん》を断《ことわ》つて、唯今《たゞいま》の家《うち》へ参《まゐ》りました。

姑《しうとめ》が一人《ひとり》、小姑《こじうと》が、出戻《でもどり》と二人《ふたり》、女《をんな》です――夫《をつと》に事《つか》ふる道《みち》も、第一《だいゝち》、家風《かふう》だ、と言《い》つて、水《みづ》も私《わたし》が、郊外《かうぐわい》の住居《すまひ》ですから、釣瓶《つるべ》から汲《く》まされます。野菜《やさい》も切《き》ります。……夜《よる》はお姑《しうと》のおともをして、風呂敷《ふろしき》でお惣菜《そうざい》の買《かひ》ものにも出《で》ますんです。――其《それ》を厭《いと》ふものですか。――日本橋《にほんばし》の実家《じつか》からは毎日《まいにち》のおやつと晩《ばん》だけの御馳走《ごちそう》は、重箱《ぢうばこ》と盤台《はんだい》で、其《そ》の日其《ひそ》の日《ひ》に、男衆《をとこしう》が遠《とほ》くを自転車《じてんしや》で運《はこ》ぶんです。が、さし身《み》の角《どく》が寝《ね》たと言《い》つては、料理《れうり》番《ばん》をけなしつけ、玉子《たまご》焼《やき》の形《かたち》が崩《くづ》れたと言《い》つては、客《きやく》の食《た》べ余《あまり》を無礼《ぶれい》だと、お姑《しうと》に、重箱《ぢうばこ》を足蹴《あしげ》にされた事《こと》もあります。はじめは、我身《わがみ》の不束《ふつゝか》ばかりと、怨《うら》めしいも、口惜《くちをし》いも、唯謹《たゞつゝしん》で居《ゐ》ましたが、一年《いちねん》二年《にねん》と経《た》ちますうちに、よく其《そ》の心《こゝろ》が解《わか》りました。――夫《をつと》をはじめに――私《わたし》の身《み》につきました……実家《さと》で預《あづか》ります財産《ざいさん》に、目《め》をつけて居《ゐ》るのです。いまは月々《つきぐ》の其《そ》の利分《りぶん》で、……然《さ》う申《まを》しては如何《いかゞ》ですが、内中《うちぢう》の台所《だいどころ》だけは持《も》つて居《を》るのでございますけれど、其《そ》の位《くらゐ》では不足《ふそく》なのです。――それ姪《めひ》が見合《みあひ》をする、従妹《いとこ》が嫁《よめ》に行《ゆ》くと言《い》つて、私《わたし》の曠着《はれぎ》、櫛笄《くしかうがい》は、其《そ》のたびに無《な》く成《な》ります。盆《ぼん》くれのつかひもの、お交際《つきあひ》の義理《ぎり》ごとに、友染《いうぜん》も白地《しろぢ》も、羽二《はぶた》重《へ》、縮緬《ちりめん》、反《たん》ものは残《のこ》らず払《はら》はれます。実家《さと》へは黙《だま》つて居《を》りますけれど、簞笥《たんす》も大抵空《たいていから》なんです。――…………………………………………………………………………。それで主人《しゆじん》は、詩《し》をつくり、歌《うた》を読《よ》み、脚《きやく》本《ほん》などを書《か》いて投書《とうしよ》をするのが仕事《しごと》です。

画家。其《それ》は弱《よわ》りましたな。けれど、末《すゑ》のお見込《みこみ》はありませう。

夫人。いゝえ、其《そ》の末《すゑ》の見込《みこみ》が、私《わたし》が財産《ざいさん》を持込《もちこ》みませんと、いびり出《だ》されるばかりなんです。咳《せき》をしたと言《いつ》てはひそ〳〵、頭《あたま》を痛《いた》がると言《い》つては、ひそ〳〵。姑《しうと》たちが額《ひたひ》を集《あつ》め、芝居《しばゐ》や、活動《くわつどう》によくある筋《すぢ》の、あの肺病《はいびやう》だから家《うち》のためにはかへられない、と言《い》ふ相談《さうだん》をするのです。――夫《をつと》はたゞ「辛抱《しんばう》を、辛抱《しんばう》を。」と言《い》ふんですが、其《そ》の辛抱《しんばう》をしきれないうち、私《わたし》は死《しん》で了《しま》ひませう。つい此《こ》の間《あひだ》もかぜを引《ひ》いて三日《みつか》寝《ね》ました。水《みづ》をのみに行《ゆ》きます廊下《らうか》で、「今度《こんど》などが汐時《しほどき》ぢや。……養生《やうじやう》と言《い》つて実家《うち》へ帰《かへ》したら。」姑《しうと》たちが話《はな》すのを、ふいに痛《いた》い胸《むね》に聞《き》いたのです。

画家。それは薄情《はくじやう》だ。

夫人。薄情《はくじやう》ぐらゐで済《す》むものですか。——私《わたし》は口惜《くやし》さにかぜが抜《ぬ》けて、あらためて夫《をつと》に言《い》つたんです。「喧《けん》嘩《くわ》をしても実家《さと》から財産《ざいさん》を持《も》つて来《き》ます。其《そ》のかはり唯一度《たゞいちど》で可《よ》うござんす。お姑《しうと》さんを貴方《あなた》の手《て》で、せめて部《へ》屋《や》の外《そと》へ突出《つきだ》して、一人《ひとり》の小姑《こじうと》の髱《たぶさ》を摑《つか》んで、一人《ひとり》の小姑《こじうと》の横《よこ》そつぱうを、ぴしやりと一《ひと》つお打《う》ちなさい。」と………

人形使。(じり〳〵乗出《のりだ》す。)其処《そこ》だ〳〵、其《そ》の事《こと》だ。

画家。はゝゝ、痛快《つうくわい》ですな。しかし穏《おだやか》でない。

夫人。(激怒《げきど》したるが、忘《わす》れたやうに微笑《ほゝゑ》む。)穏《おだやか》でありませんか。

画家。先《ま》づ。……其処《そこ》で。

夫人。きさまは鬼《おに》だ、と夫《をつと》が申《まを》すと、いきなり私《わたし》が、座敷《ざしき》の外《そと》へ突飛《つきと》ばされ、倒《たふ》れる処《ところ》を髱《たぶさ》をつかまれ、横《よこ》そつぱうを打《う》たれました。——其《そ》の晩《ばん》——昨晩《さくばん》——其《そ》の晩《ばん》の、夜《よる》は却《かへ》つて目《め》につきますから、昨日家出《きのふいへで》をしたんです。先生《せんせい》……金魚《きんぎよ》か、植木《うゑき》鉢《ばち》の草《くさ》になつて、おとなしくして居《ゐ》れば、実家《さと》でも、親類《しんるゐ》でも、身《み》一《ひと》つは引取《ひきと》つてくれませう。私《わたし》は意地《いぢ》です、其《それ》は厭《いや》です。……此《こ》の上《うへ》は死《し》ぬほかには、行《ゆ》き処《どころ》のない身体《からだ》を、其《そ》の行《ゆ》きどころを見着《みつ》けました。(決然《けつぜん》として向直《むきなほ》る。)此《こ》のをぢさんと一所《いつしよ》に行《ゆ》きます。——此《こ》の人《ひと》は、婦人《をんな》を虐《しひた》げた罪《つみ》を知《し》つて、朝《あさ》に晩《ばん》に笞《しもと》の折檻《せつかん》を受《う》けたいのです。一《ひと》つは世界《せかい》の女《をんな》にかはつて、私《わたし》が其《そ》の怨《うらみ》を晴《は》らしませう。——此《こ》の人《ひと》は、静御前《しづかごぜん》の人形《にんぎやう》を、うつくしい人《ひと》を礼拝《らいはい》します。私《わたし》は女《をんな》に生《うま》れました、ほこりと果報《くわはう》を、此《こ》の人《ひと》によつて享《う》けませう。——此《こ》の人《ひと》は、死《し》んだ鯉《こひ》の醜《みにく》い死骸《しがい》を拾《ひろ》ひました。……私《わたし》は弱《よわ》い身体《からだ》の行倒《ゆきだふ》れに成《な》つた肉《にく》を、此《こ》の人《ひと》に拾《ひろ》はれたいと存《ぞん》じます。

画家。(或《あるひ》は頷《うなづ》き、又打傾《またうちかたむ》き、やゝ沈思《ちんし》す。)奥《おく》さん、更《あらた》めて、お縫《ぬひ》さん。

夫人。(うれしさうに、あどけなく笑《わら》ふ。)はアい。

画家。貴女《あなた》の其《そ》のお覚悟《かくご》は、他《た》にかへやうはないのですか。

夫人。はい、此《こ》のまゝ、貴方《あなた》、先生《せんせい》が手《て》をひいて、旅館《りよくわん》へお帰《かへ》り下《くだ》さる外《ほか》には――

人形使。然《さ》うだ、然《さ》うだ、其《そ》の事《こと》だ。

画家。（再《ふたゝ》び沈黙《ちんもく》す。）

夫人。（すり寄《よ》る。）先生《せんせい》。

画家。貴女《あなた》、それは御病気《ごびやうき》だ。病気《びやうき》です。けれども私《わたし》は医師《いしや》でない、断言《だんげん》は出来《でき》ません。――貴女《あなた》のお覚悟《かくご》はよくありません。しかし、私《わたし》は人間《にんげん》の道《みち》について、よく解《わか》つて居《を》りません。何《なん》ともお教《をし》へは申《まを》されない。それから私《わたし》が手《て》を取《と》る事《こと》です。是非善悪《ぜひぜんあく》は、さて置《お》いて、それは今《いま》、私《わたし》に決心《けつしん》が着《つ》きかねます。卑怯《ひけふ》に回避《くわいひ》するのではありません。私《わたし》は自分《じぶん》の仕事《しごと》が忙《いそが》しい。いま分別《ふんべつ》をして居《ゐ》る余裕《よゆう》が、――人間《にんげん》の小《ちひ》さいために、お恥《はづ》かしいが出来《でき》ないのです。しかし一月《ひとつき》、半月《はんつき》、しばらくお待《ま》ち下《くだ》さるなら、其《そ》の間《あひだ》に、また、覚悟《かくご》をして見《み》ませう。

夫人。先生《せんせい》、私《わたし》は一晩《ひとばん》かくれますにさへ、顔《かほ》も形《かたち》も変《か》へて居《ゐ》ます。運命《うんめい》は迫《せま》つて居《ゐ》ます。

画家。御尤《ごもつとも》です。――（顔《かほ》を凝視《ぎようし》さるゝに堪《た》へざるものゝ如《ごと》く、目《め》を人形使《にんぎやうつかひ》に返《かへ》す。）爺《ぢい》さん、屹《きつ》とお供《とも》をするかね。

人形使。犬《いぬ》になつて――

（凝《ぢつ》と夫人《ふじん》を抱《だ》き起《おこ》し、其《そ》の腰《こし》の下《した》へ四這《よつば》ひに入《はひ》る背《せ》に、夫人《ふじん》おのづから腰《こし》を掛《か》けつ、尚倒《なほたふ》れむとする手《て》を、画家《ぐわか》たすけ支《さゝ》ふ。）

馬《うま》に成《な》つてお供《とも》をするだよ。

画家。奥《おく》さん、――何事《なにごと》も御随意《ごずゐい》に。

夫人。貴方《あなた》、そのお持《も》ち遊《あそ》ばすお酒《さけ》を下《くだ》さい。——そして媒妁人《なかうど》をして下《くだ》さい。

画家。（無言《むごん》にて、罎《びん》を授《さづ》け、且《か》つ酌《しやく》する。）

夫人。（ウヰスキーを一煽《ひとあふ》りに、吻《ほつ》と息《いき》す。）爺《をぢ》さん、肴《さかな》をなさいよ。

人形使。口上擬《こうじやうまがひ》に、はい小謡《こうた》の真似《まね》でもやりますか。

夫人。いゝえ、其《そ》の腐《くさ》つた鯉《こひ》を、こゝへお出《だ》しな。

人形使。や。

夫人。お出《だ》しなね。刃《は》ものはないの。

人形使。野道《のみち》、山道《やまみち》、野宿《のじゆく》だで、犬《いぬ》おどしは持《も》つとりますだ。（腹《はら》がけのどんぶりより、錆《さ》びたるナイフを抽出《ぬきだ》す。）

画家。あゝ、奥《おく》さん。

夫人。此《こ》の人《ひと》と一所《いつしよ》に行《ゆ》くのです。——此《こ》のくらゐなものを食《た》べられなくては。…………

人形使。やあ、面白《おもしろ》い。俺《おれ》も食《く》ふべい。

画家。（衝《つ》と立《た》ちて面《おもて》を背《そむ》く。）

——南無大師遍照金剛《なむだいしへんぜうこんがう》。——南無大師遍照金剛《なむだいしへんぜうこんがう》——遠《とほ》くに多人数《たにんず》の人声《ひとごゑ》。童男童女《どうなんどうによ》の稚児二人《ちごふたり》のみ先《ま》づ練りつゝ出《い》づ——

稚児一。（いたいけに。）南無大師遍照金剛《なむだいしへんぜうこんがう》。…………

稚児二。（なほいたいけに。）南無大師遍照金剛《なむだいしへんぜうこんがう》。…………

はじめ二人《ふたり》。紫《むらさき》の切《きれ》のさげ髪《がみ》と、白丈長《しろたけなが》の稚髷《ちごまげ》とにて、静《しづか》にねりいで、やがて人形使《にんぎやうつかひ》、夫人《ふじん》、画家《ぐわか》たちを怪《あやし》むが如《ごと》く、ばた〳〵と駈《か》け抜《ぬ》けて、花道《はなみち》の中《なか》ばに急《いそ》ぐ。画家《ぐわか》と夫人《ふじん》と二人《ふたり》、言《い》ひ合《あは》せたる如《ごと》く、ひとしくおなじ向《む》きに立《た》つ。人形使《にんぎやうつかひ》も又真似《またまね》るが如《ごと》く、ひとしくともに手《て》まねき、ひとしくともにさしまねく、此《こ》の光景怪《くわうけいあや》しく凄《すご》し。妖気《えうき》おのづから場《ぢやう》に充《み》つ。稚児二人引戻《ちごふたりひきもど》さる。

画家。い丶児《こ》だ。一寸頼《ちよつとたの》まれておくれ。

夫人。可愛《かはい》い、お稚児《ちご》さんね。

画家。（外套《ぐわいたう》を脱《ぬ》ぎ、草《くさ》に敷《し》く。）奥《おく》さん、爺《ぢい》さんと並《なら》んでお敷《し》きなさい。

夫人。まあ、勿体《もつたい》ない。

画家。否《いや》、その位《くらゐ》な事《こと》は何《なん》でもありません。が貴女《あなた》の病気《びやうき》で、私《わたし》も病気《びやうき》に成《な》つたかも知《し》れません。――さあ、二人《ふたり》でお酌《しやく》をしてあげておくれ。

（夫人《ふじん》、人形使《にんぎやうつかひ》と並《なら》び座《ざ》す。稚児二人恰《ちごふたりあたか》も鬼《おに》に役《えき》せらる丶もの丶如《ごと》く、かはる〴〵酌《しやく》をす。静寂《せいじやく》、雲《くも》くらし。鶯《うぐひす》はせはしく鳴《な》く。笙篳篥幽《しやうしちりきかすか》に聞《きこ》ゆ。――南無大師遍照金剛《なむだいしへんぜうこんがう》――次第《しだい》に声近《こゑちか》づき、やがて村《むら》の老若男女十四五人《らうにやくなんによじふしごにん》、くりかへし唱《とな》へつ丶来《きた》る。）

村の人一。え丶、まあ、御身《おみ》たちやあ何《なに》をしとるだ。

村の人二。大師様《だいしさま》のおつかひ姫《ひめ》だ思《おも》ふで、故《わざ》と遠《とほ》く離《はな》れてるだに。

村の人三。うしろから拝《をが》んで歩行《ある》くだに――いたづらをしては成《な》んねえ。

村の人四五六。（口々《くちぐ》に。）来《こ》うよく。（こんどは稚児《ちご》を真中《まんなか》に。）南無大師遍照金剛《なむだいしへんぜうこんがう》、…………

（かくて、幕《まく》に入《い》る。）

夫人。（外套《ぐわいたう》をとり、塵《ちり》を払《はら》ひ、画家《ぐわか》にきせかく。）唯一度《たゞいちど》ありましたわね――お覚《おぼえ》はありますまい。酔《よ》つて在《い》らしつて、手《て》をお添《そ》へに成《な》りました。此《こ》の手《て》に――もう一度《いちど》、今生《こんじやう》の思出《おもひで》に、もう一度《いちど》。本望《ほんまう》です。（草《くさ》に手《て》をつく。）貴方《あなた》、おなごり惜《をし》う存《ぞん》じます。

画家。私《わたし》こそ。（喟然《きぜん》とする。）

夫人。爺《をぢ》さん、さあ、行《ゆ》かう。

人形使。えゝ、えゝ。然《さ》やうなら旦那様《だんなさま》。

夫人。行《い》かうよ。

（二人行《ふたりゆ》きかゝる。本雨《ほんあめ》。）

画家。（つか〳〵と出《い》で、雨傘《あまがさ》を開《ひら》き、二人《ふたり》にさしかく。）お持《も》ちなさい。

夫人。貴方《あなた》は。

画家。雨《あめ》くらゐは何《なん》の障《さはり》もありません。

夫人。お志《こゝろざし》頂戴《ちやうだい》します。（傘《かさ》を取《と》る時《とき》。）えゝ、こんなぢや。

激《はげ》しく跣足《はだし》に成《な》り、片褄《かたづま》を引上《ひきあ》ぐ、緋《ひ》の紋縮緬《もんちりめん》の長襦袢艶絶《ながじゆばんえんぜつ》なり。爺《おやぢ》の手《て》をぐいと曳《ひ》く。

人形使。（よた〳〵と成《な》つて続《つゞ》きつゝ。）南無大師遍照金剛《なむだいしへんぜうこんがう》。

夫人。（花道《はなみち》の半《なか》ばにして振《ふり》かへる。）先生《せんせい》。

画家、（やゝ、あとに続《つゞ》き見送《みおく》る。）

夫人。世間《せけん》へ、よろしく。……然《さ》やうなら、……

画家。御機嫌《ごきげん》よう。

夫人《ふじん》。（人形使《にんぎやうつかひ》の皺手《しわて》を、脇《わき》に掻込《かいこ》むばかりにして、先《さき》に、番傘《ばんがさ》をかざして、揚幕《あげまく》へ。——）

画家《ぐわか》。（佇《たゝず》み立《た》つ。——間《ま》。——人形使《にんぎやうつかひ》の声《こゑ》揚幕《あげまく》の内《うち》より響《ひゞ》く。）

——南無大師遍照金剛《なむだいしへんぜうこんがう》——

（夫人《ふじん》の声《こゑ》も、又《また》きこゆ。）

――南無大師遍照金剛《なむだいしへんぜうこんがう》――

画家。うむ、魔界《まかい》かな、此《これ》は、はてな、夢《ゆめ》か、いや現実《げんじつ》だ。――（夫人《ふじん》の駒下駄《こまげた》を視《み》る。）えゝ、おれの身《み》も、おれの名《な》も棄《す》てようか。（夫人《ふじん》の駒下駄《こまげた》を手《て》にす。苦悶《くもん》の色《いろ》を顕《あらは》しつゝ。）いや、仕事《しごと》がある。（其《そ》の駒下《こまげ》駄《た》を投棄《なげす》つ。）

雨《あめ》の音留《おとや》む。

福地山修禅寺《ふくちざんしゆぜんじ》の暮六《くれむ》ツの鐘《かね》、鳴《な》る。

――幕。）

# 星あかり

もとより何故《なにゆゑ》といふ理《わけ》はないので、墓石《はかいし》の倒《たふ》れたのを引摺寄《ひきずりよ》せて、二《ふた》ツばかり重《かさ》ねて台《だい》にした。其《そ》の上《うへ》に乗《の》つて、雨戸《あまど》の引合《ひきあは》せの上《うへ》の方《はう》を、ガタ〳〵動《うご》かして見《み》たが、開《あ》きさうにもない。雨戸《あまど》の中《うち》は、相《さう》州《しう》西鎌倉乱橋《にしかまくらみだればし》の妙長寺《めうちやうじ》といふ、法華宗《ほつけしう》の寺《てら》の、本堂《ほんだう》に鄰《とな》つた八畳《でふ》の、横《よこ》に長《なが》い置床《おきどこ》の附《つ》いた座敷《ざしき》で、向《むか》つて左《ゆん》手《で》に、葛籠《つゞら》、革鞄《かばん》などを置《お》いた際《わき》に、山科《やましな》といふ医学生《いがくせい》が四六《しろく》の借蚊帳《かりかや》を釣《つ》つて寝《ね》て居《ゐ》るのである。

声《こゑ》を懸《か》けて、戸《と》を敲《たゝ》いて、開《あ》けておくれ、と言《い》へば、何《なん》の造作《ざうさ》はないのだけれども、止《よ》せ、と留《と》めるのを肯《き》かないで、墓原《はかはら》を夜中《よなか》に徘徊《はいくわい》するのは好心持《いゝこゝろもち》のものだと、二《ふた》ツ三《み》ツ言争《いひあらそ》つて出《で》た、いまのさき、内《うち》で心張棒《しんばりぼう》を構《かま》へたのは自分《じぶん》を閉出《しめだ》したのだと思《おも》ふから、我慢《がまん》にも恃《たの》むまい。……

冷《つめた》い石塔《せきたふ》に手《て》を載《の》せたり、湿臭《しめりくさ》い塔婆《たふば》を摑《つか》んだり、花筒《はなづゝ》の腐水《くされみづ》に星《ほし》の映《うつ》るのを覗《のぞ》いたり、漫歩《そゞろあるき》をして居《ゐ》たが、藪《やぶ》が近《ちか》く、蚊《か》が酷《ひど》いから、座敷《ざしき》の蚊帳《かや》が懐《なつか》しくなつて、内《うち》へ入《はひ》らうと思《おも》つたので、戸《と》を開《あ》けようとすると閉出《しめだ》されたことに気《き》がついた。

それから墓石《はかいし》に乗《の》つて推《お》して見《み》たが、原《もと》より然《さ》うすれば開《あ》くであらうといふ望《のぞみ》があつたのではなく、唯居《たゞゐ》るよりもと、徒《いたづ》らに試《こゝろ》みたばかりなのであつた。

何《なん》にもならないで、ばたりと力《ちから》なく墓石《はかいし》から下《お》りて、腕《うで》を拱《こまぬ》き、差俯向《さしうつむ》いて、ぢつとして立《た》つて居《ゐ》ると、しつきりなしに蚊《か》が集《たか》る。毒虫《どくむし》が苦《くる》しいから、もつと樹立《こだち》の少《すく》い、広々《ひろ〴〵》とした、うるさくない処《ところ》をと、寺《てら》の境内《けいだい》に気《き》がついたから、歩《ある》き出《だ》して、卵塔場《らんたふば》の開戸《ひらきど》から出《で》て、本堂《ほんだう》の前《まへ》に行《い》つた。

然《さ》まで大《おほ》きくもない寺《てら》で、和尚《をしやう》と婆《ばあ》さんと二人《ふたり》で住《す》む。門《もん》まで僅《わづ》か三四間《さんしけん》、左手《ゆんで》は祠《ほこら》の前《まへ》を一坪《ひとつぼ》ばかり花壇《くわだん》にして、松葉牡丹《まつばぼたん》、鬼百合《おにゆり》、夏菊《なつぎく》など、雑植《まぜうゑ》の繁《しげ》つた中《なか》に、向日葵《ひまはり》の花《はな》は高《たか》く蓮《はす》の葉《は》の如《ごと》く押被《おつかぶ》さつて、何時《いつ》の間《ま》にか星《ほし》は隠《かく》れた。鼠色《ねずみいろ》の空《そら》はどんよりして、流《なが》るゝ雲《くも》も何《なん》にもない。なか〳〵気《き》が晴々《せい〳〵》しないから、一層《いつそ》海端《うみばた》へ行《い》つて見《み》ようと思《おも》つて、さて、ぶら〳〵。

門《もん》の左側《ひだりがは》に、井戸《ゐど》が一個《ひとつ》。飲水《のみみづ》ではないので、極《きは》めて塩《しほ》ツ辛《から》いが、底《そこ》は浅《あさ》い。屈《かゞ》むでざぶ〳〵、さるばうで汲《く》み得《え》らるゝ、石畳《いしだゝみ》で穿下《ほりおろ》した合目《あはせめ》には、此《こ》のあたりに産《さん》する何《なん》とかいふ蟹《かに》、甲良《かふら》が黄色《きいろ》で、足《あし》の赤《あか》い、小《ちひ》さなのが数限《かずかぎり》なく群《むらが》つて、動《うご》いて居《ゐ》る、毎朝《まいあさ》此《こ》の水《みづ》で顔《かほ》を洗《あら》ふ。一杯《いつぱい》頭《あたま》から浴《あ》びようとしたけれども、あんな蟹《かに》は、夜中《よなか》に何《なに》をするか分《わか》らぬと思《おも》つてやめた。

門《もん》を出《で》ると、右左《みぎひだり》、二畝《ふたうね》ばかり慰《なぐさ》みに植《う》ゑた青田《あをた》があつて、向《むか》う正面《しやうめん》の畦中《あぜなか》に、琴弾松《ことひきまつ》といふのがある。一昨日《をとつひ》の晩《ばん》、宵《よひ》の口《くち》に、其《そ》の松《まつ》のうらおもてに、ちら〳〵と灯《ひ》が見《み》えたのを、海浜《かいひん》の別荘《べつさう》で花火《はなび》を焚《た》くのだといひ、否《いや》、狐火《きつねび》だともいつた。其《そ》の時《とき》は濡《ぬ》れたやうな真黒《まつくろ》な暗夜《やみよ》だつたから、其《そ》の灯《ひ》で松《まつ》の葉《は》もすら〳〵と透《すき》通《とほ》るやうに青《あを》く見《み》えたが、今《いま》は、恰《あたか》も曇《くも》つた一面《いちめん》の銀泥《ぎんでい》に描《ゑが》いた墨絵《すみゑ》のやうだと、熟《ぢつ》と見《み》ながら、敷石《しきいし》を蹈《ふ》んだが、カラリ〳〵と日和下駄《ひよりげた》の音《おと》の冴《さ》えるのが耳《みゝ》に入《はひ》つて、フと立留《たちとま》つた。

門外《おもて》の道《みち》は、弓形《ゆみなり》に一条《ひとすじ》、ほの〴〵と白《しろ》く、比企《ひき》ケ谷《やつ》の山《やま》から、由井《ゆゐ》ケ浜《はま》の磯際《いそぎは》まで、斜《なゝめ》に鵲《かさゝぎ》の橋《はし》を渡《わた》したやう也《なり》。

ハヤ浪《なみ》の音《おと》が聞《きこ》えて来《き》た。浜《はま》の方《はう》へ五六間《けん》進《すゝ》むと、土橋《どばし》が一架《ひとつ》、並《なみ》の小《ちひ》さなのだけれども、滑川《なめりがは》に架《かゝ》つたのだの、長谷《はせ》の行合橋《ゆきあひばし》だのと、おなじ名《な》に聞《きこ》えた、乱橋《みだればし》といふのである。

此《こ》の上《うへ》で、又《ま》た立停《たちどま》つて前途《ゆくて》を見《み》ながら、由井《ゆゐ》ケ浜《はま》までは、未《ま》だ三町《ちやう》ばかりあると、つく〴〵然《さ》う考《かんが》へた。三町《ちやう》は蓋《けだ》し遠《とほ》い道《みち》ではないが、身体《しんたい》も精神《せいしん》も共《とも》に太《いた》く疲《つか》れて居《ゐ》たから。

しかし、其《その》まゝ素直《まつすぐ》に立《た》つてるのが、余《あま》り辛《つら》かつたから又《ま》た歩《ある》いた。路《みち》の両側《りやうかは》しばらくのあひだ、人家《じんか》が断《た》えては続《つゞ》いたが、いづれも寐静《ねしづ》まつて、白《しら》けた藁屋《わらや》の中《なか》に、何家《どこ》も何家《どこ》も人《ひと》の気勢《けはひ》がせぬ。

其《そ》の寂寞《せきばく》を破《やぶ》る、跫音《あしおと》が高《たか》いので、夜更《よふけ》に里人《さとびと》の懐疑《うたがひ》を受《う》けはしないかといふ懸念《けねん》から、誰《たれ》も咎《とが》めはせぬのに、抜足《ぬきあし》、差足《さしあし》、音《おと》は立《た》てまいと思《おも》ふほど、なほ下駄《げた》の響《ひゞき》が胸《むね》を打《う》つて、耳《みゝ》を貫《つらぬ》く。

何《なに》か自分《じぶん》は世《よ》の中《なか》の一切《いつさい》のものに、現在《いま》、恁《か》く、悄然《しよんぼり》、夜露《よつゆ》で重《おも》ツくるしい、白地《しろぢ》の浴衣《ゆかた》のしをれた、細《ほそ》い姿《すがた》で首《かうべ》を垂《た》れて、唯一人《たゞひとり》、由井《ゆゐ》ケ浜《はま》へ通《つう》ずる砂道《すなみち》を辿《たど》ることを、見《み》られてはならぬ、知《し》られてはならぬ、気取《けど》られてはならぬといふやうな思《おもひ》であるのに、まあ！　廂《ひさし》も、屋根《やね》も、居酒屋《ゐざかや》の軒《のき》にかゝつた杉《すぎ》の葉《は》も、百姓屋《ひやくしやうや》の土間《どま》に据《す》ゑてある粉挽臼《こなひきうす》も、皆目《みなめ》を以《もつ》て、じろじろ睨《ね》めるやうで、身《み》の置処《おきどころ》ないまでに、右《みぎ》から、左《ひだり》から、路《みち》をせばめられて、しめつけられて、小《ちひ》さく、堅《かた》くなつて、おど〳〵して、其癖《そのくせ》、駈《か》け出《だ》さうとする勇気《ゆうき》はなく、凡《およ》そ人間《にんげん》の歩行《ほかう》に、ありツたけの遅《おそ》さで、汗《あせ》になりながら、家々《いへ〳〵》のある処《ところ》をすり抜《ぬ》けて、やう〳〵石地蔵《いしぢざう》の立《た》つ処《ところ》。

ほツと息《いき》をすると、びやう〳〵と、頻《しきり》に犬《いぬ》の吠《ほ》えるのが聞《きこ》えた。

一《ひと》つでない、二《ふた》つでもない。三頭《みつ》も四頭《よつ》も一斉《いつとき》に吠《ほ》え立《た》てるのは、丁《ちやう》ど前途《ゆくて》の浜際《はまぎは》に、また人家《じんか》が七八軒《けん》、浴場《よくぢやう》、荒物屋《あらものや》など一廓《ひとくるわ》になつて居《ゐ》る其《その》あたり。彼処《あすこ》を通抜《とほりぬ》けねばならないと思《おも》ふと、今度《こんど》は寒気《さむけ》がした。我《われ》ながら、自分《じぶん》を怪《あやし》むほどであるから、恐《おそ》ろしく犬《いぬ》を憚《はゞか》つたものである。進《すゝ》まれもせず、引返《ひきかへ》せば、再《ふたゝ》び石臼《いしうす》だの、松《まつ》の葉《は》だの、屋根《やね》にも廂《ひさし》にも睨《にら》まれる、あの、此上《このうへ》もない厭《いや》な思《おもひ》をしなければならぬの歟《か》と、それもならず。静《ぢつ》と立《た》ツてると、天窓《あたま》がふら〳〵、おしつけられるやうな、しめつけられるやうな、犇々《ひし〳〵》と重《おも》いものでおされるやうな、切《せつ》ない、堪《たま》らない気《き》がして、もはや！　横《よこ》に倒《たふ》れようかと思《おも》つた。

処《ところ》へ、荷車《にぐるま》が一台《いちだい》、前方《むかう》から押寄《おしよ》せるが如《ごと》くに動《うご》いて、来《き》たのは……頬被《ほゝかむり》をした百姓《ひやくしやう》である。

これに夢《ゆめ》が覚《さ》めたやうになつて、少《すこ》し元気《げんき》がつく。曳《ひ》いて来《き》たは空車《からぐるま》で、青菜《あをな》も、藁《わら》も乗《の》つて居《ゐ》はしなかつたが、何故《なぜ》か、雪《ゆき》の下《した》の朝市《あさいち》に行《ゆ》くのであらうと見《み》て取《と》つたので、なるほど、星《ほし》の消《き》えたのも、空《そら》が淀《よど》んで居《ゐ》るのも、夜明《よあけ》に間《ま》のない所為《せゐ》であらう。墓原《はかはら》へ出《で》たのは十二時過《じすぎ》、それから、あゝして、あゝして、と此処《ここ》まで来《き》た間《あひだ》のことを心《こゝろ》に繰返《くりかへ》して、大分《だいぶん》の時間《じかん》が経《た》つたから。

と思《おも》ふ内《うち》に、車《くるま》は自分《じぶん》の前《まへ》、ものゝ二三間隔《げんへだ》たる処《ところ》から、左《ひだり》の山道《やまみち》の方《はう》へ曲《まが》つた。雪《ゆき》の下《した》へ行《ゆ》くには、来《き》て、自分《じぶん》と摺《す》れ違《ちが》つて後方《うしろ》へ通《とほ》り抜《ぬ》けねばならないのに、と怪《あやし》みながら見《み》ると、ぼやけた色《いろ》で、夜《よる》の色《いろ》よりも少《すこ》し白《しろ》く見《み》えた車《くるま》も、人《ひと》も、山道《やまみち》の半《なかば》あたりで、ツイ目《め》のさきにあるやうな、大《おほ》きな、鮮《あざやか》な形《かたち》で、ありのまゝ衝《つ》と消《き》えた。

今《いま》は最《も》う、さつきから荷車《にぐるま》が唯《たゞ》辷《すべ》つてあるいて、少《すこ》しも轣轆《れきろく》の音《おと》の聞《きこ》えなかつたことも念頭《ねんとう》に置《お》かないで、早《はや》く此《こ》の懊悩《あうなう》を洗《あら》ひ流《なが》さうと、一直線《いつちよくせん》に、夜明《よあけ》に間《ま》もないと考《かんが》へたから、人憚《ひとはゞか》らず足早《あしばや》に進《すゝ》むだ。荒物屋《あらものや》の軒《のき》下《した》の薄暗《うすくら》い処《ところ》に、斑犬《ぶちいぬ》が一頭《とう》、うしろ向《むき》に長《なが》く伸《の》びて寝《ね》て居《ゐ》たばかり、事《こと》なく出《で》たのは浜《はま》、由井《ゆゐ》ケ浜《はま》である。

碧潮金砂《へきてうきんさ》、昼《ひる》の趣《おもむき》とは違《ちが》つて、霊山《りやうざん》ケ崎《さき》の突端《とつぱな》と、小坪《こつぼ》の浜《はま》でおしまはした遠浅《とほあさ》は、暗黒《あんこく》の色《いろ》を帯《お》び、伊豆《いづ》の七島《しちたう》も見《み》ゆるといふ蒼海原《あをうなばら》は、さゝ濁《にごり》に濁《にご》つて、果《はて》なくおつかぶさつたやうに堆《うづたか》い水面《すゐめん》は、おなじ色《いろ》に空《そら》に連《つらな》つて居《ゐ》る。浪打際《なみうちぎは》は綿《わた》をば束《つか》ねたやうな白《しろ》い波《なみ》、波頭《なみがしら》に泡《あわ》を立《た》てゝ、だうと寄《よ》せては、ざつと、おうやうに、重々《おもく》しう、飜《ひるがへ》ると、ひた〳〵と押寄《おしよ》せるが如《ごと》くに来《く》る。これは、一秒《べう》に砂一粒《すないちりふ》、幾億万年《いくおくまんねん》の後《のち》には、此《こ》の大陸《たいりく》を浸《ひた》し尽《つく》さうとする処《ところ》の水《みづ》で、いまも、瞬間《しゆんかん》の後《のち》も、咄嗟《とつさ》のさきも、正《まさ》に然《しか》なすべく働《はたら》いて居《ゐ》るのであるが、自分《じぶん》は余《あま》り大陸《たいりく》の一端《いつたん》が浪《なみ》のために喰欠《くひか》かれることの疾《はや》いのを、心細《こゝろぼそ》く感《かん》ずるばかりであつた。

妙長寺《めうちやうじ》に寄宿《きしゆく》してから、三十日《にち》ばかりになるが、先《さき》に来《き》た時分《じぶん》とは浜《はま》が著《いちじる》しく縮《ちゞ》まつて居《ゐ》る。町《まち》を離《はな》れてから浪打際《なみうちぎは》まで、凡《およ》そ二百歩《ぽ》もあつた筈《はず》なのが、白砂《はくさ》に足《あし》を踏掛《ふみか》けたと思《おも》ふと、早《は》や爪先《つまさき》が冷《つめた》く浪《なみ》のさきに触《ふ》れたので、昼間《ひるま》は鉄《てつ》の鍋《なべ》で煮上《にあ》げたやうな砂《すな》が、皆《みな》ずぶ〱に濡《ぬ》れて、冷《ひやつ》こく、宛然《さながら》網《あみ》の下《した》を、水《みづ》が潜《くゞ》つて寄《よ》せ来《く》るやう、砂地《すなち》に立《た》つてゝも身体《からだ》が揺《ゆら》ぎさうに思《おも》はれて、不安心《ふあんしん》でならぬから、浪《なみ》が襲《おそ》ふと、すた〱と後《あと》へ退《の》き、浪《なみ》が返《かへ》ると、すた〱と前《まへ》へ進《すゝ》むで、砂《すな》の上《うへ》に唯一人《たゞひとり》、やがて星《ほし》一《ひと》つない下《した》に、果《はて》のない蒼海《あをうみ》の浪《なみ》に、あはれ果敢《はかな》い、弱《よわ》い、力《ちから》のない、身体《からだ》単個《ひとつ》弄《もてあそ》ばれて、刎返《はねかへ》されて居《ゐ》るのだ、と心付《こゝろつ》いて悚然《ぞつ》とした。

時《とき》に大浪《おほなみ》が、一《ひと》あて推寄《おしよ》せたのに足《あし》を打《う》たれて、気《き》も上《うは》ずツて蹌踉《よろ》けかゝつた。手《て》が、砂地《すなち》に引上《ひきあ》げてある難破船《なんぱせん》の、纔《わづ》かに其形《そのかたち》を留《とゞ》めて居《ゐ》る、三十石積《こくづみ》と見覚《みおぼ》えのある、其《そ》の舷《ふなばた》にかゝつて、五寸釘《ごすんくぎ》をヒヤ〱と掴《つか》んで、また身震《みぶるひ》をした。下駄《げた》はさつきから砂地《すなち》を駈《か》ける内《うち》に、いつの間《ま》にか脱《ぬ》いでしまつて、跣足《はだし》である。

何故《なぜ》かは知《し》らぬが、此船《このふね》にでも乗《の》つて助《たす》からうと、片手《かたて》を舷《ふなばた》に添《そ》へて、あわたゞしく擦上《ずりあが》らうとする、足《あし》が砂《すな》を離《はな》れて空《くう》にかゝり、胸《むね》が前屈《まへかゞ》みになつて、がつくり俯向《うつむ》いた目《め》に、船底《ふなぞこ》に銀《ぎん》のやうな水《みづ》が溜《たま》つて居《ゐ》るのを見《み》た。

思《おも》はず、あツといつて失望《しつぱう》した時《とき》、轟々轟《ぐわう〱〱》といふ波《なみ》の音《おと》。山《やま》を覆《くつがへ》したやうに大畝《おほうねり》が来《き》たとばかりで、——跣足《はだし》で一文字《いちもんじ》に引返《ひきかへ》したが、吐息《といき》もならず——、寺《てら》の門《もん》を入《はひ》ると、其処《そこ》まで透間《すきま》もなく追縋《おひすが》ツた、灰汁《あく》を覆《かへ》したやうな海《うみ》は、自分《じぶん》の背《せなか》から放《はな》れて去《い》つた。

引《ひ》き息《いき》で飛着《とびつ》いた、本堂《ほんだう》の戸《と》を、力《ちから》まかせにがたぴしと開《あ》ける、屋根《やね》の上《うへ》で、ガラ〱ガラといふ響《ひゞき》。瓦《かはら》が残《のこ》らず飛上《とびあが》つて、舞立《まひた》つて、乱合《みだれあ》つて、打破《うちやぶ》れた音《おと》がしたので、はツと思《おも》ふと、目《め》が眩《くら》むで、耳《みゝ》が聞《きこ》えなくなつた。が、うツかりした、疲《つか》れ果《は》てた、倒《たふ》れさうな自分《じぶん》の身体《からだ》は、……夢中《むちう》で、色《いろ》の褪《あ》せた、天井《てんじやう》の低《ひく》い、皺《しわ》だらけな蚊帳《かや》の片隅《かたすみ》を掴《つか》んで、暗《くら》くなつた灯《ひ》の影《かげ》に、透《す》かして蚊帳《かや》の内《うち》を覗《のぞ》いた。

医学生《いがくせい》は、肌脱《はだぬぎ》で、うつむけに寝《ね》て、蹈返《ふみかへ》した夜具《やぐ》の上《うへ》へ、両足《りやうあし》を投懸《なげか》けて眠《ねむ》つて居《ゐ》る。ト枕《まくら》を並《なら》べ、仰向《あをむけ》になり、胸《むね》の上《うへ》に片手《かたて》を力《ちから》なく、片手《かたて》を投出《なげだ》し、足《あし》をのばして、口《くち》を結《むす》んだ顔《かほ》は、灯《ひ》の片《かた》影《かげ》になつて、一人《ひとり》すや〳〵と寐《ね》て居《ゐ》るのを、……一目見《ひとめみ》ると、其《それ》は自分《じぶん》、……であつたので、天窓《あたま》から氷《こほり》を浴《あ》びたやうに筋《すぢ》がしまつた。

ひたと冷《つめた》い汗《あせ》になつて、眼《め》を睜《みひら》き、殺《ころ》されるのであらうと思《おも》ひながら、すかして蚊帳《かや》の外《そと》を見《み》た。が、墓原《はかはら》をさまよつて、乱橋《みだればし》から由井《ゆゐ》ケ浜《はま》をうろついて死《し》にさうになつて帰《かへ》つて来《き》た自分《じぶん》の姿《すがた》は、立《た》つて、蚊帳《かや》に縋《すが》つては居《ゐ》なかつた。

ものゝけはひを、夜毎《よごと》の心持《こゝろもち》で考《かんが》へると、まだ三時《じ》には間《ま》があつたので、最《も》う最《も》うあたまがおもいから、其《その》まゝ黙《だま》つて、母上《はゝうへ》の御名《おんな》を念《ねん》じた。——人《ひと》は恁《か》ういふことから気《き》が違《ちが》ふのであらう。

# 清心庵

# 一

米《こめ》と塩《しほ》とは尼君《あまぎみ》が市《まち》に出《い》で行《ゆ》きたまふとて、庵《いほり》に残《のこ》したまひたれば、摩耶《まや》も予《よ》も餓《う》うることなかるべし。固《もと》より山中《さんちう》の孤家《ひとつや》なり。甘《あま》きものも酢《す》きものも摩耶《まや》は欲《ほ》しからずといふ、予《よ》もまた同《おな》じきなり。

柄《え》長《なが》く椎《しひ》の葉《は》ばかりなる、小《ちひさ》き鎌《かま》を腰《こし》にしつ。籠《かご》をば糸《いと》つけて肩《かた》に懸《か》け、袷短《あはせみじか》に草履《ざうり》穿《は》きたり。かくてわれ庵《いほり》を出《い》でしは、午《ご》の時過《ときす》ぐる比《ころ》なりき。

麓《ふもと》に遠《とほ》き市人《いちびと》は東雲《しのゝめ》よりするもあり。まだ夜明《よあ》けざるに来《きた》るあり。芝茸《しばたけ》、松茸《まつだけ》、しめぢ、松露《しようろ》など、小笹《をざゝ》の蔭《かげ》、芝《しば》の中《なか》、雑木《ざふき》の奥《おく》、谷間《たにあひ》に、いと多《おほ》き山《やま》なれど、狩《か》る人《ひと》の数《かず》もまた多《おほ》し。

昨日《きのふ》一昨日《をとゝひ》雨降《あめふ》りて、山《やま》の地湿《つちしめ》りたれば、茸《きのこ》の獲物《えもの》然《さ》こそとて、朝霧《あさぎり》の晴《は》れもあへぬに、人影山《ひとかげやま》に入乱《いりみだ》れつ。いまはハヤ朽葉《くちば》の下《した》をもあさりたらむ。五七人《にん》、三五人《にん》、出盛《でさか》りたるが断続《だんぞく》して、群《む》れては坂《さか》を帰《かへ》りゆくに、いかにわれ山《やま》の庵《いほり》に馴《な》れて、あたりの地味《ちみ》にくはしとて、何《なに》ほどのものか獲《え》らるべき。

米《こめ》と塩《しほ》とは貯《たくは》へたり。筧《かけひ》の水《みづ》はいと清《きよ》ければ、たとひ木《き》の実《み》一個《ひとつ》獲《え》ずもあれ、摩耶《まや》も予《よ》も餓《う》うることなかるべく、甘《あま》きものも酢《す》きものも渠《かれ》はたえて欲《ほ》しからずといふ。

されば予《よ》が茸狩《たけか》らむとて来《きた》りしも、毒《どく》なき味《あぢはひ》の甘《あま》きを獲《え》て、煮《に》て食《くら》はむとするにはあらず。姿《すがた》のおもしろき、色《いろ》のうつくしきを取《と》りて帰《かへ》りて、見《み》せて楽《たのし》ませむと思《おも》ひしのみ。

「爺《ぢい》や、この茸《たけ》は毒《どく》なんか。」

「え、お前様《まへさま》、其奴《そいつ》あ、うつかりしようもんならやられますぜ。紅茸《べにたけ》といつてね、見《み》ると綺麗《きれい》でさ。それ、表《おもて》は紅《べに》を流《なが》したやうで、裏《うち》はハア真白《まつしろ》で、茸《きのこ》の中《なか》ぢやあ一番《いちばん》うつくしいんだけんど、食《た》べられましねえ。あぶれた手合《てあひ》が欲《ほ》しさうに見《み》ちやあ指《ゆび》をくはへる奴《やつ》でね、そいつばツかりや塩《しほ》を浴《あ》びせたつて埒明《らちあ》きませぬぢや、おツぽり出《だ》してしまはつせえよ。はい、」

といひかけて、行《ゆ》かむとしたる、山番《やまばん》の爺《ぢゞ》はわれらが庵《いほり》を五六町《ちやう》隔《へだ》てたる山寺《やまでら》の下《した》に、小屋《こや》かけて唯一人《たゞひとり》住《す》みたるなり。

風吹《かぜふ》けば倒《たふ》れ、雨露《うろ》に朽《く》ちて、卒堵婆《そとば》は絶《た》えてあらざれど、傾《かたむ》きたるまゝ苔蒸《こけむ》すまゝに、共有地《きよういうち》の墓《はか》いまなほ残《のこ》りて、松《まつ》の蔭《かげ》の処々《ところ〴〵》に数多《かずおほ》く、春夏冬《はるなつふゆ》は人《ひと》もこそ訪《と》はね、盂蘭盆《うらぼん》にはさすがに詣《まう》で来《く》る縁者《えんじや》もあるを、いやが上《うへ》に荒《あ》れ果《は》てさして、霊地《れいち》の跡《あと》を空《むな》しうせじとて、心《こゝろ》ある市《まち》の者《もの》より、田畑《たはた》少《すこ》し附属《ふぞく》して養《やしな》ひ置《お》く、山番《やまばん》の爺《ぢゞ》は顔丸《かほまろ》く、色煤《いろすゝ》びて、眼《まなこ》は窪《くぼ》み、鼻円《はなまろ》く、眉《まゆ》は白《しろ》くなりて針金《はりがね》の如《ごと》きが五六本《ぽん》短《みじか》く生《お》ひたり。継《つぎ》はぎの股《もゝ》引膝《ひきひざ》までして、毛脛《けずね》細《ほそ》く瘠《や》せたれども、健《すこや》かに。谷《たに》を攀《よ》ぢ、峰《みね》にのぼり、森《もり》の中《なか》をくゞりなどして、杖《つゑ》をもつかで見《み》めぐるにぞ、盗人《ぬすびと》の来《き》て林《はやし》に潜《ひそ》むことなく、わが庵《いほり》も安《やす》らかに、摩耶《まや》も頼母《たのも》しく思《おも》ふにこそ、われも懐《なつか》しゝと思《おも》ひたり。

「食《た》べやしないんだよ。爺《ぢい》や、唯玩弄《たゞおもちや》にするんだから。」

「それならば可《よ》うごすが。」

爺《ぢゞ》は手桶《てをけ》を提《ひつさ》げ居《ゐ》たり。

「何《なん》でもかう其水《そのみづ》ン中《なか》へうつして見《み》るとの、はつきりと影《かげ》の映《うつ》る奴《やつ》は食《た》べられますで、茸《きのこ》の影《かげ》がぼんやりするのは毒《どく》がありますぢや。覚《おぼ》えて置《お》かつしやい。」

まめだちていふ。頷《うなづ》きながら、

「一杯《いつぱいの》呑ましておくれな。咽喉《のど》が渇《かわ》いて、しやうがないんだから。」

「さあ〳〵、いまお寺《てら》から汲《く》んで来《き》たお初穂《はつほ》だ、あがんなさい。」

掬《むす》ばむとして猶豫《ため》らひぬ。

「柄杓《ひしやく》がないな、爺《ぢい》や、お前《まへ》ン処《とこ》まで一所《いつしよ》に行《ゆ》かう。」

「何《なに》が、仏様《ほとけさま》へお茶《ちや》を煮《に》てあげるんだけんど、お前様《まへさま》のきれいなお手《て》だ、ようごす、つツこんで呑《の》まつしやいさ。」

俯向《うつむ》きざま掌《たなそこ》に掬《すく》ひてのみぬ。清涼掬《せいりやうきく》すべし、此水《このみづ》の味《あぢ》はわれ心得《こゝろえ》たり。遊山《ゆさん》の折々《をり〳〵》彼《か》の山寺《やまでら》の井戸《ゐど》の水《みづ》試《こゝろ》みたるに、わが家《いへ》のそれと異《こと》らずよく似《に》たり。実《げ》によき水《みづ》ぞ、市中《まちなか》にはまた類《たぐひ》あらじと亡《な》き母《はゝ》のたまひき。いまこれをはじめならず、われもまたしば〳〵くらべ見《み》つ。摩耶《まや》と二人《ふたり》いま住《す》まへる尼君《あまぎみ》の庵《いほり》なる筧《かけひ》の水《みづ》も其《その》味《あぢはひ》これと異《こと》るなし。悪熱《あくねつ》のあらむ時《とき》三《み》ツの水《みづ》のいづれをか掬《むす》ばんに、わが心地《こゝち》いかならむ。忘《わす》るゝばかりのみはてたり。

「うんや遠慮《ゑんりよ》さつしやるな、水《みづ》だ。ほい、強《し》ひるにも当《あた》らぬかの。おゝ、それからいまのさき、私《わし》が田圃《たんぼ》から帰《かへ》りがけに、うつくしい女衆《をんなしう》が、二人《ふたり》づれ、丁稚《でつち》が一人《ひとり》、若《わか》い衆《しう》が三人《さんにん》で、駕籠《かご》を舁《か》いてぞろ〳〵とやつて来《き》をつた。や、其《それ》が空駕籠《からかご》ぢやつたわ。もし〳〵、清心様《せいしんさま》とおつしやる尼様《あまさま》のお寺《てら》はどちらへ、と問《と》ひくさる。はあ、それならと手《て》を取《と》るやうに教《をし》へてやつけが、お前様用《まへさまよう》でもないかの。いゝ加減《かげん》に遊《あそ》ばつしやつたら、迷《まひ》児《ご》にならずに帰《けえ》らつしやいよ、奥様《おくさま》が待《ま》つてござらうに。」

と語《かた》りもあへず歩《あゆ》み去《さ》りぬ。摩耶《まや》が身《み》に事《こと》なきか。

# 二

まひ茸《たけ》は其形細《そのかたちほそ》き珊瑚《さんご》の枝《えだ》に似《に》たり。軸白《ぢくしろ》くして薄紅《うすべに》の色《いろ》さしたると、樺色《かばいろ》なると、また黄《き》なると、三ツ五ツはあらむ、芝茸《しばたけ》はわれ取《と》つて捨《す》てぬ。最《もつと》も数多《かずおほ》く獲《え》たるは紅茸《べにたけ》なり。

こは山蔭《やまかげ》の土《つち》の色鼠《いろねずみ》に、朽葉《くちば》黒《くろ》かりし小暗《をぐら》きなかに、まはり一抱《ひとかゝへ》もありたらむ榎《えのき》の株《かぶ》を取巻《とりま》きて濡色《ぬれいろ》の紅《くれなゐ》したゝるばかり塵《ちり》も留《と》めず地《つち》に敷《し》きて生《お》ひたるなりき。一《ひと》ツづゝ其《その》なかばを取《と》りしに思《おも》ひがけず真黒《まくろ》なる蛇《へび》の小《ちひ》さきが紫《むらさき》の蜘蛛《くも》追《お》ひ駈《か》けて、縦横《たてよこ》に走《はし》りたれば、見《み》るからに毒々《どく〳〵》しく、あまれるは残《のこ》して留《や》みつ。

松《まつ》の根《ね》に踞《つくば》ひて、籠《かご》のなかさしのぞく。この茸《きのこ》の数《かず》も、誰《た》がためにか獲《え》たる、あはれ摩耶《まや》は市《いち》に帰《かへ》るべし。

山番《やまばん》の爺《ぢゞ》がいひたる如《ごと》く駕籠《かご》は来《き》て、われよりさきに庵《いほり》の柴折戸《しをりど》にひたと立《た》てられたり。壮佼《わかもの》居《ゐ》て一人《ひとり》は棒《ぼう》に頤《おとがひ》つき、他《た》は下《した》に居《ゐ》て煙草《たばこ》のみつ。内《うち》にはうらわかきと、冴《さ》えたると、しめやかなる女《をんな》の声《こゑ》して、摩耶《まや》のものいふは聞《きこ》えざりしが、いかでわれ入《はひ》らるべき。人《ひと》に顔《かほ》見《み》するがもの憂《う》ければこそ、摩耶《まや》も予《よ》もこの庵《いほり》には籠《こも》りたれ。面合《おもてあは》すに憚《はゞか》りたれば、ソと物《もの》の蔭《かげ》になりつ。故《ことさ》らに隔《へだゝ》りたれば窃《ぬす》み聴《き》かむよしもあらざれど、渠等《かれら》空《から》駕籠《かご》は持《も》て来《き》たり、大方《おほかた》は家《いへ》よりして迎《むかひ》に来《きた》りしものならむを、手《て》を空《むな》しうして帰《かへ》るべしや。

一同《いちどう》が庵《いほり》を去《さ》らむ時《とき》、摩耶《まや》もまた去《さ》らでやある、もの食《く》はでもわれは餓《う》ゑまじきを、かゝるもの何《なに》かせむ。

打《うち》こぼし投《な》げ払《はら》ひし籠《かご》の底《そこ》に残《のこ》りたる唯一《たゞひと》ツありし松茸《まつたけ》の、手《て》の触《ふ》れしあとの錆《さび》つきて斑《まだ》らに緑晶《ろくしやう》の色染《いろし》みしさへあぢきなく、手《て》に取《と》りて見《み》つゝわれ俯向《うつむ》きぬ。

顔《かほ》の色《いろ》も沈《しづ》みけむ、日《ひ》もハヤたそがれたり。濃《こ》かりし蒼空《あをぞら》も淡《あは》くなりぬ、山《やま》の端《は》に白《しろ》き雲起《くもおこ》りて、練衣《ねりぎぬ》の如《ごと》き艶《つやゝ》かなる月《つき》の影《かげ》さし初《そ》めしが、刷《は》いたるやう広《ひろ》がりて、墨《すみ》の色《いろ》せる巓《いたゞき》と連《つらな》りたり。山《やま》はいまだ暮《くれ》ならず、夕《ゆふ》日《ひ》の余波《なごり》あるあたり、薄紫《うすむらさき》の雲《くも》も見《み》ゆ。そよとばかり風立《かぜた》つまゝに、むら薄《すゝき》の穂《ほ》打靡《うちなび》きて、肩《かた》のあたりに秋《あき》ぞ染《し》むなる。さきには汗出《あせい》でゝ咽喉《のんど》渇《かわ》くに、爺《ぢゞ》にもとめて山《やま》の井戸《ゐど》の水飲《みづの》みたりし、其冷《そのひやゝ》かさおもひ出《い》でつ。さる時《とき》の我《われ》といまの我《われ》と月《つき》を隔《へだ》つる思《おも》ひあり。青《あを》き袷《あはせ》に黒《くろ》き帯《おび》して瘠《や》せたるわが姿《すがた》つく〴〵と眴《みまは》しながら淋《さみ》しき山《やま》に腰掛《こしか》けたる、何人《なにびと》もかゝる状《さま》は、やがて皆孤児《みなみなしご》になるべき兆《きざし》なり。

小笹《をざゝ》ざわ〳〵と音《おと》したれば、ふと頭《かしら》を擡《もた》げて見《み》ぬ。やゝ光《ひかり》の増《ま》し来《きた》れる半輪《はんりん》の月《つき》を背《せ》に、黒《くろ》き姿《すがた》して薪《たきゞ》をば小脇《こわき》にかゝへ、崖《がけ》よりぬツくと出《い》でゝ、薄原《すゝきはら》に顕《あらは》れしは、またぬぐりあひたるよ、彼《か》の山番《やまばん》の爺《ぢゞ》なりき。

「まだ帰《かへ》らつしやらねえの。おゝ、薄《うす》ら寒《さむ》くなりをつた。」

と呟《つぶや》くが如《ごと》くにいひて、かゝる時《とき》、かゝる出会《いであひ》の度々《たび〳〵》なれば、故《わざ》とには近寄《ちかよ》らで離《はな》れたるまゝに横《よこ》ぎりて爺《ぢゞ》は去《さ》りたり。

「千《せん》ちやん。」

「え。」

予《よ》は驚《おどろ》きて顧《みかへ》りぬ。振返《ふりかへ》れば女居《をんなゐ》たり。

「こんな処《ところ》に一人《ひとり》で居《ゐ》るの。」

といひかけてまづ微笑《ほゝゑ》みぬ。年紀《とし》は三十《みそぢ》に近《ちか》かるべし、色白《いろしろ》く妍《かほよ》き女《をんな》の、眼《め》の働《はたら》き活々《いき〳〵》して風采《とりなり》の侠《きやん》なるが、帯《おび》じめきりと裳《もすそ》を深《ふか》く、凜々《りゝ》しげなる扮装《いでたち》しつ。中《なか》ざしキラ〳〵とさし込《こ》みつゝ円髷《まるまげ》の艶《つやゝ》かなる、旧《もと》わが居《ゐ》たる町《まち》に住《す》みて、亡《な》き母上《はゝうへ》とも往来《ゆきゝ》しき。年紀《とし》少《わか》くて孀《やもめ》になりしが、摩耶《まや》の家《いへ》に奉公《ほうこう》するよし、予《よ》も豫《かね》て見知《みし》りたり。

眼《め》を見合《みあは》せてさしむかひつ。予《よ》は何事《なにごと》もなく頷《うなづ》きぬ。

女《をんな》はぢつと予《よ》を瞻《みまも》りしが急《きふ》にまた打笑《うちわら》へり。

「何《ど》うもこれぢやあ密通《まをとこ》をしようといふ顔《かほ》ぢやあないね。」

「何《なに》をいふんだ。」

「何《なに》をもないもんですよ、千《せん》ちやん、お前様《まへさん》は。」

いひかけて渠《かれ》はやゝ真顔《まがほ》になりぬ。

「一体《いつたい》お前様《まへさん》まあ、何《ど》うしたといふんですね、驚《おどろ》いたぢやあゝりませんか。」

「何《なに》をいふんさ。」

「あれ、また何《なに》をぢやアありませんよ。盗人《ぬすびと》を捕《とら》へて見《み》ればわが児《こ》なりか、内《うち》の御新造様《ごしんぞさま》のいゝ人《ひと》は、お目《め》に懸《か》ゝるとお前様《まへさん》だもの。驚《おどろ》くぢやあゝりませんか。え、千《せん》ちやん、まあ何《なん》でも可《い》いから、お前様《まへさん》ひとつ何《なん》とかいつて、内《うち》の御新造様《ごしんぞさま》を返《かへ》して下《くだ》さい。裏店《うらだな》の嬶《かゝ》々が飛出《とびだ》したつて、お附合《つきあひ》五六軒《けん》は、おや、とばかりで騒《さわ》ぐわねえ。千《せん》ちやん、何《なん》だつてお前様《まへさん》、殿様《とのさま》のお城《しろ》か、内《うち》のお邸《やしき》かといふ家《いへ》の若御新造《わかごしんぞ》が、此間《このあひだ》の御遊山《ごゆさん》から直《す》ぐに何処《どこ》へ行《い》らつしやつたかお帰《かへ》りがない、お行方《ゆくへ》が知《し》れないといふのぢやあゝりませんか。ぱツとしたら国中《くにぢう》の騒動《さうどう》になりますわ。お出入《でいり》が八方《はつぱう》へ飛出《とびだ》すばかりでも、二千や三千の提灯《ちやうちん》は駈《か》けまはらうといふもんです。まあ察《さつ》しても御覧《ごらん》なさい。

これが下々《したぐ》のものならばさ、片膚脱《かたはだぬぎ》の出刃庖丁《でばばうちやう》の向《むか》う鬮巻《はちまき》か何《なん》かで、阿魔《あま》！　とばかりで飛出《とびだ》す訳《わけ》ぢやあゝるんだけれど、何《なん》しろねえ、御身分《ごみぶん》が御身分《ごみぶん》だから、実《じつ》は大《おほ》きな声《こゑ》を出《だ》すことも出来《でき》ないで、旦那様《だんなさま》は、蒼《あを》くなつて在《い》らつしやるんだわ。

今朝《けさ》のこツたね、不断一八《ふだんいつぱち》に茶《ちや》の湯《ゆ》のお合手《あひて》に入《い》らつしやつた、山《やま》のお前様《まへさん》、尼様《あまさま》の、清心様《せいしんさま》がね、あの方《かた》はね、平時《いつも》はお前様《まへさん》、八十にもなつて居《ゐ》てさ、山《やま》から下駄《げた》穿《ばき》でしやん〳〵と下《お》りて入《い》らつしやるのに、不思議《ふしぎ》と草鞋《わらぢ》穿《ばき》で、饅頭笠《まんぢうがさ》か何《なに》かで遣《や》つて見《み》えてさ、まあ、斯《か》うだわ。

(御宅《おたく》の御新造様《ごしんぞさま》は、私《わし》ン処《とこ》に居《ゐ》ますで案《あん》じさつしやるな、したがな、また旧《もと》なりにお前《まへ》の処《ところ》へは来《こ》ないからさう思《おも》はつしやいよ。)

と好《すき》なことをいつて、草鞋《わらぢ》も脱《ぬ》がないで、さつ〱去《い》つておしまひなすツたでせう。さあ騒《さわ》ぐまいか。彼方此方《あつちこち》聞きあはすと、アノ尼様《あまさま》はこの四五日前《しごんちまへ》から方々《はう〴〵》の帰依者《きえしや》ン家《とこ》をずつと廻《まは》つて、一々《いち〱》、

(私《わし》は些少《ちつと》思《おも》ひ立《た》つことがあつて行脚《あんぎや》に出《で》ます。しばらく逢《あ》はぬでお暇乞《いとまごひ》ぢや。そして言《い》つて置《お》くが、皆《みな》の衆《しう》決《けつ》して私《わし》が留守《るす》へ行《い》つて、戸《と》をあけることはなりませぬぞ。)

とさういつておあるきなすツたさうさ、ね、そして、肝心《かんじん》のお邸《やしき》を、一番《いちばん》あとまはしだらうぢやあないかえ、これも酷《ひど》いわね。」

三

「うつちやつちやあ置《お》かれない、いえ、置《お》かれない処《どころ》ぢやあない。直《す》ぐお迎《むか》ひをといふので、お前様《まへさん》、旦那《だんな》に伺《うかゞ》ふとまあ何《ど》うだらう。

御遊山《ごゆさん》を遊《あそ》ばした時《とき》のお伴《とも》のなかに、内々《ない〱》清心庵《あまでら》に在《い》らつしやることを突留《つきと》めて、知《し》つたものがあつて、先《せん》にもう旦那様《だんなさま》に申《まを》しあげて、あら立《だ》てゝはお家《いへ》の瑕瑾《かきん》といふので、そつとこれまでにお使《つかひ》が何遍《なんべん》も立《た》つたといふぢやあゝりませんか。

御新造様《ごしんぞさま》は何《なん》といつても平気《へいき》でお帰《かへ》り遊《あそ》ばさないといふんだもの。えゝ！　飛《と》んでもない、何《なん》とおつしやつたつて引張《ひつぱ》つてお連《つ》れ申《まを》しませうとさ、私《わたし》とお仲《なか》さんといふのが二人《ふたり》で、男衆《をとこしう》を連《つ》れてお駕籠《かご》を持《も》つてさ、えツちらおツちらお山《やま》へ来《き》たといふもんです。

尋《たづ》ねあてゝ、尼様《あまさん》の家《とこ》へ行《い》つて、お頼《たの》み申《まを》します、とやると、お前様《まへさん》。

（誰方《どなた》）

とおつしやつて、あの薄暗《うすぐら》いなかにさ、胸《むね》の処《ところ》から少《すこ》し上《うへ》をお出《だ》し遊《あそ》ばして、真白《まつしろ》な細《ほそ》いお手《て》の指《ゆび》が五本衝《ほんつい》立《たて》の縁《へり》へかゝつたのが、はツきり見《み》えたわ、御新造様《ごしんぞさま》だあね。

お髪《ぐし》がちいつと乱《みだ》れてさ、藤色《ふぢいろ》の袷《あはせ》で、ありやしかも千《せん》ちやん、此間《このあひだ》お出《で》かけになる時《とき》に私《わたし》が後《うしろ》からお懸《か》け申《まを》したお召《めし》だらうぢやあゝりませんか。凄《すご》かつたわ。おやといつて皆後《みんなあと》じさりをしましたね。

驚《おどろ》きましたね、そりや旧《もと》のことをいへば、何《なん》だけれど、第一《だいゝち》お前様《まへさん》、うちの御新造様《ごしんぞさま》とおつしやる方《かた》がさ、頼《たの》みます、誰方《どなた》といふことを此《この》五六年《ねん》ぢやあ、もう忘《わす》れておしまひ遊《あそ》ばしたゞらうと思《おも》つたもの。

誰《だれ》だぢやあございません。さて、あなたはといふことになると、

（また、迎《むかひ》かい。）

といつて、笑《わら》つて在《い》らつしやるといふもんです。いえまたも何《なに》も、滅相《めつさう》な。

（皆御苦労《みんなごくらう》よ。だけれど私《わたし》あまだ帰《かへ》らないから、かまはないでおくれ。些少《ちつと》やすんだらお帰《かへ》りだといゝ。お湯《ぶう》でもあげるんだけれど、それよりか庭《には》のね筧《かけひ》の水《みづ》が大層《たいそう》〳〵おいしいよ。）

なんて澄《すま》して在《い》らつしやるんだもの。何《なん》だか私《わたし》たちあ余《あんま》りな御様子《ごやうす》に呆《あき》れつちまつて、茫乎《ぼんやり》したね、こりやまあ魅《つま》まれてゞも居《ゐ》ないか不知《しら》と思《おも》つた位《くらゐ》だわ。

いきなり後《うしろ》からお背《せな》を推《お》して、お手《て》を引張《ひつぱ》つてといふわけにもゆかないのでね、まあ、御挨拶半分《ごあいさつはんぶん》に、お邸《やしき》はアノ通《とほ》り、御身分《ごみぶん》は申《まを》すまでもございません。お実家《さと》には親御様《おやごさま》お両方《ふたかた》ともお達者《たつしや》なり、姑御《しうとご》と申《まを》すはなし、小姑一人《こじうといちにん》ございますか。旦那様《だんなさま》は御存《ごぞん》じでもございませう。さうかといつて御気分《ごきぶん》がお悪《わる》いでもなく、何《なに》が御《ご》不足《ふそく》で、尼《あま》になんぞならうと思《おぼ》し召《め》すのでございますと、お仲《なか》さんと二人《ふたり》両方《りやうはう》から寄《よ》りますとね。御新造様《ごしんぞさま》が、

（いゝえ、私《わたし》は尼《あま》になんぞなりはしないから。）

（へえ、それではまた何《ど》う遊《あそ》ばしてこんな処《ところ》に、）

（ちつと用《よう》があつて、）

とおつしやるから、何《ど》ういふご用《よう》でツて、まあ聞《き》きました。

（そんなこといはれるのがうるさいから此処《こゝ》に居《ゐ》るんだもの。可《い》いから、お帰《かへ》り。）

とこんな御様子《ごやうす》なの。だつて、それぢやあ困《こま》るわね。帰《かへ》るも帰《かへ》らないもありやあしないわ。

ぢやあまあ其《それ》は断《た》つてお聞《き》き申《まを》しませんまでも、一体此家《いつたいこゝ》にはお一人《ひとり》でございますかつて聞《き》くと、

（二人《ふたり》。）とかうおつしやつた。

さあ、黙《だま》つちやあ居《ゐ》られやしないや。

かう〳〵いふわけですから、尼様《あまさま》と御一所《ごいつしよ》ではなからうし、誰方《どなた》とお二人《ふたり》でといふとね、

（可愛《かはい》い児《こ》とさあ、）とお笑《わら》ひなすつた。

うむ、こりや仔細《しさい》のないこつた。華族様《くわぞくさま》の御台様《みだいさま》を世話《せわ》でお暮《くら》し遊《あそ》ばすといふ御身分《ごみぶん》で、考《かんが》へて見《み》りやお名《な》もまや様《さま》で、夫人《ふじん》といふのが奥様《おくさま》のことだといつて見《み》れば、何《なん》のことはない、大倭文庫《やまとぶんこ》の、御台様《みだいさま》さね、つまり苦労《くらう》のない摩耶夫人様《まやふじんさま》だから、大方洒落《おほかたしやれ》に、ちよいと雪山《せつざん》のといふ処《ところ》をやつて、御覧遊《ごらんあそ》ばすのであらう。凝《こ》つたお道楽《だうらく》だ。

とまあ思《おも》つちやあ見《み》たものゝ、千《せん》ちやん、常々《つねぐ》の御気象《ごきしやう》がそんなんぢやあおあんなさらない。……でせう。

可愛《かはい》い児《こ》とおつしやるから、何《なん》ぞ尼寺《あまでら》でお気《き》に入《い》つたかなりやでもお見付《みつ》け遊《あそ》ばしたのか不知《しら》なんと思《おも》つてさ、うかゞつて驚《おどろ》いたのは、千《せん》ちやんお前様《まへさん》のことぢやあないかね。

（いつでもうはさをして居《ゐ》たからお前《まへ》たちも知《し》つておいでだらう。蘭《らん》や、お前《まへ》が御存《ごぞん》じの。）

とおつしやつたのが、何《なん》と十八になる男《をとこ》だもの、お仲《なか》さんが吃驚《びつくり》しようぢやあないか。千《せん》ちやん、私《わたし》も久《ひさ》しく逢《あ》はないで、きのふけふのお前様《まへさん》は知《し》らないから——千《せん》ちやん、——むゝ、お妙《たへ》さんの児《こ》の千《せん》ちやん、なるほど可愛《かはい》い児《こ》だと実《じつ》をいへば、はじめは私《わたし》もそれならばと思《おも》つたがね、考《かんが》へて見《み》ると、お前様《まへさん》、いつまで、九《こゝの》ツや十《とを》で居《ゐ》るものか。もう十八だとさう思《おも》つて驚《おどろ》いたわ。

何《なん》の事《こと》はない、密通《まをとこ》だね。

いくら思案《しあん》をしたつて御新造様《ごしんぞさま》は人《ひと》の女房《にようばう》さ。そりやいくら邸《やしき》の御新造様《ごしんぞさま》だつて、何《なん》だつて矢張女房《やつぱりにようばう》だもの。女房《にようばう》がさ、千《せん》ちやん、たとひ千《せん》ちやんだつて何《なん》だつて、男《をとこ》と二人《ふたり》で隠《かく》れて居《ゐ》りや、何《なん》のことはない、怒《おこ》つちやあいけませんよ、矢張何《やつぱりなに》さ。

途方《とはう》もない、乱暴《らんばう》な小僧《こぞ》ツ児《こ》の癖《くせ》に、失礼《しつれい》な、末恐《すゑおそろ》しい、見下《みさ》げ果《は》てた、何《なん》の生意気《なまいき》なことをいつたつて私《わたし》が家《とこ》に今《いま》でもある、アノ籐《とう》で編《あ》んだ茶台《ちやだい》は何《ど》うだい、嬰児《がき》が這《は》つてあるいて玩弄《おもちや》にして、チユウ〳〵噛《か》んで吸《す》つた歯形《はがた》がついて残《のこ》ツてら。叱《しか》り倒《たふ》してと、まあさ、怒《おこ》つちやあ嫌《いや》よ。」

## 四

「それが何《なに》も、御新造様《ごしんぞさま》さへ素直《すなほ》に帰《かへ》るといつて下《くだ》さりや、何《なん》でもないことだけれど、何《ど》うしても帰《かへ》らないとおつしやるんだもの。

お帰《かへ》り遊《あそ》ばさないたつて、其《それ》で済《す》むわけのものぢやあございません。一体何《いつたいど》う遊《あそ》ばす思召《おぼしめし》でございます。

（あの児《こ》と一所《いつしよ》に暮《くら》さうと思《おも》つて、）

とばかりぢやあ、困《こま》ります。どんなになさいました処《ところ》で、千《せん》ちやんと御一所《ごいつしよ》においで遊《あそ》ばすわけにはまゐりません。

(だから、此家《こゝ》に居《ゐ》るんぢやあないか。)

其此家《そのこゝ》は山《やま》ン中《なか》の尼寺《あまでら》ぢやあゝりませんか。こんな処《ところ》にあの児《こ》と二人《ふたり》おいで遊《あそ》ばしては、世間《せけん》で何《なん》と申《まを》しませう。

(何《なん》といはれたつて可《い》いんだから、)

それでは、あなた、旦那様《だんなさま》に済《す》みますまい。第一親御様《だいゝちおやごさま》なり、また、

(いゝえ、それだからもう一生人《いつしやうひと》づきあひをしないつもりで居《ゐ》る。私《わたし》が分《わか》つてるから、可《い》いから、お前《まへ》たちは帰《かへ》つておしまひ、可《い》いから、分《わか》つて居《ゐ》るのだから、)

とそんな分《わか》らないことがありますか。ね、千《せん》ちやん、いくら私《わたし》たちが家来《けらい》だからたつて、ものゝ理《り》は理《り》さ、あんまりな御無理《ごむり》だから種々《いろ〳〵》言ふと、しまひにやあ只《たゞ》、

(だつて不可《いけな》いから、不可《いけな》いから、)

とばかりおつしやつて果《はて》しがないの。もうかうなりや何《ど》うしたつてかまやしない。何《ど》んなことをしてなりと、お詫《わび》はあとですることゝ、無理《むり》やりにも力《ちから》づくで、此方《こつち》は五人《にん》、何《なん》の、あんな御新造様《ごしんぞさま》、腕《うで》づくなら此蘭一人《このらんひとり》で沢山《たくさん》だわ。さあといふと、屹《きつ》と遊《あそ》ばして、

(何《なに》をおしだ、お前達《まへたち》、私《わたし》を何《なん》だと思《おも》ふのだい、)

とおつしやるから、はあ、そりやお邸《やしき》の御新造様《ごしんぞさま》だと、さう申《まを》し上《あ》げると、

(女中《じよちう》たちが、そんな乱暴《らんばう》なことをして済《す》みますか。良人《やど》なら知《し》らぬこと、両親《ふたおや》にだつて、指一本《ゆびいつぽん》さゝしはしない。)

あれで威勢《ゐせい》がおあんなさるから、何《ど》うして、屹《きつ》と、おからだがすわると、すくんじまわあね。でもさ、そんな分《わか》らないことをおつしやれば、もう御新造様《ごしんぞさま》でも何《なん》でもない。

(他人《たにん》ならばうつちやつて置《お》いておくれ。)

と斯《か》うでせう。何《なん》てつたつて、とてもいふことをお肯《き》き遊《あそ》ばさないお気《き》だから仕《し》やうがない。がそれで世《よ》の中《なか》が済《す》むのぢやあないんだもの。

ぢやあ旦那様《だんなさま》がお迎《むかひ》にお出《い》で遊《あそ》ばしたら、

(それでも帰《かへ》らないよ。)

無理《むり》にも連《つ》れようと遊《あそ》ばしたら、

(さうすりや御身分《ごみぶん》にかゝはるばかりだもの。)

もう何《ど》う遊《あそ》ばしたといふのだらう。それぢやあ、旦那様《だんなさま》と千《せん》ちやんと、どちらが大事《だいじ》でございますつて、此《この》上《うへ》のいひやうがないから聞《き》いたの。さうするとお前様《まへさん》、

(えゝ、旦那様《だんなさま》は私《わたし》が居《ゐ》なくつても可《い》いけれど、千《せん》ちやんは一所《いつしよ》に居《ゐ》てあげないと死《し》んでおしまひだから可《か》哀相《はいさう》だもの。)

とこれぢやあもう何《なん》にもいふことはありませんわ。こゝなの、こゝなんだがね、千《せん》ちやん、一体《いつたい》こりやま、お前《まへ》さん何《ど》うしたといふのだね。」

女《をんな》はいひかけてまた予《よ》が顔《かほ》を瞻《みまも》りぬ。予《よ》はほと一呼吸《ひといき》ついたり。

「摩耶《まや》さんが知《し》つておいでだよ、私《わたし》は何《なん》にも分《わか》らないんだ。」

「え、分《わか》らない。お前《まへ》さん、まあ、だつて御自分《ごじぶん》のことが御自分《ごじぶん》に。」

予《よ》は何《なん》とかいふべき。

「お前《まへ》、それが分《わか》る位《くらゐ》なら、何《なに》もこんなにやなりやしない。」

「あゝれ、また此処《こゝ》でもかうだもの。」

五

女《をんな》はあらためて、

「一体詮《いつたいせん》じ詰《つ》めた処《ところ》が千《せん》ちやん、御新造様《ごしんぞさま》と一所《いつしよ》に居《ゐ》て何《ど》うしようといふのだね。」

さることはわれも知《し》らず。

「別《べつ》に何《ど》うつてことはないんだ。」

「まあ。」

「別《べつ》に、」

「まあさ、御飯《ごはん》をたいて。」

「詰《つま》らないことを。」

「まあさ、御飯《ごはん》をたいて、食《た》べる、それから、」

「話《はなし》をしてるよ。」

「話《はなし》をして、それから。」

「知《し》らない。」

「まあ、それから。」

「寝《ね》つちまふさ。」

「串戯《じようだん》ぢやあないよ。そしてお前様《まへさん》、いつまでさうして居《ゐ》るつもりなの。」

「死《し》ぬまで。」

「え、死《し》ぬまで。もう大抵《たいてい》ぢやあないのね。まあ、そんならさうとして、話《はなし》は早《はや》い方《はう》が可《い》いが、千《せん》ちやん、お聞《き》き。私《わたし》だつて何《なに》も彼家《あすこ》へは御譜代《ごふだい》といふわけぢやあなしさ、早《はや》い話《はなし》が、お前《まへ》さんの母様《おつかさん》とも私《わたし》あ知合《しりあひ》だつたし、そりや内《うち》の旦那《だんな》より、お前《まへ》さんの方《はう》が私《わたし》やまつたくの所《ところ》、可愛《かはい》いわ。可《い》いかね。

処《ところ》でいくらお前《まへ》さんが可愛《かはい》い顔《かほ》をしてるたつて、情婦《いろ》を拵《こしら》へたつて、何《なに》も此年紀《このとし》をしてものゝ道理《だうり》がさ、私《わたし》がやつかむにも当《あた》らずか、打明《うちあ》けた所《ところ》、お前《まへ》さん、御新造様《ごしんぞさま》と出来《でき》たのかね。え、千《せん》ちやん、出来《でき》たのなら其《その》つもりさ。お楽《たのしみ》！　てなことで引退《ひきさが》らうぢやあないか。不思議《ふしぎ》で堪《たま》らないから聞《き》くんだが、何《ど》うだね、出来《でき》たわけかね。」

「何《なに》がさ。」

「何《なに》がぢやあないよ、お前《まへ》さん出来《でき》たのなら出来《でき》たで可《い》いぢやあないか、いつておしまひなね。」

「だつて出来《でき》たつて、分《わか》らないもの。」

「むゝ、何《ど》うもこれぢやあ拵《こしら》へようといふ柄《がら》ぢやあないや。いえね、何《なに》も忠義《ちうぎ》だてをするんぢやないが、御《ご》新造様《しんぞさま》があんまりだからツイ私《わたし》だつてむつとしたわね。行《ゆき》がゝりだもの、お前《まへ》さん、この様子《やうす》ぢやあ皆《みんな》こりやアノ児のせゐだ。小児《こども》の癖《くせ》にいきすぎな、何時《いつ》のまにませたらう、取《と》つゝかまへてあやまらせてやらう。私《わたし》ならぐうの音《ね》も出《だ》させやしないと、まあ、さう思《おも》つたもんだから、些少《ちつと》も言分《いひぶん》は立《た》たないし、跋《ばつ》も悪《わる》しで、あつちやあお仲《なか》さんにまかして置《お》いて、お前《まへ》さんを探《さが》して来《き》たんだがね。

逢《あ》つて見《み》ると、何《ど》うして、矢張千《やつぱりせん》ちやんだ、だつてこの様子《やうす》で密通《まをとこ》も何《なに》もあつたもんぢやあないやね。何《なん》だか些少《ちつと》も分《わか》らないが、まあ、内《うち》の御新造様《ごしんぞさま》と、お前様《まへさん》とは何《ど》うしたといふのだね。」

知《し》らず、これをもまた何《なに》とかいはむ。

「摩耶《まや》さんは何《なん》とおいひだつたえ。」

「御新造《ごしんぞ》さんは、なかよしの朋達《ともだち》だつて。」

かくてこそ。

「まつたく左様《さう》なんだ。」

渠《かれ》は肯《がへん》ずる色《いろ》あらざりき。

「だつてさ、何《なん》だつてまた、たかゞなかの可《い》いお朋達位《ともだちぐらゐ》で、お前様《まへさん》、五年《ねん》ぶりで逢《あ》つたつて、六年《ねん》ぶりで逢《あ》つたつて、顔《かほ》を見《み》ると気《き》が遠《とほ》くなつて、気絶《きぜつ》するなんて、人《ひと》がありますか。千《せん》ちやん、何《なん》だつて然《さ》うい ふぢやあゝりませんか。御新造様《ごしんぞさま》のお話《はな》しでは、このあひだ尼寺《あまでら》でお前《まへ》さんとお逢《あ》ひなすつた時《とき》、お前《まへ》さんは気絶《ひきつけ》ツちまつたといふぢやあゝりませんか。それでさ、御新造様《ごしんぞさま》は、あの児《こ》がそんなに思《おも》つてくれるんだもの、何《ど》うして置《お》いて行《ゆ》かれるものか、なんて好《すき》なことをおつしやつたがね、何《ど》うしたといふのだね。」

げにさることもありしよし、あとにてわれ摩耶《まや》に聞《き》きて知《し》りぬ。

「だつて、何《なに》も自分《じぶん》ぢやあ気《き》がつかなかつたんだから、何《ど》ういふわけだか知《し》りやしないよ。」

「知《し》らないたつて、何《ど》うもをかしいぢやあゝりませんか。」

「摩耶《まや》さんに聞《き》くさ。」

「御新造様《ごしんぞさま》に聞《き》きや、矢張千《やつぱりせん》ちやんにお聞《き》きと、さうおつしやるんだもの。何《なに》が何《なん》だか私《わたし》たちにやあ些少《ちつと》も訳《わけ》がわかりやしない。」

然《しか》り、さることのくはしくは、世《よ》に尼君《あまぎみ》ならで知《し》りたまはじ。

「お前《まへ》、私達《わたしたち》だつて、口《くち》ぢやあ分《わか》るやうにいへないよ。皆尼様《みんなあまさん》が御存《ごぞん》じだから、聞《き》きたきやあの方《かた》に聞《き》くが可《い》いんだ。」

「そら〳〵、其尼様《そのあまさん》だね、その尼様《あまさん》が全体分《ぜんたいわか》らないんだね。名僧《めいそう》の、智識《ちしき》の、僧正《そうじやう》の、何《なん》のツても、今時《いまどき》の御出家《ごしゆつけ》に、女《をんな》でこそあれ、山《やま》の清心《せいしん》さんくらゐの方《かた》はありやしない。

もう八十にもなつておいでだのに、法華経《ほけきやう》二十八巻《くわん》を立読《たてよみ》に遊《あそ》ばして、お茶《ちや》一《ひと》ツあがらない御修行《ごしゆぎやう》だと、他《た》宗《しう》の人《ひと》でも、何《なん》でも、あの尼様《あまさん》といやあ拝《をが》むのさ。

それに何《ど》うだらう。お互《たがひ》の情《こゝろ》を通《つう》じあつて、恋《こひ》の橋渡《はしわたし》をおしぢやあないか。何《なん》の事《こと》はない、こりや万事《ばんじ》人《ひと》の悪《わる》い髪結《かみゆひ》の役《やく》だあね。おまけにお前様《まへさん》、あの薄暗《うすくら》い尼寺《あまでら》を若《わか》いもの同士《どうし》にあけ渡《わた》して、御機嫌《ごきげん》よう、か何《なん》かで、ふいと何処《どこ》かへ遁《に》げた日《ひ》になつて見《み》りや、破戒無慙《はかいむざん》といふのだね。乱暴《らんばう》ぢやあないか。千《せん》ちやん、尼《あま》さんだつて七十八十まで行《おこな》ひ澄《すま》して居《ゐ》ながら、お前《まへ》さんのために、ありやまあ何《どう》したといふのだらう。何《なに》か、千《せん》ちやん処《とこ》は尼《あま》さんのお主筋《しうすぢ》でもあるのかい。さうでなきや分《わか》らないわ。何《ど》んな因縁《いんねん》だね。」

と心籠《こゝろこ》めて問《と》ふ状《さま》なり。尼君《あまぎみ》のためなれば、われ少《すこ》しく語《かた》るべし。

「お前《まへ》も知《し》つておいでだね、母上《おつかさん》は身《み》を投《な》げてお亡《な》くなんなすつたのを。」

「あゝ。」

「ありやね、尼様《あまさん》が殺《ころ》したんだ。」

「何《なん》ですと。」

女《をんな》は驚《おどろ》きて目《め》を瞬《みは》りぬ。

## 六

「いゝえ、手《て》を懸《か》けたといふんぢやあない。私《わたし》は未《ま》だ九歳時分《こゝのつじぶん》のことだから、何《ど》んなだか、くはしい訳《わけ》は知《し》らないけれど、母様《おつかさん》は、お前《まへ》、何《なに》か心配《しんぱい》なことがあつて、それで世《よ》の中《なか》が嫌《いや》におなりで、くよ〳〵して在《い》らつしやつたんだが、名高《なだか》い尼様《あまさん》だから、話《はなし》をしたら、慰《なぐさ》めて下《くだ》さるだらうつて、私《わたし》の手《て》を引《ひ》いて、しかも、冬《ふゆ》の事《こと》だね。

ちら〳〵雪《ゆき》の降《ふ》るなかを山《やま》へのぼつて、尼寺《あまでら》をおたづねなすツて、炉《ろ》の中《なか》へ何《なん》だか書《か》いたり、消《け》したりなぞして、しんみり話《はなし》をしておいでだつたが、やがてね、二時間《じかん》ばかり経《た》つてお帰《かへ》りだつた、ちやうど晩方《ばんがた》で、ぴゆう〳〵風《かぜ》が吹《ふ》いてたんだ。

尼様《あまさん》が上框《あがりかまち》まで送《おく》つて来《き》て、分《わか》れて出《で》ると、戸《と》を閉《し》めたの。少《すこ》し行懸《ゆきかゝ》ると、内《うち》で、

(おゝ、寒《さむ》、寒《さむ》。)と不作法《ぶさはふ》な大《おほ》きな声《こゑ》で、アノ尼様《あまさん》がいつたのが聞《きこ》えると、母様《おつかさん》が立停《たちどま》つて、何故《なぜ》だか顔《かほ》の色《いろ》をおかへなすつたのを、私《わたし》は小児心《こどもごゝろ》にも覚《おぼ》えて居《ゐ》る。それから、しを〳〵として山《やま》をお下《お》りなすつた時《とき》は、もうとつぷり暮《く》れて、雪《ゆき》が、お前《まへ》、霙《みぞれ》になつたらう。

麓《ふもと》の川《かは》の橋《はし》へかゝると、鼠色《ねずみいろ》の水《みづ》が一杯《いつぱい》で、ひだをうつて大蜿《おほうね》りに蜿《うね》つちやあ、どう〳〵つて聞《きこ》えてさ。真《まつ》黒《くろ》な線《すぢ》のやうになつて、横《よこ》ぶりにびしや〳〵と頬辺《ほつぺた》を打《う》つちやあ霙《みぞれ》が消《き》えるんだ。一山《ひとやま》々々《〳〵》になつてる柳《やなぎ》の枯《か》れたのが、渦《うづ》を巻《ま》いて、それで森《しん》として、あかり一《ひと》ツ見《み》えなかつたんだ。母様《おつかさん》が、

(尼《あま》になつても、矢張寒《やつぱりさむ》いんだもの。)

と独言《ひとりごと》のやうにおつしやつたが、其《そ》れつきり何処《どこ》かへ行《い》らしやつたの。私《わたし》は眼《め》が眩《くら》んぢまつて、些少《ちつと》も知《し》らなかつた。

えゝ! それで、もうそれつきりお顔《かほ》が見《み》られずじまひ。年《とし》も月《つき》もうろ覚《おぼ》え、其癖《そのくせ》、嫁入《よめいり》をお為《し》の時《とき》はちやんと知《し》つてるけれど、はじめて逢《あ》ひ出《だ》した時《とき》は覚《おぼ》えちやあ居《ゐ》ないが、何《なん》でも摩耶《まや》さんとは其年《そのとし》から知合《しりあ》つたんだとさう思《おも》つた。

私《わたし》はね、母様《おつかさん》がお亡《な》くなんなすつたつて、夫《それ》を承知《しやうち》ァ出来《でき》ないんだ。

そりやものも分《わか》つたし、お亡《なく》なんなすつたことは知《し》つてるが、何《ど》うしてもあきらめられない。

何《なん》の詰《つま》らない、学校《がくかう》へ行《い》つたつて、人《ひと》とつきあつたつて、母様《おつかさん》が活《い》きてお帰《かへ》りぢやあなし、何《なん》にするものか。とさう思《おも》ふほど、お顔《かほ》が見《み》たくツて、堪《たま》らないから、何《ど》うしませう〳〵、何《ど》うかしておくれな。何《ど》うでもして下《くだ》さいなツて、摩耶《まや》さんが嫁入《よめいり》をして、逢《あ》へなくなつてからは、なほの事《こと》だ、行《い》つちやあ尼様《あまさん》を強請《ねだ》つたんだ。私《わたし》あ、だゞを捏《こ》ねたんだ。

見《み》ても、何《なん》でも分《わか》つたやうな、すべて承知《しようち》をして居《ゐ》るやうな、何《なん》でも出来《でき》るやうな、神通《じんつう》でもあるやうな、尼様《あまさん》だもの。何《ど》うにかしてくれないことはなからうと思《おも》つて、其《その》かはり、自分《じぶん》の思《おも》つてることは皆打《みんなうち》あけて、いつて、さうしちやあ眼《め》を瞑《ねむ》つて尼様《あまさん》に暴《あば》れたんだね。

「さういふわけさ。」

他《ほか》に理窟《りくつ》もなんにもない、此間《このあひだ》も、尼《あま》さン処《とこ》へ行《い》つて、例《れい》のをやつてる時《とき》に、すつと入《はひ》つておいでなのが、摩耶《まや》さんだつた。

私《わたし》は何《なん》とも知《し》らなかつたけれど、気《き》が着《つ》いたら、尼様《あまさん》が、頭《あたま》を撫《な》でゝ、

(千坊《せんばう》や、これで可《い》いのぢやや。米《こめ》も塩《しほ》も納屋《なや》にあるから、出《だ》してたべさして貰《もら》はつしやいよ。私《わし》は一寸町《ちよつとまち》まで托鉢《たくはつ》に出懸《でか》けます。大人《おとな》しくして留守《るす》をするのぢやぞ。)

とさうおつしやつた切《きり》、お前《まへ》、草鞋《わらぢ》を穿《は》いてお出懸《でかけ》で、戻《もど》つておいでのやうすもないもの。

摩耶《まや》さんは一所《いつしよ》に居《ゐ》ておくれだし、私《わたし》はまた摩耶《まや》さんと一所《いつしよ》に居《ゐ》りや、母様《おつかさん》のこと、何《ど》うにか堪忍《かんにん》が出来《でき》るのだから、もう何《なに》も彼《か》もうつちやつちまつたんさ。

お前《まへ》、私《わたし》にだつて、理窟《りくつ》は分《わか》りやしない、摩耶《まや》さんも一所《いつしよ》に居《ゐ》りや、何《なん》にも食《た》べたくも何《なん》ともないとさうおいひだもの。気《き》が合《あ》つたんだから、なかゞいゝお朋達《ともだち》だらうよ。」

かくいひし間《ま》にいろ〳〵のことこそ思《おも》はれた。胸痛《むねいた》くなりたれば俯向《うつむ》きぬ。女《をんな》が傍《かたはら》に在《あ》るも予《よ》はうるさくな

りたり。

「だから、もう他《ほか》に何《なん》ともいひやうは無《な》いのだから、あれがあゝだから済《す》まないの、義理《ぎり》だの、済《す》まないぢやあないかなんて、もう聞《き》いちやあいけない。人《ひと》とさ、ものをいつてるのがうるさいから、それだから、かうしてるんだから、何《ど》うでも可《い》いから、もう帰《かへ》つておくれな。摩耶《まや》さんが帰《かへ》るとおいひなら連《つ》れてお帰《かへ》り。大方《おほかた》、お前《まへ》たちがいふことはお肯《き》きぢやあるまいよ。」

予《よ》はわが襟《えり》を掻《か》き合《あは》せぬ。さきより踞《つくば》ひたる頭《かしら》次第《しだい》に垂《た》れて、芝生《しばふ》に片手《かたて》つかんずまで、打沈《うちしづ》みたりし女《をんな》の、此時《このとき》やう〳〵顔《かほ》をばあげ、いま更《さら》にまた瞳《ひとみ》を定《さだ》めて、他《た》のこと思《おも》ひ居《ゐ》る、わが顔《かほ》、瞻《みまも》るよと覚《おぼ》えしが、しめやかなるものいひしたり。

「可《よ》うござんす。千《せん》ちやん、私《わたし》たちの心《こゝろ》とは何《なに》かまるで変《かは》つてるやうで、お言葉《ことば》は腑《ふ》に落《お》ちないけれど、さつきもあんなにやあ言《い》つたものゝ、いま此処《こゝ》へ、尼様《あまさん》がおいで遊《あそ》ばせば、矢張《やつぱり》つむりが下《さが》るんです。尼様《あまさん》は尊《たふと》く思《おも》ひますから、何《なん》でも分《わか》つたやうすがあつて、あの方《かた》の遊《あそ》ばす事《こと》だ。まあ、あとで何《ど》うならうと、世間《せけん》の人《ひと》が何《ど》うであらうと、こんな処《ところ》はとても私《わたし》たちの出《で》る幕《まく》ぢやあない。尼様《あまさん》のお計《はか》らひだ、何《ど》うにか形《かた》のつくことでござんせうと、然《さ》うまあね、千《せん》ちやん、さう思《おも》つて帰《かへ》りますわ。

何《なん》だか私《わたし》も茫乎《ぼんやり》したやうで、気《き》が変《へん》になつたやうで、分《わか》らないけれど、何《ど》うもかうした御様子《ごやうす》ぢやあ、千《せん》ちやん、お前様《まへさん》と、御新造様《ごしんぞさん》と一《ひと》ツお床《とこ》でおよつたからつて、別《べつ》に仔細《しさい》はないやうに、ま私《わたし》は思《おも》ひます。見《み》りやお前様《まへさん》もお浮《う》きでなし、あつちの事《こと》が気《き》にかゝりますから、それぢやあお分《わか》れといたしませう。あのね、用《よう》があつたら、そツと私《わたし》ンとこまでおつしやいよ。」

とばかりに渠《かれ》は立《た》ちあがりぬ。予《よ》が見送《みおく》ると眼《め》を見合《みあは》せ、

「小憎《こにく》らしいねえ。」

と小戻《こもど》りして、顔《かほ》を斜《なゝめ》にすかしたるが、

「どれ、あの位《くらゐ》な御《ご》新造《しんぞ》様《さま》を迷《まよ》はしたは、どんな顔《かほ》だ、よく見《み》よう。」

といひかけて莞爾《にっこ》としつ。つと行《ゆ》く、むかひに跫音《あしおと》して、一行四《いつかうよ》人《にん》の人影《ひとかげ》見《み》ゆ。すかせば空駕籠《からかご》釣《つ》らせたり。渠等《かれら》は空《むな》しく帰《かへ》るにこそ。摩耶《まや》われを見棄《みす》てざりしと、いそ〳〵と立《た》つたりし、肩《かた》に手《て》をかけ、下《した》に居《を》らせて、女《をんな》は前《まへ》に立塞《たちふさ》がりぬ。やがて近《ちか》づく渠等《かれら》の眼《め》より、うたてきわれをば庇《かば》ひしなりけり。

熊笹《くまざゝ》のびて、薄《すゝき》の穂《ほ》、影《かげ》さすばかり生《お》ひたれば、こゝに人《ひと》ありと知《し》らざる状《さま》にて、道《みち》を折《を》れ、坂《さか》にかゝり、松《まつ》の葉《は》のこぼるゝあたり、眼《め》の下近《したちか》く過《よぎ》りゆく。女《をんな》は其後《そのあと》を追《お》ひたりしを、忍《しの》びやかに見《み》たりける、駕籠《かご》のなかにものこそありけれ。設《まうけ》の蒲団《ふとん》敷重《しきかさ》ねしに、摩耶《まや》はあらで、其藤色《そのふぢいろ》の小袖《こそで》のみ薫床《かをりゆか》しく乗《の》せられたり。記念《かたみ》にとて送《おく》りけむ、家土産《いへづと》にしたるなるべし、其小《そのこ》袖《そで》の上《うへ》に菊《きく》の枝置《えだお》き添《そ》へつ。黒《くろ》き人影《ひとかげ》あとさきに、駕籠《かご》ゆら〳〵と釣持《つりも》ちたる、可惜其露《あたらそのつゆ》をこぼさずや、大輪《たいりん》の菊《きく》の雪《ゆき》なすに、月《つき》の光照《ひかりて》り添《そ》ひて、山路《やまぢ》に白《しろ》くちら〳〵と、見《み》る眼《め》遥《はるか》に下《お》り行《ゆ》きぬ。

見送《みおく》り果《は》てず引返《ひっかへ》して、駈《か》け戻《もど》りて枝折戸《しをりど》入《い》りたる、庵《いほり》のなかは暗《くら》かりき。

「唯今《たゞいま》!」

と勢《いきほひ》よく框《かまち》に踏懸《ふみか》け呼《よ》びたるに、答《いらへ》はなく、衣《きぬ》の気勢《けはひ》して、白《しろ》き手《て》をつき、肩《かた》のあたり、衣紋《えもん》のあたり、乳《ち》のあたり、衝立《ついたて》の蔭《かげ》に、つと立《た》ちて、烏羽玉《うばたま》の髪《かみ》のひまに、微笑《ほゝゑ》みむかへし摩耶《まや》が顔《かほ》。筧《かけひ》の音《おと》して、叢《くさむら》に、虫《むし》鳴《な》く一《ひと》ツ聞《きこ》えしが、われは思《おも》はず身《み》の毛《け》よだちぬ。

この虫《むし》の声《こゑ》、筧《かけひ》の音《おと》、框《かまち》に片足《かたあし》かけたるトタンに衝立《ついたて》の蔭《かげ》に人見《ひとみ》えたる、われは嘗《かつ》てかゝる時《とき》、かゝることに出会《いであ》ひぬ。母上《はゝうへ》か、摩耶《まや》なりしか、われ覚《おぼ》えて居《を》らず、夢《ゆめ》なりしか、知《し》らず、前《さき》の世《よ》のことなりけむ。

# 酸漿

## 一

赤十字病院《せきじふじびやうゐん》へ、仲《なか》よしの朋輩《ほうばい》の見舞《みまひ》に行《い》つて、新道《しんみち》の我《わ》が家《や》へ帰《かへ》つた時《とき》の、小銀《こぎん》の顔色《かほいろ》と云《い》ふのはなかつた。主思《しうおも》ひの内箱《うちばこ》のお辻《つじ》が、

「おゝ、お帰《かへ》んなさいまし、何《ど》うなさいました姉《ねえ》さん。」と身体《からだ》の肥《ふと》つた大柄《おほがら》なのが、慌《あわたゞ》しいまであたふたする、がさつな出迎《でむかひ》も帰宅《かへり》を待《ま》つた真実《まこと》である。

「あい、唯今《たゞいま》。」

と揃《そろ》へて脱《ぬ》いだ駒下駄《こまげた》ながら、土間《どま》に一寸目《ちよつとめ》を配《くば》つて、小褄《こづま》を浅《あさ》くすつと入《はひ》る、と入替《いれかは》りに、お辻《つじ》が上框《あがりかまち》の障子《しやうじ》をぴつたり。其《そ》の手《て》で背後《うしろ》からコオトを脱《ぬ》がす……白羽二重《しろはぶたへ》に薄彩色《うすさいしき》した浅妻船《あさづまぶね》の水《みづ》の裏《うら》が、弱《よわ》く衣摺《きぬず》れの音《おと》を立《た》てゝすらりと脱《ぬ》げると、唯一重《たゞひとへ》にさへ、げつそりと痩《や》せた姿《すがた》。山茶花《さざんくわ》の花片《はなびら》へ、フト雪《ゆき》が来《き》たやうな襟足《えりあし》の、撫肩《なでがた》を尚《な》ほ術《じゆつ》なさうに、友染《いうぜん》の蒲団《ふとん》の上《うへ》、綿《わた》は厚《あつ》いが薄《うす》い膝《ひざ》で、長火鉢《ながひばち》の縁《ふち》へ縋《すが》るやうにしたが、

「着換《きか》へませうかね。」

「まあ一服《いつぷく》なすつてからになさいまし。」

と何《ど》んなに寒《さむ》かつたらうと思《おも》ふ、其《そ》の褪《あ》せた脣《くちびる》の色《いろ》に、紅《べに》を潮《さ》せと、お辻《つじ》は赫《くわつ》と火《ひ》を開《あら》けた上《うへ》へ、炭《すみ》を継《つ》ぎ継《つ》ぎ、

「お不断着《ふだんぎ》は奥《おく》に暖《あたゝ》めてございますけれど、姉様《あなた》其《それ》よりか、炬燵《こたつ》へ行《い》らしつたら如何《いかゞ》でございます、え。」

「些《ちつ》と後《のち》にしませうよ、何《なん》だか私《わたし》、」

と差俯向《さしうつむ》く。聊《いさゝ》か薄《うす》いが癖《くせ》のない、柳《やなぎ》を洗《あら》つた藝子髷《げいこまげ》、櫛《くし》は通《とほ》るが気《き》の縺《もつ》れで、後毛《おくれげ》の乱《みだ》れたのが、馴《な》れない遠出《とほで》の凩《こがらし》の所為《せゐ》ばかりとは見受《みう》けられぬ。

お辻《つじ》は吃驚《びつくり》したやうに、火《ひ》の上《うへ》へ火箸《ひばし》を其《その》まゝ、持忘《もちわす》れた風采《ふうつき》で、

「まあ、何《ど》うなさいました、姉《ねえ》さん。」

「矢張《やつぱ》り不可《いけな》いの、また何《なん》だか容子《ようす》がよくないやうだわねえ。」

聞《き》かれたのは其《そ》の事《こと》、と小銀《こぎん》は見舞《みまひ》に行《い》つた朋輩《ほうばい》の、谷江《たにえ》と云《い》ふのが、容体《ようだい》を云《い》つて。

「最《も》う自分《じぶん》でも、病気《びやうき》を知《し》つて居《い》るんだから気休《きやす》めの言《い》ひやうがなくつてさ。染々《しみ〴〵》心細《こゝろぼそ》い事《こと》を言《い》はれると、気《き》の毒《どく》で、可愍《かはい》さうで、一層《いつそ》此方《こつち》で引受《ひきう》けて、身代《みがは》りに成《な》つて遣《や》りたいわねえ。」

と声《こゑ》もしめやかに、下《お》ろした鉄瓶《てつびん》の湯気《ゆげ》が消《き》える。其《それ》も道理《だうり》で、此《こ》の婦《をんな》が、一度《いちど》引《ひ》いて、世帯《しよたい》を持《も》つた情人《いゝひと》は、同《おな》じ肺病《はいびやう》で亡《な》くなつたのである。

今度《こんど》は吃驚《びつくり》が、呆《あき》れ顔《がほ》。

「飛《と》んでもない姉様《あなた》、お友達《ともだち》の身代《みがは》りなんて、病人《びやうにん》のお見舞《みまひ》の度《たんび》に一々《いち〳〵》そんな気《き》をお出《だ》しなすつちや、髪《かみ》が脱《ぬ》けますよ。」

と禁厭《まじなひ》のやうに躾《たしな》めると、思出《おもひだ》して、櫛《くし》をぐい、と圧《おさ》へるが、其《それ》さへ力《ちから》なさゝうな様子《やうす》が見《み》えた。

「寒気《さむけ》がなさりはしませんか。そんなこんなで、お心持《こゝろもち》が悪《わる》いんでせう。お顔《かほ》の色《いろ》つたらありませんよ。熱《あつ》いお出花《でばな》をあがりませんか。」

「私《わたし》は沢山《たくさん》、」

と清《きよ》らかな、霜《しも》の小菊《こぎく》の半襟《はんえり》に、白魚《しらうを》の指《ゆび》を当《あ》てた。

「でも丁度可《ちやうどい》いから、お父《とう》さんに上《あ》げておくれ。困《こま》つたね、堀《ほり》の内様《うちさま》や何《なに》か、お寺参《てらまゐ》りだと、お土産《みやげ》があるんだけれど、赤十字《せきじふじ》ぢやねえ。其《それ》に些《ちつ》と帰宅《かへり》を急《いそ》いだもんだから、お愛想《あいそ》がない事《こと》よ。

……お炬燵《こたつ》で御本《ごほん》かい。」

と頭重《つもりおも》げに二階《にかい》を見《み》た。お父《とう》さんと云《い》ふのは、……娘《むすめ》で食《く》ふ親仁《おやぢ》でない。亡《な》き情人《いゝひと》の、世《よ》に便《たよ》りない老人《らうじん》を、小銀《こぎん》が達過《たてす》ごして居《ゐ》るのである。

## 二

お辻《つじ》は一層実体《いつそうじつてい》に、

「最《も》う些《ちつ》と前《さつき》でしたよ。姉様《あなた》がお案《あん》じなさいます、谷江《たにえ》さんの御祈念《ごきねん》につて、お寒《さむ》いのに、お留《と》め申《まを》しましたけれど、運動《うんどう》もしたいからつて、深川《ふかゞは》へ御参詣《おまゐり》にお出掛《でか》けでございますよ。」

「深川《ふかゞは》へ、まあ、お友達《ともだち》の事《こと》にまで……済《す》まないわねえ、一寸《ちよいと》。」

「否《いゝえ》、御心配《ごしんぱい》をなさらないやうに、谷江《たにえ》さんの分《ぶん》になすつていらつしやいますが、真個《ほんたう》は矢張《やつぱ》り何《なん》ですよ。姉様《あなた》が此《こ》の間中《あひだぢう》、何《なん》だかお勝《すぐ》れなさらないもんですから、其《それ》でゝございますよ。ですもの、串戯《じやうだん》にも姉様《あなた》、そりや谷江《たにえ》さんだつて、お最惜《いとし》いには違《ちが》ひありませんけれども、ですけれども、」

とぼつちやりした頬《ほゝ》に、ちよんぼり可愛《かはい》いのを早口《はやくち》に畳掛《たゝみか》けて、

「嘘《うそ》にも身代《みがは》りに成《な》らうなんて、直《ぢき》に然《さ》う真《しん》にお成《な》んなさるのも、矢張《やつぱ》りお身体《からだ》が弱《よわ》いからです。今日《けふ》なんぞも、お塩梅《あんばい》の悪《わる》いのを、推《お》してお見舞《みまひ》になんぞ行《ら》つしやらなけりや可《よ》うございますのにさ。お顔《かほ》の色《いろ》つたらないぢやありませんか。あれ！　何《どう》かなすつたんでございますか。」

と云《い》ふ時《とき》、また蒼白《あをじろ》く成《な》つて見《み》えた。

「そんな事《こと》ぢやないの、病気《びやうき》ぢやないんだけれど、私《わたし》、心持《こゝろもち》が悪《わる》くつて、悪《わる》くつて、何《なん》とも仕様《しやう》のない事《こと》があるの。何《ど》うしようかと思《おも》ふんだよ。」

「え、蛇《ながむし》でも御覧《ごらん》なさいましたか、時《とき》ならない。」

「あゝ、蛇《へび》を飲《の》んだほどな思《おも》ひなんだわ。」

と言《い》ひも終《をは》らず、お辻《つじ》が慌《あわたゞ》しく背中《せなか》を擦《さす》るまで、あつ、と云《い》つた。

「何《ど》なさいましたんですねえ、姉《ねえ》さん。」

「擦《さす》らなくつても可《い》いの、胸《むね》が疼《いた》むんぢやない事《こと》よ、咽喉《のど》へね、」

と力《ちから》のない咳《せき》をして、

「咽喉《のど》へ酸漿《ほゝづき》が引《ひ》つ掛《かか》つて、苦《くる》しくつて、苦《くる》しくつて。……」

「酸漿《ほゝづき》が、……酸漿《ほゝづき》でございますか。」

「あゝ、其《そ》の酸漿《ほゝづき》がねえ、一通《ひととほ》りなんぢやないの。――お湯《ゆ》を一杯《ぱい》おくれ……一寸《ちよいと》あゝ、否《いえ》、よさうよ。」

挿込《さしこみ》を晃《きらり》として、

「此《こ》の上《うへ》、胸《むね》へ流込《ながしこ》んだら、何《ど》うしよう、私《わたし》は死《し》ん了《ぢや》ふよ。お辻《つじ》、何時《いつ》か御参詣《おまゐり》をして、鳩《はと》の豆《まめ》を買《か》ふとつて、指《ゆび》のくづれた男《をとこ》に手《て》を握《にぎ》られた事《こと》なんぞ今日《けふ》のから見《み》りや何《なん》でもない。」

「まあ、癩坊《かつたいばう》が何《ど》うかしたのでございますか。」

「癩《かつたい》だか何《なん》だか、其《それ》はお前《まへ》、何《なん》とも言《い》ひやうのない、胸《むね》の悪《わる》い不気味《ぶきみ》な女房《かみさん》がね。病院下《びやうゐんした》で、電車《でんしや》で、私《わたし》の鄰《となり》へ坐《すわ》つたのさ。……こんな稼業《かげふ》をして居《ゐ》ながら、人様《ひとさま》の服装《みなり》の事《こと》なんぞ言《い》へた義理《ぎり》ぢやないけれど、縞柄《しまがら》も分《わか》らなく無《な》つた、洗晒《あらひざら》した半纏《はんてん》も可《い》いがね、捩《よ》れ〱に成《な》つた其《そ》の下《した》に、汚《きたな》い白《しろ》の肌襦袢《はだじゆばん》の襟《えり》を出《だ》してね、前《まへ》掛《かけ》をしめないの。綿《めん》ネルの古《ふる》いのなんか露出《むきだし》でさ。継《つぎ》だらけの足袋《たび》の、其《それ》も破《やぶ》れた、指《ゆび》の爪《つめ》が真黒《まつくろ》さ。

そんな事《こと》より、べろんと剝《は》げた額《ひたひ》が、やがて髷《まげ》の処《ところ》まで脱上《ぬけあが》つた生際《はえぎは》へ、生毛《うぶげ》が、もや〳〵と逆《さかさ》に立《た》つて、すきや燈籠《どうろう》をいぼ尻巻《じりまき》にしたつけか、こけ下《さが》つた頰辺《ほつぺた》の処《ところ》へ、ずら〳〵毛《け》が、前《さき》が切《き》れて太《ふと》いのよ。……而《そ》して白髪《しらが》交《まじ》りなの。赤《あか》く爛《たゞ》れた、眦《めじり》の下《さが》つたのが、守宮《やもり》の腹《はら》を切《き》つたやうで、それから額《ひたひ》へ環《わ》を掛《か》けて青筋《あをすぢ》が斜違《はすつか》ひに畝《うね》つてね、可厭《いや》ぢやないか。お前《まへ》、十《と》筋《すぢ》ばかり眉毛《まゆげ》が縦《たて》に押立《おつた》つてさ。何《なん》だか、ゐみわれた口《くち》が白歯《しらは》だらう。白歯《しらは》も凄《すさ》まじい、黄《き》色黒《いろくろ》い、其《それ》がね、大跨《おほまた》に電車《でんしや》へ入《はひ》る時《とき》から最《も》う爪楊枝《つまやうじ》を嚙《か》んでゐるのさ。其《そ》の楊《やう》枝《じ》でね、歯茎《はぐき》の間《あひだ》をぐい〳〵とせゝつちや、汚《きたな》いものゝ附《つ》いたのを、鼻《はな》の尖《さき》で透《す》かして見《み》ては、こぼ〳〵した手《て》の甲《かふ》で、不顋《したあご》を、堪《たま》らないと云《い》つたやうに、やけに、きつ〳〵と引擦《ひつこす》るの。だもの、内職《ないしよく》の唐紅《たうべに》でも塗《ね》つたやうに、顋《あご》はお前《まへ》、真赤《まつか》に成《な》つて、べと〳〵と濡《ぬ》れて居《ゐ》る、歯茎《はぐき》から涎《よだれ》が伝《つた》つて……」

## 三

小銀《こぎん》は話《はな》す内《うち》も、幾度《いくたび》か胸《むね》を圧《おさ》へ、圧《おさ》へして、

「そればかりなら可《い》いけれど、然《さ》うやつて、顋《あご》をごり〳〵と引擦《ひつこす》る毎《たんび》に、頰《ほゝ》の肉《にく》がぶりゝと動《うご》くと、奥歯《おくば》がぐらつくらしいわね。拍子《ひやうし》でカチ〳〵カチ〳〵と鳴《な》るのさ。鳴《な》るのと、一緒《いつしよ》に、キユツ〳〵と鬼灯《ほゝづき》を吹《ふ》くんだわ。——襤褸《ぼろ》のやうな袖口《そでぐち》へ、片手《かたて》を指《ゆび》まで引込《ひつこ》めて、其《そ》の手《て》を、ひきつりのやうにぶる〳〵と震《ふる》はせ、震《ふる》はせ、お前《まへ》、片手《かたて》で其《そ》の楊枝《やうじ》せゝりで、汚《きたな》いものを凝《ぢつ》と見《み》ちや、赤爛《あかたゞ》れのした……ありや肝《かん》の虫《むし》と云《い》ふんだね！　顋《あご》を引擦《ひつこす》つて、奥歯《おくば》をカチ〳〵カチで、酸漿《ほゝづき》ぢやないか。其《それ》をね、幾度《いくど》も同《おな》じ事《こと》を、引切《ひつきり》なし……

お待《ま》ち！　まだ口惜《くやし》いのは、前触《さきぶれ》をするの、右《みぎ》のをね、はじめようと云《い》ふ機会《きつかけ》に、カツと、そりや、咽喉《のど》を絞《しぼ》るやうな咳《せき》をして、其《そ》の時《とき》、大《おほき》な口《くち》を開《あ》けるの。吐出《はきだ》すんだわ、酸漿《ほゝづき》を。脂《あぶら》で黒《くろ》く成《な》つた舌《した》の尖《さき》へ出《だ》して、ぐちやりと舐《な》めて、どろ〳〵と歯《は》へ挟《はさ》むの。真赤《まつか》に染《そ》めたゴム酸漿《ほゝづき》よ。モ私《わたし》や一生《いつしやう》ゴム酸漿《ほゝづき》は持《も》つまいと思《おも》ふ。

其《そ》のね、カツと云《い》つて開《あ》ける時《とき》は、口《くち》が耳《みゝ》まで裂《さ》けるやうよ。眉毛《まゆげ》が白《しろ》く、すく〳〵と日向《ひなた》に透《す》いてね、また明前《あかりさき》に、あの車掌台《しやしやうだい》の硝子窓《がらすまど》に其《そ》の爪楊枝《つまやうじ》を持《も》つた肱《ひぢ》つきで、赤《あか》い顋《あご》を高慢《かうまん》に、筋張《すぢば》つた額《ひたひ》を仰向《あをむ》けて、其《それ》はツンとして居《ゐ》るぢやないか。

手《て》のひきつる工合《ぐあひ》から、立続《たてつゞ》けに同《おん》じ事《こと》をする、色艶《いろつや》と云《い》ひ、少《すこ》し気《き》も何《ど》うかをかしいらしい。――様子《やうす》がね、宿場女郎《しゆくばぢよらう》の果《はて》かとも思《おも》ふ。」

と言《ことば》が途絶《とだ》えた。また一倍調子《いちばいてうし》が弱《よわ》つて、

「然《さ》う云《い》つては悪《わる》いけれど、見《み》てさへ、むか〳〵と最《も》う胸《むね》が悪《わる》くつて居《ゐ》る処《ところ》へ、お辻《つじ》。カツと其《そ》の女房《かみさん》が口《くち》を開《あ》ける度《たび》に、ぱちや〳〵と、重《おも》たい唾《つばき》が私《わたし》の顔《かほ》に掛《かゝ》るんだわ。」

「まあ、」

と一《ひと》ツ、重量《おもみ》のある膝《ひざ》をづんと支《つ》いて、お辻《つじ》は身悶《みもだ》え。

「彼処《あすこ》は景色《けしき》の佳《い》い処《ところ》ね、紺青《こんじやう》のやうな川《かは》が流《なが》れて、透通《すきとほ》つて、……枯《か》れた林《はやし》が薄青《うすあを》う紫《むらさき》がゝつて、昼《ひる》も月夜《つきよ》のやうな中《なか》へ、私《わたし》の顔《かほ》なざ構《かま》はないが、其《そ》のお前《まへ》、景色《けしき》の上《うへ》へ、唾《つばき》が黒《くろ》い毒虫《どくむし》のやうに飛《と》ぶんだもの。口惜《くやし》く成《な》つた私《わたし》、身《み》を投《な》げようかと思《おも》つた。

余《あんま》り堪《たま》らないから、病院下《びやうゐんした》から、四《よつ》つ目《め》あたりの橋《はし》の処《ところ》で電車《でんしや》を下《お》りたの。橋《はし》が掛《かゝ》つて、枯木《かれき》が続《つゞ》いて、広《ひろ》い処《ところ》よ。……世界《せかい》が違《ちが》つたやうで、ほつと息《いき》をしたけれど、頭《あたま》もふら〳〵してね、身体中《からだぢう》、芬《ぷん》とする、然《さ》う言《い》へば、其《そ》の女房《かみさん》は、硫黄《いわう》のやうな臭《にほひ》がしたつけ。

何《なに》しろ、何《ど》うかしなくツちや、辛抱《しんばう》が出来《でき》ないもの。直《ぢ》き近《ちか》い処《ところ》の、小《ちひ》さな蕎麦屋《そばや》へ入《はひ》つたの。其家《そこ》で聞《き》いたら、三《さん》の橋《はし》と云《い》ふ処《ところ》だとさ。……麻布《あざぶ》かねえ。

でね、金盥《かなだらひ》を借《か》りて、水《みづ》を取《と》つて、埃《ほこり》が酷《ひど》くつて、と言《い》つたけれど、塩《なみのはな》を貰《もら》つたから、言訳《いひわけ》に成《な》らないよねえ。

お代《だい》は上《あ》げますから、金盥《かなだらひ》は打棄《うつちや》つて下《くだ》さいよツて、其《それ》から天麩羅《てんぷら》を誂《あつら》へたの。

其《それ》をさ、よせば可《よ》かつたんだよ、ねえ、お辻《つじ》。」と情《なさけ》ない目《め》で凝《ぢつ》と見《み》る。

見《み》られて、お辻《つじ》は、

「へい。」と云《い》ふ。

「唯《たゞ》もう極《きまり》が悪《わる》いから、然《さ》う云《い》つてさ。其《そ》の中《うち》、五六遍《ごろくぺん》も取替《とりか》へて、きゆつ〳〵顔《かほ》を洗《あら》つたんで、何《ど》うやら胸《むね》も些《ちつ》とすつきりする……出来《でき》たばかりなのを、手《て》も着《つ》けないぢや容体《ようだい》らしくつて私《わたし》、恥《はづか》しいもんだから、お汁《つゆ》の一口《ひとくち》もと思《おも》つて、つひした覚《おぼ》えもない、階子段《はしごだん》の下《した》へ坐《すわ》つて――でも二階《にかい》があるんだわね――而《そ》してさ、蓋《ふた》を取《と》つて口《くち》をつけたの、お辻《つじ》、唯口《たゞくち》をつけたばかりなの。

然《さ》うするとお前《まへ》、お蕎麦《そば》が動《うご》くとね、赤《あか》いものが、むつくりと浮《う》いたんだわ。」

あゝ、と云《い》つて婀娜《あだ》に顰《ひそ》む。

## 四

「だつて、だつて姉《ねえ》さん、姉様《あなた》何《なに》も、其《それ》をお呑《の》みなすつたんぢやありますまい。」

とお辻《つじ》はむきに成《な》るやうにして言消《いひけ》した。

重《おも》たげに又頭《またかぶり》を掉《ふ》つて、

「否《いゝえ》、確《たしか》に口《くち》へ入《はひ》つたに違《ちが》ひないの。だつて、真赤《まつか》な其《それ》が、ゴム酸漿《ほゝづき》と一目《ひとめ》見《み》たから、はツと思《おも》つた時《とき》、お汁《つゆ》が舌《した》へ触《さは》つてさ、……其《それ》ツ切《きり》、酸漿《ほゝづき》の形《かたち》がまるつきり見《み》えないぢやないか。

悚然《ぞつ》としてね、気《き》に成《な》るから、最《も》う一生懸命《いつしやうけんめい》、恥《はぢ》も外聞《ぐわいぶん》もありません、お蕎麦《そば》を一筋《ひとすぢ》づつと思《おも》ふほど、箸《はし》を入《い》れて探《さが》したけれど酸漿《ほゝづき》の影《かげ》もないのよ。ガッチリ何《なに》か咽喉《のど》の処《ところ》に支《つか》へて居《ゐ》るわ、あゝ、お辻《つじ》、」

と、今《いま》は仔細《しさい》を知《し》つて怪《あや》しむまいと、気《き》を許《ゆる》したやうに、双《さう》の肩《かた》を震《ふる》はした。

「頭《あたま》はグラ〳〵する、寒気《さむけ》はする、足《あし》もとぼ〳〵して、迚《とて》も電車《でんしや》ぢや帰《かへ》られない。乗合《のりあひ》の中《なか》で、又飛《またとん》だ粗匆《そそう》でもしては成《な》らないから、と然《さ》う思《おも》つて、三《さん》の橋《はし》から車《くるま》でさ。——漸《やつ》と堪《こら》へちや来《き》たけれど、途中《とちう》だつてお前《まへ》、咽喉《のど》が天上《てんじやう》へ塞《ふさ》がつて、夕方《ゆふがた》の美《うつく》しいお日様《ひさま》の姿《すがた》も見《み》えなかつた。真暗《まつくら》だわ、其処等《そこいら》暗夜《やみ》のやうな、而《そ》しちや可厭《いや》らしい婆《ばあ》さんの顔《かほ》が幾《いく》つも見《み》えるの、ちら〳〵してね、爪楊枝《つまやうじ》の汚《きたな》いものを瞻《みつ》めるのやら、カツと口《くち》を開《あ》けたのやら、顋《あご》の赤《あか》いのやら、種々《いろ〳〵》見《み》えるの。お辻《つじ》、どうしよう、酸漿《ほゝづき》が此処《こゝ》にあるの。」

と指差《ゆびさ》す指《ゆび》が、咽喉《のど》へ懐剣《くわいけん》を当《あ》てたやうな、俤《おもかげ》を、物凄《ものすご》いまで示《しめ》したのである。

「塩湯《しほゆ》を、」

と言《い》ふに及《およ》ばず、此際余《このさいあま》り尋常事《たゞごと》らしいので、中途《ちうと》で言留《いひや》んで、

「宝丹《はうたん》。」

と其《それ》も止《よ》した。……お辻《つじ》の遣瀬《やるせ》のない顔《かほ》も、早《も》う黄昏《たそがれ》から小窓《こまど》の下《した》に、少時消失《しばらくきえう》せるやうに見《み》えたが、俄然《がぜん》、むくりとして膝《ひざ》が動《うご》いた、と見《み》ると、然《さ》も嬉《うれ》しげな声《こゑ》に、笑《わらひ》を交《まじ》へて、

「可《い》いものがございます、姉《ねえ》さん。あの、象牙《ざうげ》のお箸《はし》。そら、あの方《かた》のお記念《かたみ》だつて、何時《いつ》も御飯《ごはん》を上《あが》りませう。——お父《とう》さんは、御自分《ごじぶん》のお子様《こさま》だもんですから、肺病《はいびやう》で亡《な》く成《な》つたんだから悪《わる》い、と御遠慮《ごゑんりよ》で、姉様《あなた》に御叱言《おこゞと》を仰有《おつしや》るから、此頃《このごろ》は詮事《しやうこと》なしに御無沙汰《ごぶさた》をなさいますね。何時《いつ》か甘鯛《あまだひ》の小骨《こぼね》を、お二人《ふたり》で一緒《いつしよ》にたてゝ両方《りやうはう》で撫《な》でて二人《ふたり》ともとれた、と随分《ずゐぶん》お聞《き》かせなすつたぢやありませんか。お父《とう》さんは、お留守《るす》だし、大《おほ》

びらにお出《だ》しなさいましな。而《そ》して逆《さかさ》に撫《な》でますと、屹《きつ》と取《と》れて出了《でちま》ひますよ。如何《いかゞ》、姉《ねえ》さん。」

と次第《しだい》に暗《くら》い中《うち》に、白《しろ》いほど陽気《やうき》に云《い》ふ。

「あゝ、然《さ》うね。」

と、はじめて小銀《こぎん》らしい声《こゑ》に成《な》つて——其処《そこ》の茶棚《ちやだな》の抽斗《ひきだし》から、別《べつ》の箸箱《はしばこ》に、綺麗《きれい》な、鬱金《うこん》の切《きれ》に包《つゝ》んだのを、撥《ばち》の捌《さば》きにはらりと解《と》くと、まだ真白《まつしろ》な、其《そ》の象牙《ざうげ》の色《いろ》にほろりとしながら、寂《さみ》しく笑《わら》つて、

「堪忍《かに》しておくれ。」

「さあ〳〵御遠慮《ごゑんりよ》なく、」と、どつしりと膝《ひざ》に手《て》を置《お》く。

「可厭《いや》だよ、お辻《つじ》。」

で、恍惚《うつとり》と咽喉《のど》に当《あ》てると、雪《ゆき》なす下《した》を、血《ち》が透通《すきとほ》るやうに見《み》えたが、あつと言《い》ふ。さそくに心得《こゝろえ》て当《あて》がつた、磨《みが》いた真鍮《しんちう》の嗽茶碗《うがひぢやわん》に、むゝ、と含《ふく》んで、衝《つ》と、何《なに》もなしに鮮血《からくれなゐ》。

電燈《でんとう》が点《つ》いた。

「嬉《うれ》しい、半分溶《はんぶんと》けて、ぶよ〳〵してね。」

と目《め》を細《ほつそ》り、後《うしろ》が床《とこ》の傍《わき》の、男《をとこ》の記念《かたみ》の小机《こづくゑ》をつゝと寄《よ》せると、羽織《はおり》を脱《ぬ》がうとして美《うつく》しい裏《うら》を飜《かへ》したまゝ、冷《つめた》い縮緬《おめし》の肩《かた》を細《ほそ》く、両手《りやうて》を重《かさ》ねて、がつくりと俯向《うつむ》いた。

絵《ゑ》のやうな其《そ》の姿《すがた》を視《み》ながら、お辻《つじ》がわな〳〵と震《ふる》へて蒼《あを》く成《な》る間《ま》に、小銀《こぎん》はすや〳〵と白梅《しらうめ》の宵《よひ》の呼吸《いき》。嗽茶碗《うがひぢやわん》を持《も》つたまゝ、膝《ひざ》で後退《あとじさ》りに成《な》つて、ひよろりと台所《だいどころ》へ立《た》つと、女中《ぢよちう》と囁《さゝや》くや否《いや》、女中《ぢよちう》は其《そ》の嗽茶《うがひぢや》碗《わん》を隠《かく》して持《も》つて、かゝりつけの医者《いしや》へ駈出《かけだ》した。

其《それ》から小銀《こぎん》は果敢《はかな》くなるまで、血《ち》を吐《は》く度《たび》に、嬉《うれ》しさうに、

「あゝ嬉《うれ》しい、酸漿《ほゝづき》が出《で》るんだねえ。」

# 春昼

# 一

「お爺《ぢい》さん、お爺《ぢい》さん。」

「はあ、私《わし》けえ。」

と、一言《ひとこと》で直《す》ぐ応《おう》じたのも、四辺《あたり》が静《しづ》かで他《た》には誰《だれ》も居《ゐ》なかつた所為《せゐ》であらう。然《さ》うでないと、其《そ》の皺《しわ》だらけな額《ひたひ》に、顱巻《はちまき》を緩《ゆる》くしたのに、ほか〳〵と春《はる》の日《ひ》がさして、とろりと酔《よ》つたやうな顔色《がんしよく》で、長閑《のど》かに鍬《くは》を使《つか》ふ様子《やうす》が――あの又其《またそ》の下《した》の柔《やはらか》な土《つち》に、しつとりと汗《あせ》ばみさうな、散《ち》りこぼれたら紅《くれなゐ》の夕陽《ゆふひ》の中《なか》に、ひら〳〵と入《はひ》つて行《ゆ》きさうな――暖《あたゝか》い桃《もゝ》の花《はな》を、燃《も》え立《た》つばかり揺《ゆす》ぶつて頻《しきり》に囀《さへづ》つて居《ゐ》る鳥《とり》の音《ね》こそ、何《なに》か話《はなし》をするやうに聞《き》かうけれども、人《ひと》の声《こゑ》を耳《みゝ》にして、それが自分《じぶん》を呼《よ》ぶのだとは、急《きふ》に心付《こゝろづ》きさうもない、恍惚《うつとり》とした形《かたち》であつた。

此方《こつち》も此方《こつち》で、恁《か》く立処《たちどころ》に返答《へんたふ》されると思《おも》つたら、声《こゑ》を懸《か》けるのぢやなかつたかも知《し》れぬ。

何為《なぜ》なら、扨《さ》て更《あらた》めて言《い》ふことが些《ち》と取《と》り留《と》めのない次第《しだい》なので。本来《ほんらい》なら此《こ》の散策子《さんさくし》が、其《そ》のぶら〳〵歩行《あるき》の手《て》すさびに、近頃買求《ちかごろかひもと》めた安直《あんちよく》な杖《ステツキ》を、真直《まつすぐ》に路《みち》に立《た》てゝ、鎌倉《かまくら》の方《はう》へ倒《たふ》れたら爺《ぢい》を呼《よ》ばう、逗子《づし》の方《はう》へ寝《ね》たら黙《だま》つて置《お》かう、とそれでも事《こと》は済《す》んだのである。

多分《たぶん》は聞《きこ》えまい、聞《きこ》えなければ、其《その》まゝ通《とほ》り過《す》ぎる分《ぶん》。余計《よけい》な世話《せわ》だけれども、黙切《だまりきり》も些《ち》と気《き》になつた処《ところ》。

響《ひゞき》の応《おう》ずるが如《ごと》き其《そ》の、（はあ、私《わし》けえ）には、聊《いさゝ》か不意《ふい》を打《う》たれた仕誼《しぎ》。

「あゝ、お爺《ぢい》さん。」

と低《ひく》い四目垣《よつめがき》へ一足寄《ひとあしよ》ると、ゆつくりと腰《こし》をのして、背後《うしろ》へよいとこさと反《そ》るやうに伸《の》びた。親仁《おやぢ》との間《あひだ》は、隔《へだ》てる草《くさ》も別《べつ》になかつた。三筋《みすぢ》ばかり耕《たが》やされた土《つち》が、勢込《いきほひこ》んで、むく〳〵と湧《わ》き立《た》つやうな快活《くわいくわつ》な香《にほひ》を籠《こ》めて、然《しか》も寂寞《せきばく》とあるのみで。勿論《もちろん》、根《ね》を抜《ぬ》かれた、肥料《こやし》になる、青々《あを〳〵》と粉《こな》を吹《ふ》いたそら豆《まめ》の芽生《めばえ》に交《まじ》つて、紫雲英《れんげさう》もちらほら見《み》えたけれども。

鳥打《とりうち》に手《て》をかけて、

「つかんことを聞《き》くがね、お前《まへ》さんは何《なん》ぢやないかい、此《こ》の、其処《そこ》の角屋敷《かどやしき》の内《うち》の人《ひと》ぢやないかい。」

親仁《おやぢ》はのそりと向直《むきなほ》つて、皺《しわ》だらけの顔《かほ》に一杯《いつぱい》の日当《ひあた》り、桃《もゝ》の花《はな》の影《かげ》がさした其《そ》の色《いろ》に対《たい》して、打向《うちむか》ふ其方《そのはう》の屋根《やね》の甍《いらか》は、白昼青麦《はくちうあをむぎ》を烘《あぶ》る空《そら》に高《たか》い。

「あの家《うち》のかね。」

「其《そ》の二階《にかい》のさ。」

「いんえ、違《ちが》ひます。」

と、云《い》ふことは素気《そつけ》ないが、話《はなし》を振切《ふりき》るつもりではなさゝうで、肩《かた》を一《ひと》ツ揺《ゆす》りながら、鍬《くは》の柄《え》を返《かへ》して地《つち》について此方《こつち》の顔《かほ》を見《み》た。

「然《さ》うかい、いや、お邪魔《じやま》をしたね、」

これを機《しほ》に、分《わか》れようとすると、片手《かたて》で饉巻《はちまき》を拐《かなぐ》り取《と》つて、

「どうしまして、邪魔《じやま》も何《なに》もござりましねえ。はい、お前様《まへさま》、何《なに》か尋《たづ》ねごとさつしやるかね。彼処《あすこ》の家《うち》は表《おもて》門《もん》さ閉《しま》つて居《を》りませども、貸家《かしや》ではねえが……」

其《そ》の手拭《てぬぐひ》を、裾《すそ》と一緒《いつしよ》に、下《した》からつまみ上《あ》げるやうに帯《おび》へ挟《はさ》んで、指《ゆび》を腰《こし》の両提《ふたつさ》げに突込《つきこ》んだ。これでは直《す》

ぐにも通《とほ》れない。

「何《なに》ね、詰《つま》らん事《こと》さ。」

「はいゝ？」

「お爺《ぢい》さんが彼家《あすこ》の人《ひと》なら然《さ》う言《い》つて行《ゆ》かうと思《おも》つて、別《べつ》に貸家《かしや》を捜《さが》してゐるわけではないのだよ。奥《おく》の方《はう》で少《わか》い婦人《をんな》の声《こゑ》がしたもの、空家《あきや》でないのは分《わか》つてるが、」

「然《さ》うかね、女中衆《ぢよちうしう》も二人《ふたり》ばツか居《ゐ》るだから、」

「其《そ》の女中衆《ぢよちうしう》に就《つ》いてさ。私《わたし》がね、今彼処《いまあすこ》の横手《よこて》を此《こ》の路《みち》へかゝつて来《く》ると、溝《みぞ》の石垣《いしがき》の処《ところ》を、づる〳〵つと這《は》つてね、一匹居《びきゐ》たのさ——長《なが》いのが。」

## 二

怪訝《けゞん》な眉《まゆ》を臆面《おくめん》なく日《ひ》に這《は》はせて、親仁《おやぢ》、煙草入《たばこいれ》をふら〳〵。

「へい、」

「余《あま》り好物《かうぶつ》な方《はう》ぢやないからね、実《じつ》は、」

と言《い》つて、笑《わら》ひながら、

「其《そ》の癖恐《くせこは》いもの見《み》たさに立留《たちど》まつて見《み》て居《ゐ》ると、何《なん》ぢやないか、やがて半分《はんぶん》ばかり垣根《かきね》へ入《はひ》つて、尾《を》を水《みづ》の中《なか》へばたりと落《おと》して、鎌首《かまくび》を、あの羽目板《はめいた》へ入《い》れたらうぢやないか。羽目《はめ》の中《なか》は、見《み》た処湯殿《ところゆどの》らしい。それとも台所《だいどころ》かも知《し》れないが、何《なに》しろ、内《うち》にや少《わか》い女《をんな》たちの声《こゑ》がするから、どんな事《こと》で吃驚《びつくり》しまいものでもない、と思《おも》ひます。

あれツ切《きり》、座敷《ざしき》へなり、納戸《なんど》へなりのたくり込《こ》めば、一《いち》も二《に》もありやしない。それまでと云《い》ふもんだけれど、何処《どこ》か板《いた》の間《ま》にとぐろでも巻《ま》いて居《ゐ》る処《ところ》へ、うつかり出会《でつくは》したら難儀《なんぎ》だらう。

　どの道《みち》余計《よけい》なことだけれど、お前《まへ》さんを見《み》かけたから、つい其処《そこ》だし、彼処《あそこ》の内《うち》の人《ひと》だつたら、一寸《ちよいと》心《こゝろ》づけて行《ゆ》かうと思《おも》つてさ。何《なに》ね、此処等《こゝら》ぢや、蛇《へび》なんか何《なん》でもないのかも知《し》れないけれど、」

「はあ、青大将《あをだいしやう》かね。」

と云《い》ひながら、大《おほ》きな口《くち》をあけて、奥底《おくそこ》もなく長閑《のどか》な日《ひ》の舌《した》に染《し》むかと笑《わら》ひかけた。

「何《なん》でもなかあねえだよ。彼処《あすこ》さ東京《とうきやう》の人《ひと》だからね。此間《このあひだ》も一件《いつけん》もので大騒《おほさわ》ぎをしたでがす。行《い》つて見《み》て進《しん》ぜますべい。疾《と》うに、はい、何処《どつか》かずらかつたも知《し》んねえけれど、台所《だいどころ》の衆《しう》とは心安《こゝろやす》うするでがすから、」

「ぢやあ、然《さ》うして上《あ》げなさい。しかし心《こゝろ》ない邪魔《じやま》をしたね。」

「なあに、お前様《まへさま》、どうせ日《ひ》は永《なげ》えでがす。はあ、お静《しづ》かにござらつせえまし。」

恁《か》うして人間同士《にんげんどうし》がお静《しづ》かに分《わか》れた頃《ころ》には、一件《いつけん》はソレ龍《りう》の如《ごと》きもの歟《か》、凡慮《ぼんりよ》の及《およ》ぶ処《ところ》でない。

散策子《さんさくし》は踵《くびす》を廻《めぐ》らして、それから、きり〳〵はたり、きり〳〵はたりと、鶏《にはとり》が羽《は》うつやうな梭《をさ》の音《おと》を慕《した》ふ如《ごと》く、向《むか》う側《がは》の垣根《かきね》に添《そ》うて、二本《ふたもと》の桃《もゝ》の下《した》を通《とほ》つて、三軒《げん》の田舎屋《ゐなかや》の前《まへ》を過《す》ぎる間《あひだ》に、十八九のと、三十《みそぢ》ばかりなのと、機《はた》を織《お》る婦人《ふじん》の姿《すがた》を二人《ふたり》見《み》た。

　其《そ》の少《わか》い方《はう》は、納戸《なんど》の破障子《やぶれしやうじ》を半開《はんびら》きにして、姉《ねえ》さん冠《かぶり》の横顔《よこがほ》を見《み》た時《とき》、腕白《かひなしろ》く梭《をさ》を投《な》げた。其《そ》の年取《としと》つた方《はう》は、前庭《まへには》の乾《かわ》いた土《つち》に筵《むしろ》を敷《し》いて、背《うしろ》むきに機台《はただい》に腰《こし》かけたが、トンと足《あし》をあげると、ゆるくキリ〳〵と鳴《な》つたのである。

　唯《たゞ》それだけを見《み》て過《す》ぎた。女今川《をんないまがは》の口絵《くちゑ》でなければ、近頃《ちかごろ》は余《あま》り見掛《みか》けない。可懐《なつか》しい姿《すがた》、些《ちつ》と立佇《たちどま》つてといふ気《き》もしたけれども、小児《こども》でも居《ゐ》ればだに、どの家《うち》も皆《みんな》野面《のら》へ出《で》たか、人気《ひとけ》は此《こ》の外《ほか》になかつたから、人馴《ひとな》れぬ女《をんな》だち物恥《ものはぢ》をしよう、いや、此《こ》の男《をとこ》の俤《おもかげ》では、物怖《ものおぢ》、物驚《ものおどろき》をしようも知《し》れぬ。此《こ》の路《みち》を後《あと》へ取《と》つて返《かへ》して、今蛇《いまへび》に逢《あ》つたといふ、其二階屋《そのにかいや》の角《かど》を曲《まが》ると、左《ひだり》の方《はう》に脊《せ》の高《たか》い麦畠《むぎばたけ》が、なぞへに低《ひく》くなつて、一面《いちめん》に颯《さつ》と拡《ひろ》がる、浅緑《あさみどり》に美《うつく》しい白波《しらなみ》が薄《うつす》りと靡《なび》く渚《なぎさ》のあたり、雲《くも》もない空《そら》に歴々《あり〳〵》と眺《なが》めらるゝ、西洋館《せいやうくわん》さへ、青異人《あをいじん》、赤異人《あかいじん》と呼《よ》んで色《いろ》を鬼《おに》のやうに称《とな》ふるくらゐ、こんな風《ふう》の男《をとこ》は髯《ひげ》がなくても（帽子被《シャツポかぶ》り）と言《い》ふと聞《き》く。

尤《もつと》も一方《いつぱう》は、そんな風《ふう》に——よし、村《むら》のものゝ目《め》からは青鬼赤鬼《あをおにあかおに》でも——蝶《てふ》の飛《と》ぶのも帆艇《ヨット》の帆《ほ》かと見《み》ゆるばかり、海水浴《かいすゐよく》に開《ひら》けて居《ゐ》るが、右《みぎ》の方《はう》は昔《むかし》ながらの山《やま》の形《なり》、真黒《まつくろ》に、大鷲《おほわし》の翼打襲《つばさうちかさ》ねたる趣《おもむき》して、左右《さいう》から苗代田《なはしろだ》に取詰《とりつ》むる峰《みね》の褄《つま》、一重《ひとへ》は一重毎《ひとへごと》に迫《せま》つて次第《しだい》に狭《せま》く、奥《おく》の方暗《かたくら》く行詰《ゆきつま》つたあたり、打《ぶつ》つけなりの茅屋《かやゝ》の窓《まど》は、山《やま》が開《ひら》いた眼《まなこ》に似《に》て、恰《あたか》も大《おほい》なる蟇《ひきがへる》の、明《あ》け行《ゆ》く海《うみ》から掻窘《かいすく》んで、谷間《たにま》に潜《ひそ》む風情《ふぜい》である。

## 三

されば瓦《かはら》を焚《や》く竈《かまど》の、屋《や》の棟《むね》よりも高《たか》いのがあり、主《ぬし》の知《し》れぬ宮《みや》もあり、無縁《むえん》になつた墓地《ぼち》もあり、頻《しきり》に落《お》ちる椿《つばき》もあり、田《た》には大《おほき》な鰌《どぜう》もある。

あの、西南一帯《せいなんいつたい》の海《うみ》の潮《しほ》が、浮世《うきよ》の波《なみ》に白帆《しらほ》を乗《の》せて、此《この》しばらくの間《あひだ》に九十九折《つゞらをり》ある山《やま》の峡《かひ》を、一《ひと》ツづゝ湾《わん》にして、奥《おく》まで迎《むか》ひに来《こ》ぬ内《うち》は、いつまでも村人《むらびと》は、むかう向《むき》になつて、ちらほらと畑打《はたう》つて居《ゐ》るであらう。

丁《ちやう》どいまの曲角《まがりかど》の二階家《にかいや》あたりに、屋根《やね》の七八《なゝやつ》ツ重《かさな》つたのが、此《こ》の村《むら》の中心《ちうしん》で、それから峡《かひ》の方《はう》へ飛々《とび〳〵》にまばらになり、海手《うみて》と二三町《ちやう》が間人家《あひだじんか》が途絶《とだ》えて、却《かへ》つて折曲《をれまが》つた此《こ》の小路《こみち》の両側《りやうがは》へ、又飛々《またとび〳〵》に七八軒《けん》続《つゞ》いて、それが一部落《いちぶらく》になつて居《ゐ》る。

梭《をさ》を投《な》げた娘《むすめ》の目《め》も、山《やま》の方《はう》へ瞳《ひとみ》が通《かよ》ひ、足踏《あしぶ》みをした女房《にようばう》の胸《むね》にも、海《うみ》の波《なみ》は映《うつ》らぬらしい。

通《とほ》りすがりに考《かんが》へつゝ、立離《たちはな》れた。面《おもて》を圧《あつ》して菜種《なたね》の花《はな》。眩《まばゆ》い日影《ひかげ》を輝《かゞや》くばかり。左手《ゆんで》の崕《がけ》の緑《みどり》なのも、向《むか》うの山《やま》の青《あを》いのも、偏《かたへ》に此《こ》の真黄色《まつきいろ》の、僅《わずか》に限《かぎり》あるを語《かた》るに過《す》ぎず。足許《あしもと》の細流《せゝらぎ》や、一段颯《いちだんさつ》と簾《すだれ》を落《おと》して流《なが》るゝさへ、なか〳〵に花《はな》の色《いろ》を薄《うす》くはせぬ。

あゝ目覚《めざ》ましいと思《おも》ふ目《め》に、ちらりと見《み》たのみ、呉織文織《くれはとりあやはとり》は、恰《あたか》も一枚《まい》の白紙《しらかみ》に、朦朧《もうろう》と描《ゑが》いた二個《ふたつ》の其《そ》の姿《すがた》を残《のこ》して余白《よはく》を真黄《まつき》色《いろ》に塗《ぬ》つたやう。二人《ふたり》の衣服《きもの》にも、手拭《てぬぐひ》にも、襷《たすき》にも、前垂《まへだれ》にも、織《お》つて居《ゐ》た其《そ》の機《はた》の色《いろ》にも、聊《いさゝか》も此《こ》の色《いろ》のなかつたゞけ、一入鮮麗《ひとしほあざやか》に明瞭《めいれう》に、脳中《なうちう》に描《ゑが》き出《いだ》された。

勿論《もちろん》、描《ゑが》いた人物《じんぶつ》を判然《はつきり》と浮出《うきだ》させようとして、此《こ》の彩色《さいしよく》で地《ぢ》を塗潰《ぬりつぶ》すのは、画《ゑ》の手段《しゆだん》に取《と》つて、是《ぜ》か、非《ひ》か、巧《かう》か、拙《せつ》か、それは菜《な》の花《はな》の預《あづか》り知《し》る処《ところ》でない。

うつとりするまで、眼前《まのあたり》真黄《まつき》色《いろ》な中《なか》に、機織《はたおり》の姿《すがた》の美《うつく》しく宿《やど》つた時《とき》、若《わか》い婦女《をんな》の衝《つ》と投《な》げた梭《をさ》の尖《さき》から、ひらりと燃《も》えて、いま一人《ひとり》の足下《あしもと》を閃《ひらめ》いて、輪《わ》になつて一《ひと》ツ刎《は》ねた、朱《しゆ》に金色《こんじき》を帯《お》びた一条《いちでう》の線《せん》があつて、赫燿《かくえう》として眼《まなこ》を射《い》て、流《ながれ》のふちなる草《くさ》に飛《と》んだが、火《ひ》の消《き》ゆるが如《ごと》くやがて失《う》せた。

赤棟蛇《やまかゞし》が、菜種《なたね》の中《なか》を輝《かゞや》いて通《とほ》つたのである。

悚《ぞつ》然として、向直《むきなほ》ると、突当《つきあた》りが、樹《き》の枝《えだ》から梢《こずゑ》の葉《は》へ搦《から》んだやうな石段《いしだん》で、上《うへ》に、茅《かや》ぶきの堂《だう》の屋根《やね》が、目近《まぢか》な一朶《いちだ》の雲《くも》かと見《み》える。棟《むね》に咲《さ》いた紫羅傘《いちはつ》の花《はな》の紫《むらさき》も手《て》に取《と》るばかり、峰《みね》のみどりの黒髪《くろかみ》にさしかざゝれた装《よそほひ》の、其《それ》が久能谷《くのや》の観音堂《くわんおんだう》。

我《わ》が散策子《さんさくし》は、其処《そこ》を志《こゝろざ》して来《き》たのである。爾時《そのとき》、これから参《まゐ》らうとする、前途《ゆくて》の石段《いしだん》の真下《ました》の処《ところ》へ、殆《ほとん》ど路《みち》の幅《はゞいつぱい》一杯に、両側《りやうがは》から押被《おつかぶ》さつた雑樹《ざふき》の中《なか》から、真向《まむき》にぬつと、大《おほき》な馬《うま》の顔《かほ》がむく〳〵と湧《わ》いて出《で》た。唯見《たゞみ》る、それさへ不意《ふい》な上《うへ》、胴体《どうたい》は唯一《たゞひと》ツでない。鬣《たてがみ》に鬣《たてがみ》が繋《つな》がつて、胴《どう》に胴《どう》が重《かさ》なつて、凡《およ》そ五六間《けん》があひだ獣《けもの》の背《せ》である。

咄嗟《とつさ》の間《かん》、散策子《さんさくし》は杖《ステツキ》をついて立窘《たちすく》んだ。曲角《まがりかど》の青大将《あをだいしやう》と、此傍《このかたはら》なる菜《な》の花《はな》の中《なか》の赤棟蛇《やまかゞし》と、向《むか》うの馬《うま》の面《つら》とへ線《せん》を引《ひ》くと、細長《ほそなが》い三角形《さんかくけい》の只中《たゞなか》へ、封《ふう》じ籠《こ》められた形《かた》になる。

奇怪《きくわい》なる地妖《ちえう》でないか。

しかし、若悪獣囲繞《にやくあくじうゐねう》、利牙爪可怖《りげせうかふ》も、蚖蛇及蝮蝎《ぐわんじやぎふふくかつ》、気毒煙火燃《けどくえんくわねん》も、薩陀彼処《さつたかしこ》にましますぞや。しばらくして。……

## 四

のんきな馬士《まご》めが、此処《こゝ》に人《ひと》のあるを見《み》て、はじめて、のつそり馬《うま》の鼻頭《はなづら》に顕《あらは》れた、真正面《ましやうめん》から前後《ぜんご》三頭《とう》一列《れつ》に並《なら》んで、たら〳〵下《お》りをゆた〳〵と来《く》るのであつた。

「お待遠《まちどほ》さまでごぜえます。」

「はあ、お邪魔《じやま》さまな。」

「御免《ごめん》なせえまし。」

と三人《にん》、一人《ひとり》々々《〳〵》声《こゑ》をかけて通《とほ》るうち、流《ながれ》のふちに爪立《つまだ》つまで、細《ほそ》くなつて躱《かは》したが、尚大《なほおほい》なる皮《かは》の風呂敷《ふろしき》に、目《め》を包《つゝ》まれる心地《こゝち》であつた。

路《みち》は一際細《ひときはほそ》くなつたが、却《かへ》つて柔《やはら》かに草《くさ》を踏《ふ》んで、きり〳〵はたり、きり〳〵はたりと、長閑《のどか》な機《はた》の音《おと》に送《おく》られて、やがて仔細《しさい》なく、蒼空《あをぞら》の樹《こ》の間漏《まも》る、石段《いしだん》の下《もと》に着《つ》く。

此《こ》の石段《いしだん》は近頃《ちかごろ》すつかり修復《しうふく》が出来《でき》た。（従《したが》つて、爪尖《つまさき》のぼりの路《みち》も、草《くさ》が分《わか》れて一筋明《ひとすぢあか》らさまになつたから、もう蛇《へび》も出《で》まい。）其時分《そのじぶん》は大破《たいは》して、丁《ちやう》ど繕《つくろ》ひにかゝらうといふ折《をり》から、馬《うま》は此《こ》の段《だん》の下《した》に、一軒《けん》、寺《てら》といふほどでもない住職《ぢうしよく》の控家《ひかへや》がある、其《そ》の背戸《せど》へ石《いし》を積《つ》んで来《き》たもので。

段《だん》を上《のぼ》ると、階子《はしご》が揺《ゆれ》はしまいかと危《あやし》むばかり、角《かど》が欠《か》け、石《いし》が抜《ぬ》け、土《つち》が崩《くづ》れ、足許《あしもと》も定《さだ》まらず、よろけながら攀《よ》ぢ上《のぼ》つた。見《み》る〳〵、目《め》の下《した》の田畠《たはた》が小《ち》さくなり遠《とほ》くなるに従《したが》うて、波《なみ》の色《いろ》が蒼《あを》う、ひた〳〵と足許《あしもと》に近《ちか》づくのは、海《うみ》を抱《いだ》いた懸《かゝ》る山《やま》の、何処《いづこ》も同《おな》じ習《ならひ》である。

樹立《こだ》ちに薄暗《うすぐら》い石段《いしだん》の、石《いし》よりも堆《うづたか》い青苔《あをごけ》の中《なか》に、あの螢袋《ほたるぶくろ》といふ、薄紫《うすむらさき》の差俯向《さしうつむ》いた桔梗科《きゝやうくわ》の花《はな》の早咲《はやざき》を見《み》るにつけても、何《なん》となく湿《しめ》つぽい気《き》がして、然《しか》も湯滝《ゆだき》のあとを踏《ふ》むやうに熱《あつ》く汗《あせ》ばんだのが、颯《さつ》と一風《ひとかぜ》、ひや〳〵となつた。境内《けいだい》は然《さ》まで広《ひろ》くない。

尤《もつと》も、御堂《みだう》のうしろから、左右《さいう》の廻廊《くわいらう》へ、山《やま》の幕《まく》を引廻《ひきまは》して、雑木《ざふき》の枝《えだ》も墨染《すみぞめ》に、其処《そこ》とも分《わ》かず松風《まつかぜ》の声《こゑ》。

渚《なぎさ》は浪《なみ》の雪《ゆき》を敷《し》いて、砂《すな》に結《むす》び、巌《いはほ》に消《き》える、其《そ》の都度《つど》音《おと》も聞《きこ》えさう、但残惜《たゞのこりをし》いまでぴたりと留《や》んだは、きりはたり機《はた》の音《おと》。

此処《こゝ》よりして見《み》てあれば、織姫《おりひめ》の二人《ふたり》の姿《すがた》は、菜種《なたね》の花《はな》の中《なか》ならず、蒼海原《あをうなばら》に描《ゑが》かれて、浪《なみ》に泛《うか》ぶらむ風情《ふぜい》ぞかし。

いや、参詣《おまゐり》をしませう。

五段《だん》の階《きざはし》、縁《えん》の下《した》を、馬《うま》が駈《か》け抜《ぬ》けさうに高《たか》いけれども、欄干《らんかん》は影《かげ》も留《とゞ》めない。昔《むかし》は然《さ》こそと思《おも》はれた、丹《に》塗《ぬり》の柱《はしら》、花狭間《はなはざま》、梁《うつばり》の波《なみ》の紺青《こんじやう》も、金色《こんじき》の龍《りう》も色《いろ》さみしく、昼《ひる》の月《つき》、茅《かや》を漏《も》りて、唐戸《からど》に蝶《てふ》の影《かげ》さす光景《ありさま》、古《ふる》き土佐絵《とさゑ》の画面《ぐわめん》に似《に》て、然《しか》も名工《めいこう》の筆意《ひつい》に合《かな》ひ、眩《まば》ゆからぬが奥床《おくゆか》しう、そゞろに尊《たふと》く懐《なつか》しい。

格子《かうし》の中《なか》は暗《くら》かつた。

戸張《とばり》を垂《た》れた御厨子《みづし》の傍《わき》に、造花《つくりばな》の白蓮《びやくれん》の、気高《けだか》く俤《おもかげ》立《た》つに、頭《かうべ》を垂《た》れて、引退《ひきしりぞ》くこと二三尺《じやく》。心静《こゝろしづ》かに四辺《あたり》を見《み》た。

合天井《がふてんじやう》なる、紅々白々《こう〳〵はく〳〵》牡丹《ぼたん》の花《はな》、胡粉《ごふん》の俤《おもかげ》消《き》え残《のこ》り、紅《くれなゐ》も散留《ちりとま》つて、恰《あたか》も刻《きざ》んだものゝ如《ごと》く、髣髴《はうふつ》として夢《ゆめ》に花園《はなぞの》を仰《あふ》ぐ思《おも》ひがある。

それら、花《はな》にも台《うてな》にも、丸柱《まるばしら》は言《い》ふまでもない。狐格子《きつねがうし》、唐戸《からど》、桁《けた》、梁《うつばり》、眗《みまは》すもの丶此処《こゝ》彼処《かしこ》、順拝《じゆんぱい》の札《ふだ》の貼《は》りつけてないのは殆《ほとん》どない。

彫金《ほりきん》といふのがある、魚政《うをまさ》といふのがある、屋根安《やねやす》、大工鉄《だいくてつ》、左官金《さくわんきん》。東京《とうきやう》の浅草《あさくさ》に、深川《ふかゞは》に。周防国《すはうのくに》、美《み》濃《の》、近江《あふみ》、加賀《かゞ》、能登《のと》、越前《ゑちぜん》、肥後《ひご》の熊本《くまもと》、阿波《あは》の徳島《とくしま》。津々浦々《つゝうら〳〵》の渡鳥《わたりどり》、稲負《いなおふ》せ鳥《どり》、閑古鳥《かんこどり》。姿《すがた》は知《し》らず名《な》を留《と》めた、一切《いつさい》の善男子《ぜんなんし》善女人《ぜんによにん》。木賃《きちん》の夜寒《よさむ》の枕《まくら》にも、雨《あめ》の夜《よ》の苫船《とまぶね》からも、夢《ゆめ》は此《こ》の処《ところ》に宿《やど》るであらう。巡《じゆん》礼《れい》たちが霊魂《たましひ》は時々《とき〴〵》此処《こゝ》に来《き》て遊《あそ》ぼう。……をかし、一軒《けん》一枚《まい》の門札《もんふだ》めくよ。

# 五

一座《いちざ》の霊地《れいち》は、渠等《かれら》のためには平等利益《びやうどうりやく》、楽《たの》しく美《うつく》しい、花園《はなぞの》である。一度《いちど》詣《まう》でたらむほどのものは、五十里《り》、百里《り》、三百里《り》、筑紫《つくし》の海《うみ》の果《はて》からでも、思《おも》ひさへ浮《うか》んだら、束《つか》の間《ま》に此処《こゝ》に来《き》て、虚空《こくう》に花降《はなふ》る景色《けしき》を見《み》よう。月《つき》に白衣《びやくえ》の姿《すがた》も拝《をが》まう。熱《ねつ》あるものは、楊柳《やうりう》の露《つゆ》の滴《したゝり》を吸《す》ふであらう。恋《こひ》するものは、優柔《しなやか》な御手《みて》に縋《すが》りもしよう。御胸《おんむね》にも抱《いだ》かれよう。はた迷《まよ》へる人《ひと》は、緑《みどり》の甍《いらか》、朱《あけ》の玉垣《たまがき》、金銀《きん〴〵》の柱《はしら》、朱欄干《しゆらんかん》、瑪瑙《めなう》の階《きざはし》、花唐戸《はなからど》。玉《ぎよく》楼金殿《ろうきんでん》を空想《くうさう》して、鳳凰《ほうわう》の舞《ま》ふ龍《たつ》の宮居《みやゐ》に、牡丹《ぼたん》に遊《あそ》ぶ麒麟《きりん》を見《み》ながら、獅子王《しゝわう》の座《ざ》に朝日《あさひ》影《かげ》さす、桜《さくら》の花《はな》を衾《ふすま》として、明月《めいげつ》の如《ごと》き真珠《しんじゆ》を枕《まくら》に、勿体《もつたい》なや、御添臥《おんそひぶし》を夢見《ゆめみ》るかも知《し》れぬ。よしそれとても、大慈《だいじ》大悲《だいひ》、観世《くわんぜ》音《おん》は咎《とが》め給《たま》はぬ。

されば是《これ》なる彫金《ほりきん》、魚政《うをまさ》はじめ、此処《こゝ》に霊魂《れいこん》の通《かよ》ふ証拠《しようこ》には、いづれも巡拝《じゆんぱい》の札《ふだ》を見《み》たゞけで、どれもこれも、女名前《をんななまへ》のも、略々《ほゞ》其《そ》の容貌《ようばう》と、風采《ふうさい》と、従《したが》つて其《そ》の挙動《きよどう》までが、朦朧《もうろう》として影《かげ》の如《ごと》く目《め》に浮《うか》ぶではないか。

彼《か》の新聞《しんぶん》で披露《ひろう》する、諸種《しよしゆ》の義捐金《ぎえんきん》や、建札《たてふだ》の表《へう》に掲示《けいじ》する寄附金《きふきん》の署名《しよめい》が写実《しやじつ》である時《とき》に、これは理想《りさう》であると云《い》つても可《よ》からう。

微笑《ほゝゑ》みながら、一枚《まい》づゝ。

扉《とびら》の方《はう》へうしろ向《む》けに、大《おほき》な賽銭箱《さいせんばこ》の此方《こなた》、薬研《やげん》のやうな破目《われめ》の入《はひ》つた丸柱《まるばしら》を視《なが》めた時《とき》、一枚懐紙《まいくわいし》の切端《きれはし》に、すら／＼とした女文字《をんなもじ》。

うたゝ寐《ね》に恋《こひ》しき人《ひと》を見《み》てしより
夢《ゆめ》てふものは頼《たの》みそめてき
——玉脇《たまわき》みを——

と優《やさ》しく美《うつく》しく書《か》いたのがあつた。

「これは御参詣《ごさんけい》で。もし、もし、」

はツと心付《こゝろづ》くと、麻《あさ》の法衣《ころも》の袖《そで》をかさねて、出家《しゆつけ》が一人《ひとり》、裾短《すそみじか》に藁草履《わらざうり》を穿《は》きしめて間近《まぢか》に来《き》て居《ゐ》た。

振向《ふりむ》いたのを、莞爾《にこ》やかに笑《ゑ》み迎《むか》へて、

「些《ちつ》と此方《こちら》へ。」

賽銭箱《さいせんばこ》の傍《わき》を通《とほ》つて、格子戸《かうしど》に及腰《およびごし》。

「南無《なむ》」とあとは口《くち》の裏《うち》で念《ねん》じながら、左右《さいう》へかた／＼と静《しづか》に開《あ》けた。

出家《しゆつけ》は、真直《まつす》ぐに御厨子《みづし》の前《まへ》、かさ／＼と袈裟《けさ》をずらして、袂《たもと》からマツチを出《だ》すと、伸上《のびあが》つて御蝋《おらふ》を点《てん》じ、額《ひたひ》に掌《たなそこ》を合《あ》はせたが、引返《ひきかへ》して最《も》う一枚《まい》、彳《たゝず》んだ人《ひと》の前《まへ》の戸《と》を開《あ》けた。

虫《むし》ばんだが一段高《いちだんたか》く、且《か》つ幅《はゞ》の広《ひろ》い、部厚《ぶあつ》な敷居《しきゐ》の内《うち》に、縦《たて》に四畳《よでふ》ばかり敷《し》かれる。壁《かべ》の透間《すきま》を樹蔭《こかげ》はさすが、縁《へり》なしの畳《たゝみ》は青々《あを／＼》と新《あたら》しかつた。

出家《しゆつけ》は、上《うへ》に何《なん》にもない、小机《こづくゑ》の前《まへ》に坐《すわ》つて、火入《ひいれ》ばかり、煙草《たばこ》なしに、灰《はひ》のくすぼつたのを押出《おしだ》して、自《じ》分《ぶん》も一膝《ひとひざ》、此方《こなた》へ進《すゝ》め、

「些《ちつ》とお休《やす》み下《くだ》さい。」

また、かさ〳〵と袂《たもと》を探《さぐ》つて、

「やあ、マツチは此処《こゝ》にもござつた、はゝは、」

と、も一《ひと》ツ机《つくゑ》の下《した》から。

「それではお邪魔《じやま》を、一寸《ちよつと》、拝借《はいしやく》。」

と此方《こなた》は敷居越《しきゐごし》に腰《こし》をかけて、此処《こゝ》からも空《そら》に連《つら》なる、海《うみ》の色《いろ》より、より濃《こまやか》な霞《かすみ》を吸《す》つた。

「真個《ほんと》に、結構《けつこう》な御堂《おだう》ですな、佳《い》い景色《けしき》ぢやありませんか。」

「や、最《も》う大破《たいは》でござつて。おもりをいたす仏様《ほとけさま》に、恁《か》う申《まを》し上《あ》げては澄《す》まんでありますがな。はゝは、私力《わたくしちから》にもおいそれとは参《まゐ》りませんので、行届《ゆきとゞ》かん勝《がち》でございますよ。」

六

「随分御参詣《ずゐぶんごさんけい》はありますか。」

先《ま》づ差当《さしあた》り言《い》ふことはこれであつた。

出家《しゆつけ》は頷《うなづ》くやうにして、机《つくゑ》の前《まへ》に座《ざ》を斜《なゝ》めに整然《きちん》と坐《すわ》り、

「然《さ》やうでございます。御繁昌《ごはんじやう》と申《まを》したいでありますが、当節《たうせつ》は余《あま》りござりません。以前《いぜん》は、荘厳美麗結構《そうごんびれいけつこう》なものでありましたさうで。

貴下《あなた》、今《いま》お通《とほ》りになりましてございませう。此処《こゝ》からも見《み》えます。此《こ》の山《やま》の裾《すそ》へかけまして、づゝとあの菜種畠《なたねばたけ》の辺《あたり》、七堂伽藍《しちだうがらん》建連《たてつら》なつて居《を》りましたさうで。書物《かきもの》にも見《み》えますが、三浦郡《みうらごほり》の久能谷《くのや》では、此《こ》の岩殿寺《いはとでら》が、土地《とち》の草分《くさわけ》と申《まを》しまする。

坂東第二番《ばんどうだいにばん》の巡拝所《じゆんぱいじよ》、名高《なだか》い霊場《れいぢやう》でございますが、唯今《たゞいま》ではとんと其《そ》の旧跡《きうせき》とでも申《まを》すやうになりました。妙《めう》なもので、却《かへ》つて遠国《ゑんごく》の衆《しう》の、参詣《さんけい》が多《おほ》うございます。近《ちか》くは上総下総《かづさしもふさ》、遠《とほ》い処《ところ》は九州西国《きうしうさいこく》あたりから、聞伝《きゝつた》へて巡礼《じゆんれい》なさるのがあります処《ところ》、此方《このかた》たちが、当地《たうち》へござつて、此《こ》の近辺《きんぺん》で聞《き》かれますると、つい知《し》らぬものが多《おほ》くて、大《おほ》きに迷《まよ》ふなぞと言《い》ふ、お話《はな》しを聞《き》くでございますよ。」

「然《さ》うしたもんです。」

「はゝ、如何《いか》にも、」

と言《い》つて一寸言葉《ちよつとことば》が途切《とぎ》れる。

出家《しゆつけ》の言《ことば》は、聊《いさゝ》か寄附金《きふきん》の勧化《くわんげ》のやうに聞《きこ》えたので、少《すこ》し気《き》になつたが、煙草《たばこ》の灰《はひ》を落《おと》さうとして目《め》に留《と》まつた火入《ひいれ》の、いぶりくすぶつた色《いろ》あひ、マツチの燃《もえ》さしの突込《つゝこ》み加減《かげん》。巣鴨辺《すがもへん》に弥勒《みろく》の出世《しゆつせ》を待《ま》つて居《ゐ》る、真宗大学《しんしうだいがく》の寄宿舎《きしゆくしや》に似《に》て、余《あま》り世帯気《しよたいげ》がありさうもない処《ところ》は、大《おほい》に胸襟《きようきん》を開《ひら》いて然《しか》るべく、勝手《かつて》に見《み》て取《と》つた。其処《そこ》で又《また》清々《すが〲》しく一吸《ひとすひ》して、山《やま》の端《は》の煙《けむり》を吐《は》くこと、遠見《とほみ》の鉄拐《てつかい》の如《ごと》く、

「夏《なつ》は嘸涼《さぞすゞし》いでせう。」

「とんと暑《あつ》さ知《し》らずでござる。御堂《おだう》は申《まを》すまでもありません、下《した》の仮庵室《かりあんしつ》なども至極《しごく》其《そ》の涼《すゞし》いので、ほんの草葺《くさぶき》でありますが、些《ち》と御帰《おかへ》りがけにお立寄《たちよ》り、御休息《ごきうそく》なさいまし。木葉《きのは》を燻《くす》べて渋茶《しぶちや》でも献《けん》じませう。荒《あ》れたものでありますが、いや、茶釜《ちやがま》から尻尾《しつぽ》でも出《で》ませうなら、又一興《またいつきよう》でござる。はゝゝ、」

「お羨《うらやまし》い御境涯《ごきやうがい》ですな。」

と客《きやく》は言《い》つた。

「どうして、貴下《あなた》、然《さ》やうに悟《さと》りの開《ひら》けました智識《ちしき》ではございません。一軒屋《いつけんや》の一人住居《ひとりずまひ》心寂《こゝろさび》しうござつてな、唯今《たゞいま》も御参詣《ごさんけい》のお姿《すがた》を、あれからお見受《みう》け申《まを》して、あとを慕《した》つて来《き》ましたほどで。

時《とき》に、どちらに御逗留《ごとうりう》?」

「私《わたし》? 私《わたし》は直《ぢ》き其《そ》の停車場《ステイション》最寄《もより》の処《ところ》に、」

「しばらく、」

「先々月《せん〳〵げつ》あたりから、」

「いづれ、御旅館《ごりよくわん》で、」

「否《いゝえ》、一室借《ひとまか》りまして自炊《じすゐ》です。」

「は、は、然《さ》やうで。いや、不躾《ぶしつけ》でありまするが、思召《おぼしめ》しがございつたら、仮庵室御用《かりあんしつごよう》にお立《た》て申《まを》しまする。甚《はなは》だ唐突《たうとつ》でありまするが、昨年夏《さくねんなつ》も、お一人《ひとり》な、矢張《やはり》恁《か》やうな事《こと》から、貴下《あなた》がたのやうな御仁《ごじん》の御宿《おやど》をいたしたことがありまする。

御夫婦《ごふうふ》でも宜《よろ》しい、お二人《ふたり》ぐらゐは楽《らく》でありますから、」

「はい、難有《ありがた》う。」

と莞爾《にっこり》して、

「一寸《ちよつと》、通《とほ》りがゝりでは、恁《か》ういふ処《ところ》が、此方《こちら》にあらうとは思《おも》はれませんね。真個《ほんたう》に佳《い》い御堂《おだう》ですね、」

「折々御《をり〳〵ご》遊歩《いうほ》においで下《くだ》さい。」

「勿体《もつたい》ない、おまゐりに来《き》ませう。」

何心《なにごゝろ》なく言《い》つた顔《かほ》を、訝《いぶか》しさうに打視《うちなが》めた。

七

出家《しゆつけ》は膝《ひざ》に手《て》を置《お》いて、

「これは、貴下方《あなたがた》の口《くち》から、然《さ》う云《い》ふことを承《うけたまは》らうとは思《おも》はんでありました。」

「何故《なぜ》ですか、」

と問《と》うては見《み》たが、豫《あらかじ》め、其《そ》の意味《いみ》を解《かい》するに難《かた》うはないのであつた。

出家《しゆつけ》も、遍《ひらた》くはあるが、ふつくりした頬《ほゝ》に笑《ゑみ》を含《ふく》んで、

「何故《なぜ》と申《まを》すでもありませんがな……先《ま》づ当節《たうせつ》のお若《わか》い方《かた》が……と云《い》ふのでござる。は〻〻、近《ちか》い話《はなし》がな。最《もつと》も然《さ》う申《まを》すほど、私《わたくし》が、まだ年配《ねんぱい》ではありませんけれども、」

「分《わか》りましたとも。青年《せいねん》の、然《しか》も書生《しよせい》が、とおつしやるのでせう。

否《いゝえ》、然《さ》ういふ御遠慮《ごゑんりよ》をなさるから、それだから不可《いけ》ません。それだから、」

と何《ど》うしたものか、じり〳〵と膝《ひざ》を向《む》け直《なほ》して、

「段々《だん〳〵》お宗旨《しうし》が寂《さび》れます。此方《こちら》は何《なに》お宗旨《しうし》だか知《し》りませんが。

対手《あひて》は老朽《おいく》ちたものだけで、年紀《とし》の少《すくな》い、今《いま》の学校生活《がくかうせいくわつ》でもしたものには、迚《とて》も済度《さいど》はむづかしい、今《いま》さら、観音《くわんおん》でもあるまいと言《い》ふやうなお考《かんが》へだから不可《いか》んのです。

近頃《ちかごろ》は爺婆《ぢゝばゝ》の方《はう》が横着《わうちやく》で、嫁《よめ》をいぢめる口叱言《くちこゞと》を、お念仏《ねんぶつ》で句読《くとう》を切《き》つたり、膚脱《はだぬぎ》で鰻《うなぎ》の串《くし》を横銜《よこぐは》へで題目《だいもく》を唱《とな》へたり、……昔《むかし》からも然《さ》う云《い》ふのもなかつたんぢやないが、まだ〳〵胡散《うさん》ながら、地獄極楽《ぢごくごくらく》が、幾干《いくら》か念頭《ねんとう》にあるうちは始末《しまつ》がよかつたのです。今《いま》ぢや、生悟《なまさと》りに皆《みんな》が悟《さと》りを開《ひら》いた顔《かほ》で、悪《わる》くすると地獄《ぢごく》の絵《ゑ》を見《み》て、こりや出来《でき》が可《い》い、など〻言《い》ひ兼《か》ねません。

貴下方《あなたがた》が、到底対手《たうていあひて》にやなるまいと思《おも》つてお在《い》でなさる、少《わか》い人達《ひとたち》が、却《かへ》つて祖師《そし》に憧《あこ》がれてます。何《ど》うかして、安心立命《あんしんりつめい》が得《え》たいと悶《もだ》えてますよ。中《なか》にはそれがために気《き》が違《ちが》ふものもあり、自殺《じさつ》するものさへあるぢやありませんか。

何《なん》でも構《かま》はない。途中《とちう》で、はゝあ、之《これ》が二《に》十世紀《じつせいき》の人間《にんげん》だな、と思《おも》ふのを御覧《ごらん》なすつたら、男子《をとこ》でも女子《をんな》でもですね、唐突《だしぬけ》に南無阿弥陀仏《なむあみだぶつ》と声《こゑ》をかけてお試《ため》しなさい。すぐに気絶《きぜつ》するものがあるかも知《し》れず、立処《たちどころ》に天窓《あたま》を剃《そつ》て御弟子《おでし》になりたいと言《い》はうも知《し》れず、ハタと手《て》を拍《う》つて悟《さと》るのもありませう。或《あるひ》はそれが基《もと》で死《し》にたくなるものもあるかも知《し》れません。

実際《じつさい》、串戯《じようだん》ではない。其《そ》のくらゐなんですもの。仏教《ぶつけう》は是《これ》から法燈《ほふとう》の輝《かゞや》く時《とき》です。それだのに、何故《なぜ》か、貴下《あんた》がたが因循《いんじゆん》して引込思案《ひつこみじあん》でいらつしやる。」

頻《しきり》に耳《みゝ》を傾《かたむ》けたが、

「然《さ》やう、如何《いか》にも、はあ、然《さ》やう。いや、私《わたくし》どもとても、堅《かた》く申《まを》せば思想界《しさうかい》は大維新《だいゐしん》の際《さい》で、中《なか》には神《かみ》を見《み》た、まのあたり仏《ぶつ》に接《せつ》した、或《あるひ》は自《みづ》から救世主《きうせいしゆ》であるなどゝ言《い》ふ、当時《たうじ》の熊本《くまもと》の神風連《じんぷうれん》の如《ごと》き、一揆《いつき》の起《おこ》りましたやうな事《こと》も、ちらほら聞伝《きゝつた》へては居《を》りますが、いづれに致《いた》せ、高尚《かうしやう》な御議論《ごぎろん》、御研究《ごけんきう》の方《はう》でござつて、此方人等《こちとら》づれ出家《しゆつけ》がお守《も》りをする、偶像《ぐうざう》なぞは……其《そ》の、」

と言《い》ひかけて、密《そつ》と御厨子《みづし》の方《かた》を見《み》た。

「作《さく》がよければ、美術品《びじゆつひん》、彫刻物《てうこくもの》として御覧《ごらん》なさらうと言《い》ふ世間《せけん》。或《あるひ》は今後《こんご》、仏教《ぶつけう》は盛《さかん》にならうも知《し》れませんが、兎《と》も角《かく》、偶像《ぐうざう》の方《はう》となりまするど……其《そ》の如何《いかゞ》なものでござらうかと……同一信仰《おなじしんかう》にいたしてからが、御本尊《ごほんぞん》に対《たい》し、礼拝《らいはい》と申《まを》す方《かた》は、此《こ》の前《さき》どうあらうかと存《ぞん》じまする。はゝ、其処《そこ》でございますから、自然《しぜん》、貴下《あなた》がたには、仏教《ぶつけう》、即《すなは》ち偶像教《ぐうざうけう》でないやうに思召《おぼしめ》しが願《ねが》ひたい、御《おす》像《がた》の方《はう》は、高尚《かうしやう》な美術品《びじゆつひん》を御覧《ごらん》になるやうに、と存《ぞん》じて、つい御遊歩《ごいうほ》などゝ申《まを》すやうな次第《しだい》でございますよ。」

「いや、いや、偶像《ぐうざう》でなくつて何《ど》うします。御姿《おすがた》を拝《をが》まないで、何《なに》を私《わたし》たちが信《しん》ずるんです。貴下《あなた》、偶像《ぐうざう》とおつしやるから不可《いか》ん。

名《な》がありませう、一体毎《いつたいごと》に。

釈迦《しやか》、文殊《もんじゆ》、普賢《ふげん》、勢至《せいし》、観音《くわんおん》、皆《みな》、名《な》があるではありませんか。」

## 八

「唯《たゞ》、人《ひと》と言《い》へば、他人《たにん》です、何《なん》でもない。是《これ》に名《な》がつきませう。名《な》がつきますと、父《ちゝ》となります、母《はゝ》となり、兄《あに》となり、姉《あね》となります。其処《そこ》で、其《そ》の人《ひと》たちを、唯《たゞ》、人《ひと》にして扱《あつか》ひますか。

偶像《ぐうざう》も同一《どういつ》です。唯偶像《たゞぐうざう》なら何《なん》でもない、此《こ》の御堂《おだう》のは観世音《くわんぜおん》です、信仰《しんかう》をするんでせう。

ぢや、偶像《ぐうざう》は、木《き》、金《かね》、乃至《ないし》、土《つち》。それを金銀《きんぎん》、珠玉《しゆぎよく》で飾《かざ》り、色彩《しきさい》を装《よそほ》つたものに過《す》ぎないと言《い》ふんですか。

人間《にんげん》だつて、皮《かは》、血《ち》、肉《にく》、五臓《ござう》、六腑《ろつぷ》、そんなもので束《つか》ねあげて、是《これ》に衣《き》ものを着《き》せるんです。第一貴下《だいいちあなた》、美《び》人《じん》だつて、たかゞそれまでのもんだ。

しかし、人《ひと》には霊魂《れいこん》がある、偶像《ぐうざう》にはそれがない、と言《い》ふかも知《し》れん。其《そ》の、貴下《あなた》、其《そ》の貴下《あなた》、霊魂《れいこん》が何《なん》だか分《わか》らないから、迷《まよ》ひもする、悟《さと》りもする、危《あやぶ》みもする、安心《あんしん》もする、拝《をが》みもする、信心《しんじん》もするんですもの。

的《まと》がなくつて弓《ゆみ》の修業《しゆげふ》が出来《でき》ますか。軽業《かるわざ》、手品《てじな》だつて学《まな》ばねばならんのです。

偶像《ぐうざう》は要《い》らないと言《い》ふ人《ひと》に、そんなら、恋人《こひゞと》は唯《た》だ慕《した》ふ、愛《あい》する、こがるゝだけで、一緒《いつしよ》にならんでも可《い》いのか、姿《すがた》を見《み》んでも可《い》いのか。姿《すがた》を見《み》たばかりで、口《くち》を利《き》かずとも、口《くち》を利《き》いたばかりで、手《て》に縋《すが》らずとも、手《て》に縋《すが》つたゞけで、寝《ね》ないでも、可《い》いのか、と聞《き》いて御覧《ごらん》なさい。

せめて夢《ゆめ》にでも、其《そ》の人《ひと》に逢《あ》ひたいのが実情《じつじやう》です。

そら、幻《まぼろし》にでも神仏《かみほとけ》を見《み》たいでせう。

釈迦《しやか》、文殊《もんじゆ》、普賢《ふげん》、勢至《せいし》、観音《くわんおん》、御像《おすがた》は難有《ありがた》い訳《わけ》ではありませんか。」

出家《しゆつけ》は活々《いき〳〵》とした顔《かほ》になつて、目《め》の色《いろ》が輝《かゞや》いた。心《こゝろ》の籠《こも》つた口《くち》のあたり、髯《ひげ》の穴《あな》も数《かぞ》へつべう、

「申《まを》されました、おもしろい。」

ぴたりと膝《ひざ》に手《て》をついて、片手《かたて》を額《ひたひ》に加《くは》へたが、

「――うたゝ寐《ね》に恋《こひ》しき人《ひと》を見《み》てしより夢《ゆめ》てふものはたのみそめてき――」

と独《ひと》り俯向《うつむ》いた口《くち》の裏《うち》に誦《じゆ》したのは、柱《はしら》に記《しる》した歌《うた》である。

此方《こなた》も思《おも》はず彼処《かしこ》を見《み》た、柱《はしら》なる蜘蛛《さゝがに》の糸《いと》、あざやかなりけり水茎《みづぐき》の跡《あと》。

「然《さ》う承《うけたまは》れば恥入《はぢい》る次第《しだい》で、恥《はぢ》を申《まを》さねば分《わか》らんでありますが、うたゝ寐《ね》の、此《こ》の和歌《わか》でござる、」

「其《そ》の歌《うた》が、」

と此方《こなた》も膝《ひざ》の進《すゝ》むを覚《おぼ》えず。

「えゝ、御覧《ごらん》なさい。其処中《そこらぢう》、それ巡拝札《じゆんぱいふだ》を貼《は》り散《ち》らしたと申《まを》すわけで、中《なか》にはな、売薬《ばいやく》や、何《なに》かの広告《くわうこく》に使《つか》ひまするさうなが、それもありきたりで構《かま》はんであります。又誰《またたれ》が何時《いつ》のまに貼《は》つて参《まゐ》るかも分《わか》りませんので。処《ところ》が、それ、其処《そこ》の柱《はしら》の、其《そ》の……」

「はあ、あの歌《うた》ですか。」

「御覧《ごらん》になつたで、」

「先刻《さつき》、貴下《あなた》が声《こゑ》をおかけなすつた時《とき》に、」

「お目《め》に留《と》まつたのでありませう、其《それ》は歌《うた》の主《ぬし》が分《わか》つて居《を》ります。」

「婦人《ふじん》ですね。」

「然《さ》やうで、最《もつと》も古歌《こか》でありますさうで、小野小町《をのゝこまち》の、」

「多分然《たぶんさ》うのやうです。」

「詠《よ》まれたは御自分《ごじぶん》でありませんが、いや、丁《とん》と其《そ》の詠《よ》み主《ぬし》のやうな美人《びじん》でありましてな、」

「此《こ》の玉脇《たまわき》……とか言《い》ふ婦人《ふじん》が、」

と、口《くち》では澄《す》まして然《さ》う言《い》つたが、胸《むね》はそゞろに時《とき》めいた。

「成程《なるほど》、今貴下《いまあなた》がお話《はな》しになりました、其《そ》の、御像《おすがた》のことに就《つ》いて、恋人云々《こひゞとうんぬん》のお言葉《ことば》を考《かんが》へて見《み》ますると、観世《くわんぜ》是《これ》は、みだらな心《こゝろ》ではなうて、行《ゆ》き方《かた》こそ違《ちが》ひまするが、かすかに照《て》らせ山《やま》の端《は》の月《つき》、と申《まを》したやうに、観世音《おん》にあこがるゝ心《こゝろ》を、古歌《こか》に擬《なぞ》らへたものであつたかも分《わか》りませぬ。——夢《ゆめ》てふものは頼《たの》み初《そ》めてき——夢《ゆめ》になりともお姿《すがた》をと言《い》ふ。

真個《まこと》に、あゝいふ世《よ》に稀《まれ》な美人《びじん》ほど、早《はや》く結縁《けちえん》いたして仏果《ぶつくわ》を得《え》た験《ためし》も沢山《たくさん》ございますから。

それを大摑《おほづかみ》に、恋歌《こひか》を書《か》き散《ち》らして参《まゐ》つた。怪《け》しからぬ事《こと》と、さ、それも人《ひと》によりけり、御経《おきやう》にも、若有女《にやくうによ》人設欲求男《にんせつよくぐなん》、と有《あ》りまするから、一概《いちがい》に咎《とが》め立《だ》てはいたさんけれども。彼《あれ》がために一人殺《ひところ》したでござります。」

聞《き》くものは一驚《いつきやう》を吃《きつ》した。菜《な》の花《はな》に見《み》た蛇《へび》のそれより。

## 九

「まさかとお思《おも》ひなさるでありませう、お話《はなし》が大分唐突《だいぶだしぬけ》でござつたで、」

出家《しゆつけ》は頬《ほゝ》に手《て》をあてゝ、俯《うつむ》いてやゝ考《かんが》へ、

「いや、しかし恋歌《こひか》でないといたして見《み》まするると、其《そ》の死《し》んだ人《ひと》の方《はう》が、これは迷《まよ》ひであつたかも知《し》れんでございます。」

「飛《と》んだ話《はなし》ぢやありませんか、それは又《また》どうした事《こと》ですか。」

と、此方《こなた》は何時《いつ》か、最《も》う御堂《おだう》の畳《たゝみ》に、にじり上《あが》つて居《ゐ》た。よしありげな物語《ものがたり》を聞《き》くのに、懐《ふところ》が窮屈《きうくつ》だつたから、懐中《くわいちう》に押込《おしこ》んであつた、鳥打帽《とりうちばう》を引出《ひきだ》して、傍《かたはら》に差置《さしお》いた。

松風《まつかぜ》が音《ね》に立《た》つた。が、春《はる》の日《ひ》なれば人《ひと》よりも軽《かろ》く、そよ〳〵と空《そら》を吹《ふ》くのである。

出家《しゆつけ》は仏前《ぶつぜん》の燈明《とうみやう》を一寸《ちよつと》見《み》て、

「然《さ》ればでござつて。……

実《じつ》は先刻《せんこく》お話申《はなしまを》した、ふとした御縁《ごえん》で、御堂《おだう》の此《こ》の下《した》の仮庵室《かりあんしつ》へお宿《やど》をいたしました、其《そ》の御仁《ごじん》なのでありますが。

其《そ》の貴下《あなた》、うたゝ寐《ね》の歌《うた》を、其処《そこ》へ書《か》きました、婦人《ふじん》のために……まあ、言《い》つて見《み》ますれば恋煩《こひわづら》ひ、いや、こがれ死《じに》をなすつたと申《まを》すものでございます。早《はや》い話《はなし》が、」

「まあ、今時《いまどき》、どんな、男《をとこ》です。」

「丁《ちやう》ど貴下《あなた》のやうな方《かた》で、」

呀《あ》？　茶釜《ちやがま》でなく、這般《この》文福和尚《ぶんぶくをしやう》、渋茶《しぶちや》にあらぬ振舞《ふるまひ》の三十棒《さんじふぼう》、思《おも》はず後《しりへ》に瞠若《だうじやく》として、……唯苦笑《たゞくせう》するある而已《のみ》……

「これは、飛《と》んだ処《ところ》へ引合《ひきあ》ひに出《だ》しました、」

と言《い》つて打笑《うちわら》ひ、

「おつしやる事《こと》と申《まを》し、矢張《やはり》恁《か》う云《い》ふ事《こと》からお知己《ちかづき》になつたと申《まを》し、うつかり、これは、」

「否《いや》、結構《けつこう》ですとも。恋《こひ》で死《し》ぬ、本望《ほんまう》です。此《こ》の太平《たいへい》の世《よ》に生《うま》れて、戦場《せんぢやう》で討死《うちじに》をする機会《きくわい》がなけりや、おなじ畳《たゝみ》の上《うへ》で死《し》ぬものを、憧《こが》れじにが洒落《しやれ》て居《ゐ》ます。

華族《くわぞく》の金満家《きんまんか》へ生《うま》れて出《で》て、恋煩《こひわづら》ひで死《し》ぬ、此《こ》のくらゐ難有《ありがた》い事《こと》はありますまい。恋《こひ》は叶《かな》ふ方《はう》が可《よ》さゝうなもんですが、然《さ》うすると愛別離苦《あいべつりく》です。

唯《たゞし》死ぬほど惚《ほ》れると云《い》ふのが、金《かね》を溜《た》めるより難《かた》いんでせう。」

「真《まこと》に御串戯《ごじようだん》ものでおいでなさる。はゝゝゝ、」

「真面目《まじめ》ですよ。真面目《まじめ》だけなほ串戯《じようだん》のやうに聞《きこ》えるんです。あやかりたい人《ひと》ですね。よくそんなのを見《み》つけましたね。よくそんな、こがれ死《じに》をするほどの婦人《ふじん》が見《み》つかりましたね。」

「それは見《み》ることは誰《だれ》にでも出来《でき》ます。美《うつく》しいと申《まを》して、龍宮《りうぐう》や天上界《てんじやうかい》へ参《まゐ》らねば見《み》られないのではござらんで、」

「ぢや現在居《げんざいゐ》るんですね。」

「居《を》りますとも。土地《とち》の人《ひと》です。」

「此《こ》の土地《とち》のですかい。」

「然《しか》も此《こ》の久能谷《くのや》でございます。」

「久能谷《くのや》の、」

「貴下《あなた》、何《な》んでございませう、今日《けふ》此処《こゝ》へお出《い》でなさるには、其《そ》の家《うち》の前《まへ》を、御通行《おとほり》になりましたらうで、」

「其《そ》の美人《びじん》の住居《すまひ》の前《まへ》をですか。」

と言《い》ふ時《とき》、機《はた》を織《お》つた少《わか》い方《はう》の婦人《をんな》が目《め》に浮《うか》んだ、赫耀《かくえう》として菜《な》の花《はな》に。

「……ぢや、あの、矢張農家《やつぱりのうか》の娘《むすめ》で、」

「否々《いや〳〵》、大財産家《だいざいさんか》の細君《さいくん》でございます。」

「違《ちが》ひました、」

と我《われ》を忘《わす》れて、呟《つぶや》いたが、

「然《さ》うですか、大財産家《おほがねもち》の細君《さいくん》ですか、ぢや最《も》う主《ぬし》ある花《はな》なんですね。」

「然《さ》やうでございます。それがために、貴下《あなた》、」

「なるほど、他人《たにん》のものですね。而《さう》して誰《だれ》が見《み》ても綺麗《きれい》ですか、美人《びじん》なんですかい。」

「はい、夏向《なつむき》は随分何千人《ずゐぶんなんぜんにん》と云《い》ふ東京《とうきやう》からの客人《きやくじん》で、目《め》の覚《さ》めるやうな美麗《びれい》な方《かた》もありまするが、なか〳〵此《これ》ほどのはないでございます。」

「ぢや、私《わたし》が見《み》ても恋煩《こひわづら》ひをしさうですね、危険《けんのん》、危険《けんのん》。」

出家《しゆつけ》は真面目《まじめ》に、

「何故《なぜ》でございますか。」

「帰路《かへり》には気《き》を注《つ》けねばなりません。何処《どこ》ですか、其《そ》の財産家《ざいさんか》の家《うち》は。」

## 十

菜種《なたね》にまじる茅屋《かやゝ》の彼方《あなた》に、白波《しらなみ》と、松吹風《まつふくかぜ》を右左《みぎひだ》り、其処《そこ》に旗《はた》のやうな薄霞《うすがすみ》に、しつとりと紅《くれなゐ》の染《そ》む状《さま》に桃《もゝ》の花《はな》を彩《いろど》つた、其《そ》の屋《や》の棟《むね》より、高《たか》いのは一ツもない。

「角《かど》の、あの二階屋《にかいや》が、」

「えゝ？」

「彼《あれ》が此《こ》の歌《うた》のかき人《て》の住居《すまひ》でござつてな。」

聞《き》くものは慄然《ぞつ》とした。

出家《しゆつけ》は何《な》んの気《き》もつかずに、

「尤《もつと》も彼処《あすこ》へは、去年《きよねん》の秋《あき》、細君《さいくん》だけが引越《ひきこ》して参《まゐ》つたので。丁《ちやう》ど私《わたくし》がお宿《やど》を致《いた》した其御仁《そのごじん》が……お名《な》は申《まを》しますまい。」

「それが可《よ》うございます。」

「唯《たゞ》、客人《きやくじん》――でお話《はなし》をいたしませう。其《そ》の方《かた》が、庵室《あんじつ》に逗留中《とうりうちう》、夜分《やぶん》な、海《うみ》へ入《はひ》つて亡《な》くなりました。」

「溺《おぼ》れたんですか、」

「と……まあ見《み》えるでございます、亡骸《なきがら》が岩《いは》に打揚《うちあ》げられてござつたので、怪我《けが》か、それとも覚悟《かくご》の上《うへ》か、其処《そこ》は先《ま》づ、お聞取《きゝと》りの上《うへ》の御推察《ごすゐさつ》でありますが、私《わたくし》は前申《ぜんまを》す通《とほ》り、此《こ》の歌《うた》のためぢやゝうにな、」

「何《なに》しろ、それは飛《と》んだ事《こと》です。」

「其《そ》の客人《きやくじん》が亡《な》くなりまして、二月《ふたつき》ばかり過《す》ぎてから、彼処《あすこ》へ、」

と二階家《にかいや》の遥《はるか》なのを、雲《くも》の上《うへ》から蔽《おほ》ふやう、出家《しゆつけ》は法衣《ころも》の袖《そで》を上《あ》げて、

「細君《さいくん》が引越《ひきこ》して来《き》ましたので。恋《こひ》ぢや、迷《まよひ》ぢや、といふ一騒《ひとさわ》ぎござつた時分《じぶん》は、此《こ》の浜方《はまがた》の本宅《ほんたく》に一家族《いつかぞく》、……唯今《たゞいま》でも其処《そこ》が本家《ほんけ》、まだ横浜《よこはま》にも立派《りつぱ》な店《たな》があるのでありまして、主人《しゆじん》は大方其方《おほかたそのはう》へ参《まゐ》つて居《を》りませうが。

此《こ》の久能谷《くのや》の方《はう》は、女中《ぢよちう》ばかり、真《まこと》に閑静《かんせい》に住《す》んで居《を》ります。」

「すると別荘《べつさう》なんですね。」

「いや〳〵、――どうも話《はなし》がいろ〳〵になります、――処《ところ》が久能谷《くのや》の、あの二階家《にかいや》が本宅《ほんたく》ぢやさうで、唯今《たゞいま》の主人《しゆじん》も、あの屋根《やね》の下《した》で生《うま》れたげに申《まを》します。

其《そ》の頃《ころ》は幽《かすか》な暮《くら》しで、屋根《やね》と申《まを》した処《ところ》が、あゝではありますまい。月《つき》も時雨《しぐれ》もばら〳〵葺《ぶき》。それでも先代《せんだい》の親仁《おやぢ》と言《い》ふのが、最《も》う唯今《たゞいま》では亡《な》くなりましたが、それが貴下《あなた》、小作人《こさくにん》ながら大《だい》の節倹家《しまつや》で、積年《せきねん》の望《のぞ》みで、地面《ぢめん》を少《すこ》しばかり借《か》りましたのが、私庵室《わたくしあんじつ》の背戸《せど》の地続《ぢつゞ》きで、以前立派《いぜんりつぱ》な寺《てら》がありました。其住職《そのぢうしよく》の隠居所《いんきよじよ》の跡《あと》だつたさうにございますよ。

豆《まめ》を植《う》ゑようと、まことに恁《か》う天気《てんき》の可《い》い、のどかな、陽炎《かげろふ》がひら〳〵畔《あぜ》に立《た》つ時分《じぶん》。親仁殿《おやぢどの》、鍬《くは》をかついで、此《こ》の坂下《さかした》へ遣《や》つて来《き》て、自分《じぶん》の借地《しやくち》を、先《ま》づならしかけたでございます。とツ様昼上《さまひるあが》りにせつせえ、と小児《こども》が呼《よ》びに来《き》た時分《じぶん》、と申《まを》すで、お昼頃《ひるごろ》でありませうな。朝疾《あさと》くから、出《で》しなには寒《さむ》かつたで、布子《ぬのこ》の半纏《はんてん》を着《き》て居《ゐ》たのが、其陽気《そのやうき》なり、働《はたら》き通《どほ》しぢや。親仁殿《おやぢどの》は向《むかう》鉢巻《はちまき》、大肌脱《おほはだぬぎ》で、精々《せつ〳〵》と遣《や》つて居《ゐ》た処《ところ》。大抵借用分《たいていしやくようぶん》の地券面《ちけんめん》だけは、仕事《しごと》が済《す》んで、是《これ》から些《ち》とほまちに山《やま》を削《けづ》らうといふ料簡《れうけん》。づか〳〵山《やま》の裾《すそ》を、穿《ほ》りかけて居《ゐ》たさうでありますが、小児《こども》が呼《よ》びに来《き》たに就《つ》いて、一服《いつぷく》遣《や》るべいかで、最《も》う一鍬《ひとくは》、すとんと入《い》れると、急《きふ》に土《つち》が軟《やはら》かく、づぶ〳〵と柄《え》ぐるみにむぐずり込《こ》んだで。づいと、引抜《ひきぬ》いた鍬《くは》について、じと〳〵と染《にじ》んで出《で》たのが、真紅《まつか》な、ねば〳〵とした水《みづ》ぢや、」

「死骸《しがい》ですか、」と切込《きりこ》んだ。

「大違《おほちが》ひ、大違《おほちが》ひ、」

と、出家《しゆつけ》は大《おほ》きくかぶりを掉《ふ》つて、

「註文通《ちうもんどほ》り、金子《かね》でござる、」

「成程《なるほど》、穿当《ほりあ》てましたね。」

「穿当《ほりあ》てました。海《うみ》の中《なか》でも紅色《べにいろ》の鱗《うろこ》は目覚《めざま》しい。土《つち》を穿《ほ》つて出《で》る水《みづ》も、然《さ》ういふ場合《ばあひ》には紫《むらさき》より、黄色《きいろ》より、青《あを》い色《いろ》より、其《そ》の紅色《べにいろ》が一番見《いちばんみ》る目《め》を驚《おどろ》かせます。はて、何《な》んであらうと、親仁殿《おやぢどの》が固《かた》くなつて、もう二三度《ど》穿《ほ》り拡《ひろ》げると、がつくり、うつろになつたので、山《やま》の腹《はら》へ附着《くつゝ》いて、恁《か》う覗《のぞ》いて見《み》たさうにござる。」

## 十一

「大蛇《だいじや》が顋《あぎと》を開《あ》いたやうな、真紅《まつか》な土《つち》の空洞《うつろ》の中《なか》に、づほらとした黒《くろ》い塊《かたまり》が見《み》えたのを、鍬《くは》の先《さき》で掻出《かきだ》して見《み》ると――甕《かめ》で。

蓋《ふた》が打欠《ぶつか》けて居《ゐ》たさうでございますが、其処《そこ》からもどろ〳〵と、其《そ》の丹色《にいろ》に底澄《そこす》んで光《ひかり》のある粘土《ねばつち》やうのものが充満《いつぱい》。

別《べつ》に何《な》んにもありませんので、親仁殿《おやぢどの》は惜気《をしげ》もなく打覆《ぶつかへ》して、最《も》う一箇《ひとつ》あつた、それも甕《かめ》で、奥《おく》の方《はう》へ縦《たて》に二ツ並《なら》んで居《ゐ》たと申《まを》します――さあ、此《こ》の方《はう》が真物《ほんもの》でござつた。

開《あ》けかけた蓋《ふた》を慌《あわ》てゝ圧《おさ》へて、きよろ〳〵と其処等《そこら》眴《みまは》したさうでございますよ。

傍《そば》に居《ゐ》て覗《のぞ》き込《こ》んで居《ゐ》た、自分《じぶん》の小児《こども》をさへ、睨《にら》むやうにして、じろりと見《み》ながら、何《ど》う悠々《いう〳〵》と、肌《はだ》なぞを入《い》れて居《を》られませう。

素肌《すはだ》へ、貴下《あなた》、嬰児《あかんぼ》を負《おぶ》ふやうに、それ、脱《ぬ》いで置《お》いたぼろ半纏《ばんてん》で、しつかりくるんで、背負上《しよひあ》げて、がくつく腰《こし》を、鍬《くは》を杖《つゑ》にどツこいなぢや。黙《だま》つて居《ゐ》ろよ、何《な》んにも言《い》ふな、屹《きつ》と誰《だれ》にも饒舌《しやべ》るでねえぞ、と言《い》ひ続《つゞ》けて、内《うち》へ帰《かへ》つて、納戸《なんど》を閉切《しめき》つて暗《くら》くして、お仏壇《ぶつだん》の前《まへ》へ筵《むしろ》を敷《し》いて、其処《そこ》へざく〳〵と装上《もりあ》げた。尤《もつと》も年《とし》が経《た》つて薄黒《うすぐろ》くなつて居《ゐ》たさうでありますが、其《そ》の晩《ばん》から小屋《こや》は何《な》んとなく暗夜《やみよ》にも明《あか》るかつた、と近所《きんじよ》のものが話《はなし》でござつて。

極性《ごくしやう》な朱《しゆ》でござつたらう、ぶちまけた甕充満《かめいつぱい》のが、時《とき》ならぬ曼珠沙華《まんじゆしやげ》が咲《さ》いたやうに、山際《やまぎは》に燃《も》えて居《ゐ》て、五月雨《さみだれ》になつて消《き》えましたとな。

些《ちつ》と日数《ひかず》が経《た》つてから、親仁《おやぢ》どのは、村方《むらかた》の用達《ようたし》かた〴〵、東京《とうきやう》へ参《まゐ》つた序《ついで》に芝口《しばぐち》の両換店《りやうがへや》へ寄《よ》つて、汚《きたな》い煙草入《たばこいれ》から煙草《たばこ》の粉《こな》だらけなのを一枚《まい》だけ、そつと出《だ》して、幾干《いくら》に買《か》はつしやる、と当《あた》つて見《み》ると、いや抓《つま》んだ爪《つめ》の方《はう》が黄色《きいろ》いくらゐでござつたに、正《しやう》のものとて争《あらそ》はれぬ、七両《りやう》ならば引替《ひきか》へにと言《い》ふのを、もツと気張《きば》つてくれさつせえで、とう〳〵七両《りやう》一分《ぶ》に替《か》へたのがはじまり。

そちこち、気長《きなが》に金子《かね》にして、やがて船《ふね》一艘《そう》、古物《ふるもの》を買《か》ひ込《こ》んで、海《うみ》から薪炭《まきすみ》の荷《に》を廻《まは》し、追々《おひ〳〵》材木《ざいもく》へ手《て》を出《だ》しかけ、船《ふね》の数《かず》も七艘《そう》までに仕上《しあ》げた時《とき》、すつぱりと売物《うりもの》に出《だ》して、さて、地面《ぢめん》を買《か》ふ、店《みせ》を拡《ひろ》げる、普請《ふしん》にかゝる。

土台《どだい》が極《きま》ると、山《やま》の貸元《かしもと》になつて、坐《すわ》つて居《ゐ》て商売《しやうばい》が出来《でき》るやうになりました、高利《かうり》は貸《か》します。

どかとした山《やま》の林《はやし》が、あの裸《はだか》になつては、店《みせ》さきへすく〳〵と並《なら》んで、いつの間《ま》にか金《かね》を残《のこ》しては何処《どこ》へか参《まゐ》る。

其《そ》の筈《はず》でござるて。

利《り》のつく金子《かね》を借《か》りて山《やま》を買《か》ふ、木《き》を伐《き》りかけ、資本《もとで》に支《つか》へる。こゝで材木《ざいもく》を抵当《ていたう》にして、又借《またか》りる。すぐに利《り》がつく、又伐《またき》りかゝる、資本《もとで》に支《つか》へる、又借《またか》りる、利《り》でござらう。借《か》りた方《はう》は精々《せつ〳〵》と樹《き》を伐《き》り出《だ》して、貸元《かしもと》の店《みせ》へ材木《ざいもく》を並《なら》べるばかり。追《お》つかけられて見切《みき》つて売《う》るのを、安《やす》く買《か》ひ込《こ》んで又儲《またまう》ける。行《い》つたり、来《き》たり、家《いへ》の前《まへ》を通《とほ》るものが、金子《かね》を置《お》いては失《う》せるでありま す。

妻子眷属《さいしけんぞく》、一時《いつとき》にどし〳〵と殖《ふ》えて、人《ひと》は唯《たゞ》、天狗《てんぐ》が山《やま》を飲《の》むやうな、と舌《した》を巻《ま》いたでありまするが、蔭《かげ》ぢや――其《そ》の――鍬《くは》を杖《つゑ》で胴震《どうぶる》ひの一件《いつけん》をな、はゝゝゝ、此方人等《こちとら》、其《そ》の、も一ツの甕《かめ》の朱《しゆ》の方《はう》だつて、手《て》を押《おつ》つけりや血《ち》になるだ、なぞと、ひそ〳〵話《ばなし》を遣《や》るのでござつて、」

「然《さ》う云《い》ふ人《ひと》たちは又可《またい》い塩梅《あんばい》に穿《ほ》り当《あ》てないもんですよ。」

と顔《かほ》を見合《みあ》はせて二人《ふたり》が笑《わら》つた。

「よくしたものでございます。いくら隠《かく》して居《ゐ》ることでも何処《どこ》を何《ど》うして知《し》れますかな。いや、それに就《つ》いて、」

出家《しゆつけ》は思出《おもひだ》したやうに、

「恁《か》う云《い》ふ話《はなし》がございます。其《そ》の、誰《たれ》にも言《い》ふな、と堅《かた》く口留《くちど》めをされた斉之助《せいのすけ》といふ小児《こども》が、（父様《とつさま》は野良《のら》へ行《い》つて、穴《あな》のない天保銭《てんぱうせん》をドシコと背負《しよ》つて帰《かへ》らしたよ。）……如何《いかゞ》でござる、はゝゝはゝ。」

「なるほど、穴《あな》のない天保銭《てんぱうせん》。」

「其《そ》の穴《あな》のない天保銭《てんぱうせん》が、当主《たうしゆ》でございます。多額納税議員《たがくなふぜいぎゐん》、玉脇斉之助《たまわきせいのすけ》、令夫人《れいふじん》おみを殿《どの》、其《そ》の歌《うた》をかいた美人《びじん》であります、如何《いかゞ》でございます、貴下《あなた》、」

## 十二

「先《ま》づお茶《ちや》を一《ひと》ツ。御約束通《おやくそくどほ》り渋茶《しぶちや》でござつて、碌《ろく》にお茶台《ちやだい》もありませんかはりには、がらんとして自然《しぜん》に片《かた》づいて居《を》ります。お寛《くつろ》ぎ下《くだ》さい。秋《あき》になりまするとこれで町《まち》へ遠《とほ》うございますかはりには、栗柿《くりかき》に事《こと》を欠《か》きませぬ。烏《からす》を追《お》つて柿《かき》を取《と》り、高音《たかね》を張《は》ります鵙《もず》を驚《おどろ》かして、栗《くり》を落《おと》してなりと差上《さしあ》げませうに。まあ、何《なに》よりもお楽《らく》に、」

と袈裟《けさ》をはづして釘《くぎ》にかけた、障子《しやうじ》に緋桃《ひもゝ》の影法師《かげぼふし》。今物語《いまものがたり》の朱《しゆ》にも似《に》て、破目《やれめ》を暖《あたゝか》く燃《も》ゆる状《さま》、法衣《ころも》をなぶる風情《ふぜい》である。

庵室《あんじつ》から打仰《うちあふ》ぐ、石《いし》の階子《はしご》は梢《こずゑ》にかゝつて、御堂《みだう》は屋根《やね》のみ浮《う》いたやう、緑《みどり》の雲《くも》にふつくりと沈《しづ》むで、山《やま》の裾《すそ》の、縁《えん》に迫《せま》つて萌葱《もえぎ》なれば、あま下《さが》る蚊帳《かや》の外《そと》に、誰待《たれま》つとしもなき二人《ふたり》。煙《けぶ》らぬ火鉢《ひばち》のふちかけて、ひら

〱と蝶《てふ》が来《く》る。

「御堂《おだう》の中《なか》では何《な》んとなく気《き》もあらたまります。此処《こゝ》でお茶《ちや》をお入《い》れ下《くだ》すつた上《うへ》のお話《はなし》ぢや、結構《けつこう》過ぎますほどですが、あの歌《うた》に分《わか》れて来《き》たので、何《な》んだかなごり惜《をし》い心持《こゝろもち》もします。」

「けれども、石段《いしだん》だけも、婀娜《あだ》な御本尊《ごほんぞん》へは路《みち》が近《ちか》うなつてございますから、はゝはゝ。

実《じつ》の処仏《ところほとけ》の前《まへ》では、何《なに》か私《わたくし》が自分《じぶん》に懺悔《ざんげ》でもしまするやうで心苦《こゝろぐる》しい。此処《こゝ》でありますと大《おほ》きに寛《くつろ》ぐでございます。

師《し》のかげを七尺去《しやくさ》ると最《も》うなまけの通《とほ》りで、困《こま》つたものでありますわ。

其処《そこ》で客人《きやくじん》でございます。――

日頃《ひごろ》のお話《はなし》ぶり、行為《おこなひ》、御容子《ごようす》な、」

「どういふ人《ひと》でした。」

「それは申《まを》しますまい。私《わたくし》も、盲目《めくら》の垣覗《かきのぞ》きよりもそツと近《ちか》い、机覗《つくゑのぞ》きで、読《よ》んでおいでなさつた、書物《しよもつ》などの、お話《はなし》も伺《うかゞ》つて、何《なに》をなさる方《かた》ぢやと言《い》ふ事《こと》も存《ぞん》じて居《を》りますが、経文《きやうもん》に書《か》いてあることさへ、愚昧《ぐまい》に饒舌《しやべ》ると間違《まちが》ひます。

故人《こじん》をあやまり伝《つた》へてもなりませず、何《なに》か評《ひやう》をするやうにも当《あた》りますから、唯々《たゞ〱》、かのな、婦人《ふじん》との模様《もやう》だけ、お物語《ものがた》りしませうで。

一日晩方《あるひばんがた》、極暑《ごくしよ》のみぎりでありました。浜《はま》の散歩《さんぽ》から返《かへ》つてござつて、（和尚《をしやう》さん、些《ちつ》と海《うみ》へ行《い》つて御覧《ごらん》なさいませんか。綺麗《きれい》な人《ひと》が居《ゐ》ますよ。）

（はゝあ、どんな、貴下《あなた》。）

（あの松原《まつばら》の砂路《すなぢ》から、小松橋《こまつばし》を渡《わた》ると、急《きふ》にむかうが遠目金《とほめがね》を嵌《は》めたやうに円《まる》い海《うみ》になつて富士《ふじ》の山《やま》が見《み》

えますね、）

　これは御存《ごぞん》じでございませう。

「知《し》つて居《ゐ》ますとも。毎日《まいにち》のやうに遊《あそ》びに出《で》ますもの、」

「あの橋《はし》の取附《とつゝ》きに、松《まつ》の樹《き》で取廻《とりまは》して――松原《まつばら》はづゝと河《かは》を越《こ》して広《ひろ》い洲《す》の林《はやし》になつて居《を》りますな――而《そ》して庭《には》を広《ひろ》く取《と》つて、大玄関《おほげんくわん》へ石《いし》を敷詰《しきつ》めた、素《す》ばらしい門《もん》のある邸《やしき》がございませう。あれが、それ、玉脇《たまわき》の住居《すまひ》で。

　実《じつ》はあの方《はう》を、東京《とうきやう》の方《かた》がなさる別荘《べつさう》を真似《まね》て造《つく》つたでありますが、主人《しゆじん》が交際《つきあひ》ずきで頻《しきり》と客《きやく》をしまする処《ところ》、いづれ海《うみ》が、何《なに》よりの呼物《よびもの》でありますに。此《こ》の久能谷《くのや》の方《はう》は、些《ちつ》と足場《あしば》が遠《とほ》くなりますから、すべて、見得《みえ》装飾《かざり》を向《むか》うへ持《も》つて参《まゐ》つて、小松橋《こまつばし》が本宅《ほんたく》のやうになつて居《を》ります。

　其処《そこ》で、去年《きよねん》の夏頃《なつごろ》は、御新姐《ごしんぞ》。申《まを》すまでもない、そちらに居《ゐ》たでございます。

で其《そ》の――小松橋《こまつばし》を渡《わた》ると、急《きふ》に遠目金《とほめがね》を覗《のぞ》くやうな円《まる》い海《うみ》の硝子《がらす》へ――ぱつと一杯《いつぱい》に映《うつ》つて、とき色《いろ》の服《ふく》の姿《すがた》が浪《なみ》の青《あを》いのと、巓《いたゞき》の白《しろ》い中《なか》へ、薄《うす》い虹《にじ》がかゝつたやうに、美《うつく》しく靡《なび》いて来《き》たのがある。……

と言《い》はれたは、即《すなは》ち、それ、玉脇《たまわき》の……でございます。

　しかし、其時《そのとき》はまだ誰《だれ》だか本人《ほんにん》も御存《ごぞん》じなし、聞《き》く方《はう》でも分《わか》りませんので。どういふ別嬪《べつぴん》でありました、と串戯《じようだん》にな、団扇《うちは》で煽《あふ》ぎながら聞《き》いたでございます。

　客人《きやくじん》は海水帽《かいすゐばう》を脱《ぬ》いだばかり、未《ま》だ部屋《へや》へも上《あが》らず、其《そ》の縁側《えんがは》に腰《こし》をかけながら。

（誰方《どなた》か、尊《たふと》いくらゐでした。）」

## 十三

「大分《たいぶ》気高《けだか》く見《み》えましたな。

客人《きやくじん》が言《い》ふには、

(二三間《げん》あひを置《お》いて、おなじやうな浴衣《ゆかた》を着《き》た、帯《おび》を整然《きちん》と結《むす》んだ、女中《ぢよちう》と見《み》えるのが附《つ》いて通《とほ》りましたよ。

唯《たゞ》すれ違《ちが》ひざまに見《み》たんですが、目《め》鼻立《はなだ》ちのはツきりした、色《いろ》の白《しろ》いことゝ、脣《くちびる》の紅《あか》さツたらありませんでした。

盛装《せいさう》と云《い》ふ姿《すがた》だのに、海水帽《かいすゐばう》をうつむけに被《かぶ》つて――近所《きんじよ》の人《ひと》でゞもあるやうに、無造作《むざうさ》に見《み》えましたつけ。

むかう、然《さ》うやつて下《した》を見《み》て帽子《ばうし》の廂《ひさし》で日《ひ》を避《よ》けるやうにして来《き》たのが、真直《まつすぐ》に前《まへ》へ出《で》たのと、顔《かほ》を見合《みあ》はせて、両方《りやうはう》へ避《さ》ける時《とき》、濃《こ》い睫毛《まつげ》から瞳《ひとみ》を涼《すゞ》しく睜《みひら》いたのが、雪舟《せつしう》の筆《ふで》を、紫式部《むらさきしきぶ》の硯《すゞり》に染《そ》めて、濃淡《のうたん》のぼかしをしたやうだつた。

何《な》んとも言《い》へない、美《うつく》しさでした。

いや、恁《か》う云《い》ふことをお話《はなし》します、私《わたし》は鳥羽絵《とばゑ》に肖《に》て居《ゐ》るかも知《し》れない。

さあ、御飯《ごはん》を頂《いたゞ》いて、柄相応《がらさうおう》に、月夜《つきよ》の南瓜畑《たうなすばたけ》でも又見《またみ》に出《で》ませうかね。)

爾晩《そのばん》は貴下《あなた》、唯《たゞ》それだけの事《こと》で。

翌日《よくじつ》また散歩《さんぽ》に出《で》て、同《おな》じ時分《じぶん》に庵室《あんじつ》へ帰《かへ》つて見《み》えましたから、私《わたくし》が串戯《じようだん》に、

(雪舟《せつしう》の筆《ふで》は如何《いかゞ》でござつた。)

(今日《けふ》は曇《くも》つた所為《せゐ》か見《み》えませんでした。)

それから二三日《にち》経《た》つて、

(まだお天気《てんき》が直《なほ》りませんな。些《ち》と涼《すゞ》しすぎるくらゐ、御歩行《おひろひ》には宜《よろ》しいが、矢張雲《やはりくも》がくれでござつたか。)

（否《いや》、源氏《げんじ》の題《だい》に、小松橋《こまつばし》といふのはありませんが、今日《けふ》はあの橋《はし》の上《うへ》で、）

（それは、おめでたい。）

などと笑《わら》ひまする。

（まるで人違《ひとちが》ひをしたやうに粋《いき》でした。私《わたし》が是《これ》から橋《はし》を渡《わた》らうと云《い》ふ時《とき》、向《むか》うの袂《たもと》へ、十二三を頭《かしら》に、十歳《とを》ぐらゐのと、七八歳《なゝやツつ》ばかりのと、男《をとこ》の児《こ》を三人《さんにん》連《つ》れて、其中《そのなか》の小《ちひ》さいのゝ肩《かた》を片手《かたて》で敲《たゝ》きながら、上《うへ》から覗《のぞ》き込《こ》むやうにして、莞爾《につこり》して橋《はし》の上《うへ》へかゝつて来《き》ます。

どんな婦人《をんな》でも羨《うらやま》しがりさうな、すなほな、房《ふつさ》りした花月巻《くわげつまき》で、薄《うす》お納戸地《なんどぢ》に、ちら〳〵と膚《はだ》の透《す》いたやうな、何《な》んの中形《ちうがた》だか浴衣《ゆかた》がけで、それで、きちんとした衣紋附《えもんつき》。

絽《ろ》でせう、空色《そらいろ》と白《しろ》とを打合《うちあ》はせの、模様《もやう》は一寸分《ちよつとわか》らなかつたが、お太鼓《たいこ》に結《むす》んだ、白《しろ》い方《はう》が、腰帯《こしおび》に当《あた》つて水無月《みなつき》の雪《ゆき》を抱《だ》いたやうで、見《み》る目《め》に、ぞツとして擦《す》れ違《ちが》ふ時《とき》、其《そ》の人《ひと》は、忘《わす》れた形《なり》に手《て》を垂《た》れた、其《そ》の両《りやう》手《て》は力《ちから》なさゝうだつたが、幽《かす》にぶる〳〵と肩《かた》が揺《ゆ》れたやうでした、傍《そば》を通《とほ》つた男《をとこ》の気《け》に襲《おそ》はれたものでせう。

通《とほ》り縋《すが》ると、どうしたのか、我《われ》を忘《わす》れたやうに、私《わたし》は、あの、低《ひく》い欄干《らんかん》へ、腰《こし》をかけて了《しま》つたんです。抜《ぬ》けたのだなぞと言《い》つては不可《いけ》ません。下《した》は川《かは》ですから、あれだけの流《なが》れでも、落《おつこ》ちようもんなら其切《それつきり》です――淵《ふち》や瀬《せ》でないだけに、救助船《たすけぶね》とも喚《わめ》かれず、又叫《またさけ》んだ処《ところ》で、人《ひと》は串戯《じようだん》だと思《おも》つて、笑《わら》つて見殺《みごろ》しにするでせう、泳《およぎ》を知《し》らないから。）

と言《い》つて苦笑《にがわらひ》をしなさつたつけ……それが真実《まこと》になつたでございます。

何《ど》うしたことか、此《こ》の恋煩《こひわづらひ》に限《かぎ》つては、傍《はた》のものは、あは〳〵、笑《わら》つて見殺《みごろ》しにいたします。

私《わたくし》はじめ串戯半分《じようだんはんぶん》、ひやかし旁々《かた〲》、今日《こんにち》は例《れい》のは如何《いかゞ》で、などと申《まを》したでございます。

これは、貴下《あなた》でも然《さ》やうでありませう。」

然《さ》れば何《な》んと答《こた》へよう、喫《の》んでた煙草《たばこ》の灰《はひ》をはたいて、

「ですがな……どうも、これだけは真面目《まじめ》に介抱《かいはう》は出来《でき》かねます。娘《むすめ》が煩《わづら》ふのだと、乳母《うば》が始末《しまつ》をする仕来《しきた》りになつて居《を》りますがね、男《をとこ》のは困《こま》りますな。そんな時《とき》、其《そ》の川《かは》で沙魚《はぜ》でも釣《つ》つて居《ゐ》たかつたですね。」

「はゝゝ、是《これ》はをかしい。」

と出家《しゆつけ》は興《きよう》ありげにハタと手《て》を打《う》つ。

十四

「是《これ》はをかしい、釣《つり》といへば丁《ちやう》ど其時《そのとき》、向《むか》う詰《づめ》の岸《きし》に踞《しやが》んで、ト釣《つ》つて居《ゐ》たものがあつたでござる。橋詰《はしづめ》の小店《こみせ》、荒物《あらもの》を商《あきな》ふ家《いへ》の亭主《ていしゆ》で、身体《からだ》の瘦《や》せて引緊《ひきしま》つたには似《に》ない、褌《ふんどし》の緩《ゆる》い男《をとこ》で、因果《いんぐわ》とのべつ釣《つり》をして、はだけて居《ゐ》ませう、真《まこと》にあぶなツかしい形《かたち》でな。

渾名《あだな》を一厘土器《いちもんかはらけ》と申《まを》すでござる。天窓《あたま》の真中《まんなか》の兀工合《はげぐあひ》が、宛然《さながら》ですて――川端《かはばた》の一厘土器《いちもんかはらけ》――これが爾時《そのとき》も釣《つ》つて居《ゐ》ました。

庵室《あんじつ》の客人《きやくじん》が、唯今申《たゞいままを》す欄干《らんかん》に腰《こし》を掛《か》けて、おくれ毛越《けごし》にはら〳〵と靡《なび》いて通《とほ》る、雪《ゆき》のやうな襟脚《えりあし》を見送《みおく》ると、今《いま》、小橋《こばし》を渡《わた》つた処《ところ》で、中《なか》の十歳《とを》位《ぐらゐ》のがぢやれて、其《そ》の腰《こし》へ抱《だ》き着《つ》いたので、白魚《しらを》といふ指《ゆび》を反《そ》らして、軽《かる》く其《そ》の小児《こども》の背中《せなか》を打《う》つた時《とき》だつたと申《まを》します。

（お坊《ぼつ》ちやま、お坊《ぼつ》ちやま、）

と大声《おほごゑ》で呼《よ》び懸《か》けて、

（手巾《はんけち》が落《お》ちました、）と知《し》らせたさうでありますが、件《くだん》の土器殿《かはらけどの》も、餌《ゑさ》は振舞《ふるま》ふ気《き》で、粋《いき》な後姿《うしろすがた》を見送《みおく》つて

居《ゐ》たものと見《み》えますよ。

（やあ、）と言《い》つて、十二三の一番上《いちばんうへ》の児《こ》が、駈《か》けて返《かへ》つて、橋《はし》の上《うへ》へ落《おと》して行《い》つた白《しろ》い手巾《はんけち》を拾《ひろ》つたのを、懐中《ふところ》へ突込《つゝこ》んで、黙《だま》つて又飛《またと》んで行《い》つたさうで。小児《こども》だから、辞儀《じぎ》も挨拶《あいさつ》もないでございます。

御新姐《ごしんぞ》が、礼心《れいごゝろ》で顔《かほ》だけ振向《ふりむ》いて、肩《かた》へ、頤《おとがひ》をつけるやうに、脣《くちびる》を少《すこ》し曲《ま》げて、其《そ》の涼《すゞ》しい目《め》で、熟《じつ》と此方《こちら》を見返《みかへ》つたのが取違《とりちが》へたものらしい、私《わたくし》が許《とこ》の客人《きやくじん》と、ぴつたり出会《であ》つたでありませう。

引込《ひきこ》まれて、はツと礼《れい》を返《かへ》したが、其《それ》ツ切《きり》。御新姐《ごしんぞ》の方《はう》は見《み》られなくつて、傍《わき》を向《む》くと貴下《あなた》、一厘土器《いちもんかはらけ》が怪《けゞ》訝《ん》な顔色《かほつき》。

いや最《も》う、しつとり冷汗《ひやあせ》を掻《か》いたと言《い》ふ事《こと》、——こりや成程《なるほど》。極《きまり》がよくない。

局外《はた》のものが何《な》んの気《き》もなしに考《かんが》へれば、愚《ぐ》にもつかぬ事《こと》なれど、色気《いろけ》があつて御覧《ごらう》じろ。第一《だいいち》、野良声《のらごゑ》の調子《てうし》ツぱづれも可笑《をかし》い処《ところ》へ、自分主人《じぶんしゆじん》でもない余所《よそ》の小児《こども》を、坊《ばう》やとも、あの児《こ》とも言《い》ふにこそ、へつらひがましい、お坊《ぼつ》ちやまは不見識《ふけんしき》の行止《ゆきどま》り、申《まを》さば器量《きりやう》を下《さ》げた話《はなし》。

今一方《いまいつぱう》からは、右《みぎ》の土器殿《かはらけどの》にも小恥《こつぱづ》かしい次第《しだい》でな。他人《たにん》のしんせつで手柄《てがら》をしたやうな、変《へん》な羽目《はめ》になつたので。

御本人《ごほんにん》、然《さ》うとも口《くち》へ出《だ》して言《い》はれませなんだが、それから何《な》んとなく鬱《ふさ》ぎ込《こ》むのが、傍目《よそめ》にも見《み》えたであります。

四五日《にち》、引籠《ひきこも》つてござつたほどで。

後《のち》に、何《なに》も彼《か》も打明《うちあ》けて私《わたくし》に言《い》ひなさつた時《とき》の話《はなし》では、しかし又其《またそ》の間違《まちがひ》が縁《えん》になつて、今度出会《こんどであ》つた時《とき》は、何《な》んとなく両方《りやうはう》で挨拶《あいさつ》でもするやうになりはせまいか。然《さう》すれば、どんなにか嬉《うれ》しからう、本望《ほんまう》ぢや、と思《おも》はれたさうな。迷《まよ》ひと申《まを》すはおそろしい、情《なさけ》ないものでござる。世間大概《せけんたいがい》の馬鹿《ばか》も、これほどなことはないでございます。

三度目《さんどめ》には御本人《ごほんにん》、」

「又《また》、出会《であ》つたんですかい。」

と聞《き》くものも待《ま》ち構《かま》へる。

「今度《こんど》は反対《はんたい》に、浜《はま》の方《はう》から帰《かへ》つて来《く》るのと、浜《はま》へ出《で》ようとする御新姐《ごしんぞ》と、例《れい》の出口《でぐち》の処《ところ》で逢《あ》つたと言《い》ひます。

大分《たいぶ》最《も》う薄暗《うすぐら》くなつて居《ゐ》ましたさうで……土用《どよう》あけからは、目《め》に立《た》つて日《ひ》が詰《つま》ります処《ところ》へ、一度《いちど》は一度《いちど》と、散歩《さんぽ》のお帰《かへ》りが遅《おそ》くなつて、蚊遣《かや》りでも我慢《がまん》が出来《でき》ず、私《わたくし》が此処《こゝ》へ蚊帳《かや》を釣《つ》つて潜込《もぐりこ》んでから、帰《かへ》つて見《み》えて、晩飯《ばんめし》も最《も》う、なぞと言《い》はれるさへ折々《をり〱》の事《こと》。

爾時《そのとき》も、早《は》や黄昏《たそがれ》の、とある、人顔《ひとがほ》、朧《おぼろ》ながら月《つき》が出《で》たやうに、見違《みちが》へない其人《そのひと》と、思《おも》ふと、男《をとこ》が五人《にん》、中《なか》に主人《しゆじん》も居《ゐ》たでありませう。婦人《をんな》は唯《たゞ》御新姐《ごしんぞ》一人《ひとり》、それを取巻《とりま》く如《ごと》くにして、どや〳〵と些《ち》と急足《いそぎあし》で、浪打際《なみうちぎは》の方《はう》へ通《とほ》つたが、其《そ》の人数《にんず》ぢや、空頼《そらだの》めの、余所《よそ》ながら目礼処《もくれいどころ》の騒《さわ》ぎかい、貴下《あなた》、其《そ》の五人《にん》の男《をとこ》と云《い》ふのが。」

## 十五

「眉《まゆ》の太《ふと》い、怒《いか》り鼻《ばな》のがあり、額《ひたひ》の広《ひろ》い、顎《あご》の尖《とが》つた、下目《したため》で睨《にら》むやうなのがあり、仰向《あをむ》けざまになつて、頬髯《ほゝひげ》の中《なか》へ、煙《けむり》も出《だ》さず葉巻《はまき》を突込《つゝこ》んで居《ゐ》るのがある。くるりと尻《しり》を引捲《ひんまく》つて、扇子《せんす》で叩《たゝ》いたものもある。どれも浴衣《ゆかた》がけの下司《げす》は可《い》いが、其《そ》の中《なか》に浅黄《あさぎ》の兵児帯《へこおび》、結目《むすびめ》をぶらりと二尺《しやく》ぐらゐ、こぶらの辺《あたり》までぶら下《さ》げたのと、緋縮緬《ひぢりめん》の扱帯《しごき》をぐる〳〵巻《ま》きに胸高《むなだか》は沙汰《さた》の限《かぎり》。前《まへ》のは御自分《ごじぶん》ものであらうが、扱帯《しごき》の先生《せんせい》は、酒《さけ》の上《うへ》で、小間使《こまづかひ》のを分捕《ぶんどり》の次第《しだい》らしい。

此《これ》が、不思議《ふしぎ》に客人《きやくじん》の気《き》を悪《わる》くして、入相《いりあひ》の浪《なみ》も物凄《ものすご》くなりかけた折《をり》からなり、彼《あ》の、赤鬼青鬼《あかおにあをおに》なるものが、かよわい人《ひと》を冥土《めいど》へ引立《ひきた》てゝ行《ゆ》くやうで、思《おも》ひなしか、引挟《ひきはさ》まれた御新姐《ごしんぞ》は、何《な》んとなく物寂《ものさび》しい、快《こゝろよ》からぬ、滅入《めい》つた容子《ようす》に見《み》えて、ものあはれに、命《いのち》がけにでも其奴等《そいつら》の中《なか》から救《すく》つて遣《や》りたい感《かん》じが起《おこ》つた。家庭《かてい》の様《やう》子《す》も略々《ほゞ》知《し》れたやうで、気《き》が揉《も》める、と言《い》はれたのでありますが、貴下《あなた》、これは無理《むり》ぢやて。

地獄《ぢごく》の絵《ゑ》に、天女《てんによ》が天降《あまくだ》つた処《ところ》を描《ゑが》いてあつて御覧《ごらん》なさい。餓鬼《がき》が救《すく》はれるやうで尊《たふと》かろ。蛇《へび》が、つかはしめぢやと申《まを》すのを聞《き》いて、弁財天《べんざいてん》を、噫《あゝ》、お気《き》の毒《どく》な、嘸《さぞ》お気味《きみ》が悪《わる》からうと思《おも》ふものはありますまいに。迷《まよ》ひぢやね。」

散策子《さんさくし》は是《こゝ》に少《すこ》しく腕組《うでぐ》みした。

「しかし何《なん》ですよ、女《をんな》は、自分《じぶん》の惚《ほ》れた男《をとこ》が、別嬪《べつぴん》の女房《にようばう》を持《も》つてると、嫉妬《やく》らしいやうですがね。男《をとこ》は反《はん》対《たい》です、」

と聊《いさゝ》か論《ろん》ずる口吻《くちぶり》。

「はゝあ、」

「男《をとこ》は然《さ》うでない。惚《ほ》れてる婦人《をんな》が、小野小町花《をのゝこまちのはな》、大江千里月《おほえのちさとのつき》といふ、対句通《つゐくとほ》りになると安心《あんしん》します。唯今《たゞいま》の、其《そ》の浅黄《あさぎ》の兵児帯《へこおび》、緋縮緬《ひぢりめん》の扱帯《しごき》と来《く》ると、些《ち》と考《かんが》へねばならなくなる。耶蘇教《やそけう》の信者《しんじや》の女房《にようばう》が、主《しゆ》キリストと抱《だ》かれて寐《ね》た夢《ゆめ》を見《み》たと言《い》ふのを聞《き》いた時《とき》の心地《こゝろもち》と、回々教《ふい〳〵けう》の魔神《ましん》になぐさまれた夢《ゆめ》を見《み》たと言《い》ふのを聞《き》いた時《とき》の心地《こゝろもち》とは、屹《きつ》とそれは違《ちが》ひませう。

どつち路《みち》、嬉《うれし》くない事《こと》は知《し》れて居《ゐ》ますがね、前《まへ》のは、先《ま》づ〳〵と我慢《がまん》が出来《でき》る、後《あと》のは、堪忍《かんにん》がなりますまい。

まあ、そんな事《こと》は措《お》いて、何《な》んだつて又《また》、然《さ》う言《い》ふ不愉快《ふゆくわい》な人間《にんげん》ばかりが其《そ》の夫人《ふじん》を取巻《とりま》いて居《ゐ》るんでせう。」

「其処《そこ》は、玉脇《たまわき》がそれ鍬《くは》の柄《つか》を杖《つゑ》に支《つ》いて、ぼろ半纏《ばんてん》に引《ひつ》くるめの一件《いつけん》で、あゝ遣《や》つて大概《たいがい》な華族《くわぞく》も及《およ》ばん暮《くら》しをして、交際《かうさい》にかけては銭金《ぜにかね》を惜《をし》まんでありますが、情《なさけ》ない事《こと》には、遣方《やりかた》が遣方《やりかた》ゆゑ、身分《みぶん》、名誉《めいよ》ある人《ひと》は寄《よつ》つきませんで、悲哉其段《かなしいかなそのだん》は、如何《いかゞ》はしい連中《れんぢう》ばかり。」

「お待《ま》ちなさい、成程《なるほど》、然《さ》うすると其《そ》の夫人《ふじん》と言《い》ふは、どんな身分《みぶん》の人《ひと》なんですか。」

出家《しゆつけ》はあらためて、打頷《うちうなづ》き、且《か》つ咳《しはぶき》して、

「其処《そこ》でございます、御新姐《ごしんぞ》はな、年紀《とし》は、さて、誰《たれ》が目《め》にも大略《たいりやく》は分《わか》ります、先《ま》づ二十三四、それとも五六かと言《い》ふ処《ところ》で、」

「それで三人《さんにん》の母様《おつかさん》？　十二三のが頭《かしら》ですかい。」

「否《いゝえ》、どれも実子《じつし》ではないでございます。」

「まゝツ児《こ》ですか。」

「三人《さんにん》とも先妻《せんさい》が産《う》みました。此《こ》の先妻《せんさい》についても、まづ、一《ひと》くさりのお話《はなし》はあるでございますが、それは余事《よじ》ゆゑに申《まを》さずとも宜《よろ》しかろ。

二三年前《ねんまへ》に、今《いま》のを迎《むか》へたのでありますが、此処《こゝ》でありますよ。

何処《どこ》の生《うま》れだか、育《そだ》ちなのか、誰《たれ》の娘《むすめ》だか、妹《いもうと》だか、皆目分《かいもくわか》らんでございます。貸《か》して、かたに取《と》つたか、出《だ》して買《か》ふやうにしたか。落魄《おちぶ》れた華族《くわぞく》のお姫様《ひめさま》ぢやと言《い》ふのもあれば、分散《ぶんさん》した大所《おほどこ》の娘御《むすめご》だと申《まを》すのもあります。然《さ》うかと思《おも》ふと、箔《はく》のついた藝娼妓《くろうと》に違《ちが》ひないと申《まを》すもあるし、豪《えら》いのは高等淫売《かうとういんばい》の上《あが》りだらうなどと、甚《はなは》だしい沙汰《さた》をするのがござつて、丁《とん》と底知《そこし》れずの池《いけ》に棲《す》む、ぬしと言《い》ふものゝやうに、素性《すじやう》が分《わか》らず、つひぞ知《し》つたものもない様子《やうす》。」

# 十六

「何《なに》にいたせ、私《わたくし》なぞが通《とほ》りすがりに見懸《みか》けましても、何《な》んとも当《あた》りがつかぬでございます。勿論又《もちろんまた》、坊主《ばうず》に鑑定《かんてい》の出来《でき》よう筈《はず》はなけれどもな。其《そ》の眉《まゆ》のかゝり、目《め》つき、愛嬌《あいけう》があると申《まを》すではない。口許《くちもと》なども凜《りん》として、世辞《せじ》を一《ひと》つ言《い》ふやうには思《おも》はれぬが、唯何《たゞな》んとなく賢《かしこ》げに、恋《こひ》も無常《むじやう》も知《し》り抜《ぬ》いた風《ふう》に見《み》える。身体《からだ》つきにも顔《かほ》つきにも、情《なさけ》が滴《したゝ》ると言《い》つた状《さま》ぢや。

恋《こ》ひ慕《した》ふものならば、馬士《うまかた》でも船頭《せんどう》でも、われら坊主《ばうず》でも、無下《むげ》に振切《ふりき》つて邪険《じやけん》にはしさうもない、仮令恋《たとへこひ》はかなへぬまでも、然《しか》るべき返歌《へんか》はありさうな。帯《おび》の結目《むすびめ》、袂《たもと》の端《はし》、何処《どこ》へ一寸障《ちよいとさは》つても、情《なさけ》の露《つゆ》は男《をとこ》の骨《ほね》を溶解《とろ》かさずと言《い》ふことなし、と申《まを》す風情《ふぜい》。

然《さ》れば、気高《けだか》いと申《まを》しても、天人神女《てんにんしんによ》の俤《おもかげ》ではなうて、姫路《ひめぢ》のお天守《てんしゆ》に緋《ひ》の袴《はかま》で燈台《とうだい》の下《した》に何《なに》やら書《しよ》を繙《ひもと》く、それ露《つゆ》が滴《したゝ》るやうに婀娜《あで》なと言《い》うて、水道《すゐだう》の水《みづ》で洗《あら》ひ髪《がみ》ではござらぬ。人跡絶《じんせきた》えた山中《さんちう》の温泉《をんせん》に、唯一人雪《たゞひとりゆき》の膚《はだへ》を泳《およ》がせて、丈《たけ》に余《あま》る黒髪《くろかみ》を絞《しぼ》るとかの、それに肖《に》まして。

慕《した》はせるより、懐《なつか》しがらせるより、一目見《ひとめみ》た男《をとこ》を魅《み》する、力広大《ちからくわうだい》。少《すく》からず、地獄《ぢごく》、極楽《ごくらく》、娑婆《しやば》も身《み》に附絡《つきまと》うて居《ゐ》さうな婦人《をんな》、従《したが》うて、罪《つみ》も報《むくい》も浅《あさ》からぬげに見《み》えるでございます。処《ところ》へ、迷《まよ》うた人《ひと》の事《こと》なれば、浅黄《あさぎ》の帯《おび》に緋《ひ》の扱帯《しごき》が、牛頭馬頭《ごづめづ》で、逢魔時《あふまがとき》の浪打際《なみうちぎは》へ引立《ひきた》てゝでも行《ゆ》くやうに思《おも》はれたのでありませう――私《わたくし》どもの客人《きやくじん》が――然《さ》う云《い》ふ心持《こゝろもち》で御覧《ごらん》なさればこそ、其後《そのご》は玉脇《たまわき》の邸《やしき》の前《まへ》を通《とほ》りがかり。……

浜《はま》へ行《ゆ》く町《まち》から、横《よこ》に折《を》れて、背戸口《せとぐち》を流《なが》れる小川《をがは》の方《はう》へ引廻《ひきまは》した蘆垣《あしがき》の蔭《かげ》から、松林《まつばやし》の幹《みき》と幹《みき》とのなかへ、襟《えり》から肩《かた》のあたり、くつきりとした耳許《みゝもと》が際立《きはだ》つて、帯《おび》も裾《すそ》も見《み》えないのが、浮出《うきだ》したやうに真中《まんなか》へあらはれて、後前《あとさき》に、是《これ》も肩《かた》から上《うへ》ばかり、爾時《そのとき》は男《をとこ》が三人《さんにん》、一《ひと》ならびに松《まつ》の葉《は》とすれ〳〵に、しばらく桔梗刈萱《きゝやうかるかや》が靡《なび》くやうに見《み》えて、段々《だん〳〵》低《ひく》くなつて隠《かく》れたのを、何《なに》か、自分《じぶん》との事《こと》のために、離座敷《はなれざしき》か、座敷牢《ざしきらう》へでも、送《おく》られて行《ゆ》くやうに思《おも》はれた、後前《あとさき》を引挟《ひつぱさ》んだ三人《さんにん》の漢《をとこ》の首《くび》の、兇悪《きようあく》なのが、確《たしか》に其《そ》の意味《いみ》を語《かた》つて居《ゐ》たわ。最《も》う是《これ》切《きり》、未来《みらい》まで逢《あ》へなからうかとも思《おも》はれる、と無理《むり》なことを言《い》ふのであります。

さ、是《これ》もぢや、玉脇《たまわき》の家《いへ》の客人《きやくじん》だち、主人《しゆじん》まじりに、御新姐《ごしんぞ》が、庭《には》の築山《つきやま》を遊《あそ》んだと思《おも》へば、それまでゞありませうに。

とう〳〵表通《おもてどほ》りだけでは、気《き》が澄《す》まなくなつたと見《み》えて、前申《まへまを》した、其《そ》の背戸口《せとぐち》、搦手《からめて》のな、川《かは》を一《ひと》つ隔《へだ》てた小松原《こまつばら》の奥深《おくふか》く入《い》り込《こ》んで、うろつくやうになつたさうで。

玉脇《たまわき》の持地《もちゝ》ぢやありますが、此《こ》の松原《まつばら》は、野開《のひら》きにいたしてござる。中《なか》には汐入《しほいり》の、一寸大《ちよつとおほ》きな池《いけ》もあります。一面《いちめん》に青草《あをぐさ》で、これに松《まつ》の翠《みどり》がかさなつて、唯今頃《たゞいまごろ》は菫《すみれ》、夏《なつ》は常夏《とこなつ》、秋《あき》は萩《はぎ》、真個《まこと》に幽翠《いうすゐ》な処《ところ》、些《ち》と行《い》らしつて御覧《ごらう》じろ。」

「薄暗《うすくら》い処《ところ》ですか、」

「藪《やぶ》のやうではありません。真蒼《まつさを》な処《ところ》であります。本《ほん》でも御覧《ごらん》なさりながらお歩行《ある》きには、至極宜《しごくよろ》しいので、」

「蛇《へび》が居《ゐ》ませう、」

と唐突《だしぬけ》に尋《たづ》ねた。

「お嫌《きら》ひか。」

「何《なん》とも、どうも、」

「否《いえ》、何《なん》の因果《いんぐわ》か、あのくらゐ世《よ》の中《なか》に嫌《きら》はれるものも少《すく》なうござる。

しかし、気《き》をつけて見《み》ると、あれでもしをらしいもので、路端《みちばた》などを我《われ》は顔《がほ》で伸《の》してる処《ところ》を、人《ひと》が参《まゐ》つて、熟《ぢつ》と視《なが》めて御覧《ごらん》なさい。見返《みかへ》しますがな、極《きま》りが悪《わる》さうに鎌首《かまくび》を垂《た》れて、向《むか》うむきに羞含《はにか》みますよ。憎《にく》くないもので、はゝはゝ、矢張心《やはりこゝろ》がありますよ。」

「心《こゝろ》があらはれては尚困《なほこま》るぢやありませんか。」

「否《いえ》、塩気《しほけ》を嫌《きら》ふと見《み》えまして、其《そ》の池《いけ》のまはりには些《ちつ》とも居《を》りません。邸《やしき》には此頃《このごろ》ぢや、其《そ》の魅《み》するやうな御新姐《ごしんぞ》も留主《るす》なり、穴《あな》はすか〳〵と真黒《まつくろ》に、足許《あしもと》に蜂《はち》の巣《す》になつて居《を》りましても、蟹《かに》の住居《すまひ》、落《お》ちるやうな憂慮《きづかひ》もありません。」

## 十七

「客人《きやくじん》は、其《そ》の穴《あな》さへ、白髑髏《されかうべ》の目《め》とも見《み》えたでありませう。池《いけ》をまはつて、川《かは》に臨《のぞ》んだ、玉脇《たまわき》の家造《やづくり》を、何《なに》か、御新姐《ごしんぞ》のためには牢獄《らうごく》でゝもあるやうな考《かんが》へでござるから。

さて、潮《しほ》のさし引《ひき》ばかりで、流《なが》れるのではありません、どんより鼠色《ねずみいろ》に淀《よど》んだ岸《きし》に、浮《う》きもせず、沈《しづ》みもやらず、末始終《すゑしじう》は砕《くだ》けて鯉鮒《こひふな》にもなりさうに、何時頃《いつごろ》のか五六本《ぽん》、丸太《まるた》が浸《ひた》つて居《ゐ》るのを見《み》ると、あゝ、切組《きりく》めば船《ふね》になる。繋合《つなぎあ》はせば筏《いかだ》になる。然《しか》るに、綱《つな》も棹《さを》もない。恋《こひ》の淵《ふち》は是《これ》で渡《わた》らねばならないものか。生身《いきみ》では渡《わた》られない。霊魂《たましひ》だけなら乗《の》れようものを。あの、樹立《こだち》に包《つゝ》まれた木戸《きど》の中《なか》には、其《そ》の人《ひと》が、と足《あし》を爪立《つまだ》つたりなんぞして。

蝶《てふ》の目《め》からも、余《あま》りふは〳〵して見《み》えたでござらう。小松《こまつ》の中《なか》をふらつく自分《じぶん》も、何《な》んだか其《そ》の、肩《かた》から上《うへ》ばかりに、裾《すそ》も足《あし》もなくなつた心地《こゝち》、日中《ひなか》の妙《めう》な蝙蝠《かうもり》ぢやて。

懐中《くわいちう》から本《ほん》を出《だ》して、

蠟光高懸照紗空《らふくわうたかくかゝりしやをてらしてむなし》、　花《くわ》房《ばう》夜《よる》搗《つく》紅《こう》守《しゆ》宮《きう》

象《ざう》口《こう》吹香毾㲪暖《かうをふいてたふとうあたゝかに》、　七《しち》星《せい》挂城聞漏板《しろにかゝってらうばんをきく》、

寒入《さむきふし》罘《に》罳殿《いつてでん》影《えい》昏《くらく》、　彩《さい》鸞《らん》簾《れん》額《がく》著《さう》霜痕《こんをつく》、

えゝ、何《な》んでも此処《こゝ》は、蛄《けら》が鉤闌《こうらん》の下《した》に月《つき》に鳴《な》く、魏《ぎ》の文帝《ぶんてい》に寵《ちよう》せられた甄夫人《けんふじん》が、後《のち》におとろへて幽閉《いうへい》されたと言《い》ふので、鎖阿甄《あけんをとざす》。とあつて、それから、

夢入家門上沙渚《ゆめにかもんにいつてしやしよにのぼる》、　天《てん》河《が》落処《おつるところ》長洲路《ちやうしうのみち》、

願君光明如太陽《ねがはくばきみくわうみやうたいやうのごとくなれ》、

妾《せふ》を放《はな》て、然《さ》うすれば、魚《うを》に騎《き》し、波《なみ》を撇《ひら》いて去《さ》らむ、と云《い》ふのを微吟《びぎん》して、思《おも》はず、襟《えり》にはら〳〵と涙《なみだ》が落《お》ちる。目《め》を睜《みは》つて、其《そ》の水中《すゐちう》の木材《もくざい》よ、いで、浮《うか》べ、鰭《ひれ》ふつて木戸《きど》に迎《むか》へよ、と睨《にら》むばかりに瞻《みつ》めたのでござるさうな。些《ち》と尋常事《たゞごと》でありませんな。

詩《し》は唐詩選《たうしせん》にでもありませうか。」

「どうですか。えゝ、何《な》んですつて――夢《ゆめ》に家門《かもん》に入《い》つて沙渚《しやしよ》に上《のぼ》る。魂《たましひ》が沙漠《さばく》をさまよつて歩行《ある》くやうね、天河落処長洲路《てんがおつるところちやうしうのみち》、あはれぢやありませんか。

それを聞《き》くと、私《わたし》まで何《な》んだか、其《そ》の婦人《ふじん》が、幽閉《いうへい》されて居《ゐ》るやうに思《おも》ひます。

それから何《ど》うしましたか。」

「どうと申《まを》して、段々《だん〳〵》頤《おとがひ》がこけて、日《ひ》に増《ま》し目《め》が窪《くぼ》んで、顔《かほ》の色《いろ》が愈々《いよ〳〵》悪《わる》い。

或時《あるとき》、大奮発《だいふんぱつ》ぢや、と言《い》うて、停車場《ていしやば》前《まへ》の床屋《とこや》へ、顔《かほ》を剃《そ》りに行《ゆ》かれました。其《そ》の時《とき》だつたと申《まを》す事《こと》で。

頭《あたま》を洗《あら》ふし、久《ひさ》しぶりで、些心持《ちとこゝろもち》も爽《さわやか》になつて、ふらりと出《で》ると、田舎《ゐなか》には荒物屋《あらものや》が多《おほ》いでございます、

紙《かみ》、煙草《たばこ》、蚊遣香《かやりかう》、勝手道具《かつてだうぐ》、何《な》んでも屋《や》と言《い》つた店《みせ》で。床店《とこみせ》の筋向《すぢむこ》うが、矢張《やはり》其《そ》の荒物店《あらものみせ》であります処《ところ》、戸外《おもて》へは水《みづ》を打《う》つて、軒《のき》の提灯《ちやうちん》には未《いま》だ火《ひ》を点《とも》さぬ、溝石《みぞいし》から往来《わうらい》へ縁台《えんだい》を跨《また》がせて、差向《さしむか》ひに将棊《しやうぎ》を行《や》つて居《ゐ》ます。端《はし》の歩《ふ》が附木《つけぎ》、お定《さだま》りの奴《やつ》で。

　用《よう》なしの身体《からだ》ゆゑ、客人《きやくじん》が其処《そこ》へ寄《よ》つて、路傍《みちばた》に立《た》つて、両方《りやうはう》とも矢鱈《やたら》に飛車角《ひしやかく》の取替《とりか》へこ、ころり〳〵差《さし》違《ちが》へる毎《ごと》に、ほい、ほい、と言《い》ふ勇《いさ》ましい懸声《かけごゑ》で。おまけに一人《ひとり》の親仁《おやぢ》なぞは、媽々衆《かゝあしう》が行水《ぎやうずゐ》の間《あひだ》、引渡《ひきわた》されたものと見《み》えて、小児《こども》を一人《ひとり》胡坐《あぐら》の上《うへ》へ抱《だ》いて、雁首《がんくび》を俯向《うつむ》けに銜《くは》へ煙管《ぎせる》。

　で銜《くは》へたまんま、待《ま》てよ、どつこい、と言《い》ふ毎《たび》に、煙管《きせる》が打附《ぶつか》りさうになるので、抱《だ》かれた児《こ》は、親仁《おやぢ》より、余計《よけい》に額《ひたひ》に皺《しわ》を寄《よ》せて、雁首《がんくび》を狙《ねら》つて取《と》らうとする。火《ひ》は附《つ》いて居《ゐ》ないから、火傷《やけど》はさせぬが、夢中《むちう》で取《と》られまいと振動《ふりうご》かす、小児《こども》は手《て》を出《だ》す、飛車《ひしや》を遁《に》げる。

　よだれを垂々《たら〳〵》と垂《た》らしながら、占《しめ》た！　とばかりで矢庭《やには》に対手《あひて》の玉将《たいしやう》を引摑《ひきつか》むと、大《おほ》きな口《くち》をへの字形《じなり》に結《むす》んで見《み》て居《ゐ》た赭《あか》ら顔《がほ》で、脊高《せいたか》の、胸《むね》の大《おほ》きい禅門《ぜんもん》が、鉄梃《かなてこ》のやうな親指《おやゆび》で、いきなり勝《か》つた方《はう》の鼻《はな》つ頭《ばしら》をぐいと摑《つか》んで、豪《えら》いぞ、と引伸《ひんの》ばしたと思《おぼ》し召《め》せ、はゝゝはゝ。」

## 十八

「大《おほ》きな、ハツクサメをすると煙草《たばこ》を落《お》とした。額《おでこ》ツつりで小児《こども》は泣《な》き出《だ》す、負《ま》けた方《はう》は笑《わら》ひ出《だ》す、涎《よだれ》と何《な》んかと一緒《いつしよ》でござらう。鼻《はな》をつまんだ禅門《ぜんもん》、苦々《にが〳〵》しき顔色《がんしよく》で、指《ゆび》を持余《もてあま》した、塩梅《あんばい》な。

　これを機会《しほ》に立去《たちさ》らうとして、振返《ふりかへ》ると、荒物屋《あらものや》と葭簀《よしず》一枚《まい》、鄰家《りんか》が間《ま》に合《あ》はせの郵便局《いうびんきよく》で。其処《そこ》の門口《かどぐち》から、すらりと出《で》たのが例《れい》の其人《そのひと》。汽車《きしや》が着《つ》いたと見《み》えて、馬車《ばしや》、車《くるま》がら〳〵と五六台《だい》、それを見《み》に出《で》たものらしい、郵便局《いうびんきよく》の軒下《のきした》から往来《わうらい》を透《す》かすやうにした、目《め》が、ばつたり客人《きやくじん》と出逢《であ》つたでありませう。

心《こゝろ》ありさうに、然《さ》うすると直《す》ぐに身《み》を引《ひ》いたのが、隔《へだ》ての葭簀《よしず》の陰《かげ》になつて、顔《かほ》を背向《そむ》けもしないで、其処《そこ》で向直《むきなほ》つて此方《こつち》を見《み》ました。

軒下《のきした》の身《み》を引《ひ》く時《とき》、目《め》で引《ひき》つけられたやうな心持《こゝち》がしたから、此方《こつち》も又葭簀越《またよしずごし》に。

爾時《そのとき》は、総髪《そうはつ》の銀杏返《いてふがへし》で、珊瑚《さんご》の五分珠《ごぶだま》の一本差《いつぽんざし》、髪《かみ》の所為《せゐ》か、いつもより眉《まゆ》が長《なが》く見《み》えたと言《い》ひます。

浴衣《ゆかた》ながら帯《おび》には黄金鎖《きんぐさり》を掛《か》けて居《ゐ》たさうでありますが、揺《ゆ》れて其《そ》の音《おと》のするほど、此方《こつち》を透《すか》すのに胸《むね》を動《うご》かした、顔《かほ》がさ、葭簀《よしず》を横《よこ》にちら〳〵と霞《かすみ》を引《ひ》いたかと思《おも》ふ、是《これ》に眩《めくるめ》くばかりになつて、思《おも》はず一寸会釈《ちよつとゑしやく》をする。

向《むか》うも、伏目《ふしめ》に俯向《うつむ》いたと思《おも》ふと、リン〳〵と貴下《あなた》、高《たか》く響《ひゞ》いたのは電話《でんわ》の報知《しらせ》ぢや。

是《これ》を待《ま》つて居《ゐ》たでございますな。

すぐに電話口《でんわぐち》へ入《はひ》つて、姿《すがた》は隠《かく》れましたが、浅間《あさま》ゆゑ、よく聞《きこ》える。

（はあ、私《わたし》。あなた、余《あんま》りですわ。余《あんま》りですわ。何《ど》うして来《き》て下《くだ》さらないの。怨《うら》んで居《ゐ》ますよ。あの、あなた、夜《よ》も寝《ね》られません。はあ、夜中《よなか》に汽車《きしや》のつくわけはありませんけれども、それでも今《いま》にもね、来《き》て下《くだ》さりはしないかと思《おも》つて。

私《わたし》の方《はう》はね、もうね、一寸《ちよいと》……どんなに離《はな》れて居《を》りましても、あなたの声《こゑ》はね、電話《でんわ》でなくつても聞《きこ》えます。

あなたには通《つう》じますまい。

どうせ、然《さ》うですよ。それだつて、こんなにお待《ま》ち申《まを》して居《ゐ》る、私《わたし》の為《ため》ですもの……気《き》をかねてばかりいらつしやらなくても宜《よろ》しいわ。些《ちつ》とは不義理《ふぎり》、否《いえ》、父《とう》さんやお母《かあ》さんに、不義理《ふぎり》と言《い》ふこともありませんけれど、ね、私《わたし》は生命《いのち》かけて、屹《きつ》とですよ。今夜《こんや》にも、寝《ね》ないでお待《ま》ち申《まを》しますよ。あ、あ、たんと、そんなことをお言《い》ひなさい、どうせ寝《ね》られないんだから可《よ》うございます。怨《うら》みますよ。夢《ゆめ》にでもお目《め》にかゝりませうねえ、否《いゝえ》、待《ま》たれない、待《ま》たれない……）

お道《みち》か、お光《みつ》か、女《をんな》の名前《なまへ》。

（……みいちやん、然《さ》やうなら、夢《ゆめ》で逢《あ》ひますよ。）――

きり〳〵と電話《でんわ》を切《き》つたて。」

「へい、」

と思《おも》はず聞惚《きゝと》れる。

「其日《そのひ》は帰《かへ》つてから、豪《えら》い元気《げんき》で、私《わたし》はそれ、涼《すゞ》しさやと言《い》つた句《く》の通《とほ》り、縁《えん》から足《あし》をぶら下《さ》げる。客人《きやくじん》は其処《そこ》の井戸端《ゐどばた》に焚《た》きます据風呂《すゑぶろ》に入《はひ》つて、湯《ゆ》をつかひながら、露出《むきだ》しの裸体談話《はだかばなし》。

其方《そつち》と、此方《こつち》で、高声《たかごゑ》でな。尤《もつと》も鄰近所《となりきんじよ》はござらぬ。かけかまひなしで、電話《でんわ》の仮声《こわいろ》まじりか何《なに》かで、

（やあ、和尚《をしやう》さん、梅《うめ》の青葉《あをば》から、湯気《ゆげ》の中《なか》へ糸《いと》を引《ひ》くのが、月影《つきかげ》に光《ひか》つて見《み》える、蜘蛛《くも》が下《お》りた、）

と大気燄《だいきえん》ぢや。

（万歳《ばんざい》々〳〵、今夜《こんや》お忍《しのび》か。）

（勿論《もちろん》、）

と答《こた》へて、頭《あたま》のあたりをざふ〳〵と、仰《あふ》いで天《てん》に愧《は》ぢざる顔色《かほつき》でありました。が、日頃《ひごろ》の行《おこな》ひから察《さつ》して、如何《いか》に、思死《おもひじに》をすればとて、苟《いやしく》も主《ぬし》ある婦人《ふじん》に、然《さ》ういふ不料簡《ふれうけん》を出《だ》すべき仁《じん》でないと思《おも》ひました、果《はた》せる哉《かな》。

冷奴《ひやゝつこ》に紫蘇《しそ》の実《み》、白瓜《しろうり》の香《かう》の物《もの》で、私《わたくし》と取膳《とりぜん》の飯《めし》を上《あが》ると、帯《おび》を緊《し》め直《なほ》して、

（もう一度《いちど》そこいらを。）

いや、これはと、ぎよつとしたが、垣《かき》の外《そと》へ出《で》られた姿《すがた》は、海《うみ》の方《はう》へは行《ゆ》かないで、それ、其《そ》の石段《いしだん》を。」

一面《いちめん》の日当《ひあた》りながら、蝶《てふ》の羽《は》の動《うご》くほど、山《やま》の草《くさ》に薄雲《うすぐも》が軽《かる》く靡《なび》いて、檐《のき》から透《すか》すと、峰《みね》の方《はう》は暗《くら》かつた、余《あま》り暖《あたゝか》さが過《す》ぎたから。

## 十九

降《ふ》らうも知《し》れぬ。日向《ひなた》へ蛇《へび》が出《で》て居《ゐ》る時《とき》は、雨《あめ》を持《も》つといふ、来《き》がけに二度《にど》まで見《み》た。で、雲《くも》が被《かぶ》つて、空気《くうき》が湿《しめ》つた所為《せゐ》か、笛太鼓《ふえたいこ》の囃子《はやし》の音《おと》が山一《やまひと》ツ越《こ》えた彼方《かなた》と思《おも》ふあたりに、蛙《かへる》が喞《すだ》くやうに、遠《とほ》いが、手《て》に取《と》るばかり、然《しか》も沈《しづ》んでうつゝの音楽《おんがく》のやうに聞《きこ》えて来《き》た。靄《もや》で蠟管《らふくわん》の出来《でき》た蓄音器《ちくおんき》の如《ごと》く、且《か》つ遥《はるか》に響《ひゞ》く。

それまでも、何《なに》かそれらしい音《おと》はしたが、極《きは》めて散漫《さんまん》で、何《なん》の声《こゑ》とも纏《まと》まらない。村々《むら〳〵》の蔀《しとみ》、柱《はしら》、戸障子《としやうじ》、勝手道具《かつてだうぐ》などが、日永《ひなが》に退屈《たいくつ》して、のびを打《う》ち、欠伸《あくび》をする気勢《けはひ》かと思《おも》つた。未《いま》だ昼前《ひるまへ》だのに、——時々牛《とき〴〵うし》の鳴《な》くのが入交《いりまじ》つて——時《とき》に笑《わら》ひ興《きよう》ずるやうな人声《ひとごゑ》も、動《うご》かない、静《しづ》かに風《かぜ》に伝《つた》はるのであつた。

フト耳《みゝ》を澄《す》ましたが、直《す》ぐに出家《しゆつけ》の言《ことば》になつて、

「大分《だいぶ》町《まち》の方《はう》が賑《にぎは》ひますな。」

「祭礼《さいれい》でもありますか。」

「これは停車場《ていしやば》近《ちか》くにいらつしやると承《うけたまは》りましたに、つい御近所《ごきんじよ》でございます。停車場《ていしやば》の新築開《しんちくびら》き。」

如何《いか》にも一月《ひとつき》ばかり以前《いぜん》から取沙汰《とりざた》した今日《けふ》は当日《たうじつ》。規模《きぼ》を大《おほ》きく、建直《たてなほ》した落成式《らくせいしき》、停車場《ステイシヨン》に舞台《ぶたい》がかゝる、東京《とうきやう》から俳優《やくしや》が来《く》る、村《むら》のものゝ茶番《ちやばん》がある、餅《もち》を撒《ま》く、昨夜《さくや》も夜通《よどほ》し騒《さわ》いで居《ゐ》て、今朝来《けさき》がけの人通《ひとゞほ》りも、よけて通《とほ》るばかりであつたに、はたと忘《わす》れて居《ゐ》たらしい。

「まつたくお話《はな》しに聞惚《きゝと》れましたか、此方《こちら》が里離《さとはな》れて閑静《かんせい》な所為《せゐ》か、些《ちつ》とも気《き》が附《つ》かないで居《を》りました。実《じつ》は余《あま》り騒々《さう〴〵》しいので、そこを遁《に》げて参《まゐ》つたのです。しかし降《ふ》りさうになつて来《き》ました。」

出家《しゆつけ》の額《ひたひ》は仰向《あをむ》けに廂《ひさし》を潜《くゞ》つて、

「ねんばり一湿《ひとしめ》りでございませう。地雨《ぢあめ》にはなりますまい。何《なあに》、又《また》、雨具《あまぐ》もござる。芝居《しばゐ》を御見物《ごけんぶつ》の思召《おぼしめし》がなくば、まあ御緩《ごゆつく》りなすつて。

あの音《おと》もさ、面白可笑《おもしろをかし》く、此方《こつち》も見物《けんぶつ》に参《まゐ》る気《き》でもござると、ぢつと落着《おちつ》いては居《ゐ》られない程《ほど》、浮《う》いたものでありますが、さて恬《か》う、かけかまひなしに、遠《とほ》ざかつて居《を》りますと、世《よ》を一《ひと》ツ隔《へだ》てたやうに、寂《さび》しい、陰気《いんき》な、妙《めう》な心地《こゝち》がいたすではありませんか。」

「真箇《まつたく》ですね。」

「昔《むかし》、井戸《ゐど》を掘《ほ》ると、地《ち》の下《した》に犬鶏《いぬにはとり》の鳴《な》く音《ね》、人声《ひとごゑ》、牛車《ぎうしや》の軋《きし》る音《おと》などが聞《きこ》えたといふ話《はなし》があります。それに似《に》て居《を》りますな。

峠《たうげ》から見《み》る、霧《きり》の下《した》だの、暗《やみ》の浪打際《なみうちぎは》、ぼうと灯《あかり》が映《うつ》る処《ところ》だの、恬《か》やうに山《やま》の腹《はら》を向《むこ》うへ越《こ》した地《ち》の裏《うら》などで、聞《き》きますのは、をかしく人間業《にんげんわざ》でないやうだ。夜中《よなか》に聞《き》いて、狸囃子《たぬきばやし》と言《い》ふのも至極《しごく》でございます。

いや、それに、就《つ》きまして、お話《はなし》の客人《きやくじん》でありますが、」

と、茶《ちや》を一口急《ひとくちいそ》いで飲《の》み、さしおいて、

「さて今申《いままを》した通《とほ》り、夜分《やぶん》に此《こ》の石段《いしだん》を上《のぼ》つて行《ゆ》かれたのでありまして。

しかし此《こ》は情《じやう》に激《げき》して、発奮《はず》んだ仕事《しごと》ではなかつたのでございます。

恬《か》うやつて、比《こ》の庵室《あんじつ》に馴《な》れました身《み》には、石段《いしだん》はつい、通《かよ》ひ廊下《らうか》を縦《たて》に通《とほ》るほどな心地《こゝち》でありますからで。

客人《きやくじん》は、堂《だう》へ行《ゆ》かれて、柱板敷《はしらいたじき》へひら〳〵と大《おほ》きくさす月《つき》の影《かげ》、海《うみ》の果《はて》には入日《いりひ》の雲《くも》が焼残《やけのこ》つて、ちら〳〵真《しん》紅《く》に、黄昏《たそがれす》過ぎの渾沌《こんとん》とした、水《みづ》も山《やま》も唯一面《たゞいちめん》の大池《おほいけ》の中《なか》に、其《そ》の軒端《のきば》洩《も》る夕日《ゆふひ》の影《かげ》と、消《き》え残《のこ》る夕焼《ゆふやけ》の雲《くも》の片《きれ》と、紅蓮白蓮《ぐれんびやくれん》の咲乱《さきみだ》れたやうな眺望《ながめ》をなさつたさうな。これで御法《みのり》の船《ふね》に同《おな》じい、御堂《おだう》の縁《えん》を離《はな》れさへなさらなかつたら、海《うみ》に溺《おぼ》れるやうなことも起《おこ》らなんだでございませう。

爰《こゝ》に希代《きたい》な事《こと》は――

堂《だう》の裏山《うらやま》の方《はう》で、頻《しき》りに、其《そ》の、笛太鼓《ふえたいこ》、囃子《はやし》が聞《きこ》えたと申《まを》す事《こと》――

唯今《たゞいま》、それ、聞《きこ》えますな。あれ、あれとは、まるで方角《はうがく》は違《ちが》ひます。」

と出家《しゆつけ》は法衣《ころも》でづいと立《た》つて、廂《ひさし》から指《ゆび》を出《だ》して、御堂《みだう》の山《やま》を左《ひだり》の方《かた》へぐいと指《さ》した。立《た》ち方《かた》の唐突《だしぬけ》なのと、急《きふ》なのと、目前《めさき》を塞《ふさ》いだ墨染《すみぞめ》に、一天《いつてん》する墨《すみ》を流《なが》すかと、袖《そで》は障子《しやうじ》を包《つゝ》んだのである。

## 二十

「堂《だう》の前《まへ》を左《ひだり》に切《き》れると、空《そら》へ抜《ぬ》いた隧道《とんねる》のやうに、両端《りやうはし》から突出《つきで》ました巌《いは》の間《あひだ》、樹立《こだち》を潜《くゞ》つて、裏山《うらやま》へかゝるであります。

両方谷《りやうはうたに》、海《うみ》の方《かた》は、山《やま》が切《き》れて、真中《まんなか》の路《みち》を汽車《きしや》が通《とほ》る。一方《いつぱう》は一谷落《ひとたにお》ちて、それからそれへ、山又山《やままたやま》、次《し》第《だい》に峰《みね》が重《かさ》なつて、段々《だん〳〵》雲霧《くもきり》が深《ふか》くなります。処々《ところ〴〵》、山《やま》の尾《を》が樹《き》の根《ね》のやうに集《あつま》つて、広々《ひろ〴〵》とした青田《あをた》を抱《かゝ》へた処《ところ》もあり、炭焼小屋《すみやきごや》を包《つゝ》んだ処《ところ》もございます。

其処《そこ》で、此《こ》の山伝《やまづた》ひの路《みち》は、崕《がけ》の上《うへ》を高《たか》い堤防《つゝみ》を行《ゆ》く形《かたち》、時々《とき〴〵》、島《しま》や白帆《しらほ》の見晴《みはら》しへ出《で》ますばかり、あとは生繁《おひしげ》つて真暗《まつくら》で、今時《いまどき》は、然《さ》までにもありませぬが、草《くさ》が繁《しげ》りますと、分《わ》けずには通《とほ》られません。

谷《たに》には鶯《うぐひす》、峰《みね》には目白《めじろ》四十雀《しじふがら》の囀《さへづ》つて居《ゐ》る処《ところ》もあり、紺青《こんじやう》の巌《いは》の根《ね》に、春《はる》は菫《すみれ》、秋《あき》は龍胆《りんだう》の咲《さ》く処《ところ》。山清水《やましみづ》がしと〳〵と湧《わ》く径《こみち》が薬研《やげん》の底《そこ》のやうで、両側《りやうがは》の篠笹《しのざゝ》を跨《また》いで通《とほ》るなど、ものゝ小半道《こはんみち》踏分《ふみわ》けて参《まゐ》りますと、其処《そこ》までが一峰《ひとみね》で。それから崕《がけ》になつて、郡《ぐん》が違《ちが》ひ、海《うみ》の趣《おもむき》もかはるのでありますが、其崕《そのがけ》の上《うへ》に、たとへて申《まを》さば、此《こ》の御堂《みだう》と背中合《せなかあ》はせに、山《やま》の尾《を》へ凭《よ》つかゝつて、彼是大仏《かれこれだいぶつ》ぐらゐな、石地蔵《いしぢざう》が無手《むず》と胡坐《あぐら》してござります。それがさ、石地蔵《いしぢざう》と申《まを》し伝《つた》へるばかり、余程《よほど》のあら刻《きざ》みで、まづ坊主形《ばうずなり》の自然石《じねんせき》と言《い》うても宜《よろ》しい。妙《めう》に御《お》顔《かほ》の尖《と》がつた処《ところ》が、拝《をが》むと凄《すご》うござつてな。

堂《だう》は形《かたち》だけ残《のこ》つて居《を》りますけれども、勿体《もつたい》ないほど大破《たいは》いたして、密《そつ》と参《まゐ》つても床《ゆか》なぞづぶ〳〵と踏抜《ふみぬ》きますわ。屋根《やね》も柱《はしら》も蜘蛛《くも》の巣《す》のやうに狼藉《らうぜき》として、これは又境内《またけいだい》へ足《あし》の入場《いれば》もなく、崕《がけ》へかけて倒《たふ》れてな、でも建物《たてもの》があつた跡《あと》ぢや、見霽《みはら》しの広場《ひろば》になつて居《を》りますから、これから山越《やまごし》をなさる方《かた》が、うつかり其処《そこ》へござつて、唐突《だしぬけ》の山仏《やまほとけ》に胆《きも》を潰《つぶ》すと申《まを》します。

其処《そこ》を山続《やまつゞ》きの留《とま》りにして、向《むか》うへ降《お》りる路《みち》は、又此《またこ》の石段《いしだん》のやうなものではありません。わづかの間《あひだ》も九十九折《つづらをり》の坂道《さかみち》、嶮《けは》しい上《うへ》に、慭《なまじつ》か石《いし》を入《い》れたあとのあるだけに、爪立《つまだ》つて飛々《とび〳〵》に這《は》ひ下《お》りなければなりませんが、此《こ》の坂《さか》の両方《りやうはう》に、五百体千体《ごひやくたいせんたい》と申《まを》す数《かず》ではない。それは〳〵数《かぞ》へ切《き》れぬくらゐ、いづれも一尺《しやく》、一尺《しやく》五寸《すん》、御丈《おんたけ》三尺《じやく》といふのはない、小《ちひ》さな石仏《いしぼとけ》がすく〳〵並《なら》んで、最《もつと》も長《なが》い年月《ねんげつ》、路傍《みちばた》へ転《ころ》げたのも、倒《たふ》れたのもあつたでありませうが、さすがに跨《また》ぐものはないと見《み》えます。もたれなりにも櫛《くし》の歯《は》のやうに揃《そろ》つてあります。

是《これ》について、何《なに》かいはれのございましたことか、一々《いち〳〵》女《をんな》の名《な》と、亥年《ゐどし》、午年《うまどし》、幾歳《いくさい》、幾歳《いくさい》、年齢《ねんれい》とが彫《ほ》りつけてございましてな、何時《いつ》の世《よ》にか、諸国《しよこく》の婦人《をんな》たちが、挙《こぞ》つて、心願《しんぐわん》を籠《こ》めたものでございませう。処《ところ》で、雨露《あめつゆ》に黒髪《くろかみ》は霜《しも》と消《き》え、袖裾《そですそ》も苔《こけ》と変《かは》つて、影《かげ》ばかり残《のこ》つたが、お面《かほ》の細《ほそ》く尖《とが》つた処《ところ》、以前《いぜん》は女体《によたい》であつたらうなどといふ、いや女体《によたい》の地蔵《ぢざう》といふはありませんが、扨《さ》て然《さ》う聞《き》くと、なほ気味《きみ》が悪《わる》いではございませんか。えゝ、つかぬことを申《まを》したやうでありますが、客人《きやくじん》の話《はなし》について、些《ち》と考《かんが》へました事《こと》がござる。客人《きやくじん》は、それ、其《そ》の山路《やまみち》を行《ゆ》かれたので――此《こ》の観音《くわんおん》の御堂《みだう》を離《はな》れて、」

「成程《なるほど》、其《そ》の何《な》んとも知《し》れない、石像《せきざう》の処《ところ》へ、」

と胸《むね》を伏《ふ》せて顔《かほ》を見《み》る。

「いや〳〵、其処《そこ》まで〻はありません。唯其《たゞそ》の山路《やまみち》へ、堂《だう》の左《ひだり》の、巌間《いはま》を抜《ぬ》けて出《で》たものでございます。トいふのが、手《て》に取《と》るやうに、囃《はやし》の音《おと》が聞《きこ》えたからで。直《ぢ》き其《そ》の谷間《たにあひ》の村《むら》あたりで、騒《さわ》いで居《ゐ》るやうに、トン〳〵と山腹《さんぷく》へ響《ひゞ》いたと申《まを》すのでありますから、一寸裏《ちよつとうら》山《やま》へ廻《まは》りさへすれば、足許《あしもと》に瞰下《みお》ろされますやうな勘定《かんぢやう》であつたので。客人《きやくじん》は、高《たか》い処《ところ》から見物《けんぶつ》をなさる気《き》でござつた。

入《い》り口《くち》はまだ月《つき》のたよりがございます。樹《き》の下《した》を、草《くさ》を分《わ》けて参《まゐ》りますと、処々窓《ところ〴〵まど》のやうに山《やま》が切《き》れて、其《そ》処《こ》から、松葉掻《まつばかき》、枝拾《えだひろ》ひ、じねんじよ穿《ほり》が谷《たに》へさして通行《つうかう》する、下《した》の村《むら》へ続《つゞ》いた路《みち》のある処《ところ》が、彼方此方《あつちこつち》に幾干《いくら》もございます。

それへ出《で》ると、何処《どこ》でも広々《ひろ〴〵》と見《み》えますので、最初左《さいしよひだり》の浜庇《はまひさし》、今度《こんど》は右《みぎ》の茅《かや》の屋根《やね》と、二三箇処《かしよ》、其切目《そのきれめ》へ出《で》て、覗《のぞ》いたが、何処《どこ》にも、祭礼《まつり》らしい処《ところ》はない。海《うみ》は明《あか》るく、谷《たに》は煙《けぶ》つて。」

## 二十一

「けれども、其《そ》の囃子《はやし》の音《おと》は、草一叢《くさひとむら》、樹《こ》立一畝《だちひとうね》出《で》さへすれば、直《ぢ》き見《み》えさうに聞《きこ》えますので。二足《ふたあし》が三足《みあし》、五足《いつあし》が十足《とあし》になつて段々深《だん〳〵ふか》く入《はひ》るほど――此処《こゝ》まで来《き》たのに見《み》ないで帰《かへ》るも残惜《のこりをし》い気《き》もする上《うへ》に、何《な》んだか、旧《もと》へ帰《かへ》るより、前《まへ》へ出《で》る方《はう》が路《みち》も明《あか》るいかと思《おも》はれて、些《ち》と急足《いそぎあし》になると、路《みち》も大分上《だいぶんのぼ》りになつて、ぐいと伸上《のびあが》るやうに、思《おも》ひ切《き》つて真暗《まつくら》な中《なか》を、草《くさ》を挘《むし》つて、身《み》を退《ひ》いて高《たか》い処《ところ》へ。ぼんやり薄明《うすあか》るく、地《ぢ》ならしがしてあつて、心持《こゝろもち》、墓地《ぼち》の縄張《なはばり》の中《なか》で〻もあるやうな、平《たひら》な丘《をか》の上《うへ》へ出《で》ると、月《つき》は曇《くも》つて了《しま》つたか、それとも海《うみ》へ落《お》ちたかといふ、一方《いつぱう》は今来《いまき》た路《みち》で向《むか》うは崕《がけ》、谷《たに》か、それとも浜辺《はまべ》かは、判然《はんぜん》せぬが、底一面《そこいちめん》に靄《もや》がかゝつて、其《そ》の靄《もや》に、ぼうと遠方《ゑんぱう》の火事《くわじ》のやうな色《いろ》が映《うつ》つて居《ゐ》て、篝《かゞり》でも焼《た》いて居《ゐ》るかと、底澄《そこす》んで赤《あか》く見《み》える、其《そ》の辺《あたり》に、太鼓《たいこ》が聞《きこ》える、笛《ふえ》も吹《ふ》く、ワアといふ人声《ひとごゑ》がする。

如何《いか》にも賑《にぎや》かさうだが、さて何処《どこ》とも分《わか》らぬ。客人《きやくじん》は、其《そ》の朦朧《もうろう》とした頂《いたゞき》に立《た》つて、境《さかひ》は接《せつ》しても、美濃《みの》近《あふ》江《み》、人情《にんじやう》も風俗《ふうぞく》も皆違《みなちが》ふ寝物語《ねものがたり》の里《さと》の祭礼《まつり》を、此処《こゝ》で見《み》るかと思《おも》はれた、と申《まを》します。其上《そのうへ》、宵宮《よひみや》にしては些《ち》と賑《にぎや》か過《す》ぎる、大方本祭《おほかたほんまつり》の夜《よ》？　それで人《ひと》の出盛《でざか》りが通《とほ》り過《す》ぎた、余程夜更《よほどよふけ》らしい景《け》色《しき》に視《なが》めて、しばらく茫然《ばうぜん》としてござつたさうな。

ト何《な》んとなく、心寂《こゝろさび》しい。路《みち》も余程歩行《よほどある》いたやうな気《き》がするので、うつとり草臥《くたび》れて、最《も》う帰《かへ》らうかと思《おも》ふ時《とき》、其《そ》の火気《くわき》を包《つゝ》んだ靄《もや》が、恁《か》う風《かぜ》にでも動《うご》くかと覚《おぼ》えて、谷底《たにそこ》から上《うへ》へ、裙《すそ》あがりに次第《しだい》に色《いろ》が濃《こ》うなつて、向《むか》うの山《やま》かけて映《うつ》る工合《ぐあひ》が直《ぢ》き目《め》の前《まへ》で燃《も》して居《ゐ》る景色《けしき》——最《もつと》も靄《もや》に包《つゝ》まれながら——其処《そこ》で、何《なに》か見極《みきは》めたい気《き》もして、其《そ》の平地《ひらち》を真直《まつすぐ》に行《ゆ》くと、まづ、それ、山《やま》の腹《はら》が覗《のぞ》かれましたわ。

これはしたり！　祭礼《まつり》は谷間《たにま》の里《さと》からかけて、此処《こゝ》が其《そ》のとまりらしい。見《み》た処《ところ》で、薄《うす》くなつて段々《だん〳〵》に下《した》へ灯影《ひかげ》が濃《こ》くなつて次第《しだい》に賑《にぎや》かになつて居《ゐ》ます。

矢張同一《やはりおんなじ》やうな平《たひら》な土《つち》で、客人《きやくじん》のござる丘《をか》と、向《むか》うの丘《をか》との中《なか》に箕《み》の形《かたち》になつた場所《ばしよ》。

爪尖《つまさき》も辷《すべ》らず、静《しづか》に安々《やす〳〵》と下《お》りられた。

処《ところ》が、箕《み》の形《かたち》の、一方《いつぱう》はそれ祭礼《まつり》に続《つゞ》く谷《たに》の路《みち》でございませう。其《そ》の谷《たに》の方《はう》に寄《よ》つた畳《たゝみ》なら八畳《でふ》ばかり、油《あぶら》が広《ひろ》く染《にじ》んだ体《てい》に、草《くさ》がすつぺりと禿《は》げました。」

といひかけて、出家《しゆつけ》は瀬戸物《せともの》の火鉢《ひばち》を、縁《えん》の方《はう》へ少《すこ》しずらして、俯向《うつむ》いて手《て》で畳《たゝみ》を仕切《しき》つた。

「これだけな、赤地《あかぢ》の出《で》た上《うへ》へ、何《なに》か恁《か》うぼんやり踞《うづくま》つたものがある。」

ト足《あし》を崩《くづ》して兎角《とかく》して膝《ひざ》に手《て》を置《お》いた。

思《おも》はず、外《と》の方《かた》を見《み》た散策子《さんさくし》は、雲《くも》の稍《やゝ》軒端《のきば》に近《ちか》く迫《せま》るのを知《し》つた。

「手《て》を上《あ》げて招《まね》いたと言《い》ひます――ゆつたりと――行《ゆ》くともなしに前《まへ》へ出《で》て、それでも間《あひだ》二三間《げん》隔《へだ》つて立停《たちど》まつて、見《み》ると、其《そ》の踞《うづくま》つたものは、顔《かほ》も上《あ》げないで俯向《うつむ》いたまゝ、股引《もゝひき》やうのものを穿《は》いて居《ゐ》る、草色《くさいろ》の太《ふと》い胡坐《あぐら》かいた膝《ひざ》の脇《わき》に、差置《さしお》いた、拍子木《ひやうしぎ》を取《と》つて、カチ〳〵と鳴《な》らしたさうで、其《そ》の音《おと》が何者《なにもの》か歯《は》を噛合《かみあ》はせるやうに響《ひゞ》いたと言《い》ひます。

然《さ》うすると、」

「はあ、はあ、」

「薄汚《うすよご》れた帆木綿《ほもめん》めいた破穴《やれあな》だらけの幕《まく》が開《あ》いたて、」

「幕《まく》が、」

「然《さ》やう。向《むか》う山《やま》の腹《はら》へ引《ひ》いてあつたが、矢張《やはり》靄《もや》に見《み》えて居《ゐ》たので、其《その》ものゝ手《て》に、綱《つな》が引《ひ》いてあつたと見《み》えます、踞《うづくま》つたまゝで立《た》ちもせんので。

窪《くぼ》んだ浅《あさ》い横穴《よこあな》ぢや。大《おほ》きかつたといひますよ。正面《しやうめん》に幅《はゞ》一間《いつけん》ばかり、尤《もつと》も、此《こ》の辺《へん》には一寸《ちよい》〳〵然《さ》ういふのを見懸《みか》けます。背戸《せど》に近《ちか》い百姓屋《ひやくしやうや》などは、漬物桶《つけものをけ》を置《お》いたり、青物《あをもの》を活《い》けて重宝《ちようはう》がる。で、幕《まく》を開《あ》けたからには其《そ》れが舞台《ぶたい》で。」

## 二十二

「成程《なるほど》、然《さ》う思《おも》へば、舞台《ぶたい》の前《まへ》に、木《き》の葉《は》がばら〳〵と散《ち》ばつた中《なか》へ交《まじ》つて、投銭《なげせん》が飛《と》んで居《ゐ》たらしく見《み》えたさうでございます。

幕《まく》が開《あ》いた――と、まあ、言《い》ふ体《てい》でありますが、扨唯浅《さてたゞあさ》い、偏《ひらつた》い、窪《くぼ》みだけで。何《な》んの飾《かざり》つけも、道具《だうぐ》だてもあるのではござらぬ。何《なに》か、身体《からだ》もぞく〳〵して、余《あま》り見《み》て居《ゐ》たくもなかつたさうだが、自分《じぶん》を見懸《みか》けて、はじめたものを、他《ほか》に誰一人《たゞいちにんゐ》居るではなし、今更帰《いまさらかへ》るわけにもなりませんやうな羽目《はめ》になつたとか言《い》つて、懐《くわい》中《ちう》の紙人《かみいれ》に手《て》を懸《か》けながら、茫乎見《ぼんやりみ》て居《ゐ》たと申《まを》します。

また、陰気《いんき》な、湿《しめ》つぽい音《おん》で、コツ〳〵と拍子木《ひやうしぎ》を打違《ぶつちが》へる。

矢張其《やはりそ》のものゝ手《て》から、づうと糸《いと》が繋《つな》がつて居《ゐ》たものらしい。舞台《ぶたい》の左右《さいう》、山《やま》の腹《はら》へ斜《なゝ》めにかゝつた、一幅《ひとはゞ》の白《しろ》い靄《もや》が同《おな》じく幕《まく》でございました。むら〳〵と両方《りやうはう》から舞台際《ぶたいぎは》へ引寄《ひきよ》せられると、煙《けむり》が渦《うづま》くやうに畳《たゝ》まれたと言《い》ひます。

不細工《ぶさいく》ながら、窓《まど》のやうに、箱《はこ》のやうに、黒《くろ》い横穴《よこあな》が小《ちひ》さく一ツづゝ三十五十と一側並《ひとかはなら》べに仕切《しき》つてあつて、其《そ》の中《なか》に、ずらりと婦人《をんな》が並《なら》んで居《ゐ》ました。

坐《すわ》つたのもあり、立《た》つたのもあり、片膝立《かたひざた》てたじだらくな姿《すがた》もある。緋《ひ》の長襦袢《ながじゆばん》ばかりのもある。頬《ほゝ》のあたりに血《ち》のたれて居《ゐ》るのもある。縛《しば》られて居《ゐ》るのもある、一目見《ひとめみ》たが、それだけで、遠《とほ》くの方《はう》は、小《ちひ》さくなつて、幽《かすか》になつて、唯顔《たゞかほ》ばかり谷間《たにま》に白百合《しろゆり》の咲《さ》いたやう。

慄然《ぞつ》として、遁《に》げもならない処《ところ》へ、またコン〳〵と拍子木《ひやうしぎ》が鳴《な》る。

すると貴下《あなた》、谷《たに》の方《はう》へ続《つゞ》いた、其何番目《そのなんばんめ》かの仕切《しきり》の中《なか》から、ふらりと外《そと》へ出《で》て、一人《ひとり》、小《ちひ》さな婦人《をんな》の姿《すがた》が、音《おと》もなく歩行《ある》いて来《き》て、やがて其《そ》の舞台《ぶたい》へ上《あが》つたでございますが、其処《そこ》へ来《く》ると、並《なみ》の大《おほ》きさの、しかも、すらりとした脊丈《せたけ》になつて、しよんぼりした肩《かた》の処《ところ》へ、恁《か》う、頤《おとがひ》をつけて、熟《ぢつ》と客人《きやくじん》の方《はう》を見向《みむ》いた、其《そ》の美《うつく》しさ！

正《まさ》しく玉脇《たまわき》の御新姐《ごしんぞ》で。」

## 二十三

「寝衣《ねまき》にぐる〳〵と扱帯《しごき》を巻《ま》いて、霜《しも》のやうな跣足《はだし》、其《その》まゝ向《むか》うむきに、舞台《ぶたい》の上《うへ》へ、崩折《くづを》れたやうに、ト膝《ひざ》を曲《ま》げる。

カンと木《き》を入《い》れます。

釘《くぎ》づけのやうになつて立竦《たちすく》んだ客人《きやくじん》の背後《うしろ》から、背中《せなか》を摺《す》つて、づゝと出《で》たものがある。

黒《くろ》い影《かげ》で。

見物《けんぶつ》が他《た》にも居《ゐ》たかと思《おも》ふ、と然《さ》うではない。其《そ》の影《かげ》が、よろ〳〵と舞台《ぶたい》へ出《で》て、御新姐《ごしんぞ》と背中合《せなかあ》はせにぴつたり坐《すわ》つた処《ところ》で、此方《こちら》を向《む》いたでございませう、顔《かほ》を見《み》ると自分《じぶん》です。」

「えゝ！」

「それが客人御自分《きやくじんごじぶん》なのでありました。

で、私《わたくし》へお話《はなし》に、

(真個《ほんたう》なら、其処《そこ》で死《し》なゝければならんのでした、)

と言《い》つて歎息《たんそく》して、真蒼《まつさを》になりましたつけ。

何《ど》うするか、見《み》て居《ゐ》たかつたさうです。勿論《もちろん》、肉《にく》は躍《をど》り、血《ち》は湧《わ》いてな。

しばらくすると、其《そ》の自分《じぶん》が、稍《やゝ》身体《からだ》を捻《ね》ぢ向《む》けて、惚々《ほれ〴〵》と御新姐《ごしんぞ》の後姿《うしろすがた》を見入《みい》つたさうで、指《ゆび》の尖《さき》で、薄《うす》色《いろ》の寝衣《ねまき》の上《うへ》へ、恁《か》う山形《やまがた》に引《ひ》いて、下《した》へ一ツ、△を書《か》いたでございますな、三角《さんかく》を。

見《み》て居《ゐ》る胸《むね》はヒヤ〳〵として冷汗《ひやあせ》がびつしよりになる。

御新姐《ごしんぞ》は唯首垂《たゞうなだ》れて居《ゐ》るばかり。

今度《こんど》は四角《しかく》、□、を書《か》きました。

其《そ》の男《をとこ》、即客人御自分《すなはちきやくじんごじぶん》が。

御新姐《ごしんぞ》の膝《ひざ》にかけた指《ゆび》の尖《さき》が、わな〳〵と震《ふる》へました…………とな。

三度《ど》目《め》に、〇、円《まる》いものを書《か》いて、線《せん》の端《はし》がまとまる時《とき》、颯《さつ》と地《ち》を払《はら》つて空《そら》へ抉《ゑぐ》るやうな風《かぜ》が吹《ふ》くと、谷底《たにそこ》の灯《ひ》の影《かげ》がすつきり冴《さ》えて、鮮《あざや》かに薄紅梅《うすこうばい》。浜《はま》か、海《うみ》の色《いろ》か、と見《み》る耳許《みゝもと》へ、ちやら〳〵と鳴《な》つたのは、投《な》げ銭《せん》と木《こ》の葉《は》の摺《す》れ合《あ》ふ音《おと》で、くる〳〵と廻《まは》つた。

気《き》がつくと、四五人《にん》、山《やま》のやうに背後《うしろ》から押被《おつかぶ》さつて、何時《いつ》の間《ま》にか他《た》に見物《けんぶつ》が出来《でき》たて。

爾時《そのとき》、御新姐《ごしんぞ》の顔《かほ》の色《いろ》は、こぼれかゝつた艶《つや》やかなおくれ毛《げ》を透《す》いて、一入美《ひとしほうつく》しくなつたと思《おも》ふと、あの其《そ》の口許《くちもと》で莞爾《につこり》として、うしろざまにたよ〳〵と、男《をとこ》の足《あし》に背《せなか》をもたせて、膝《ひざ》を枕《まくら》にすると、黒髪《くろかみ》が、づる〳〵と仰向《あをむ》いて、真白《まつしろ》な胸《むね》があらはれた。其《そ》の重《おも》みで男《をとこ》も倒《たふ》れた、舞台《ぶたい》がぐん〳〵ずり下《さが》つて、はツと思《おも》ふと旧《もと》の土《つち》。

峰《みね》から谷底《たにそこ》へかけて哄《どつ》と声《こゑ》がする。そこから夢中《むちう》で駈《か》け戻《もど》つて、蚊帳《かや》に寝《ね》た私《わたくし》に縋《すが》りついて、

（水《みづ》を下《くだ》さい。）

と言《い》うて起《おこ》された、が、身体中疵《からだぢうきず》だらけで、夜露《よつゆ》にずぶ濡《ぬれ》であります。

それから暁《あかつき》かけて、一切《いつさい》の懺悔話《ざんげばなし》。

翌日《あくるひ》は一日《いちにち》寝《ね》てござつた。午《ひる》すぎに女中《ぢよちう》が二人《ふたり》ついて、此《こ》の御堂《みだう》へ参詣《さんけい》なさつた御新姐《ごしんぞ》の姿《すがた》を見《み》て、私《わたくし》は慌《あわ》てゝ、客人《きやくじん》に知《し》らさぬやう、暑《あつ》いのに、貴下《あなた》、此《こ》の障子《しやうじ》を閉切《しめき》つたでございますよ。

以来《いらい》、あの柱《はしら》に、うたゝ寐《ね》の歌《うた》がありますので。

客人《きやくじん》はあと二三日《にさんにち》、石《いし》の唐櫃《からびつ》に籠《こも》つたやうに、我《われ》と我《われ》を、手足《てあし》も縛《しば》るばかり、謹《つゝし》んで引籠《ひきこも》つてござつたし、私《わたくし》も亦《また》油断《ゆだん》なく見張《みは》つて居《ゐ》たでございますが、貴下《あなた》、聊《いさゝ》か目《め》を離《はな》しました僅《わづか》の隙《ひま》に、何処《どこ》か姿《すがた》が見《み》えなくなつて、木樵《きこり》が来《き》て、点燈頃《ひともしごろ》、

（私《わし》、今《いま》、来《き》がけに、彼処《あすこ》さ、蛇《じや》の矢《や》倉《ぐら》で見《み》かけたよ、）

と知《し》らせました。

客人《きやくじん》は又其晩《またそのばん》のやうな芝居《しばゐ》が見《み》たくなつたのでございませう。

死骸《しがい》は海《うみ》で見《み》つかりました。

蛇《じや》の矢《や》倉《ぐら》と言《い》ふのは、此《こ》の裏山《うらやま》の二《ふた》ツ目《め》の裾《すそ》に、水《みづ》のたまつた、むかしからある横穴《よこあな》で、わツといふと、おう——と底知《そこし》れず奥《おく》の方《はう》へ十里《り》も広《ひろ》がつて響《ひゞ》きます。水《みづ》は海《うみ》まで続《つゞ》いて居《ゐ》ると申伝《まをしつた》へるでありますが、如何《いかゞ》なものでございますかな。」

雨《あめ》が二《に》階家《かいや》の方《はう》からかゝつて来《き》た。音《おと》ばかりして草《くさ》も濡《ぬ》らさず、裾《すそ》があつて、路《みち》を通《かよ》ふやうである。美人《たをやめ》の霊《れい》が誘《さそ》はれたらう。雲《くも》の黒髪《くろかみ》、桃色衣《もゝいろぎぬ》、菜種《なたね》の上《うへ》を蝶《てふ》を連《つ》れて、庭《には》に来《き》て、陽炎《かげろふ》と並《なら》んで立《た》つて、しめやかに窓《まど》を覗《のぞ》いた。

# 春昼後刻

# 二十四

此雨《このあめ》は間《ま》もなく霽《は》れて、庭《には》も山《やま》も青《あを》き天鵞絨《びろうど》に蝶花《てふはな》の刺繡《ぬひとり》ある霞《かすみ》を落《おと》した。何《な》んの余波《なごり》やら、庵《いほり》にも、座《ざ》にも、袖《そで》にも、菜種《なたね》の薫《かをり》が染《し》みたのである。

出家《しゆつけ》は、さて日《ひ》が出口《でぐち》から、裏山《うらやま》の其《そ》の蛇《じや》の矢倉《やぐら》を案内《あんない》しよう、と老実《まめ》やかに勧《すゝ》めたけれども、此《こ》の際《さい》、観《くわん》音《おん》の御堂《みだう》の背後《うしろ》へ通《とほ》り越《こ》す心持《こゝろもち》はしなかつたので、挨拶《あいさつ》も後日《ごじつ》を期《き》して、散策子《さんさくし》は、やがて庵《いほり》を辞《じ》した。

差当《さしあた》り、出家《しゆつけ》の物語《ものがたり》について、何《な》んの思慮《しりよ》もなく、批評《ひゝやう》も出来《でき》ず、感想《かんさう》も陳《の》べられなかつたので、言《い》はれた事《こと》、話《はな》されただけを、不残鵜呑《のこらずうの》みにして、天窓《あたま》から詰込《つめこ》んで、胸《むね》が膨《ふく》れるまでになつたから、独《ひと》り静《しづか》に歩行《ある》きながら、消化《こな》して胃《ゐ》の腑《ふ》に落《お》ちつけようと思《おも》つたから。

対手《あひて》も出家《しゆつけ》だから仔細《しさい》はあるまい、(然《さ》やうなら) が些《ち》と唐突《だしぬけ》であつたかも知《し》れぬ。

処《ところ》で、石段《いしだん》を背後《うしろ》にして、行手《ゆくて》へ例《れい》の二階《にかい》を置《お》いて、吻《ほつ》と息《いき》をすると……、

「転寐《うたゝね》に……」

と先《ま》づ口《くち》の裏《うら》で云《いつ》て見《み》て、小首《こくび》を傾《かたむ》けた。杖《ステツキ》が邪魔《じやま》なので腕《かひな》の処《ところ》へ揺《ゆす》り上《あ》げて、引包《ひきつゝ》んだ其《そ》の袖《そで》ともに腕組《うでぐみ》をした。菜種《なたね》の花道《はなみち》、幕《まく》の外《そと》の引込《ひつこ》みには引立《ひつた》たない野郎姿《やらうすがた》。雨上《あめあが》りで照々《てか〱》と日《ひ》が射《さ》すのに、薄《うす》く一面《いちめん》にねんばりした足許《あしもと》、辷《すべ》つて転《ころ》ばねば可《よ》い。

「恋《こひ》しき人《ひと》を見《み》てしより……夢《ゆめ》てふものは、」

と一寸顔《ちよいとかほ》を上《あげ》て見《み》ると、左《ひだり》の崕《がけ》から椎《しひ》の樹《き》が横《よこ》に出《で》て居《ゐ》る——遠《とほ》くから視《なが》めると、これが石段《いしだん》の根《ね》を仕切《しき》る緑《みどり》なので、——庵室《あんじつ》は最《も》う右手《めて》の背後《うしろ》になつた。

見《み》たばかりで、すぐに又《また》、

「夢《ゆめ》と言《い》へば、これ、自分《じぶん》も何《な》んだか夢《ゆめ》を見《み》て居《ゐ》るやうだ。やがて目《め》が覚《さ》めて、あゝ、転寐《うたゝね》だつたと思《おも》へば夢《ゆめ》だが、此《この》まゝ、覚《さ》めなければ夢《ゆめ》ではなからう。何時《いつ》か聞《き》いた事《こと》がある、狂人《きちがひ》と真人間《まにんげん》は、唯時間《たゞじかん》の長短《ちやうたん》だけのもので、風《かぜ》が立《た》つと時々《ときぐ》波《なみ》が荒《あ》れるやうに、誰《だれ》でも一寸《ちよい》々々《〳〵》は狂気《きちがひ》だけれど、直《す》ぐ、凪《な》ぎになつて、のたり〳〵かなで済《す》む。もしそれが静《しづ》まらないと、浮世《うきよ》の波《なみ》に乗《の》つかつてる我《われ》々《〳〵》、ふら〳〵と脳《なう》が揺《ゆ》れる、木静《きしづ》まらんと欲《ほつ》すれども風《かぜ》やまずと来《き》た日《ひ》にや、船《ふね》に酔《ゑ》ふ、其《そ》の浮世《うきよ》の波《なみ》に浮《うか》んだ船《ふね》に酔《ゑ》ふのが、立処《たちどころ》に狂人《きちがひ》なんだと。危険《けんのん》々々《〳〵》。

ト来《き》た日《ひ》にや夢《ゆめ》も又同一《またおんなじ》だらう。目《め》が覚《さ》めるから、夢《ゆめ》だけれど、いつまでも覚《さ》めなけりや、夢《ゆめ》ぢやあるまい。夢《ゆめ》にならの恋人《こひゞと》に逢《あ》へると極《きま》れば、こりや一層《いつそ》夢《ゆめ》にして了《しま》つて、世間《せけん》で、誰其《たれそれ》は？　と尋《たづ》ねた時《とき》、はい、とか何《な》んとか言《い》つて、蝶《てふ》々《〳〵》二《ふた》つで、ひら〳〵なんぞは悟《さと》つたものだ。

庵室《あんじつ》の客人《きやくじん》なんざ、今聞《いまき》いたやうだと、夢《ゆめ》てふものを頼《たの》み切《き》りにしたのかな。」

と考《かんが》へが道草《みちくさ》の蝶《てふ》に誘《さそ》はれて、ふは〳〵と玉《たま》の緒《を》が菜《な》の花《はな》ぞひに伸《の》びた処《ところ》を、風《かぜ》もないのに、颯《さつ》とばかり、横合《よこあひ》から雪《ゆき》の腕《かひな》、緋《ひ》の襟《えり》で、つと爪尖《つまさき》を反《そ》らして足《あし》を踏伸《ふみの》ばした姿《すがた》が、真黒《まつくろ》な馬《うま》に乗《の》つて、蒼空《あをぞら》を飜然《ひらり》と飛《と》び、帽子《ばうし》の廂《ひさし》を掠《かす》めるばかり、大波《おほなみ》を乗《の》つて、一跨《ひとまた》ぎに紅《くれなゐ》の虹《にじ》を躍《をど》り越《こ》えたものがある。

はたと、これに空想《くうさう》の前途《ゆくて》を遮《さへぎ》られて、驚《おどろ》いて心付《こゝろづ》くと、赤棟蛇《やまかゞし》のあとを過《す》ぎて、機《はた》を織《お》る婦人《をんな》の小家《こいへ》も通《とほ》り越《こ》して居《ゐ》たのであつた。

音《おと》はと思《おも》ふに、きりはたりする声《こゑ》は聞《きこ》えず、山越《やまご》えた停車場《ステイシヨン》の笛太鼓《ふえたいこ》、大《おほ》きな時計《とけい》のセコンドの如《ごと》く、胸《むね》に響《ひゞ》いてトンと鳴《な》る。

筋向《すぢむか》ひの垣根《かきね》の際《きは》に、此方《こなた》を待《ま》ち受《う》けたものらしい、鍬《くは》を杖《つ》いて立《た》つて、莞爾《にこ》ついて、のつそりと親仁《おやぢ》あり。

「はあ、もし今帰《いまかへ》らせえますかね。」

「や、先刻《せんこく》は。」

## 二十五

其《そ》の莞爾《にこ》〳〵の顔《かほ》のまゝ、鍬《くは》を離《はな》した手《て》を揉《も》んで、

「何《な》んともハイ御《ご》しんせつに言《い》はつせえて下《くだ》せえやして、お庇様《かげさま》で、私《わし》、えれえ手柄《てがら》して礼《れい》を聞《き》いたでござりやすよ。」

「別《べつ》に迷惑《めいわく》にもならなかつたかい。」

と悠々《いう〳〵》として云《い》つた時《とき》、少《すく》なからず風采《ふうさい》が立上《たちあが》つて見《み》えた。勿論《もちろん》、対手《あひて》は件《くだん》の親仁《おやぢ》だけれど。

「迷惑処《めいわくどころ》ではござりましねえ、かさね〴〵礼《れい》を言《い》はれて、私大《わしでつか》く難有《ありがた》がられました。」

「ぢや、むだにならなかつたかい、お前《まへ》さんが始末《しまつ》をしたんだね。」

「竹《たけ》ン尖《さき》で圧《おさ》へつけてハイ、山《やま》の根《ね》つこさ藪《やぶ》の中《なか》へ棄《す》てたでごぜえます。女中《ぢよちう》たちが殺《ころ》すなと言《い》ふけえ。」

「その方《はう》が心持《こゝろもち》が可《い》い、命《いのち》を取《と》つたんだと、そんなにせずともの事《こと》を、私《わたし》が訴人《そにん》したんだから、怨《うら》みがあれば、此方《こつち》へ取付《とつゝ》くかも分《わか》らずさ。」

「はゝはゝ、旦那様《だんなさま》の前《まへ》だが、矢張《やつぱり》お好《す》きではねえでがすな。奥《おく》に居《ゐ》た女中《ぢよちう》は、蛇《へび》がと聞《き》いたゞけでアレソレ打騒《ぶつさわ》いで戸障子《としやうじ》へ当《あた》つたゞよ。

私《わしま》先づ庭口《にはぐち》から入《はひ》つて、其処《そこ》さ縁側《えんがは》で案内《あんねえ》して、それから台所口《だいどころぐち》に行《い》つて彼方此方《あつちこつち》探索《たんさく》のした処《ところ》、何《なに》が、お

前様御《まへさまご》勘考《かんかう》さ違《ちが》はねえ、湯殿《ゆどの》の西《にし》の隅《すみ》に、べいら〳〵舌《した》さあ吐《は》いとるだ。

思《おも》つたより大《でつか》うがした。

畜生《ちくしやう》め。われさ行水《ぎやうずゐ》するだら蛙飛込《かへるとびこ》む古池《ふるいけ》と云《い》ふへ行《い》けさ。化粧部屋《けしやうべや》覗《のぞ》きをつて白粉《おしろい》つけてどうしるだい。白鷺《しらさぎ》にでも押惚《おつぼ》れたかと、ぐいとなやして動《うご》かさねえ。どうしべいな、長《なが》アくして思案《しあん》のして居《ゐ》りや、遠《とほ》くから足《あし》の尖《さき》を爪立《つまだ》つて、お殺《ころ》しでない、打棄《うつちや》つておくれ、御新姐《ごしんぞ》は病気《びやうき》のせゐで物事《ものごと》気にしてなんねえから、と女中《ぢよちう》たちが口《くち》を揃《そろ》へて云《い》ふもんだでね、藝《げえ》もねえ、殺生《せつしやう》するにや当《あた》らねえでがすから、藪畳《やぶだた》みへ潜《もぐ》らして退《の》けました。

御新姐《ごしんぞ》は、気分《きぶん》が勝《すぐ》れねえとつて、二階《にかい》に寝《ね》てござらしけえ。

今《いま》しがた小雨《こさめ》が降《ふ》つて、お天気《てんき》が上《あが》ると、お前様《めえさま》、雨《あめ》よりは大《おほ》きい紅色《べにいろ》の露《つゆ》がぽつたり〳〵する、あの桃《もゝ》の木《き》の下《した》の許《とこ》さ、背戸口《せとぐち》から御新姐《ごしんぞ》が、紫色《むらさきいろ》の蝙蝠傘《かうもりがさ》さして出《で》てござつて、（爺《ぢい》やさん、今《いま》ほどは難有《ありがた》う。其《そ》の厭《いや》なものゝ居《ゐ》た事《こと》を、通《とほ》りがかりに知《し》らして下《くだ》すつたお方《かた》は、巌殿《いはど》の方《はう》へおいでなすつたと云《い》ふが、未《ま》だお帰《かへ》りになつた様子《やうす》はないかい。）ツて聞《き》かしつた。

（どうだかね、私《わし》、内方《うちかた》へ参《まゐ》つたは些《ちイ》との間《ま》だし、雨《あめ》に駈出《かけだ》しても来《き》さつしやらねえもんだで、未《ま》だ帰《かへ》らつしやらねえでごぜえませう。

それとも身軽《みがる》でハイづん〳〵行《い》かつせえたもんだで、山越《やまご》しに名越《なごえ》の方《はう》さ出《だ》さつしやつたかも知《し》れましねえ。）言《い》うたらばの。

（お見上《みあ》げ申《まを》したら、よくお礼《れい》を申《まを》して下《くだ》さいよ。）ツてよ。

其《そ》の溝《みぞ》さ飛越《とびこ》して、其路《そのみち》を、」

垣《かき》の外《そと》の此方《こなた》と同一通筋《おんなじとほりすぢ》。

「ハイぶらり〳〵、谷戸《やと》の方《はう》へ、行《い》かしつけえ。」

と言《い》ひかけて身体《からだ》ごと、此《こ》の巌殿《いはど》から橿原《かしはゞら》へ出口《でぐち》の方《はう》へ振向《ふりむ》いた。身《み》の挙動《こなし》が仰山《ぎやうさん》で、然《さ》も用《よう》ありげな素振《そぶり》だつたので、散策子《さんさくし》もおなじく其方《そなた》を。……帰途《かへるさ》の渠《かれ》には恰《あたか》も前途《ゆくて》に当《あた》る。

「それ見《み》えるでがさ。の、彼処《あすこ》さ土手《どて》の上《うへ》にござらつしやる。」

錦《にしき》の帯《おび》を解《と》いた様《やう》な、媚《なま》めかしい草《くさ》の上《うへ》、雨《あめ》のあとの薄霞《うすがすみ》、山《やま》の裙《すそ》に靉靆《たなび》く中《うち》に一張《いつちやう》の紫《むらさき》大《おほ》きさ月輪《げつりん》の如《ごと》く、はた菫《すみれ》の花束《はなたば》に似《に》たるあり。紫羅傘《しらさん》と書《か》いていちはちの花《はな》、字《じ》の通《とほ》りだと、それ美人《びじん》の持物《もちもの》。

散策子《さんさくし》は一目《ひとめ》見《み》て、早《はや》く既《すで》に其《そ》の霞《かすみ》の端《はし》の、ひた〳〵と来《き》て膚《はだ》に絡《まと》ふのを覚《おぼ》えた。

彼処《かしこ》と此方《こなた》と、言《い》ひ知《し》らぬ、春《はる》の景色《けしき》の繋《つな》がる中《なか》へ、蕨《わらび》のやうな親仁《おやぢ》の手《て》、無骨《ぶこつ》な指《ゆび》で指《ゆびさし》して、

「彼処《あすこ》さ、それ、傘《かさ》の陰《かげ》に憩《やす》んでござる。はゝはゝ、礼《れい》を聞《き》かつせえ、待《ま》つてるだに。」

## 二十六

横《よこ》に落《おと》した紫《むらさき》の傘《かさ》には、あの紫苑《しをん》に来《く》る、黄金色《こがねいろ》の昆虫《こんちう》の翼《つばさ》の如《ごと》き、煌々《きら〳〵》した日《ひ》の光《ひかり》が射込《いこ》んで、草《くさ》に輝《かゞや》くばかりに見《み》える。

其《そ》の蔭《かげ》から、しなやかな裳《もすそ》が、土手《どて》の翠《みどり》を左右《さいう》へ残《のこ》して、線《せん》もなしに、よろけ縞《じま》のお召縮緬《めしちりめん》で、嬌態《しな》よく仕《し》切つたが、油《あぶら》のやうにとろりとした、雨《あめ》のあとの路《みち》との間《あひだ》、あるかなしに、細《ほそ》い褄先《つまさき》が柔《やはら》かくしつとりと、内《うち》端《は》に掻込《かいこ》んだ足袋《たび》で留《と》まつて、其処《そこ》から襦袢《じゆばん》の友染《いうぜん》が、豊《ゆた》かに膝《ひざ》まで捌《さば》かれた。雪駄《せつた》は一《ひと》ツ土《つち》に脱《ぬ》いで、片足《かたあし》はしなやかに、草《くさ》に曲《ま》げて居《ゐ》るのである。

前《まへ》を通《とほ》らうとして、我《われ》にもあらず立淀《たちよど》んだ。散策子《さんさくし》は、下《げ》衆儕《しうばら》と賭物《かけもの》して、鬼《おに》が出《で》る宇治橋《うぢばし》の夕暮《ゆふぐれ》を、唯一《たゞいつ》騎《き》、東《ひがし》へ打《う》たする思《おもひ》がした。

恁《か》く近《ちか》づいた跫音《あしおと》は、件《くだん》の紫《むらさき》の傘《かさ》を小楯《こだて》に、土手《どて》へかけて悠然《いうぜん》と朧《おぼろげ》に投《な》げた、艶《えん》にして凄《すご》い緋《ひ》の袴《はかま》に、小波《さゞなみ》寄《よ》する微《かすか》な響《ひゞ》きさへ与《あた》へなかつたにもかゝはらず、此方《こなた》は一《ひと》ツ胴震《どうぶる》ひをして、立直《たちなほ》つて、我知《われし》らず肩《かた》を聳《そび》やかすと、杖《ステツキ》をぐいと振《ふ》つて、九字《くじ》を切《き》りかけて、束々《つかく》と通《とほ》つた。

路《みち》は、あはれ、鬼《おに》の脱《ぬ》いだ其《そ》の沓《くつ》を跨《また》がねばならぬほど狭《せま》いので、心《こゝろ》から、一方《いつぱう》は海《うみ》の方《かた》へ、一方《いつぱう》は橿原《かしはゞら》の山里《やまざと》へ、一方《いつぱう》は来《こ》し方《かた》の巌殿《いはど》になる、久能谷《くのや》の此《こ》の出口《でぐち》は、恰《あたか》も、ものゝ撞木《しゆもく》の形《なり》。前《まへ》は一面《いちめん》の麦畠《むぎばたけ》。正面《しやうめん》に、青麦《あをむぎ》に対《たい》した時《とき》、散策子《さんさくし》の面《おもて》は恰《あたか》も酔《ゑ》へるが如《ごと》きものであつた。

南無《なむ》三宝声《さんばうこゑ》がかゝつた。それ、言《い》はぬことではない。

「…………」

一散《いつさん》に遁《に》げもならず、立停《たちど》まつた渠《かれ》は、馬《うま》の尾《を》に油《あぶら》を塗《ぬ》つて置《お》いて、鷲摑《わしづか》みの掌《たなぞこ》を辷《すべ》り抜《ぬ》けなんだを口惜《くちをし》く思《おも》つたらう。

「私《わたし》。」

と振返《ふりかへ》つて、

「ですかい、」と言《い》ひつゝ一目《ひとめ》見《み》たのは、頭禿《かしらかむろ》に歯《は》豁《あらは》なるものではなく、日《ひ》の光射《ひかりさ》す紫《むらさき》のかげを籠《こ》めた俤《おもかげ》は、虚空《こくう》几帳《きちやう》に宿《やど》る月《つき》の影《かげ》、雲《くも》の鬢《びんづら》、簪《かんざし》の星《ほし》、丹花《たんくわ》の脣《くちびる》、芙蓉《ふよう》の眦《まなじり》、柳《やなぎ》の腰《こし》を草《くさ》に縋《すが》つて、鼓草《たんぽゝ》の花《はな》に浮《うか》べる状《さま》、虚空《こくう》にかゝつた装《よそほひ》である。

白魚《しらを》のやうな指《ゆび》が、一寸《ちよいと》、紫紺《しこん》の半襟《はんえり》を引《ひ》き合《あ》はせると、美《うつく》しい瞳《ひとみ》が動《うご》いて、

「失礼《しつれい》を……」

と唯莞爾《たゞにつこり》する。

「はあ、」と言《い》つた切《きり》、腰《こし》のまはり、遁《に》げ路《みち》を見《み》て置《お》くのである。

「貴下《あなた》お呼《よ》び留《と》め申《まを》しまして、」

とふつくりとした胸《むね》を上《あ》げると、やゝ凭《もた》れかゝつて土手《どて》に寝《ね》るやうにして居《ゐ》た姿《すがた》を前《まへ》へ。

「はあ、何《なに》、」

真正直《ましやうぢき》な顔《かほ》をして、

「私《わたし》ですか、」と空《そら》とぼける。

「貴下《あなた》のやうなお姿《すがた》だ、と聞《き》きましてございます。先刻《せんこく》は、真《まこと》に御《ご》心配下《しんぱいくだ》さいまして、」

徐《やを》ら、雪《ゆき》のやうな白足袋《しろたび》で、脱《ぬ》ぎ棄《す》てた雪駄《せつた》を引寄《ひきよ》せた時《とき》、友染《いうぜん》は一層《いつそう》はら〳〵と、模様《もやう》の花《はな》が俤《おもかげ》に立《た》つて、ぱツと留南奇《とめき》の薫《かをり》がする。

美女《たをやめ》は立直《たちなほ》つて、

「お蔭様《かげさま》で災難《さいなん》を、」

と襟首《えりくび》を見《み》せてつむりを下《さ》げた。

爾時《そのとき》独武者《ひとりむしや》、杖《ステツキ》をわきばさみ、兜《かぶと》を脱《ぬ》いで、

「えゝ、何《な》んですかな、」と曖昧《あいまい》。

美女《たをやめ》は親《した》しげに笑《わら》ひかけて。

「ほゝ、私《わたし》は最《も》う災難《さいなん》と申《まを》します。災難《さいなん》ですわ、貴下《あなた》。彼《あれ》が座敷《ざしき》へでも入《はひ》りますか、知《し》らないで居《ゐ》て御覧《ごらん》なさいまし、当分家《たうぶんうち》を明渡《あけわた》して、何処《どこ》かへ参《まゐ》らなければなりませんの。真個《ほんたう》に然《さ》うなりましたら、どうしませう。お庇様《かげさま》で助《たすか》りましてございますよ。難有《ありがた》う存《ぞん》じます。」

「それにしても、私《わたし》と極《き》めたのは、」

と思《おも》ふことが思《おも》はず口《くち》へ出《で》た。

是《これ》は些《ち》と調子《てうし》はづれだつたので、聞《き》き返《かへ》すやうに、

「えゝ、」

## 二十七

「先刻《さつき》の、あの青大将《あをだいしやう》の事《こと》なんでせう。それにしても、よく私《わたし》だと云《い》ふのが分《わか》りましたね、驚《おどろ》きました。」

と棄鞭《すてむち》の遁構《にげがま》へで、駒《こま》の頭《かしら》を立直《たてなほ》すと、なほ打笑《うちゑ》み、

「そりや知《し》れますわ。こんな田舎《ゐなか》ですもの。而《そ》して御覧《ごらん》の通《とほ》り、人通《ひとゞほ》りのない処《ところ》ぢやありませんか。貴下《あなた》のやうな方《かた》の出入《ではひり》は、今朝《けさ》ツからお一人《ひとり》しかありませんもの。丁《ちやん》と存《ぞん》じて居《を》りますよ。」

「では、あの爺《ぢい》さんにお聞《き》きなすつて、」

「否《いゝえ》、私《わたし》ども石垣《いしがき》の前《まへ》をお通《とほ》りがかりの時《とき》、二階《にかい》から拝《をが》みました。」

「ぢやあ、私《わたし》が青大将《あをだいしやう》を見《み》た時《とき》に、」

「貴下《あなた》のお姿《すがた》が楯《たて》におなり下《くだ》さいましたから、爾時《そのとき》も、厭《いや》なものを見《み》ないで済《す》みました。」

と少《すこ》し打傾《うちかたむ》いて懐《なつか》しさう。

「ですが、貴女《あなた》、」とうつかりいふ、

「はい？」

と促《うな》がすやうに言《い》ひかけられて、ハタと行詰《ゆきつま》つたらしく、杖《ステツキ》をコツ〳〵と瞬《またゝき》一《ひと》ツ、脣《くちびる》を引緊《ひきし》めた。

追《お》つかけて、

「何《な》んでございますか、聞《き》かして頂戴《ちやうだい》。」

と婉然《ゑんぜん》とする。

慌《あわ》て気味に狼狽《まご》つきながら、

「貴女《あなた》は、貴女《あなた》は気分《きぶん》が悪《わる》くつて寝《ね》ていらつしやるんだ、と云《い》ふぢやありませんか。」

「あら、こんなに甲羅《かふら》を干《ほ》して居《を》りますものを。」

「へい、」と、綱《つな》は目《め》を瞬《みは》つて、あゝ、我《われ》ながらまづいことを言《い》つた顔色《がんしよく》。

美女《たをやめ》は其《そ》の顔《かほ》を差覗《さしのぞ》く風情《ふぜい》して、瞳《ひとみ》を斜《なゝ》めに衝《つ》と流《なが》しながら、華奢《きやしや》な掌《たなぞこ》を軽《かる》く頬《ほゝ》に当《あ》てると、紅《くれなゐ》がひらりと搦《から》む、腕《かひな》の雪《ゆき》を払《はら》ふ音《おと》、さら〳〵と衣摺《きぬず》れして、

「真個《まつたく》は、寝《ね》て居《ゐ》ましたの……」

「何《な》んですツて、」

と苦笑《にがわらひ》。

「でも爾時《そのとき》は寝《ね》て居《ゐ》やしませんの。貴下《あなた》起《お》きて居《ゐ》たんですよ。あら、」

と稍《やゝ》調子《てうし》高《だか》に、

「何《なに》を言《い》つてるんだか分《わか》らないわねえ。」

馴《なれ》〳〵しく云《い》ふと、急《きふ》に胸《むね》を反《そ》らして、すツきりとした耳許《みゝもと》を見《み》せながら、顔《かほ》を反向《そむ》けて俯向《うつむ》いたが、其《その》まゝ身体《からだ》の平均《へいきん》を保《たも》つやうに、片足《かたあし》をうしろへ引《ひ》いて、立直《たちなほ》つて、

「否《いゝえ》、寝《ね》て居《ゐ》たんぢやなかつたんですけども、貴下《あなた》のお姿《すがた》を拝《をが》みますと、急《きふ》に心持《こゝろもち》が悪《わる》くなつて、それから寝《ね》たんです。」

「これは酷《ひど》い、酷《ひど》いよ、貴女《あなた》は。」

棄《す》て身《み》に衝《つ》と寄《よ》り進《すゝ》んで、

「ぢや青大将《あをだいしやう》の方《はう》が増《まし》だつたんだ。だのに、態々《わざ〳〵》呼留《よびと》めて、災難《さいなん》を免《のが》れたとまで事《こと》を誇大《こだい》にして、礼《れい》なんぞ

おつしやつて、元来《ぐわんらい》、私《わたし》は余計《よけい》なお世話《せわ》だと思《おも》つて、御婦人《ごふじん》ばかりの御住居《おすまひ》だと聞《き》いたにつけても、愈々《いよ〱》極《きまり》が悪《わる》くつて、此処《こゝ》だつて、貴女《あなた》、こそ〱遁《に》げて通《とほ》らうとしたんぢやありませんか。それを大袈裟《おほげさ》に礼《れい》を言《い》つて、極《きまり》を悪《わる》がらせた上《うへ》に、姿《すがた》とは何事《なにごと》です。幽霊《いうれい》ぢやあるまいし、心持《こゝろもち》を悪《わる》くする姿《すがた》と云《い》ふがありますか。図体《づうたい》とか、状《さま》とか云《い》ふものですよ。其《そ》の私《わたし》の図体《づうたい》を見《み》て、心持《こゝろもち》が悪《わる》くなつたは些《ち》と烈《はげ》しい。それがために寝《ね》たは、残《ざん》酷《こく》ぢやありませんか。

　要《い》らんおせつかいを申上《まをしあ》げたのが、見苦《みぐる》しかつたら然《さ》うおつしやい。此《この》お関所《せきしよ》をあやまつて通《とほ》して頂《いたゞ》く——勧進帳《くわんじんちやう》でも読《よ》みませうか。それでいけなけりや仕方《しかた》がない。元《もと》の巌殿《いはど》へ引返《ひつかへ》して、山越《やまごえ》で出奔《しゆつぽん》する分《ぶん》の事《こと》です。」

　と逆寄《さかよ》せの決心《けつしん》で、然《さ》う言《い》つたのをキツカケに、どかと土手《どて》の草《くさ》へ腰《こし》をかけたつもりの処《ところ》、負《ま》けまい気《き》の、魔《ま》ものゝ顔《かほ》を見詰《みつ》めて居《ゐ》たので、横《よこ》ざまに落《おと》しつける筈《はず》の腰《こし》が据《すわ》らず、床凡《しやうぎ》を辷《すべ》つて、ずるりと大地《だいち》へ。

「あら、お危《あぶな》い。」

と云《い》ふが早《はや》いか、眩《まばゆ》いばかり目《め》の前《まへ》へ、霞《かすみ》を抜《ぬ》けた極彩色《ごくさいしき》。さそくに友染《いうぜん》の膝《ひざ》を乱《みだ》して、繕《つくろ》ひもなくはらりと折敷《をりし》き、片手《かたて》が踏《ふ》み抜《ぬ》いた下駄《げた》一《ひと》ツ前壺《まへつぼ》を押《お》して寄越《よこ》すと、扶《たす》け起《おこ》すつもりであらう、片手《かたて》が薄色《うすいろ》の手巾《はんけち》ごと、ひらめいて芬《ぷん》と薫《かを》つて、優《やさ》しく男《をとこ》の背《そびら》にかゝつた。

二十八

南無観世音大菩薩《なむくわんぜおんだいぼさつ》……助《たす》けさせたまへと、散策子《さんさくし》は心《こゝろ》の裏《うち》、陣備《ぢんぞなへ》も身構《みがまへ》もこれにて粉《こな》になる。

「お足袋《たび》が泥《どろ》だらけになりました、直《ぢ》き其処《そこ》でござんすから、一寸《ちよいと》おいすがせ申《まを》しませう。お脱《ぬ》ぎ遊《あそ》ばせな。」

と指《ゆび》をかけようとする爪尖《つまさき》を、慌《あわたゞ》しく引込《ひつこ》ませるを拍子《ひやうし》に、体《たい》を引《ひ》いて、今度《こんど》は大丈夫《だいぢやうぶ》に、背中《せなか》を土手《どて》へ寝《ね》るばかり、ばたりと腰《こし》を懸《か》ける。暖《あたゝか》い草《くさ》が、ちりげもとで赫《くわつ》とほてつて、汗《あせ》びつしより、まつかな顔《かほ》をして且《か》つ目《め》をきよろつかせながら、

「構《かま》はんです、構《かま》はんです、こんな足袋《たび》なんぞ。」

ヤレ又落語《またらくご》の前座《ぜんざ》が言《い》ひさうなことを、とヒヤリとして、漸《やつ》と瞳《ひとみ》を定《さだ》めて見《み》ると、美女《たをやめ》は刎飛《はねと》んだ杖《ステツキ》を拾《ひろ》つて、しなやかに両手《りやうて》でついて、悠々《いうく》と立《た》つて居《ゐ》る。

羽織《はおり》なしの引《ひつ》かけ帯《おび》、ゆるやかな袷《あはせ》の着《き》こなしが、いまの身《み》じろぎで、片前下《かたまへさが》りに友染《いうぜん》の紅《くれなゐ》匂《にほ》ひこぼれて、水色縮緬《みづいろちりめん》の扱帯《しごき》の端《はし》、やゝずり下《さが》つた風情《ふぜい》さへ、杖《ステツキ》には似合《にあ》はないだけ、恰《あたか》も人質《ひとじち》に取《と》られた形《かたち》——可哀《かはい》や、お主《しゆう》の身《み》がはりに、恋《こひ》の重荷《おもに》でへし折《を》れよう。

「真個《ほんと》に済《す》みませんでした。」

又候先《またぞろせん》を越《こ》して、

「私《わたし》、どうしたら可《い》いでせう。」

と思《おも》ひ案《あん》ずる目《め》を半《なか》ば閉《と》ぢて、屈託《くつたく》らしく、盲目《めくら》が歎息《たんそく》をするやうに、ものあはれな装《よそほひ》して、

「うつかり飛《と》んだ事《こと》を申上《まをしあ》げて、私《わたし》、そんなつもりで言《い》つたんぢやありませんわ。貴下《あなた》のお姿《すがた》を見《み》て、それから心持《こゝろもち》が悪《わる》くなりましたつて、言通《ことばどほ》りの事《こと》が、もし真個《まつたく》なら、どうして口《くち》へ出《だ》して言《い》へますもんですか。貴下《あなた》のお姿《すがた》を見《み》て、それから心持《こゝろもち》が悪《わる》く……」

再《ふたゝ》び口《くち》の裏《うち》で繰返《くりかへ》して見《み》て、

「おほゝ、まあ、大概《たいがい》お察《さつ》し遊《あそ》ばして下《くだ》さいましなね。」

と楽《らく》にさし寄《よ》つて、袖《そで》を土手《どて》へ敷《し》いて凭《もた》れるやうにして並《なら》べた。春《はる》の草《くさ》は、其肩《そのかた》あたりを翠《みどり》に仕切《しき》つて、

二人《ふたり》の裾《すそ》は、足許《あしもと》なる麦畠《むぎばたけ》に臨《のぞ》んだのである。

「然《さ》う云《い》ふつもりで申上《まをしあ》げたんでござんせんことは、よく分《わか》つてますぢやありませんか。」

「はい、」

「ね、貴下《あなた》、」

「はい、」

と無意味《むいみ》に合点《がつてん》して頷《うなづ》くと、未《ま》だ心《こゝろ》が済《す》まぬらしく、

「言《ことば》とがめをなすつてさ、真個《ほんと》にお人《ひと》が悪《わる》いよ。」

と異《おつ》に搦《から》む。

聊《いさゝ》か弁《べん》ぜざるべからず、と横《よこ》に見向《みむ》いて、

「人《ひと》の悪《わる》いのは貴女《あなた》でせう。私《わたし》は何《なに》も言《ことば》とがめなんぞした覚《おぼ》えはない。心持《こゝろもち》が悪《わる》いとおつしやるからおつしやる通《とほ》りに伺《うかゞ》ひました。」

「そして、腹《はら》をお立《た》てなすつたんですもの。」

「否《いや》、恐縮《きようしゆく》をしたまでゞす。」

「其処《そこ》は貴下《あなた》、お察《さつ》し遊《あそ》ばして下《くだ》さる処《ところ》ぢやありませんか。言《ことば》の綾《あや》もございますわ。朝顔《あさがほ》の葉《は》を御覧《ごらん》なさいまし、表《おもて》はあんなに薄《うす》つぺらなもんですが、裏《うら》はふつくりして居《を》りますもの……裏《うら》を聞《き》いて下《くだ》さいよ。」

「裏《うら》だと……お待《ま》ちなさいよ。」

えゝ、といきつぎに目《め》を瞑《ねむ》つて、仰向《あをむ》いて一呼吸《ひといき》ついて、

「心持《こゝろもち》が悪《わる》くなつた反対《はんたい》なんだから、私《わたし》の姿《すがた》を見《み》ると、それから心持《こゝろもち》が善《よ》くなつた――事《こと》になる――可《い》い加《か》

減《げん》になさい、馬鹿《ばか》になすつて、」

と極《き》めつける。但《たゞ》し笑《わら》ひながら。

清《すゞ》しい目《め》で屹《きつ》と見《み》て、

「むづかしいのね？　どう言《い》へば恁《か》うおつしやつて、貴下《あなた》、弱《よわ》いものをおいぢめ遊《あそ》ばすもんぢやないわ。私《わたし》は煩《わづら》つて居《ゐ》るんぢやありませんか。」

草《くさ》に手《て》をついて膝《ひざ》をずらし、

「お聞《き》きなさいましよ、まあ、」

と恍惚《うつとり》したやうに笑《ゑみ》を含《ふく》む口許《くちもと》は、鉄漿《かね》をつけて居《ゐ》はしまいかと思《おも》はれるほど、婀娜《あだ》めいたものであつた。

「まあ、私《わたし》に、恋《こひ》しい懐《なつか》しい方《かた》があるとしませうね。可《よ》うござんすか……」

## 二十九

「恋《こひ》しい懐《なつか》しい方《かた》があつて、そしてどうしても逢《あ》へないで、夜《よる》も寐《ね》られないほどに思《おも》ひ詰《つ》めて、心《こゝろ》も乱《みだ》れゝば気《き》も狂《くる》ひさうになつて居《を》りますものが、せめて肖《に》たお方《かた》でもと思《おも》ふのに、此頃《このごろ》は恁《か》うやつて此処等《こゝら》には東《とう》京《きやう》からおいでなすつたらしいのも見《み》えません処《ところ》へ、何年《なんねん》ぶりか、幾月越《いくつきごし》か、フト然《さ》うらしい、肖《に》た姿《すがた》をお見受《みう》け申《まを》したとしましたら、貴下《あなた》、」

と手許《てもと》に丈《たけ》のびた影《かげ》のある、土筆《つくし》の根《ね》を摘《つ》み試《こゝろ》み、

「爾時《そのとき》は……、而《そ》して何《な》んですか、切《せつ》なくつて、あとで臥《ふせ》つたと申《まを》しますのに、爾時《そのとき》は、どんな心持《こゝろもち》でと言《い》つて可《い》いのでございませうね。

矢張《やつぱり》、あの、厭《いや》な心持《こゝろもち》になつて、と云《い》ふほかはないではありませんか。それを申《まを》したんでございますよ。」

一言《いちごん》もなく……しばらくして、

「ぢや、然《さ》う云《い》ふ方《かた》がおあんなさるんですね、」と僅《わづか》に一方《いつぱう》へ切抜《きりぬ》けようとした。

「御存《ごぞん》じの癖《くせ》に。」

と、伏兵大《ふくへいおほ》いに起《おこ》る。

「えゝ、」

「御存《ごぞん》じの癖《くせ》に。」

「今《いま》お目《め》にかゝつたばかり、お名《な》も何《なに》も存《ぞん》じませんのに、どうしてそんな事《こと》が分《わか》ります。」

うたゝ寐《ね》に恋《こひ》しき人《ひと》を見《み》てしより、其《そ》の、みを、と云《い》ふ名《な》も知《し》らぬではなかつたけれども、夢《ゆめ》のいはれも聞《き》きたさに。

「それでも、私《わたし》が気疾《きやみ》をして居《を》ります事《こと》を御存《ごぞん》じのやうでしたわ。先刻《さつき》、」

「それは、何《なに》、あの畑打《はたう》ちの爺《ぢい》さんが、蛇《へび》をつかまへに行《い》つた時《とき》に、貴女《あなた》はお二階《にかい》に、と言《い》つて、一寸御様《ちよつとごやう》子《す》を漏《も》らしたゞけです。それも唯御気分《たゞごきぶん》が悪《わる》いとだけ。

私《わたし》の形《かたち》を見《み》て、お心持《こゝろもち》が悪《わる》くなつたなんぞつて事《こと》は、些《ちつ》とも話《はな》しませんから、知《し》らう道理《だうり》はないのです。但《たゞ》礼《れい》をおつしやるかも知《し》れんと云《い》ふから、其奴《そいつ》は困《こま》つたと思《おも》ひましたけれども、此処《こゝ》を通《とほ》らないぢや帰《かへ》られませんもんですから。恁《か》うと分《わか》つたら穴《あな》へでも入《はひ》るんだつけ。お目《め》にかゝるのぢやなかつたんです。しかし私《わたし》が知《し》らないで、二階《にかい》から御覧《ごらん》なすつただけは、そりや仕方《しかた》がない。」

「まだ、あんな事《こと》をおつしやるよ。然《さ》うお疑《うたが》ひなさるんなら申《まを》しませう。貴下《あなた》、此《こ》のまあ麗《うらゝ》かな、樹《き》も、草《くさ》も、血《ち》があれば湧《わ》くんでせう。朱《しゆ》の色《いろ》した日《ひ》の光《ひかり》にほか〳〵と、土《つち》も人膚《ひとはだ》のやうに暖《あたゝか》うござんす。竹《たけ》があつても暗《くら》くなく、花《はな》に陰《かげ》もありません。燃《も》えるやうにちら〳〵咲《さ》いて、水《みづ》へ散《ち》つても朱塗《しゆぬり》の杯《さかづき》になつてゆる〳〵流《なが》れませう。海《うみ》も真蒼《まつさを》な酒《さけ》のやうで、空《そら》は、」

と白《しろ》い掌《たなそこ》を、膝《ひざ》に仰向《あをむ》けて打仰《うちあふ》ぎ、

「緑《みどり》の油《あぶら》のやう。とろ〳〵と、曇《くもり》もないのに淀《よど》んで居《ゐ》て、夢《ゆめ》を見《み》ないかと勧《すゝ》めるやうですわ。山《やま》の形《かたち》も柔《やはら》かな天鵞絨《びろうど》の、ふつくりした括枕《くゝりまくら》に似《に》て居《ゐ》ます。其方此方《そちこち》陽炎《かげろふ》や、糸遊《いとゆふ》がたきしめた濃《こ》いたきものゝやうに靡《なび》くでせう。雲雀《ひばり》は鳴《な》かうとして居《ゐ》るんでせう。鶯《うぐひす》が、遠《とほ》くの方《はう》で、低《ひく》い処《ところ》で、此方《こちら》にも里《さと》がある、楽《たの》しいよ、と鳴《な》いて居《ゐ》ます。何不足《なにふそく》のない、申分《まをしぶん》のない、目《め》を瞑《ねむ》れば直《す》ぐにうと〳〵と夢《ゆめ》を見《み》ますやうな、此《こ》の春《はる》の日中《ひなか》なんでございますがね、貴下《あなた》、これをどうお考《かんが》へなさいますえ。」

「どうと言《い》つて、」

と言《ことば》に連《つ》れられた春《はる》の其《そ》の日中《ひなか》から、瞳《ひとみ》を美女《たをやめ》の姿《すがた》にかへした。

「貴下《あなた》は、どんなお心持《こゝろもち》がなさいますえ、」

「…………」

「お楽《たのし》みですか。」

「はあ、」

「お嬉《うれ》しうございますか。」

「はあ、」

「お賑《にぎや》かでございますか。」

「貴女《あなた》は？」

「私《わたし》は心持《こゝろもち》が悪《わる》いんでございます、丁《ちやう》ど貴下《あなた》のお姿《すがた》を拝《をが》みました時《とき》のやうに、」

と言《い》ひかけて吻《ほ》と小《ちひ》さないき、人質《ひとじち》の彼《か》の杖《ステツキ》を、斜《なゝ》めに両手《りやうて》で膝《ひざ》へ取《と》つた。情《なさけ》の海《うみ》に棹《さをさ》す姿《すがた》。思《おも》はず腕組《うでぐみ》をして熟《ぢつ》と見《み》る。

## 三十

「此《こ》の春《はる》の日《ひ》の日中《ひなか》の心持《こゝろもち》を申《まを》しますのは、夢《ゆめ》をお話《はな》しするやうで、何《な》んとも口《くち》へ出《だ》しては言《い》へませんのね。何《ど》うでせう、此《こ》のしんとして寂《さび》しいことは。矢張《やつぱり》、夢《ゆめ》に賑《にぎや》かな処《ところ》を見《み》るやうではござんすまいか。二歳《ふたつ》か三歳《みつゝ》ぐらゐの時《とき》に、乳母《うば》の背中《せなか》から見《み》ました、祭礼《おまつり》の町《まち》のやうにも思《おも》はれます。

何為《なぜ》か、秋《あき》の暮《くれ》より今《いま》、此《こ》の方《はう》が心細《こゝろぼそ》いんですもの。それで居《ゐ》て汗《あせ》が出《で》ます、汗《あせ》ぢやなくつて恁《か》う、あの、暖《あたゝ》かさで、心《こゝろ》を絞《しぼ》り出《だ》されるやうですわ。苦《くる》しくもなく、切《せつ》なくもなく、血《ち》を絞《しぼ》られるやうですわ。柔《やはら》かな木《き》の葉《は》の尖《さき》で、骨《ほね》を抜《ぬ》かれますやうではございませんか。こんな時《とき》には、肌《はだ》が蕩《とろ》けるのだつて言《い》ひますが、私《わたし》は何《な》んだか、水《みづ》になつて、其《そ》の溶《と》けるのが消《き》えて行《ゆ》きさうで涙《なみだ》が出《で》ます、涙《なみだ》だつて、悲《かな》しいんぢやありません、然《さ》うかと言《い》つて嬉《うれ》しいんでもありません。

あの貴下《あなた》、叱《しか》られて出《で》る涙《なみだ》と慰《なぐさ》められて出《で》る涙《なみだ》とござんすのね。此《こ》の春《はる》の日《ひ》に出《で》ますのは、其《そ》の慰《なぐさ》められて泣《な》くんです。矢張悲《やつぱりかな》しいんでせうかねえ。おなじ寂《さび》しさでも、秋《あき》の暮《くれ》のは自然《しぜん》が寂《さび》しいので、春《はる》の日《ひ》の寂《さび》しいのは、人《ひと》が寂《さび》しいのではありませんか。

あゝ遣《や》つて、田圃《たんぼ》にちらほら見《み》えます人《ひと》も、秋《あき》のだと、しつかりして、てん〴〵が景色《けしき》の寂《さび》しさに負《ま》けないやうに、張合《はりあひ》を持《も》つて居《ゐ》るんでせう。見《み》た処《ところ》でも、しよんぼりした脚《あし》にも気《き》が入《はひ》つて居《ゐ》るやうですけれど、今《いま》しがたは、すつかり魂《たましひ》を抜《ぬ》き取《と》られて、ふは〳〵浮《う》き上《あが》つて、あのまゝ、鳥《とり》か、蝶々《てふ〳〵》にでもなりさうですね。心細《こゝろぼそ》いやうですね。

暖《あたゝか》い、優《やさ》しい、柔《やはら》かな、すなほな風《かぜ》にさそはれて、鼓草《たんぽゝ》の花《はな》が、ふつと、綿《わた》になつて消《き》えるやうに魂《たましひ》がなりさうなんですもの。極楽《ごくらく》と云《い》ふものが、アノ確《たしか》に目《め》に見《み》えて、而《そ》して死《し》んで行《ゆ》くと同一心持《おなじこゝろもち》なんでせう。楽《たの》しいと知《し》りつゝも、情《なさけ》ない、心細《こゝろぼそ》い、頼《たよ》りのない、悲《かな》しい事《こと》なんぢやありませんか。

而《そ》して涙《なみだ》が出《で》ますのは、悲《かな》しくつて泣《な》くんでせうか、甘《あま》えて泣《な》くんでせうかねえ。

私《わたし》はずた〳〵に切《き》られるやうで、胸《むね》を掻《か》きむしられるやうで、そしてそれが痛《いた》くも痒《かゆ》くもなく、日当《ひあた》りへ桃《もゝ》の花《はな》が、はら〳〵とこぼれるやうで、長閑《のどか》で、麗《うらゝか》で、美《うつく》しくつて、其《そ》れで居《ゐ》て寂《さび》しくつて、雲《くも》のない空《そら》が頼《たよ》りのないやうで、緑《みどり》の野《の》が砂原《すなはら》のやうで、前生《ぜんせ》の事《こと》のやうで、目《め》の前《まへ》の事《こと》のやうで、心《こゝろ》の内《うち》が言《い》ひたくツて、言《い》はれなくツて、焦《じれ》ツたくツて、口惜《くやし》くツて、いら〳〵して、じり〳〵して、其《その》くせぼツとして、うつとり地《ぢ》の底《そこ》へ引込《ひきこ》まれると申《まを》しますより、空《そら》へ抱《だ》き上《あ》げられる塩梅《あんばい》の、何《な》んとも言《い》へない心持《こゝろもち》がして、それで寝《ね》ましたんですが、貴下《あなた》、」

小雨《こさめ》が晴《は》れて日《ひ》の照《て》るやう、忽《たちま》ち麗《うらゝか》なおもゝちして、

「恁《か》う申《まを》しても矢張《やつぱり》お気《き》に障《さは》りますか。貴下《あなた》のお姿《すがた》を見《み》て、心持《こゝろもち》が悪《わる》くなつたと言《い》ひましたのを、未《ま》だ許《ゆる》しちや下《くだ》さいませんか、おや、貴下何《あなたど》うなさいましたの。」

身動《みじろ》ぎもせず聞《き》き澄《す》んだ散策子《さんさくし》の茫然《ぼんやり》とした目《め》の前《まへ》へ、紅白粉《べにおしろい》の烈《はげ》しい流《ながれ》が眩《まばゆ》い日《ひ》の光《ひかり》で渦《うづま》いて、くる〳〵と廻《まは》つて居《ゐ》た。

「何《な》んだか、私《わたし》も変《へん》な心持《こゝろもち》になりました、あゝ、」

と掌《てのひら》で目《め》を払《はら》つて、

「で、其処《そこ》でお休《やす》みになつて、」

「はあ、」

「夢《ゆめ》でも御覧《ごらん》になりましたか。」

思《おも》はず口《くち》へ出《だ》したが、言《い》ひ直《なほ》した、余《あま》り唐突《だしぬけ》と心付《こゝろづ》いて、

「然《さ》う云《い》ふお心持《こゝろもち》でうたゝ寐《ね》でもしましたら、どんな夢《ゆめ》を見《み》るでせうな。」

「矢張《やつぱり》、貴下《あなた》のお姿《すがた》を見《み》ますわ。」

「えゝ、」

「此処《こゝ》に恁《か》うやつて居《を》りますやうな。ほゝほゝ。」

と言《い》ひ知《し》らずあでやかなものである。

「いや、串戯《じようだん》はよして、其《そ》の貴女《あなた》、恋《こひ》しい、慕《した》はしい、而《そ》してどうして、最《も》う逢《あ》へない、とお言《い》ひなすつた、其《そ》の方《かた》の事《こと》を御覧《ごらん》なさるでせうね。」

「其《そ》の貴下《あなた》に肖《に》た、」

「否《いゝえ》さ、」

此処《こゝ》で顔《かほ》を見合《みあ》はせて、二人《ふたり》とも挘《むし》つて居《ゐ》た草《くさ》を同時《どうじ》に棄《す》てた。

「成程《なるほど》。寂《しん》としたもんですね、どうでせう、此《こ》の閑《しづか》さは……」

頂《いたゞき》の松《まつ》の中《なか》では、頻《しきり》に目白《めじろ》が囀《さえづ》るのである。

## 三十一

「又此《またこ》の橿原《かしはゞら》と云《い》ふんですか、山《やま》の裾《すそ》がすく〳〵出張《でば》つて、大《おほ》きな怪物《ばけもの》の土地《とち》の神《かみ》が海《うみ》の方《はう》へ向《むか》つて、天地《てんち》に開《ひら》いた口《くち》の、奥歯《おくば》へ苗代田《なはしろだ》麦畠《むぎばたけ》などを、引銜《ひつくは》へた形《かたち》に見《み》えます。谷戸《やと》の方《はう》は、恁《か》う見《み》た処《ところ》、何《な》んの影《かげ》もなく、春《はる》の日《ひ》が行渡《ゆきわた》つて、些《ち》と曇《くもり》があればそれが霞《かすみ》のやうな、長閑《のどか》な景色《けしき》で居《ゐ》ながら、何《な》んだか厭《いや》な心持《こゝろもち》の処《ところ》ですね。」

美女《たをやめ》は身《み》を震《ふる》はして、何故《なぜ》か嬉《うれ》しさうに、

「あゝ、貴下《あなた》も其《そ》の（厭《いや》な心持《こゝろもち》）をおつしやいましたよ。ぢや、もう私《わたし》も其《そ》のお話《はなし》をいたしましても差支《さしつか》へございませんのね。」

「可《よ》うございます。はゝゝはゝ。」

ト一寸更《ちよつとあらた》まつた容子《ようす》をして、うしろ見《み》られる趣《おもむき》で、其二階家《そのにかいや》の前《まへ》から路《みち》が一畝《ひとうね》り、矮《ひく》い藁屋《わらや》の、屋根《やね》にも葉《は》にも一面《いちめん》の、椿《つばき》の花《はな》の紅《くれなゐ》の中《なか》へ入《はひ》つて、菜畠《なばたけ》へ纔《わづか》に顕《あらは》れ、苗代田《なはしろだ》で又《また》絶《た》えて、遥《はる》かに山《やま》の裾《すそ》の翠《みどり》に添《そ》うて、濁《にご》つた灰汁《あく》の色《いろ》をなして、ゆつたりと向《むか》うへ通《つう》じて、左右《さいう》から突出《つきで》た山《やま》でとまる。橿原《かしはゞら》の奥深《おくふか》く、蒸《む》し上《あが》るやうに低《ひく》く霞《かすみ》の立《た》つあたり、背《せ》中合《なかあは》せが停車場《ステイシヨン》で、其《そ》の腹《はら》へ笛太鼓《ふえたいこ》の、異様《いやう》に響《ひゞ》く音《ね》を籠《こ》めた。其処《そこ》へ、遥《はる》かに瞳《ひとみ》を通《かよ》はせ、しばらく茫然《ばうぜん》とした風情《ふぜい》であつた。

「然《さ》うですねえ、はじめは、まあ、心持《こゝろもち》、彼《あ》の辺《へん》からだらうと思《おも》ふんですわ、声《こゑ》が聞《きこ》えて来《き》ましたのは、」

「何《な》んの声《こゑ》です？」

「はあ、私《わたし》が臥《ふせ》りまして、枕《まくら》に髪《かみ》をこすりつけて、悶《もだ》えて、あせつて、焦《じ》れて、つく〴〵口惜《くやし》くつて、情《なさけ》なくつて、身《み》がしびれるやうな、骨《ほね》が溶《と》けるやうな、心持《こゝろもち》で居《ゐ》た時《とき》でした。先刻《さつき》の、あの雨《あめ》の音《おと》、さあつと他愛《たわい》なく軒《のき》へかゝつて通《とほ》りましたのが、丁《ちやう》ど彼処《あすこ》あたりから降《ふ》り出《だ》して来《き》たやうに、寝《ね》て居《ゐ》て思《おも》はれたのでございます。

あの停車場《ステイシヨン》の囃子《はやし》の音《おと》に、何時《いつ》か気《き》を取《と》られて居《ゐ》て、それだからでせう。今《いま》でも停車場《ステイシヨン》の人《ひと》ごみの上《うへ》へだけは、細《こまか》い雨《あめ》がかゝつて居《ゐ》るやうに思《おも》はれますもの。未《ま》だ何処《どこ》にか雨気《あまけ》が残《のこ》つて居《を》りますなら、向《むか》うの霞《かすみ》の中《なか》でせうと思《おも》ひますよ。

と、其細《そのほそ》い、幽《かすか》な、空《そら》を通《とほ》るかと思《おも》ふ雨《あめ》の中《なか》に、図太《づぶと》い、底力《そこぢから》のある、そして、さびのついた塩辛声《しほからごゑ》を、腹《はら》

の底《そこ》から押出《おしだ》して、

（え丶、え丶、え丶、伺《うかゞ》ひます。お話《はなし》はお馴染《なじみ》の東京世渡草《とうきやうよわたりぐさ》、商人《あきんど》の仮声物真似《こわいろものまね》。先《ま》づ神田辺《かんだへん》の事《こと》でござりまして、え丶、大家《たいけ》の店前《みせさき》にござります。夜《よ》のしら〳〵明《あ》けに、小僧《こぞう》さんが門口《かどぐち》を掃《は》いて居《を》りますると、納豆《なつとう》、納豆《なつとう》——）

と申《まを》して、情《なさけ》ない調子《てうし》になつて、

（え丶、お御酒《みき》を頂《いたゞ》きまして声《こゑ》が続《つゞ》きません、助《たす》けて遣《や》つておくんなさい。）

と厭《いや》な声《こゑ》が、流《なが》れ星《ぼし》のやうに、尾《を》を曳《ひ》いて響《ひゞ》くんでございますの。

私《わたし》は何《な》んですか、悚然《ぞつ》として寝床《ねどこ》に足《あし》を縮《ちゞ》めました。しばらくして、又其《またそ》の（え丶、え丶、）と云《い》ふ変《へん》な声《こゑ》が聞《きこ》えるんです。今度《こんど》は些《ちつ》と近《ちか》くなつて。

それから段々《だん〳〵》あの橿原《かしはら》の家《うち》を向《むか》ひ合《あ》ひに、飛《と》び〳〵に、千鳥《ちどり》にかけて一軒《けん》一軒《けん》、何処《どこ》でもおなじことを同一《おなじ》ところまで言《い》つて、お銭《あし》をねだりますんでございますがね、暖《あたゝか》い、ねんばりした雨《あめ》も、其《そ》の門附《かどつ》けの足《あし》と一緒《いつしよ》に、向《むか》うへ寄《よ》つたり、此方《こつち》へよつたり、ゆる〳〵歩行《ある》いて来《き》ますやうです。

其《そ》の納豆納豆《なつとうなつとう》——と云《い》ふのだの、東京《とうきやう》と云《い》ふのですの、店前《みせさき》だの、小僧《こぞう》が門口《かどぐち》を掃《は》いて居《ゐ》る処《ところ》だと申《まを》しますのが、何《な》んだか懐《なつか》しい、両親《りやうしん》の事《こと》や、生《うま》れました処《ところ》なんぞ、昔《むかし》が思《おも》ひ出《だ》されまして、身体《からだ》を煮《に》られるやうな心《こゝろ》持《もち》がして我慢《がまん》が出来《でき》ないで、掻巻《かいまき》の襟《えり》へ喰《く》ひついて、しつかり胸《むね》を抱《だ》いて、そして恍惚《うつとり》となつて居《を》りますと、やがて、些《ちつ》と強《つよ》く雨《あめ》が来て当《あた》ります時《とき》、内《うち》の門《かど》へ参《まゐ》つたのでございます。

（え丶、え丶、え丶、）

と言《い》ひ出《だ》すぢやございませんか。

（お話《はなし》はお馴染《なじみ》の東京世渡草《とうきやうよわたりぐさ》、商人《あきんど》の仮声物真似《こわいろものまね》。先《ま》づ神田辺《かんだへん》の事《こと》でござりまして、え丶、大家《たいけ》の店《みせ》さきでござります。夜《よ》のしら〳〵あけに、小僧《こぞう》さんが門口《かどぐち》を掃《は》いて居《を》りますと、納豆納豆《なつとうなつとう》――)

とだけ申《まを》して、

(え〻、お御酒《みき》を頂《いたゞ》きまして声《こゑ》が続《つゞ》きません、助《たす》けて遣《や》つておくんなさい。)

と一分一厘《ぶりん》おなじことを、おなじ調子《てうし》で云《い》ふんですもの。私《わたし》の門《かど》へ来《き》ましたまでに、遠《とほ》くから丁《ちやう》ど十三度《たび》聞いたのでございます。」

## 三十二

「女中《ぢよちう》が直《す》ぐに出《で》なかつたんです。

(ねえ、助《たす》けておくんなさいな、お御酒《みき》を頂《いたゞ》いたもんだからね、声《こゑ》が続《つゞ》かねえんで、えへ、えへ、)

厭《いや》な咳《せき》なんぞして、

(遣《や》つておくんなさいよ、飲《の》み過《す》ぎて切《せつ》ねえんで、助《たす》けておくんなさい、お願《ねげ》えだ。)

と言《い》つて独言《ひとりごと》のやうに、貴下《あなた》、

(遣《や》り切《きれ》ねえや、)ツて、いけ太々《ふと〳〵》しい容子《ようす》つたらないんですもの。其処《そこ》らへ、ベツベツ唾《つば》をしつかけて居《ゐ》さうですわ。

小銭《こぜに》の音《おと》をちやら〳〵とさして、女中《ぢよちう》が出《で》さうにしましたから、

(光《みつ》かい、光《みつ》や、)

と呼《よ》んで、二階《にかい》の上《あが》り口《ぐち》へ来《き》ましたのを、押留《おしと》めるやうに、床《とこ》の中《なか》から、

(何《な》んだね、)

と自分《じぶん》でも些《ち》と尖々《とげ〳〵》しく言《い》つたんです。

(門附《かどつけ》でございます。)

(藝人《げいにん》かい！)

(はい、)

ツて吃驚《びつくり》して居《ゐ》ました。

(不可《いけな》いよ、遣《や》つちや不可《いけ》ない。藝人《げいにん》なら藝人《げいにん》らしく藝《げい》をして銭《おあし》をお取《と》り、と然《さ》うお言《い》ひ。出来《でき》ないなら出来《でき》ないと言《い》つて乞食《こじき》をおし。なぜ又自分《またじぶん》の藝《げい》が出来《でき》ないほど酒《さけ》を呑《の》んだ、と言《い》つてお遣《や》り。いけ洒亞《しやあ》々々《〳〵》失礼《しつれい》ぢやないか。)

とむら〳〵として、どうしたんですか、じり〳〵胸《むね》が煮《に》え返《かへ》るやうで極《き》めつけますと、窃《そつ》と跫音《あしおと》を忍《しの》んで、光《みつ》やは、二階《にかい》を下《お》りましたつけ。

お恥《はづか》しうございますわ。

甲高《かんだか》かつたさうで、よく下《した》まで聞《きこ》えたと見《み》えます。表二階《おもてにかい》に居《ゐ》たんですから。

(何《な》んだつて、)

と門口《かどぐち》で喰《く》つてかゝるやうな声《こゑ》がしました。

枕《まくら》をおさへて起上《おきあが》りますと、女中《ぢよちう》の声《こゑ》で、御病気《ごびやうき》なんだからと、こそ〳〵云《い》ふのが聞《きこ》えました。

嘲《あざけ》るやうに、

(病人《びやうにん》なら病人《びやうにん》らしく死《し》ん了《ぢま》へ。治《なほ》るもんなら治《なほ》つたら可《よ》からう。何《な》んだつて愚図《ぐづ》ついて、煩《わづら》つて居《ゐ》るんだ。)

と赭顔《あからがほ》なのが白《しろ》い歯《は》を剝《む》き出《だ》して云《い》ふやうです。はあ、そんな心持《こゝろもち》がしましたの。

(おゝ、死《し》んで見《み》せようか、死《し》ぬのが何《なに》も、)とつゝと立《た》つと、ふら〳〵して床《とこ》を放《はな》れて倒《たふ》れました。段《だん》へ、裾《すそ》を投《な》げ出《だ》して、欄干《らんかん》につかまつた時《とき》、雨《あめ》がさつと暗《くら》くなつて、私《わたし》はひとりで泣《な》いたんです。其《そ》れツ切《きり》、声《こゑ》も聞《きこ》えなくなつて、門附《かどづけ》は何処《どこ》へ参《まゐ》りましたか。雨《あめ》も上《あが》つて、又明《またあかる》い日《ひ》が当《あた》りました。何《な》んですかねえ、十文字《じふもんじ》に小児《こども》を引背負《ひつしよ》つて跣足《はだし》で歩行《ある》いて居《ゐ》る、四十恰好《かつかう》の、巌乗《がんじよう》な、絵《ゑ》に描《か》いた、赤鬼《あかおに》と言《い》つた形《かたち》のものゝやうに、今恁《いまか》うやつてお話《はなし》をします内《うち》も考《かんが》へられます。女中《ぢよちう》に聞《き》いたのでもございませんのに――

又最《またも》う寝床《ねどこ》へ倒《たふ》れツ切《きり》になりませうかとも存《ぞん》じましたけれども、然《さ》うしたら気《き》でも違《ちが》ひさうですから、ぶら〳〵日向《ひなた》へ出《で》て来《き》たんでございます。

否《いゝえ》、はじめてお目《め》にかゝりました貴下《あなた》に、こんなお話《はなし》を申上《まをしあ》げまして、最《も》う気《き》が違《ちが》つて居《を》りますのかも分《わか》りませんが、」

と言《い》ひかけて、心《こゝろ》を籠《こ》めて見詰《みつ》めたらしい、目《め》の色《いろ》は美《うつく》しかつた。

「貴下《あなた》、真個《ほんたう》に未来《みらい》と云《い》ふものはありますものでございませうか知《し》ら。」

「…………」

「もしあるものと極《きま》りますなら、地獄《ぢごく》でも極楽《ごくらく》でも構《かま》ひません。逢《あ》ひたい人《ひと》が其処《そこ》に居《ゐ》るんなら。さつさと其処《そこ》へ行《ゆ》けば宜《よろ》しいんですけれども、」

と土筆《つくし》のたけの指白《ゆびしろ》う、又《また》うつゝなげに草《くさ》を摘《つ》み、摘《つ》み、

「屹《きつ》と然《さ》うと極《きま》りませんから、もしか、死《し》んで其《そ》れつ切《き》りになつては情《なさけ》ないんですもの。其《その》くらゐなら、生《い》きて居《ゐ》て思《おも》ひ悩《なや》んで、煩《わづ》らつて、段々《だん〳〵》消《き》えて行《ゆ》きます方《はう》が、幾干《いくら》か増《まし》だと思《おも》ひます。忘《わす》れないで、何時《いつ》までも、何時《いつ》までも、」

と言《い》ひ〳〵抜《ぬ》き取《と》つた草《くさ》の葉《は》をキリ〳〵と白歯《しらは》で噛《か》んだ。

トタンに慌《あわたゞ》しく、男《をとこ》の膝越《ひざごし》に衝《つ》とのばした袖《そで》の色《いろ》も、帯《おび》の影《かげ》も、緑《みどり》の中《なか》に濃《こ》くなつて、活々《いき〳〵》として蓮葉《はすは》なも

のいひ。

「いけないわ、人《ひと》の悪《わる》い。」

散策子《さんさくし》は答《こた》へに窮《きう》して、実《じつ》は草《くさ》の上《うへ》に位置《ゐち》も構《かま》はず投出《なげだ》された、オリイブ色《いろ》の上表紙《うはべうし》に、とき色《いろ》のリボンで封《ふう》のある、ノオトブツクを、つまさぐつて居《ゐ》たのを見《み》たので。

## 三十三

「此方《こつち》へ下《くだ》さいよ、厭《いや》ですよ。」

と端《はし》へかけた手《て》を手帳《てちやう》に控《ひか》へて、麦畠《むぎばたけ》へ真正面《まつしやうめん》。話《はなし》をわきへずらさうと、青天白日《せいてんはくじつ》に身構《みがま》へつゝ、

「歌《うた》がお出来《でき》なさいましたか。」

「ほゝほゝ、」

と唯笑《たゞわら》ふ。

「絵《ゑ》をお描《か》きになるんですか。」

「ほゝほゝ。」

「結構《けつこう》ですな、お楽《たの》しみですね、些《ち》と拝見《はいけん》いたしたいもんです。」

手《て》を放《はな》したが、附着《くつつ》いた肩《かた》も退《の》けないで、

「お見《み》せ申《まを》しませうかね。」

あどけない状《さま》で笑《わら》ひながら、持直《もちなほ》してぱら〳〵と男《をとこ》の帯《おび》のあたりへ開《ひら》く。手帳《てちやう》の枚頁《ページ》は、此《こ》の人《ひと》の手《て》に恰《あたか》も蝶《てふ》の翼《つばさ》を重《かさ》ねたやうであつたが、鉛筆《えんぴつ》で描《か》いたのは……

一目見《ひとめみ》て散策子《さんさくし》は蒼《あを》くなつた。

大小濃薄乱雑《だいせうのうはくらんざつ》に、半《なか》ばかきさしたのもあり、歪《ゆが》んだのもあり、震《ふる》へたのもあり、やめたのもあるが、◯《まる》と□《しかく》△《さんかく》ばかり。

「ね、上手《じやうず》でせう。此処等《こゝいら》の人達《ひとたち》は、貴下《あなた》、玉脇《たまわき》では、絵《ゑ》を描《か》くと申《まを》しますとさ。此《こ》の土手《どて》へ出《で》ちや、何時《いつ》までも係《か》うして居《ゐ》ますのに、唯居《たゞゐ》ては、谷戸口《やとぐち》の番人《ばんにん》のやうでをかしうござんすから、いつかツからはじめたんですわ。

大相評判《たいそうひやうばん》が宜《よろ》しうございますから……何《なん》ですよ、此頃《このごろ》に絵具《ゑのぐ》を持出《もちだ》して、草《くさ》の上《うへ》で風流《ふうりう》の店《みせ》びらきをしようと思《おも》ひます、大《たい》した写生《しやせい》ぢやありませんか。

此《こ》の円《まる》いのが海《うみ》、此《こ》の三角《さんかく》が山《やま》、此《こ》の四角《しかく》いのが田圃《たんぼ》だと思《おも》へばそれでもようござんす。それから◯《まる》い顔《かほ》にして、□《しかく》い胴《どう》にして△《さんかく》に坐《すわ》つて居《ゐ》る、今戸焼《いまどやき》の姉様《あねさん》だと思《おも》へばそれでも可《よ》うございます、袴《はかま》を穿《は》いた殿様《とのさま》だと思《おも》へばそれでも可《よ》いでせう。

それから……水中《すゐちう》に物《もの》あり、筆者《ひつしや》に問《と》へば知《し》らずと答《こた》ふと、高慢《かうまん》な顔色《かほつき》をしても可《い》いんですし、名《な》を知《し》らない死《し》んだ人《ひと》の戒名《かいみやう》だと思《おも》つて拝《をが》んでも可《い》いんですよ。」

やう〳〵声《こゑ》が出《で》て、

「戒名《かいみやう》、」

と口《くち》が利《き》ける。

「何《なに》、何《な》んと云《い》ふんです。」

「四角院円々三角居士《しかくゐんまる〳〵さんかくこじ》と、」

いひながら土手《どて》に胸《むね》をつけて、袖《そで》を草《くさ》に、太脛《ふくらはぎ》のあたりまで、友染《いうぜん》を敷乱《しきみだ》して、すらりと片足片褄《かたあしかたづま》を泳《およ》がせながら、かう内《うち》へ掻込《かきこ》むやうにして、鉛筆《えんぴつ》ですら〳〵と其《そ》の三体《さんたい》の秘密《ひみつ》を記《しる》した。

テン〱カラ、テンカラと、耳許《みゝもと》に太鼓《たいこ》の音《おと》。二人《ふたり》の外《ほか》に人《ひと》のない世《よ》ではない。アノ椿《つばき》の、燃《も》え落《お》ちるやうに、向《むか》うの茅屋《かやゝ》へ、続《つゞ》いてぼた〱と溢《あふ》れたと思《おも》ふと、菜種《なたね》の路《みち》を葉《は》がくれに、真黄色《まつきいろ》な花《はな》の上《うへ》へ、ひらりと彩《いろど》つて出《で》たものがある。

茅屋《かやゝ》の軒《のき》へ、鶏《にはとり》が二羽《は》舞上《まひあが》つたのかと思《おも》つた。

二個《ふたつ》の頭《かしら》、獅子頭《しゝがしら》、高《たか》いのと低《ひく》いのと、後《あと》になり先《さき》になり、縺《もつ》れる、狂《くる》ふ、花《はな》すれ、葉《は》ずれ、菜種《なたね》に、と見《み》るとやがて、足許《あしもと》から其方《そなた》へ続《つゞ》く青麦《あをむぎ》の畠《はたけ》の端《はし》、玉脇《たまわき》の門《もん》の前《まへ》へ、出《で》て来《き》た連獅子《れんじし》。汚《よご》れた萌黄《もえぎ》の裁着《たつゝけ》に、泥草鞋《どろわらぢ》の乾《かわ》いた埃《ほこり》も、霞《かすみ》が麦《むぎ》にかゝるやう、志《こゝろざ》して何処《どこ》へ行《ゆ》く。早其《はやそ》の太鼓《たいこ》を打留《うちや》めて、急足《いそぎあし》に近《ちか》づいた。いづれも子獅子《こじし》の角兵衛《かくべゑ》大小《だいせう》。小《ちひ》さい方《はう》は八《やつ》ツばかり、上《うへ》は十三―四と見《み》えたが、すぐに久能谷《くのや》の出口《でぐち》を突切《つゝき》り、紅白《こうはく》の牡丹《ぼたん》の花《はな》、はつと俤《おもかげ》に立《た》つばかり、ひらりと前《まへ》を行《ゆ》き過《す》ぎる。

「お待《ま》ち一寸《ちよいと》、」

と声《こゑ》をかけて美女《たをやめ》は起直《おきなほ》つた。今《いま》の姿《すがた》を其《そ》のまゝに、雪駄《せつた》は獅子《しゝ》の蝶《てふ》に飛《と》ばして、土手《どて》の草《くさ》に横坐《よこずわ》りになる。

ト獅子《しゝ》は紅《くれなゐ》の切《きれ》を捌《さば》いて、二《ふた》つとも、立《た》つて頭《かしら》を向《む》けた、

「あゝ、あの、児《こ》たち、お待《ま》ちなね。」

テン〱〱、（大《おほ》きい方《はう》が）トンと当《あ》てると、太鼓《たいこ》の面《おも》に撥《ばち》が飛《と》んで、ぶる〱と細《こまか》に躍《をど》る。

「アリヤ」

小獅子《こじし》は路《みち》へ橋《はし》に反《そ》つた、のけ様《さま》の顋《あぎと》ふつくりと、二《ふた》かは目《め》に紅《こう》を潮《てう》して、口許《くちもと》の可愛《かはい》らしい、色《いろ》の白《しろ》い児《こ》であつた。

# 三十四

「おほゝゝ、大相勉強《たいさうべんきやう》するわねえ、まあ、お待《ま》ちよ。あれさ、そんなに苦《くる》しい思《おも》ひをして引《ひつ》くりかへらなくとても可《い》いんだよ、可《い》いんだよ。」

と圧《おさ》へつけるやうに云《い》ふと、ぴよいと立直《たちなほ》つて頭《かしら》の堆《うづたか》く大《おほ》きく突出《つきで》た、紅《くれなゐ》の花《はな》の廂《ひさし》の下《した》に、くるツとした目《め》を睜《みは》つて立《た》つた。

ブル〳〵ツと、跡《あと》を引《ひ》いて太鼓《たいこ》が止《や》む。

美女《たをやめ》は膝《ひざ》をずらしながら、帯《おび》に手《て》をかけて、揺《ゆ》り上《あ》げたが、

「お待《ま》ちよ、今《いま》お銭《あし》を上《あげ》るからね、」

手帳《てちやう》の紙《かみ》へはしり書《がき》して、一枚手許《まいてもと》へ引切《ひきゝ》つた、其《そ》のまゝ獅子《しゝ》をさし招《まね》いて、

「おいで〳〵、あゝ、お前《まへ》ね、これを持《も》つて、其《そ》の角《かど》の二《に》階家《かいや》へ行《い》つて取《と》つておいで。」

留守《るす》へ言《い》ひつけた為替《かはせ》と見《み》える。

後馳《おくれば》せに散策子《さんさくし》は袂《たもと》へ手《て》を突込《つきこ》んで、

「細《こまか》いのならありますよ。」

「否《いゝえ》、可《よ》うござんすよ、さあ、兄《あに》や、行《い》つて来《き》な。」

撥《ばち》を片手《かたて》で引《ひつ》つかむと、恐《おそ》る〳〵差出《さしだ》した手《て》を素疾《すばや》く引込《ひつこ》め、とさかをはらりと振《ふ》つて行《ゆ》く。

「さあ、お前此方《まへこつち》へおいで、」

小《ちひ》さな方《はう》を膝許《ひざもと》へ。

きよとんとして、ものも言《い》はず、棒《ぼう》を呑《の》んだ人形《にんぎやう》のやうな顔《かほ》を、凝《ぢつ》と見《み》て、

「幾歳《いくつ》なの、」

「八歳《やつゝ》でござえス。」

「母《おつか》さんはないの、」

「角兵衛《かくべゑ》に、そんなものがあるもんか。」

「お前《まへ》は知《し》らないでもね、母様《おつかさん》の方《はう》は知《し》つてるかも知《し》れないよ、」

と衝《つ》と手を袴越《はかまごし》に白《しろ》くかける、とぐいと引寄《ひきよ》せて、横抱《よこだ》きに抱《だ》くと、獅子頭《しゝがしら》はばくりと仰向《あをむ》けに地《ち》を払《はら》つて、草鞋《わらんぢ》は高《たか》く反《そ》つた。鶏《とり》の羽《はね》の飾《かざり》には、椰子《やし》の葉《は》を吹《ふ》く風《かぜ》が渡《わた》る。

「貴下《あなた》、」

と落着《おちつ》いて見返《みかへ》つて、

「私《わたし》の児《こ》かも知《し》れないんですよ。」

トタンに、つるりと腕《かひな》を辷《すべ》つて、獅子《しゝ》は、倒《さかさ》にトンと返《かへ》つて、ぶる〳〵と身体《からだ》をふつたが、けろりとして突《つゝ》立《た》つた。

「えへゝゝゝゝ、」

此処《こゝ》へ勢《いきほひ》よく兄獅子《あにじし》が引返《ひきかへ》して、

「頂《いたゞ》いたい、頂《いたゞ》いたい。」

二《ふた》つばかり天窓《あたま》を掉《ふ》つたが、小《ちひ》さい方《はう》の背中《せなか》を突《つ》いて、テンと又撥《またばち》を当《あ》てる。

「可《い》いよ、そんなことをしなくつても、」

と裳《もすそ》をずりおろすやうにして止《と》めた顔《かほ》と、未《ま》だ摑《つか》んだまゝの大《おほき》な銀貨《ぎんくわ》とを互《たがひ》に見較《みくら》べ、二個《ふたり》ともとぼんとする。時《とき》に朱盆《しゆぼん》の口《くち》を開《ひら》いて、眼《まなこ》を輝《かゞやか》すものは何《なに》。

「其《そ》のかはり、ことづけたいものがあるんだよ、待《ま》つておくれ。」

と其《そ》の○□△を楽書《らくがき》の余白《よはく》へ、鉛筆《えんぴつ》を真直《まつすぐ》に取《と》つてすら〳〵と春《はる》の水《みづ》の靡《なび》くさまに走《はし》らした仮名《かな》は、かくれもなく、散策子《さんさくし》に読得《よみえ》られた。

君《きみ》とまたみるめおひせば四方《よも》の海《うみ》の
　水《みづ》の底《そこ》をもかつき見《み》てまし

散策子《さんさくし》は思《おも》はず海《うみ》の方《かた》を屹《きつ》と見《み》た。波《なみ》は平《たひら》かである。青麦《あをむぎ》につゞく紺青《こんじやう》の、水平線上雪一山《すいへいせんじやうゆきいつさん》。富士《ふじ》の影《かげ》が渚《なぎさ》を打《う》つて、ひた〱と薄《うす》く被《かぶ》さる、藍色《あゐいろ》の西洋館《せいやうくわん》の棟高《むねたか》く、二三羽鳩《ばはと》が羽《はね》をのして、ゆるく手巾《はんけち》を掉《ふ》り動《うご》かす状《さま》であつた。

小《ちひ》さく畳《たゝ》んで、幼《をさな》い方《はう》の手《て》に其《そ》の（ことづけ）を渡《わた》すと、ふツくりした頤《おとがひ》で、合点《がてん》〱をすると見《み》えたが、いきなり二階家《にかいや》の方《はう》へ行《ゆ》かうとした。使《つかひ》を頼《たの》まれたと思《おも》つたらしい。

「おい、其方《そつち》へ行《ゆ》くんぢやない。」

と立入《たちい》つたが声《こゑ》を懸《か》けた。

美女《たをやめ》は莞爾《につこり》して、

「唯持《たゞも》つて行《い》つてくれゝば可《い》いの、何処《どこ》へツて当《あて》はないの。落《おと》したら其処《そこ》でよし、失《な》くしたら其《そ》れツ切《きり》で可《いゝ》んだから……唯心持《たゞこゝろもち》だけなんだから……」

「ぢや、唯持《たゞも》つて行《い》きや可《い》いのかね、奥《おく》さん、」

と聞《き》いて頷《うなづ》くのを見《み》て、年紀上《としうへ》だけに心得顔《こゝろえがほ》で、危《あぶな》つかしさうに仰向《あをむ》いて吃驚《びつくり》した風《ふう》で居《ゐ》る幼《をさな》い方《はう》の、獅子頭《しゝがしら》を背後《うしろ》へ引《ひ》いて、

「こん中《なか》へ入《い》れとくだア、奴《やつこ》、大事《だいじ》にして持《も》ツとんねえよ。」

獅子《しゝ》が並《なら》んでお辞儀《じぎ》をすると、すた〱と駈《か》け出《だ》した。後白浪《あとしらなみ》に海《うみ》の方《かた》、紅《くれなゐ》の母衣《ほろ》翩翻《へんぽん》として、青麦《あをむぎ》の根《ね》に

霞《かす》み行《ゆ》く。

## 三十五

さて半時《はんとき》ばかりの後《のち》、散策子《さんさくし》の姿《すがた》は、一人《ひとり》、彼処《かしこ》から鳩《はと》の舞《ま》ふのを見《み》た、浜辺《はまべ》の藍色《あゐいろ》の西洋館《せいやうくわん》の傍《かたはら》なる、砂《すな》山《やま》の上《うへ》に顕《あらは》れた。

其処《そこ》へ来《く》ると、波打際《なみうちぎは》までも行《ゆ》かないで、太《いた》く草臥《くたび》れた状《さま》で、ぐツたりと先《ま》づ足《あし》を投《な》げて腰《こし》を卸《おろ》す。どれ、貴女《あなた》のために（ことづけ）の行方《ゆくへ》を見届《みとゞ》けませう。連獅子《れんじし》のあとを追《お》つて、と云《い》ふのをしほに、未《ま》だ我儘《わがまゝ》が言《い》ひ足《た》りず、話相手《はなしあひて》の欲《ほ》しかつたらしい美女《びぢよ》に辞《じ》して、袂《たもと》を分《わか》つたが、獅子《しゝ》の飛《と》ぶのに足《あし》の続《つゞ》くわけはない。

一先《ひとま》づ帰宅《きたく》して寝転《ねころ》ばうと思《おも》つたのであるが、久能谷《くのや》を離《はな》れて街道《かいだう》を見《み》ると、人《ひと》の瀬《せ》を造《つく》つて、停車場《ステイシヨン》へ押《おし》懸《か》ける夥《おびたゞ》しさ。中《なか》には最《も》う此処等《こゝいら》から仮声《こわいろ》をつかつて行《ゆ》く壮佼《わかもの》がある、浅黄《あさぎ》の襦袢《じゆばん》を膚脱《はだぬ》いで行《ゆ》く女房《にようばう》がある、其《そ》の演劇《しばゐ》の恐《おそろ》しさ。大江山《おほえやま》の段《だん》か何《なに》か知《し》らず、迚《とて》も町《まち》へは寄附《よりつ》かれたものではない。

で、路《みち》と一緒《いつしよ》に、人通《ひとゞほり》の横《よこ》を切《き》つて、田圃《たんぼ》を抜《ぬ》けて来《き》たのである。

正面《しやうめん》にくぎり正《たゞ》しい、雪白《せつぱく》な霞《かすみ》を召《め》した山《やま》の女王《によわう》のましますばかり。見渡《みわた》す限《かぎ》り海《うみ》の色《いろ》。浜《はま》に引上《ひきあ》げた船《ふね》や、畚《びく》や、馬秣《まぐさ》のやうに散《ち》ばつたかじめの如《ごと》き、いづれも海《うみ》に対《たい》して、我《われ》は顔《がほ》をするのではないから、固《もと》より馴《な》れた目《め》を遮《さへぎ》りはせぬ。

且《か》つ人一人居《ひとひとりゐ》なければ、真昼《まひる》の様《やう》な月夜《つきよ》とも想《おも》はれよう。長閑《のどか》さはしかし野《の》にも山《やま》にも増《まさ》つて、あらゆる白《はく》砂《さ》の俤《おもかげ》は、暖《あたゝか》い霧《きり》に似《に》て居《ゐ》る。

鳩《はと》は蒼空《あをぞら》を舞《ま》ふのである。ゆつたりした浪《なみ》にも誘《さそ》はれず、風《かぜ》にも乗《の》らず、同一処《おなじところ》を——其《そ》の友《とも》は館《やかた》の中《なか》に、こと〳〵と塒《ねぐら》を踏《ふ》んで、くゝと啼《な》く。

人《ひと》は恁《か》う云《い》ふ処《ところ》に、恁《か》うして居《ゐ》ても、胸《むね》の雲霧《くもきり》の霽《は》れぬ事《こと》は、寐《ね》られぬ衾《ふすま》と相違《さうゐ》はない。

徒《いたづ》らに砂《すな》を握《にぎ》れば、くぼみもせず、高《たか》くもならず、他愛《たわい》なくほろ〳〵と崩《くづ》れると、又傍《またかたはら》からもり添《そ》へる。水《みづ》を摑《つか》むやうなもので、捜《さぐ》ればはら〳〵とたゞ貝《かひ》が出《で》る。

渚《なぎさ》には敷満《しきみ》ちたが、何《な》んにも見《み》えない処《ところ》でも、纔《わづか》に砂《すな》を分《わ》ければ貝《かひ》がある。未《ま》だ此《こ》の他《ほか》に、何《なに》が住《す》んで居《ゐ》ようも知《し》れぬ。手《て》の届《とゞ》く近《ちか》い処《ところ》が然《さ》うである。

水《みづ》の底《そこ》を捜《さが》したら、渠《かれ》がためにこがれ死《じに》をしたと言《い》ふ、久能谷《くのや》の庵室《あんじつ》の客《きやく》も、其処《そこ》に健在《けんざい》であらうも知《し》れぬ。否《いな》、健在《けんざい》ならばと云《い》ふ心《こゝろ》で、君《きみ》と其《その》みるめおひせば四方《よも》の海《うみ》の、水《みづ》の底《そこ》へも潜《くゞ》らうと、（ことづけ）をしたのであらう。

此《こ》の歌《うた》は、平安朝《へいあんてう》に艶名一世《えんめいいつせ》を圧《あつ》した、田《た》かりける童《わらべ》に襖《あを》をかりて、あをかりしより思《おも》ひそめてき、とあこがれた情《なさけ》に感《かん》じて、奥《おく》へと言《い》ひて呼《よ》び入《い》れけるとなむ……名媛《めいゑん》の作《さく》と思《おも》ふ。

言《い》ふまでもないが、手帳《てちやう》に此《これ》をしるした人《ひと》は、御堂《みだう》の柱《はしら》に、うたゝ寐《ね》の歌《うた》を楽書《らくがき》したとおなじ玉脇《たまわき》の妻《つま》、みを子《こ》である。

深《ふか》く考《かんが》ふるまでもなく、庵《いほり》の客《きやく》と玉脇《たまわき》の妻《つま》との間《あひだ》には、不可思議《ふかしぎ》の感応《かんおう》で、夢《ゆめ》の契《ちぎり》があつたらしい。

男《をとこ》は真先《まつさき》に世間外《せけんぐわい》に、はた世間《せけん》のあるのを知《し》つて、空想《くうさう》をして実現《じつげん》せしめむがために、身《み》を以《も》つて直《たゞ》ちに幽《いう》冥《めい》に趣《おもむ》いたものゝやうであるが、婦人《をんな》は未《ま》だ半信半疑《はんしんはんぎ》で居《ゐ》るのは、それとなく胸中《きようちう》の鬱悶《うつもん》を漏《も》らした、未来《みらい》があるものと定《さだま》り、霊魂《れいこん》の行末《ゆくすゑ》が極《きま》つたら、直《す》ぐにあとを追《お》はうと言《い》つた、言《ことば》の端《はし》にも顕《あらは》れて居《ゐ》た。

唯其《たゞその》有耶無耶《うやむや》であるために、男《をとこ》のあとを追《お》ひもならず、生長《いきなが》らへる効《かひ》もないので。

そゞろに門附《かどつけ》を怪《あや》しんで、冥土《めいど》の使《つかひ》のやうに感《かん》じた如《ごと》きは幾分《いくぶん》か心《こゝろ》が乱《みだ》れて居《ゐ》る。意気張《いきばり》づくで死《し》んで見《み》せように到《いた》つては、益々《ます〳〵》悩乱《なうらん》のほどが思《おも》ひ遣《や》られる。

又一面《またいちめん》から見《み》れば、門附《かどつけ》が談話《はなし》の中《なか》に、神田《かんだ》辺《へん》の店《みせ》で、江戸紫《えどむらさき》の夜《よ》あけがた、小僧《こぞう》が門《かど》を掃《は》いて居《ゐ》る、納豆《なつとう》の声《こゑ》がした……のは、其《そ》の人《ひと》が生涯《しやうがい》の東雲頃《しのゝめごろ》であつたかも知《し》れぬ。――やがて暴風雨《あらし》となつたが――

兎《と》に角《かく》、（ことづけ）は何《ど》うならう。玉脇《たまわき》の妻《つま》は、以《もつ》て未来《みらい》の有無《うむ》を占《うらな》はうとしたらしかつたに――頭陀袋《づだぶくろ》にも納《をさ》めず、帯《おび》にもつけず、袂《たもと》にも入《い》れず、角兵衛《かくべゑ》が其《そ》の獅子頭《ししがしら》の中《なか》に、封《ふう》じて去《さ》つたのも気懸《きがゝ》りになる。為替《かはせ》してきらめくものを摑《つか》ませて、のツつ反《そ》ツつの苦患《くげん》を見《み》せない、上花主《じやうとくい》のために、商売冥利《しやうばいみやうり》、随一大切《ずゐいちたいせつ》な処《ところ》へ、偶然受取《ぐうぜんうけと》つて行《い》つたのであらうけれども。

あれがもし、鳥《とり》にでも攫《さら》はれたら、思《おも》ふ人《ひと》は虚空《こくう》にあり、と信《しん》じて、夫人《ふじん》は羽化《うくわ》して飛《と》ぶであらうか。いや〱羊《ひつじ》が食《く》ふまでも、角兵衛《かくべゑ》は再《ふたゝ》び引返《ひきかへ》して其音信《そのおとづれ》は伝《つた》へまい。

従《したが》つて砂《すな》を崩《くづ》せば、従《したが》つて手《て》にたまつた、色々《いろ〱》の貝殻《かひがら》にフト目《め》を留《と》めて、

君《きみ》とまたみる目《め》おひせば四方《よも》の海《うみ》の……

と我《われ》にもあらず口《くち》ずさんだ。

更《さら》に答《こた》へぬ。

もし又《また》うつせ貝《がひ》が、大《おほ》いなる水《みづ》の心《こゝろ》を語《かた》り得《え》るなら、渚《なぎさ》に敷《し》いた、いさゝ貝《がひ》の花吹雪《はなふゞき》は、いつも私語《さゝやき》を絶《た》えせぬだらうに。されば幼児《をさなご》が拾《ひろ》つても、われらが砂《すな》から掘《ほ》り出《だ》しても、這個《この》ものいはぬは同一《おなじ》である。

小貝《こがひ》を其処《そこ》で捨《す》てた。

而《さう》して横《よこ》ざまに砂《すな》に倒《たふ》れた。腰《こし》の下《した》はすぐになだれたけれども、辷《すべ》り落《お》ちても埋《うも》れはせぬ。

しばらくして、其《そ》の半眼《はんがん》に閉《と》ぢた目《め》は、斜《なゝ》めに鳴鶴《なきつる》ケ岬《さき》まで線《せん》を引《ひ》いて、其《そ》の半《なか》ばと思《おも》ふ点《てん》へ、ひら〱と燃《も》え立《た》つやうな、不知火《しらぬひ》にはつきり覚《さ》めた。

とそれは獅子頭《しゝがしら》の緋《ひ》の母衣《ほろ》であつた。

二人《ふたり》とも出《で》て来《き》た。浜《はま》は鳴鶴《なきつる》ケ岬《さき》から、小《こ》坪《つぼ》の崕《がけ》まで、人影一《ひとかげひと》ツ見《み》えぬ処《ところ》へ。

停車場《ステイシヨン》に演劇《しばゐ》がある、町《まち》も村《むら》も引《ひ》つぷるつて誰《たれ》が角兵衛《かくべゑ》に取合《とりあ》はう。あはれ人《ひと》の中《なか》のぼうふらのやうな忙《せは》しい稼業《かげふ》の児《こ》たち、今日《けふ》はおのづから閑《かん》なのである。

二人《ふたり》は此処《こゝ》でも後《あと》になり先《さき》になり、脚絆《きやはん》の足《あし》を入《い》れ違《ちが》ひに、頭《かしら》を組《く》んで白浪《しらなみ》を被《かつ》ぐばかり浪打際《なみうちぎは》を歩行《ある》いたが、やがて其《そ》の大《おほ》きい方《はう》は、五六尺渚《しやくなぎさ》を放《はな》れて、日《ひ》影《かげ》の如《ごと》く散乱《ちりみだ》れた、かじめの中《なか》へ、草鞋《わらぢ》を突出《つきだ》して休《やす》んだ。

小獅子《こじし》は一層活潑《いつそうくわつぱつ》に、衝《つ》と浪《なみ》を追《お》ふ、颯《さつ》と追《お》はれる。其光景《そのくわうけい》、ひとへに人《ひと》の児《こ》の戯《たはむ》れるやうには見《み》えず、嘗《かつ》て孤児院《こじゐん》の児《こ》が此処《こゝ》に来《き》て、一種《いつしゆ》の監督《かんとく》の下《もと》に、遊《あそ》んだのを見《み》たが、それとひとつで、浮世《うきよ》の浪《なみ》に揉《も》み立《た》てられるかといぢらしい。但其《たゞそ》の頭《かしら》の獅子《しゝ》が怒《いか》り狂《くる》つて、たけり戦《たゝか》ふ勢《いきほひ》である。

勝《かつ》では可《よ》い！

ト草鞋《わらぢ》を脱《ぬ》いて、跣足《はだし》になつて横歩行《よこあるき》をしはじめた。あしを濡《ぬ》らして遊《あそ》んで居《ゐ》る。

大《おほ》きい方《はう》は仰向《あをむ》けに母衣《ほろ》を敷《し》いて、膝《ひざ》を小《ち》さな山形《やまがた》に寝《ね》た。

磯《いそ》を横《よこ》ツ飛《とび》の時《とき》は、其《そ》の草鞋《わらぢ》を脱《ぬ》いたばかりであつたが、やがて脚絆《きやはん》を取《と》つて、膝《ひざ》まで入《はひ》つて、静《しづ》かに立《た》つて居《ゐ》たと思《おも》ふと、引返《ひきかへ》して袴《はかま》を脱《ぬ》いで、今度《こんど》は衣類《きもの》をまくつて腰《こし》までつかつて、二《に》三度《さんど》密《そつ》と潮《しほ》をはねたが、又《また》ちよこ〳〵と取《と》つて返《かへ》して、頭《かしら》を刎退《はねの》け、衣類《きもの》を脱《ぬ》いで、丸裸《まるはだか》になつて一文字《いちもんじ》に飛込《とびこ》んだ。陽気《やうき》はそれでも可《よ》かつたが、泳《およ》ぎは知《し》らぬ児《こ》と見《み》える。唯《たゞ》勢《いきほひ》よく、水《みづ》を逆《ぎやく》に刎《は》ね返《かへ》した。手《て》でなぐつて、足《あし》で踏《ふ》むを、海水《かいすゐ》は稲妻《いなづま》のやうに幼児《をさなご》を包《つゝ》んで其《そ》の左右《さいう》へ飛《と》んだ。——雫《しづく》ばかりの音《おと》もせず——獅子《しゝ》はひとへに嬰児《みどりご》になつた、白《びやく》光《くわう》は頭《かしら》を撫《な》で、緑波《りよくは》は胸《むね》を抱《いだ》いた。何等《なんら》の寵児《ちようじ》ぞ、天地《あめつち》の大《おほ》きな盥《たらひ》で産湯《うぶゆ》を浴《あ》びるよ。

散策子《さんさくし》はむくと起《お》きて、ひそかに其《そ》の幸福《かうふく》を祝《しゆく》するのであつた。

あとで聞《き》くと、小児心《こどもごゝろ》にもあまりの嬉《うれ》しさに、此一幅《このいつぷく》の春《はる》の海《うみ》に対《たい》して、報恩《はうおん》の志《こゝろざし》であつたといふ。一旦《いつたん》出《で》て、浜《はま》へ上《あが》つて、寝《ね》た獅子《しゝ》の肩《かた》の処《ところ》へしやがんで居《ゐ》たが、対手《あひて》が起返《おきかへ》ると、濡《ぬ》れた身体《からだ》に、頭《かしら》だけ取《と》つて獅《し》子《し》を被《かつ》いだ。

それから更《さら》に水《みづ》に入《はひ》つた。些《ち》と出過《ですぎ》たと思《おも》ふほど、分《わ》けられた波《なみ》の脚《あし》は、二線長《ふたすぢなが》く広《ひろ》く尾《を》を引《ひ》いて、小獅子《こじし》の姿《すがた》は伊豆《いづ》の岬《みさき》に、ちよと小《ちひ》さな点《てん》になつた。

浜《はま》に居《ゐ》るのが胡坐《あぐら》かいたと思《おも》ふと、テン、テン、テンテンツヽテンテンテン波《なみ》に丁《ちやう》と打込《うちこ》む太鼓《たいこ》、油《あぶら》のやうな海面《うなづら》へ、綾《あや》を流《なが》して、響《ひゞ》くと同時《どうじ》に、水《みづ》の中《なか》に立《た》つたのが、一曲《いつきよく》、頭《かしら》を倒《さかさま》に。

これに眩《めくる》めいたものであらう、啊呀忌《あないま》はし、よみぢの（ことづけ）を籠《こ》めたる獅子《しゝ》を、と見《み》る内《うち》に、幼児《をさなご》は見《み》えなくなつた。

未《ま》だ浮《うか》ばぬ。

太鼓《たいこ》が止《や》んで、浜《はま》なるは棒立《ぼうだ》ちになつた。

砂山《すなやま》を慌《あわたゞ》しく一文字《いちもんじ》に駈《か》けて、此方《こなた》が近《ちかづ》いた時《とき》、どうしたのか、脱《ぬ》ぎ捨《す》てた袴《はかま》、着物《きもの》、脚絆《きやはん》、海草《かいさう》の乾《から》びた状《さま》の、あらゆる記念《かたみ》と一緒《いつしよ》に、太鼓《たいこ》も泥草鞋《どろわらぢ》も一《ひと》まとめに引《ひつ》かゝへて、大《おほ》きな渠《かれ》は、砂煙《すなけむり》を上《あ》げて町《まち》の方《かた》へ一《いつ》散《さん》に遁《に》げたのである。

浪《なみ》はのたりと打《う》つ。

ハヤ二《に》三人《さんにん》駈《か》けて来《き》たが、いづれも高声《たかごゑ》の大笑《おほわら》ひ、

「馬鹿《ばか》な奴《やつ》だ。」

「馬鹿野郎《ばかやらう》。」

ポク〳〵と来《き》た巡査《じゆんさ》に、散策子《さんさくし》が、縋《すが》りつくやうにして、一言《ひとこと》いふと、

「角兵衛《かくべゑ》が、はゝゝ、然《さ》うぢやさうで。」

死骸《しがい》は其《そ》の日《ひ》終日《ひねもす》見《み》当《あた》らなかつたが、翌日《よくじつ》しら〳〵あけの引潮《ひきしほ》に、去年《きよねん》の夏《なつ》、庵室《あんじつ》の客《きやく》が溺《おぼ》れたとおなじ鳴《なき》鶴《つる》ケ岬《さき》の岩《いは》に上《あが》つた時《とき》は二人《ふたり》であつた。顔《かほ》が玉《たま》のやうな乳房《ちぶさ》にくつゝいて、緋母衣《ひほろ》がびつしより、其雪《そのゆき》の腕《かひな》にからんで、一人《ひとり》は美《び》にして艶《えん》であつた。玉脇《たまわき》の妻《つま》は霊魂《れいこん》の行方《ゆくへ》が分《わか》つたのであらう。

然《さ》らば、といつて、土手《どて》の下《した》で、分《わか》れ際《ぎは》に、やゝ遠《とほ》ざかつて、見返《みかへ》つた時《とき》――其紫《そのむらさき》の深張《ふかばり》を帯《おび》のあたりで横《よこ》にして、少《すこ》し打傾《うちかたむ》いて、黒髪《くろかみ》の頭《かしら》おもげに見送《みおく》つて居《ゐ》た姿《すがた》を忘《わす》れぬ。どんなに潮《うしほ》に乱《みだ》れたらう。渚《なぎさ》の砂《すな》は、崩《くづ》しても、積《つも》る、くぼめば、たまる、音《おと》もせぬ。たゞ美《うつく》しい骨《ほね》が出《で》る。貝《かひ》の色《いろ》は、日《ひ》の紅《くれなゐ》、渚《なぎさ》の雪《ゆき》、浪《なみ》の緑《みどり》。

# お留守さま

# 一

今戸《いまど》辺《あたり》で出来《でき》るのだといつて、友達《ともだち》がくれた姉《あね》さんの人形《にんぎやう》が一個《ひとつ》、小形《こがた》の、細長《ほそなが》い桐《きり》の箱《はこ》に入《はひ》つて居《ゐ》るのを、はじめは墨《すみ》かと思《おも》つた。学生《がくせい》、生《い》駒讃平《こまさんぺい》。

小石川《こいしかは》柳町《やなぎちやう》の、玄関《げんくわん》とも二間《ふたま》といふ長屋《ながや》の侘住居《わびずまひ》、南向《みなみむき》の庭《には》を前《まへ》に、縁側《えんがは》に向《む》けて据《す》ゑた昔《むかし》の寺小屋《てらこや》もので、引出《ひきだし》が三個《みつつ》づゝ両方《りやうはう》についた机《つくゑ》の上《うへ》に、其《そ》の人形《にんぎやう》を。

唯《と》頬杖《ほゝづゑ》をついて、傍《かたはら》なる大湯《おほゆ》呑《のみ》に煎茶《せんちや》を入《い》れたのに片手《かたて》をかけながらつく〴〵……見《み》るから媚《なま》めかしい、衣服《きもの》は薄《うす》お納戸《なんど》の彩色《さいしき》、帯《おび》の処《ところ》を墨《すみ》で染《そ》めて、しめたといふより、巻《ま》きつけたやうな引《ひき》かけ結《むす》び、弱腰《よわごし》は、消《き》えて見《み》えないほど、すらりと裳《もすそ》に搦《から》んで、片足《かたあし》を真直《まつすぐ》に、衣服《きもの》の上《うへ》から透《す》いて見《み》えるやうに、線《せん》を柔《やはら》かに描《ゑが》いて、左《ひだり》の脚《あし》を折曲《をりま》げて、其《そ》の伸《のば》した右《みぎ》の太《ふく》ら脛《はぎ》の処《ところ》で組違《くみちが》へた、稍々《やゝ》じだらくな後姿《うしろすがた》。はらばひの人形《にんぎやう》で、根《ね》上《あが》りの品《ひん》の可《い》い円髷《まるまげ》、生際《はえぎは》のぼかし手際《てぎは》よく、鼻筋《はなすぢ》が通《とほ》つて黒目《くろめ》勝《がち》、優《やさ》しい眉《まゆ》、これに両手《りやうて》を頬杖《ほゝづゑ》した、其《そ》の手《て》の肱《ひぢ》のあたりから、下《しも》ぶくれの、うつとりした顔《かほ》へかけて、胡粉《ごふん》の色《いろ》の白々《しろ〴〵》とある美《うつく》しさ、但《たゞ》し唇《くちびる》を紅《べに》で描《か》かず、墨《すみ》でしたゝめたのが、何《なん》となく曇《くもり》を帯《お》びて、愁《うれひ》を含《ふく》み、歌麿《うたまろ》の艶《えん》な処《ところ》へ、北斎《ほくさい》の凄味《すごみ》を帯《お》びた、凡《およ》そ二寸《すん》ばかりの、所謂《いはれ》のあるらしい、何《なん》となく深《ふか》い秘密《ひみつ》な意味《いみ》のありさうなのが、土《つち》で拵《こさ》へたものだけに、水《みづ》の垂《た》るといふ艶《つや》はないが、恰《あたか》も柳《やなぎ》の蔭《かげ》で白魚《しらうを》を見《み》るが如《ごと》き婦人《ふじん》である。

此《こ》の手《て》の前《まへ》に、同一《おなじ》、其《そ》の箱《はこ》の中《なか》に一冊《さつ》、桜《さくら》の花片《はなびら》位《くらゐ》な、小《ちひ》さな本《ほん》が供《そな》へてあるが、なり形《かたち》、顔《かほ》の気組《きぐみ》から推《お》して試《み》れば、経典《きやうてん》、詩歌《しいか》の書《しよ》ではあるまい。

出来《でき》は新《あたら》しいのであるけれども、見《み》る処《ところ》、髪《かみ》の結《ゆ》ひやう、衣《なり》のつくり、当時《いまどき》の妻妾《さいせふ》の風俗《ふうぞく》ではない、古《ふる》くからある形《かたち》を、あらためて作《つく》つたものらしいのである。

讃平《さんぺい》は右瞻左瞻《とみかうみ》ながら、不図《ふと》桐《きり》の箱《はこ》の蓋《ふた》の裏《うら》に、色紙形《しきしがた》の紅唐紙《べにたうし》をはつて、

　おるすさん

と記《しる》してあるのに心付《こゝろづ》いた。おるすさん、然矣《しかり》、何者《なにもの》か、良人《をつと》の留守《るす》を意匠《いしやう》として直《たゞ》ちに婦人《をんな》の名《な》としたものゝやうに思《おも》はれた。

讃平《さんぺい》は、思《おも》はず湯呑《ゆのみ》を推遣《おしや》つた手《て》で、膝《ひざ》を打《う》つて、打微笑《うちほゝゑ》み、

「乳母《ばあ》や、をかしいぢや無《な》いか、一寸御覧《ちよいとごらん》。」

其《そ》の姉《あね》さんを掌《てのひら》にのせて、背後《うしろ》を振向《ふりむ》いて言《い》ふ。

爰《こゝ》に針箱《はりばこ》を据《す》ゑて縫物《ぬひもの》――寧《むし》ろ継物《つぎもの》をして居《ゐ》るのは、此《こ》の孤児《みなしご》のために一身《いつしん》を捧《さゝ》げて十七の年紀《とし》から守育《もりそだ》て、今《いま》、一室《いつしつ》に水入《みづい》らず、乳母《うば》のお松《まつ》といふのである。

「何《ど》うだ、よく出来《でき》て居《ゐ》るぢやあないか。」

乳母《うば》は針《はり》の手《て》を留《と》めて、少《すこ》し顔《かほ》を出《だ》すやうにして、

「まあ、上手《じやうず》に拵《こしら》へましたねえ讃様《さんさま》、お薬師様《やくしさま》の縁日《えんにち》ですか。」

「可哀相《かはいさう》に、お前見《まへみ》たつて違《ちが》ふよ。縁日《えんにち》ものにこんなのがあつて堪《たま》りますか、御覧能《ごらんよ》く。」

「成《な》るほど、綺麗《きれい》だよ。私《わたし》は又昨夜買《またゆうべか》つておいでなすつたかと思《おも》つて。」

「昨夜《ゆうべ》買《か》つて来《き》たものを今更感心《いまさらかんしん》することがあるもんか。」

「でも坊《ばう》ちやんだと言《い》はれるのが口惜《くやし》くつて隠《かく》しておいでなすつたのかと思《おも》ひましたの。」

# 二

「何《ど》ういたして、坊《ばう》ちやんのおもちやにしては、こりや色気《いろけ》があり過《す》ぎら。杉山《すぎやま》が朝《あさ》ツから飛込《とびこ》んで、何《なん》だか仰々《ぎやう〳〵》しく、帰《かへ》つてから出《だ》して見《み》ろ、感心《かんしん》するツて置《お》いて行《い》つたんだが、お前《まへ》にや然《さ》う見《み》えないか、何処《どこ》かこりや、あの、深川《ふかゞは》の姉《ねえ》さんに肖《に》てるやうだ。」

「御新造《ごしん》さん。」

「むゝ。」

「拝見《はいけん》。」といつて請取《うけと》つて、眩《まばゆ》いばかり障子越《しやうじごし》に秋《あき》の日《ひ》の射《さ》し入《い》るのを、片手《かたて》、人形《にんぎやう》の上《うへ》に翳《かざ》して掌《てのひら》を少《すこ》し影《かげ》にしてためつすがめつ。

「本当《ほんたう》ですねえ。」

讃平《さんぺい》は頷《うなづ》いて、

「何《ど》うだ、そつくりだらう。」

「肖《に》て居《を》りますこと、まあ。」と上《うへ》へ上《あ》げて又見直《またみなほ》す。

「まだ驚《おどろ》くことがあるんだ、此《こ》の人形《にんぎやう》の名《な》をお留守《るす》さんとつけてある。」

「へい、おるす……何《なん》でございますか、名《な》なんでございますか。」

「あゝ、名《な》さ。」

「妙《めう》なお名前《なまへ》でございますね。」

「いゝえ。」とおさへて、讃平《さんぺい》はまた微笑《ほゝゑ》みながら、

「洒落《しやれ》なんだよ、そら其《そ》の旦那《だんな》か、御亭主《ごていしゆ》か、おかみさんが留守《るす》をして居《ゐ》る処《ところ》さ。」

「なるほど解《わか》りました。」と乳母《うば》合点《がつてん》をする、

「今《いま》つからお前然《まへさ》う早《はや》く感心《かんしん》をしちまつちやあ不可《いけな》い、まだこれからなんです。

ねえ深川《ふかゞは》のにそツくりだらう、処《ところ》が彼《あ》の人《ひと》のことを皆《みんな》がおるすさんと慨《か》う申《まを》します。」

「御新造《ごしん》さんでございますか。」

「うむお婦美《ふみ》さんのこツた、お貸《か》し、」といつて、讃平《さんぺい》は乳母《うば》の手《て》から人形《にんぎやう》を請取《うけと》つて旧《もと》の机《つくゑ》の上《うへ》に置《お》き、座《ざ》を斜《なゝめ》に彼方此方《あつちこつち》お松《まつ》の顔《かほ》と、お留守《るす》の顔《かほ》。

「即《すなは》ち、取《とり》も直《なほ》さずだ、取《とり》も直《なほ》さん此《こ》の人《ひと》のことさ。」

「何故然《なぜさ》ういふことを申《まを》しませう。」

「其《それ》がね、死《し》んで居《ゐ》ないものを、彼《あ》の人《ひと》は御亭主《ごていしゆ》が留守《るす》のつもりで居《ゐ》る。」

「御亭主《ごていしゆ》だなんてをかしうございます、あなたの従兄《にい》さまぢやありませんか。」

「僕《ぼく》の従兄《いとこ》だつて多之助《たのすけ》はお前《まへ》、お婦美《ふみ》にやあ亭主《ていしゆ》だらう。

お婦美《ふみ》は感心《かんしん》にや感心《かんしん》だがね。多之助《たのすけ》が死《し》んで居《ゐ》ないなんと謂《い》はうものなら、顔色《かほいろ》をかへて腹《はら》を立《た》つよ。

僕《ぼく》が行《い》つたからツて、突然顔《いきなりかほ》を見《み》ると、

（姉《ねえ》さん今日《こんにち》は、従兄《にい》さんは、）とお極《きま》りなんだ。然《さ》うするとね、お婦美《ふみ》が、

（あの今留守《いまるす》なの、）と何時《いつ》でもいふことになつてるがね、極《きまり》か悪《わゐ》いか、気《き》の毒《どく》さうに莞爾《につこり》するよ、可哀相《かはいさう》だな、乳母《ばあや》。」

「はい、」

「おゝ、不可《いけな》い、お前年紀《まへとし》を取《と》つたか、此頃《このごろ》は、すぐ泣《な》くね、厭《いや》だぜ、僕《ぼく》は。」

「其《それ》でも御新造様《ごしんぞさま》の話《はなし》が出《で》ますと、御親類中《ごしんるゐぢう》、何誰《どなた》もほろりとなさらないものはございません。否《いゝえ》、お婦美《ふみ》

様《さま》のことばかりぢやあないのでございます、一所《いつしよ》に若旦那様《わかだんなさま》のことも思出《おもひだ》しますからでございます、あの、其《それ》でお留守《るす》さんといひますのでございますかい。」

「女中《ぢよちう》にでも然《さ》うだツさ、だから皆《みんな》で、」

「誰《たれ》がそんなことを申《まを》します。」

「先《ま》づ僕《ぼく》、」と讃平《さんぺい》は低声《ひくごゑ》なり。

「お人《ひと》の悪《わる》い！　あなたは！」

## 三

「蔭口《かげぐち》といつちやあ済《す》まないけれども、何《なに》それ位《くらゐ》なことは本人《ほんにん》も心得《こゝろえ》てます、だつて、お前《まへ》泣《な》いてばかり居《ゐ》られやしないや。」

「そんなら可《よ》うございますけれども、また其《そ》れにしました処《ところ》で、面《めん》と向《むか》つて怪我《けが》にも留守《るす》さんなんておつしやつては不可《いけ》ませんよ、本当《ほんたう》にお可哀相《かはいさう》だと思《おも》つてお上《あ》げなさいまし、此《こ》の間《あひだ》も蠣殻町《かきがらちやう》の大旦那様《おほだんなさま》に、あなたのことを大層《たいそう》お誉《ほ》めなさいましたつて、而《そ》して釦《ぼたん》の光《ひか》る学校《がくかう》の服《ふく》を召《め》して、胡坐《あぐら》して、姉《ねえ》さんツて言《い》つて下《くだ》さる、最《も》う何《なに》も思《おも》ひませんとさ。御新造《ごしんぞ》さんも未《ま》だ三十には間《ま》があんなさるし、貴方《あなた》もお若《わか》うございますから本当《ほんたう》ならば一寸々々《ちよい〳〵》別荘《べつさう》の方《はう》へ被行《いら》つしやいますのは宜《よ》くございませんと申《まを》しますのですが、あゝやつて二十の年紀《とし》から仏様《ほとけさま》に操《みさを》を立通《たてとほ》して在《い》らつしやる、御新造様《ごしんぞさま》のお心《こゝろ》を察《さつ》しますれば、そんなに懐《なつか》しがつておいでなさいます貴方《あなた》を、何《なに》も世間体《せけんてい》を分隔《わけへだて》をつけますでもございません。まあ却《かへ》つて御不便《ごふびん》に思《おも》つてお上《あ》げなさいましと、お勧《すゝ》め申《まを》します位《くらゐ》でございますが、しかし讃様《さんさま》、」と少《すこ》し更《あらた》まつていふ。

「何《なん》だ、」

「当家《こちら》の親御様《おやごさま》が世《よ》に被入《いら》つしやいますれば、屹《きつ》とお留《と》めなさいますよ。其《それ》は実《じつ》のお児《こ》さまでございますと却《かへ》つて思過《おもひすご》しをなすつて、不安心《ふあんしん》に思召《おぼしめ》しませう。私《わたくし》には御主人《ごしゆじん》でございます、家来《けらい》が見《み》ましてお主《しう》を確《たしか》だと思《おも》つたのに間違《まちがひ》はございません、其《それ》は最《も》うお婦美《ふみ》さまとお床《とこ》を並《なら》べてお寝《やす》みなさいましても、乳母《ばあ》やは安心《あんしん》をして居《を》ります、自慢《じまん》のお児様《こさま》なんでございますもの、私《わたくし》は不容色《ふきりやう》でも本当《ほんたう》に鼻《はな》が高《たか》いのでございますよ。」

「だから精出《せいだ》して勉強《べんきやう》をなさいだらう、大分《だいぶ》評判《ひやうばん》が可《い》い。」

「ほゝゝ、あんなことを。もう其《それ》に越《こ》したことはないの。」

「処《ところ》が実《じつ》は一寸出《ちよつとで》懸《か》けたいのです。」

「おや、どちらへか。」

「お言葉《ことば》に甘《あま》えるやうで済《す》まないけれども。」

「深川《ふかゞは》へ行《い》らつしやるの。」

「お留守《るす》め、此《こ》の間《あひだ》も僕《ぼく》にぜんまい仕《じ》かけの膃肭臍《おツとせい》の玩弄品《おもちや》をやらうかツていつた。おまけにお前《まへ》、鞄《カバン》を肩《かた》からぶら下《さ》げろの、半洋袴《はんヅボン》にして長《なが》い靴足袋《くつたび》を穿《は》くと似合《にあ》ふのと、人《ひと》を小児《こども》にして居《ゐ》ら、丁《ちやう》ど可《い》いから此《こ》の人《にん》形《ぎやう》を持《も》つて行《い》つて一番驚《いちばんおどろ》かしてくれようと思《おも》ふ。」

「其《それ》は行《い》らつしやいますのは可《よ》うございますけれども、あの余《あま》りおいでなさりません方《はう》が可《よ》うございます。」

「何《なん》だか訳《わけ》が解《わか》らないね。」

「否《いゝえ》、別荘《べつさう》の方《はう》へはいろんな藝人《げいにん》などが出入《でいり》をしますさうですから、また。」

「なあに、お婦美《ふみ》がもう飽《あ》いたと見《み》えて俳優《やくしや》や義太夫語《ぎだいふかたり》なんざ此頃《このごろ》ぢやあまるで来《こ》ない、内中《うちぢう》ひツそりして奥《おく》の方《はう》で長唄《ながうた》のやうな謡《うたひ》を遣《や》つてます、」といひながら早《は》や人形《にんぎやう》を懐中《くわいちう》へ、つい手《て》の届《とゞ》く床《とこ》の間《ま》の隅《すみ》にある蝦《が》蟇口《まぐち》と巻煙草《まきたばこ》を一所《いつしよ》に摑《つか》んで、無造作《むざうさ》に袂《たもと》の中《なか》、不断着《ふだんぎ》を其《そ》のまゝ飛白《かすり》の書生羽織《しよせいばおり》の紐《ひも》を結《むす》び直《なほ》すのを見《み》て、

「洋服《やうふく》ですとお喜《よろこ》びなさいますよ。」

讃平《さんぺい》は打笑《うちわら》ひ、

「然《さ》う旨《うま》くゆくもんですか。」

「そんなことをおつしやつて、貴方《あなた》また憎《にく》まれ口《ぐち》をお利《き》きなさいますなよ。」

「そりや、さきへ行《い》つた上《うへ》で、御馳走《ごちそう》のあり無《な》しに因《よ》るさ。」

## 四

「御馳走《ごちそう》、解《わか》りましたよ、入《い》らつしやり早々《さう〳〵》、晩《ばん》のお菜《さい》の御穿鑿《ごせんさく》なんかなさるもんぢやありませんわ。婦人《をんな》の顔《かほ》を見《み》たら髪《かみ》の出来《でき》ぐらゐお賞《ほ》め遊《あそ》ばすもんですよ。」と中《なか》の間《ま》の口《くち》であふ小間使《こまづかひ》の初《はつ》は、島田《しまだ》に美《うつく》しく結《ゆ》つて居《ゐ》たが、自《みづか》ら讃《さん》せる如《ごと》く出来《でき》たてのやうで、衣服《きもの》も余所行《よそゆき》の派手《はで》な糸織《いとおり》。日向《ひなた》を通《とほ》つて些《ち》と暑《あつ》かつたといふ風《ふう》、衣紋《えもん》が乱《みだ》れて円顔《まるがほ》の逆気塩梅《のぼせあんばい》、つい今出先《いまでさき》から帰《かへ》つたらしい。讃平《さんぺい》が汐入町《しほいりちやう》の別荘《べつさう》の木戸《きど》を入《はひ》る時《とき》、宿車《やどぐるま》が三台《だい》、洲浜形《すはまがた》に梶棒《かぢぼう》を置《お》いて、一人金時《ひとりきんとき》の文身《ほりもの》であらう、脇腹《わきばら》の辺《あたり》ほのかに鉞《まさかり》の柄《え》の見《み》える胸《むね》の汗《あせ》を拭《ぬぐ》うて居《ゐ》た。

「何《なん》だ、髪《かみ》の出来《でき》、よせ、椎茸《しひたけ》なら汁《したじ》のだし位《くらゐ》にやあなるけれども、汝《きさま》の島田《しまだ》なんかおかめの雑物《ざふもつ》とおなじことだ。」

「あら覚《おぼ》えて在《い》らつしやい！」

「何《なん》といふ大《おほ》きな声《こゑ》です。」と此《こ》の時銀杏返《ときいてふがへし》の年増《としま》が次《つぎ》の室《へや》からひよつくり出《で》たが、何故《なぜ》か眉《まゆ》を顰《ひそ》めて居《ゐ》た。

「お仲《なか》お前《まへ》も一所《いつしよ》か、」

「おや入《い》らつしやいまし。」

「何処《どこ》へ行《い》つた。」

「はい、」と二人《ふたり》が前後《ぜんご》もなく、殆《ほとん》ど同時《どうじ》に言《い》はうとするのを、讃平《さんぺい》遮《さへぎ》つて莞爾《にっこり》して、

「待《ま》て当《あ》てゝ見《み》せよう。」

「当《あ》てゝ御覧《ごらん》なさい。」と甲走《かんばし》つたり、そはついたり、叱《しか》られたり、悄《しを》げたりしたお初《はつ》は糸織《いとおり》を大事《だいじ》さうに膝《ひざ》を浮《うか》して坐《すわ》る。

「いきなり口《くち》へ浮《うか》んだのが干瓢《かんぺう》ね、初《はつ》の天窓《あたま》が島田《しまだ》湯婆《ゆば》と。」

「お仲《なか》さんあんなことをおつしやるんだものを、」と仲働《なかばたらき》の顔《かほ》を見て怨《うら》めしさう。

「黙《だま》つて聞《き》かないか、ものには前兆《ぜんてう》といふのがある、こゝで考《かんが》へるに築地《つきぢ》へお墓参《はかまゐり》だらう。」

「当《あた》りました！」

といひながらお仲《なか》が束《つか》と出《で》て、斜《なゝめ》に半身《はんしん》を土間《どま》に乗出《のりだ》すと、開閉《あけたて》の荒《あら》ツぽい、腕白《わんぱく》がよくは閉《し》めないで入《はひ》つた戸口《とぐち》から、顔《かほ》を出《だ》して繻子《しゆす》の帯《おび》の引掛結《ひつかけむす》びの背《せなか》を捩《ねぢ》り、

「長吉《ちやうきち》さん、」

「おゝ、」と大声《おほごゑ》を引張《ひつぱ》つて、返事《へんじ》をしたのは件《くだん》の文身《ほりもの》の兄哥《あにい》なり。

「お茶《ちや》をお飲《あが》んなさいな、壮佼《わかいし》さん、御苦労様《ごくらうさま》。」

「へい、有難《ありがた》う存《ぞん》じます、」といふのが聞《きこ》える。

「さあ、奥《おく》へおいでなさいまし、讃様《さんさま》、台所《だいどこ》の方《はう》を気《き》に遊《あそ》ばすものぢやありませんわ、何《ど》うせ湯婆《ゆば》でございます、ほゝほゝ。」

「生意気《なまいき》なことをいふな、どれ、お婦美《ふみ》の奴《やつ》を口説《くど》いてやらう、何方《どつち》だ、庭《には》の方《はう》か、池《いけ》の方《はう》か。」

「お仲《なか》さん、御新造様《ごしんぞさま》は。」

「あゝ池《いけ》の方《はう》のお座敷《ざしき》ですがね。」と又忙《またせは》しさうに取《と》つて返《かへ》し、歩《ある》き〳〵、

「讃様《さんさま》、讃様《さんさま》、讃様《さんさま》、」といひ〳〵以前《いぜん》の次《つぎ》の室《へや》に入《はひ》つて、

「一寸《ちよいと》〳〵何《ど》うぞ、」とものありげに低声《こごゑ》で呼《よ》んだ。

「うむ、」

立話《たちばなし》でお仲《なか》はひそめき、

「貴方《あなた》、よく入《い》らつしやいましたのね、本当《ほんたう》に可《い》い処《ところ》、実《じつ》は其《そ》のお墓参《はかまゐり》に参《まゐ》つたんですが。まあ行《い》らつしたんです。」

「感心《かんしん》。」

「はじめの内《うち》は、帰途《かへり》に新富座《しんとみざ》を見《み》せようよ、なんて仰有《おつしや》つて大層御機嫌《たいそうごきげん》が良《よ》かつたんですが、向《むか》うへ参《まゐ》りますと、お側《そば》まではお連《つ》れなさいません、お一人《ひとり》でお墓《はか》へお参《まゐ》りなさいましたつけ、卵塔場《らんたふば》を出《で》ておいで遊《あそ》ばしたお顔《かほ》を見《み》ますと、私《わたくし》どもは何《ど》うなさいましたと、駈出《かけだ》して参《まゐ》りましたわ、生駒《いこま》さん、御新造様《ごしんぞさま》は宛然《まるで》ねえ、去年瘧《きよねんおこり》をお煩《わづら》ひの時《とき》のやうなお色《いろ》なんです。

吃驚《びつくり》して、お初《はつ》どんと両方《りやうはう》からお顔《かほ》を見《み》て居《を》りますと、心持《こゝろもち》が悪《わる》い、帰《かへ》る、とおつしやつて、丁《ちやう》ど梅吉《むめきち》の姿《すがた》も見《み》えましたから、直《すぐ》に。母衣《ほろ》をおろせとおつしやツたツ切《きり》、今《いま》しがた、まあ、無事《ぶじ》にお帰《かへ》りなさいました、御帯《おおび》をお解《と》きなさると、其儘《そのまんま》あなたね、枕《まくら》を寄越《よこ》せツて、横《よこ》におなんなさるぢやありませんか。

　お初《はつ》どんは少《わか》いから、そんなぢやおあんなさらないと暢気《のんき》でせう、私《わたし》は心配《しんぱい》でなりませんから、お医者様《いしやさま》を呼《よ》びますやうに申《まを》しましたけれども、病気《びやうき》ではない、とおつしやるんでせう。其《それ》でもと押返《おしかへ》していひましたら、煩《うるさ》い！　とね、散々《さんぐ》な御機嫌《ごきげん》です。何《ど》うしようかと、うろ〳〵して居《を》りますのに、お初《はつ》どんが暢気《のんき》らしい、わあ〳〵いふのが又逆《またさか》らつちや悪《わる》いと思《おも》つて、参《まゐ》つて見《み》ましたら、あなたが在《い》らしやつたんですよ。

真個《ほんたう》に助《たす》かりますわ、何《ど》うぞ一番様子《ひとつやうす》を見《み》て下《くだ》さいましな、可《い》い工合《ぐあひ》にねえ、後生《ごしやう》なんです。」

讃平《さんぺい》は頷《うなづ》いて聞《き》きつゝ、少時考《しばらくかんが》へたが、

「何《なに》か我儘《わがまゝ》だらう、其《それ》とも、お前《まへ》たちが謀計《はかりごと》に乗《の》つて新富座《しんとみざ》をごまかされたんでぢやあないか。」

「御串戯《ごじようだん》ばかり、何《ど》うぞ。」

「可《よ》し、池《いけ》の方《はう》だな、」と立《た》つてた二人《ふたり》は二《ふた》ツに分《わか》れて、生駒《いこま》はつかつかと行《ゆ》き懸《か》けたが、振向《ふりむ》いて調子高《てうしたか》く、

「お茶菓子《ちやぐわし》を早《はや》く、あの又最中《またもなか》を紙《かみ》に乗《の》せて出《だ》すと、撲《なぐ》るよ。」

# 五

「呀《や》、なるほど御不例《ごふれい》のやうだ、」と生駒《いこま》は奥座敷《おくざしき》の入口《いりぐち》で声高《こわだか》に言《い》つた。

勝色《かちいろ》うら郡内《ぐんない》の小掻巻《こかいまき》の襟《えり》を深《ふか》く引懸《ひつか》けて、お仲《なか》は横《よこ》になつて居《ゐ》るといつたけれども、しかし枕《まくら》を其《そ》の掻巻《かいまき》の裾《すそ》の処《ところ》に転《ころ》がして、六畳《でふ》の片隅《かたすみ》に差置《さしお》いた小机《こづくゑ》に凭懸《よりかゝ》つて、根上《ねあが》りに結《ゆ》つた年紀《とし》には肖《に》ない内端《うちは》な髷《まげ》、其《それ》さへ重《おも》たげに、眉《まゆ》の隠《かく》るゝばかり俯向《うつむ》いて手《て》で支《さゝ》へ、壁《かべ》に対《たい》して念《ねん》ずるが如《ごと》く、煩《わづら》へるが如《ごと》く、悩《なや》めるが如《ごと》き風《ふ》情《ぜい》なるがお婦美《ふみ》である。

見《み》るから最《いと》も悩《なや》ましげな姿《すがた》であるのに、生駒《いこま》は遠慮些《ゑんりよちつ》とも無《な》く、つかつかと座《ざ》に通《とほ》つて、汐入《しほいり》の池《いけ》に臨《のぞ》んで欄干《てすり》のついた板縁《いたえん》に腰《こし》を懸《か》けて、斜《なゝ》めに見《み》るお婦美《ふみ》の後姿《うしろつき》は、艶《つやゝ》かに冷《つめ》たさうに、鬢《びん》の毛《け》の透《す》いて映《うつ》るばかり、真白《まつしろ》な耳朶《みゝたぶ》から頬《ほゝ》のあたり、頤《おとがひ》をさし入《い》れて二枚合《にまいあはせ》の衣紋《えもん》、やゝ寛《ゆるや》かに、解棄《ときす》てたまゝの錦《にしき》の帯《おび》は、紫紺《しこん》の地《ち》に処々《ところぐ》白金黄金《しろがねこがね》の光《ひかり》さして、掻巻《かいまき》の裾《すそ》にかくれ、畳《たゝみ》の上《うへ》にあらはれて、恰《あたか》も憩《かゝ》る麗姫《れいき》の棲《す》める仙境《せんきやう》の細道《ほそみち》に異《こと》ならず。

されば此時《このとき》、池《いけ》の面《おも》に一点《いつてん》の雲《くも》の淀《よど》みなく、空《そら》は淡《あは》く澄《す》んで水《みづ》かと見《み》え、いらかを辷《すべ》り、廂《ひさし》を伝《つた》ひ、別荘《べつさう》の

奥深《おくふか》く弱々《よわ〳〵》とさし入《い》る日《ひ》は、昼《ひる》の月《つき》の色《いろ》を見《み》るやう、掛花活《かけはないけ》の芙蓉《ふよう》の影《かげ》を、てら〳〵とある小机《こづくゑ》の面《おもて》に宿《やど》して、朱《しゆ》の小《ちひ》さき硯《すゞり》が一個《ひとつ》、一冊《さつ》観世流《くわんぜりう》の謡《うたひ》の本《ほん》、生駒《いこま》は身《み》を反《そら》して、欄干《らんかん》に背《せな》を凭《よ》らせ腰《こし》かけた足《あし》を組違《くみちが》へながら、お婦美《ふみ》の容子《やうす》を眺《なが》めたが、継穂《つぎほ》ないのを事《こと》とも思《おも》はず、座《ざ》に人《ひと》ありとも思《おも》はぬ状《さま》で、

「おや〳〵相変《あひかは》らず唸《うな》つてます、……如何《いか》に頼光御心地《らいくわうおんこゝち》は何《なに》とござ候《さふらふ》ぞ、」と軍歌《ぐんか》のやうに、一寸節《ちよいとふし》を附《つ》けて言《い》つて見《み》たが、無邪気《むじやき》に呵々《から〳〵》と笑《わら》つて、

「何《なに》、そりや姉《ねえ》さん。」

「これですか、」

と衝《つ》と見返《みかへ》りざま、右手《めて》をしなやかに差出《さしだ》すと、手首《てくび》にかけたは一聯《いちれん》の珊瑚《さんご》の珠数《じゆず》、爾時搔巻《そのときかいまき》の袖《そで》は辷《すべ》り脱《ぬ》けて、お納戸《なんど》の紋着《もんつき》に、色《いろ》こそ違《ちが》へしどけない桃色《もゝいろ》の扱《しご》き帯《おび》、姿《すがた》も、ふりも、此処《こゝ》に……と思《おも》はず讃平《さんぺい》は胸《むね》を抱《だ》いたが、フと係《かゝ》る人《ひと》と係《かゝ》る境遇《きやうぐう》を天《てん》が戯《たはむれ》にこしらへて見《み》たのだと感《かん》じて、あはれに思《おも》つた。

# 蛇くひ

　西《にし》は神通川《じんづうがは》の堤防《ていばう》を以《もつ》て劃《かぎり》とし、東《ひがし》は町尽《まちはつれ》の樹林境《じゆりんさかひ》を為《な》し、南《みなみ》は海《うみ》に到《いた》りて着《つ》き、北《きた》は立山《りふざん》の麓《ふもと》に終《をは》る。此《この》間《あひだ》十里《り》見通《みとほ》しの原野《げんや》にして、山水《さんすゐ》の佳景《かけい》いふべからず。其川幅《そのかははゞ》最《もつと》も広《ひろ》く、町《まち》に最《もつと》も近《ちか》く、野《の》の稍狭《やゝせま》き処《ところ》を郷《がう》屋敷田畝《やしきたんぼ》と称《とな》へて、雲雀《ひばり》の巣猟《すあさり》、野草摘《のぐさつみ》に妙《めう》なり。

　此処《こゝ》往時《むかし》北越名代《ほくゑつなだい》の健児《けんじ》、佐々成政《さつさなりまさ》の別業《べつげふ》の旧跡《あと》にして、今《いま》も残《のこ》れる築山《つきやま》は小富士《こふじ》と呼《よ》びぬ。傍《かたへ》に一本《いつぽん》、榎《えのき》を植《う》ゆ、年経《としふ》る大樹《たいじゆ》鬱蒼《うつさう》と繁茂《しげ》りて、昼《ひる》も梟《ふくろふ》の威《ゐ》を扶《たす》けて鴉《からす》に塒《ねぐら》を貸《か》さず、夜陰人静《やいんひとしづ》まりて一《いち》陣《ぢん》の風枝《かぜえだ》を払《はら》へば、愁然《しうぜん》たる声《こゑ》ありておうおうと唸《うめ》くが如《ごと》し。

　されば爰《こゝ》に忌《い》むべく恐《おそ》るべきを（おう）に譬《たと》へて、仮《かり》に（応《おう》）といへる一種異様《いつしゆいやう》の乞食《こつじき》ありて、郷屋敷田畝《がうやしきたんぼ》を徘徊《はいくわい》す。驚破《すは》「応《おう》」来《きた》れりと叫《さけ》ぶ時《とき》は、幼童婦女子《えうどうふぢよし》は遁隠《にげかく》れ、孩児《がいじ》も怖《おそ》れて夜泣《よなき》を止《とゞ》む。

「応《おう》」は普通《ふつう》の乞食《こつじき》と斉《ひと》しく、見《み》る影《かげ》もなき貧民《ひんみん》なり。頭髪《とうはつ》は婦人《ふじん》のごとく長《なが》く伸《の》びたるを結《むす》ばず、肩《かた》より垂《た》れて踵《かゝと》に到《いた》る。跣足《せんそく》にて行歩《かうほ》甚《はなは》だ健《けん》なり。容顔隠険《ようがんいんけん》の気《き》を帯《お》び、耳敏《みゝさと》く、気鋭《きするど》し。各自《おの〳〵》一条《いちでう》の杖《つゑ》を携《たづさ》へ、続々《ぞく〳〵》市街《しがい》に入込《いりこ》みて、軒毎《のきごと》に食《しよく》を求《もと》め、与《あた》へざれば敢《あへ》て去《さ》らず。

　初《はじ》めは人皆懊悩《ひとみなうるさ》に堪《た》へずして、渠等《かれら》を罵《のゝし》り懲《こ》らせしに、争《あらそ》はずして一旦《いつたん》は去《さ》れども、翌日驚《よくじつおどろ》く可《べ》き報怨《しかへし》を蒙《かうむ》りてより後《のち》は、見《み》す〳〵米銭《べいせん》を奪《うば》はれけり。

　渠等《かれら》は己《おのれ》を拒《こば》みたる者《もの》の店前《みせさき》に集《あつま》り、或《あるひ》は戸口《とぐち》に立並《たちなら》び、御繁昌《ごはんじやう》の旦那《だんな》吝《けち》にして食《しよく》を与《あた》へず、餓《う》ゑて食《くら》ふものゝ何《なん》なるかを見《み》よ、と叫《さけ》びて、袂《たもと》を探《さ》ぐれば畝々《うね〳〵》と這出《はひい》づる蛇《くちなは》を摑《つか》みて、引断《ひきちぎ》りては舌鼓《したうち》して咀嚼《そしやく》し、畳《たゝみ》とも言《い》はず、敷居《しきゐ》ともいはず、吐出《はきいだ》しては舐《ねぶ》る態《さま》は、ちらと見《み》るだに嘔吐《おうど》を催《もよほ》し、心弱《こゝろよわ》き婦女子《ふぢよし》は後三日《のちみつか》の食《しよく》を廃《はい》して、病《やまひ》を得《え》ざるは寡《すく》なきなり。

凡《およ》そ幾百戸《いくひやくこ》の富家《ふか》、豪商《がうしやう》、一度《いちど》づつ、此復讐《このしかへし》に遭《あ》はざるはなかりし。渠等《かれら》の無頼《ぶらい》なる幾度《いくたび》も此挙動《このきよどう》を繰返《くりかへ》すに憚《はゞか》る者《もの》ならねど、衆《ひと》は其乞《そのこ》ふが随意《まゝ》に若干《じやくかん》の物品《もの》を投《とう》じて、其悪戯《そのあくぎ》を演《えん》ぜざらむことを謝《しや》するを以《もつ》て、蛇食《へびくひ》の藝《げい》は暫時《ざんじ》休憩《きうけい》を呟《つぶや》き居《を》る。

渠等《かれら》米銭《べいせん》を恵《めぐ》まるゝ時《とき》は、「お月様幾《つきさまいく》つ」と一斉《いつせい》に叫《さけ》び連《つ》れ、後《あと》をも見《み》ずして走《はし》り去《さ》るなり。ただ貧家《ひんか》を訪《と》ふことなし。去《さ》りながら外面《おもて》に窮乏《きうばふ》を粧《よそほ》ひ、嚢中却《なうちうかへつ》て温《あたゝか》なる連中《れんぢう》には、頭《あたま》から此一藝《このいちげい》を演《えん》じて、其家《そこ》の女房《にようばう》娘等《むすめら》が色《いろ》を変《へん》ずるにあらざれば、決《けつ》して止《や》むることなし。法《はふ》はいまだ一個人《いつこじん》の食物《しよくもつ》に干渉《かんせふ》せざる以上《いじやう》は、警吏《けいり》も施《ほどこ》すべき手段《しゆだん》なきを如何《いかん》せむ。

蝗《いなご》、蛙《かへる》、蛭《ひる》、蜥蜴《とかげ》の如《ごと》きは、最《もつと》も喜《よろこ》びて食《しよく》する物《もの》とす。語《ご》を寄《よ》す（応《おう》）よ、願《ねが》はくはせめて糞汁《ふんじふ》を啜《すゝ》ることを休《や》めよ。もし之《これ》を味噌汁《みそしる》と洒落《しやれ》て用《もち》ゐらるゝに至《いた》らば、十万石《まんごく》の稲《いね》は恐《おそ》らく立処《たちどころ》に枯《か》れむ。

最《もつと》も饗膳《きやうぜん》なりとて珍重《ちんちよう》するは、長虫《ながむし》の茹初《ゆでたて》なり。蛇《くちなは》の料理《れうり》塩梅《あんばい》を潜《ひそ》かに見《み》たる人《ひと》の語《かた》りけるは、（応《おう》）が常《じやう》住《ぢう》の居所《ゐどころ》なる、屋根《やね》なき褥《しとね》なき郷屋《がうや》敷田畝《しきたんぼ》の真中《まんなか》に、銅《あかゞね》にて鋳《い》たる鼎《かなへ》（に類《るゐ》す）を据《す》ゑ、先《ま》づ河水《かはみづ》を汲《く》み入《い》るゝこと八分目《はちぶんめ》余《よ》、用意《ようい》了《をは》れば直《たゞ》ちに走《はし》りて、一本榎《いつぽんえのき》の洞《うつろ》より数十条《すうじふでう》の蛇《くちなは》を捕《とら》へ来《きた》り、投込《なげこ》むと同時《どうじ》に目《め》の細密《こまか》なる笊《ざる》を蓋《おほ》ひ、上《うえ》には犇《ひし》と大石《たいせき》を置《お》き、枯草《こそう》を燻《ふす》べて、下《した》より爆々《ばつば》と火《ひ》を焚《た》けば、長虫《ながむし》は苦悶《くもん》に堪《た》へず蜿《のた》転廻《うちまは》り、遁《のが》れ出《い》でんと吐《は》き出《だ》す繊舌炎《せんぜつほのほ》より紅《あか》く、笊《ざる》の目《め》より突出《つきいだ》す頭《かしら》を握持《にぎりも》ちてぐツと引《ひ》けば、骨《ほね》は頭《かしら》に附《つ》きたるまゝ、外《そと》へ抜出《ぬけい》づるを棄《す》てゝ、屍傍《しかばねかたへ》に堆《うづたか》く、湯《ゆ》の中《なか》に煮《に》えたる肉《にく》をむしや――むしや喰《く》らへる様《さま》は、身《み》の毛《け》も戦慄《よだ》つばかりなりと。

（応《おう》）とは残忍《ざんにん》なる乞丐《きつかい》の聚合《しうがふ》せる一団体《いちだんたい》の名《な》なることは、此一《このいち》を推《お》しても知《し》る可《べ》きのみ。生《い》ける犬《いぬ》を屠《ほふ》りて鮮血《せんけつ》を啜《すゝ》ること、美《うつく》しく咲《さ》ける花《はな》を蹂躙《じうりん》すること、玲瓏《れいろう》たる月《つき》に向《むか》うて馬糞《ばふん》を擲《なげう》つことの如《ごと》きは、言《い》はずして知《し》るべきのみ。

然《しか》れども此白昼横行《このはくちうわうぎやう》の悪魔《あくま》は、四時《しじ》恆《つね》に在《あ》る者《もの》にはあらず。或《あるひ》は週《しう》を隔《へだ》てゝ帰《かへ》り、或《あるひ》は月《つき》をおきて来《きた》る。其《その》去《さ》る時来《ときき》たる時《とき》、進退常《しんたいつね》に頗《すこぶ》る奇《き》なり。

一人榎《いちにんえのき》の下《もと》に立《た》ちて、「お月様幾《つきさまいく》つ」と叫《さけ》ぶ時《とき》は、幾多《いくた》の（応《おう》）等同音《らどうおん》に「お十三七《じふさんなゝ》つ」と和《わ》して、飛禽《ひきん》の翅《つばさ》か、走獣《そうじう》の脚《あし》か、一躍疾走《いちやくしつそう》して忽《たちま》ち見《み》えず。彼堆《かのうづたか》く積《つ》める蛇《くちなは》の屍《しかばね》も、彼等《かれら》将《まさ》に去《さ》らむとするに際《さい》しては、穴《あな》を穿《うが》ちて尽《こと〴〵》く埋《うづ》むるなり。さても清風吹《せいふうふ》きて不浄《ふじやう》を掃《はら》へば、山野一点《さんやいつてん》の妖氛《えうふん》をも止《とゞ》めず。或時《あるとき》は日《ひ》の出《い》づる立山《りふざん》の方《かた》より、或時《あるとき》は神通川《じんづうがは》を日没《につぼつ》の海《うみ》より溯《さかのぼ》り、榎《えのき》の木蔭《こかげ》に会合《くわいがふ》して、お月様《つきさま》、と呼《よ》び、お十三《じふさん》、と和《わ》し、パラリと散《ち》つて三々五々《さん〴〵ご〴〵》、彼杖《かのつゑ》の響《ひゞ》く処妖気人《ところえうきひと》を襲《おそ》ひ、変幻出没極《へんげんしゆつぼつきは》まりなし。

されば郷屋敷田畝《がうやしきたんぼ》は市民《しみん》のために天工《てんこう》の公園《こうゑん》なれども、隠然《いんぜん》（応《おう》）が支配《しはい》する所《ところ》となりて、猶餅《なほもち》に黴菌《かび》あるごとく、薔薇《しやうび》に刺《とげ》あるごとく、渠等《かれら》が居《きよ》を恣《ほしいまゝ》にする間《あひだ》は、一人《いちにん》も此惜《このをし》むべき共楽《きようらく》の園《ゑん》に赴《おもむ》く者《もの》なし。其去《そのさ》つて暫時《ざんじ》来《きた》らざる間《あひだ》を窺《うかゞ》うて、老若争《らうにやくあらそ》うて散策野遊《さんさくやいう》を試《こゝろ》む。

さりながら応《おう》が影《かげ》をも止《とゞ》めざる時《とき》だに、厭《いと》ふべき蛇喰《へびくひ》を思《おも》ひ出《いだ》さしめて、折角《せつかく》の愉快《ゆくわい》も打消《うちけ》され、掃愁《さうしう》の酒《さけ》も醒《さ》むるは、各自《かくじ》が伴《ともな》ひ行《ゆ》く幼《をさな》き者《もの》の唱歌《しやうか》なり。

草《くさ》を摘《つ》みつゝ歌《うた》ふを聞《き》けば、

拾乎《ひらを》、拾乎《ひらを》、豆拾乎《まめひらを》、
鬼《おに》の来《こ》ぬ間《ま》に豆拾乎《まめひらを》。

古老《こらう》は眉《まゆ》を顰《ひそ》め、壮者《さうしや》は腕《うで》を扼《やく》し、嗚呼《あゝ》、児等不祥《こらふしやう》なり。輟《や》めよ、輟《や》めよ、何《なん》ぞ、君《きみ》が代《よ》を細石《さゞれいし》に寿《ことぶ》かざる！　などと小言《こゞと》をおつしやるけれど、拾《ひろ》はにやならぬ、いんまの間《ま》。

斯《か》くの如《ごと》く言消《いひけ》して更《さら》に又《また》、

拾乎《ひらを》、拾乎《ひらを》、豆拾乎《まめひらを》。
鬼《おに》の来《こ》ぬ間《ま》に豆拾乎《まめひらを》。

と唱《とな》へ出《いだ》す節《ふし》は泣《な》くがごとく、怨《うら》むがごとく、いつも（応《おう》）の来《きた》りて市街《しがい》を横行《わうかう》するに従《したが》うて、件《くだん》の童謡東《どうえうとう》西《ざい》に湧《わ》き、南北《なんぼく》に和《わ》し、言語《ごんご》に断《た》えたる不快嫌悪《ふくわいけんを》の情《じやう》を喚起《よびおこ》して、市人《いちびと》の耳《みゝ》を掩《おほ》はざるなし。童謡《どうえう》は（応《おう》）が始《はじ》めて来《きた》りし稍以前《やゝいぜん》より、何処《いづこ》より伝《つた》へたりとも知《し》らず流行《りうかう》せるものにして、爾来父母姉兄《じらいふぼしけい》が誑《だま》しつ、賺《すか》しつ制《せい》すれども、頑《ぐわん》として少《すこ》しも肯《き》かざりき。

都人士《とじんし》も此事《このこと》を疑《うたが》はゞ、請《こ》ふ直《たゞ》ちに来《きた》れ。上野《うへの》の汽車最後《きしやさいご》の停車場《ステイシヨン》に達《たつ》すれば、碓氷峠《うすゐたうげ》の馬車《ばしや》に揺《ゆ》られ、再《ふたゝ》び汽車《きしや》にて直江津《なほえつ》に達《たつ》し、海路一文字《かいろいちもんじ》に伏木《ふしき》に至《いた》れば、腕車《わんしや》十銭《せん》富山《とやま》に赴《おもむ》き、四十物町《あへものちやう》を通《とほ》り抜《ぬ》けて、町《まち》尽《はつれ》の杜《もり》を潜《くゞ》らば、洋々《やう〳〵》たる大河《たいが》と共《とも》に漠々《ばく〳〵》たる原野《げんや》を見《み》む。其処《そこ》に長髪敝衣《ちやうはつへいい》の怪物《くわいぶつ》を見《み》とめなば、寸時《すんじ》も早《はや》く踵《くびす》を回《くわい》されよ。もし幸《さいはひ》に市民《しみん》に逢《あ》はば、進《すゝ》むで低声《ていせい》に（応《おう》）は？　と聞《き》け、彼《かれ》の変《へん》ずる顔色《がんしよく》は口《くち》より先《さき》に答《こたへ》をなさむ。

無意無心《むいむしん》なる幼童《えうどう》は天使《てんし》なりとかや。げにもさきに童謡《どうえう》ありてより（応《おう》）の来《きた》るに一月《ひとつき》を措《お》かざりし。然《しか》るに今《いま》は此歌《このうた》稀《まれ》になりて、更《さら》にまた奇異《きい》なる謡《うた》は、

屋敷田畝《やしきたんぼ》に光《ひか》る物《もの》ア何《なん》ぢや、
虫《むし》か、螢《ほたる》か、螢《ほたる》の虫《むし》か、
虫《むし》でないのぢや、目《め》の玉《たま》ぢや。

頃日至《けいじついた》る処《ところ》の辻《つじ》にこの声《こゑ》を聞《き》かざるなし。
目《め》の玉《たま》、目《め》の玉《たま》！　赫奕《かくやく》たる此明星《このみやうじやう》の持主《もちぬし》なる、（応《おう》）の巨魁《きよくわい》が出現《しゆつげん》の機熟《きじゆく》して、天公其使者《てんこうそのししや》の口《くち》を藉《か》りて、豫《あらかじ》め引《いん》をなすものならむか。

# X　蟷螂鰒鉄道

## 一

持主《もちぬし》なりし人《ひと》の名《な》なるべし。裏《うら》にならべて稍斜《やゝなゝめ》に、H《エチ》、H《エチ》、H《エチ》、と三字《さんじ》書《か》いたり。幾度《いくたび》か繰返《くりかへ》して愛読《あいどく》せる其眼《そのめ》には触《ふ》れたりけむ。仮綴《かりとぢ》の継糸《つなぎいと》断《きれ》〴〵になりて、表紙《へうし》は纔《わづか》に其一部《そのいちぶ》を残《のこ》して、辛《から》うじて着《つ》きたるのみ。手荒《てあら》く取扱《とりあつか》ひしものにはあらず、持主《もちぬし》の鄭重《ていちよう》なる、西洋紙《せいやうし》の薄《うす》き表紙《へうし》に、厚《あつ》き西《にし》の内《うちも》以て両面《りやうめん》に蔽《おほひ》かけたるが、持古《もちふる》したればならむ、煤《すゝ》けて薄黒《うすぐろ》くなりたり。

X《エツキス》と題《だい》したる此小説《このせうせつ》の題字《だいじ》をば、其蔽《そのおほひ》の紙《かみ》をすかして、原《もと》の書体《しよたい》に違《たが》はざるやう、上《うへ》より袋字《ふくろじ》に写《うつ》し取《と》りて、おなじくX《エツキス》と書《か》きて、また其上《そのうへ》に金《きん》の箔彩《はくいろど》りつ。下《した》に小《ちひ》さく（完《まつたく》）とぞ記《しる》したる。

著者《ちよしや》、秀蘭《しうらん》、畠山須賀子《はたけやますがこ》は、掌《たなそこ》に乗《の》せてつく〴〵と見《み》たりしが、顔《かほ》をあげて、山科《やましな》の家《いへ》の内室《ないしつ》と眼《め》を合《あは》せぬ。

## 二

山科《やましな》の主婦《つま》は身体《からだや》痩せたり。瞳清《ひとみすゞ》しく、客《きやく》に向《むか》ひて、ものいひいづる声沈《こゑしづ》みぬ。

「お須賀《すが》さん、御覧《ごらん》の通《とほ》り、何《なん》のお愛想《あいそ》もなし、お構《かま》ひ申《まを》すことも出来《でき》ませんが、貴女《あなた》、其《それ》が何《なに》よりでせう。大層大事《たいそうだいじ》にして持《も》つて居《ゐ》たと見《み》えますね。風説《うはさ》も聞《き》いて居《ゐ》ますが、私《わたし》も拝見《はいけん》して面白《おもしろ》う思《おも》ひました。めツきり旨《うま》くなつたのね。」

お須賀《すが》は少《すこ》しく顔《かほ》を赧《あか》らめ、

「も、お恥《はづ》かしいんですよ。あなたの前《まへ》ぢやあ冷汗《ひやあせ》が出《で》ますもの。可《い》いもわるいも何《ど》うせ学校《がくかう》に居《ゐ》ました時《じ》分《ぶん》は、あなたにお作文《さくぶん》を直《なほ》して戴《いたゞ》いたんですものね。御覧《ごらん》で、恐入《おそれい》ります。其上《それに》、あの、何《ど》うも済《す》みません、つい何《なん》だものですから、貴女《あなた》お怒《おこ》り遊《あそ》ばしはしまいかと思《おも》つて、もう小《ちひ》さくなつて参《まゐ》つたんです。」

「いゝえ、結構《けつこう》。私《わたし》のことを忘《わす》れない、でまあ、よく書《か》いて下《くだ》さいました。しかしお須賀《すが》さん。」

此声力籠《このこゑちからこも》りたれば、客《きやく》なる女作家《ぢよさくか》は俯向《うつむ》きたり。

「長屋《ながや》も長屋《ながや》、こんな辺鄙《へんぴ》な処《ところ》の、路地《ろぢ》の奥《おく》で、御覧《ごらん》の通《とほ》り八畳一室《でふひとま》で、貴女《あなた》には、見《み》えも外聞《ぐわいぶん》もござんせぬが、火鉢一《ひばちひと》ツ無《な》いでせう。ま、手桶《てをけ》も不自由《ふじいう》といふので、お客様《きやくさま》にお茶《ちや》をあげますにも、この口《くち》の欠《か》けた土《ど》瓶《びん》を持《も》つて、私《わたし》が井戸端《ゐどばた》へ行《い》つて、大《おほ》きな釣瓶《つるべ》から小《ちひ》さな口《くち》へあけるので、溢《こぼ》して、まあ、だらしのない。裾《すそ》も何《なに》もびつしよりになつて、それをば着換《きか》へるものもありませんから、この体《なり》で、湿《しめ》つぽい、かび臭《くさ》い、畳《たゝみ》に坐《すわ》つて、気味《きみ》の悪《わる》い、踵《かゝとう》を浮かしてさ、そしてあなたとお話《はなし》をする。ね、この口《くち》でいつちや、をかしうござんすが、ま、貴女御存《あなたごぞん》じだから言《い》ふやうなものゝ、そりや私《わたし》は書《ほん》も読《よ》みました、字《じ》も習《なら》ひました、人形《にんぎやう》の首《くび》ならば絵《ゑ》も書《か》きます、仏蘭西語《ふらんすご》も真似《まね》ならばしますが、其《それ》が何《なん》の役《やく》に立《た》ちますもんですか。つまりいへば、貴女《あなた》は、些《ちつ》とはものも知《し》つてる女《もの》が、土方《どかた》や何《なん》ぞの妻《つま》になつちやあ、気《き》の毒《どく》だ、可哀相《かはいさう》だ、つまらないと、いふやうにお思《おも》ひなすつて、可《よ》ござんすか。それで、この、X《エツキス》もお書《か》きなすつたやうなものですけれど、其《それ》はね、お机《つくゑ》に対《むか》つて、空《くう》な家政学《かせいがく》でも読《よ》んでる時《とき》の考《かんが》へですよ。

からなつてはね、せめて長屋《ながや》なみのおかみさんづきあひでも出来《でき》る方《はう》が、いくら可《い》いか知《し》れません。毎朝御《まいあさご》飯《はん》を焚《た》くてツちやあ、良人《やど》のに手伝《てつだひ》をして貰《もら》ふやうでは、ほんとに仕方《しかた》がないんですもの。衣物《きもの》だつて、たちおろしの絹《きぬ》ものばかり手《て》に懸《か》けてゝも、つぎはぎが出来《でき》ないぢやあ困《こま》るんですよ、お須賀《すが》さん。

甲斐性《かひしやう》のないことゝいつたら、良人《やど》にもぼろをさげさしときや、我身《わがみ》でも釘裂《くぎざき》をひつぱつて、何《ど》んなに見《み》つとも無《な》いか分《わか》りません。

書《ほん》が読《よ》めたつて、お客様《きやくさま》の名刺《めいし》一《ひと》ツ読《よ》まうでなし、字《じ》が書《か》けたつて、あなた、二年《ねん》にも、三年《ねん》にも、お朋達《ともだち》の処《ところ》へ年頭状一枚書《ねんとうじやういちまいか》いて出《だ》せないやうな身《み》になつては、何《なん》にもなりやしないんですから、私《わたし》や却《かへ》つて良人《やど》のに恥《はづ》かしくツて、気《き》の毒《どく》でなりません。力《ちから》がありや荷車《にぐるま》の後押《あとおし》でもしますがね。働《はたらき》がありや内職《ないしよく》でもして、お菜《さい》だけなりと稼《かせ》ぎ出《だ》したら、良人《やど》も何《ど》んなに都合《つがふ》が可《い》いか知《し》れませんのに、何《ど》うでせう。不規則《ふきそく》な食物《しよくもつ》を頂《いたゞ》けば胃《ゐ》が悪《わる》くなる、元結《もつとひ》でも捩《よ》らうと思《おも》へば、れうまちに障《さは》りますね、寒《さむ》けりや、寒《さむ》いで、風邪《かぜ》は引《ひ》くんだし、気《き》候《こう》が悪《わる》ければ脳《なう》がいけないツて、いつたやうな、こんな、厄雑《やくざ》な、病身《びやうしん》な、甲斐性《かひしやう》なしの、なまけものを、土《ど》方《かた》の内《うち》に置《お》いて何《ど》うなりませう。ほんたうに気《き》の毒《どく》でなりません。其《それ》に悪《わる》い顔《かほ》一《ひと》ツ見《み》せないで、優《やさ》しくして、可愛《かはい》がつてくれますもの。土方《どかた》だつて、何《なん》だつて、私《わたし》にや過《す》ぎものゝ良人《やど》ですよ。

あんな学問《がくもん》なんかしなかつたら、些少《ちつと》は気楽《きらく》に暮《くら》せませうのに、なまじつかの其《それ》が邪魔《じやま》になつて、時々《ときぐ》は堪《たま》らなく、キ、キと胸《むね》へ何《なん》だか込上《こみあ》げるの。なりたけもう忘《わす》れてしまひたいと思《おも》つてね、傍《そば》にや紙《かみ》の片《きれ》も置《お》かないやうにして居《ゐ》るもんですから、此節《このせつ》ではね、それでもやう〳〵もう余程何《よつぽどなに》か忘《わす》れてしまつて、お須賀《すが》さん、見《み》たつて、あなた一寸見《ちよいとみ》たつて分《わか》るでせう。大分《だいぶ》鈍《どん》なものになりましたよ。」

女作家《ぢよさくか》は悄然《せうぜん》として俯向《うつむ》きたるまゝものいはず。主婦《あるじ》は音《おん》の調《てう》の変《かは》れるにもかゝはらず、さりげなう装《よそほ》へり。

「ですから、あんなことも出来《でき》たものです。あなた、弟御様《おとうとごさま》が何《なに》かおつしやりはしませんか。いえね、何《なに》も他《ほか》ではないんですが、此間《このあひだ》、古本屋《ふるぼんや》の店《みせ》であなたの弟御様《おとうとごさま》に、このX《エツキス》を戴《いたゞ》いた時《とき》ですよ。夜分《やぶん》ぢや、ありましたけれども、つい、何《なん》なの、お須賀《すが》さん、焼芋《やきいも》を買《か》ひに入《はひ》つたんです。小児《こども》を負《おぶ》つてさ、この書《ほん》を片手《かたて》に持《も》つてね、可《い》いぢやありませんか。おほゝ、何《な》にも私《わたし》は知《し》らないで居《ゐ》ましたけれど、お聞《き》き申《まを》しますやうでは、弟御様《おとうとごさま》が見《み》て在《い》らつしやつたかも知《し》れませんのね、ちつと恥《はづ》かしいやうです。まだ娑婆《しやば》ツ気《け》が取《と》れません。」

と淋《さび》しき笑顔《ゑがほ》したりき。淋《さび》しき笑顔《ゑがほ》なりき。原《もと》より愛嬌《あいけう》には乏《とぼ》しき人《ひと》の、眉《まゆ》はりゝしげなれど、口《くち》はしまりたれど、色《いろ》はいと白《しろ》けれど、気高《けだか》くは見《み》ゆれども、太《いた》くやつれたる人《ひと》の笑顔《ゑがほ》ぞ淋《さび》しかりける。

# 三

「実《まこと》に済《す》みませんでした。も、何《ど》うしたら可《よ》うございませう。私《わたし》がもう些《ちつ》と分別《ふんべつ》がございますと、斯《か》うして、今日《けふ》だつて然《さ》うなんです、参《まゐ》られたわけぢやあござんせんけれど、つい、あの弟《おとうと》がね、富坂上《とみざかうへ》の古本屋《ふるぼんや》だとかいひましたつけ、この書《ほん》を見《み》つけまして、斯《か》う言《い》ふ風《ふう》に読《よ》んであつたもんですから、何《ど》うでせう、私《わたし》に一《ひと》ツ喜《よろこ》ばせようと思《おも》つて買《か》つた時《とき》に、丁《ちやう》どまた、貴女《あなた》が行《い》らしつて、店《みせ》へお立《た》ち遊《あそ》ばしたんですとね。あの児《こ》も、些《ちつ》ともあなたを存《ぞん》じちやあ居《ゐ》ませんでございましたでせうけれど、X《エツキス》といふ小説《せうせつ》はツて、あなたがおつしやつたのを、聞《き》きましたさうで、おや、と立留《たちど》まりましたさうでした。

さうすると、斯《か》う、あちこち御覧遊《ごらんあそ》ばしながら、さつき行《ゆ》きがけに、一寸見《ちよいとみ》て置《お》いたんだが、此店《こゝ》に、X《エツキス》といふ小説本《せうせつぼん》があつたつけ。ちつと借《か》りたいが、何《ど》うしたんだえ？　と、ま、失礼《しつれい》ながら打明《うちあ》けて申《まを》しませう。なりにはお似合《にあ》ひ遊《あそ》ばさない、しつかりしたお言《ことば》だし、お人品《ひとがら》もお人品《ひとがら》なり、其《それ》に彼《あ》の児《こ》も姉《あね》の書《か》いた、小《せう》説《せつ》……といふんですか、まあ、其《その》ことをお聞《き》き遊《あそ》ばしたもんですから、何《ど》うも黙《だま》つて居《ゐ》られなかつたさうで、差出《さしで》て、買《か》つたのをお貸《か》し申《まを》しましたさうですが、つい、お所《ところ》もうかゞはないで、其《それ》ツ切《きり》。あの、何《なん》ですよ。えゝ、其《それ》も、其《その》お買物《かひもの》を遊《あそ》ばしたのも、お見受《みう》け申《まを》して居《ゐ》ましたさうですが、無暗《むやみ》と喜《よろこ》んで帰《かへ》つて来《き》ましてね、そして其話《そのはなし》をしますから、ふと其何《そのなん》でしたの。お姿《すがた》なり、お言《ことば》つきなり、何《ど》うも、あなたでおあんなさるやうに窕《と》れましたので、もしやと思《おも》つて古本屋《ふるぼんや》で、あと、四五日《しごんち》も後《あと》でしたツけか、弟《おとうと》に聞《き》かせましたら、あゝ、ちよい〳〵本《ほん》をお借《か》り遊《あそ》ばす、あの方《かた》ならばツて、いつてきかした、お名前《なまへ》が、貴女《あなた》でせう。

直《す》ぐ出懸《でか》けまして、お宅《たく》を伺《うかゞ》つたら、つい二三日前《にちまへ》こツちの新井《あらゐ》の方《はう》へお引越《ひつこ》し遊《あそ》ばしたつて、さういふもんですから、お目《め》には懸《かゝ》りたし、お詫《わび》も申《まを》したし、始終《しじう》ね、恁《か》う申《まを》しては何《なん》ですけれど、あゝ、学校《がくかう》では山科《やましな》さんといふと上下《うへした》響《ひゞ》いたものだのに、あんなにおなんなすつてから、何《ど》う遊《あそ》ばして在《い》らつしやるだらう、とね、なかの悪《わる》かつた、つまらない方《かた》が、皆《みんな》、馬車《ばしや》やら、人力《じんりき》やらで、やれ、花《はな》、それ、月《つき》とおもしろく世中《よのなか》を送《おく》つて居《ゐ》るのを見《み》ます度《たび》にね、私《わたし》は口惜《くやし》くツて堪《たま》りませんで、何《なん》の詰《つま》らない。束《たば》ね髪《がみ》の前垂《まへだれ》がけで構《かま》ふものか。山《やま》科《しな》さんを引張《ひつぱ》り出《だ》して、日本橋《にほんばし》の上《うへ》へ立《た》たしたら、小《ちひ》さくなつて河岸《かし》の軒下《のきした》を通《とほ》らうのにと、さう思《おも》はない日《ひ》といつちやあなかつたもんですから、つい、あんないたづら書《がき》もしました訳《わけ》だし、お目《め》にかゝつたら、またお机《つくゑ》に縋《すが》りついて、詩集《ししふ》のお談《はなし》でも伺《うかゞ》はうと、実《じつ》はね、あなた思《おも》ひこんで居《ゐ》ましたが。」

言《い》ひかけて、ぢつと見《み》て、

「大層貴女《たいそうあなた》かはりましたねえ。」

あるじは膝《ひざ》を正《たゞ》したり。須賀子《すがこ》も襟《えり》を掻合《かきあは》せつ。

「汽車《きしや》を下《お》りると、田圃道《たんぼみち》で、最《も》う方角《はうがく》も何《なに》も分《わか》りませんので、道《みち》を聞《き》いてお顔《かほ》を見《み》ると、其《それ》が貴女《あなた》だつたのには吃驚《びつくり》しました。お小《ちひ》さいのをお抱《だ》きなすつて、草履穿《ざうりばき》で、地蔵様《ぢざうさま》の前《まへ》にお立《た》ち遊《あそ》ばして在《い》らつしやつた、あの、お姿《すがた》にはほんたうに泣《な》きました。私《わたし》、ぼんやりしてしまひました。けれども唯今《たゞいま》のお話《はなし》を承《うけたまは》りますと、申《まを》しやうのない思召《おぼしめし》で、さういふ貴女《あなた》のお心《こゝろ》では、あなたが、何《なん》ぞ不《ふ》平《へい》なやうなお言《ことば》でもありましたら、却《かへ》つてお宥《なだ》め申《まを》しませんければなりませんやうになりましたね。

そりや、お両親《ふたおや》はおいでぢやあなし、お小《ちひ》さい時分《じぶん》から、伯父《をぢ》さんにお育《そだ》てられなさいます、其御《そのお》親類《みうち》のお計《はか》らひで、唯今《たゞいま》の旦那様《だんなさま》に、何《なに》もおつしやらずにおかたづき遊《あそ》ばしたが、全《まつた》く伯父《をぢ》さんだつて、こんなことに成《な》らうとは思《おぼ》し召《め》さないで、ま、其時分《そのじぶん》は立派《りつぱ》にお暮《くら》しなすつた方《かた》へ、お世話《せわ》なさいましたわけですから、其《それ》をお怨《うら》みなさいますと言《い》ふわけにはゆかず、一旦《いつたん》おかたづきなすつた上《うへ》は、旦那様《だんなさま》のことですもの。譬《たと》へ何《ど》んな落目《おちめ》におなり遊《あそ》ばさうと、兎《と》や角《かく》、あなたがおつしやるわけのものではなし、そりや何処《どこ》までもお従《したが》ひ遊《あそ》ばさなければなりません。つまりあなたのお身体《からだ》を旦那様《だんなさま》のものとして、そしてまあ、かうやつて、お暮《くら》し遊《あそ》ばして在《い》らつしやれば、なるほど、学問《がくもん》を遊《あそ》ばしたのが、お邪魔《じやま》になるでございませう。源氏《げんじ》をお聞《き》き遊《あそ》ばしたのも、英文《えいぶん》をお綴《つゞ》り遊《あそ》ばすことも、書《て》のお見事《みごと》なのも、仏蘭西《ふらんす》のお出来《でき》なさいますのも、何《ど》んなにか、お邪魔《じやま》になるでせう。……あなた。」

あるじは顔《かほ》の色《いろ》かはりぬ。唇《くちびる》をばふるはせつゝ、

「はい、邪魔《じやま》になつて、邪魔《じやま》になつて、邪魔《じやま》になつて、邪魔《じやま》で、邪魔《じやま》で、私《わたし》や何《なん》だつて、つまらない、学校《がくかう》へなんぞ行《い》つたんでせう。邪魔《じやま》で、邪魔《じやま》でしやうがありません。」

言《い》ふ〳〵其眉動《そのまゆうご》いたり。

# 四

「しかし、此様《こんな》でもありません。」

主婦《あるじ》は俯向《うつむ》きて傍《かたはら》を見向《みむ》きたり。色白《いろしろ》くうつくしき男《をとこ》の児《こ》の、太《いた》く痩《や》せたるが疲《つか》れし状《さま》にて、あをむけに枕《まくら》して臥《ふ》したる、色褪《いろあ》せし茜木綿《あかねもめん》の枕《まくら》かけに、鼠《ねずみ》の歯形《はがた》つきて、蕎麦《そば》の殻《から》は溢《こぼ》れ出《い》でつ。

寐《い》ねたる児《こ》は、気高《けだか》き瞼《まぶた》を心《こゝろ》ばかり動《うご》かしながら、幽《かす》に鼾《いびき》をぞ立《た》てたりける。

ぢつと下眼《しため》に見《み》ながら、

「学校《がくかう》へ参《まゐ》つたのが邪魔《じやま》になるツたつて、書籍《ほん》を読《よ》んだのが妨害《さまたげ》になりますたつて、此児《このこ》ほどぢやあないんです。こんなに邪魔《じやま》になるものはありません。こんな面倒《めんど》ツ臭《くさ》いものはないんです。」

と声《こゑ》をふるはして、主婦《あるじ》はまたも息《いき》をつきぬ。

須賀子《すがこ》の暖《あたゝ》かなる右《みぎ》の腕《かひな》は、ソと枕《まくら》の下《した》より、寐《い》ねたる児《こ》の項《うなじ》をからめり。

「御道理《ごもつとも》です、貴女《あなた》、そりや御道理《ごもつとも》ぢやあゝりますけれども、御自分《ごじぶん》で、御勝手《ごかつて》に御自分《ごじぶん》のなすつた学問《がくもん》を邪魔《じやま》に遊《あそ》ばすやうに、このお児様《こさま》を邪魔《じやま》になすつちやあ不可《いけ》ません。この、まあ、お色《いろ》の白《しろ》い、華奢《きやしや》な、御発《ごはつ》明《めい》さうな、可愛《かはい》い、お顔《かほ》つたらない。御覧《ごらん》なさいましな。野原《のはら》で菫《すみれ》でも摘《つ》んで、あちこち眗《みまは》しておいでの処《ところ》の、夢《ゆめ》でも見《み》て在《い》らつしやるんだよ、屹《きつ》と。あれ、睡《ねむ》つておいでの眼《め》の中《なか》が、動《うご》きますぢやあございませんか。」

と頬《ほゝ》ずりしていふ。主婦《あるじ》は口許《くちもと》を弛《ゆる》めもせで、

「食物《たべもの》でも捜《さが》してる夢《ゆめ》なんでせう。それがまた動《うご》かないやうになれば、お須賀《すが》さん、もう活《い》きちやあ居《ゐ》ないんですもの。何《なに》も眼《め》を動《うご》かして居《ゐ》たからたって、変《かは》つたことはありません。」

「まあ、そんな理窟《りくつ》ぽいことはおよしなさいまし。可愛《かはい》らしいに、理窟《りくつ》も何《なに》もありませんわね、貴女《あなた》、もうお幾歳《いくつ》におなんなさいますの、お三歳《みッつ》？」

「いゝえ、五歳《いつゝ》です。養《やしなひ》が不《ふ》十分《じふぶん》な故《せゐ》でせう、毎月《まいつき》些《ちつ》とづゝ小《ちひ》さくなります。」

といひかけて眼《め》をしばたゝけり。須賀子《すがこ》はわざと心《こゝろ》には留《と》めざる状《さま》しつ。

「それが矢張可愛《やつぱりかはい》くつて在《い》らつしやるんですよ。可《い》いぢやあゝりませんか。掌中《しやうちう》の珠《たま》つていひますもの。でく〳〵したのは削《けづ》りかいて、石垣《いしがき》にでもするが可《よ》ござんす、ねえ。」

と児《こ》の耳《みゝ》に口《くち》をつけしが、恬《か》くして呼《よ》ぶべき、其幼児《そのをさなご》の名《な》を知《し》らざりき。

「何《なん》と然《さ》うおつしやるの。お名《な》は、あの何《なん》とおつしやるの。」

主婦《あるじ》は投出《なげだ》したる口気《くちぶり》にて、

「そんな児《こ》に名《な》なんぞが要《い》りますものか、詰《つま》りません！」

「何《なに》をおつしやるんですよ。」

「いゝえ、それでもね、生《うま》れた時《とき》には良人《やど》と二人《ふたり》で、木《き》の性《しやう》だから、あゝだの、水《みづ》の性《しやう》だからかうだのつて、源平藤橘《げんぺいとうきつ》なんか引張合《ひつぱりあ》つてつけたんですがね、今《いま》ぢや気恥《きはづ》かしくつていけません。」

「飛《と》んだことばかりおつしやいますのね、ま、あなたが何《ど》んな御出世《ごしゆつせ》を遊《あそ》ばさうも知《し》れませんけれど、万々《まん〱》一《いち》にも此《こ》のまゝでお暮《くら》し遊《あそ》ばすにした処《ところ》で、お身体《からだ》に備《そな》はつたお位《くらゐ》を、そつくりこのお児様《こさま》にお譲《ゆづ》り遊《あそ》ばしたのと思《おも》つて在《い》らつしやれば可《い》いぢやありませんかね。きつと御出世《ごしゆつせ》を遊《あそ》ばすわ。このお顔《かほ》つきを御覧《ごらん》なさいな。……卿《きやう》とでも、何《なん》とでもお名《な》のりなすツたつて可《い》いぢやあゝりませんか。ね、真個《ほんたう》に何《なん》とおつしやるんですよ。」

わづかに笑《わら》ひて、

「しんこツていふんです。しんこ――新粉《しんこ》ツて言《い》ふんです。」

「新粉《しんこ》ツて妙《めう》ですね。」

「その位《くらゐ》なもんでせう。」

須賀子《すがこ》は膝《ひざ》を寄《よ》せたり。二人《ふたり》は顔《かほ》を見合《みあは》せぬ。

「そんなお名《な》ツてのがあるもんですか。」

「いゝえ。」

## 五

「それでもはじめの内《うち》は世間普通《せけんなみ》で、人様《ひとさま》にお交際《つきあひ》の出来《でき》るやうな名《な》をつけて置《お》いたんです。」

主婦《あるじ》は手近《てぢか》なる硯箱引寄《すゞりばこひきよ》せつ。蓋《ふた》は盆《ぼん》にかへて、小《ちひ》さき皿《さら》に煎餅装《せんべいも》りたるを乗《の》せて先刻須賀子《さきにすがこ》に与《あた》へたり。硯《すゞり》の中少《なかすこ》しばかり濡《ぬ》れたりしに筆《ふで》をつけて、掌《てのひら》に、信行《のぶつら》の二字《にじ》をば見事《みごと》に書《か》いて見《み》する。

「お須賀《すが》さん、これを訓《よみ》にしてつけておいたの。」

「おや、信《のぶ》さん、信行様《のぶつらさん》ですか。可《い》い名《な》だこと。」

「それ御覧《ごらん》なさい。ですから今《いま》ぢや、気恥《きはづ》かしくツて、人様《ひとさま》の前《まへ》ぢや信行《のぶつら》ツていへませんから、無暗《むやみ》に信行《しんかう》、新粉《しんこ》ツて然《さ》ういふんです、困《こま》りますよ、お巡査《まはり》さんが戸籍《こせき》を検《しらべ》においでの時《とき》、一々《いち〳〵》名《な》を読《よ》み立《た》てられるには。ほんとに、新粉《しんこ》にしてしまへばいゝ。いづれ、両親《ふたおや》の玩弄物《おもちや》になつて、後《あと》で日《ひ》が経《た》てば、干《ひ》からびて、うつちやられる位《くらゐ》なもんです、お須賀《すが》さん。」

と凜《りん》として、声《こゑ》に力《ちから》を籠《こ》めてぞいひたる。

六

須賀子《すがこ》はめまじろぎもせで聞《き》きたりしが、急《きふ》に身《み》を投《な》げて、幼児《をさなご》の腹《はら》に、ふつくりと襲着《かさねぎ》せる、衣柔《きぬやはら》かなる胸《むね》をあてゝ、両手《りやうて》に犇《ひし》と抱《いだ》きつゝ、膝《ひざ》にのせてかゝへ起《おこ》せば、、うつとりと眼《め》をあきながら、なほ人顔《ひとがほ》をわきまへで、其《その》まゝおしあてたる児《こ》の頭《つむり》に、須賀子《すがこ》は頰《ほゝ》をつけながら、怨《うら》むが如《ごと》く、

「不可《いけ》ませんよ。不可《いけ》ませんよ。もう、そんなことおつしやる方《かた》に、此児《このこ》を預《あづ》けちや置《お》かれません。何《ど》うして、この坊《ぼつ》ちやんを、あなたに持《も》たして置《お》かれますものか。危《あぶな》い！」

「え。」

「危険《けんのん》ですわ、ほんたうに……」

と呟《つぶや》きつゝ、面《おもて》を正《たゞ》して屹《きつ》となりぬ。

「あなた。」

「はい。」

「このお児《こ》を、私《わたくし》に下《くだ》さいませんか。」

「あの、信行《のぶつら》を。」

「え、私《わたくし》に下《くだ》さいまし。何卒《どうぞ》私《わたくし》に下《くだ》さいましな。児《こ》を持《も》つたことはございませんが、育《そだ》て方《かた》は教《をそ》はりました。貴女《あなた》、学校《がくかう》の先生《せんせい》は、宛然《まるで》違《ちが》つたことばかりは教《をし》へますまい、屹《きつ》とお育《そだ》て申《まをし》ます。立派《りつぱ》に大人《おとな》にして見《み》せますから、思《おも》ひ切《き》つて預《あづ》けて下《くだ》さい。」

主婦《あるじ》はまた須賀子《すがこ》の顔《かほ》を瞻《みまも》りたり。

「しかし、其《それ》は私《わたくし》一人《ひとり》の児《こ》ぢやありませんもの。」

「旦那様《だんなさま》には何《なん》とでも可《い》いやうにおつしやいましな。遺《おと》したとでも、忘《わす》れたとでも。あらたまつて申《まを》したら、そりや、何《なん》てツたつて、お一人子《ひとりご》を、他人手《ひとで》にかけようとはおつしやいますまいから、其処《そこ》はあなたが計《はか》らつて、何《なん》とでもいゝやうにして、何《ど》うぞ私《わたくし》に預《あづ》けて下《くだ》さい。ね、あなた、可《い》いでせう。」

主婦《あるじ》は言《い》はざりき。

「可《い》いでせうね、いけないたつて、何《ど》うしてもお連《つ》れ申《まを》しますよ！」

「学校《がくかう》の気《き》でいらつしやる。」

と珍《めづら》しくもいとにぎやかに笑《わら》ひたる、渠《かれ》は真《まこと》とはせざりしなり。

須賀子《すがこ》は色《いろ》を正《たゞ》して、

「串戯《じようだん》ではありません、あなた。」

一際声《ひときはこゑ》を沈《しづ》めつゝ、

「あなたに持《も》たして置《お》きますとね、坊《ばう》ちやんの身《み》が案《あん》じられます。しまひにや殺《ころ》さずには置《お》きますまい！」

主婦《あるじ》は蒼《あを》くなりぬ。

戸外《かど》の門《と》慌《あわたゞ》しく引《ひ》きあけて、裾《すそ》をば端折《はしよ》りたる痩脛長《やせすねなが》く、ひよこ〳〵と身《み》を浮《う》かして、もの〻忍《しの》びやかに、然《さ》れど息忙《いきせは》しく、走《はし》り入《い》りたるは家《いへ》の主人《あるじ》なり。其瞳定《そのひとみさだ》まらで、うろ〳〵と眴《みまは》す眼《め》に、女性《によしやう》の客《きやく》も見《み》えざりけむ、身《み》を繕《つくろ》はむともせで妻《つま》の傍《かたはら》に蹈《つくば》ひつ。助《たす》けを求《もと》むる如《ごと》き弱《よわ》き声《こゑ》にて、

「お品《しな》、あゝ吃驚《びつくり》した〳〵。」

「何《ど》う遊《あそ》ばしたの。」

極《きは》めて何気《なにげ》なき状《さま》したれど、眼《め》の色《いろ》はたゞならず、今女作家《いまぢよさくか》に看破《かんば》されし胸《むね》の内《うち》の、見《み》え透《す》くとや惟《おも》ふらむ。

良人《をつと》は唯《たゞ》どぎまぎする。

「あゝ、あゝ、お品《しな》、憲兵《けんぺい》さんが来《き》た。」

「何《なに》をおつしやいます。」

「何《なん》てツて、お前《まへ》、来《き》たよ、憲兵《けんぺい》さんが来《き》たよ。憲兵《けんぺい》さんが来《き》たんだよ。」

「憲兵《けんぺい》さんが何《ど》ういたしました。」

「うむにやさ、憲兵《けんぺい》さんがの、今日《けふ》な、ぼてふりの角《かく》がお前《まへ》。河岸《かし》のこぼれだつて、見事《みごと》な奴《やつ》を一尾持《いつぴきも》つて居《ゐ》たらう。見《み》ると、旨《うま》さうでハヤ虫唾《むしづ》が走《はし》つて堪《たま》らんぢや。処《ところ》で、五百出《だ》して大《でつか》い奴《やつ》の、これだけあらうといふのを買《か》ひ込《こ》んで、一番《ひとつ》うむと御馳走《ごちそう》にならうと思《おも》うて、まだ仕事中《しごとちう》ぢやつたが、一度中帰《いちどなかがへり》をして、宅《うち》へ置《お》いて出直《でなほ》さうと思《おも》うて、踏切《ふみきり》の此方《こつち》まで来《く》ると、あゝ、吃驚《びつくり》せまいことか。むかうから年《とし》の若《わか》い、顔《かほ》の緊《しま》つた、一見識《ひとけんしき》あらうといふ、立派《りつぱ》な憲兵《けんぺい》さんが、お馬《うま》で、ずい、とやつてござる。あわをくツて半被《はつぴ》の下《した》へかくした

けれど、例《れい》のが、のはうずに大《でつか》いと来《き》て居《ゐ》るので、ぬうと尾《を》のさきが見《み》えくさる。はツと思《おも》つた、と、むかうでも眼《め》を着《つ》けた、南無三《なむさん》ぢや。御法度《ごはつと》は承知《しようち》なり、お前《まへ》もさういつたつけが、憲兵《けんぺい》さんはきびしいで、巡査《おまはり》のやうなものではなうて、恐《おそろ》しく取《と》ツちめると知《し》つてたで、堪《たま》らぬわ。其《その》まゝ地面《ぢびた》へうつちやつて遁《に》げて来《き》たが、何《ど》うもな、あとをつけて来《き》たやうで落着《おちつ》かれぬ。一廉《いつかど》、とがめられずには済《す》むまいかの、の、お品《しな》。」とて屈託顔《くつたくがほ》する、笑止《せうし》なり。係《かゝ》るものを、冷《ひやゝ》かに笑《わら》ひ棄《す》てむとも妻《つま》はせで、

「何《なん》です、あなた、何《なに》をおうつちやりなすつたの。」

「えゝ、御法度《ごはつと》の例物《れいぶつ》よ。それ、くはぬたはけに食《く》ふたはけといふ。」

「お魚《さかな》？」

「やれ分《わか》りのわるい、鰒《ふぐ》ぢや。」

「まあ、何《ど》うも。」

と、微笑《ほゝゑ》みたり。須賀子《すがこ》は、人《ひと》の児《こ》を抱《だ》きたるまゝ、身《み》を開《ひら》きて、片寄《かたよ》りつ。此方《こなた》より差出《さしい》でゝ、われを名《な》告《の》らむともなさゞりき。

「坊《ばう》にも食《く》はさうものを、可惜《あつたら》ことをした。まあ、身体中《からだぢう》がなまぐさい。」

と袖《そで》を開《ひら》きて香《にほひ》を嗅《か》ぎしが、眉根《まゆね》を寄《よ》せてぞ仰向《あをむ》きたる。やがて其細《そのほそ》き眼《め》に、フト女作家《ぢよさくか》を認《みと》めたり。認《みと》めあへず、けたゝましく、

「や、お姫様《ひめさま》。何処《どこ》の？」

とばかり、おど〳〵して額《ぬか》づきぬ。

## 七

主人《あるじ》は見《み》も知《し》らざる眩《まばゆ》き婦人《をんな》の、眼前《めさき》に居《ゐ》たるに心《こゝろ》また打騒《うちさわ》ぎて、いよ〳〵落着《おちつ》かざる状《さま》の、なほきよと〳〵と、後見《うしろみ》らるゝ顔色《かほつき》にて、手《て》を揉《も》み腰《こし》を浮《う》かしながら、戸《と》の方《かた》を顧《かへり》みたるが、再《ふたゝ》び顚倒《てんだう》して色《いろ》を失《しつ》しぬ。

「や、や、だから其《そ》れいはぬことか。アレ見《み》えた、さあ大変《たいへん》ぢや。お品拝《しなをが》む、助《たす》けると思《おも》うて、うまく言訳《いひわけ》をしておくれ。俺《おらあ》もう此処《こゝ》には居《を》られぬ。あなたも何卒《どうぞ》、何卒《どうぞ》お言葉《ことば》お添《そ》へなされて、穏便《をんびん》に、穏便《をんびん》に、出《で》るぞ、頼《たの》む。」

といひあへず、室《ま》の中《うち》を立《た》つてまはりて、打《ぶつ》つかるやう裏口《うらぐち》より田圃《たんぼ》へ抜《ぬ》けて駈《か》け出《いだ》せり。二人《ふたり》は顔《かほ》を見合《みあは》せつ。斉《ひと》しく戸外《おもて》に眼《め》を注《そゝ》げば、手綱《たづな》を控《ひか》へて人居《ひとゐ》たり。軒《のき》よりも高《たか》きあたり、近衛《このゑ》士官《しくわん》の制服《せいふく》なる緋《ひ》の洋袴《ズボン》の片足《かたあし》の豊《ゆたか》に鞍《くら》にぞ跨《また》がりたる、女作家《ぢよさくか》は見《み》て微笑《ほゝゑ》みぬ。

「あれ、旦那様《だんなさま》はまあ彼《あ》の児《こ》を、憲兵《けんぺい》とお間違《まちが》へなすつたんですよ、お品《しな》さん、弟《おとうと》です、」

「それぢや、あの、」

「はい、X《エツキス》をさしあげました弟《おとうと》ですわ。」

女作家《ぢよさくか》はいひかけて、信行《のぶつら》を抱《だ》きたるまゝ、裳《もすそ》を捌《さば》き、するりと立《た》ちて、端近《はしぢか》に立出《たちい》でゝ、

「千代《ちよ》さん——千代《ちよ》さん。」

「えゝ。」と答《こた》へ、馬上《ばじやう》よりすかし見《み》て、

「おや、姉様《ねえさん》、此処《こゝ》に。」

といふより、佩剣《はいけん》の柄《つか》持添《もちそ》へて、ひらりと馬《うま》よりおり立《た》ちぬ。

「今《いま》ね、おもしろい男《をとこ》がさ、僕《ぼく》を見《み》て、あの踏切《ふみきり》へ鰒《ふぐ》をうつちやつて駈出《かけだ》したから、妙《めう》なことをすると思《おも》つて、あとをつけて来《き》たんですが、姉様《ねえさん》、何誰《どなた》の。」

「はあ、お品《しな》さんのお宅《たく》なの。一寸《ちよいと》御挨拶《ごあいさつ》申《まを》すが可《い》い、貴女《あなた》、千代太郎《ちよたらう》です。」

少年士官《せうねんしくわん》は轡《くつわ》を取《と》つて、歩武《ほぶ》を進《すゝ》め、框《かまち》の外《そと》に一揖《いちいふ》して、

「其後《そのゝち》は。」

「久時《しばらく》でございました。」

恁《かゝ》りし時《とき》、この品子《しなこ》の、其眉秀《そのまゆひい》で、其鼻隆《そのはなたか》く、其口《そのくち》しまり、其眼涼《そのめすゞ》しく、全幅《ぜんぷく》の風采《ふうさい》をあげて、一個《いつこ》また単《たん》に貧家《ひんか》の妻《つま》にてはあらざりき。

須賀子《すがこ》は何《なに》をか捌《さば》かむ状《さま》にて、

「千代《ちよ》さん、お前散歩《まへさんぽ》かい。」

「は、雑司《ざふし》ケ谷《や》の方《はう》から新井《あらゐ》へまはつて来《き》ました、日曜《にちえう》で、お天気《てんき》ですから。」

「まあ、よくね、いゝ処《ところ》で出逢《であ》つたよ。些少《ちつと》おあがりでないか。お邪魔《じやま》をさしてお頂《いたゞ》きな。」

「何《ど》うぞ。さあ、」

「いえ、大《おほ》きな荷物《にもつ》がありますから。いづれ、」

少年士官《せうねんしくわん》は打笑《うちゑみ》しが、轡《くつわ》の音《おと》して、鰭爪《ひづめ》の響《ひゞき》いと高《たか》く聞《きこ》えたり。

座《ざ》を立《た》ちし時《とき》、目覚《めさ》まし居《ゐ》たる稚《をさな》きものゝ、優《やさ》しき腕《かひな》に手《て》を縋《すが》りて、人見知《ひとみしり》もせで莞爾《にこ》やかなりしが、大《おほい》なる動物《どうぶつ》の気勢《けはひ》するに、ふと其頭《そのかうべ》をあげたるが、士官《しくわん》の乗馬《じようば》を眼《め》ばやく見《み》て、

「お馬《うま》、お馬《うま》。」

背返《せがへ》りして、須賀子《すがこ》の腕《かひな》に伸《の》びあがり、愉快《ゆくわい》らしく指《ゆび》さしいふ。

「おゝ、お馬《うま》、お馬《うま》。坊《ぼつ》ちやん、お好《す》き、アノお好《すき》なんですか。」

「まるで夢中《むちう》です。」

「勇《いさ》ましいことね。千代《ちよ》さん、ちつとお抱《だ》き申《まを》して乗《の》せてあげだといゝ。」

「結構《けつこう》、さあ入《い》らつしやい。」

「泣《な》かせちやあ、嫌《いや》よ。」

と片足土間《かたあしどま》に下《お》りざまに、須賀子《すがこ》は弟《おとうと》の手《て》に、信行《のぶつら》を渡《わた》すとて、ソと目配《めくばせ》しつ。

「遠《とほ》くへ行《ゆ》かないでさ。」

品子《しなこ》は端然《たんぜん》として見《み》たるのみ。

「恐入《おそれい》ります。」

「どれ。」と抱《だ》き取《と》り、其《その》まゝひらりと士官《しくわん》は騎《き》しつ。立《た》ちもやらざる品子《しなこ》の顔《かほ》をぢつと見《み》て面《おもて》を背《そむ》け、笑顔《ゑがほ》の頬《ほゝ》をば稚児《をさなご》の、頤《あぎと》にあてゝ俯向《うつむ》きつゝ、粛《しゆく》として佇《たゝず》みしが、鞭《むち》あてむとせず、おのづから馬《うま》にまかせて打《う》ちたりける。

「お須賀《すが》さん。」

いま座《ざ》に帰《かへ》れる須賀子《すがこ》の手《て》を、主婦《あるじ》は突然固《とつぜんかた》く握《にぎ》り、年上《としうへ》のおのが膝《ひざ》に引寄《ひきよ》するが如《ごと》くにし、色《いろ》をかへて身《み》を震《ふる》はせしが、何思《なにおも》ひけむ笑出《わらひだ》しぬ。

「ほゝゝ、あなたは鰒《ふぐ》をあがりますか。」

と握《にぎ》りたる手《て》に力《ちから》を籠《こ》むる、突如《とつじよ》としたる挙動《ふるまひ》に、さすがの作家《さくか》も気《き》を奪《うば》はれ、呆《あき》れて、眼《め》を睜《みは》りて、真顔《まがほ》に主婦《あるじ》を瞻《みまも》るのみ。

「あがるんですか、あの、鰒《ふぐ》といふものを、え？」

「いゝえ。」と内端《うちは》に答《こた》へたり。

品子《しなこ》は頷《うなづ》き、

「あがりません、然《さ》うでせう。けれども、そりや貴女《あなた》お一人《ひとり》だからさ、いまに御婚礼《ごこんれい》をなさいますと、さうすると、屹《きつ》と鰒《ふぐ》をおあがりですよ。」

「何《ど》うですか。」

女作家《ぢよさくか》は茫然《ばうぜん》たり。あるじは膝《ひざ》の上《うへ》に、おさへたる年下《としゝた》の女《をんな》の手《て》を、また強《つよ》く推着《おしつ》けながら、

「何《ど》うですかツてもね、お須賀《すが》さん、こゝに毒《どく》があります、可《よ》ござんすか。恐《おそろ》しい、恐《おそろ》しい、毒《どく》なものがあると、言《い》つたやうな訳《わけ》ですよ。見《み》るも嫌《いや》、食《た》べたら生命《いのち》にでも障《さは》りはせぬかと悚毛《おぞけ》が立《た》つと、して置《お》くんですよ、解《わか》りましたか。

すると、自分《じぶん》の旦那《だんな》が其《それ》を食《た》べて、何《ど》うせ中毒《あた》つて死《し》ぬものなら一所《いつしよ》ぢやあないか。毒《どく》にあたる分《ぶん》には誰《だれ》だつておんなじことだのに、夫婦《ふうふ》のなかで、一人《ひとり》が食《た》べるものを、一人《ひとり》が食《た》べないといふことはない。

トさあ、こんなことに成《な》つたら何《ど》うします、お須賀《すが》さん、お須賀《すが》さん。」

須賀子《すがこ》はわツと泣《な》き出《いだ》しぬ。しつかと其肩《そのかた》搔抱《かいゝだ》きて、

「もう一度《いちど》、あなたと打毬《クリツケツト》がして遊《あそ》びたいね。」

と言《い》ひかけてはら〳〵と落涙《らくるゐ》せり。

八

「あれ彼処《あすこ》に。」

と見《み》やりたる、一叢薄《ひとむらすゝき》の薄《うす》き雲《くも》、白《しろ》き穂《ほ》の茂《しげ》れるなかに、黒《くろ》き駒《こま》見《み》え、緋《ひ》のヅボン、輝《かゞや》く剣《つるぎ》も見《み》えすきたり。

駒《こま》のたてがみ風《かぜ》に縺《もつ》れて、颯《さ》と靡《なび》いたる薄《すゝき》の上《うへ》に、近衛《このゑ》士官《しくわん》の帽《ばう》あらはれ、波《なみ》のまに〳〵打《う》つ如《ごと》く、広野《ひろの》の末《すゑ》を一直線《いつちよくせん》に行《ゆ》きつ戻《もど》りつしたりしが、立停《たちどま》りて、やゝある間《ひま》に、須賀子《すがこ》は走《はし》り近《ちか》づきつ。

と見《み》れば、榛《はん》の樹《き》の低《ひく》き枝《えだ》に、蟷螂《かまきり》の一《ひと》ツ居《ゐ》つ。少年士官《せうねんしくわん》は一本《ひともと》の薄《すゝき》を抜《ぬ》き取《と》り、虫《むし》が傾《かたむ》くる斧《をの》をつゝきて、

龍車《りうしや》に向《むか》ふ其怒《そのいか》りの、もの〳〵しく可笑《をかし》きを、抱《だ》きたる稚児《をさなご》に指《さ》し示《しめ》して、賺《すか》し、且《か》つ慰《なぐさ》めたるなり。

姉《あね》は見《み》るより莞爾《につこ》として、

「よくおもりが出来《でき》るのね。」

「一度《いちど》泣《な》きかゝつて困《こま》つたよ。そしてもう帰《かへ》るんかね。」

「はあ、あの品子《しなこ》さんは踏切《ふみきり》の信号《しんがう》をね、内職《ないしよく》にして居《ゐ》るんだツて、ちやうど時間《じかん》だから停車場《ていしやば》へ行《い》きながら送《おく》つて下《くだ》さるツて、私《わたし》はこれに乗《の》つて牛込見附《うしごめみつけ》まで行《ゆ》くつもりだから。そしてとう〳〵このお児《こ》を貰《もら》つたよ、ほんたうに私《わたし》や泣《な》いたよ、可哀相《かはいさう》ツちやあない。鰒《ふぐ》まで食《た》べさせられりや沢山《たくさん》だわ。」

「何《ど》うしたんです。」

「まあ、帰《かへ》つてゆつくり話《はな》さうね。さあ、坊《ばう》ちやんを此方《こちら》へおよこし、高《たか》い処《ところ》で、また虫《むし》でも起《おこ》しちや不可《いけ》ません。」

「で、貰《もら》つて、直《す》ぐ連《つ》れて帰《かへ》られますか。」

「あゝ、然《さ》うとも。」

「そりや可《よ》ござんした。」

姉《あね》の抱《だ》き取《と》りたる信行《のぶつら》をば、馬上《ばじやう》より打視《うちなが》め、

「眼《め》を御覧《ごらん》なさい、姉様《ねえさま》、母様《おつかさん》の児《こ》です。僕《ぼく》も可愛《かはい》がりませう。」

「あゝ、然《さ》うしておくれ、嬉《うれ》しいこと。」

顧《かへり》みれば、品子《しなこ》の、縞柄《しまがら》も分《わか》らぬまで着古《きふる》したる素袷《すあはせ》の裾《すそ》は切《き》れて、海松《みる》の如《ごと》く、もつれて、垂《た》れて、砂《すな》にまみるゝに、彼《か》の稜骨《りようこつ》を包《つゝ》みつゝ、穿《は》き切《き》らしたる冷飯草履《ひやめしざうり》に、身《み》をまかし棄《す》てゝぞ歩《ほ》し来《きた》る。帯《おび》も細絎《ほそぐけ》のまゝなれば、正《たゞ》しき衣紋《えもん》も乱《みだ》れて見《み》ゆ、肩《かた》のあたりもいた〳〵し、あはれ、其《その》まゝ野《の》に臥《ふ》しなば、小町《こまち》の髑髏《どくろ》

となんぬべく、目《め》ざましきまで衰《おとろ》へたり。

心軽《こゝろかろ》く須賀子《すがこ》は立寄《たちよ》り、

「ぢやあ、母様《おつかさん》、わざツと、最《も》う参《まゐ》りますよ、可《よ》ござんすか。」

頷《うなづ》くを見《み》るや、否《いな》や、稚児《をさなご》を引《ひき》しめて、はた〳〵と走《はし》り過《す》ぎ、線路《せんろ》の橋《はし》を渡《わた》り越《こ》して、停車場《ステエシヨン》に駈《か》け入《い》りしが、直《たゞ》ちに待合所《まちあひじよ》に出来《いでき》たれり。溝《みぞ》を隔《へだ》てゝ眼《め》の前《さき》に、品子《しなこ》は信号旗《しんがうき》の捲《ま》いたるを力《ちから》なく携《たづさ》へつゝ、立木《たちき》の幹《みき》に背《せな》を倚《も》たして、あらぬ方《かた》をば打視遣《うちみや》りぬ。

汽車来《きしやきた》れり。

凄《すさま》じき響《ひゞき》とゝもに、信行《のぶつら》の、須賀子《すがこ》が膝《ひざ》より跳《は》ね下《お》りぬ。不意《ふい》の物音《ものおと》に驚《おどろ》きけむ。

「母《かあ》ちやん〳〵。」

と呼《よば》はりあへず、帯《おび》の結目《むすびめ》ひら〳〵と、可愛《かはゆ》き足《あし》の踵《かゝと》を見《み》せてむかひ側《がは》なる母《はゝ》をあてに、アレヨといふまに走《はし》り出《い》でゝ、線路《せんろ》の石壇《いしだん》に早《は》や下《お》りたり。蒼《あを》くなりて須賀子《すがこ》は飛《と》び着《つ》き、危《あや》ふく抱《だ》いて取《と》る時疾《ときはや》し、流《なが》るゝ如《ごと》く走《はし》りし汽車《きしや》の一《ひと》ゆりゆつて留《とゞま》りぬ。

同時《どうじ》に須賀子《すがこ》は吻《ほ》と呼吸《いき》して、人《ひと》の見《み》る目《め》の晴《はれ》がましきも思《おも》はず、高《たか》く頭《かうべ》の上《うへ》に稚児《をさなご》をツと差上《さしあ》げたる時《とき》、品子《しなこ》の手《て》なる信号旗《しんがうき》の青《あを》きがひらりと飜《ひるがへ》りつ。地響《ぢひゞき》して汽車留《きしやと》まりしトタン、無量《むりやう》の思《おもひ》を籠《こ》めたる眼《め》に、彼方《かなた》に背《そむ》く品子《しなこ》の顔《かほ》を、つく〴〵と打《うち》まもる。時《とき》に、信行《のぶつら》の危《あやふ》かりしに手《て》に汗握《あせにぎ》れる少年士官《せうねんしくわん》は、ハツとわれに返《かへ》りし状《さま》にて、衣兜《かくし》なる時計《とけい》を探《さぐ》り、カチと蓋《ふた》あけて俯向《うつむ》き見《み》たるが、手《て》にせる薄《すゝき》を其《その》まゝに、一《ひと》あてあてゝ穂《ほ》の波《なみ》を浮《う》いつ沈《しづ》みつ行過《ゆきす》ぎたり。

汽車《きしや》また動《うご》きぬ。須賀子《すがこ》と稚児《をさなご》を乗《の》せ去《さ》りたるなり。

秋《あき》の日《ひ》はやゝうすづきて、遠近《をちこち》の森《もり》は暗《くら》うなりぬ。淋《さび》しき野末《のずゑ》に青《あを》き旗《はた》の絞《しぼ》りたるを提《ひつさ》げつゝ、寂《せき》として彳《たゝず》みたる、品子《しなこ》が冷《ひやゝ》かなる眼《め》の注《そゝ》げるは、十町一列《じつちやういちれつ》に穂《ほ》の揃《そろ》へる薄《すゝき》の穂《ほ》と相並《あひなら》びて、東西《とうざい》に走《はし》りて雲《くも》に入《い》る、二《ふた》筋長《すぢなが》き線路《せんろ》の上《うへ》に、鰒《ふぐ》の引裂《ひつさ》かれし其《それ》なりき。

# 裸蠟燭

「消《け》せ、消《け》せ、消《け》さんか、おい。」

慌《あわた》しく一喝《いつかつ》して、矢《や》の如《ごと》く町中《まちなか》へ衝《つ》と駈出《かけだ》した一名《めい》の見張員《みはりゐん》は、四辻《よつつじ》の角《かど》を曲《まが》らうとする荷車曳《にぐるまひき》の蓑《みの》の袖《そで》を無手《むず》と押《おさ》へて又叱《またしか》つた。

「おい、こら。」

「……」とばかり唐突《だしぬけ》に度胆《どぎも》を抜《ぬ》かれて、目《め》を瞻《みは》つて立竦《たちすく》んだ、荷車曳《にぐるまひき》の笠《かさ》の下《した》なる呆《あき》れ顔《がほ》は、恰《あたか》もこれ案《か》山子《がし》に着《き》せたる面《かほ》の如《ごと》し。

「消《け》せい。」

「へい。」

「えゝ、」といひさま、巡査《じゆんさ》は其手袋《そのてぶくろ》を嵌《は》めた平手《ひらて》を挙《あ》げて一打横様《ひとうちよこさま》に叩《たゝ》き払《はら》つた。

「ひえゝ、」

荷車曳《にぐるまひき》は震上《ふるへあが》り面《つら》はひしやげたと思《おも》つて目《め》を塞《ふさ》いだが、あらず、巡査《じゆんさ》の掌《てのひら》は其《そ》の頬《ほゝ》を掠《かす》めて、楫棒《かぢぼう》の尖《さき》に押《おし》立《た》てゝあつた裸火《はだかび》の蠟燭《らふそく》を大地《だいち》へハタと叩落《たゝきおと》したのである。其《そ》の燈《ともしび》は一嘗土《ひとなめつち》を嘗《な》めて消《き》えた。忽《たちま》ち暗《くら》くなつて、巡査《じゆんさ》の服《ふく》も荷車曳《にぐるまひき》の顔《かほ》も皆黒《みなくろ》く、一条交番《ひとすぢかうばん》からさして来《く》る瓦斯《がす》のあかりで、蓑《みの》の姿《すがた》ばかりやゝあかるい。荷車《にぐるま》曳《ひき》は冥土《めいど》を辿《たど》る思《おも》ひがしたらう。うツ魂《たまげ》消て茫然《ぼんやり》して居《ゐ》る。開《ひら》き直《なほ》つて、落着《おちつ》いた調子《てうし》で、

「汝《きさま》は何《なん》だ、何故然《なにゆゑさ》ういふ悪戯《わるふざけ》をして歩《ある》くんだ、うむ。」と責《せ》めつけるが如《ごと》くに詰《なじ》る。きよと〳〵しながら、

「何《なん》でございます、へい。」

「汝《きさま》、往来中《わうらいなか》を、此《こ》の暗《くら》がりに、蠟燭《らふそく》が宙《ちう》を燃《も》えながら来《く》るぢやアないか。何処《どこ》へ行《い》くんだ。」

「へい、本所《ほんじよ》の割下水《わりげすゐ》。」

「何処《どこ》から、あゝいふことをして来《き》た。」

「つい、あの此先《このさき》の交番《かうばん》からでございます。」

「何《なん》だと、交番《かうばん》から。」

「交番《かうばん》の五六軒《けん》こちらでございました。」

「分《わか》らん、ちやんといへ、判然《はんぜん》いはんか、何《ど》うしたんだ。」

「へい。」

「判然《はんぜん》いへ、ウム。」

「えゝ、疾《はや》く帰《かへ》ります都合《つがふ》で、家《うち》から提灯《ちやうちん》を持《も》つて出《で》ませんで、先《さき》の交番《かうばん》まで曳《ひ》いて参《まゐ》りますと、立《た》つて在《い》らつしやいました旦那様《だんなさま》が、其《そ》のお咎《とが》めになつて、凡《すべ》て気《き》を付《つ》けんけりやいかんが、今夜《こんや》はまあ忘《わす》れて来《き》たなら、仕方《しかた》がないと、へい、こんなに仰有《おツしや》りまして、」

「うむ、車夫《しやふ》と違《ちが》ふから、忘《わす》れて来《き》たなら、そりや可《い》いが、蠟燭《らふそく》は何《ど》うしたんだ。」

と少《すこ》し穏《おだやか》になる。これにほつといふ呼吸《いき》をついて、

「何《なん》でございます、暗《くら》がりに危《あぶな》いから、其処《そこ》の荒《あら》もの屋《や》で蠟燭《らふそく》を買《か》つて灯《とも》して行《ゆ》けと、さうおつしやりましたので、」

「向《むか》うの交番《かうばん》ぢや左様《さう》いつても此処《こゝ》ではいかん。汝風《きさまかぜ》で煽《あふ》つて、袖《そで》の藁《わら》でも燃《も》え附《つ》いて見《み》い、第一裸火《だいいちはだかび》は不《ふ》安心《あんしん》だ。一体灯《いつたいともしび》を持《も》つて歩行《ある》けといふのは往来《わうらい》の為《ため》もあり、又汝《またきさま》が重《おも》いものを引張《ひつぱ》つて、障礙物《しやうがいぶつ》に突当《つきあた》つたり、石《いし》に蹟《つまづ》いたり、せぬやうにといふ注意《ちうい》なんぢやから、裸火《はだかび》をつけて歩行《ある》くより、懸声《かけごゑ》をしてな、足許《あしもと》に気《き》

をつけて行《ゆ》く方《はう》が勝《まし》だから、左様《さう》せい。構《かま》はんから、左様《さう》せい、気《き》を付《つ》けんけりやいかんぞ。」と懇《ねんごろ》に諭《さと》して歩《ほ》を廻《めぐ》らさうとする。

「もし」と呼留《よびと》めた、荷車曳《にぐるまひき》は時刻《じこく》は遅《おそ》し、腹《はら》は空《す》いたり、寒《さむ》くはあり、わけもないことに平手《ひらて》でハタきをくつて吃驚《びつくり》させられて、恐入《おそれい》らせられた其《そ》の不平禁《ふへいきん》ずる能《あた》はず、見《み》れば巡査《じゆんさ》の年紀《とし》も少《わか》し、殊《こと》に折《を》れたやうなもの丶いひぶりに、気乗《きのり》がして黙《だま》つて帰《かへ》るのが口惜《くちをし》いので。

「旦那《だんな》、も丶一寸其《ちよつとそ》の何《なん》でございますが、少《すこ》し伺《うかゞ》ひたいんで、へい、かうやつて風《かぜ》もございませんし、小路《こうぢ》へ入《はひ》りました処《ところ》で、小《ちひ》さな蠟燭《らふそく》一本《ぽん》です。両側《りやうがは》の何方《どこ》へだつて打附《ぶつゝか》りはございません。然《さ》うすりや、さきの交《かう》番《ばん》の旦那《だんな》がおつしやいました通《とほり》、裸火《はだかび》だつたつて灯《あかり》をつけて歩《ある》きます方《はう》が、通行人《つうかうにん》にも宜《よ》うございませうし、私《わたくし》も其方《そのはう》が足許《あしもと》が見《み》えて結構《けつこう》ですから、灯《とも》して参《まゐ》ることにいたしますよ、へい、やツつけて参《まゐ》りますよ。」

「いかんな、」

「それだつたつて、誰《たれ》にだつて聞《き》いて御覧《ごらん》なさい、其方《そのはう》がい丶つていひますから、」とフテたやうなものいひである。

「いかんといふんだ。」

「不可《いけね》えたツて可《よ》うございます。」

「黙《だま》れ。」

「へい。」

「黙《だま》れ。」

「何《なに》も怒《おこ》らなくツたつて、叱《しか》らなくツたつて、喚《わめ》かなくツたつて聞《きこ》えますよ。」

「黙《だま》れ。」

「へい、へい。」

「おい、」と、巡査《じゆんさ》は脱兎《だつと》の如《ごと》く再《ふたゝ》び其《そ》の袖《そで》を摑《つか》んで。

「こら、黙《だま》れ、許《ゆる》さんぞ。」

「驚《おどろ》いた、何《ど》うも、へい。」

「汝何《きさまなに》を愚図々々《ぐづ〳〵》言《い》ふのか。」

「何《なん》てつて、ものゝ理窟《りくつ》がですな。」

「生意気《なまいき》をいはんと、いツつけた通《とほ》りにせんか。」

「だツて、巡査様《おまはりさん》なら誰方《どなた》だつて同一《おんなじ》でせう。同一巡査《おんなじおまはり》が番毎《ばんごと》おつしやることが違《ちが》つちやア仕様《しやう》がないぢやアありませんか。むかうで左様《さう》いつたんですもの、蠟燭《らふそく》を点《つ》けて行《ゆ》けつて、へい、左様《さう》いつたんですよ。だから、買《か》つて来《き》たんでさ、聞《き》いて御覧《ごらん》なさいな、嘘《うそ》だと思《おも》ふんなら。」

「其《それ》は別《ほか》の交番《かうばん》ぢや、然《さ》ういつたかも知《し》れん、」

巡査《じゆんさ》は恁《か》ういつて一寸句切《ちよつとくぎ》つて。

「知《し》れんが、此処《こゝ》では違《ちが》ふんだ、譬《たと》ひ間違《まちが》つても本官《ほんくわん》は其方《そのはう》が道路《だうろ》の安寧《あんねい》を保《たも》つに適当《てきたう》であると思《おも》つて命《めい》ずるんだから、もしいかんければ此方《こちら》に於《おい》て責《せめ》を引《ひ》くばかりだ、汝《きさま》は唯命令《たゞめいれい》の通守《とほりまも》つて行《ゆ》けば差支《さしつか》へない。うむ、声《こゑ》を懸《か》けて気《き》を付《つ》けて行《ゆ》け。分《わか》らむか、」と大《おほ》きな声《こゑ》で言《い》つて、宥《なだ》めるやうに、

「何《なに》を考《かんが》へとる。」

「で、又此《またこの》さきの交番《かうばん》であかりを点《つ》けろとおつしやつたら、」

「然《さ》うだ、提灯《ちやうちん》を買《か》へと言《い》つたら買《か》はんけりやいかん。」

「又其《またその》さきで、」

「消《け》せと命《めい》じたら、消《け》すんだ。」

荷車曳《にぐるまひき》は落胆《らくたん》したやうになまぬるく、

「おやツ、おや〳〵。」

「来《こ》い！」と手荒《てあら》く取《と》つて、引摑《ひつゝか》んで手許《てもと》へ引《ひ》くと、よろけた処《ところ》を、

「何《なん》と思《おも》ツてるか。」

「へい、御免《ごめん》なさい、何《ど》うも驚《おどろ》きましたな、参《まゐ》りますよ。何《ど》うも、」

手《て》を放《はな》された荷車曳《にぐるまひき》は、といきを吐《つ》いてしをれたのである。

「行《ゆ》け、疾《はや》く行《ゆ》け、路傍《ろばう》の邪魔《じやま》になる。」

がたり、がたりと御厩橋《おんまやばし》の方《はう》へ曳出《ひきだ》した。口《くち》の裡《うち》で、

「何方《どつち》が邪魔《じやま》だト、」

「こら！」

「御免《ごめん》なさい。」

とあわてゝ吃驚《びつくり》、巡査《じゆんさ》は悠然《いうぜん》と見送《みおく》つて、

「黙《だま》つて曳《ひ》いちやいかん。懸声《かけごゑ》をするんだ、」

「…………」

「声《こゑ》を懸《か》けるんだ。」

「ヱイ、ホイ、コラ、ヱイ、ホイ、コラ。」と暗《くら》い処《ところ》を暢気《のんき》なものなり。

此荷車曳《このにぐるまひき》、其先《そのさき》の交番《かうばん》にては、又点燈《またてんとう》を命《めい》ぜられ、更《さら》に其先《そのさき》の交番《かうばん》にては、再《ふたゝ》び消《け》せを以《もつ》て命《めい》ぜられた。

大《おほ》まごつきを遣《や》つたが、最後《さいご》に叱《しか》りつけられて又点《またとも》した蠟燭《らふそく》を、其《その》まゝわが留守《るす》へ持《も》つて入《はひ》つて火鉢《ひばち》のふち

に立《た》てゝ飯《めし》をくつた。独身《どくしん》ものであつたさうな、何処《どこ》までもをかしく出来《でき》てる。

# 貝の穴に河童の居る事

雨《あめ》を含《ふく》んだ風《かぜ》がさつと吹《ふ》いて、磯《いそ》の香《か》が満《み》ちて居《ゐ》る——今日《けふ》は二時頃《じごろ》から、ずツぷりと、一降《ひとふ》り降《ふ》つたあとだから、此《こ》の雲《くも》の累《かさな》つた空合《そらあひ》では、季節《きせつ》で蒸暑《むしあつ》かりさうな処《ところ》を、身《み》に沁《し》みるほどに薄寒《うすさむ》い。……

木《き》の葉《は》をこぼれる雫《しづく》も冷《つめた》い。……糠雨《ぬかあめ》がまだ降《ふ》つて居《ゐ》ようも知《し》れぬ。時々《とき〴〵》ぽつりと来《く》るのは——樹立《こだち》は暗《くら》いほどだけれど、其《そ》の雫《しづく》ばかりではなささうで、鎮守《ちんじゆ》の明神《みやうじん》の石段《いしだん》は、わくら葉《ば》の散《ち》つたのが、一《ひと》つ一《ひと》つ皆蟹《みなかに》になりさうに見《み》えるまで、濡々《ぬれ〳〵》と森《もり》の梢《こずゑ》を潜《くゞ》つて、直線《ちよくせん》に高《たか》い。其《そ》の途中《とちう》、処々《ところ〴〵》夏草《なつくさ》の茂《しげ》りに蔽《おほ》はれたのに、雲《くも》の影《かげ》が映《うつ》つて暗《くら》い。

縦横《たてよこ》に道《みち》は通《とほ》つたが、段《だん》の下《した》は、まだ苗代《なはしろ》にならない水溜《みづたま》りの田《た》と、荒《あ》れた畠《はたけ》だから——農屋漁宿《のうをくぎよしゆく》、尚《な》ほ言《い》へば商家《しやうか》の町《まち》も遠《とほ》くはないが、ざわめく風《かぜ》の間《あひだ》には、海《うみ》の音《おと》もおどろに寂《さび》しく響《ひゞ》いて居《ゐ》る。よく言《い》ふ事《こと》だが、四辺《あたり》が渺《べう》として、底冷《そこつめた》い靄《もや》に包《つゝ》まれて、人影《ひとかげ》も見《み》えず、これなりに、やがて、逢魔《あふま》が時《とき》にならうとする。

町屋《まちや》の屋根《やね》に隠《かく》れつゝ、巽《たつみ》に展《ひら》けて海《うみ》がある。其《そ》の反対《はんたい》の、山裾《やますそ》の窪《くぼ》に当《あた》る、石段《いしだん》の左《ひだり》の端《はし》に、べたりと附《くツ》着《つ》いて、溝鼠《どぶねずみ》が這上《はひあが》つたやうに、ぼろを膚《はだ》に、笠《かさ》も被《かぶ》らず、一本杖《いつぽんづゑ》の細《ほそ》いのに、しがみつくやうに縋《すが》つた。杖《つゑ》の尖《さき》が、肩《かた》を抽《ぬ》いて、頭《あたま》の上《うへ》へ突出《つきで》て居《ゐ》る、うしろ向《むき》の其《そ》の肩《かた》が、びくびくと、震《ふる》へ、震《ふる》へ、脊丈《せたけ》は三尺《じやく》にも足《た》りまい。小児《こども》だか、侏儒《いつすんぼふし》だか、小男《こをとこ》だか。唯船虫《たゞふなむし》の影《かげ》の拡《ひろが》つたほどのものが、靄《もや》に沁《し》み出《で》て、一段《いちだん》、一段《いちだん》と這上《はひあが》る。……

しよぼけ返《かへ》つて、蠢《うごめ》くたびに、啾々《しう〳〵》と陰気《いんき》に幽《かすか》な音《おと》がする。腐《くさ》れた肺《はい》が呼吸《いき》に鳴《な》るのか——ぐしよ濡《ぬ》れで裾《すそ》から雫《しづく》が垂《た》れるから、骨《ほね》を絞《しぼ》る響《ひゞき》であらう——傘《かさ》の古骨《ふるぼね》が風《かぜ》に軋《きし》むやうに、啾々《しう〳〵》と不気味《ぶきみ》に聞《き》こえる。

「しいツ、」

「やあ、」

しツ、しツ、しツ。

曳声《えいごゑ》を揚《あ》げて……此方《こつち》は陽気《やうき》だ。手頃《てごろ》な丸太棒《まるたんぼう》を差荷《さしにな》ひに、漁夫《れふし》の、半裸体《はんらたい》の、がツしりした壮佼《わかもの》が二人《ふたり》、真中《まんなか》に一尾《び》の大魚《たいぎよ》を釣《つ》るして来《き》た。魚頭《ぎよとう》を鈎縄《かぎなは》で、尾《を》は殆《ほとん》ど地摺《ぢずれ》である。然《しか》も、もりで撃《う》つた生々《なまく》しい裂傷《さききず》の、肉《にく》のはぜて、真向《まつかう》、腮《あご》、鰭《ひれ》の下《した》から、たら〱と流《なが》るゝ鮮血《なまち》が、雨路《あまみち》に滴《したゝ》つて、草《くさ》に赤《あか》い。

私《わたし》は話《はなし》の中《なか》の此《こ》の魚《うを》を写出《うつしだ》すのに、出来《でき》ることなら小《ち》さな鯨《くぢら》と言《い》ひたかつた。大鮪《おほまぐろ》か、鮫《さめ》、鱶《ふか》でないと、一寸《ちよつと》其《そ》の巨大《おほき》さと凄《すさま》じさが、真《しん》に迫《せま》らない気《き》がする。――ほかに鮟鱇《あんかう》がある、それだと、唯《たゞ》其《そ》の腹《はら》の膨《ふく》れたのを観《み》るに過《す》ぎぬ。実《じつ》は石投魚《いしなぎ》である。大温《だいをん》にして小毒《せうどく》あり、といふにつけても、普通《ふつう》、私《わたし》どもの目《め》に触《ふ》れる事《こと》がないけれども、此処《こゝ》に担《かつ》いだのは五尺《しやく》に余《あま》つた、重量《ぢうりやう》、二十貫《くわん》に満《み》ちた、逞《たくま》しい人間《にんげん》ほどはあらう。荒海《あらうみ》の巌《がん》礁《せう》に棲《す》み、鱗鋭《うろこするど》く、面顰《つらしか》んで、鰭《はた》が硬《かた》い。唯見《とみ》ると鯱《しやち》に似《に》て、彼《かれ》が城《しろ》の天守《てんしゆ》に金銀《きんぎん》を鎧《よろ》つた諸侯《しよこう》なるに対《たい》して、これは赤合羽《あかがつぱ》を絡《まと》つた下郎《げらう》が、蒼黒《あをぐろ》い魚身《ぎよしん》を、血《ち》に底光《そこびか》りしつゝ、づし〱と揺《ゆ》られて居《ゐ》た。

かばかりの大石投魚《おほいしなぎ》の、さて価値《ねうち》といへば、両《りやう》を出《で》ない。七八十銭《せん》に過《す》ぎないことを、あとで聞《き》いて些《ち》と鬱《ふさ》いだほどである。が、とに角《かく》、これは問屋《とんや》、市場《いちば》へ運《はこ》ぶのではなく、漁村《ぎよそん》なるわが町内《ちやうない》の晩《ばん》のお菜《かず》に――荒磯《あらいそ》に横《よこ》づけで、ぐわツぐわツと、自棄《やけ》に煙《けむり》を吐《は》く艇《ふね》から、手鈎《てかぎ》で崖肋腹《がけあばら》へ引摺上《ひきずりあ》げた中《なか》から、其《そ》のまゝ跣足《はだし》で、磯《いそ》の巌道《いはみち》を踏《ふ》んで来《き》たのであつた。

まだ船底《ふなぞこ》を踏占《ふみし》めるやうな、重《おも》い足取《あしどり》で、田畝添《たんぼぞ》ひの脛《すね》を左右《さいう》へ、草摺《くさず》れに、だぶ〲と大魚《おほうを》を揺《ゆす》つて、

「しいツ、」

「やあ、」

しつ、しつ、しつ。

此《こ》の血《ち》だらけの魚《うを》の現世《うつしよ》の状《さま》に似《に》ず、梅雨《つゆ》の日暮《ひくれ》の森《もり》に掛《かゝ》つて、青瑪瑙《あをめなう》を畳《たゝ》んで高《たか》い、石段下《いしだんした》を、横《よこ》に、漁《れふ》夫《し》と魚《うを》で一列《いちれつ》になつた。

すぐ此処《こゝ》には見《み》えない、木《き》の鳥居《とりゐ》は、海《うみ》から吹抜《ふきぬ》けの風《かぜ》を厭《いと》つてか、窪地《くぼち》で忽《たちま》ち氾濫《あふ》れるらしい水場《みづば》の所為《せゐ》か、一条《ひとすぢ》やゝ広《ひろ》い畝《あぜ》を隔《へだ》てた、町《まち》の裏通《うらどほ》りを——横《よこ》に通《とほ》つた、正面《しやうめん》と、撞木《しゆもく》に打着《ぶつか》つた真中《まんなか》に立《た》つて居《ゐ》る。御柱《みはしら》を低《ひく》く覗《のぞ》いて、映画《えいぐわ》か、芝居《しばゐ》のまねきの旗《はた》の、手拭《てぬぐひ》の汚《よご》れたやうに、渋茶《しぶちや》と、藍《あゐ》と、あはれ鰒《あはび》、小松魚《こがつを》ほどの元気《げんき》もなく、棹《さを》によれ〴〵に見《み》えるのも、もの寂《さび》しい。

前《まへ》へ立《た》つた漁夫《れふし》の肩《かた》が、石段《いしだん》を一歩《いつぽ》出《で》て、後《うしろ》のが脚《あし》を上《あ》げ、真中《まんなか》の大魚《おほうを》の腮《あご》が、端《はし》を攀《よ》ぢて居《ゐ》る其《そ》の変《へん》な小《こ》男《をとこ》の、段《だん》の高《たか》さとおなじ処《ところ》へ、生々《なま〳〵》と出《で》て、横面《よこづら》を鰭《ひれ》の血《ち》で縫《ぬ》はうとした。

その時《とき》、小男《こをとこ》が伸上《のびあが》るやうに、丸太棒《まるたんぼう》の上《うへ》から覗《のぞ》いて、

「無慙《むざん》や、そのざまよ。」

と云《い》つた、眼《まなこ》がピカ〳〵と光《ひか》つて、

「われも世《よ》を呪《のろ》へや。」

と、首《くび》を振《ふ》ると、耳《みゝ》まで被《かぶ》さつた毛《け》が、ぶる〳〵と動《うご》いて……腥《なまぐさ》い。

少時《しばらく》すると、薄墨《うすずみ》をもう一刷《ひとはけ》した、水田《みづた》の際《きは》を、おつかな吃驚《びつくり》、と云《い》つた形《かたち》で、漁夫《れふし》らが屈腰《かゞみごし》に引返《ひきかへ》した。手《て》ぶらで、其《そ》の手《て》つきは、大石投魚《おほいしなぎ》を取返《とりかへ》しさうな構《かま》へでない。鰌《どぢやう》が居《ゐ》たら押《おさ》へたさうに見《み》える。丸太《まるた》ぐるみ、どか落《おと》しで遁《に》げた、唯《たつ》た今《いま》。……いや、遁《に》げたの候《さふらふ》の。……あか褌《ふんどし》にも恥《は》ぢよかし。

「大《でつ》かい魚《さかな》ア石地蔵様《いしぢざうさま》に化《ば》けては居《ゐ》ねえか。」

と、石投魚《いしなぎ》は其《そ》のまゝ石投魚《いしなぎ》で野倒《のた》れて居《ゐ》るのを、見定《みさだ》めながら然《さ》う云《い》つた。

一人《ひとり》は石段《いしだん》を密《そつ》と見上《みあ》げて、

「何《なに》も居《ゐ》ねえぞ。」

「お〻、居《ゐ》ねえ、居《ゐ》めえよ、お前《めえ》。一《ひと》つ劫《おど》かして置《お》いて消《き》えたづら。何時《いつ》までも顕《あら》はれて居《ゐ》さうな奴《やつ》ぢやあねえだ。」

「いまも言《い》うた事《こと》だがや、此魚《このうを》を狙《ねら》つたにしては、小《ちつこ》い奴《やつ》だな。」

「それよ、海《うみ》から己《おれ》たちをつけて来《き》たものではなささうだ。出《で》た処勝負《とこしようぶ》に石段《いしだん》の上《うへ》に立《た》ちをつたで。」

「己《おら》は、魚《さかな》の腸《はらわた》から抜出《ぬけだ》した怨霊《をんりやう》ではねえかと思《おも》ふ。」

と摑《つか》みかけた大魚鰓《たいぎよえら》から、わが声《こゑ》に驚《おどろ》いたやうに手《て》を退《の》けて言《い》つた。

「何《なに》しろ、水《みづ》ものには違《ちげ》えねえだ。野山《のやま》の狐鼬《きつねいたち》なら、面《つら》が白《しろ》いか、黄色《きいろ》づら。青蛙《あをがへる》のやうな色《いろ》で、疣々《えぼ〳〵》が立《た》つて、はあ、嘴《くちばし》が尖《とが》つて、もづくのやうに毛《け》が下《さが》つた。」

「然《さ》うだ、然《さ》うだ。それで漸《やつ》と思《おも》ひつけた。絵《ゑ》に描《か》いた河童《かつぱ》そつくりだ。」

と、何故《なぜ》か急《きふ》に勢《いきほひ》づいた。

絵《ゑ》そら事《ごと》と俗《ぞく》には言《い》ふ、が、絵《ゑ》はそら事《ごと》でない事《こと》を、読者《どくしや》は、刻下《こくか》に理解《りかい》さる〻であらう、と思《おも》ふ。

「畜生《ちくしやう》。今《いま》ごろは風説《うはさ》にも聞《き》かねえが、こんな処《ところ》さ出《で》をるかなあ。――浜方《はまかた》へ飛《と》ばねえでよかつた。――漁場《れふば》へ遁《に》げりや、それ、なかまへ饒舌《しやべ》る。加勢《かせい》と来《く》るだ。」

「それだ。」

「村《むら》の方《はう》へ走《はし》つたで、留守《るす》は、女子供《をんなこども》だ。相談《さうだん》ぶつでもねえで、すぐ引返《ひつかへ》して、しめた事《こと》よ。お前《めえ》らと、己《おら》とで、河童《かつぱ》に劫《おど》されたでは、うつむけにも仰向《あをむ》けにも、此《こ》の顔《かほ》さ立《た》ちつこねえ処《ところ》だつたぞ、やあ。」

「然《さ》うだ、然《さ》うだ。い〻事《こと》をした。――畜生《ちくしやう》、もう一度《いちど》出《で》て見《み》やがれ。あたまの皿《さら》ア打挫《ぶつくじ》いて、欠片《かけら》にバタをつけて一口《ひとくち》だい。」

丸太棒《まるたんぼう》を抜《ぬ》いて取《と》り、引《ひ》きそばめて、石段《いしだん》を睨上《ねめあ》げたのは言《い》ふまでもない。

「コワイ」

と、虫《むし》の声《こゑ》で、青蚯蚓《あをみゝず》のやうな舌《した》をぺろりと出《だ》した。怪《あや》しい小男《こをとこ》は、段《だん》を昇切《のぼりき》つた古杉《ふるすぎ》の幹《みき》から、青《あを》い嘴《くちばし》ばかりを出《だ》して、麓《ふもと》を瞰下《みおろ》しながら、あけびを裂《さ》いたやうな口《くち》を開《あ》けて、またニタリと笑《わら》つた。

其《そ》の杉《すぎ》を、右《みぎ》の方《はう》へ、山道《やまみち》が樹《こ》がくれに続《つゞ》いて、木《き》の根《ね》、岩角《いはかど》、雑草《ざつさう》が人《ひと》の脊《せ》より高《たか》く生乱《はえみだ》れ、どくだみの香《か》深《ふか》く、薊《あざみ》が凄《すさま》じく咲《さ》き、野茨《のばら》の花《はな》の白《しろ》いのも、時《とき》ならぬ黄昏《たそがれ》の仄明《ほのあか》るさに、人《ひと》の目《め》を迷《まよ》はして、行手《ゆくて》を遮《さへぎ》る趣《おもむき》がある。梢《こずゑ》に響《ひゞ》く浪《なみ》の音《おと》、吹当《ふきあ》つる浜風《はまかぜ》は、葎《むぐら》を渦《うづ》に廻《ま》はして東西《とうざい》を失《うしな》はす。此《こ》の坂《さか》、いかばかり遠《とほ》く続《つゞ》くぞ。谿深《たにふか》く、峰遥《みねはるか》ならむと思《おも》はせる。けれども、僅《わづ》かに一町《ちやう》ばかり、はやく絶崖《がけ》の端《はし》へ出《で》て、こゝを魚見岬《うをみさき》とも言《い》はう。町《まち》も海《うみ》も一目《ひとめ》に見渡《みわた》さる、と、急《きふ》に左《ひだり》へ折曲《をれまが》つて、又石段《またいしだん》が一個処《いつかしよ》ある。

小男《こをとこ》の頭《あたま》は、此《こ》の絶崖際《がけぎは》の草《くさ》の尖《さき》へ、あの、蕈《きのこ》の笠《かさ》のやうになつて、ヌイと出《で》た。

麓《ふもと》では、二人《ふたり》の漁夫《れふし》が、横《よこ》に寝《ね》た大魚《おほうを》を其《そ》のまゝ棄《す》てて、一人《ひとり》は麦藁帽《むぎわらばう》を取忘《とりわす》れ、一人《ひとり》の向顱巻《むかうはちまき》が南瓜《たうなす》かぶりとなつて、棒《ぼう》ばかり、影《かげ》もぼんやりして、畝《うね》に暗《くら》く沈《しづ》んだのである。——仔細《しさい》は、魚《さかな》が重《おも》くて上《あが》らない。魔《ま》ものが圧《おさ》へるかと、丸太《まるた》で空《くう》を切《き》つて見《み》た。もとより手《て》ごたへがない。あのばけもの、口《くち》から腹《はら》に潜《もぐ》つて居《ゐ》ようも知《し》れぬ。鰓《えら》が動《うご》く、目《め》が光《ひか》つて来《き》た、となると、擬勢《ぎせい》は示《しめ》すが、もう、魚《うを》の腹《はら》を撲《なぐ》りつけるほどの勇気《ゆうき》も失《う》せた。おゝ、姫神《ひめがみ》——明神《みやうじん》は女体《によたい》にまします——夕餉《ゆふげ》の料《れう》に、思召《おぼしめ》しがあるのであらう、とまことに、平和《へいわ》な、安易《あんい》な、然《しか》も極《きは》めて奇特《きとく》な言《ことば》が一致《いつち》して、裸体《らたい》の白《しろ》い娘《むすめ》でない、御供《ごく》を残《のこ》して皈《かへ》つたのである。

蒼《あを》ざめた小男《こをとこ》は、第二《だいに》の石段《いしだん》の上《うへ》へ出《で》た。沼《ぬま》の干《ひ》たやうな、自然《しぜん》の丘《をか》を繞《めぐ》らした、清《きよ》らかな境内《けいだい》は、坂道《さかみち》の暗《くら》さに似《に》ず、つら〳〵と濡《ぬ》れつゝ薄明《うすあか》るい。

右斜《みぎなゝ》めに、鉾形《かまぼこがた》の杉《すぎ》の大樹《たいじゆ》の、森々《しん〳〵》と虚空《こくう》に茂《しげ》つた中《なか》に社《やしろ》がある。――此方《こつち》から、もう謹慎《きんしん》の意《い》を表《へう》する状《さま》に、ついた杖《つゑ》を地《ち》から挙《あ》げ、胸《むね》へ片手《かたて》をつけた。が、左《ひだり》の手《て》は、ぶらんと落《お》ちて、草摺《くさずり》の断《たゝ》れたやうな襤褸《ぼろ》の袖《そで》の中《なか》に、肩《かた》から、ぐなりとそげて居《ゐ》る。これにこそ、わけがあらう。まづ聞《き》け。――青苔《あをごけ》に沁《し》む風《かぜ》は、坂《さか》に草《くさ》を吹靡《ふきなび》くより、おのづから静《しづか》ではあるが、階段《かいだん》に、縁《えん》に、堂《だう》のあたりに散《ち》つた常盤木《ときはぎ》の落葉《おちば》の乱《みだ》れたのが、いま、そよとも動《うご》かない。

のみならず。――すぐこの階《きざはし》のもとへ、灯《ひ》ともしの翁一人《おきなひとり》、立出《たちい》づるが、其《そ》の油差《あぶらさし》の上《うへ》に差置《さしお》く、燈心《とうしん》が、其《そ》の燈心《とうしん》が、入相《いりあひ》すぐる夜嵐《よあらし》の、やがて、颯《さつ》と吹起《ふきおこ》るにさへ、そよりとも動《うご》かなかつたのは不思議《ふしぎ》であらう。

啾々《しう〳〵》と近《ちか》づき、啾々《しう〳〵》と進《すゝ》んで、杖《つゑ》をバタリと置《お》いた。濡鼠《ぬれねずみ》の袂《たもと》を敷《し》いて、階《きざはし》の下《した》に両膝《もろひざ》をついた。

目《め》ばかり光《ひか》つて、碧額《へきがく》の金字《こんじ》を仰《あふ》いだと思《おも》ふと、拍手《かしはで》のかはりに――片手《かたて》は利《き》かない――痩《や》せた胸《むね》を三度打《どう》つた。

「願《ねが》ひまつしゆ。……お晩《ばん》でしゆ。」

と、きや〳〵と透《とほ》る、しかし、あはれな声《こゑ》して、地《ち》に頭《かうべ》を摺《す》りつけた。

「願《ねが》ひまつしゆ、お願《ねが》ひ。お願《ねが》ひ――」

正面《しやうめん》の額《がく》の蔭《かげ》に、白《しろ》い蝶《てふ》が一羽《は》、夕顔《ゆふがほ》が開《ひら》くやうに、ほんのりと顕《あら》はれると、ひらりと舞下《まひさが》り、小男《こをとこ》の頭《あたま》の上《うへ》をすつと飛《と》んだ。――この蝶《てふ》が、境内《けいだい》を切《き》つて、ひら〳〵と、石段口《いしだんぐち》の常夜燈《じやうやとう》にひたりと附《つ》くと、羽《はね》に点《とも》れたやうに灯影《ひかげ》が映《うつ》る時《とき》、八十年《やそとし》にも近《ちか》からう、皺《しわ》びた翁《おきな》の、彫刻《てうこく》また絵画《くわいぐわ》の面《めん》より、頬《ほゝ》のやゝ円《まる》いのが、萎々《なえ〳〵》とした禰宜《ねぎ》いでたちで、蚊脛《かずね》を絞《しぼ》り、鹿革《しかがは》の古《ふる》ぼけた大《おほ》きな燧打袋《ひうちぶくろ》を腰《こし》に提《さ》げ、燈心《とうしん》を一束《ひとたば》、片手《かたて》に油差《あぶらさし》を持《もち》添《そ》へ、揉烏帽子《もみゑぼし》を頂《いたゞ》いた、耳《みゝ》、ぼんの窪《くぼ》のはづれに、燈心《とうしん》は其《そ》の十筋七筋《とすぢなゝすぢ》の抜毛《ぬけげ》かと思《おも》ふ白髪《しらが》を覗《のぞ》かせたが、あしなかの音《おと》をぴたり〳〵と寄《よ》つて、半《なか》ば朽崩《くちくづ》れた欄干《らんかん》の、擬宝珠《ぎぼしゆ》を背《せ》に控《ひか》へたが。屈《かゞ》むが膝《ひざ》を抱《だ》く。——その時《とき》、段《だん》の隅《すみ》に、油差《あぶらさし》に添《そ》へて燈心《とうしん》をさし置《お》いたのである。——

「和郎《わろ》はの。」

「三里離《りはな》れた処《ところ》でしゆ。——国境《くにざかひ》の、水溜《みづたま》りのものでございまつしゆ。」

「ほ、ほ、印旛沼《いんばぬま》、手賀沼《てがぬま》の一族《いちぞく》でさふろよな、様子《やうす》を見《み》ればの。」

「赤沼《あかぬま》の若《わか》いもの、三郎《さぶらう》でつしゆ。」

「河童衆《かつぱしゆ》、ようござつた。さて、あれで見《み》れば、石段《いしだん》を上《のぼ》らしやるが、いかう大儀《たいぎ》さうにあつた、若《わか》いにの。」

……和郎《わろ》たち、空《そら》を飛《と》ぶ心得《こゝろえ》があらうものを。」

「神職様《かんぬしさま》、おほせでつしゆ。——自動車《じどうしや》に轢《ひ》かれたほど、身体《からだ》に怪我《けが》はあるでしゆが、梅雨空《つゆぞら》を泳《およ》ぐなら、鳶烏《とびからす》に負《ま》けんでしゆ。お鳥居《とりゐ》より式台《しきだい》へ掛《かゝ》らずに、樹《き》の上《うへ》から飛込《とびこ》んでは、お姫様《ひめさま》に、失礼《しつれい》でつしゆ、と存《ぞん》じてでつしゆ。」

「ほ、ほう、しんべう。」

ほく〳〵と頷《うなづ》いた。

「きものも、灰塚《はひづか》の森《もり》の中《なか》で、古案山子《ふるかゞし》を剝《は》いだでしゆ。」

「しんべう、しんべう……奇特《きとく》なや、忰《せがれ》。……何《なに》、それで大怪我《おほけが》ぢやと——何《なん》としたの。」

「それでしゆ、それでしゆから、お願《ねが》ひに参《まゐ》つたでしゆ。」

「この老《おい》ぼれには何《なに》も叶《かな》はぬ。いづれ、姫神《ひめがみ》への願《ねが》ひぢやろ。お取次《とりつぎ》を申《まを》さうぢやが、忰《せがれ》、趣《おもむき》は——お薬《くすり》かの。」

「薬《くすり》でないでしゆ。――敵打《かたきうち》がしたいのでつしゆ。」

「ほ、ほ、そか、そか。敵打《かたきうち》。……はて、そりや、しかし、若《わか》いに似合《にあ》はず、流行《りうかう》におくれたの。敵打《かたきうち》は近《ちか》頃《ごろ》はやらぬがの。」

「そでないでつしゆ。仕返《しかへ》しでつしゆ、喧嘩《けんくわ》の仕返《しかへ》しがしたいのでつしゆ。」

「喧嘩《けんくわ》をしたかの。喧嘩《けんくわ》とや。」

「此《こ》の左《ひだり》の手《て》を折《を》られたでしゆ。」

とわなく／＼と身震《みぶる》ひする。濡《ぬ》れた肩《かた》を絞《しぼ》つて、雫《しづく》の垂《たれ》るのが、蓴菜《じゆんさい》に似《に》た血《ち》のかたまりの、いまも流《なが》るゝやうである。

尖《とが》つた嘴《くちばし》は、疣立《いぼだ》つて、尚《な》ほ蒼《あを》い。

「いたましげなや――何《なん》としてなあ。対手《あひて》は何処《どこ》の何《なに》ものぢやの。」

「畜生《ちくしやう》！人間《にんげん》。」

「静《しづか》に――」

ごぼりと咳《せ》いて、

「御前《おんまへ》ぢや。」

しゆツと、河童《かつぱ》は身《み》を縮《ちゞ》めた。

「日《ひ》の今日《けふ》、午頃《ひるごろ》、久《ひさ》しぶりのお天気《てんき》に、おらら沼《ぬま》から出《で》たでしゆ。崖《がけ》を下《お》りて、あの浜《はま》の竈巌《かまどいは》へ。――神《かん》職様《ぬしさま》、小鮒《こぶな》、鰌《どぢやう》に腹《はら》がくちい、貝《かひ》も小蟹《こがに》も欲《ほし》う思《おも》はんでございましゆから、白《しろ》い浪《なみ》の打《う》ちかへす磯端《いそばた》を、八葉《はちえふ》の蓮華《れんげ》に気取《きど》り、背後《うしろ》の屛風巌《びやうぶいは》を、舟後光《ふなごくわう》に真似《まね》て、円座《ゑんざ》して……翁様《おきなさま》、御存《ごぞん》じでございましよ。彼処《あれ》は――近郷《きんがう》での、かくれ里《ざと》。めつた、人《ひと》の目《め》につかんでしゆから、山根《やまね》の潮《しほ》の差引《さしひ》きに、隠《かく》れたり、出《で》たりして、凸凹凸凹凸凹《でこぼこ〳〵〳〵》と、累《かさな》つて敷《し》く礁《いは》を削《けづ》り廻《まは》しに、漁師《れふし》が、天然《てんねん》の生簀《いけす》、生船《いけぶね》がまへにして、魚《さかな》を貯《たくは》へて置《お》くでしゆが、鯛《たひ》も鰈《かれひ》も、梅雨《つゆ》じけで見《み》えんでしゆ。……掬《すく》ひ残《のこ》りの小《ちやつ》こい鰯子《いわしこ》が、チ、チ、チ、（笑《わら》ふ。）……青《あを》い鰭《ひれ》の行列《ぎやうれつ》で、巌竈《いはかまど》の簀《す》の中《なか》を、きら〳〵きら〳〵、日南《ひなた》ぼつこ。ニコ〳〵とそれを見《み》い、見《み》い、身《み》のぬらめきに、手唾《てつばき》して、……漁師《れふし》が網《あみ》を繕《つぐの》ふでしゆ……あの真似《まね》をして遊《あそ》んで居《ゐ》たでしゆ。――処《ところ》へ、土地《とち》ところには聞馴《きゝな》れぬ、すゞしい澄《す》んだ女子《をなご》の声《こゑ》が、男《をとこ》に交《まじ》つて、崖上《がけうへ》の岨道《そばみち》から、巌角《いはかど》を、踏《ふ》んづ、縋《すが》りつ、桂井《かつらゐ》とかいてあるでしゆ、印半纏《しるしばんてん》。」

「おゝ、そか、この町《まち》の旅籠《はたご》ぢやよ。」

「えゝ、其《そ》の番頭《ばんとう》めが案内《あんない》でしゆ。円髷《まるまげ》の年増《としま》と、其《そ》の亭主《ていしゆ》らしい、長面《ながづら》の夏帽子《なつばうし》。自動車《じどうしや》の運転手《うんてんしゆ》が、こつ〳〵と一所《いつしよ》に来《き》たでしゆ。が、其《そ》の年増《としま》を――をばさん、と呼《よ》ぶでございましゆ、二十四五の、ふつくりした別嬪《べつぴん》の娘《むすめ》――ちくと、其《そ》のをばさん、が、をばしアん、と云《い》ふか、と聞《き》こえる……清《すゞし》い、甘《あま》い、情《じやう》のある、其《そ》の声《こゑ》が堪《たま》らんでしゆ。」

「はて、異《い》な声《こゑ》の。」

「おらが真似《まね》るやうではないでしゆ。」

「ほ、ほ、そか、そか。」

と、余念《よねん》なささうに頷《うなづ》いた――風《かぜ》はいま吹《ふ》きつけたが――其《そ》の不思議《ふしぎ》に乱《みだ》れぬ、ひからびた燈心《とうしん》とともに、白髪《しらが》も浮世離《うきよばな》れして、翁《おきな》さびた風情《ふぜい》である。

「翁様《おきなさま》、娘《むすめ》は中肉《ちうにく》にむつちりと、膚《はだ》つきが得《え》う言《い》はれぬのが、びちや〳〵と潮《しほ》へ入《はひ》つた。褄《つま》をくるりと。」

「危《あぶな》やの。おぬしの前《まへ》でや。」

「その脛《はぎ》の白《しろ》さ、常夏《とこなつ》の花《はな》の影《かげ》がからみ、磯風《いそかぜ》に揺《ゆ》れ揺《ゆ》れするでしゆが――年増《としま》も入《はひ》れば、夏帽子《なつばうし》も。番頭《ばんとう》も半纏《はんてん》の裙《すそ》をからげたでしゆ。巖根《いはね》づたひに、鰒《あはび》、鰒《あはび》、栄螺《さゞえ》、栄螺《さゞえ》。……小鰯《こいわし》の色《いろ》の綺麗《きれい》さ。紫式部《むらさきしきぶ》といつたかたの好《す》きだつたといふも尤《もつとも》で……お紫《むら》と云《い》ふがほんとうに紫《むらさき》……などといふでしゆ、その娘《むすめ》が、其《そ》の声《こゑ》で。……淡《あは》い膏《あぶら》も、白粉《おしろい》も、娘《むすめ》の匂《にほ》ひ其《そ》のまゝで、膚《はだ》ざはりのたゞ粗《あら》い、岩《いは》に脱《ぬ》いだ白足袋《しろたび》の裡《なか》に潜《もぐ》つて、熟《じつ》と覗《のぞ》いて居《ゐ》たでしゆが。一波上《ひとなみあが》るわ、足許《あしもと》へ。あれと裳《もすそ》を、脛《はぎ》がよれる、裳《もすそ》が揚《あが》る、赤《あか》い帆《ほ》が、白百合《しらゆり》の船《ふね》にはらんで、青々《あを〳〵》と引《ひ》く波《なみ》に走《はし》るのを見《み》ては、何《なん》とも、かとも、翁様《おきなさま》。」

「些《ち》と聞苦《きゝぐる》しう覚《おぼ》えるぞ。」

「口《くち》へ出《だ》して言《い》はぬばかり、人間《にんげん》も、赤沼《あかぬま》の三郎《さぶらう》もかはりはないでしゆ。翁様《おきなさま》——処《ところ》ででしゆ、此《こ》の吸盤用《すひつきよう》意《い》の水掻《みづかき》で、お尻《しり》を密《そつ》と撫《な》でようものと……」

「あゝ、約束《やくそく》は免《まぬか》れぬ。和郎《わろ》たちは、一族一門《いちぞくいちもん》、代々《だい〳〵》それがために皆怪我《みなけが》をするのぢやよ。」

「違《ちが》ふでしゆ、それでした怪我《けが》ならば、自業自得《じごふじとく》で怨恨《うらみ》はないでしゆ。……蛙手《かへるで》に、底《そこ》を泳《およ》ぎ寄《よ》つて、口《くち》をぱくりと、」

「その口《くち》でか、其《そ》の口《くち》ぢやの。」

「ヒ、ヒ、ヒ、空状《そらざま》に、波《なみ》の上《うへ》の女郎花《をみなへし》、桔梗《ききやう》の帯《おび》を見《み》ますと、や、背負守《しよひまもり》の扉《とびら》を透《す》いて、道中《だうちう》、道《みち》すがら参詣《さんけい》した、中山《なかやま》の法華経寺《ほけきやうじ》か、豫《かね》て御守護《ごしゆご》の雑司《ざうし》ケ谷《や》か、真紅《まつか》な柘榴《ざくろ》が輝《かゞや》いて燃《も》えて、鬼子母神《きしもじん》の御影《みえい》が見《み》えたでしゆで、鮹遁《たこに》げで、岩《いは》を吸《す》ひ、吸《す》ひ、色《いろ》を変《へん》じて磯《いそ》へ上《あが》つた。

沖《おき》がやがて曇《くも》つたでしゆ。あら、気味《きみ》の悪《わる》い、浪《なみ》がかゝつたか知《し》ら。……別嬪《べつぴん》の娘《むすめ》の畜生《ちくしやう》め、などとぬかすでしゆ。……白足袋《しろたび》をつまんで。——

磯浜《いそはま》へ上《あが》つて来《き》て、巖《いは》の根松《ねまつ》の日蔭《ひかげ》に集《あつま》り、ビイル、煎餅《せんべい》の飲食《のみくひ》するのは、羨《うらやま》しくも何《なん》ともないでしゆ。娘《むすめ》の白《しろ》い頤《あご》の少《すこ》しばかり動《うご》くのを、甘味《うま》さうに、屛風巖《びやうぶいは》に附着《くツつ》いて見《み》て居《ゐ》るうちに、運転手《うんてんしゆ》の奴《やつ》が、其巖《そのいは》の端《はし》へ来《き》て立《た》つて、沖《おき》を眺《なが》めて、腰《こし》に手《て》をつけ、気取《きど》つて反《そ》るでしゆ。見《み》つけられまい、と背後《うしろ》をすり抜《ぬ》ける出合《であひ》がしら、錠《ぢやう》の浜《はま》といふほど狭《せま》い砂浜《すなはま》、娘等《むすめら》四人《よにん》が揃《そろ》つて立《た》つでしゆから、ひよいと岨路《そばみち》へ飛《と》ばうとする処《ところ》を、

——まて、まて、まて——

と娘《むすめ》の声《こゑ》でしゆ。見惚《みと》れて顱《さら》が顕《あら》はれたか、罷了《しまひ》と、慌《あわ》てて足許《あしもと》の穴《あな》へ隠《かく》れたでしゆわ。

間《ま》の悪《わる》さは、馬蛤貝《まてがひ》の丁《ちやう》ど隠家《かくれが》。——塩《しほ》を入《い》れると飛上《とびあが》るんですつてねと、娘《むすめ》の目《め》が、穴《あな》の上《うへ》へ、ふたになつて、熟《ぢつ》と覗《のぞ》く。河童《かつぱ》だい、あかんべい、とやつた処《ところ》が、でしゆ……覗《のぞ》いた瞳《ひとみ》の美《うつく》しさ、其《そ》の麗《うらゝか》さは、月宮殿《げつきうでん》の池《いけ》ほどござり、睫《まつげ》が柳《やなぎ》の小波《さゞなみ》に、岸《きし》を縫《ぬ》つて、靡《なび》くでしゆが。——たゞ一雫《ひとしづく》の露《つゆ》となつて、逆《さかさ》に落《お》ちて吸《す》はれうと、蕩然《とろり》とすると、痛《いた》い、疼《いた》い、痛《いた》い、疼《いた》いツ。肩《かた》のつけもとを棒切《ばうぎれ》で、砂越《すなご》しに突挫《つきくじ》いた。」

「其《そ》の怪我《けが》ぢや。」

「神職様《かんぬしさま》。——塩《しほ》で釣出《つりだ》せぬ馬蛤《まて》のかはりに、太《ふと》い洋杖《ステツキ》でかツぽじつた、杖《つゑ》は夏帽《なつばう》の奴《やつ》の持《もち》ものでしゆが、下手人《げしゆにん》は旅籠屋《はたごや》の番頭《ばんとう》め、這奴《しやつ》、女《をんな》ばらへ、お歯向《はむ》きに、金歯《きんば》を見《み》せて不埒《ふらち》を働《はたら》く。」

「ほ、ほ、そか、そか。——かはいや忰《せがれ》、忰《せがれ》が怨《うらみ》は番頭《ばんとう》ぢや。」

「違《ちが》ふでしゆ、翁様《おきなさま》。——思《おも》はず、きゆうと息《いき》を引《ひ》き、馬蛤《まて》の穴《あな》を刎飛《はねと》んで、田打蟹《たうちがに》が、ぼろ〳〵打《う》つでしゆ、泡《あわ》ほどの砂《すな》の沫《あわ》を被《かぶ》つて転《ころ》がつて遁《に》げる時《とき》、口惜《くや》しさに、奴《やつ》の穿《は》いた、奢《おご》つた長靴《ながぐつ》、丹精《たんせい》に磨《みが》いた自慢《じまん》の向脛《むかうずね》へ、この唾《つば》をかツと吐掛《はきか》けたれば、此《こ》の一呪詛《ひとのろひ》によつて、あの、ご秘蔵《ひざう》の長靴《ながぐつ》は、穴《あな》が明《あ》いて腐《くさ》るでしゆから、奴《やつ》に取《と》つては、リヨウマチを煩《わづ》らふより、屹《き》とこたへる。仕返《しかへ》しは沢山《たくさん》でしゆ。——怨《うらみ》の的《まと》は、神職様《かんぬしさま》——娘《むすめ》ども、夏帽子《なつばうし》、其《そ》の女房《にようばう》の三人《さんにん》でしゆが。」

「一通《ひととほ》りは聞《き》いた、ほ、そか、そか。……無理《むり》も道理《だうり》も、老《おい》の一存《いちぞん》にはならぬ事《こと》ぢや。いづれはお姫様《ひめさま》に申《まをし》上《あ》げうが、こなた道理《だうり》には外《はづ》れたやうぢや、無理《むり》でならうもなかりさうに思《おも》はれる、其《そ》のしかへし。お聞済《きゝず》みに

ならうか。むづかしいの。」

「御鎮守《ごちんじゆ》の姫様《ひめさま》、おきゝ済《ず》みになりませぬと、目《め》の前《まへ》の仇《かたき》を視《み》ながら仕返《しかへ》しが出来《でき》んのでしゆ、出来《でき》んのでしゆが、わア、」

と忽《たちま》ち声《こゑ》を上《あ》げて泣《な》いたが、河童《かつぱ》はすぐに泣《な》くものか、知《し》らず、駄々子《だゞつこ》がものねだりする状《さま》であつた。

「悴《せがれ》、悴《せがれ》……まだ早《はや》い……泣《な》くな。」

と翁《おきな》は、白《しろ》く笑《わら》つた。

「大慈大悲《だいじだいひ》は仏菩薩《ぶつぼさつ》にこそおはすれ、この年老《としお》いた気《き》の弱《よわ》りに、毎度御意見《まいどごいけん》は申《まを》すなれども、姫神《ひめがみ》、任俠《にんけふ》の御気風《ごきふう》ましまし、ともあれ、先《さき》んじて、お袖《そで》に縋《すが》つたものの願《ねが》ひ事《ごと》を、お聞届《きゝとゞ》けの模様《もやう》がある。一度《ひとた》び取次《とりつ》いでおましようぞ――えいとな。……

や、や、や、横扉《よことびら》から、はや、お縁《えん》へ。……これは、また、お軽々《かるぐ》しい。」

廻廊《くわいらう》の縁《えん》の角《かど》あたり、雲低《くもひく》き柳《やなぎ》の帳《とばり》に立《た》つて、朧《おぼろ》に神々《かうぐ》しい姿《すがた》の、翁《おきな》の声《こゑ》に、つと打向《うちむか》ひ給《たま》へるは、細面《ほそおもて》たゞ白玉《しらたま》の鼻筋通《はなすぢとほ》り、水晶《すゐしやう》を刻《きざ》んで、威《ゐ》のある眦《まなじり》。額髪《ひたひがみ》、眉《まゆ》のかゝりは、紫《むらさき》の薄《うす》い袖頭巾《そでづきん》にほのめいた、が、匂《にほひ》はさげ髪《がみ》の背《せ》に余《あま》る。――紅地金襴《べにぢきんらん》のさげ帯《おび》して、紫《むらさき》の袖長《そでなが》く、衣紋《えもん》に優《やさ》しく引合《ひきあ》はせ給《たま》へる、手《て》かさねの両《りやう》の袖口《そでくち》に、塗骨《ぬりぼね》の扇《あふぎ》つゝましく持添《もちそ》へて、床板《ゆかいた》の朽目《くちめ》の青芒《あをすゝき》に、裳《もすそ》の紅《くれなゐ》うすく燃《も》えつゝ、すらくと蕾《つぼみ》なす白《しろ》い素足《すあし》で渡《わた》つて。――神《かみ》か、あらずや、人《ひと》か、巫女《みこ》か。

「――其《そ》の話《はなし》の人《ひと》たちを見《み》ようと思《おも》ふ、翁《おきな》、里人《さとびと》の深切《しんせつ》に、すきな柳《やなぎ》を欄干《らんかん》さきへ植《う》ゑてもつたは嬉《うれ》しいが、町《まち》の桂井館《かつらゐくわん》は葉《は》のしげりで隠《かく》れて見《み》えぬ。――広前《ひろまへ》の、そちらへ、参《まゐ》らう。」

はらりと、やゝ蓮葉《はすは》に白脛《しらはぎ》のこぼるゝさへ、道《みち》きよめの雪《ゆき》の影《かげ》を散《ち》らして、膚《はだ》を守護《しゆご》する位《くらゐ》が備《そな》はり、包《つゝ》ましやかなお面《おもて》より、一層世《いつそうよ》の塵《ちり》に遠《とほ》ざかつて、好色《かうしよく》の河童《かつぱ》の痴《たは》けた目《め》にも、女《をんな》の肉《にく》とは映《うつ》るまい。

姫《ひめ》の其《そ》の姿《すがた》が、正面《しやうめん》の格子《かうし》に、銀色《ぎんいろ》の染《そ》まるばかり、艶々《つや〱》と映《うつ》つた時《とき》、山鴉《やまがらす》の嘴太《はしぶと》が——二羽《は》、小刻《こきざ》みに縁《えん》を走《はし》つて、片足《かたあし》づゝ駒下駄《こまげた》を、嘴《くちばし》でコトンと壇《だん》の上《うへ》に揃《そろ》へたが、鴉《からす》がなつた沓《くつ》かも知《し》れない、同時《どうじ》に真黒《まつくろ》な羽《はね》が消《き》えたのであるから。

足《あし》が浮《う》いて、ちら〱と高《たか》く上《あが》つたのは——白《しろ》い蝶《てふ》が、トタンに其《そ》の塗下駄《ぬりげた》の底《そこ》を潜《くゞ》つて舞上《まひあが》つたので。

——見《み》ると、姫《ひめ》は其《そ》の蝶《てふ》に軽《かる》く乗《の》つたやうに宙《ちう》を下《お》り立《た》つた。

「お床几《しやうぎ》、お床几《しやうぎ》。」

と翁《おきな》が呼《よ》ぶと、栗鼠《りす》よ、栗鼠《りす》よ、古栗鼠《ふるりす》の小栗鼠《こりす》が、樹《き》の根《ね》の、黒檀《こくたん》の如《ごと》くに光沢《つや》あつて、木目《もくめ》は、蘭《らん》を浮彫《うきぼり》にしたやうなのを、前脚《まへあし》で抱《かゝ》へて、ひよんと出《で》た。

袖近《そでちか》く、あはれや、片手《かたて》の甲《かふ》の上《うへ》に、額《ひたひ》を押伏《おしふ》せた赤沼《あかぬま》の小《ちひ》さな主《ぬし》は、其《そ》の目《め》を上《あ》ぐるとひとしく、我《われ》を忘《わす》れて叫《さけ》んだ。

「あゝ、見《み》えましゆ……あの向《むか》う丘《をか》の、二階《にかい》の角《かど》の室《ま》に、三人《さんにん》が、うせをるでしゆ。」

姫《ひめ》の紫《むらさき》の褄下《つました》に、山懐《やまふところ》の夏草《なつくさ》は、淵《ふち》の如《ごと》く暗《くら》く沈《しづ》み、野茨《のばら》乱《みだ》れて白《しろ》きのみ。沖《おき》の船《ふね》の燈《ともしび》が二《ふた》つ三《み》つ、星《ほし》に似《に》て、たゞ町《まち》の屋根《やね》は音《おと》のない波《なみ》を連《つら》ねた中《なか》に、森《もり》の雲《くも》に包《つゝ》まれつゝ、其《そ》の旅館《りよくわん》——桂井《かつらゐ》の二階《にかい》の欄干《らんかん》が、恰《あたか》も大船《おほふね》の甲板《かんぱん》のやうに、浮《う》いて居《ゐ》る。

が、鬼神《きじん》の瞳《ひとみ》に引寄《ひきよ》せられて、社《やしろ》の境内《けいだい》なる足許《あしもと》に、切立《きつたて》の石段《いしだん》は、疾《はや》く其《そ》の舷《ふなばた》に昇《のぼ》る梯子《はしご》かとばかり、遠《をち》近《こち》の法規《おきて》が乱《みだ》れて、赤沼《あかぬま》の三郎《さぶらう》が、角《かど》の室《ま》といふ八畳《でふ》の縁近《えんぢか》に、鬢《びん》の房《ふつさ》りした束髪《そくはつ》と、薄手《うすで》な年増《としま》の円髷《まるまげ》と、男《をとこ》の貸広袖《かしどてら》を着《き》た棒縞《ぼうじま》さへ、靄《もや》を分《わ》けて、はつきりと描《ゑが》かれた。

「あの、三人《さんにん》は？」

「はあ、されば、その事《こと》。」

と、翁《おきな》が手庇《てびさし》して傾《かたむ》いた。

社《やしろ》の神木《しんぼく》の梢《こずゑ》を鎖《とざ》した、黒雲《くろくも》の中《なか》に、怪《あや》しや、冴《さ》えたる女《をんな》の声《こゑ》して、

「お爺《ぢい》さん——お取次《とりつぎ》。……ぽう、ぽつぽ。」

木菟《みゝづく》の女性《ぢよせい》である。

「皆《みな》、東京《とうきやう》の下町《したまち》です。円髷《まるまげ》は踊《をどり》の師匠《ししやう》。若《わか》いのは、おなじ、師匠《ししやう》なかま、姉分《あねぶん》のものの娘《むすめ》です。男《をとこ》は、円《まる》髷《まげ》の亭主《ていしゆ》です。ぽつぽう。おはやし方《かた》の笛吹《ふえふ》きです。」

「や、や、千里眼《せんりがん》。」

翁《おきな》が仰《あふ》ぐと、

「あら、そんなでもありませんわ。ぽつぽ。」

と空《そら》でいつた。河童《かつぱ》の一肩《ひとかた》、聳《そび》えつゝ、

「藝人《げいにん》でしゆか、士農工商《しのうこうしやう》の道《みち》を外《はづ》れた、ろくでなしめら。」

「三郎《さぶらう》さん、でもね、一寸上手《ちよつとじやうず》だつて言《い》ひますよ、ぽう、ぽつぽ。」

翁《おきな》ははじめて、気《け》だるげに、横《よこ》にかぶりを振《ふ》つて、

「藝一通《げいひととほ》りさへ、なか〱のものぢや。達者《たつしや》といふも得難《えがた》いに、人間《にんげん》の癖《くせ》にして、上手《じやうず》などとは行過《ゆきす》ぎぢやぞよ。」

「お姫様《ひめさま》、トツピキピイ、あんな奴《やつ》はトツピキピイでしゆ。」

と河童《かつぱ》は水掻《みづかき》のある片手《かたて》で、鼻《はな》の下《した》を、べろ〱と擦《こす》つていつた。

「おほよそ御合点《ごがてん》と見《み》うけたてまつる。赤沼《あかぬま》の三郎《さぶらう》、仕返《しかへ》しは、どの様《やう》に望《のぞ》むかの。まさかに、生命《いのち》を奪《と》らうとは思《おも》ふまい。厳《きび》しうて笛吹《ふえふき》は眇《めかち》、女《をんな》どもは片耳殺《かたみゝそ》ぐか、鼻《はな》を削《けづ》るか、蹇《あしなへ》、跛《びつこ》ころかの——軽《かる》うて、気絶《ひきつけ》

……やがて、息《いき》を吹返《ふきかへ》さすかの。」

「えい、神職様《かんぬしさま》。馬蛤《まて》の穴《あな》にかくれた小《ちひ》さなものを虐《しひた》げました。うつてがへしに、あの、ご覧《らう》じ、石段下《いしだんした》を一杯《いつぱい》に倒《たふ》れた血《ち》みどろの大魚《おほうを》を、雲《くも》の中《なか》から、ずどどどど！　だしぬけに、あの三人《さんにん》の座敷《ざしき》へ投込《なげこ》んで頂《いたゞ》きたいでしゆ。気絶《きぜつ》しようが、のめらうが、鼻《はな》かけ、歯《はツ》かけ、大《おほき》な賽《さい》の目《め》の出次第《でしだい》が、本望《ほんまう》でしゆ。」

「ほ、ほ、大魚《おほうを》を降《ふ》らし、賽《さい》に投《な》げるか。おもしろかろ。悴《せがれ》、思《おも》ひつきは至極《しごく》ぢやが、折《をり》から当《たう》お社《やしろ》もお人《ひと》ずくなぢや。あの魚《さかな》は、かさも、重《おも》さも、破《やぶ》れた釣鐘《つりがね》ほどあつて、のう、手頃《てごろ》には参《まゐ》らぬ。」
と云《い》つた。神《かみ》に使《つか》ふる翁《おきな》の、この譬喩《たとへ》の言《ことば》を聞《き》かれよ。筆者《ひつしや》は、大石投魚《おほいしなぎ》を顕《あら》はすのに苦心《くしん》した。が、こんな適切《てきせつ》な形容《けいよう》は、凡慮《ぼんりよ》には及《およ》ばなかつた。

お天守《てんしゆ》の杉《すぎ》から、再《ふたゝ》び女《をんな》の声《こゑ》で……

「そんな重《おも》いもの持運《もちはこ》ぶまでもありませんわ。ぽう、ぽつぽ――あの三人《さんにん》は町《まち》へ遊《あそ》びに出掛《でか》ける処《ところ》なんです。少《すこ》しばかり誘《さそひ》をかけますとね、ぽう、ぽつぽ――お社近《やしろぢか》まで参《まゐ》りませう。石段下《いしだんした》へ引寄《ひきよ》せておいて、石投魚《いしなぎ》の亡者《まうじや》を飛上《とびあが》らせるだけでも用《よう》はたりませうと存《ぞん》じますのよ。ぽう、ぽつぽ――あれ、ね、娘《むすめ》は髪《かみ》のもつれを撫《なで》つけて居《を》ります、頸《えり》の白《しろ》うございますこと。次《つぎ》の室《ま》の姿見《すがたみ》へ、年増《としま》が代《かは》つて坐《すわ》りました。――感心《かんしん》、娘《むすめ》が、こん度《ど》は円髷《まるまげ》、――あの手《て》がらの水色《みづいろ》は涼《すゞ》しい。ぽう、ぽつぽ――髷《まげ》の鬢《びん》を撫《な》でつけますよ。女同士《をんなどうし》のあゝした処《ところ》は、しをらしいものですわね。酷《ひど》いめに逢《あ》ふのも知《し》らないで。……ぽう、ぽつぽ――可哀相《かはいさう》ですけど。……もう縁側《えんがは》へ出《で》ましたよ。男《をとこ》が先《さき》に、気取《きど》つて洋杖《ステツキ》なんかもつて――あれでせう。三郎《さぶらう》さんを突《つ》いたのは――帰途《かへり》は杖《つゑ》にして縋《すが》らうと思《おも》つて、ぽう、ぽつぽ。……いま、すぐ、玄関《げんくわん》へ出《で》ますわ、ごらんなさいまし。」

真暗《まつくら》な杉《すぎ》に籠《こも》つて、長《なが》い耳《みゝ》の左右《さいう》に動《うご》くのを、黒髪《くろかみ》で捌《さば》いた、女顔《をんながほ》の木菟《みゝづく》の、紅《あか》い嘴《くちばし》で笑《わら》ふのが、見《み》えるやうで凄《すさま》じい。その顔《かほ》が月《つき》に化《ば》けたのではない。ごらんなさいましと云《い》ふ、言葉《ことば》が道《みち》をつけて、隧道《トンネル》を覗《のぞ》かす状《さま》に、遥《はるか》に其《そ》の真正面《まつしやうめん》へ、ぱつと電燈《でんとう》の光《ひかり》のやゝ薄赤《うすあか》い、桂井館《かつらゐくわん》の大式台《おほしきだい》が顕《あらは》れた。

向《むか》う歯《ば》の金歯《きんば》が光《ひか》つて、印半纏《しるしばんてん》の番頭《ばんとう》が、沓脱《くつぬぎ》の傍《そば》にたつて、長靴《ながぐつ》を磨《みが》いて居《ゐ》るのが見《み》える。いや、磨《みが》いて居《ゐ》るのではない。それに、客《きやく》のではない。捻《ひね》り廻《まは》して鬱《ふさ》いだ顔色《がんしよく》は、愍然《ふびん》や、河童《かつぱ》のぬめりで腐《くさ》つて、ポカンと穴《あな》があいたらしい。まだ宵《よひ》だといふに、番頭《ばんとう》のさうした処《ところ》は、旅館《りよくわん》の閑散《かんさん》をも表示《へうじ》する……背後《うしろ》に雑木山《ざふきやま》を控《ひか》へた、鍵《かぎ》の手形《てなり》の総二階《そうにかい》に、あかりの点《つ》いたのは、三人《さんにん》の客《きやく》が、出掛《でが》けに障子《しやうじ》を閉《し》めた、其《そ》の角座敷《かどざしき》ばかりである。

下廊下《したらうか》を、元気《げんき》よく玄関《げんくわん》へ出《で》ると、女連《をんなづれ》の手《て》は早《はや》い、二人《ふたり》で歩行板《あゆみいた》を衝《つ》と渡《わた》つて、自分《じぶん》たちで下駄《げた》を揃《そろ》へたから、番頭《ばんとう》は吃驚《びつくり》して、長靴《ながぐつ》を摑《つか》んだなりで、金歯《きんば》を剝出《むきだ》しに、世辞笑《せじわら》ひで、お叩頭《じぎ》をした。

女中《ぢよちう》が二人出《ふたりで》て送《おく》る。其《そ》の玄関《げんくわん》の燈《ともしび》を背《せ》に、芝草《しばくさ》と、植込《うゑこみ》の小松《こまつ》の中《なか》の敷石《しきいし》を、三人《さんにん》が道《みち》なりに少《すこ》し畝《うね》つて伝《つたは》つて、石造《いしづくり》の門《もん》にかゝげた、石《いし》ぼやの門燈《もんとう》に、影《かげ》を黒《くろ》く、段《だん》を降《お》りて砂道《すなみち》へ出《で》た。が、すぐ町《まち》から小半町《こはんちやう》引《ひつ》込《こ》んだ坂《さか》で、一方《いつぱう》は畑《はたけ》になり、一方《いつぱう》は宿《やど》の囲《かこひ》の石垣《いしがき》が長《なが》く続《つゞ》くばかりで、人通《ひとどほ》りもなく、而《さう》して仄暗《ほのくら》い。

唯《ト》、町《まち》へたら〳〵下《さが》りの坂道《さかみち》を、つか〳〵と……わづかに白《しろ》い門燈《もんとう》を離《はな》れたと思《おも》ふと、何《ど》う並《なら》んだか、三人《さんにん》の右《みぎ》の片手《かたて》三本《ぼん》が、ひよいと空《そら》へ、揃《そろ》つて、踊《をど》り構《がま》への、さす手《て》に上《あが》つた。同時《どうじ》である。おなじやうに腰《こし》を捻《ひね》つた。下駄《げた》が浮《う》くと、引《ひ》く手《て》が合《あ》つて、おなじく三本《ぼん》の手《て》が左《ひだり》へ、さつと流《なが》れたのがはじまりで、一列《いちれつ》なのが、廻《まは》つて、くる〳〵と巴《ともゑ》に附着《くツつ》いて、開《ひら》いて、くるりと輪《わ》に踊《をど》る。花《はな》やかな娘《むすめ》の笑声《わらひごゑ》が、夜《よる》の底《そこ》に響《ひゞ》いて、また、くるりと廻《まは》つて、手《て》が流《なが》れて、褄《つま》が飜《かへ》る。足腰《あしこし》が、水馬《みづすまし》の刎《は》ねるやうに、ツイツイと刎《は》ねるやうに坂《さか》くだりに行《ゆ》く。……いや、それが又早《またはや》い。娘《むすめ》の帯《おび》の、銀《ぎん》の露《つゆ》の秋草《あきくさ》に、円髷《まるまげ》の帯《おび》の、浅葱《あさぎ》に染《そ》めた色絵《いろゑ》の螢《ほたる》が、飛《とび》交《か》つて、茄子畑《なすばたけ》へ綺麗《きれい》にうつり、すいと消《き》え、ぱつと咲《さ》いた。

「酔《よ》つとるでしゆ、あの笛吹《ふえふき》。女《をんな》ども二《に》三杯《さんばい》。」と河童《かつぱ》が舌打《したうち》して言《い》つた。

「よい、よい、遠《とほ》くなり、近《ちか》くなり、あの破鐘《われがね》を持扱《もちあつか》ふ雑作《ざふさ》に及《およ》ばぬ。お山《やま》の草叢《くさむら》から、黄《き》腹《はら》、赤背《あかせ》の山鱗《やまうろこ》どもを、綯交《なへま》ぜに、三《み》筋《すぢ》の処《ところ》を走《はし》らせ、あの踊《をど》りの足許《あしもと》へ、茄子畑《なすばたけ》から、によつ〳〵と、蹴出《けだ》す白脛《しらはぎ》へ搦《から》ませう。」此《こ》の時《とき》の白髪《しらが》は動《うご》いた。

「爺《ぢゞ》い。」

「はあ。」と烏帽子《ゑぼし》が伏《ふさ》る。

姫《ひめ》は床几《しやうぎ》に端然《たんぜん》と、

「男《をとこ》が、口《くち》のなかで拍子《ひやうし》を取《と》るが……」

翁《おきな》が耳《みゝ》を傾《かたむ》け、皺手《しわで》を当《あ》てて聞《き》いた。

「拍子《ひやうし》ではござりませぬ、ぶつ〳〵と唄《うた》のやうで。」

「さすが、商売人《くろうと》。——あれに笛《ふえ》は吹《ふ》くまいよ、何《なん》と唄《うた》ふえ。」

「分《わか》りましたわ。」と、森《もり》で受《う》けた。

「……諏訪《すは》——の海《うみ》——水底《みなそこ》、照《て》らす、小玉石《こだまいし》——手《て》には取《と》れども袖《そで》は濡《ぬら》さじ……おーもーしーろーお神楽《かぐら》らしいんでございますの。お、も、しーろし、かしらも、白《しろ》し、富士《ふじ》の山《やま》、麓《ふもと》の霞《かすみ》——峰《みね》の白雪《しらゆき》。」

「それでは、お富士様《ふじさま》、お諏訪様《すはさま》がた、お目《め》かけられものかも知《し》れない——お待《ま》ち……あれ、気《き》の疾《はや》い。」

紫《むらさき》の袖《そで》が解《と》けると、扇子《あふぎ》が、柳《やなぎ》の膝《ひざ》に、丁《ちやう》と当《あた》つた。

びくりとして、三《みツ》つ、ひらめく舌《した》を縮《ちゞ》めた。風《かぜ》の如《ごと》く駆下《かけお》りた、殆《ほとん》ど魚《さかな》の死骸《しがい》の鰭《ひれ》のあたりから、ずる〳〵

と石段《いしだん》を這返《はひかへ》して、揃《そろ》つて、姫《ひめ》を空《そら》に仰《あふ》いだ、一所《ひとところ》の鎌首《かまくび》は、如意《によい》に似《に》て、ずる〳〵と尾《を》が長《なが》い。

二階《にかい》の其《そ》の角座敷《かどざしき》では、三人《さんにん》、顔《かほ》を見合《みあ》はせて、唯呆《たゞあき》れ果《は》てゝぞ居《ゐ》たりける風情《ふぜい》がある。

これは、然《さ》もありさうな事《こと》で、一座《いちざ》の立女形《たてをやま》たるべき娘《むすめ》さへ、十五十六ではない、二十《はたち》を三《み》つ四《よ》つも越《こ》して居《ゐ》るのに。――円髷《まるまげ》は四十《しじふ》近《ぢか》で、笛吹《ふえふ》きの如《ごと》きは五十にとゞく、といふのが、手《て》を揃《そろ》へ、足《あし》を挙《あ》げ、腰《こし》を振《ふ》つて、大道《だいだう》で踊《をど》つたのであるから。――もつと深入《ふかいり》した事《こと》は、見《み》たまへ、ほつとした草臥《くたび》れた態《なり》で、真中《まんなか》に三方《さんばう》から取巻《とりま》いた食卓《ちやぶだい》の上《うへ》には、茶道具《ちやだうぐ》の左右《さいう》に、真新《まあたら》しい、擂粉木《すりこぎ》、および杓子《しやくし》となんいふ、世《よ》の宝貝《たからもの》の中《なか》に、最《もつと》も興《きよう》がつた剽軽《へうきん》ものが揃《そろ》つて乗《の》つて居《ゐ》て、これに目鼻《めはな》のつかないのが可訝《をかし》いくらゐ。次手《ついで》に婦二人《をんなふたり》の顔《かほ》が杓子《しやくし》と擂粉木《すりこぎ》にならないのが不思議《ふしぎ》なほど、変《へん》な外出《そとで》の夜《よる》であつた。

「何《ど》うしたつていふんでせう。」

と、娘《むすめ》が擂粉木《すりこぎ》の沈黙《ちんもく》を破《やぶ》つて、

「誰《だれ》か、見《み》て居《ゐ》やしなかつたか知《し》ら、可厭《いや》だ、私《わたし》。」

と頤《おとがひ》を削《けづ》つたやうにいふと、年増《としま》は杓子《しやくし》で俯向《うつむ》いて、寂《さび》しさうに、それでも、目《め》もとには、まだ笑《わらひ》の隈《くま》が残《のこ》つて消《き》えずに、

「誰《だれ》が見《み》るものかね。踊《をどり》よりか、町《まち》で買《か》つた、擂粉木《すりこぎ》と此《こ》の杓《しや》もじをさ、お前《まへ》さんと私《わたし》とで、持《も》つて歩行《ある》いた方《はう》が余程《よつぽど》をかしい。」

「だつて、をばさん――何処《どこ》かの山《やま》の神様《かみさま》のお祭《まつり》に踊《をど》る時《とき》には、まじめな道具《だうぐ》だつて、をぢさんが言《い》ふんぢやないの。……御幣《ごへい》とおんなじ事《こと》だつて。……だから私《わたし》――まじめに町《まち》の中《なか》を持《も》つたんだけれど、考《かんが》へると――変《へん》だわね。」

「いや、まじめだよ。此《こ》の擂粉木《すりこぎ》と杓子《しやもじ》の恩《おん》を忘《わす》れて何《ど》うする。おかめひよつとこのやうに滑稽《おどけ》もの扱《あつか》ひにするのは不届《ふとゞ》き千万《せんばん》さ。」

さて、笛吹《ふえふき》――は、これも町《まち》で買《か》つた楊弓《やうきう》仕立《じたて》の竹《たけ》に、雀《すゞめ》が針《はり》がねを伝《つたは》つて、嘴《くちばし》の鈴《すゞ》を、チン、カラ〱カラ、チン、カラ〱と飛《と》ぶ玩弄品《おもちや》を、膝《ひざ》について、鼻《はな》の下《した》の伸《の》びた顔《かほ》で居《ゐ》る。……いや、愚《ぐ》に返《かへ》つた事《こと》は――もし踊《をどり》があれなりに続《つゞ》いて、下《くだ》り坂《ざか》を発奮《はず》むと、町《まち》の真中《まんなか》へ舞出《まひだ》して、漁師《れふし》町《まち》の棟《むね》を飛《と》んで、海《うみ》へころげて落《お》ちたらう。

馬鹿気《ばかげ》ただけで、狂人《きちがひ》ではないから、生命《いのち》に別条《べつでう》はなく鎮静《ちんせい》した。――処《ところ》で、とぼけ切《き》つた興《きよう》は尽《つ》きず、神巫《みこ》の鈴《すゞ》から思《おも》ひついて、古《ふる》びた玩弄品屋《おもちややや》の店《みせ》で、ありあはせた此《こ》の雀《すゞめ》を買《か》つたのがはじまりで、笛吹《ふえふき》は嘗《かつ》て、麻布《あざぶ》辺《へん》の大資《だいし》産家《さんか》で、郷土民俗《きやうどみんぞく》の趣味《しゆみ》と、研究《けんきう》と、地鎮祭《ぢちんさい》をかねて、飛騨《ひだ》、三河《みかは》、信濃《しなの》の国々《くに〲》の谷谷谷深《たにたにたにふか》く相交叉《あひかうさ》する、山又山《やままたやま》の僻村《へきそん》から招《まね》いた、山民一行《さんみんいつかう》の祭《まつり》に参《さん》じた。桜《さくら》、菖蒲《あやめ》、山《やま》の雉子《きじ》の花踊《はなをどり》。赤鬼《あかおに》、青鬼《あをおに》、白鬼《しろおに》の、面《めん》も三尺《さんじやく》に余《あま》るのが、斧鉞《をのまさかり》の曲舞《きよくまひ》する。浄《きよ》め砂置《ずなお》いた広庭《ひろには》の壇場《だんぢやう》には、幣《ぬさ》をひきゆひ、注連《しめ》かけわたし、来《きた》りますの神《かみ》の道《みち》は、（千道《ちみち》、百綱《もゝづな》、道七《みちなゝ》つ。）とも言《い》へば、（綾《あや》を織《お》り、錦《にしき》を敷《し》きて招《せう》じる。）と謡《うた》ふほどだから、奥山人《おくやまびと》が、代々《だい〱》に伝《つた》へた紙細工《かみざいく》に、巧《わざ》を凝《こ》らして、千道百綱《ちみちもゝづな》を虹《にじ》のやうに。飾《かざり》の鳥《とり》には、雉子《きじ》、山鶏《やまどり》、秋草《あきくさ》、もみぢを切出《きりだ》したのを、三重《みへ》、七重《なゝへ》に――たなびかせた、その真中《まんなか》に、丸太《まるた》薪《たきゞ》を堆《うづたか》く烈々《れつ〱》と燻《く》べ、大釜《おほがま》に湯《ゆ》を沸《わ》かせ、湯玉《ゆだま》の霰《あられ》にたばしる中《なか》を、前後《あとさき》に行違《ゆきちが》ひ、右左《みぎひだり》に飛廻《とびまは》つて、松明《たいまつ》の火《ひ》に、鬼《おに》も、人《ひと》も、神巫《みこ》も、禰《ね》宜《ぎ》も、美女《びぢよ》も、裸《はだか》も、虎《とら》の皮《かは》も、紅《くれなゐ》の袴《はかま》も、燃《も》えたり、消《き》えたり、其《そ》の、ひゆうら、ひゆ、ひゆうら、ひゆ、諏訪《すは》の海《うみ》、水底《みなそこ》照《て》らす小玉石《こだまいし》、を唄《うた》ひながら、黒雲《くろくも》に飛行《ひぎやう》する、その目覚《めざま》しさは……なぞと、町《まち》を歩行《ある》きながら、些《ち》と手真似《てまね》で話《はな》して、その神楽《かぐら》の中《なか》に、青《あを》いおかめ、黒《くろ》いひよつとこの、扮装《いでたち》したのが、こて〱と飯粒《めしつぶ》をつけた大杓子《おほしやくし》、べたりと味噌《みそ》を塗《ぬ》つた太擂粉木《ふとすりこぎ》で、踊《をど》り踊《をど》り、不意《ふい》を襲《おそ》つて、あれ、きやア、ワツと言《い》ふ隙《ひま》あらばこそ、見物《けんぶつ》、いや、参詣《さんけい》の紳士《しんし》はもとより、装《よそほひ》を凝《こ》らした貴婦人令嬢《きふじんれいぢやう》の顔《かほ》へ、ヌツと突出《つきだ》し、べたり、ぐしやツ、どろり、と塗《ぬ》る……と話《はな》す頃《ころ》は、円髷《まるまげ》が腹筋《はらすぢ》を横《よこ》によるやら、娘《むすめ》が拝《をが》むやうにのめつて俯向《うつむ》いて笑《わら》ふやら。一寸《ちよつと》また踊《をどり》が憑《つ》いた形《かたち》になると、興《きよう》に乗《じよう》じて、あの番頭《ばんとう》を噴出《ふきだ》させなくつては……女中《ぢよちう》をからかはう。……で、あらう事《こと》か、荒物屋《あらものや》で、古新聞《ふるしんぶん》で包《つゝ》んでよこさう、といふものを、其《そ》のまゝで結構《けつこう》よ。第一色気《だいいちいろけ》ざかりが露出《むきだ》しに受取《うけと》つたから、荒物屋《あらものや》のかみさんが、をかしがつて笑《わら》ふより、禁厭《まじなひ》にでもするのか、と気味《きみ》の悪《わる》さうな顔《かほ》をしたのを、また嬉《うれ》しがつて、寂寥《せきれう》たる夜店《よみせ》のあたりを一廻《ひとまは》り。横町《よこちやう》を田畝《たんぼ》へ抜《ぬ》けて——はじめから志《こゝろざ》した——山《やま》の森《もり》の明神《みやうじん》の、あの石段《いしだん》の下《した》へ着《つ》いたまでは、馬《うま》にも、猪《ゐのしゝ》にも乗《の》つた勢《いきほひ》だつた。

其処《そこ》に……何《なに》を見《み》たと思《おも》ふ。——通合《とほりあ》はせた自動車《じどうしや》に、消《き》えて乗《の》つて、僅《わづか》に三分《さんぷん》。……

宿《やど》へ遁返《にげかへ》つた時《とき》は、顔《かほ》も白澄《しろず》むほど、女二人《をんなふたり》、杓子《しやくし》と擂粉木《すりこぎ》を出来得《できう》る限《かぎ》り、掻合《かきあ》はせた袖《そで》の下《した》へ。——あら、まあ、笛吹《ふえふき》は分別《ふんべつ》で、チン、カラカラカラ、チン。故《わざ》と、チンカラカラカラと雀《すゞめ》を鳴《な》らして、これで出迎《でむか》へた女中《ぢよちう》だちの目《め》を逸《そ》らさせたほどなのであつた。

「言《い》はば、お儀式用《ぎしきよう》の宝《たから》ものといつていゝね、時《とき》ならない食卓《ちやぶだい》に乗《の》つたつて、何《なに》も気味《きみ》の悪《わる》いことはないよ。」

「気味《きみ》の悪《わる》いことはないつたつて、一体変《いつたいへん》ね、帰《かへ》る途《みち》でも言《い》つたけれど、行《ゆき》がけに先刻《さつき》、宿《やど》を出《で》ると、いきなり踊出《をどりだ》したのは誰《だれ》なんでせう。」

「そりや私《わたし》だらう。掛引《かけひき》のない処《ところ》。お前《まへ》にも話《はな》した事《こと》があるほどだし、其《そ》の時《とき》の祭《まつり》の踊《をどり》を実地《じつち》に見《み》たのは、私《わたし》だから。」

「ですが、こればかりはお前《まへ》さんのせゐともいへませんわ。……話《はなし》を聞《き》いて居《ゐ》ますだけに、何《なん》だか私《わたし》だつたかも知《し》れない気《き》がする。」

「あら、をばさん、私《わたし》のやうよ、いきなりひとりでに、すつと手《て》の上《あが》つたのは。」

「まさか、巻込《まきこ》まれたのなら知《し》らないこと——お婿《むこ》さんをとるのに、間違《まちが》つたら、高島田《たかしまだ》に結《い》はうといふ娘《むすめ》の癖《くせ》に。」

「をぢさん、ひどい、間違《まちが》つたら高島田《たかしまだ》ぢやありません、やむを得《え》ず洋髪《ハイカラ》なのよ。」

「おとなしくふつくりしてる癖《くせ》に、時々《ときぐ》あゝいふ口《くち》を利《き》くんですからね。——吃驚《びつくり》させられる事《こと》があるんです。——いつかも修善寺《しゆぜんじ》の温泉宿《ゆやど》で、あすこに廊下《らうか》の橋《はし》がかりに川水《かはみづ》を引入《ひきい》れた流《ながれ》の瀬《せ》があるでせう。巌組《いはぐみ》にこしらへた、小《ちひ》さな滝《たき》が落《お》ちるのを、池《いけ》の鯉《こひ》が揃《そろ》つて、競《きそ》つて昇《のぼ》るんですわね。水《みづ》をすら〳〵と上《のぼ》るのは割合《わりあひ》やさしいやうですけれど、流《なが》れが煽《あふ》つて、かう、颯《さつ》とせく、落口《おちくち》の巌角《いはかど》を刎《は》ね越《こ》すのは苦艱《くげん》らしい……しばらく見《み》て居《ゐ》ると、漸々《だん〳〵》に皆《みん》な上《のぼ》つた、一《ひと》つ残《のこ》つたのが、あゝもう少《すこ》し、もう一息《ひといき》といふ処《ところ》で滝壺《たきつぼ》へ返《かへ》つて落《お》ちるんです。其処《そこ》よ、しつかりツて此《こ》の娘《ひと》——口《くち》へ出《だ》したうちはまだしも、しまひには目《め》を据《す》ゑて、熟《じつ》と視《み》たと思《おも》ふと、湯上《ゆあが》りの浴衣《ゆかた》のまゝで、あの高々《たかぐ》と取《と》つた欄干《らんかん》を、あツといふ間《ま》もなく、跣足《はだし》で、跣足《はだし》で跨《また》いで——お帳場《ちやうば》で然《さ》ういひましたよ。随分《ずゐぶん》おてんばさんで、二階《にかい》の屋根《やね》づたひに隣《となり》の間《ま》へ、ばア——それよりか瓦《かはら》の廂《ひさし》から、藤棚越《ふぢだなご》しに下座敷《したざしき》を覗《のぞ》いた娘《むすめ》さんもあるけれど、あの欄干《らんかん》を跨《また》いだのは、いつの昔《むかし》、開業以来《かいげふいらい》、はじめてですつて。……此《こ》の娘《ひと》。……御当人《ごたうにん》、それで巌飛《いはと》びに飛移《とびうつ》つて、其《そ》の鯉《こひ》をいきなりつかむと、滝《たき》の上《うへ》へ泳《およ》がせたぢやありませんか。」

「説明《せつめい》に及《およ》ばず。私《わたし》も一所《いつしよ》に見《み》て居《ゐ》たよ。吃驚《びつくり》した。時々《ときぐ》放《はな》れ業《わざ》をやる。それだから、縁遠《えんどほ》いんだね。たとへばさ、真《しん》のをぢきにした処《ところ》で、苟《いやしく》も男《をとこ》の前《まへ》だ。あれでは跨《また》いだんぢやない、飛《と》んだんだ。いや、足《あし》を宙《ちう》へ上《あ》げたんだ。——」

「知《し》らない、をぢさん。」

「尤《もつと》も、一所《いつしよ》に道《みち》を歩行《ある》いて居《ゐ》て、左《ひだり》とか右《みぎ》とか、私《わたし》と説《せつ》が違《ちが》つて、さて自分《じぶん》が勝《か》つと——銀座《ぎんざ》の人込《ひとごみ》の中《なか》で、何《ど》うです、それ見《み》たか、と白《しろ》い……」

「多謝《サンキユウ》。」

「逞《たくま》しい。」

「取消《とりけ》し。」

「腕《うで》を、拳固《げんこ》がまへの握拳《にぎりこぶし》で、二《に》の腕《うで》の見《み》えるまで、ぬつと象《ざう》の鼻《はな》のやうに私《わたし》の目《め》のさきへ突出《つきだ》した事《こと》があるんだからね。」

「まだ、踊《をど》つてるやうだわね、話《はなし》がさ。」

「私《わたし》も、をばさん、いきなり踊出《をどりだ》したのは、やつぱり私《わたし》のやうに思《おも》はれてならないのよ。」

「いや、ものに誘《さそ》はれて、何《なん》でも、これは、言合《いひあ》はせたやうに、前後甲乙《ぜんごかふおつ》、さつぱりと三人同時《さんにんいつとき》だ。」

「可厭《いや》ねえ、気味《きみ》の悪《わる》い。」

「ね、をばさん、日《ひ》の暮方《くれがた》に、お酒《さけ》の前《まへ》。……こゝから門《もん》のすぐ向《むか》うの茄子畠《なすばたけ》を見《み》て居《ゐ》たら、影法師《かげぼふし》のやうな小《ちひ》さなお媼《ばあ》さんが、杖《つゑ》に縋《すが》つて何処《どこ》からか出《で》て来《き》て、畑《はたけ》の真中《まんなか》へぼんやり立《た》つて、其《そ》の杖《つゑ》で、何《なん》だか九字《くじ》でも切《き》るやうな様子《やうす》をしたぢやアありませんか。思出《おもひだ》すわ。……鋤鍬《すきくは》ぢやなかつたんですもの。あの、持《も》つてたもの撞木《しゆもく》ぢやありません？　悚然《ぞつ》とする。あれが魔法《まはふ》で、私《わたし》たちは、誘《さそ》ひ込《こ》まれたんぢやないんでせうかね。」

「大丈夫《だいぢやうぶ》、ゐなかでは遣《や》る事《こと》さ。ものなりのいゝやうに、生《な》れ〳〵茄子《なす》のまじなひだよ。」

「でも、畑《はたけ》のまた下道《したみち》には、古《ふる》い穀倉《こくぐら》があるし、狐《きつね》か、狸《たぬき》か。」

「そんな事《こと》は決《けつ》してない。考《かんが》へて居《ゐ》るうちに、私《わたし》にはよく分《わか》つた。雨続《あめつゞ》きだし、石段《いしだん》が辷《すべ》るだの、お前《まへ》さんたち、蛇《へび》が可恐《こは》いのといつて、失礼《しつれい》した。——今夜《こんや》も心《こゝろ》ばかりお鳥居《とりゐ》の下《した》まで行《い》つた——毎朝拍手《まいあさかしはで》は打《う》つが、まだお山《やま》へ上《のぼ》らぬ。あの高《たか》い森《もり》の上《うへ》に、千木《ちぎ》のお屋根《やね》が拝《はい》される……こゝの鎮守様《ちんじゆさま》の思召《おぼしめ》しに相違《さうゐ》ない。——

五月雨《さみだれ》の徒然《つれ〴〵》に、踊《をどり》を見《み》よう。——さあ、其《そ》の気《き》で、更《あらた》めて、こゝで真面目《まじめ》に踊り直《なほ》さう。神様《かみさま》にお目《め》にかけるほどの本藝《ほんげい》は、お互《たがひ》にうぬぼれぬ。杓子舞《しやくしまひ》、擂粉木踊《すりこぎをどり》だ。二人《ふたり》は、故《わざ》とそれをお持《も》ち、真面目《まじめ》だよ、さ、さ、さ。可《い》いかい。」

笛吹《ふえふき》は、こまかい薩摩《さつま》の紺絣《こんがすり》の単衣《ひとへ》に、かりものの扱帯《しごき》をしめて居《ゐ》たのが、博多《はかた》を取《と》つて、きちんと貝《かひ》の口《くち》にしめ直《なほ》し、横縁《よこえん》の障子《しやうじ》を開《ひら》いて、御社《おやしろ》に。——一座《いちざ》退《しさ》つて、女二人《をんなふたり》も、慎《つゝし》み深《ぶか》く、手《て》をつかへて、ぬかづいた。

栗鼠《りす》が仰向《あをむ》けにひつくりかへつた。

あの、チン、カラ、カラ〳〵カラカラ、笛吹《ふえふき》の手《て》の雀《すゞめ》は雀《すゞめ》、杓子《しやくし》は、しや、しや、杓子《しやくし》と、す、す、す、擂《すり》粉木《こぎ》を、さしたり、引《ひ》いたり、廻《まは》り踊《をど》る。ま、ま、真顔《まがほ》を見《み》さいな。笑《わら》はずに居《ゐ》られるか。

泡《あわ》を吐《は》き、舌《した》を噛《か》み、ぶつ〳〵小《こ》じれに焦《じ》れて居《ゐ》た、赤沼《あかぬま》の三郎《さぶらう》が、うつかりしたやうに、思《おも》はず、にやりとした。

姫《ひめ》は、赤地錦《あかぢにしき》の帯脇《おびわき》に、おなじ袋《ふくろ》の緒《を》をしめて、守刀《まもりがたな》と見参《みまゐ》らせたは、あらず、一管《いつくわん》の玉《たま》の笛《ふえ》を、すつとぬいて、丹花《たんくわ》の唇《くちびる》、斜《なゝ》めに氷柱《つらゝ》を含《ふく》んで、涼《すゞ》しく、気高《けだか》く、歌口《うたぐち》を——

木菟《みゝづく》が、ぽう、と鳴《な》く。

社《やしろ》の格子《かうし》が颯《さつ》と開《ひら》くと、白兎《しろうさぎ》が一羽《は》、太鼓《たいこ》を、抱《だ》くやうにして、腹《はら》をゆすつて笑《わら》ひながら、撥音《ばちおと》を低《ひく》く、かすめて打《う》つた。

河童《かつぱ》の片手《かたて》が、ひよいと上《あが》つて、また、ひよいと上《あが》つて、ひよこ〳〵と足《あし》で拍子《ひやうし》を取《と》る。

見返《みかへ》り給《たま》ひ、

「三人《さんにん》を堪忍《かんにん》してやりや。」

「あ、あ、あ、姫君《ひめぎみ》。踊《をど》つて喧嘩《けんくわ》はなりませぬ。うゝ、うふふ、蛇《へび》も踊《をど》るや。——藪《やぶ》の穴《あな》から狐《きつね》も覗《のぞ》いて——あはゝ、石投魚《いしなぎ》も、ぬさりと立《た》つた。」

わつと、けたゝましく絶叫《ぜつけう》して、石段《いしだん》の麓《ふもと》を、右往左往《うわうさわう》に、人数《にんず》は五六十、飛《と》んだらう。

赤沼《あかぬま》の三郎《さぶらう》は、手《て》をついた——もう係《か》うまゐる、姫神様《ひめがみさま》。……

「愛想《あいそ》のなさよ。撫子《なでしこ》も、百合《ゆり》も、あるけれど、活《い》きた花《はな》を手折《たを》らうより、此《こ》の一折《ひとをり》持《も》つていきや。」

取《と》らせうと、笛《ふえ》の御手《みて》に持添《もちそ》へて、濃《こ》い紫《むらさき》の女扇《をんなあふぎ》を、袖《そで》すれにこそたまはりけれ。

片手《かたて》なぞ、今《いま》は何《なに》するものぞ。

「おんたまものの光《ひかり》は身《み》に添《そ》ひ、案山子《かゝし》のつゞれも錦《にしき》の直垂《ひたたれ》。」

翁《おきな》が傍《かたはら》に、手《て》を挙《あ》げた。

「石段《いしだん》に及《およ》ばぬ、飛《と》んでござれ。」

「はあ、いまさらにお恥《はづ》かしい。大海蒼溟《たいかいさうめい》に館《やかた》を造《つく》る、跋難佗龍王《ばつなんだりうわう》、娑伽羅龍王《しやがらりうわう》、摩那斯龍王《まなしりうわう》。龍神《りうじん》、龍女《りうぢよ》も、色《いろ》には迷《まよ》ふ験《ため》し候《さふらふ》。外海小湖《ぐわいかいせうこ》に泥土《でいど》の鬼畜《きちく》、怯弱《けふじやく》の微輩《びはい》。馬蛤《まて》の穴《あな》へ落《お》ちたりとも、空《そら》を翔《か》けるは、まだ自在《じざい》。これとても、御恩《ごおん》の姫君《ひめぎみ》。事《こと》おはして、お召《めし》とあれば、水《みづ》はもとより、自在《じざい》のわつぱ。電火《でんくわ》、地火《ちくわ》、劫《ごふ》火《くわ》、敵火《てきくわ》、爆火《ばくくわ》、手一《てひと》つでも消《け》しますでしゆ、ごめん。」

とばかり、ひようと飛《と》んだ。

　ひよう、ひよう。

翁《おきな》が、ふた〳〵と手《て》を拍《た》ゝいて、笑《わら》ひ、笑《わら》ひ、

「漁師町《れふしまち》は行水時《ぎやうずゐどき》よの。さらでもの、あの手負《ておひ》が、白《しろ》い脛《すね》で落《お》ちると憫然《ふびん》ぢや。見送《みおく》つて遣《や》れの——鴉《からす》、鴉《からす》。」

かあ、かあ。

ひよう、ひよう。

かあ、かあ。

ひよう、ひよう。

雲《くも》は低《ひく》く灰汁《あく》を漲《みなぎ》らして、蒼穹《あをぞら》の奥《おく》、黒《くろ》く流《なが》るゝ処《ところ》、げに直顕《ちよくけん》せる飛行機《ひかうき》の、一万里《いちまんり》の荒海《あらうみ》、八千里《はつせんり》の曠野《あらの》の五月闇《さつきやみ》を、一閃《いつせん》し、掠《かす》め去《さ》つて、飛《と》ぶに似《に》て、似《に》ぬものよ。

ひよう、ひよう。

かあ、かあ。

北《きた》をさすを、北《きた》から吹《ふ》く、逆《さか》らふ風《かぜ》はものともせねど、海洋《かいやう》の濤《なみ》のみだれに、雨一《あめひと》しきり、どつと降《ふ》れば、上下《うへした》に飛《とび》かはり、翔交《かけまじ》つて、

かあ、かあ。

ひよう、ひよう。

かあ、かあ。

ひよう、ひよう。

かあ、かあ。

ひよう、

ひよう。

…………

…………

# 鶯花径

# 一

松《まつ》は、あれは、——彼《あ》の山《やま》の上《うへ》に見《み》えるのは、確《たしか》にあれは一本松《いつぽんまつ》。晴《は》れた夕暮《ゆふぐれ》の空高《そらたか》く、星《ほし》を頂《いたゞ》いて立《た》つてるが、枝《えだ》も葉《は》も何《なに》もない、幹《みき》には刻々《きざ〳〵》の入《はひ》つて居《ゐ》る裂《さ》け目《め》が判然《はつきり》と見《み》える。

何時《いつ》だつたか、其焼《そのや》けたのは、冬《ふゆ》、凩《こがらし》の吹《ふ》いた晩《ばん》。其頃《そのころ》は一樹《いちじゆ》、兀山《はげやま》の端《はし》に麓《ふもと》の町《まち》へおつかぶさつて茂《しげ》つて居《ゐ》て、北《きた》の方《かた》、熊笹《くまざゝ》、根篠《ねざゝ》、萱《かや》、薄《すゝき》の谷《たに》へ、真直《まつすぐ》に垂《た》れて居《ゐ》た。其名高《そのなだか》い枝《えだ》は、長《なが》さが二十間《けん》あつたといふ。根上《ねあが》りの松《まつ》で、土蜘蛛《つちぐも》の足《あし》のやうに蟠《わだか》まつた弓形《ゆみなり》の根《ね》の下《した》を、潜《くゞ》り〳〵して堂々巡《だう〳〵めぐり》をした、私達幼《わたしたちをさな》いものは、また其根《そのね》の上《うへ》へ攀上《よぢのぼ》つて、見上《みあ》げるやうな枝《えだ》の下《した》に、五人《にん》と七人《にん》、目白押《めじろおし》をして留《と》まりながら、巽《たつみ》の方《かた》、城《しろ》の中《なか》を遥《はるか》に小《ち》さく瞰下《みおろ》して、一《いち》の丸《まる》の堀端《ほりばた》なる鉄砲庫《てつぱうぐら》の傍《わき》の、平坦《たひら》な空地《あきち》で、聯隊《れんたい》の兵士《へいし》が演習《えんしふ》をして居《ゐ》るのを蟻《あり》の湧《わ》くやうに見《み》た。足《あし》の下《した》では、毛氈《まうせん》を敷《し》いて、女《をんな》まぢりに吸筒《すひづゝ》を開《ひら》いて流行唄《はやりうた》を唄《うた》つて居《ゐ》ることもあつた。夜《よる》は、ちやうど三里《り》ばかり隔《へだ》つた処《ところ》から海《うみ》になつて居《ゐ》る其沖《そのおき》の船《ふね》の目印《めじるし》になるといつて、梢《こずゑ》に常燈明《じやうとうみやう》が灯《とぼ》されたくらゐ、市《まち》の中央《ちうあう》だといふ、青《あを》いペンキ塗《ぬり》の大橋《おほはし》の上《うへ》から正面《しやうめん》に見《み》える愛宕《あたご》の一本松《いつぽんまつ》といつて、聞《きこ》えた常盤木《ときはぎ》だつたのが、——其凩《そのこがらし》の暗《くら》い晩《ばん》、十万軒《じふまんげん》の屋根《やね》も、窓《まど》も、北向《きたむき》の障子《しやうじ》は残《のこ》らずあかりがさして、辻巷《つじちまた》をあかくして燃《も》え出《だ》した。

米《こめ》が高《たか》くつて一揆《いつき》が起《おこ》る、其暗号《そのあひづ》だといつて、推返《おしかへ》すやうに騒《さわ》いだけれど、吶喊《とき》の声《こゑ》も聞《きこ》えなかつた。夜《よ》が更《ふ》けて森《しん》とすると、松脂《まつやに》が煮《に》えるヂウ〳〵といふ響《ひゞき》に、枝《えだ》の裂《さ》けてぱち〳〵と炭《すみ》の刎《はね》るやうな音《おと》が、山《やま》から山《やま》へ鳴《な》り渡《わた》つた。
ちやうど病気《びやうき》でおよつていらつしやつた母様《おつかさん》が私《わたし》を抱《だ》いて起《お》きて出《で》て、二階《にかい》の北窓《きたまど》を開《あ》けなすつた。束髪《たばねがみ》、毛《け》のさきのもつれたのが、膝《ひざ》に抱《だ》かれた其坊《そのばう》やの頸《えり》にひや〳〵として溢《こぼ》れた。其時《そのとき》、真黒《まつくろ》な襟《えり》をつけた水色《みづいろ》の薄《うす》い着物《きもの》で、絶々《たえ〴〵》しう、凩《こがらし》のすさんでる真暗《まつくら》な外《おもて》へ、気高《けだか》い顔《かほ》をお出《だ》しなすつた。唯《と》見《み》ると、頂《いたゞき》に小《ちひ》さな松明《たいまつ》、まるで炎《ほのほ》なのが中空《なかぞら》に燃上《もえあが》つて、左右《さいう》の山《やま》の土《つち》は赤《あか》く、うらの峰《みね》は真黒《まつくろ》で、麓《ふもと》の熊笹《くまざゝ》の枯《か》れたのもあり〳〵と見《み》て取《と》られた。あかるい中《なか》を、手《て》の細《ほそ》い、白《しろ》いので指《ゆび》さして、――（坊《ばう》や、きれいだね。）とおつしやつた。――

――松《まつ》は、あれは、確《たし》かにそれと、鷲《わし》の片翼《かたつばさ》を拡《ひろ》げて植《う》ゑたやうな、いまは枝《えだ》も葉《は》も何《なん》にもない根《ね》ひろがりに幹《みき》の裂《さ》け〳〵になつたのを、仰《あふ》いで星《ほし》の下《した》に見《み》た。

……と思《おも》ひました。

爾時《そのとき》フと心付《こゝろづ》くと、然《さ》うすると、坊《ばう》やは、片手《かたて》を挙《あ》げて、人《ひと》の胸《むね》とおもふあたりで曳《ひ》かれながら、両側《りやうがは》に森《もり》のある薄暗《うすぐら》い小路《こみち》を歩行《ある》いて居《ゐ》たので。

吃驚《びつくり》したけれど、誰《たれ》が手《て》を曳《ひ》いて、何処《どこ》へ行《ゆ》かうとするのか、其人《そのひと》の顔《かほ》をうつかり見《み》ようとはしなかつた。これは大抵其誰《たいていそのたれ》であらうといふことを察《さつ》し得《え》られたからではない。余《あま》り思《おも》ひ懸《が》けぬことではあり、実際《じつさい》、いま気《き》が着《つ》いて恁《か》うしてこんな場合《ばあひ》にある其《それ》が真個《ほんたう》なのか、夢《ゆめ》なのか、それさへ忘《わす》れて居《ゐ》るのか、ぼんやりして分《わか》らなかつた故《せゐ》もあり。……

また、何《ど》の道《みち》からなつた上《うへ》は、仮令《たとひ》、私《わたし》の手《て》を曳《ひ》いて居《ゐ》るものが、どんなに可恐《おそろし》い、邪険《じやけん》な、残酷《ざんこく》なものであつたにしろ、振離《ふりはな》して遁《に》げようといふことは出来《でき》ないもの、とあきらめて居《ゐ》たものらしい。

# 二

何故《なぜ》なら、恁《か》うして一本松《いつぽんまつ》を見《み》て、フと気《き》が付《つ》いた其以前《そのいぜん》は、何《なに》を、何処《どこ》に、何《ど》うして居《ゐ》たのか、些《ちつと》も思出《おもひだ》せないほどに、魅入《みい》つて此処《こゝ》まで連《つ》れて来《き》た、――その位《くらゐ》な力《ちから》を持《も》つた鬼《おに》だものを。

あわくツて、顔《かほ》を見《み》て、よし、朱盆《しゆぼん》の様《やう》な口《くち》を開《あ》いて針《はり》を植《う》ゑたやうな歯《は》を見《み》せられたつて、たゞ、しやうのないまで恐《おそろ》しい思《おもひ》をする、それだけ損《そん》、あせつたつて、もがいたつて、この小《ちひさ》な手《て》と、この足《あし》で、とても叶《かな》ひツこはない、とあきらめた、ぢやありませんか。

だから、手《て》を曳《ひ》いてるものゝ顔《かほ》を見《み》ようとはしなかつた。顔《かほ》は見《み》ないで、また元《もと》の松《まつ》の木《き》のあるあたりを見《み》た。

まつたく違《ちが》ひはない。兀山《はげやま》の頂《いたゞき》はハヤ暗《くら》くなつて居《ゐ》たけれど、峰裏《みねうら》から谷間《たにあひ》を上《のぼ》らうとする出汐《でしほ》の月《つき》のあかりがさして、段々《だん〳〵》薄《うす》くなつて消《き》えて行《ゆ》く晴《は》れた天《そら》の浅黄色《あさぎいろ》に連《つら》なつて、バツサリ水《みづ》と油《あぶら》と分《わか》れたやうに山《やま》の端《は》で区《く》ぎりが立《た》つ。其真中《そのまんなか》を突《つき》さして、彼《あ》の鷲《わし》の片翼《かたつばさ》が飜《ひるがへ》つて居《ゐ》る。根《ね》ぎは少《すこ》し離《はな》れた処《ところ》に、小《ちひ》さく見《み》えて鳥居《とりゐ》が一個《ひとつ》。私《わたし》の故郷《くに》でかういふ景色《けしき》は菫《すみれ》、鼓草《たんぼゝ》、緋桃《ひもゝ》の盛《さかり》で、日中《ひなか》はあつたかいが、夕越《ゆふごえ》ると薄《うす》ら寒《さむ》い、三月《ぐわつ》の末《すゑ》から四月《ぐわつ》へかけて天気《てんき》が続《つゞ》く時《とき》のかはらぬ眺望《ながめ》で。

いつも家《いへ》にかつた鶏《にはとり》を、とやに入《い》れようとして、はあ〳〵いひながら庭中《にはぢう》を追駈《おつか》けまはして、ほつと呼吸《いき》をつく時《とき》に仰《あふ》いで見《み》た景色《けしき》とかはらない。左様《さう》だ。旧居《もとゐ》た自分《じぶん》の家《いへ》は、今歩行《いまある》いて居《ゐ》る処《ところ》ではもう通越《とほりこ》したのだとさう思《おも》つた。

目《め》を注《そゝ》ぐと、左側《ひだりがは》に、二軒並《けんなら》んで小店《こみせ》がある。見覚《みおぼ》えたに違《ちが》ひなく、一軒《けん》は花屋《はなや》で、もう店《みせ》の戸《と》は閉《し》まつて居《ゐ》るが、雨戸《あまど》の外《そと》に花桶《はなをけ》に樒《しきみ》をさしたのが置《お》いてあつた。樒《しきみ》の葉《は》は枯《か》れたのが多《おほ》く、其枯《そのか》れた葉《は》は、白《しろ》い裏《うら》が見《み》えて、桶《をけ》の手《て》に凭《もた》れかゝつて居《ゐ》る。

鄰《となり》は駄菓子屋《だぐわしや》で。こゝはまた姫糊《ひめのり》だの、草鞋《わらぢ》だの、荒物《あらもの》を商《あきな》ふ家《いへ》で、店《みせ》の暗《くら》いのに灯《ひ》もともさず、納戸《なんど》の障《しやう》子《じ》を閉《し》めたなかに人《ひと》の居《ゐ》る気勢《けはひ》がした。あかりが赤《あか》く、煤《すゝ》ぼつた障子《しやうじ》の隙間《すきま》から洩《も》れて、棒《ぼう》のやうに一条店《ひとすぢみせ》を照《て》らしたなかに、草鞋《わらぢ》が、ぶかりと掛《かゝ》つて居《ゐ》た。

声《こゑ》をかけて飛込《とびこ》まうか。此《こ》の家《いへ》は癩筋《かつたいすぢ》だつていふから止《よ》した。

誰《だれ》かは矢張《やつぱ》り手《て》を曳《ひ》いて、私《わたし》が彼処此処《あちこち》見《み》て居《ゐ》る間《ま》も休《やす》まないで前途《むかう》へ行《ゆ》く。——何処《どこ》へ連《つ》れて行《ゆ》くのかな。

覚《おぼ》えた店《みせ》も二軒《けん》あり、道《みち》の両側《りやうがは》からおつかぶさつた樹立《こだち》の状《さま》、石塊沢山《いしころたくさん》な路《みち》の様子《やうす》、自分《じぶん》の家《いへ》から、二町《ちやう》ばかり隔《へだゝ》つて居《ゐ》る処《ところ》に違《ちが》ひないらしい。

果《はた》してそれだと、此辺《このあたり》は御寺《みてら》沢山《たくさん》な処《ところ》で、一本松《いつぽんまつ》の下《した》にある窪《くぼ》ツ地《ち》の、鶯谿《うぐひすだに》といふのである。

ツイ此《この》さきに、左側《ひだりがは》に本像寺《ほんざうじ》といふのがある筈《はず》。赤門《あかもん》の鉄網《かなあみ》のなかに矢大臣《やだいじん》が控《ひか》へておいでだ。和尚様《をしやうさま》は算《さん》術《じゆつ》の上手《じやうず》な人《ひと》で、法用《ほふよう》の相談《さうだん》に行《ゆ》くと、直《すぐ》に十露盤《そろばん》を出《だ》してあたつて見《み》せるといつて、皆《みな》悪《わる》くいふけれど、小児《こども》たち私《わたし》なんぞ、八算九々《はつさんくゝ》を教《をそ》はりに行《い》つたことがある、と思《おも》ひ出《だ》すと、来《き》た、……其御寺《そのみてら》の前《まへ》になつた。

足許《あしもと》も暗《くら》くなつて御寺《みてら》の門《もん》は閉《しま》つて居《ゐ》る。

左《ひだり》なのは、むづかしい顔《かほ》をして居《ゐ》るからあまり好《す》かないので、つかまつて背伸《せのび》をして、さうしてあの鉄網《かなあみ》の中《なか》を覗《のぞ》くと、優《やさし》い眼《め》の、右《みぎ》の方《はう》を、と一寸見《ちよつとみ》ると、暗《くら》い中《なか》に顔《かほ》があつたが、額《ひたひ》も眉《まゆ》も分《わか》らないで、此時《このとき》活《い》きてるやうに微笑《ほゝゑ》んだ其口許《そのくちもと》が懐《なつか》しい。

## 三

「まあ。」

眤《ぢつ》と視《み》ると、ガツタリ鉄網戸《かなあみど》の中《なか》で動《うご》いたやうな気《き》がしたから、嬉《うれし》くツて、飛《と》んで行《ゆ》かうとしたが、曳《ひ》かれた手《て》は放《はな》れなかつた。

「不可《いけ》ませんよ。」

引戻《ひきもど》して、誰《たれ》かかのは、しやくるやうな、小突《こづ》くやうな、そんな邪慳《じやけん》なのぢやあなかつたけれど、やさしくつて振《ふり》もぎられない力《ちから》があつた。

が待《ま》て、慿《か》う、だまして置《お》いて、私《わたし》を仰向《あをむ》かせて、其恐《そのおそろ》しい顔《かほ》を見《み》せて、慰《なぐさ》まうといふのであらう。

(不可《いけ》ませんよ)といつた、声《こゑ》も、考《かんが》へて見《み》ると聞《き》いたことのない、故《わざ》と深切《しんせつ》らしい声《こゑ》だつた。

離《はな》れようと思《おも》つた。一《ひと》ツ引《ひ》いて見《み》た。放《はな》さないからまた引《ひ》いた。ぐツと引張《ひつぱ》る！　あたまが疼《いた》くなり、耳《みゝ》がぐわつといつて、取《と》られて居《ゐ》る手《て》に熱《あつ》さを感《かん》じた。ふら〱とする身体《からだ》をあせつて、

「嫌《いや》　嫌《いや》」

「あれ、またはじまりましたか。」

爾時《そのとき》手《て》が放《はな》れた。すかさず摺《す》り抜《ぬ》けようとした身体《からだ》が躍《をど》つて、足《あし》が上《あが》つたと思《おも》ふと、もう何《なん》にも見《み》えなくなつた。坊《ばう》やの切《せつ》ない顔《かほ》は、ほとぼりのある、すベツこくツて、薫《かをり》の良《よ》い、しかも冷々《ひや〱》として爽《さわや》かな白《しろ》いもので包《つゝ》まれた。引占《ひきし》めて誰《たれ》かゞ乳《ちゝ》のあたりへ顔《かほ》をば抱寄《だきよ》せたやうである。

「可哀相《かあいさう》にねえ。」ツて、すてきな口《くち》をきいたと思《おも》ふと、くツついて、頬《ほゝ》ぺたから身体中《からだぢう》の血《ち》を吸《す》はうとすることが解《わか》つたから、一度《いちど》は余《あま》り恐《おそろし》いので何《なん》にでも犇《ひし》と縋《すが》らうと思《おも》つたけれど、気《き》が付《つ》いて止《や》めにした。さうして、突退《つきの》けて、火《ひ》のやうな脣《くちびる》から放《はな》れようと、ふら〱する足《あし》を蹈張《ふんば》つて、両手《りやうて》をしつかり、精一杯《せいいつぱい》、しつかりあてゝ、ぐツと胸《むね》と思《おも》ふあたりをむかうへ突《つ》いた。綿《わた》をつかねたやうな胸《むね》の裏《なか》へふるへながら指《ゆび》が沈《しづ》む。

「あれ、」

プツリと切《き》れたやうに、熱《ねつ》した脣《くちびる》であらう、血《ち》を吸《す》ふものは放《はな》れたけれど、背《せな》を抱《だ》いた手《て》にはます〳〵力《ちから》が入《はひ》つて、引《ひき》しめられたのか、胸《むね》に挟《はさま》つた手《て》は、折《を》れまがるやうで疼《いた》くつてならぬ。

「痛《いた》いよ、痛《いた》いよ。」と、口惜《くや》しかつたけれど口《くち》へ出《だ》して低声《こゞゑ》でいつた。

「落着《おちつ》いておいでなさい、ね、しつかりするんですよ。良《い》い児《こ》だからね、可《よ》ござんすか。」といつて身体《からだ》をゆるめてくれた。で、ぴツたりおつかぶさつてた白《しろ》い衣《きぬ》から顔《かほ》が放《はな》れる。

向直《むきなほ》つて、両手《りやうて》を膝《ひざ》に垂《た》れた。ほツといきを吐《つ》いて峰《みね》を仰《あふ》ぐと、月《つき》が鷲《わし》の翼《つばさ》にかゝつて光《ひか》つて居《ゐ》た。

これで夢《ゆめ》がさめたやうになつて、おなじ御寺《みてら》の門《もん》の前《まへ》にあるのが知《し》れた。

また駈《か》け出《だ》さうとしたけれど、既《すで》にもとの通《とほ》り手《て》を取《と》られて居《ゐ》るのに気《き》がついて、……情《なさけ》ない。

いまわづかのあひだ、母様《おつかさん》に抱《だ》かれたの、と思《おも》つたやうでもあるけれど、違《ちが》つた。あの矢張《やつぱり》誰《たれ》かゞつかまへて居《ゐ》たのである。助《たす》けちやあお呉《くれ》でなかつた、と傍《かたはら》を覗《のぞ》くと、真暗《まつくら》で矢大臣《やだいじん》は、手《て》さきも分《わか》らない。但《たゞ》鉄網戸《かなあみど》の組合《くみあ》はせた亀甲形《きつかふがた》の鋼線《はりがね》が一《ひと》ツ一《びと》ツ判然《はつきり》と目《め》に留《と》まる。

心細《こゝろぼそ》くツて、俯向《うつむ》いてると、白《しろ》い手《て》が背後《うしろ》から出《で》て、轟《とゞろ》くやうな坊《ばう》やの胸《むね》の動悸《どうき》を静《しづ》かに撫《な》でさげた。さすつて、頤《あぎと》のあたりへ来《き》たが、気《き》が附《つ》かず油断《ゆだん》して居《ゐ》るらしかつたから、思切《おもひき》つて喰《く》ひついた。前歯《まへば》に悪《お》魔《に》の指《ゆび》がカチリとあたる。

四

其《その》まゝ不思議《ふしぎ》に手《て》を動《うご》かさないから、俯向《うつむ》いて瞳《ひとみ》を寄《よ》せて、——白魚《しらを》のやうで紅《べに》さした指環《ゆびわ》を一個《ひとつ》嵌《は》めて居《ゐ》る、私《わたし》の歯《は》は、其《その》彫刻《てうこく》した鳥《とり》の喙《くちばし》がついばむで居《ゐ》る木《き》の実《み》に擬《なぞら》へた小《ちひ》さな紅宝石《こうはうせき》をくはへて居《ゐ》たのをきつぱり見《み》た。

時《とき》に耳《みゝ》のあたりを吹《ふ》いて、爽《さわや》かな風《かぜ》が一渡《ひとわた》り、頰《ほゝ》の吸《す》はれたあとに冷々《ひや〳〵》として染《し》みる。口惜《くやし》かつたから、も一《いち》度《ど》と思《おも》つたけれど、指《ゆび》が細《ほそ》くツて、花片《はなびら》で出来《でき》てるやうだから歯《は》をあてると血《ち》が出《で》さうで痛々《いた〳〵》しい。あまりしをらしいから鬼《おに》の手《て》だと知《し》つてながら止《よ》した。

放《はな》すと、おとなしく其手《そのて》をうしろへ引《ひ》いたので、鳥《とり》の喙《くちばし》も紅宝石《こうはうせき》も頭《つむり》のうしろあたりで消《き》えたやう。

すぐにまた手《て》を引《ひ》いて、

「おとなしくしておいでなさい。ね、もう少《すこ》しだから。」

勝手《かつて》に何処《どこ》へでも連《つ》れておいでなと、やりぱなしに伴《とも》なはれる。心《こゝろ》ぢやフテながらも、足《あし》はすなほ。寺《てら》の外廓《そとぐるわ》に石垣《いしがき》を築《つ》いてあつて、短《みじか》い草《くさ》が石《いし》の合目《あはせめ》から隙間《すきま》もなく生《は》えて居《ゐ》る。此石垣《このいしがき》は、時々《とき〴〵》蛇《へび》のあまたが出入《ではひり》をする処《ところ》で、山清水《やましみづ》の滴々《したゝり》が北谷《きただに》から流《なが》れて来《き》て、こゝで幅《はゞ》二尺《しやく》ばかりの小《を》川《がは》になるが、まだ花《はな》の咲《さ》かない山吹《やまぶき》、紫陽花《あぢさゐ》、毒《どく》だめ、車前子《おほばこ》などが、流《ながれ》の上《うへ》におつかぶさつて、下行《したゆ》く水《みづ》の色《いろ》は見《み》えはせぬ。もう少《すこ》し行《ゆ》けばと、さう思《おも》つた処《ところ》へ直《す》ぐ着《つ》いた。

こゝぢやあ石垣《いしがき》も段々下《だん〳〵さが》りに低《ひく》くなり、路《みち》も次第落《しだいおち》にくぼになつて、路《みち》から川《かは》に下《お》りる石段《いしだん》が二《ふた》ツある。二《ふた》ツ目《め》の石《いし》にはサラ〳〵と水《みづ》がかゝつて居《ゐ》る。

山清水《やましみづ》の此処《こゝ》へ来《く》るまで、草原《くさはら》の野中《のなか》を潜《くゞ》るので、愛宕《あたご》の麓《ふもと》から続《つゞ》いた野《の》の末《すゑ》と、寺《てら》の石垣《いしがき》とが合《がつ》する場所《ばしよ》、山《やま》から来《く》る水《みづ》が一段高《いちだんたか》いから一畝水《ひとうねりみづ》がうねつて落《お》ちる、潺々《せん〳〵》たる細流《さいりう》に、葉越《はごし》にさして来《く》る月《つき》あかりで、この一幅畝《ひとはゞうね》つて落《お》ちる水《みづ》の色《いろ》も透通《すきとほ》る中《なか》へ、翠《みどり》なす柳《やなぎ》の葉《は》が一《ひと》つかみ枝《えだ》を沈《しづ》めて、搔潜《かいくゞ》りまた浮上《うきあが》る。ト一緒《いつしよ》にサラ〳〵といふ音《おと》。米《こめ》を白《しら》げて居《ゐ》た婦人《をんな》があつた。が出《で》合頭《あひがしら》に、桶《をけ》を抱《かゝ》へあげると、振返《ふりかへ》つてすれちがつた。

あれは花屋《はなや》が内《うち》のをばさんだ、と思《おも》つて見返《みかへ》ると、裾《すそ》をあげた、ならんで白《しろ》い脛《はぎ》が見《み》える後姿《うしろつき》、かゝへた桶《をけ》から雫《しづく》がしたゝり、乾《かわ》いた地《ち》の上《うへ》へ糸《いと》を引《ひ》いて、樹《き》の下《した》の細道一条《ほそみちひとすぢ》、月《つき》あかりに、ちやうど、蜘蛛《くも》の子《こ》が連《つらな》つて走《はし》るやう。やがて其姿《そのすがた》も、抱《かゝ》へた桶《をけ》も、通《とほ》つて来《き》た寺《てら》の前《まへ》あたりに、ものかげにかくれて消《き》えた。

「直其処《ぢきそこ》までだから、もうちつとあんよをなさい。さあよ、さあよ。」

額《ひたひ》へあつたかな呼吸《いき》がかゝるやうで、あたまが重《おも》くなつた。顔《かほ》を差覗《さしのぞ》いて見《み》るやうな気勢《けはひ》がする。坊《ばう》やは、其恐《そのこは》い顔《かほ》を見《み》まいと思《おも》つて目《め》を眠《ねむ》つた。

## 五

路《みち》はこゝから、向《むか》つてやゝ広《ひろ》く爪《つま》さきあがりに、明《あかる》く高《たか》くなる。正面《しやうめん》に仰《あふ》がれた頂《いたゞき》の鷲《わし》の翼《つばさ》は、右《みぎ》へまはつて、だら〳〵坂《ざか》は左《ひだり》の方《はう》へ登《のぼ》つて行《ゆ》く。樹《き》の下《した》の径《こみち》は最《も》う潜《くゞ》り抜《ぬ》けて出《で》て来《き》たので、坂《さか》なりに路《みち》を右《みぎ》へ曲《まが》ると、さつきの水《みづ》が眼《め》の下《した》に幽《かすか》に青味《あをみ》を帯《お》びて、暗《くら》いなかに有《あ》るのが、樹《き》の根《ね》に挟《はさ》まつて瞰下《みおろ》された。路傍《みちばた》は畑地《はたぢ》で、物置《ものおき》であらう、藁葺《わらぶき》の小屋《こや》が一個《ひとつ》、其屋根《そのやね》の上《うへ》をあるくやうな処《ところ》を、通《とほ》つて、ひろ〴〵とした処《ところ》で、手《て》を曳《ひ》いてる人《ひと》は、こゝにある鬼子母神様《きしもじんさま》の御寺《みてら》の石壇《いしだん》の下《した》で立停《たちどま》つた。

壇《だん》の上《あが》り口《ぐち》の、右《みぎ》へ寄《よ》つた芝生《しばふ》の中《なか》に、題目《だいもく》を書《か》いた石《いし》の柱《はしら》がすツくり立《た》つ。

これからさきに人家《じんか》はない。あたりは広々《ひろ〴〵》とした畑《はたけ》で、別《べつ》に遠《とほ》くこんもりした森《もり》がある。其処《そこ》の其寺《そのてら》は大破《たいは》して、門《もん》の柱《はしら》と境内《けいだい》に釣鐘堂《つりがねだう》の跡《あと》があるばかり。不具《かたは》の乞食《こじき》が寝《ね》に行《ゆ》く処《ところ》で。すつかり町《まち》を出離《ではな》れてしまつたから、一本松《いつぽんまつ》のなごりのほか、空《そら》を遮《さへぎ》るものはない。見渡《みわた》すと、遥《はるか》にへだゝつた、ぬれた、しめつたやうな小《を》暗《ぐら》い窪地《くぼち》へ、一面《いちめん》に刷《は》いた霞《かすみ》に沈《しづ》んで、萱葺《かやぶき》の屋根《やね》が並《なら》んで三《みつ》ツ見《み》えるのは、鶯谿《うぐひすだに》の尼寺《あまでら》である。

其尼寺《そのあまでら》へ行《ゆ》くでもなからう。寺《てら》の門《もん》は閉《しま》つて居《ゐ》る。これからさきへ行《ゆ》けば、不具《かたは》の乞食《こじき》の野宿《のじゆく》して居《ゐ》る荒寺《あれでら》なり、声《こゑ》を立《た》てゝも聞《きこ》えぬ処《ところ》と、あたりを見《み》ながら彳《たゝず》んで居《ゐ》ると、題目《だいもく》を書《か》いた其石柱《そのいしばしら》の前途《ゆくて》に、ほツつり草《くさ》苺《いちご》の実《み》のやうな火《ひ》と思《おも》はれるのが、ふら〳〵と動《うご》いて居《ゐ》る。さうして、薄《うす》い、かすれ〳〵な一脈《いちみやく》の煙《けむり》が月夜《つきよ》の中《なか》に纏《もつ》れて居《ゐ》た。

視詰《みつ》めて、眼《め》も離《はな》さなかつたが、人《ひと》が居《ゐ》るのを認《みと》めたから、あゝ、待《ま》つてるな、鬼《おに》のなかま。こゝへ連《つ》れて来《き》て、これと一緒《いつしよ》に苛《いぢ》めようとするのであらう、と思《おも》つた時《とき》、……果《はた》して石壇《いしだん》をのぼつて近《ちか》づきかゝる。

手《て》を曳《ひ》いてるのは、其《その》さつきの手《て》といひ、また声音《こわね》といひ、引添《ひきそ》うて居《ゐ》る衣《きぬ》のけはひ、ものゝ薫《かをり》は女《をんな》だから、待《ま》ち受《う》けてるものゝ女房《にようばう》か何《なに》かであらう。

待《ま》つてるものは男《をとこ》であつた。

帽《ばう》を脱《ぬ》いで傍《そば》に置《お》いた。うつくしい芝《しば》の上《うへ》に腰《こし》を懸《か》け、片肱《かたひぢ》をついて、巻煙草《まきたばこ》を飲《の》んで居《ゐ》る。足《あし》を石段《いしだん》の片《かた》端《はし》へ投出《なげだ》して居《ゐ》たが、しつくりした洋服《やうふく》で、皆黒《みなくろ》いのに、胸《むね》の真白《まつしろ》で艶々《つや〳〵》しいのが少《すこ》し見《み》えて、やゝ仰向《あをむ》けになり、ちやうど松《まつ》を放《はな》れた中空《なかぞら》の月《つき》を仰《あふ》いで居《ゐ》る。横顔《よこがほ》に葉越《はごし》の薄《うす》ら蒼《あを》い光《ひかり》がかゝつて、色《いろ》は洗《あら》つたやう、眉《まゆ》はあざやかな、一体《いつたい》の人物《じんぶつ》は、あかるい煙《けむり》の中《なか》にあらはれた大理石《だいりせき》の像《ざう》のやうで、其折曲《そのをりま》げてる手《て》の袖《そで》の蔭《かげ》さへ、黒《くろ》くさやかに見《み》えた。

鬼《おに》ではない、違《ちが》つたと思《おも》つた私《わたし》と、手《て》を曳《ひ》いてる人《ひと》は、此方《こなた》の端《はし》を歩行《ある》いて居《ゐ》たが、男《をとこ》の足《あし》を落《おと》して居《ゐ》るおなじ段《だん》、一段上《だんあが》つて、モ一《ひと》ツ上《あが》らうとして、

「失礼《しつれい》。」といつて声《こゑ》をかけて通《とほ》つた。男《をとこ》はこれを聞《き》くと、少《すこ》し身《み》を起《おこ》したが、立《た》つて来《き》はしなかつた。

## 六

恐怖《おそれ》は薄《うす》らぎ、疑《うたがひ》は消《き》えかけたが、黒《くろ》い土《つち》、青《あを》い石《いし》の壇《だん》の数《かず》、五十ばかり上《のぼ》り尽《つく》して、坦《ひらた》い石《いし》のやゝ広《ひろ》い上《うへ》に乗《の》つて、見上《みあ》げるばかり厳《いつく》しい御寺《みてら》の門《もん》に向《むか》つた時《とき》、くわつと暖《あたゝか》い風《かぜ》に包《つゝ》まれたやうな気《き》がして、思《おも》はずわなゝいた。斑《まだら》に木《こ》の葉《は》の影《かげ》が、掃《は》き清《きよ》めた石《いし》の上《うへ》に、ほた〳〵と映《うつ》つて居《ゐ》るの——あゝ、彼時《あのとき》の血《ち》のあとが消《き》

えないで居《ゐ》るのでないか。……

鄰家《となり》の吉坊《きちばう》が殺《ころ》されたのは、確《たしか》に此処《こゝ》で——晩方《ばんがた》で——殺《ころ》したのは父上《おとつさん》で——父上《おとつさん》は気《き》が違《ちが》つたんだつて——もう、余《あま》りいろんなこと考《かんが》へると、あたまがぐわら〳〵といふから、やめよう。

はじめは、灯《ひ》もまだ点《とも》さない薄《うす》くらがりに、父上《おとつさん》は、御飯《ごはん》を喰《た》べかけておいでだつた。其時《そのとき》……(母様《おつかさん》は、父上《おとつさん》、母様《おつかさん》は、父上《おとつさん》。)といつて、坊《ばう》やがまた渋《しぶ》り出《だ》した。いつもかういふと、堪《た》へられないやうな御様子《ごやうす》の見《み》えるのを、知《し》つて居《ゐ》ないのぢやあなかつたけれど、一度《いちど》さういはぬと気《き》が済《す》まないから、其日《そのひ》もまたしく〳〵泣《な》き出《だ》すと、持《も》つておいでだつた箸《はし》を投《な》げて、御膳《ごぜん》を押倒《おしたふ》して、すツと立《た》つて、(さあ、亡《な》くなつた母様《おつかさん》に逢《あ》はせるから。)ツて、簞笥《たんす》から刀《かたな》を出《だ》して、矢庭《やには》に抜《ぬ》いておかゝりだつた。あれ、といつて、暗《くら》い間《ま》の中《うち》をぐる〳〵廻《まは》つて遁《に》げながら、土間《どま》へ下《お》りて、たそがれの戸外《おもて》へ駈《か》け出《だ》した。沸上《わきあが》るやうな人騒《ひとさわ》ぎ、行違《ゆきちが》ひ、折返《をりかへ》して、パツと大勢《おほぜい》の分《わか》れるなかを、真直《まつすぐ》に通《とほ》つて、刀《かたな》を振《ふ》りながら追駈《おつか》けておいでだから、一生懸命《いつしやうけんめい》に、いま手《て》を曳《ひ》かれて通《とほ》つて来《き》たあの路筋《みちすぢ》を、夢中《むちう》で——こゝまで遁《に》げて来《き》た。

鬼子母神様《きしもじんさま》は、母様《おつかさん》が御信仰《ごしんかう》なすつた、さうしてあの仏様《ほとけさま》は、小児《こども》を守《まも》つて下《くだ》さるんだつて、いつでもおつしやつたから、始終遊《しじうあそ》ぶのに来《き》て居《ゐ》た処《ところ》で、また皆《みんな》が鬼子母神様《きしもじんさま》のお乳《ちゝ》だつていつて、門《もん》の柱《はしら》かくしの鉄《てつ》の釘《くぎ》のふつくりした円《まる》いものゝついた頭《あたま》を、戯《たはむ》れに吸《す》ひ〳〵した。

こゝへ来《く》れば助《たす》かると思《おも》つて、石段《いしだん》を飛上《とびあが》つて、柱《はしら》に抱《だ》きついたが、見返《みかへ》ると、あへぎながら帯《おび》もゆるんだ裾《すそ》を煽《あふ》つて、ひよろ〳〵と壇《だん》を上《のぼ》つておいでの、ちらし髪《がみ》の、其血相《そのけつさう》といつたらない。

遥《はる》か離《はな》れて、だら〳〵坂《ざか》の下《した》あたりでは、ワツ〳〵といふ人《ひと》の叫声《さけびごゑ》。烏《からす》が数百羽《すうひやつぱ》かたまつたやうな人《ひと》の天窓《あたま》が重《かさ》なり合《あ》つて、階子《はしご》を立《た》てゝ居《ゐ》るのがあり、鍬《くは》を振《ふ》つて居《ゐ》るのがあり、哄《どつ》となだれちやあ寄《よ》せ合《あ》うて、また開《ひら》いて寄《よ》せ合《あ》うて、また開《ひら》いた、群集《ぐんじゆ》の中《なか》を、潜《くゞ》り潜《くゞ》つて、人影《ひとかげ》が躍《をど》ると見《み》た。ハヤ石壇《いしだん》の真中《まんなか》まで、あへぎ

〱、あへぎ〱、真蒼《まつさを》になつて、胸《むね》に波《なみ》をうつた、頤《おとがひ》のこけた、ちらし髪《がみ》の、其《そ》の血相《けつさう》といつたらない。（お遁《に》げよ！吉《きつ》ちやん）とまた此処《こゝ》で二三人遊《にんあそ》んで居《ゐ》た中《なか》の一人《ひとり》の、遁《に》げおくれた鄰家《となり》の児《こ》に声《こゑ》を懸《か》けながら、身《み》を翻《かへ》して、門《もん》のわきに、何《なん》とかいふ俳優《やくしや》のだつて、古《ふる》い大《おほ》きな石碑《せきひ》が建《た》つた、其後《そのうしろ》へ隠《かく》れたトタンに、四歳《よつ》だつた吉之助《きちのすけ》といふのが、門《もん》の扉《とびら》で、頸髪《えりがみ》取《と》つて、狂者《きちがひ》の手《て》で、押着《おしつ》けられたのを見《み》た。が吉《きつ》ちやんは泣《な》かなかつた。父様《おとつさん》の顔《かほ》は真蒼《まつさを》で、こけた両《りやう》の頰《ほゝ》が凹《くぼ》んで黒《くろ》い。血眼《ちまなこ》で、わな〱震《ふる》へてながらニタリと笑《わら》つたが、沈着《おちつ》いて、突通《つきとほ》して居《ゐ》たのを抜《ぬ》いて取《と》つた。白刃《しらは》と一緒《いつしよ》に、黒《くろ》いものが胸《むね》から波《なみ》を打《う》つて溢《あふ》れて出《で》た。――其《そ》のあとは忘《わす》れたけれど、――ちやうど其時《そのとき》とおんなじ状《さま》が、目《め》のさきに見《み》えるやうで、あたまがぐら〱とする、と倒《たふ》れようとした。うしろで誰《たれ》かゞ支《さゝ》へてくれて、

「しつかりするんですよ、いまね、母様《おつかさん》に逢《あ》はせますからね。」と、沈《しづ》んだ、うるみ声《ごゑ》でいふのが聞《きこ》える。

## 七

（母様《おつかさん》に逢《あ》はせるから。）ツて然《さ》ういつて、また背《せな》を撫《な》でて、

「此処《こゝ》にぢつとしておいでなさいよ。おとなしくして、母様《おつかさん》のね、お名《な》をね、しつかり〱念《ねん》じていらつしやいよ。さうするとね、母様《おつかさん》が来《い》らつしやいますよ。可《よ》ござんすか、駈出《かけだ》すんぢやありませんよ。わきへ行《い》らつしやるとお目《め》に懸《かゝ》ることが出来《でき》ませんから、可《よ》ござんすか。さあ、おとなしくして、ね、ぢつとしておいでなさい。さうすればね、誰《たれ》も何《ど》うもしやしませんから、わきへ行《い》つちやあ不可《いけ》ませんよ。分《わか》りましたか、可《よ》ござんすか。」

とうるみ声《ごゑ》で、身《み》に染《し》みるやうにいつて聞《き》かしながら、やう〱持《も》つて居《ゐ》た手《て》を放《はな》した。さうして、しばらく背後《うしろ》に立《た》つて、様子《やうす》を見《み》て居《ゐ》たやうであつたが、私《わたし》は言《い》はれたまゝ動《うご》かないで、ぢつとして、いま放《はな》された

手《て》を膝《ひざ》に下《さ》げた。

うしろでは、人《ひと》の動《うご》いた気勢《けはひ》。一段二段《ひとだんふただん》、あともどりをしたやうだつたが、しばらくして、

「それでは恐入《おそれい》りますが、」といふ、やさしい女《をんな》の声《こゑ》がして、風《かぜ》に乗《の》つたやうな軽々《かるぐ》とした裳《もすそ》の捌《さばき》、柱《はしら》の処《ところ》にうしろ向《む》いて立《た》つて居《ゐ》た私《わたし》とすれちがつて、ゆかしい薫《かをり》があたりを掠《かす》めた、と思《おも》ふと、潜門《くぐりもん》へ、白衣《びやくえ》の、細《ほつそ》りした姿《すがた》が吸込《すひこ》まれたやうになつて入《はひ》つて消《き》えた。

恐々《こはぐ》うしろを振返《ふりかへ》ると、中段《ちうだん》のあたりに、今度《こんど》は腕組《うでぐみ》をした、細身《ほそみ》の立姿《たちすがた》で、洋服《やうふく》を着《き》た人《ひと》は、月《つき》のなかに、うつくしく彳《たゝず》んで此方《こなた》を瞻《みまも》つて居《ゐ》るらしい。真黒《まつくろ》で艶《つや》のある影《かげ》が、段《だん》の上《うへ》に横《よこた》はつて居《ゐ》る。

其《その》まゝ、またうしろ向《む》いて柱《はしら》に凭《よ》つたが、釘《くぎ》かくしの乳《ちゝ》で、またゾツとした。

幻《まぼろし》がむく〳〵と、あのあたりで湧《わ》きかへるやう、其時《そのとき》のありさまが目《め》に浮《うか》ぶ。吉之助《きちのすけ》の血《ち》だらけな小《ちひ》さな身体《からだ》が、扉《とびら》の中《なか》で動《うご》いてるから堪《た》へられない。

「母様《おつかさん》、」

月《つき》の影《かげ》は、敷石《しきいし》の上《うへ》に一杯《いつぱい》にさして、自分《じぶん》の爪先《つまさき》、足《あし》と足《あし》との間《あひだ》も極《きは》めてあかるい。片足《かたあし》を蹈《ふみ》かけたのであらう、段《だん》の中《なか》ほどでコトリといふ、

「母様《おつかさん》、母様《おつかさん》。」

サラ〳〵といふ葉《は》ずれがする。荒寺《あれでら》で焚火《たきび》をしながら、不具《かたは》の乞食《こじき》どもが車座《くるまざ》になつて、私《わたし》を連《つ》れてかうといふ相談《さうだん》を囁《さゝや》きながら、火《ひ》さきに手《て》を翳《かざ》して居《ゐ》るやうに思《おも》つた。

「母様《おつかさん》。」

寂然《しん》とする時《とき》、ねん〳〵よ、ねん〳〵よ、と唄《うた》ふのが、何処《どこ》ともなしに聞《きこ》えて来《き》た。

　ねん〳〵よ、ねん〳〵よ。

坊《ばう》やのお守《もり》は何処《どこ》へ行《い》た。
山《やま》を越《こ》えて里《さと》へ行《い》た。
里《さと》の土産《みやげ》に何貰《なにもら》うた。
でん〳〵太鼓《たいこ》に簫《せう》の笛《ふえ》。
起上《おきあが》り小法師《こぼし》に犬張子《いぬはりこ》。

耳《みゝ》を澄《す》ましてると、なつかしい、優《やさ》しい、清《きよ》い、うらわかい、微妙《びめう》な声《こゑ》は、門《もん》の裏《なか》である。と考《かんが》へた時《とき》、跫音《あしおと》がしたやうで、鐘撞堂《かねつきだう》の方《はう》へ行《い》つたけはひ。それから、本堂《ほんだう》の前《まへ》を通《とほ》つて、小《ちひ》さな松《まつ》の木《き》の間《あひだ》を潜《くゞ》つて、敷石《しきいし》の上《うへ》へ出《で》て、一《ひと》つらね唄《うた》の果《は》てたときは、直《す》ぐ扉《とびら》のむかうへ来《き》て居《ゐ》たので、いま唄《うた》ひますよ、とまた遠退《とほの》いたのに違《ちが》ひないやうに思《おも》はれた。

……おらが姉《あね》さん三人《さんにん》ござる、　一人姉《ひとりあね》さん鼓《つゞみ》が上手《じやうず》
一人姉《ひとりあね》さん太鼓《たいこ》が上手《じやうず》、　いつちよいのが下谷《したや》にござる。……

さきとおなじ声《こゑ》で、うたつたのが、澄《す》み渡《わた》つた調子《てうし》でさえ〴〵しく、しかも、あはれに聞《き》き取《と》られた。もう立《た》つて居《ゐ》られなくなつて、バツたり門《もん》の礎《いしずゑ》の処《ところ》に、跪《ひざまづ》いて合掌《がつしやう》した。

「母様《おつかさん》。」

## 八

此時《このとき》、恐《おそろ》しいことは忘《わす》れてしまつて、一度《いちど》は血《ち》のあとだと思《おも》つて身震《みぶるひ》した、木《こ》の葉《は》の影《かげ》に膝《ひざ》を敷《し》いて、——跪《ひざまづ》いて合掌《がつしやう》して聞《き》いた。

此《こ》の鞠唄《まりうた》は母様《おつかさん》が大層《たいそう》お好《すき》だつた。あの姿《すがた》で、久《ひさし》い間《あひだ》水浅黄《みづあさぎ》の衣《きもの》の襟《えり》のかゝつた、そんなに痩《や》せおとろへて

もいらつしやらない、その姿《すがた》で、御寝《およ》つておいでの時《とき》は、唄《うた》つて聞《き》かせると、嬉《うれ》しさうにいつでも莞爾《につこり》とお笑《わら》ひだつた。もう床《とこ》にお就《つ》きの、めつたに笑《わら》ひの出《で》たことはなかつたから、いつでも其《その》笑顔《ゑがほ》を見《み》たいと思《おも》つちやあ唄《うた》を唄《うた》はうとすると、（外《ほか》に何《なに》も楽《たのしみ》はない。そればかりが慰《なぐさみ》なんだから、始終《しじう》聞いて飽《あ》いては悪《わる》い。取《と》つて置《おき》にして大事《だいじ》にかけるの、）と、さう言《い》つて、一寸《ちよつと》は唄《うた》はせて聞《き》かうとはなさらなかつた。

覚《おぼ》えて居《ゐ》る。あの時《とき》と、あの時《とき》、それからあの時《とき》。

（寒《さむ》いだらうに、おなかゞすいて居《ゐ》ようけれど、何《なん》だか悲《かな》しくなつたから、頼《たの》むから唄《うた》つてお聞《き》かせ、）つて、枕《まくら》をしたまゝ此方《こつち》をお向《む》きだつた。

ほんとに寒《さむ》かつた。さうしてがた〳〵震《ふる》へて居《ゐ》たけれど、枕《まくら》の傍《そば》へ坐《すわ》つて、冷《つめた》いので覚《おぼ》えがなかつた手《て》を、膝《ひざ》の上《うへ》へちやんとついて、仰向《あをむ》いて声《こゑ》を出《だ》さうとしたが出《で》なかつた。また唄《うた》つたけれど、ふるへて居《ゐ》た。

（折角聞《せつかくき》かうといふものを、）とお気《き》に障《さは》つたやうで、夜具《やぐ》の袖《そで》を、ぐいと口《くち》の上《うへ》へ引《ひ》いておかけなすつたから、堪《たま》らなくなつて、一心《いつしん》になつて今度《こんど》は、じやうずに出来《でき》た。すや〳〵と目《め》を眠《ねむ》つて、括枕《くゝりまくら》に頬《ほゝ》を埋《うづ》めて、がツくりして聞《き》いておいでだつたが、三度《さんど》唄《うた》ひ済《す》ますと、パツチリした涼《すゞ》しい目《め》の、瞳《ひとみ》の大《おほ》きい黒《くろ》いのをきつと開《あ》いて、きつと見《み》なすつて、

（良《い》い児《こ》だ。――坊《ばう》やのお守《もり》は何処《どこ》へいた、山《やま》を越《こ》えて里《さと》へ行《い》た……）と幽《かす》かな呼吸《いき》でおつしやつたが、其《その》まゝ大変《たいへん》に咳《せき》をなすつて、くるりとうしろを向《む》いておしまひだつた。

ソツと背《せな》を撫《な》でて居《ゐ》たが、やう〳〵静《しづ》まつたから、おづ〳〵顔《かほ》をあげて枕越《まくらごし》に覗《のぞ》いて見《み》た。目《め》に一杯《いつぱい》涙《なみだ》をためておいでだつた。

父上《おとつさん》は、包《つゝみ》を背負《しよ》つて、雪《ゆき》の中《なか》を跣足《はだし》で帰《かへ》つておいでなすつた。が、直《すぐ》に勝手《かつて》へ行《い》つて御飯《ごはん》をこしらへてたべさして下《くだ》すつた。さうして、お茶碗《ちやわん》をかへないさきに、父上《おとつさん》は真蒼《まつさを》になつて、母様《おつかさん》の処《ところ》へ飛《と》んでいらつしや

つたが、いま見《み》た、色《いろ》もかはらないのに、ハヤお顔《かほ》には、白《しろ》いものが懸《かゝ》つて居《ゐ》た。其《そ》のまゝ其時《そのとき》の其姿《そのすがた》で起《お》きて出《で》て、子守唄《こもりうた》うたひながら、寺《てら》の中《なか》を、月《つき》あかりの木《こ》がくれに、うつとりしながら、あつち、こつち、場《ば》を広《ひろ》く取《と》つて静《しづ》かに歩行《ある》いて入《い》らつしやるのが、鉄《くろがね》のやうな、鏽《さ》びた門《もん》の扉《とびら》の、厚《あつ》い材木《ざいもく》を透通《すきとほ》して、ちら〳〵と映《うつ》るやうである。其《その》うつくしい脣《くちびる》がまのあたり動《うご》いたやうで、

　坊《ばう》やのお守《もり》は何処《どこ》へ去《い》つた。
　　山《やま》を越《こ》えて里《さと》へ行《い》つた。

と此時《このとき》また聞《きこ》えた。清《きよ》らかな声《こゑ》は、本堂《ほんだう》に響《ひゞ》いて、裏《うら》の山《やま》の墓原《はかはら》をめぐつて、野末《のずゑ》をまはつて、こだまを返《かへ》した。思《おも》はず声《こゑ》を出《だ》して、

「母様《おつかさん》！」といつた。

「あゝ。」といふ声《こゑ》がして、月《つき》をあびて、青《あを》みを帯《お》びて、練衣《ねりぎぬ》のやうな真白《まつしろ》な服装《なり》の、ほツそりしたのが、墨《すみ》絵《ゑ》で描《か》いたやうに潜門《くゞりもん》から抜《ぬ》けて出《で》た。

「坊《ばう》や、母様《おつかさん》だよ。」

## 九

「坊《ばう》や、母様《おつかさん》だよ。」

といつて、手《て》を取《と》つて抱《だ》いて下《くだ》すつたのは、看護婦《かんごふ》といふものゝ服《ふく》を着《つ》けた、二十《はたち》ばかりの女《をんな》であつた。紅《べに》さしには、あの指環《ゆびわ》もはめて居《ゐ》た。白《しろ》い布《ぬの》の帽《ばう》を冠《かむ》つて、黒髪《かみ》は引緊《ひきし》めてうしろで束《たば》ねてある。うつくしい、ふツくりした、色《いろ》の白《しろ》いと見《み》たばかりで、今度《こんど》はさつきの、それとは違《ちが》ひ、気高《けだか》さにおのづからうつむかれて、また顔《かほ》は見《み》られなかつた。

優《やさ》しい声《こゑ》で、

「私《わたし》はね、私《わたし》はね、私《わたし》はあなたの母様《おつかさん》。」

十

「もう可《い》いのですか。」

「はい。」といつて、しつかり縋《すが》りついてた私《わたし》を退《の》けて、少《わか》い母様《おつかさん》は立直《たちなほ》つて手《て》を下《さ》げて、静《しづ》かに彼《あ》の方《かた》の顔《かほ》を見《み》たが、

「はい、恐入《おそれい》りました。難有《ありがた》う存《ぞん》じます。つい、うつかりいたしまして、まあ、真個《ほんと》に私《わたし》は……」

といつて極《きまり》のわるさうに莞爾《にツこり》なすつた。

「ほんとに御迷惑《ごめいわく》をお願《ねが》ひ申《まを》して置《お》きましたのでございましたつけ、まるで此児《このこ》に、」と、私《わたし》のつむりに手《て》をかけて故《わざ》とならぬものゝいひやう。

「だもんですから。」と、口籠《くちごも》つてうつむくやうになすつた。横顔《よこがほ》に月《つき》がさした。

男《をとこ》は真直《まつすぐ》に立《た》つて居《ゐ》る。両手《りやうて》を衣兜《かくし》にさしいれて会釈《あしやく》を返《かへ》して、

「ちつとも迷惑《めいわく》には思《おも》ひません。茫乎徒然《ぼんやりとぜん》で居《ゐ》ました処《ところ》へ、一役《ひとやく》おあてがひ下《くだ》すつたので。却《かへ》つて結構《けつこう》でございました。けれども唄《うた》にきゝとれましたものと見《み》えます、時々《ときぐ》うつかりしちや、ハツと思《おも》つて気《き》が付《つ》き、気《き》が付《つ》きしたのです。」

彼《あ》の方《かた》は沈《しづ》んだ顔色《かほいろ》で、もの思《おも》はしげな、しかし落着《おちつき》のある、ものいひだつた。

「まあ、あなた。」

「否《いゝえ》、まつたくなんです、それですから、うつかりしツちまふもんですから、これはお児衆《こどもしう》にまた変《かは》つたこ

とはなかつたかと、吃驚《びつくり》しちやあ見《み》たんですが、可《い》い塩梅《あんばい》に折角《せつかく》のお頼《たのみ》が徒事《むだ》にならないで、無事《ぶじ》にまたあなたのお手《て》に渡《わた》しましたから、私《わたし》も安心《あんしん》をしましたよ。」

といひかけて、手《て》の指《ゆび》を指《ゆび》でもんで、何《なに》か継穂《つぎほ》がないやうだつた。私《わたし》を見《み》て、

「一体《いつたい》あなたのお児様《こさん》ですか。」

「はい、いゝえ、あの、」といそがはしくお言《い》ひだつたが、

「これは何《なん》でございます、先月《せんげつ》の末《すゑ》でございました、施療院《せれうゐん》に連《つ》れられて参《まゐ》つた児《こ》で。」

「道理《だうり》で……左様《さう》ですか。」

私《わたし》は聞《き》いて、いまさらのやうに目《め》を睜《みは》つた。

「私《わたし》は疾《と》うから別《べつ》になつて居《ゐ》ましたから、此児《このこ》は覚《おぼ》えては居《ゐ》ませんでせう。幼顔《をさながほ》を知《し》つて居《ゐ》ましたから、様《やう》子《す》を聞《き》きますと、何《なに》でございますよ。

大変《たいへん》、ものに吃驚《びつくり》いたしました時《とき》、気《き》が狂《くる》ひましたものと見《み》えます。

現《うつゝ》で熱《ねつ》が出《で》ちやあ看病人《かんびやうにん》の手《て》を離《はな》れて、窓《まど》からでも、何処《どこ》からでも、飛出《とびだ》して遁《に》げようとしますので。

おさへられて仕方《しかた》がなくなりますとね、母様《おつかさん》々々《〳〵》ツて狂《くる》ふんですもの。よく聞《き》き合《あ》はせますと、私《わたし》が親《おや》どもの隣《となり》に居《ゐ》た方《かた》で、ツイ半年《はんとし》ばかりさきに母様《おつかさん》が病気《びやうき》でお亡《なく》なりになりましたさうですが、皆《みな》が左様《さう》申《まを》して居《を》ります、大層《たいそう》な其母様《そのおつかさん》おもひで、あんまりな懐《なつかし》がりやうをなすつた所為《せゐ》で。

父上《おとつさん》と申《まをし》ますのは、私《わたし》ども小《ちひ》さな時《とき》からよく存《ぞん》じて居《を》ります。真《まこと》に内気《うちき》な、気《き》のやさしい、それこそ虫《むし》も殺《ころ》さない方《かた》で、いまだに髷《まげ》を結《ゆ》つていらつしやつた。さういふ方《かた》ですから、旧《もと》は立派《りつぱ》な消光《くらし》をなすつておいでなすつたんですが、だまされたり、おどされたり、もうね、おつれあひがお亡《なくな》んなさる時分《じぶん》には、大層《たいそう》お困《こま》りなすつていらつしやつたんでございますツて。

お可哀相《かはいさう》に、さうまで御不幸《ごふかう》の続《つゞ》きましたのに、此《この》お児《こ》が何《なん》でございませう、口癖《くちぐせ》のやうに母様《おつかさん》、母様《おつかさん》ツて言《い》ふもんですから、お弱《よわ》んなすツて、ついねえ、取詰《とりつ》めておしまひなすつたんでございますよ。

（そんなに言《い》ふなら逢《あ》はして遣《や》るから）ツて……」

といひ〳〵顔《かほ》の色《いろ》が変《かは》つて蒼白《あをみ》を帯《お》びた、男《をとこ》は幾度《いくたび》も頷《うなづ》いて聞《き》いて居《ゐ》る。

## 十一

「私《わたし》はわけがございまして、」と、少《わか》いおつかさんはいひ淀《よど》んで、彼《あ》の方《かた》の顔《かほ》を見《み》ながら、一足《ひとあし》うしろへお引《ひ》きになり、

「お産《さん》をいたしますと間《ま》もなく——仔細《わけ》があつて、小児《こども》に分《わか》れましたの。——それに乳《ちゝ》が出《で》ませんで、一度《いちど》も含《ふく》めてやりましたことはございませんのに、誰《たれ》に聞《き》きますか、あの何《なん》でございました……、」活潑《くわつぱつ》に身体《からだ》をかへして、わかいおつかさんは門《もん》の柱《はしら》をしつかりおさへた。

「これですよ、あの吉之助《きちのすけ》といひましたのが、此処《こゝ》へ来《き》ちやあ、鬼子母神様《きしもじんさま》のお乳《ちゝ》だつて、いひ〳〵、この冷《つめ》たいものを吸《す》つたんでございます。」

お声《こゑ》もうるんで居《ゐ》たから、かきむしられるやうで胸《むね》が痛《いた》かつた。男《をとこ》は腕《うで》をしつかりと組《くん》で動《うご》かないで居《ゐ》る。

「因縁《いんねん》ごとでございませう。ちやうど此《この》お児《こ》を追駈《おつか》けて、こゝへ父上《おとつさん》がおいでになつたとき、暗《くら》くはなつて居《ゐ》ましたさうだし、私《わたし》の坊《ばう》やが、此《この》お児《こ》の身代《みがはり》になりました。」

私《わたし》は何《ど》う成《な》るのかと思《おも》つて、おづ〳〵天《てん》を仰《あふ》いで見《み》た。いつのまにやら空《そら》には月《つき》がよどむで居《ゐ》る。峰《みね》なる鷲《わし》の片翼《かたつばさ》は小形《こがた》になつて瘠《や》せたやう、もの淋《さび》しう寒《さむ》さうに朧々《おぼろ〳〵》として見《み》えた。山《やま》の腰《こし》から畦《あぜ》へかけて一面《いちめん》の霞《かすみ》で、尼寺《あまでら》の屋根《やね》も何《なん》にも見《み》えない。

「いゝえ私《わたし》はちつとも恨《うら》みやしません。」

と、しつかりした声《こゑ》で判然《はつきり》いつて、両手《りやうて》で顔《かほ》をかくしておいでだつたのが、キツと立《た》つて、やさしい手《て》を背《せ》中《なか》へかけて下《くだ》すつた。でないと、私《わたし》はもんどり打《う》つて、石段《いしだん》をころがり落《お》ちて、何処《どこ》へか行《い》つたらうと考《かんが》へる。

「しかし……」とばかり、彼《あ》の方《かた》は溜息《ためいき》をついて黙《だま》つた。若《わか》いおつかさんは、いと凜々《りゝ》しく、

「いゝえ、私《わたし》は決《けつ》して恨《うら》みません。あゝいふ結構《けつこう》な方《かた》が気《き》の毒《どく》だツて言《い》ひませんものはございません。

また人《ひと》が何《なん》といひましたツて、私《わたし》はこのお児《こ》の心持《こゝろもち》が可哀相《かはいさう》でなりません。情《なさけ》を知《し》らないものが、もしございましたら、父上《おとつさん》を狂気《きちがひ》にした、泣殺《なきごろ》しに殺《ころ》したといつて、このお児《こ》を憎《にく》みませうか。……

私《わたし》はさうは思《おも》ひません。可愛《かはい》くつてなりません。たとひ、ひよんなことが出来《でき》ましたにしませうとも、母《おつか》様《さん》を懐《なつ》かしがつた心持《こゝろもち》を考《かんが》へますと、私《わたし》も児《こ》を持《も》つて覚《おぼ》えがございますから、まあ、それほどに慕《した》つてくれたら、どんなに嬉《うれ》しうございませうね。

寝《ね》ないで看病《かんびやう》をしましたけれども、何《ど》うしても治《なほ》りませんので、国手《せんせい》も手《て》を放《はな》していらつしやいました。未練《みれん》のやうぢやあございますけれど、何《ど》うしても思《おも》ひきれませんで、せめて其殺《そのころ》されたあとでもと思《おも》ひましては、かういふ晩《ばん》には此処《こゝ》に参《まゐ》つて、毎晩泣《まいばんな》いたのでございます。

そして考《かんが》へますと、あつちでは、このお児《こ》がさうまで母様《おつかさん》を慕《した》つていらつしやる、此方《こつち》は私《わたし》が、それはもうお察《さつ》し下《くだ》さいまし、何《ど》んなに亡《なく》なつた児《こ》が不便《ふびん》ですか。

亡《なく》なつた母様《おつかさん》を慕《した》つてる此《この》お児《こ》と、死《し》んだ児《こ》を忘《わす》れられません私《わたし》と、両方《りやうはう》で、念《ねん》が通《つう》じ合《あ》ひましたら、此《この》お児《こ》が私《わたし》を母親《はゝおや》だと思《おも》ひませんことはございますまい。私《わたし》はもう真個《ほんと》の児《こ》だと思《おも》ひますから、国手《せんせい》にさう申上《まをしあ》げて、いろ〳〵なしるしのあります、此処《こゝ》へ連《つ》れて参《まゐ》つたのでございました。

路《みち》でも幾度駈出《いくたびかけだ》さうとしたか知《し》れません。また、そんなことをされてはと、存《ぞん》じました処《ところ》へ、ちやうどあな

たがおいで遊《あそ》ばしたもんですから、お目《め》にかゝりますなり、神様《かみさま》か、仏様《ほとけさま》が、ちやうど待合《まちあ》はせて居《ゐ》て下《くだ》すつたと、そんなことを思《おも》ひまして、失礼《しつれい》な、飛《とん》だことをおねがひ申《まを》しました。そしてまあ、あなたの見《み》ていらつしやる前《まへ》で芝居《しばゐ》じみたことを、いまさらほんたうにお恥《はづ》かしい。」

とまた顔《かほ》をあからめて、

「此児《このこ》に面《めん》じて、あなた、」と、いつて、屹《きつ》と、まおもてに彼《あ》の方《かた》の顔《かほ》を瞻《みまも》つて、

「笑《わら》はないで下《くだ》さいましよ。極《きまり》が悪《わる》うございます、ねえ、坊《ばう》や。」と、へだてなく然《さ》うお云《い》ひだつた。

堪《たま》らなくなつて、わつと泣出《なきだ》した。

男《をとこ》は近々《ちかぐ〵》と寄《よ》つて、少《わか》いおつかさんと、私《わたし》を隔《へだ》てゝ、右左《みぎひだり》に並《なら》んで立《た》つて、つむりをなでながら、しつくりした身体《からだ》を曲《ま》げて、顔《かほ》を覗《のぞ》いて見《み》て、沈《しづ》んだ、品《ひん》のいゝ、うつくしい顔《かほ》で莞爾《こつこり》なすつた。

「坊《ばつ》ちやん、塩梅《あんばい》は何《ど》うだね。え、(一人姉《ひとりあね》さん)は唄《うた》へますか。」

何《ど》うして唄《うた》へますものですか。

「矢張《やつぱり》、ほんたうにはなほりませんか。」と、少《わか》いおつかさんは気《き》づかはしさうに、うるんだ声《こゑ》でおいひなすつた。

否《いゝえ》、うたへますとも!

## 十二

震《ふる》へる手《て》をしつかり揃《そろ》へて、膝《ひざ》の処《ところ》に垂《た》れて、寺《てら》の門《もん》を背後《うしろ》に、おぼろにかくれがちな、鷲《わし》の片翼《かたつばさ》に向《むか》つて、いと高《たか》い石壇《いしだん》の上《うへ》に、小《ちひ》さな身体《からだ》を突立《つゝた》つて、いざやと、口《くち》をあいて、うつくしい花《はな》の薫《かをり》のする風《かぜ》をヒヤ〱と吸《す》つた。

これを見《み》ると、男《をとこ》の方《はう》は静《しづ》かに離《はな》れた。少《わか》い母様《おつかさん》もしのびあしで、其後《そのあと》について一緒《いつしよ》に私《わたし》を隔《へだ》てた処《ところ》へ行《い》つた。様子《やうす》を見《み》るのであらうと思《おも》つて、いま彼《あ》の方《かた》は黒《くろ》い姿《すがた》の、細《ほつそ》りしたので、芝《しば》に腰《こし》をかけ、少《わか》い母様《おつかさん》は引添《ひきそ》うて、くらべるとやゝふつくりした白《しろ》い姿《すがた》で此方《こつち》をみかへつて動《うご》きもせぬ。二方《ふたかた》の気高《けだか》い、品《ひん》のある、然《しか》も優《やさ》しい姿《すがた》をぢつと見《み》た。睜《みは》つた目《め》に一杯涙《いつぱいなみだ》が溜《たま》つたので、松《まつ》の名残《なごり》はもう消《き》えたが、まのあたりに、あの時《とき》のお姿《すがた》が見《み》える。

父上《おとつさん》へはお詫《わび》のつもり、また母様《おつかさん》に聞《き》かすのだと思《おも》つて、ちやうど其晩《そのばん》、枕頭《まくらもと》で唄《うた》つたとおなじ心《こゝろ》で声《こゑ》をあげた。

# 十三

……一人姉《ひとりあね》さん鼓《つゞみ》が上手《じやうず》、　一人姉《ひとりあね》さん太鼓《たいこ》が上手《じやうず》、
いつちよいのが下谷《したや》にござる……

唄《うた》ひ果《はた》すと、眼《め》はうるんで、ものが見《み》えなくなつた。両脇《りやうわき》からぐツと手《て》を入《い》れて胸《むね》で抱《だ》かれたと思《おも》ふと、足《あし》は空《そら》になつて身体《からだ》が宙《ちう》になつた。

「あれ！」と少《わか》い母様《おつかさん》が悲《かな》しい声《こゑ》をお立《た》てなすつたのを聞《き》いたばかり。涙《なみだ》も乾《かわ》いて、髯《ひげ》だらけの、色《いろ》の青《あを》い、細面《ほそおもて》な顔《かほ》を見《み》たばかりで、俳優《やくしや》の石碑《せきひ》の蔭《かげ》になると、躍上《をどりあが》つて竹垣《たけがき》を越《こ》える。

トタンに暗《くら》くなつて、ざわ〳〵といふ烈《はげ》しい音《おと》。寺《てら》の竹藪《たけやぶ》を押分《おしわ》け〳〵、搔潜《かいくゞ》つて、大跨《おほまた》に走《はし》つたやうだが、ぼんやりあかるくなつたと思《おも》ふと、墓原《はかはら》を出《で》たのであつた。卵塔《らんたふ》のあひだを彼方《あつち》へ抜《ぬ》け、此方《こつち》へめぐり、塔場《たふば》の間《あひだ》を縫《ぬ》ひながら、ひら〳〵と黒《くろ》い男《をとこ》の影法師《かげぼふし》。心《こゝろ》も空《そら》に

なつてる間《うち》に、また一《ひと》ツ垣根《かきね》を越《こ》えて、小溝《こみぞ》を躍《をど》り越《こ》すと、幅《はゞ》の狭《せま》い、草《くさ》の短《みじか》な、暮方《くれがた》のやうな坂《さか》へきた。

ちやうど弓形《ゆみなり》に大《おほ》まはりにまはつて来《き》たので、此坂《このさか》は、彼《あ》の石壇《いしだん》から続《つゞ》いて居《ゐ》るので、荒寺《あれでら》に行《ゆ》く道《みち》だと、攫《さら》はれながら覚《おぼ》えがある。

「あをつでねえ、あをつでねえよ。」

と此処《こゝ》で一声《ひとこゑ》懸《か》けたきり、小休《こやす》みもしないですた〳〵駈《か》ける。

背後《うしろ》から細《ほそ》い糸《いと》を曳《ひ》いたやうに、意味《いみ》の分《わか》らぬ、うらかなしい女《をんな》の声《こゑ》が聞《きこ》えて達《とゞ》く。

「母様《おつかさん》、母様《おつかさん》、母様《おつかさん》――」

「叱《しつ》。」といひながら蹈留《ふみと》まつた、乞食《こじき》は後《あと》を見返《みかへ》つた。が、得物《えもの》を宙《ちう》へ抱《だ》きかへて、またさつ〳〵と上《のぼ》つた。

やがて、崩《くづ》れた土塀《どべい》と、横倒《よこたふ》れになつた板塀《いたべい》と、両方《りやうはう》から迫《せま》つて、朧夜《おぼろよ》の坂《さか》を狭《せま》うした、入口《いりぐち》は一間《けん》ばかり、中《なか》には大木《たいぼく》が繁《しげ》つて居《ゐ》て、空《そら》へ隧道《トンネル》をぬいたやうな真暗《まつくら》な処《ところ》へ、一杯《いつぱい》になつて入《はひ》らうとするが、横抱《よこだき》にされて地《つち》にもつかず、ぶら下《さが》つた足《あし》は棒《ぼう》のやうになつて、力《ちから》が入《はひ》つて、其土塀《そのどべい》の端《はし》に蹈支《ふみさゝ》へて争《あらそ》つた。

「可《い》いてことよ、可《い》いてえことよ。」と、まはして縦《たて》にした身体《からだ》は細《ほそ》くなつて、暗《くら》い中《なか》へ落《お》ち込《こ》んでしまつたから、ハツと眼《め》を眠《ねむ》つたが、吃驚《びつくり》してあけて見《み》た。

鐘撞堂《かねつきだう》の柱《はしら》が三本《ぼん》残《のこ》つて、一本《ぽん》、斜《なゝめ》になつて居《ゐ》るのが、咄嗟《とつさ》にぱつと見《み》える。……焚火《たきび》がしてある。

さつきも何《なん》となしに、こんなことを幻《まぼろし》のやうに胸《むね》に浮《うか》べたが、果《はた》して乞食《こじき》に攫《さら》はれて来《き》たのであつた。

こゝで、攫《さら》はれたものが、荒寺《あれでら》の経机《きやうづくゑ》の上《うへ》で、腹《はら》を屠《はふ》られて、手足《てあし》をぶつ〳〵切《ぎり》にされて、油《あぶら》であげられたといふ、実際《じつさい》さういふことはなかつたけれど、さうまで恐《おそ》ろしい処《ところ》であるやうに、幼《をさな》いどしは思《おも》つて居《ゐ》たので。

焚火《たきび》の傍《そば》で手《て》から下《お》ろされた時《とき》は、もう起《お》きることが出来《でき》なかつた。いま攫《さら》はれた途中《とちう》、抱《だ》かれたまゝの姿《すがた》で、冷《つめた》い土《つち》の上《うへ》へ、草《くさ》を枕《まくら》に、大木《たいぼく》の下《した》で、なよ〳〵として綿《わた》のやう、つかれて力《ちから》なく横《よこ》になつたまゝ起《お》きないで居《ゐ》た。

一体《いつたい》この市《まち》では、北《きた》の町《まち》はづれと、町中《まちなか》の橋《はし》の下《した》の河原《かはら》と二ケ処《しよ》、非人《ひにん》の救小屋《すくひごや》が建《た》つて居《ゐ》て、慈悲深《なさけぶか》い人《ひと》が三度《さんど》づつ賄《まかな》つて遣《や》つてるから、大抵《たいてい》は皆救《みなすく》はれて、果敢《はかな》い露命《ろめい》を繋《つな》いで居《ゐ》る。其小屋《そのこや》には入《はひ》らないで、夜々《よなく》此処《こゝ》へ来《き》て屯《たむろ》をするのは、いづれ残忍不頼《ざんにんぶらい》な者《もの》ばかりだと聞《き》いて居《ゐ》たが、待《ま》て、何《なに》かいふ、囁《さゝや》く声《こゑ》がする。

## 十四

囁《さゝや》く声《こゑ》が、焚火《たきび》のあたりで聞《きこ》えるのを、地《つち》に横《よこた》はりながら、其焚火《そのたきび》に背《そむ》いて、眼《め》をふさぎ、殆《ほと》んど意味《いみ》なしに耳《みゝ》を澄《す》ましたけれども、よく分《わか》るほどには聞《きこ》えないで、却《かへ》つて、ノツホ！ノツホ！と、樹《き》から樹《き》、樹《き》から樹《き》で呼《よ》びかはす梟《ふくろふ》の声《こゑ》がよく聞《きこ》える。

それが耳《みゝ》に透《とほ》つて天窓《あたま》にひゞいた。大方囁《おほかたさゝや》くよりも、鳥《とり》の方《はう》が大声《おほごゑ》だつた所為《せゐ》であらう。

たとへ聞《きこ》えないでも、攫《さら》つて来《き》たものを、かうして置《お》いて、いづれ旨《うま》い相談《さうだん》をするのであらうから、いまに刀《かたな》か焼火箸《やけひばし》か身体《からだ》にさはる其時《そのとき》は、と、また引入《ひきい》れられるやうになつて、しばらく茫乎《ぼんやり》したが、此森《このもり》のうしろには、地《ち》を掘《ほ》つて藁屋根《わらやね》をかけた、雪《ゆき》を貯《たくは》へて置《お》く氷室《ひむろ》がある。

大《おほ》きな、真白《まつしろ》な山《やま》へ、多勢《おほぜい》わらぢがけで上《あが》つたり下《お》りたりして居《ゐ》た。勢揃《せいぞろひ》をして、筵《むしろ》に雪《ゆき》を入《い》れて二人《ふたり》で担《かつ》いだのが、行列《ぎやうれつ》をして、いまに小屋《こや》をかけるといふ、其雪《そのゆき》の山《やま》へ蟻《あり》がたかつたやうに上《あが》つちやあ積《つ》んでたつけ。

とさう思《おも》ふと寒《さむ》くなつた。ゾツとした耳《みゝ》に、今度《こんど》は、うむ！といふ呻吟《うめ》いた声《こゑ》がする。続《つゞ》いて大《おほ》きなものゝ寝返打《ねがへりう》つた気勢《けはひ》で、あとで又《また》、うむ！といつて、森《しん》とした。

梟《ふくろふ》は間《ま》を置《お》いては鳴《な》いた。

「何《ど》うした、何《ど》うしたんだ。」といつて、胸《むね》へ重味《おもみ》が掛《かゝ》ると手《て》が乗《の》つた。大《おほ》きな獣《けもの》の毛《け》むくぢやらな、ふツくりした掌《てのひら》でおさへられたやうで切《せつ》ない。

「死《しん》だ真似《まね》して居《ゐ》らあ、悧怜《りかう》だな。獅子《しゝ》に喰《く》はれさうになつた唐人《たうじん》の昔話《むかしばなし》でも聞《き》いたんぢやあねえか。」

と、いふ声《こゑ》は以前《さき》のでない。これは違《ちが》つた奴《やつ》であらう。とん〳〵と二《ふた》ツほど胸《むね》を叩《たゝ》いて見《み》て、

「わかい兎《うさぎ》のやうだ。こいつ和《やは》らかさうだぜ。」

といひかけて、胸《むね》を搔分《かきわ》けて、乳《ちゝ》から乳《ちゝ》へ一杯《いつぱい》になるやうな手《て》を入《い》れた。いつしよに掌《てのひら》が顔《かほ》の上《うへ》へおつかぶさつて、呼吸《いき》をうかゞつたやうである。

動悸《どうき》は分銅《ふんどう》の躍《をど》るやうに突上《つきあが》つて、思《おも》はず足《あし》を縮《ちゞ》めた。手《て》は其《その》まゝで些少《ちつと》も動《うご》かないで、ぢつとしたが、また向《むか》うの方《はう》で、うゝうゝと呻吟《うめ》く声《こゑ》が、沈《しづ》んで地《ぢ》を響《ひゞ》いて来《き》たと思《おも》ふと、ぐわつ〳〵と犬《いぬ》が水《みづ》を飲《の》んだやうな音《おと》。

梟《ふくろふ》が鳴《な》きかはして、更《さら》に森《しん》とする。

「はゝゝ、矢張狸《やつぱりたぬき》だ。怯《おび》えて気絶《きぜつ》をしてしまうたかと思《おも》つて、大《おほ》きに打《う》つた。かう、何《ど》うせな、食《く》はれるもんならしつかりして立派《りつぱ》に食《く》はれろよ。

汝《おめえ》、父親《おやぢ》にまで刃物《はもの》で追懸《おつか》けられた児《こ》だ。少《ちひせ》えたつて大概度胸《たいがいどきよう》は据《すわ》つてる筈《はず》ぢやあねえか。立派《りつぱ》になれよ、これ、汝《おめえ》のやうなのがいまに豪《えら》くなるんだぜ。

松《まつ》の数《かず》も潜《くゞ》らねえで、いろ〳〵な思《おもひ》をしたなあ。其度《そのたび》に少《ちつ》とづつ胆玉《きもだま》が太《ふと》るのさ、喜《よろ》こんで可《い》い位《くらゐ》なもんだ。」

　といつてまた叩《たゝ》いた。

「起《お》きろ、起《お》きろよ。此方人等《こちとら》、狼《おほかみ》だ、虎《とら》だ、獅子《しし》だ。死身《しにみ》は食《く》はねえから、さあ、ちやんと、突立《つゝた》つてくれ。」

鐘楼《しようろう》の下《した》には、榾《ほだ》の火《ひ》が燃残《もえのこ》つてふすぼつて居《ゐ》た。

火影《ひかげ》にすかすと頬被《ほゝかむり》をしてるのが、市《まち》で見《み》かけたことがあるやうな、かつたいの乞食《こじき》で、

「さあ立《た》つた、立《た》つた。有難《ありがて》えな、かうしつかりしてくれた処《ところ》で、一《ひと》ツ見《み》てもらひたいものがあるわ。待《ま》てよ。」

十五

「いまに何《なん》ぢや、しばらくだから我慢《がまん》をしての、胆玉《きもだま》を据《す》ゑて一《ひと》つ見《み》てくれろ。」

いひかけた木下蔭《このしたかげ》の乞食《こじき》は、暗《くら》まぎれに寄《よ》つて、かの榾《ほだ》を取《と》つてぐツと突《つ》いた。おきになつたのがほろ〳〵と崩《くづ》れたのを引上《ひきあ》げて、一《ひと》ツ振《ふ》ツて、呼吸《いき》を吹《ふ》きかけると、ひら〳〵と燃《も》え出《だ》した。其《その》まゝぐツと差上《さしあ》げる。

この乞食《かつたい》の汚《けが》らはしい、汚《きたな》いのに驚《おどろ》きはしなかつた。

が、燃《も》え立《た》つた榾《ほだ》のあかりで、額破《たいは》した本堂《ほんだう》の下《した》に仰向《あをむ》けに身体《からだ》を倒《たふ》した漢《をのこ》があつた。流《なが》るゝやうな血《ち》の上《うへ》に、泥《どろ》まみれで、頤《あご》のこけた、眼《がん》の窪《くぼ》んだ、髪《かみ》を被《かぶ》つた真蒼《まつさを》な顔《かほ》で、くひしばつた皓《しろ》い歯《は》からたら〳〵と紅《べに》が出《で》て、脣《くちびる》に染《にじ》んで居《ゐ》るのを、炎《ほのほ》のひらめくまに〳〵浮上《うきあが》つたやうに認《みと》めた時《とき》、まだ手《て》と足《あし》とが動《うご》いて居《ゐ》た。枕《まくら》もとの杉《すぎ》の節穴《ふしあな》から、縁《えん》の下《した》、椀《わん》だの、皿《さら》だの、筵《むしろ》の上《うへ》にまだ二三人《にん》、男《をとこ》と女《をんな》と一所《いつしよ》のなんど、これは、無事《ぶじ》に寝《ね》て居《ゐ》ることまで、まあ！　よくまあ、見《み》た。

十六

乞食《こじき》の手《て》にした榾《ほだ》の燃《も》えさしは、風《かぜ》が吹《ふく》ともなくゆらめいて、黒《くろ》い顔《かほ》で、眼《め》を光《ひか》らかして、頬冠《ほゝかむり》の下《した》から覗《のぞ》いて、中腰《ちうごし》になつた片膝《かたひざ》についた手《て》が震《ふる》へた。

「汝《てめえ》にやあ、恩《おん》のある男《をとこ》だ。親《おや》だといつてもいゝ奴《やつ》ぢやな。よく見《み》てやつてくんな。」といはれた時《とき》は、もう背向《そがひ》になつて、両掌《りやうて》をしつかり顔《かほ》にあてゝ俯向《うつむ》いて居《ゐ》た。

「あゝ、坊《ぼつ》ちやん！」

抱《だ》くや否《いな》や鋭《するど》い声《こゑ》で、

「何《なに》をするのだ！」と屹《きつ》といふ。若《わか》い母様《おつかさん》と居《ゐ》た、あの男《をとこ》の声《こゑ》。――私《わたし》はよみがへるやうな気《き》がして縋《すが》りついて顔《かほ》を見《み》た。さしむけた榾《ほだ》が真白《まつしろ》な顔《かほ》にうつゝて、眼《め》のあたり、頬《ほゝ》のあたり薄紅《うすくれなゐ》がさして居《ゐ》る。男《をとこ》の顔《かほ》を一《ひと》目見《めみ》ると、バツと地《ち》の上《うへ》へ投《な》げつけて、乞食《こじき》は炎《ほのほ》を消《け》してしまつた。また暗《くら》くなつて森《しん》とする。梟《ふくろふ》の声《こゑ》は絶《た》えず聞《きこ》える。人々《ひと〴〵》の息《いき》もかすかに響《ひゞ》く。

乞食《こじき》はやゝあつて落着《おちつ》いた声《こゑ》で、

「――えゝ、御免《ごめん》なさつて、御無礼《ごぶれい》でござりますが、あなたは、司様《つかささま》とおつしやる、高等《かうとう》とやらいふ学校《がくかう》の先生様《せんせいさま》で、あの文学士《ぶんがくし》でいらつしやりましたな。

はい、此方人《こちと》づれにお名告《なの》り遊《あそ》ばしはすまい。

宜《よろ》しうござります。よく存《ぞん》じて居《を》りますで、お見懸《みか》け申《まを》して、些少《ちと》其是非《そのぜひ》お願《ねが》ひ申《まを》したいことがござりますので、故《わざ》と失礼《しつれい》をいたしました。

何《なに》、もし、あなたや、お嬢様《ぢやうさま》が、見《み》すく〳〵見《み》ていらつしやる前《まへ》で、其《その》お児《こ》を攫《さら》つて参《まゐ》りました処《ところ》で、何《ど》うしますもので、殊《こと》に鬼子母神様《きしもじんさま》の前《まへ》からは、道《みち》なら二町《ちやう》とは参《まゐ》りやせん。

いまにも追懸《おひか》けて来《き》て下《くだ》さりませうと、実《じつ》はお待《ま》ち申《まを》しました。

それから、其《その》お児《こ》を攫《さら》つて参《まゐ》りましたのは私《わつち》ではござりません。実《じつ》は其《その》お児《こ》には縁《えん》のござります恩人《おんじん》で。」

あの方《かた》は一足進《ひとあしすゝ》んで出《で》た、私《わたし》は耳《みゝ》を欹《そばだ》てた。

乞食《こじき》は一呼吸《ひといき》したが低声《こごゑ》になつて、

「恁《か》うばかりではお分《わか》りはござりますまい。全《まつた》く其《その》お児《こ》の身代《みがはり》になつて殺《ころ》されましたのは、決《けつ》して、其《その》、あのお嬢様《ぢやうさま》ばかりの児《こ》ぢやあござりません、で。

何処《どこ》にか、女《をんな》ばかりで、対手《あひて》のねえ児《がき》てえのが、ねえ旦那《だんな》。父親《おやぢ》といふのは此方人等《こちとら》のなかまで、三《さん》てえ奴《やつ》で。

こいつが其不心得《そのふこゝろえ》な奴《やつ》で。生《うま》れた時《とき》から畳《たゝみ》の上《うへ》ぢやあござりません。こいつが其不心得《そのふこゝろえ》な奴《やつ》で。ツイしか人《にん》間並《げんなみ》のものをくつたことのねえ、こいつが其不心得《そのふこゝろえ》な奴《やつ》で。三十面《さんじふづら》さげるまで嬉《うれし》いといふ思《おもひ》をしたことのねえやつで、こいつが其不心得《そのふこゝろえ》な奴《やつ》で。花《はな》がきれいだやら、お月様《つきさま》がうつくしいやら、馬糞《まぐそ》が汚《きたね》えやら。

こいつが其不心得《そのふこゝろえ》な奴《やつ》で。あのお嬢《ぢやう》にツイ、こいつが其《その》、忘《わす》れることが出来《でき》ねえで、其《その》こいつが不心得《ふこゝろえ》な奴《やつ》で。生霊《いきりやう》でござりませうか。秋《あき》になりがけのことで、お嬢様《ぢやうさま》がわづらつて其蚊帳《そのかや》の中《なか》に寝《ね》ていらつしやる、裏《うら》木戸《きど》が開《あ》いてましてな。

何誰《どなた》も留守《るす》で、枕許《まくらもと》にや幽《かすか》に灯《ひ》がともれてをりました。お庭《には》から薄《すゝき》の中《なか》を潜《もぐ》りやあがつて、縁側《えんがは》から蚊帳越《かやごし》に其《その》、此奴《こいつ》が不心得《ふこゝろえ》な奴《やつ》で。地体《ぢたい》、大声《おほごゑ》をお出《だ》しなさるやうな御容体《ごようだい》ぢやあござりませんのに、こいつが其《その》、こいつが其不心得《そのふこゝろえ》、不心得《ふこゝろえ》な。

お嬢様《ぢやうさま》は夢現《ゆめうつゝ》でござりませう。近所《きんじよ》ぢやあ、内々《ないくう》風説《はさ》をいたしましたさうで、四年《よねん》さきに産《うま》れましたのが此《この》お児《こ》の身代《みがは》りになりました、因果者《いんぐわもの》でござります、」といひかけて、溜息《ためいき》を吻《ほつ》と吐《つ》いたが、焚火《たきび》の前《まへ》に、頬被《ほゝかむり》した黒《くろ》い乞食《こじき》はうつむいた。

## 十七

「あまりにお綺麗《きれい》で、それはハヤ怪《あやし》いまでの御容色《ごきりやう》よし、お心立《こゝろだて》も其通《そのとほ》り、山《やま》が近《ちか》いから怪《あや》しいものが魅入《みい》つたのであらうと、御病気《ごびやうき》の内《うち》からさへ風説《うはさ》をしてをりました。お産《さん》があつては尚《なほ》のことで。

広《ひろ》い国《くに》にも、また一人《ひとり》ないやうな方《かた》が、身二《みふた》つにおなりなさると、直《すぐ》に病院入《びやうゐんはひ》りをなされました。まだお年《とし》なら十七や十八そこらでな、旦那《だんな》、看護婦《かんごふ》つて言《い》やあ、汚《きたね》えものをあつかふだけが、損《そん》なお比丘尼《びくに》だつていひまさあ。どんなお心持《こゝろもち》でござりませう。

あまり冥罰《みやうばつ》が恐《おそろ》しい。一度《いちど》汚《けが》れたお身体《からだ》でござりますから、もう御本人《ごほんにん》はおかたづき遊《あそ》ばさぬ、といふ御覚《おかく》悟《ご》にちがひない。

施療院《せれうゐん》で勿体《もつたい》ないものゝ取《とり》かたつけまでしていたゞいて、生命《いのち》を助《たす》かつて帰《かへ》つてから、つく〴〵後悔《こうくわい》をしやあがつて、あゝ、身体《からだ》の汚《よご》れたのを思召《おぼしめ》して、病人《びやうにん》のおかはなんざ、何《なん》の苦《く》にもなさらぬ様子《やうす》。

勿体《もつたい》ない。罰《ばち》のあたつた、まあ、せめてといふ気《き》で、不心得《ふこゝろえ》な親《おや》の敵《かたき》でもさがす気《き》で、これを、といふのをさがしましたが、何《なん》の、ござりませう。

類《るゐ》のねえ奴《やつ》に、酷《ひど》い目《め》にお逢《あ》ひなされたゞけ、この広《ひろ》い国《くに》にもお嬢様《ぢやうさま》にお似合《にあ》ひ申《まを》したといふ対手《あひて》の野郎《やらう》はものゝ欠《かけ》らも見当《みあた》りませぬ。処《ところ》が、先々月《せん〳〵げつ》から此地《こちら》へお出《い》でなされましたのが、旦那《だんな》、あなた様《さま》でござります。」

といつて、急《きふ》にまた言《い》つた。

「何卒《どうぞ》、何卒《どうぞ》まづお聞《き》き下《くだ》さりまし。三《さん》の野郎《やらう》、生命《いのち》でも拾《ひろ》つたやうに躍《をど》つて、喜《よろこ》びやあがつたが、ハヤ、何《なに》が何《なん》ぢややら、手《て》のつけやうもござりませぬ。

すると滅法《めつぽふ》なことがはじまりました。一件《いつけん》でござります。因果《いんぐわ》の塊《かたまり》でも児《こ》と思召《おぼしめ》せばこそ、お嬢様《ぢやうさま》が毎晩《まいばん》、お寺《てら》の門《もん》まで来《き》ちやあ泣《な》いていらつしやる。これを其三《そのさん》の野郎《やらう》め。此奴《こいつ》が其不《そのふ》心得《こゝろえ》な奴《やつ》で。お題目《だいもく》の石碑《せきひ》のうしろへかゞんぢやあ、勿体《もつてい》ねえ、目《め》も潰《つぶ》さねえで見《み》てをりました。

ちやうど半月《はんつき》あまり、二十日《はつか》めの今夜《こんや》でござります。何《なん》といふお引合《ひきあ》はせやら、旦那《だんな》、あなたと一緒《いつしよ》におなりなされて、何《なに》か談話《はなし》をしていらつしやつたのを、野郎《やらう》ねらつて来《き》て、さあ、占《し》めた。」

乞食《こじき》は軽々《かろ〴〵》と手《て》を一拍《ひとうち》。

「いよ〳〵おなからうどが出来《でき》さうだ。こゝを遁《に》がすな。あのお方《かた》さへ取持《とりも》つたら、お嬢様《ぢやうさま》からおつりが来《こ》よう。

死《し》ぬのはわけもないこつた。生命《いのち》を棄《す》てゝ頼《たの》むとするか。あなたは否《いや》とはおつしやるまい、まあ、考《かんが》へるとか、何《なん》とかおつしやるか、そろ〳〵ものになりかけるか。

こゝで面倒《めんだう》なは、あの疵《きず》で。

知《し》れずには済《す》むまいに、父《てゝ》なし児《ご》を産《う》んだでは、以《もつ》ての外《ほか》で、ものには成《な》るまい。

此方《こちら》から打《ぶち》まけて、お嬢様《ぢやうさま》さへまだ御存《ごぞん》じない、かつたいが名告《なの》つて出《で》よう。

と、こんなわけで、其此奴《そのこいつ》が不《ふ》心得《こゝろえ》な奴《やつ》で。坊様《ぼつちやん》をさらつて来《く》ると、下《した》にも置《お》かず、毒《どく》を飲《の》んで死《し》にました。

いまに、貴方《あなた》がおいでになつたら、私《わつち》から願《ねが》つてくれ。

蛆《うじ》でも、虫《むし》でも生命《いのち》がけだ。いふことを聞《き》いて、あのお嬢様《ぢやうさま》を可愛《かはい》がつてあげて下《くだ》さりませぬか。

と、ハヤ不《ふ》心得《こゝろえ》な骨頂《こつちやう》で。が、どんなに旦那《だんな》は我《が》を折《を》つて肯入《きゝい》れて下《くだ》さらうにも、一度《いちど》此人方《こちとら》のやうなものが指《ゆび》のさきでも触《さは》つたでは、それこそ傍《そば》へもお寄《よ》せなさりはしまいに因《よ》つて、死《し》んだあとでも此汚《このきたな》い身体《からだ》はお目《め》に懸《か》けちやあくれるな。見《み》ぬとこ清《きよ》しだ。御覧《ごらん》にさへならなけりや、唯《たゞ》あとのないしみばかり。何《ど》うにかまあ、御承知下《ごしようちくだ》さるわけにはまゐりませぬか。尤《もつと》も野郎《やらう》が死《しに》ましたことは、わざと坊様《ぼつちやん》に見《み》て頂《いたゞ》きました。ねえ坊様《ぼつちやん》、唯今《たつたいま》、こゝに此後《このうしろ》に死骸《しがい》がのたつて居《を》りますが、あなたのお目《め》は汚《よご》しますまい。ハヤまことに不心得《ふこゝろえ》な。」

といつて声《こゑ》をのんだ。あの方《かた》は黙《だま》つて居《ゐ》る。

梟《ふくろふ》が……

「坊様《ぼつちやん》、おまへ様《さま》、吃驚《びつくり》して、よく見《み》て下《くだ》さらねえと駄目《だめ》だと思《おも》つて、人《ひと》の断末魔《だんまつま》におどけた真似《まね》までしましたに、確《たしか》に死《し》んだと、えゝ、一言《ひとこと》おつしやつて下《くだ》さりまし。」

「あの……」

「真個《ほんと》なんか。」

「あゝ、」とふるへながら私《わたし》は言《い》つた。

「ありがたうござります。旦那《だんな》、もし、これだ。そして御婚礼《ごこんれい》がきまりましたら、これへ何卒《どうぞ》、しるしの松《まつ》を一本植《ぽんう》ゑて頂《いたゞ》きたうござりますやう、くれ〴〵も申《まを》して死《し》にました。この、不心得《ふこゝろえ》な奴《やつ》が、ゝ南無阿弥陀《なむあみだ》仏《ぶつ》々《く》々々《く》々々《く》々、」と続《つゞ》けざまに唱名《しやうみやう》したが、果《はて》はブツ〳〵と口《くち》の中《なか》に消《き》えて、鳴《な》きかはす梟《ふくろふ》の声《こゑ》よりも低《ひく》くなつた。

十八

「母様《おつかさん》、お手紙《てがみ》。」

といつて威勢《ゐせい》よく、司《つかさ》さんの封書《ふうしよ》を頂《いたゞ》いたのを、しつかり持《も》つて、病院《びやうゐん》の…××番室《ばんしつ》の戸《と》を押《お》して入《はひ》つたのは、ちやうど、其時《そのとき》から半年経《はんとした》つたあとであつた。

入《はひ》る時《とき》、戸《と》とゝもに突放《つゝぱな》した、赤《あか》い緒《を》の上草履《うはざうり》が、向《むか》うへずる〳〵と辷《すべ》つて、寝台《ねだい》の下《した》へ転《ころ》がり込《こ》んだと一《いつ》緒《しよ》に、走《はし》りついて、少《わか》い母様《おつかさん》の前《まへ》へ立《た》つた。

「母様《おつかさん》！」

日中《ひなか》だけれど、暗《くら》いやうな、広《ひろ》い室《しつ》の一隅《ひとすみ》に、寝台《ねだい》を置《お》いた上《うへ》に、白《しろ》い衣服《きもの》を着《き》た病人《びやうにん》が仰向《あをむ》けになつて居《ゐ》た。夜具《やぐ》の襟《えり》が其唇《そのくちびる》までかゝつて、黒《くろ》ずんだ、やつれた頰《ほゝ》と、尖《とが》つた仰向《あをむき》の鼻《はな》とばかりが見《み》える。額《ひたひ》には、ひつたり氷嚢《ひようなう》が乗《の》つて居《ゐ》る。少《わか》い母様《おつかさん》は、其処《そこ》に立《た》つて、片手《かたて》の脈《みやく》を取《と》りながら憂慮《きづか》はしさうにしておいでだつたが、そつと見返《みかへ》つて、

「彼方《あちら》へ。」と、素気《すげ》ないやうにおつしやつたから、あとずさりをして、扉《とびら》へくひついて呆《あき》れて見《み》て居《ゐ》たが、気《き》がついたから音《おと》のしないやうに戸外《そと》へ出《で》た。

私《わたし》は司《つかさ》さんの家《うち》に養《やしな》はれた。少《わか》い母様《おつかさん》も、嬉《うれし》い土産《みやげ》を持《も》つちやあ、一寸々々《ちよい〳〵》入《い》らつしやるし、此方《こつち》からも毎《まい》日《にち》のやうに来《き》たけれど、ツイまだ一度《いちど》もかういふ顔《かほ》をなすつたことはない。其《それ》は私《わたし》が、こんなそゝつかしいことが無《な》かつたからで。

熱《ねつ》の烈《はげし》い、ものを言《い》つちやあ悪《わる》い病人《びやうにん》の傍《そば》で、騒《さわ》ぐのはよくないことを知《し》つて居《ゐ》たのに、其《そ》の日《ひ》はあまり嬉《うれ》しかつたので、些少《ちつと》も気《き》が付《つ》かなかつた。

恐《おそ》らく父上《おとつさん》を狂気《きちがひ》にしたのも、これほどぢやなかつたらうと思《おも》ふほど、間《ま》がな、隙間《すきま》には、荒寺《あれでら》の杉《すぎ》の根《ね》へ、松《まつ》のしるしをたてることを催促《さいそく》して、

（母様《おつかさん》は、何時《いつ》、母様《おつかさん》は何時《いつ》入《い》らつしやいますの）てちやあ、司《つかさ》さんをねだつた。司《つかさ》さんは、あまりものをおつしやらない、いつも沈《しづ》んだ方《かた》だつたが、これを聞《き》くたび莞爾《につこり》しちやあ、

（お前《まへ》、其《それ》では父上《おとつさん》を気違《きちがひ》にしたではないか、私《わたし》までは御免《ごめん》だ。もう堪忍《かんにん》してくれ、）つて、いつもおなじことを言《い》つておいでだつたが、何《なん》でも一月《ひとつき》ばかり前《さき》から、ぶら〳〵病《やまひ》で、学校《がくかう》へも入《い》らつしやらないで、フイと出掛《でか》けたり、いつになく朝寐《あさね》をしたり、時々《ときぐ〵》故《わざ》とらしく笑《わら》つたり、急《きふ》にまた沈《しづ》んだり、ばあやさんが大変《たいへん》に案《あん》じて居《ゐ》た。でそんなに御気分《ごきぶん》が悪《わる》い時《とき》でも、少《わか》い母様《おつかさん》が間《ま》を見《み》て一寸《ちよいと》おいでになると、私《わたし》も一緒《いつしよ》に冴々《さえ〴〵》しうなつて、其時《そのとき》ばかりは、ちつとも御容子《ごようす》が悪《わる》くない。

だからまた、

（母様《おつかさん》、母様《おつかさん》は、いつ。）とさういふと、おなじやうに、

（お前《まへ》、それで父上《おとつさん》を気違《きちがひ》にしたではないか、私《わたし》は御免《ごめん》だよ、堪忍《かんにん》しておくれ。）

これで、かはらず日《ひ》が経《た》つた。このあひだから、何《なん》でも夜中《よなか》に起《お》きちやあ少《すこ》しづゝものを書《か》いて入《い》らしつた様子《やうす》。

あたまを押《おさ》へちやあ、筆《ふで》を持《も》つて、其時《そのとき》ばかりは、そツと襖《ふすま》をあけて覗《のぞ》いても気《き》のついたやうな気色《けしき》はない。何《なん》でも手紙《てがみ》のやうで、それが凡《およ》そ三晩《みばん》、四晩《よばん》で、一丈《ぢやう》あまりにもなつて居《ゐ》たかとおもふと、あくる日《ひ》はほんの三寸《ずん》ばかり短《みじか》い処《ところ》でおなじやうに考《かんが》へていらつしやる。また伸《の》び、また縮《ちゞ》み、いつでも真夜中頃《まよなかごろ》、風《かぜ》が吹《ふ》いて烏《からす》が鳴《な》く時《とき》だつた。けふ昼頃《ひるごろ》、私《わたし》に手紙《てがみ》を渡《わた》して、これを母様《おつかさん》の処《ところ》へ持《も》つておいでツておつしやつた。お顔《かほ》の色《いろ》は、いつか石壇《いしだん》で見《み》た時《とき》と変《かは》らない、うつくしい、品《ひん》のいゝ、そして、其時《そのとき》はサラリとして、屈託《くつたく》らしい御様子《ごやうす》は見《み》えなかつた。

（そして母様《おつかさん》はいつ。）

（お前《まへ》、それでは父上《おとつさん》を気違《きちがひ》にしたではないか。私《わたし》は御免《ごめん》だよ、堪忍《かんにん》しておくれ。）と、さうはおつしやらないで。

まあ！

(手紙《てがみ》を見《み》せたらね、直《す》ぐ帰《かへり》に母様《おつかさん》と二人《ふたり》でいつて、しるしの松《まつ》を立《た》てゝおいで。)とおつしやつたんだもの。

御機嫌《ごきげん》を損《そこ》ねたつて、いまに！と思《おも》つてる処《ところ》へ、廊下《らうか》を曲《まが》つて出《で》た、赤十字《せきじふじ》の看護婦《かんごふ》が二《に》人《にん》、一人《ひとり》は少《わか》くつて、脊《せい》の高《たか》いの、一人《ひとり》は中婆《ちうばあ》さんで、でつぷり肥《ふと》つたの。これは、いま来《き》がけに母様《おつかさん》が××番《ばん》に入《い》らつしやるを教《をし》へてくれた人《ひと》で、二人《ふたり》つれだつて、ちよこ〱走《はし》りに突《つゝ》きあうて、追懸《おつか》ける、遁《に》げるで、急《いそ》いで来《き》たが、斉《ひとし》く私《わたし》のつむりを撫《な》でた。

「お目出《めで》たう、」と、いつて、其《その》まゝ××番《ばん》へ入《はひ》つた。

入違《いれちが》ひに、少《わか》い母様《おつかさん》は廊下《らうか》へ出《で》なすつたが、いはれない嬉《うれ》しさが溢《こぼ》れてる、おつとりした、そして済《す》ましたお顔《かほ》で、

「お手紙《てがみ》だつて。」

「はい。」

と渡《わた》した、お受取《うけと》りなさるが早《はや》いか、

「此方《こつち》へ、」とばかりいひすてにして、小走《こばし》りに廊下《らうか》をさきへ立《た》つて、お部屋《へや》へ入《い》らつしやる、曲角《まがりかど》で追《おひ》ついて、

「そして、」

「…………」

「そして、あの、すぐ一緒《いつしよ》に行《い》つて、しるしの松《まつ》を立《た》てるんですつて、」

釘《くぎ》づけになつたやうに、片足踏出《かたあしふみだ》したまゝお立《た》ちなすつた。が思《おも》ひ出《だ》したやうに、またあるき出《だ》しながら、ふりむいて、

「あいよ。」

かういつた。此時《このとき》のお顔《かほ》といふものは、私《わたし》がいくつになつてからも、世《よ》の中《なか》がどうなつてからも、またモ一度《いちど》俤《おもかげ》ばかりでも見《み》ることの出来《でき》ぬことゝは、あゝ、思《おも》ひ懸《が》けなかつた。

すぐ部屋《へや》へ行《い》つて、机《つくゑ》とならんだ針箱《はりばこ》の上《うへ》で、其《その》お手紙《てがみ》をお読《よ》みなすつた時《とき》、私蒼《わたしあを》くなつて、あの時《とき》、その晩《ばん》、枕許《まくらもと》で、（一人姉《ひとりあね》さん）をうたひ果《は》て、ソツと覗《のぞ》いた時《とき》の、母様《おつかさん》とおんなじ、些少《ちつと》もかはらない面色《おもゝち》の、少《わか》い母様《おつかさん》を見《み》たのである。

「お前《まへ》はまた父上《おとつさん》を。」とおつしやつて、片手《かたて》で押《お》されたから、胸《むね》をいたんでよろけかゝると、あわてゝ、縋《すが》りついて、引寄《ひきよ》せて、抱緊《だきし》めて、膝《ひざ》の上《うへ》で横《よこ》にして、頬《ほゝ》と頬《ほゝ》をおあての時《とき》、見《み》る〳〵一杯《いつぱい》になつて居《ゐ》た涙《なみだ》がハラ〳〵と御《お》ぐしの乱《みだれ》とともに冷《つめ》たくしつとりと落《お》ちた。

「お前《まへ》はもう父上《おとつさん》つていふことをいつちやあなりません。今度《こんど》は父上《おとつさん》々々《〳〵》つておつしやるとね、母様《おつかさん》を気《き》ちがひにしてしまひますよ。」

手紙《てがみ》の中《なか》に、

……折《をり》に感《かん》じておんまへ様《さま》をわがなき母上《はゝうへ》ぞと思《おも》ひ候《さふらふ》心《こゝろ》は、劣《おと》らず母《はゝ》なつかしむこの児《こ》ならでは汲《く》み知《し》り候《さふらふ》まじ。一度母上《ひとたびはゝうへ》ぞと見参《みまゐ》らせ候《さふらふ》ものを、かやうに思《おも》ひなり候《さふらふ》ては、自殺《じさつ》して果《は》てし心《こゝろ》うつくしき荒寺《あれでら》のかたゐよりも、なほかつ浅《あさ》ましく候《さふらふ》まゝ……

少《わか》い母様《おつかさん》は、今《いま》でも活《い》きていらつしやるけれども。

# 紫陽花

# 一

色青《いろあを》く光《ひかり》ある蛇《へび》、おびたゞしく棲《す》めればとて、里人《さとびと》は近《ちか》よらず。其野社《そののやしろ》は、片眼《かため》の盲《し》ひたる翁《おきな》ありて、昔《むかし》より斉眉《かしづ》けり。

其片眼《そのかため》を失《うしな》ひし時一《ときひと》たび見《み》たりと言《い》ふ、几帳《きちやう》の蔭《かげ》に黒髪《くろかみ》のたけなりし、それぞ神《かみ》なるべき。

ちかきころ水無月中旬《みなつきなかば》、二十日余《はつかあま》り照《て》り続《つゞ》きたる、けふ日《ひ》ざかりの、鼓子花《ひるがほ》さへ草《くさ》いきれに色褪《いろあ》せて、砂《すな》も、石《いし》も、きら〳〵と光《ひかり》を帯《お》びて、松《まつ》の老木《おいき》の梢《こずゑ》より、糸《いと》を乱《みだ》せる如《ごと》き薄《うす》き煙《けむり》の立《た》ちのぼるは、木精《こだま》とか言《い》ふものならむ。おぼろ〳〵と霞《かす》むまで、暑《あつ》き日《ひ》の静《しづか》さは夜半《よは》にも増《ま》して、眼《め》もあてられざる野《の》の細道《ほそみち》を、十歳《とを》ばかりの美少年《びせうねん》の、尻《しり》を端折《はしを》り、竹《たけ》の子笠被《こがさかぶ》りたるが、跣足《はだし》にて、

「氷《こほり》や、氷《こほり》や。」

と呼《よ》びもて来《き》つ。其《それ》より市《まち》に行《ゆ》かんとするなり。氷《こほり》は筵包《むしろづゝみ》にして天秤《てんびん》に釣《つる》したる、其片端《そのかたはし》には、手《て》ごろの石《いし》を藁縄《わらなは》もて結《むす》びかけしが、重《おも》きもの荷《にな》ひたる、力《ちから》なき身体《からだ》のよろめく毎《ごと》に、石《いし》は、ふらゝこの如《ごと》くはずみて揺《ゆ》れつ。

とかうして、此《こ》の社《やしろ》の前《まへ》に来《きた》りし時《とき》、太《ふと》き息《いき》つきて立停《たちどま》りぬ。

笠《かさ》は目深《まぶか》に被《かぶ》りたれど、日《ひ》の光《ひかり》は遮《さへぎ》らで、白《しろ》き項《うなじ》も赤《あか》らみたる、渠《かれ》はいかに暑《あつ》かりけむ。

蚯蚓《みゝず》の骸《むくろ》の干乾《ひから》びて、色黒《いろくろ》く成《な》りたるが、なかばなま〳〵しく、心《こゝろ》ばかり蠢《うごめ》くに、赤《あか》き蟻《あり》の群《むらが》りて湧《わ》くが如《ごと》

く働《はたら》くのみ、葉末《はずゑ》の揺《ゆ》るゝ風《かぜ》もあらで、平《ひら》たき焼石《やけいし》の上《うへ》に何《なん》とか言《い》ふ、尾《を》の尖《さき》の少《すこ》し黒《くろ》き蜻蛉《とんぼ》の、ひたと居《ゐ》て動《うご》きもせざりき。

かゝる時《とき》、社《やしろ》の裏《うら》の木蔭《こかげ》より婦人二人《をんなふたり》出《い》で来《きた》れり。一人《ひとり》は涼傘《ひがさ》畳《たゝ》み持《も》ちて、細《ほそ》き手《て》に杖《つゑ》としたる、いま一人《ひとり》は、それよりも年少《としわか》きが、伸上《のびあが》るやうにして、背後《うしろ》より傘《かさ》さしかけつ。腰元《こしもと》なるべし。

丈高《たけたか》き貴女《きぢよ》のつむりは、傘《かさ》のうらに支《つか》ふるばかり、蒼《あを》き絹《きぬ》の裏《うら》、眉《まゆ》のあたりに影《かげ》をこめて、くらく光《ひか》るものあり、黒髪《くろかみ》にきらめきぬ。

怪《あや》しと美少年《びせうねん》の見返《みかへ》る時《とき》、彼《か》の貴女《きぢよ》、腰元《こしもと》を顧《かへり》みしが、やがて此方《こなた》に向《むか》ひて、

「あの、少《すこ》しばかり。」

暑《あつ》さと、疲労《つかれ》とに、少年《せうねん》はものも言《い》ひあへず、纔《わづか》に頷《うなづ》きて、筵《むしろ》を解《と》きて、笹《さゝ》の葉《は》の濡《ぬ》れたるをざわ〳〵と掻《か》き分《わ》けつ。

雫《しづく》落《お》ちて、雪《ゆき》の塊《かたまり》は氷室《ひむろ》より切出《きりだ》したるまゝ、未《いま》だ角《かど》も失《う》せざりき。其一角《そのひとすみ》をば、鋸《のこぎり》もて切取《きりと》りて、いざとて振向《ふりむ》く。睫《まつげ》に額《ひたひ》の汗《あせ》つたひたるに、手《て》の塞《ふさ》がりたれば、拭《ぬぐ》ひもあへで眼《め》を塞《ふさ》ぎつ。貴女《きぢよ》の手《て》に捧《さゝ》げたる雪《ゆき》の色《いろ》は真黒《まつくろ》なりき。

「この雪《ゆき》は、何《ど》うしたの。」

美少年《びせうねん》はものをも言《い》はで、直《たゞ》ちに鋸《のこぎり》の刃《は》を返《かへ》して、さら〳〵と削《けづ》り落《おと》すに、粉《こな》はばら〳〵とあたりに散《ち》り、ぢ、ぢ、と蟬《せみ》の鳴《な》きやむ音《おと》して、焼砂《やけすな》に煮《に》え込《こ》みたり。

## 二

あきなひに出《い》づる時《とき》、継母《まゝはゝ》の心《こゝろ》なく嘗《かつ》て炭《すみ》を挽《ひ》きしまゝなる鋸《のこぎり》を持《も》たせしなれば、さは雪《ゆき》の色《いろ》づくを、少年《せうねん》

は然《さ》りとも知《し》らで、削《けづ》り落《おと》し払《はら》ふまゝに、雪《ゆき》の量《りやう》は掌《たなそこ》に小《ちひ》さくなりぬ。別《べつ》に新《あたら》しきを進《すゝ》めたる、其《それ》もまた黒《くろ》かりき。貴女《きぢよ》は手《て》をだに触《ふ》れむとせで、

「きれいなのでなくつては。」

と静《しづか》にかぶりをふりつゝいふ。

「えゝ。」と少年《せうねん》は力《ちから》を籠《こ》めて、ざら〳〵とぞ掻《か》いたりける。雪《ゆき》は崩《くづ》れ落《お》ちて砂《すな》にまぶれつ。渋々《しぶ〳〵》捨《す》てゝ、新《あたら》しきを、また別《べつ》なるを、更《さら》に幾度《いくたび》か挽《ひ》いたれど、鋸《のこぎり》につきたる炭《すみ》の粉《こ》の、其都度《そのつど》雪《ゆき》を汚《けが》しつゝ、はや残《のこ》り少《すく》なに成《な》つて、笹《さゝ》の葉《は》に蔽《おほ》はれぬ。

貴女《きぢよ》は身動《みじろ》きもせず、瞳《ひとみ》をすゑて、冷《ひやゝ》かに瞻《みまも》りたり。少年《せうねん》は便《たより》なげに、

「お母様《つかさん》に叱《しか》られら。お母様《おつかさん》に叱《しか》られら。」

と訴《うつた》ふるが如《ごと》く呟《つぶや》きたれど、耳《みゝ》にもかけざる状《さま》したりき。附添《つきそ》ひたる腰元《こしもと》は、笑止《せうし》と思《おも》ひ、

「まあ、何《ど》うしたと言《い》ふのだね、お前《まへ》、変《へん》ぢやないか。いけないね。」

とたしなめながら、

「可哀《かはい》さうでございますから、あの……」と取做《とりな》すが如《ごと》くにいふ。

「いゝえ。」

と、にべもなく言《い》ひすてゝ、袖《そで》も動《うご》かさで立《た》ちたりき。少年《せうねん》は上目《うはめ》づかひに、腰元《こしもと》の顔《かほ》を見《み》しが、涙《なみだ》ぐみて俯《うつむ》きぬ。

雪《ゆき》の砕《くだ》けて落散《おちち》りたるが、見《み》る〳〵水《みづ》になりて流《なが》れて、けぶり立《た》ちて、地《つち》の濡色《ぬれいろ》も乾《かわ》きゆくを、怨《うら》めしげに瞻《みまも》りぬ。

「さ、おくれよ。いゝのを、いゝのを。」

と貴女《きぢよ》は急込《せきこ》みてうながしたり。

こたびは鋸《のこぎり》を下《した》に置《お》きて、筵《むしろ》の中《なか》に残《のこ》りたる雪《ゆき》の塊《かたまり》を、其《その》まゝ引出《ひきいだ》して、両手《りやうて》に載《の》せつ。

「み、みんなあげよう。」

細《ほそ》りたる声《こゑ》に力《ちから》を籠《こ》めて突出《つきいだ》すに、一摑《ひとつか》みの風冷《かぜつめ》たく、水気《すゐき》むら〳〵と立《た》ちのぼる。

流《なが》るゝ如《ごと》き瞳《ひとみ》動《うご》きて、雪《ゆき》と少年《せうねん》の面《おもて》を、貴女《きぢよ》は屹《きつ》とみつめしが、

「あら、こんなぢや、いけないいツていふのに。」

といまは苛《いら》てる状《さま》にて、はたとばかり搔退《かいの》けたる、雪《ゆき》は辷《すべ》り落《お》ちて、三《み》ツ四《よ》ツに砕《くだ》けたるを、少年《せうねん》のあなやと拾《ひろ》ひて、拳《こぶし》を固《かた》めて摑《つか》むと見《み》えし、血《ち》の色《いろ》颯《さつ》と頰《ほゝ》を染《そ》めて、右手《めて》に貴女《きぢよ》の手《て》を扼《とりしば》り、ものをも言《い》はで引立《ひきた》てつ。

「あれ、あれ、あれえ!」

と貴女《きぢよ》は引《ひ》かれて倒《たふ》れかゝりぬ。

風一陣《かぜいちぢん》、さら〳〵と木《こ》の葉《は》を渡《わた》れり。

## 三

腰元《こしもと》のあれよと見《み》るに、貴女《きぢよ》の裾《すそ》、袂《たもと》、はら〳〵と、柳《やなぎ》の糸《いと》を絞《しぼ》るかのやう、細腰《ほそごし》を縒《よ》りてよろめきつゝ、ふたゝび悲《かな》しき声《こゑ》たてられしに、つと駈寄《かけよ》りて押隔《おしへだ》て、

「えゝ!　失礼《しつれい》な、これ、これ、御身分《ごみぶん》を知《し》らないか。」

貴女《きぢよ》はいき苦《ぐる》しき声《こゑ》の下《もと》に、

「いゝから、いゝから。」

「御前《ごぜん》——」

「いゝから好《す》きにさせておやり。さ、行《ゆ》かう。」

と胸《むね》を圧《お》して、馴《な》れぬ足《あし》に、煩《わづら》はしかりけむ、穿物《はきもの》を脱《ぬ》ぎ棄《す》てつ。

引《ひ》かれて、やがて蔭《かげ》ある処《ところ》、小川《をがは》流《なが》れて一本《ひともと》の桐《きり》の青葉《あをば》茂《しげ》り、紫陽花《あぢさゐ》の花《はな》、流《ながれ》にのぞみて、破垣《やれがき》の内外《うちと》に今《いま》を盛《さか》りなる空地《あきち》の此方《こなた》に来《きた》りし時《とき》、少年《せうねん》は立停《たちどま》りぬ。貴女《きぢよ》はほと息《いき》つきたり。

少年《せうねん》はためらふ色《いろ》なく、流《ながれ》に俯《ふ》して、攫《つか》み来《きた》れる件《くだん》の雪《ゆき》の、炭《すみ》の粉《こ》に黒《くろ》くなれるを、その流《なが》れに浸《ひた》して洗《あら》ひつ。

掌《たなそこ》にのせてぞ透《すか》し見《み》たる。雫《しづく》ひた〳〵と滴《したゝ》りて、時《とき》の間《ま》に消《き》え失《う》する雪《ゆき》は、はや豆粒《まめつぶ》のやゝ大《おほい》なるばかりとなりしが、水晶《すゐしやう》の如《ごと》く透《す》きとほりて、一点《いつてん》の汚《けがれ》もあらずなれり。

きつと見《み》て、

「これでいゝかえ。」といふ声《こゑ》ふるへぬ。

貴女《きぢよ》は蒼《あを》く成《な》りたり。

後馳《おくれば》せに追続《おひつゞ》ける腰元《こしもと》の、一目《ひとめ》見《み》るより色《いろ》を変《か》へて、横様《よこざま》にしつかと抱《いだ》く。其《そ》の膝《ひざ》に倒《たふ》れかゝりつ。片手《かたて》をひしと胸《むね》にあてゝ。

「あ。」とくひしばりて、苦《くる》しげに空《そら》をあふげる、唇《くちびる》の色青《いろあを》く、鉄漿《かね》つけたる前歯《まへば》動《うご》き、地《ち》に手《て》をつきて、草《くさ》に縋《すが》れる真白《ましろ》き指《ゆび》のさきわなゝきぬ。

はツとばかり胸《むね》をうちて瞻《みまも》るひまに衰《おとろ》へゆく。

「御前様《ごぜんさま》——御前様《ごぜんさま》。」

腰元《こしもと》は泣声《なきごゑ》たてぬ。

「しづかに。」

幽《かすか》なる声《こゑ》をかけて、

「堪忍《かんにん》おし、坊《ばう》や、坊《ばう》や。」とのみ、言《い》ふ声《こゑ》も絶《た》え入《い》りぬ。

呆《あき》れし少年《せうねん》の縋《すが》り着《つ》きて、いまは雫《しづく》ばかりなる氷《こほり》を其口《そのくち》に齎《もたら》しつ。腰元腕《こしもとかひな》をゆるめたれば、貴女《きぢよ》の顔《かほ》のけざまに、うつとりと目《め》を睜《みひら》き、胸《むね》をおしたる手《て》を放《はな》ちて、少年《せうねん》の肩《かた》を抱《いだ》きつゝ、ぢつと見《み》てうなづくはしに、がつくりと咽喉《のど》に通《とほ》りて、桐《きり》の葉《は》越《ごし》の日《ひ》影薄《かげうす》く、紫陽花《あぢさゐ》の色《いろ》、淋《さび》しき其笑顔《そのゑがほ》にうつりぬ。

# 夜釣

これは、大工《だいく》、大勝《だいかつ》のおかみさんから聞《き》いた話《はなし》である。

牛込築土前《うしごめつくどまへ》の、此《こ》の大勝棟梁《だいかつとうりやう》のうちへ出入《でい》りをする、一寸使《ちよつとつか》へる、岩次《いはじ》と云《い》つて、女房持《にようぼもち》、小児《こども》の二人《ふたり》あるのが居《ゐ》た。飲《の》む、買《か》ふ、博《ぶ》つ、道楽《だうらく》は少《すこし》もないが、たゞ性来《しやうらい》の釣好《つりず》きであつた。

また、それだけに釣《つり》がうまい。素人《しろと》にはむづかしいといふ、鰻釣《うなぎつり》の糸捌《いとさば》きは中《なか》でも得意《とくい》で、一晩出掛《ひとばんでか》けると、湿地《しつち》で蚯蚓《みゝず》を穿《ほ》るほど一《ひと》かゞりにあげて来《く》る。

「棟梁《とうりやう》、二百目《め》が三ぼんだ。」

大勝《だいかつ》の台所口《だいどころぐち》へのらりと投込《なげこ》むなぞは珍《めづら》しくなかつた。

が、女房《にようばう》は、また若《わか》いのに、後生願《ごしやうねが》ひで、おそろしく岩《いは》さんの殺生《せつしやう》を気《き》にして居《ゐ》た。

霜月《しもつき》の末頃《すゑごろ》である。一晩《ひとばん》、陽気違《やうきちが》ひの生暖《なまぬる》い風《かぜ》が吹《ふ》いて、むつと雲《くも》が蒸《む》して、火鉢《ひばち》の傍《そば》だと半纏《はんてん》は脱《ぬ》ぎたいまでに、悪汗《わるあせ》が浸《にじ》むやうな、其暮方《そのくれがた》だつた。岩《いは》さんが仕事場《しごとば》から——行願寺内《ぎやうぐわんじない》にあつた、——路地《ろぢ》うらの長屋《ながや》へ帰《かへ》つて来《く》ると、何《なに》かものにそゝられたやうに、頻《しきり》に気《き》の急《せ》く様子《やうす》で、いつもの銭湯《せんたう》にも行《ゆ》かず、さく〳〵と茶漬《ちやづけ》で済《す》まして、一寸友《ちよつととも》だちの許《とこ》へ、と云《い》つて家《うち》を出《で》た。

留守《るす》には風《かぜ》が吹募《ふきつの》る。戸障子《としやうじ》ががた〳〵鳴《な》る。引窓《ひきまど》がばた〳〵と暗《くら》い口《くち》を開《あ》く。空模様《そらもやう》は、その癖《くせ》、星《ほし》が晃々《きら〳〵》して、澄切《すみき》つて居《ゐ》ながら、風《かぜ》は尋常《じんじやう》ならず乱《みだ》れて、時々《とき〴〵》むく〳〵と古綿《ふるわた》を積《つ》んだ灰色《はひいろ》の雲《くも》が湧上《わきあが》る。とぽつりと降《ふ》る。降《ふ》るかと思《おも》ふと、颯《さつ》と又暴《またあら》びた風《かぜ》で吹払《ふきはら》ふ。

次第《しだい》に夜《よ》が更《ふ》けるに従《したが》つて、何時《いつ》か真暗《まつくら》に凄《すご》くなつた。

女房《にようばう》は、幾度《いくど》も戸口《とぐち》へ立《た》つた。路地《ろぢ》を、行願寺《ぎやうぐわんじ》の門《もん》の外《そと》までも出《で》て、通《とほり》の前後《ぜんご》を瞰《みまは》した。人通《ひとどほ》りも、もうなくなる。……釣《つり》には行《い》つても、めつたにあけた事《こと》のない男《をとこ》だから、余計《よけい》に気《き》に懸《か》けて帰《かへ》りを待《ま》つのに。——小《こ》児《ども》たちが、また悪《わる》く暖《あたゝか》いので寝苦《ねぐる》しいか、変《へん》に二人《ふたり》とも寝《ね》そびれて、踏脱《ふみぬ》ぐ、泣《な》き出《だ》す、着《き》せかける、賺《すか》す。で、女房《にようばう》は一夜《いちや》まんじりともせず、烏《からす》の声《こゑ》を聞《き》いたさうである。然《さ》まで案《あん》ずる事《こと》はあるまい。交際《つきあひ》のありがちな稼業《かげふ》の事《こと》、途中《とちう》で友《とも》だちに誘《さそ》はれて、新宿《しんじゆく》あたりへぐれたのだ、と然《さ》う思《おも》へば済《す》むのであるから。

言《い》ふまでもなく、宵《よひ》のうちは、いつもの釣《つり》だと察《さつ》して居《ゐ》た。内《うち》から棹《さを》なんぞ……鈎《はり》も糸《いと》も忍《しの》ばしては出《で》なかつたが——それは女房《にようばう》が頻《しきり》に殺生《せつしやう》を留《と》める所《ところ》から、つい面倒《めんだう》さに、近所《きんじよ》の車屋《くるまや》、床屋《とこや》などに預《あづ》けて置《お》いて、そこから内証《ないしよう》で支度《したく》して、道具《だうぐ》を持《も》つて出掛《でか》ける事《こと》も、女房《にようばう》は薄々《うす〳〵》知《し》つて居《ゐ》たのである。

所《ところ》が、一夜《いちや》あけて、昼《ひる》に成《な》つても帰《かへ》らない。不断《ふだん》そんなしだらでない岩《いは》さんだけに、女房《にようばう》は人一倍心配《ひといちばいしんぱい》し出《だ》した。

さあ、気《き》に成《な》ると心配《しんぱい》は胸《むね》へ滝《たき》の落《お》ちるやうで、——帯引緊《おびひきし》めて夫《をつと》の……といふ急《せ》き心《こゝろ》で、昨夜《ゆうべ》待《ま》ち明《あか》した寝《ね》みだれ髪《がみ》を、黄楊《つげ》の鬢櫛《びんくし》で掻《か》き上《あ》げながら、その大勝《だいかつ》のうちはもとより、慌《あわた》だしく、方々《はう〴〵》心当《こゝろあた》りを探《さが》し廻《まは》つた。が、何処《どこ》にも居《ゐ》ないし、誰《たれ》も知《し》らぬ。

やがて日《ひ》の暮《くれ》るまで尋《たづ》ねあぐんで、——夜《よ》あかしの茶飯《ちやめし》あんかけの出《で》る時刻《じこく》——神楽坂下《かぐらざかした》、あの牛込見附《うしごめみつけ》で、顔馴染《かほなじみ》だつた茶飯屋《ちやめしや》に聞《き》くと、其処《そこ》で……覚束《おぼつか》ないながら一寸心当《ちよつとこゝろあた》りが付《つ》いたのである。

「岩《いは》さんは、……然《さ》うですね、——昨夜《ゆうべ》十二時頃《じころ》でもございましたらうか、一人《ひとり》で来《き》なすつて——とう〳〵降《ふ》り出《だ》しやがつた。こいつは大降《おほぶ》りに成《な》らなけりやいゝがツて、空《そら》を見《み》ながら、おかはりをなすつたけ、ポツり〳〵降《ふ》つたばかり。すぐに降《ふ》りやんだものですから、可《い》い塩梅《あんばい》だ、と然《さ》う云《い》つてね、また、お前《まへ》さん、すた〳〵駈出《かけだ》して行《ゆ》きなすつたよ。……へい、えゝ、お一人《ひとり》。——他《ほか》にや其《そ》の時《とき》お友達《ともだち》は誰《たれ》も居《ゐ》ずさ。——変《へん》に陰《いん》気《き》で不気味《ぶきみ》な晩《ばん》でございました。ちやうど来《き》なすつた時《とき》、目白《めじろ》の九《こゝの》つを聞《き》きましたが、いつもの八《や》つころほど寂寞《ひつそり》して、びゆう〴〵風《かぜ》ばかりさ、おかみさん。」

せめても、此《これ》だけを心遣《こゝろや》りに、女房《にようばう》は、小児《こども》たちに、まだ晩《ばん》の御飯《ごはん》にもしなかつたので、坂《さか》を駈《か》け上《あが》るやうにして、急《いそ》いで行願寺内《ぎやうぐわんじない》へ帰《かへ》ると、路地口《ろぢぐち》に、四《よつ》つになる女《をんな》の児《こ》と、五《いつ》つの男《をとこ》の児《こ》と、廂合《ひあはひ》の星《ほし》の影《かげ》に立《た》つて居《ゐ》た。

顔《かほ》を見《み》るなり、女房《にようばう》が、

「父《とう》さんは帰《かへ》つたかい。」

と笑顔《ゑがほ》して、いそ〳〵して、優《やさ》しく云《い》つた。——何《なに》が什《ど》うしても「帰《かへ》つた。」と言《い》はせるやうにして聞《き》いたのである。

不可《いけ》ない。……

「うゝん、帰《かへ》りやしない。」

「帰《かへ》らないわ。」

と女《をんな》の児《こ》が拗《す》ねでもしたやうに言《い》つた。

男《をとこ》の児《こ》が袖《そで》を引《ひ》いて

「父《おとつ》さんは帰《かへ》らないけれどね、いつものね、鰻《うなぎ》が居《ゐ》るんだよ。」

「えゝ、え、」

「大《おほ》きな長《なが》い、お鰻《とゝ》よ。」

「こんなだぜ、おつかあ。」

「あれ、およし、魚尺《うをしやく》は取《と》るもんぢやない――何処《どこ》にさ……そして?」

と云《い》ふ、胸《むね》の滝《たき》は切《き》れ、唾《づ》が乾《かわ》いた。

「台所《だいどころ》の手桶《てをけ》に居《ゐ》る。」

「誰《たれ》が持《も》つて来《き》たの、――魚屋《さかなや》さん?……え、坊《ばう》や。」

「うゝん、誰《たれ》だか知《し》らない。手桶《てをけ》の中《なか》に充満《いつぱい》になつて、のたくつてるから、それだから、遁《に》げると不可《いけな》いから蓋《ふた》をしたんだ。」

「あの、二人《ふたり》で石《いし》をのつけたの、……お石塔《せきたふ》のやうな。」

「何《なん》だねえ、まあ、お前《まへ》たちは……」

と叱《しか》る女房《にようばう》の声《こゑ》は震《ふる》へた。

「行《い》つてお見《み》よ。」

「お見《み》なちやいよ。」

「あゝ、見《み》るから、見《み》るからね、さあ一所《いつしよ》においで。」

「私《わたい》たちは、父《おと》さんを待《ま》つてるよ。」

「出《で》て見《み》まちよう、」

と手《て》を引合《ひきあ》つて、もつれるやうにばら〴〵と寺《てら》の門《もん》へ駈《か》けながら、卵塔場《らんたふば》を、灯《ともしび》の夜《よる》の影《かげ》に揃《そろ》つて、かはいゝ顔《かほ》で振返《ふりかへ》つて、

「おつかあ、鰻《うなぎ》を見《み》ても触《さは》つちや不可《いけな》いよ。」

「触《さは》るとなくなりますよ。」

と云《い》ひすてに走《はし》つて出《で》た。

女房《にようばう》は暗《くら》がりの路地《ろぢ》に足《あし》を引《ひか》れ、穴《あな》へ攫込《つかみこ》まれるやうに、頸《くび》から、肩《かた》から、ちり毛《け》もと、ぞツと氷《こほ》るばかり寒《さむ》くなつた。

あかりのついた、お附合《つきあひ》の隣《となり》の窓《まど》から、岩《いは》さんの安否《あんぴ》を聞《き》かうとしでもしたのであらう。格子《かうし》をあけた婦《をんな》があつたが、何《なん》にも女房《にようばう》には聞《きこ》えない。……

肩《かた》を固《かた》く、足《あし》がふるへて、その左側《ひだりがは》の家《うち》の水口《みづぐち》へ。……

……行《ゆ》くと、腰障子《こししやうじ》の、すぐ中《なか》で、ばちや〳〵、ばちやり、ばちや〳〵と音《おと》がする。……手《て》もしびれたか、きゆつと軋《きし》む……水口《みづぐち》を開《あ》けると、茶《ちや》の間《ま》も、框《かまち》も、だゞつ広《びろ》く、大《おほ》きな穴《あな》を四角《しかく》に並《なら》べて陰気《いんき》である。引窓《ひきまど》に射《さ》す、何《なん》の影《かげ》か、薄《うす》あかりに一目《ひとめ》見《み》ると、唇《くちびる》がひツつゝた。……何《ど》うして小児《こども》の手《て》で、と疑《うたが》ふばかり、大《おほ》きな沢庵石《たくあんいし》が手桶《てをけ》の上《うへ》に、づしんと乗《の》つて、あだ黒《くろ》く、一《ひと》つくびれて、ばうと浮《う》いて、可厭《いや》なものゝ形《かたち》に見《み》えた。

くわツと逆上《のぼ》せて、小腕《こがひな》に引《ひき》ずり退《の》けると、水《みづ》を刎《は》ねて、ばちや〳〵と鳴《な》つた。

もの音《おと》もきこえない。

蓋《ふた》を向《むか》うへはづすと、水《みづ》も溢《あふ》れるまで、手桶《てをけ》の中《なか》に輪《わ》をぬめらせた、鰻《うなぎ》が一条《ひとすぢ》、唯《たゞ》一条《ひとすぢ》であつた。のろ〳〵と畝《うね》つて、尖《とが》つた頭《あたま》を恁《か》うあげて、女房《にようばう》の蒼白《あをじろ》い顔《かほ》を、熟《ぢつ》と視《み》た。——と言《い》ふのである。

# 千鳥川

# 上

「おかみさん。心中《しんぢう》のあつた処《ところ》ださうだね。何《なん》だか気《き》の毒《どく》らしくつて、好《い》い景色《けしき》だとも言《い》へないやうな気《き》がするな。」

夕陽《ゆふひ》にかざした小手《こて》を払《はら》つて、客《きやく》なる学生《がくせい》は差置《さしお》いた猪口《ちよく》を取上《とりあ》げた。

「嘘《うそ》でございますよ、あなた、案内者《あんないしや》をお連《つ》れなさいましたか。」

「可哀相《かはいさう》に、御覧《ごらん》の通《とほ》りの椋鳥《むくどり》だけれども、汽車《きしや》といふ重宝《ちようはう》なものゝあるお庇《かげ》には、今《いま》はじめての参詣《さんけい》ではない。」

店頭《みせさき》へ床几《しやうぎ》を据《す》ゑた、土間《どま》に掘立《ほつたて》の柱《はしら》につかまつて居《ゐ》る女房《にようばう》、仰山《ぎやうさん》に胸《むね》を反《そ》らして、

「あら、まあ、飛《と》んだことをおつしやる。然《さ》うではございませんけれど、大方案内者《おほかたあんないしや》が、そんなことを申上《まをしあ》げたんでせうと思《おも》ひます。」

「其《それ》では間違《まちが》つて居《ゐ》るのかい。」

「まるで、貴下《あなた》、嘘《うそ》なんでございますもの。」

「でも何《なん》だぜ、新聞《しんぶん》にさい委《くは》しく出《で》て、一時大騒《ひとしきりおほさわ》ぎをやつたんだぜ。」

「其《それ》は貴下《あなた》、心中《しんぢう》のあつたのは真個《まつたく》でございますけれど、何《なに》も彼《あ》の鱗岩《うろこいは》からではございません。此《こ》のさきの千鳥川《ちどりがは》の川下《かはしも》へ身《み》を投《な》げたのでございますがね。それぢや些《ちつ》とも引立《ひきた》ちませんから、あゝやつて此《こ》の土地《とち》へさ

へ入《い》らつしやれば、直《す》ぐ誰方《どなた》でも目《め》につきます、御覧《ごらん》なさいまし、彼《あ》の通《とほ》り、」

立《た》つて居《ゐ》て伸上《のびあが》る、女房《にようばう》の目《め》には望《のぞ》むべく、胡坐《あぐら》で居《ゐ》て、俯向《うつむ》く学生《がくせい》の目《め》には瞰《みおろ》すべく、島山《しまやま》の根《ね》をさら〳〵と嚙《か》んで、恰《あたか》も霜柱《しもばしら》の崩《くづ》れるやうな、浪打際《なみうちぎは》を稍《やゝ》離《はな》れた辺《あたり》、五尺《しやく》海面《かいめん》を抜《ぬ》いて五十畳敷《でふじき》ばかりの一座《いちざ》の岩《いは》、一脈《いちみやく》、一秒《いちべう》に波《なみ》が被《かぶ》つて、たら〳〵と其《そ》の上《うへ》を走《はし》るが、折《をり》からの夕焼《ゆふやけ》に金《きん》を溶《と》かして流《なが》せる如《ごと》く、又《また》、右《みぎ》より、左《ひだり》より、前《まへ》より、後《うしろ》より、悠然《いうぜん》と然《しか》り隙《すき》なく、静《しづ》かに然《しか》も強《つよ》く、和《やは》らかに然《しか》も揺《ゆ》れて、乗上《のりあが》り、躍越《をどりこ》し、引返《ひきかへ》し、溢《あふ》れかゝり、ざツと引《ひ》いてやがて打《う》ち打《う》ち打寄《うちよ》する、水《みづ》と水《みづ》と相合《あひあ》ふ処々《しよ〳〵》、水銀《すゐぎん》を投《な》げて砕《くだ》くやう、然《しか》も周囲《しうゐ》は、緑青《ろくしやう》の濃《こ》き慎重雄大《しんちようゆうだい》な色《いろ》を湛《たゝ》へて、恰《あたか》も一条《いちでう》の青龍《せいりう》有《あ》り、其《そ》の岩《いは》の根《ね》に棲《す》んで、其《そ》の鱗《うろこ》を一個々々《ひとつ〳〵》、潮《しほ》に呼吸《いき》つく毎《ごと》に、海《うみ》はたゞ彼処《かしこ》ばかり常《つね》に大動揺《だいどうえう》をするが如《ごと》くである。

「彼《あれ》でございますから、貴下《あなた》、龍《たつ》の鱗岩《うろこいは》と申《まを》しますと、津々《つゝ》浦々《うら〳〵》まで聞《きこ》えて居《を》りますので、評判《ひやうばん》の立《た》ち好《い》いやうに、新聞《しんぶん》で拵《こしら》へたのでございますとさ。」

「然《さ》うか、成程《なるほど》、」と、他《た》に思《おも》ふことのあるらしい、生返事《なまへんじ》を為《し》ながら、今《いま》なほ瞻《みまも》つて居《ゐ》た鱗岩《うろこいは》から目《め》を返《かへ》して、

「ぢやあ其《そ》の、」

一口飲《ひとくちの》み、

「川下《かはしも》だね、抱合《だきあつ》て入《はひ》つたのは。而《さう》して千鳥川《ちどりがは》といへば此処《こゝ》へ来《く》る路《みち》に、川《かは》つゞき、山《やま》の下《した》まで早船《はやぶね》が出《で》る、彼処《あそこ》だらう。」

「然《さ》やうでございますよ。」

「はてな、」

学生《がくせい》は膝《ひざ》で割《わ》つてはさむやうにして居《ゐ》る、膳《ぜん》の上《うへ》の箸《はし》を取《と》つたが、謂《い》ふことに実《み》が入《い》つたか、其《そ》のまゝ置《お》き、

「千鳥川《ちどりがは》と聞《き》くと恐《おそ》ろしく寒《さむ》くつて凄《すご》さうだが、いや一向《いつかう》なものぢやないか。匍匐《はらばひ》になつたつて、急《きふ》に沈《しづ》みさうにも見《み》えないぜ。」

「貴下《あなた》、潮《しほ》がさしひきをいたしますよ。其《それ》に丁《ちやう》ど心中《しんぢう》したのは引潮時《ひきしほどき》でございましたから、づる〳〵と海《うみ》へ奪《と》られましてね、死骸《しがい》は、何《なん》でございます、此《こ》の沖《おき》で上《あが》りました。」

学生《がくせい》は頬《ほゝ》に手《て》を当《あ》て、

「はあ、潮《しほ》のさしひき、いや、大《だい》うかつ。薩張《さつぱり》其処《そこ》へ気《き》が着《つ》かなかつた、潮《しほ》のさしひき。……おゝ、然《さ》う云《い》や。杯《さかづき》の引潮時《ひきしほどき》だ。」

と手酌《てじやく》で注《つ》ぎ足《た》して、呵々《から〳〵》と笑《わら》つた、怪《け》しからず、可《い》い機嫌《きげん》。

女房《にようばう》は余《あま》り機嫌《きげん》がよくない。何故《なぜ》なら、書生客《しよせいきやく》と、土間《どま》を僅《わづか》ばかり隔《へだ》てた、此《こ》の岩端《いはばな》の掛茶屋《かけぢやや》の其《そ》の一番海《いちばんうみ》に臨《のぞ》んだ端《はし》の床几《しやうぎ》に、貴《あで》なる、美《うつく》しい令嬢《れいぢやう》一方《ひとかた》、女中《ぢよちう》が二人《ふたり》ついたのが休《やす》んで居《ゐ》るから。

利害失得《りがいしつとく》、之《これ》に酒客《しゆかく》を置《お》くのは、彼処《かしこ》の茶代《ちやだい》に関《くわん》する、と思《おも》ふので。

## 下

「お銚子《てうし》はいかゞでございますね。」

其《それ》にもせよ、取合《とりあ》はずに居《ゐ》ては、何時《いつ》まで飲《の》んで居《ゐ》るか知《し》れないので、女房《にようばう》が自分に、お銚子《てうし》の区切《くぎり》をつけに来《き》たのであつた。

「未《ま》だある、女房《おかみ》さん、お酌《しやく》には及《およ》ばないが、まあ話《はな》し給《たま》へ。えゝと、係《かゝ》う斬《き》つたり、はつたり、人《ひと》の生命《いのち》にかゝはるやうなことは、都会《とくわい》にはいくらもあるが、こんな辺鄙《へんぴ》だから嘸《さぞ》其《そ》の時《とき》は騒《さわ》いだらう。」

「そりや、随分《ずゐぶん》騒《さわ》ぎました、」

「どんな風《ふう》だつた、おかみさん、見《み》たか、」

「さあ、見《み》ましたとも、死《しん》で上《あが》りました時《とき》は存《ぞん》じませんが、心中《しんぢう》をします日《ひ》の晩方《ばんがた》、二人《ふたり》づれでお参詣《まゐり》をして、その時私《ときわたし》どもへ一寸休《ちよつとやす》んだのでございますもの、」

学生《がくせい》は乗出《のりだ》して、

「様子《やうす》は？　些《ちつ》ともそんな様子《やうす》は無《な》かつたかね、」

「何《なん》ですか、貴方《あなた》、栄螺《さゞえ》でも召食《めしあが》りませんかなんて申《まを》しましても、あゝ、あゝツたツ切《きり》、上《あ》げて可《い》いんだか、悪《わる》いんだか分《わか》りません位《くらゐ》、二人《ふたり》とも中《ちう》で返事《へんじ》をして、上《うは》の空《そら》でゝも居《ゐ》るやうでしたツけ。少《わか》い同士《どうし》夢中《むちう》なんでせう。それに、女《むすめ》の方《はう》は、テキハキものを言《い》ひ得《え》ませんし、大方《おほかた》、極《きまり》が悪《わる》いんだらうと思《おも》つて居《ゐ》ましたがね、なあに、男《をとこ》は尋常《じんじやう》の方《かた》なんださうですけれど、女《むすめ》と来《き》た日《ひ》にや、良《い》い家《うち》のお嬢《ぢやう》さんで、立派《りつぱ》な学校《がくかう》の生徒《せいと》さんだといふのに、飛《とん》だ浮気《うはき》もんださうですよ、行《ゆ》きがけの道《みち》づれにされたのでございます、而《そ》して些《ちつ》とも容色《きりやう》が好《よ》かないんだから厭《いや》ぢやありませんかね。」

「だツて、欺《だま》されたと言《い》ふわけでもなからう。思合《おもひあ》つた中《なか》なればこそ、心中《しんぢう》もしたし、又死骸《またしがい》さへ女《むすめ》の扱帯《しごき》で結合《むすびあ》つて居《ゐ》たといふぜ。」

「其《それ》が皆《みんな》、こましやくれた女《むすめ》のさし金《がね》でございます。いゝえ、皆知《みんなし》つて居《を》ります。つい此《こ》のさきの、増屋《ますや》といふ旅籠屋《はたごや》のお客《きやく》で、四五日逗留《にちとうりう》をするといふ話《はなし》だつたのが、学校《がくかう》の都合《つがふ》で、急《きふ》に終汽車《しまひぎしや》で東京《とうきやう》へ帰《かへ》らなければならぬと言出《いひだ》しましたさうで、其《それ》がもう日《ひ》が暮《く》れてからでございましたものですから、番頭《ばんとう》が提灯《ちやうちん》をつけて、千鳥川筋《ちどりがはすぢ》を村《むら》はづれの立場《たてば》まで見送《みおく》りました。

其《そ》のあとで、又《また》あとへ引返《ひきかへ》して、川下《かはしも》から這入《はひ》りました様《やう》ですが、其《そ》の番頭《ばんとう》なぞも然《さ》ういひます、旦那《だんな》の方《はう》は内気《うちき》な優《おとなし》い方《かた》でしたつて。

だから、御覧《ごらん》なさい、はじめは、あれ彼処《あすこ》に、」

と、女房《にようばう》は山《やま》の方《はう》を見返《みかへ》つた。白布《しらぬの》を引《ひ》いて磯形《いそなり》に上《うへ》へ並《なら》んで、虹《にじ》の如《ごと》く、岩《いは》の狭間《はざま》に途切《とぎれ》〱の故道《ふるみち》を横《よこ》切《ぎ》つて、遥《はるか》に一条《いちでう》の濃《こ》き煙《けむり》、胡粉《ごふん》を以《もつ》て描《ゑが》けるやう、そよとも靡《なび》かず。其《そ》の辺《あたり》から黄昏《たそが》れて、岩間《いはま》〱の波暗《なみくら》く、栄螺《さゞえ》の背《せな》に暮《く》れかかつて膳《ぜん》の上《うへ》がうら淋《さびし》い。

「あの海草《うみくさ》を焚《た》いて居《を》ります、彼処等《あすこいら》が、合葬場《がつさうぢやう》で、死骸《しがい》は仮埋《かりうめ》になりました。

後《あと》で知《し》れたのでございますが、なか〱貴下《あなた》、其《そ》の女《むすめ》の家《うち》は、急《きふ》に名《な》の知《し》れませんやうな身分《みぶん》ではないのですけれど、最《もつと》も親達《おやたち》も、家《いへ》の恥《はぢ》と、打棄《うつちや》つて置《お》くのでございませう。

男《をとこ》の方《はう》は御親類《ごしんるゐ》の方《かた》が、直《す》ぐに駈《か》けつけてお見《み》えになりまして、早速掘起《さつそくほりおこ》して立派《りつぱ》にお引取《ひきと》りなさいました。」

学生《がくせい》は眉《まゆ》をあげて、

「女《むすめ》の死骸《しがい》は、」

「其《そ》のまゝでございます。身《からだ》に結《ゆは》へつけた上《うへ》に、未《ま》だ、黒髪《くろがみ》の水《みづ》にほぐれたのが、恐《おそろし》い、男《をとこ》の肩《かた》をぴつたりと巻《ま》いて、女《むすめ》の方《はう》からしつかり抱《だき》ついて死《し》んで居《ゐ》たと云《い》ふんでございますよ。そんなしだらで男《をとこ》をそゝのかして、慾《よく》の深《ふか》い、貴下《あなた》、何《ど》うぞ死骸《しがい》は一緒《いつしよ》に葬《はうむ》つてくださいましと、お役人宛《やくにんあて》に女《むすめ》の手《て》で遺言《ゆゐごん》がしてあつたんださうでございます。憎《にく》いぢやございませんか。

其《そ》の遺書《かきおき》が、村役場《むらやくば》に大事《だいじ》に了《しま》つてあつたのを、男《をとこ》の方《はう》の御親類《ごしんるゐ》に見《み》せましたものですから、叔父御《をぢご》だといひましたね、書記官《しよきくわん》とかを遊《あそ》ばす、御身分《ごみぶん》のある方《かた》が、憎《にく》い阿魔《あま》だ、と歯《は》がみを遊《あそ》ばして、引裂《ひきさ》いてお棄《す》てなさいましたさうでございます。可気味《いゝきみ》ぢやございませんか。

あとで胸《むね》も乳《ちゝ》も露出《むきだし》のまゝで、阿魔《あま》つ児《こ》は一人《ひとり》ぼつち、旧《もと》の投埋《なげうめ》、ほんとに唾《つば》でも引《ひつ》かけてお遣《や》りなされば可《よ》かつたと、其時《そのとき》もお供《とも》をした増屋《ますや》の御主人《ごしゆじん》、番頭《ばんとう》さんも然《さ》う申《まを》します。」

「ま、ま、待《ま》て。」

学生《がくせい》は、女房《にようばう》の行《ゆ》きかけたのを、猪口《ちよく》の雫《しづく》を切《き》りざまに、斜《なゝ》めに手《て》を振《ふ》つて遮《さへぎ》つた。

「待《ま》て、気《き》の毒千万《どくせんばん》。そんな分《わか》らず家《や》が揃《そろ》つて居《ゐ》るから、若木《わかぎ》の枝《えだ》を撓《た》め枯《か》らすやうなことにもなるのだ。可《よし》、親類《しんるゐ》の者《もの》は、身贔屓《みびいき》や、身内《みうち》の可愛《かはい》さに目《め》も眩《くら》まう。但《たゞし》、此処《ここ》へ遊《あそ》びに来《く》るものが、自然《しぜん》おかみさん、お前《まへ》の話《はなし》なぞを聞《き》いたら、嘸《さ》ぞ皆可哀相《みんなかはいさう》だといふだらう。彼《あ》の鱗岩《うろこいは》を弔《とむら》ふ者《もの》もあらうし、旧道《きうだう》を通《とほり》がかりには、路傍《みちばた》の草《くさ》なりと、手向《たむ》ける人《ひと》が沢山《たくさん》だらうね。」

「否《いゝえ》、貴下《あなた》、誰《たれ》がそんな間違《まちが》つた、第一《だいいち》、身《み》を投《な》げたのは彼《あ》の岩《いは》からではないと申《まを》しますと、何《なん》だ馬鹿《ばか》々々《く》しい、とおつしやいます。心得違《こゝろえちが》ひなどといふ方《かた》もあり、業曝《ごふざらし》などといふ方《かた》もございますね。つい此《こ》の間《あひだ》も、其《そ》の女《むすめ》の、学校《がくかう》ともだちの、皆様《みなさん》、蝦茶《えびちや》のお袴《はかま》を召《め》したお嬢《ぢやう》さんがお三方《さんかた》で、島遊《しまあそ》びにおいでなさいましてね、其《そ》の話《はなし》が出《で》ますと、私《わたし》たちはもう旧《もと》から交際《つきあひ》は為《し》なかつたとおつしやいましてね。抱合《だきあ》つて死《し》ぬなんて何《なん》といふ醜態《しうたい》だらう、学校《がくかう》の名《な》なんか出《だ》されて、ほんたうに友達《ともだち》の外聞《ぐわいぶん》だ、聞《き》くのも厭《いや》と、耳《みゝ》をおさへるやら、目《め》をかくすやら、貴下《あなた》、口《くち》を袖《そで》で塞《ふさ》ぐやら、ほんたうに学問《がくもん》を遊《あそ》ばした方《かた》は豪《えら》うございますよ。それから貴下《あなた》、黙《だま》つて居《ゐ》れば可《よ》うございましたけれども、ついお話《はなし》の序《ついで》に、心中《しんぢう》が此店《こゝ》で休《やす》んで参《まゐ》りました、と申《まを》しますと、えゝ、まあ汚《けがら》はしい、同一家《おなじうち》に休《やす》んだといつて、袖《そで》を払《はら》つたり、裾《すそ》を振《ふ》つたり、鶴亀《つるかめ》々々《く》をして、さつさとお帰《かへ》りなすつたので、私《わたし》も気《き》がつきましたものでございますから、遅蒔《おそまき》ながら心中《しんぢう》の休《やす》んだ床几《しやうぎ》に、塩《しほ》をバラ〳〵とふりましてございます、もう些《ちつ》ともおきづかひはないのでございます。」

「いや、戯談《じようだん》ぢやない。」

と学生《がくせい》は擲《なげう》つ如《ごと》く、ぴたりと杯《さかづき》を俯向《うつむ》けに膳《ぜん》に伏《ふ》せ、

「汚《けが》らはしいも凄《すさまじ》い！　お茶《ちや》ツぴいめら。最《もつと》もな、蝦茶《えびちや》なんか穿《は》いてた日《ひ》にや、身《み》を投《な》げたつて、龍宮《りうぐう》で門《もん》前払《ぜんばらひ》だ。」

と激《はげ》しく声高《こわだか》にいつた……我《われ》ながら、別座《べつざ》の客《きやく》に気《き》がさしたか、学生《がくせい》がフト後《うしろ》を見《み》ると、岩端《いはばた》に立《た》つて、小《こ》形《がた》の双眼鏡《さうがんきやう》を取《と》りながら、玉《たま》を袖《そで》に伏《ふ》せて、すらりと背姿《うしろすがた》で彳《たゝず》むで居《ゐ》た、世《よ》にも麗《あでや》かな高髷《たかまげ》の、頸脚《えりあし》の雪《ゆき》のやうなのが、思《おも》はずもの思《おも》ふ風情《ふぜい》で、振返《ふりかへ》つて、ト顔《かほ》を見合《みあは》せた。

二人《ふたり》の女中《ぢよちう》は、二人《ふたり》して、手《て》に手《て》に、しとやかに林檎《りんご》を剝《む》いて居《ゐ》たが、菓子皿《くわしざら》を挟《さしはさ》んで、向《む》き合《あ》つて、緋《ひ》の毛氈《まうせん》の上《うへ》に正《たゞ》しく座《ざ》したまゝ、斉《ひと》しく莞爾《につこり》した、が、又伏目《またふしめ》になる。

令嬢《れいぢやう》はそれなり双眼鏡《さうがんきやう》を其《そ》の涼《すゞし》い目《め》にあてゝ、山手《やまて》の方《かた》へ向《むき》をかへたが、一度《いちど》辷《すべ》らしたやうに外《はづ》して、やがて片手《かたて》を柱《はしら》にかけた。羅《うすもの》の袖《そで》は優《やさ》しく、時《とき》に件《くだん》の煙《けむり》とゝもに、やさしく晩風《ばんぷう》にそよいだのである。

意気昂然《いきかうぜん》として、

「そんな徒《てあひ》は簀巻《すまき》にして沈《しづ》めたつて活返《いきかへ》るのだから論外《ろんぐわい》だが、可哀相《かはいさう》に、死《し》んだものを、くさしつける奴《やつ》があるか。

善《ぜん》にせよ、悪《あく》にせよ、まあ、聞《き》け。死《し》ぬといふはよくせきだぜ。たとひ、ふしだらにもせよ、又身性《またみじやう》の悪《わる》いものにもせよ、懺悔《ざんげ》に消《き》えるとさへいふものを、活《い》きて居《ゐ》られないと覚悟《かくご》をすりや、罪《つみ》も報《むくい》も其迄《それまで》だ。譬《たと》ひどんなことがあつたにしろ、身《み》を棄《す》てたら許《ゆる》すべきぢやないか。現在《げんざい》、命《いのち》を捧《さゝ》げたものを、其《そ》の情《じやう》を酌《く》まないで、親類《しんるゐ》とやらの奴《やつ》も然《さ》うだ。対手《あひて》の女《むすめ》をこき下《おろ》すのは、男《をとこ》の恥《はぢ》を曝《さら》すんだぜ。死骸《しがい》になつても黒髪《くろかみ》で抱締《だきし》めて居《ゐ》たあはれなものが、引放《ひきはな》されて一人《ひとり》あの路傍《みちばた》へ投埋《なげう》めにされたら、何《ど》んな心持《こゝろもち》がすると思《おも》ふ。

一体《いつたい》き様《さま》たちのいひやうが宜《よろし》くない。女《むすめ》は不身持《ふみもち》だの、死《しん》だ場処《ばしよ》が違《ちが》つてるの、容色《きりやう》がよくないのと散々《さんぐ》に話《はな》すから、聞《き》く奴等《やつら》も鼻《はな》のさきで扱《あつか》ふんだ。

嘘《うそ》でもいゝ、追善菩提《つゐぜんぼだい》のため、飽《あく》まで誉《ほ》めろ、思《おも》ふさま庇《かば》つて話《はな》せ。

場処《ばしよ》も如何《いか》にも、鱗岩《うろこいは》で、然《しか》も月夜《つきよ》だつたといへ。一度《いちど》お顔《かほ》を見上《みあ》げたものは、私《わたくし》どもはじめ、思出《おもひだ》しては泣《な》きますと何故《なぜ》いつてやらない。

塩《しほ》をふつたやうな料簡方《れうけんかた》だから、き様《さま》の此《こ》の店《みせ》も繁昌《はんじやう》しない。一生栄螺《いつしやうさゞえ》を焚《や》いて終《をは》りたくなかつたら、お二方《ふたかた》のお休《やす》み遊《あそ》ばした処《ところ》だといつて、道行茶屋《みちゆきぢやや》といふ看板《かんばん》でも出《だ》して見《み》ろ、あの鱗岩《うろこいは》を築山《つきやま》にして、此《こ》の海《うみ》を庭《には》にする位《くらゐ》、三階建《さんがいだて》に出世《しゆつせ》をすら、馬鹿《ばか》な奴《やつ》だ。

何《ど》うせ、くさしついでだと思《おも》つて、第一《だいいち》女振《をんなぶり》が好《よ》くないなぞといふことがあるものか。先《ま》づ其《そ》の容色《きりやう》から誉《ほ》め立《た》てろ、つひぞ見《み》た事《こと》のないやうな美《うつくし》いお姫様《ひめさま》でございましたと、」

「ほゝほゝゝ。」

女房《にようばう》は余《あま》りのことに大笑《おほわらひ》をして、然《さ》も軽蔑《けいべつ》したやうに、

「はあ、可《よ》うございますから、お静《しづか》に行《い》らつしやいまし。誉《ほ》めませうとも、男《をとこ》の方《はう》は、貴下《あなた》をそツくり、」

と馬鹿《ばか》にする。

学生《がくせい》は、ぢつと見《み》て、

「可《よ》し、そして女《むすめ》の方《はう》は、」

と片膝《かたひざ》立《た》てゝ、屹《きつ》と振向《ふりむ》き、

「彼処《あすこ》においでの、あの御婦人《ごふじん》を其《その》まゝ、」

「貴下《あなた》滅相《めつさう》な、途方《とはう》もない、」

それだからいはぬことか、酔漢《よつぱらひ》と、女房《にようばう》は蒼《あを》くなつて、此《こ》の罰《ばち》に茶店《ちやみせ》が崖《がけ》から落《お》ちるだらうと思《おも》ふばかり蒼《あを》

くなつた。

学生《がくせい》は自若《じじやく》として、しかし白面《はくめん》に酔《ゑひ》ならず、紅《こう》を潮《てう》して、

「失礼《しつれい》……失礼《しつれい》ながら、」

「何《ど》うぞ、あの、私《わたくし》でよろしくば、」と優《やさ》しく微笑《ほゝゑ》んで見《み》かへりながら、呆《あき》れて茫然《ばうぜん》とした腰元《こしもと》に、静《しづか》に、立《た》つたまゝ其《そ》の手《て》なる双眼鏡《さうがんきやう》を渡《わた》したので、一膝出《ひとひざで》て跪《ひざまづ》いて受取《うけと》つた。

其《そ》の時《とき》まで、一双《いつさう》の明眸《めいぼう》に映《えい》じて居《ゐ》た。故道《ふるみち》の彼《か》の煙《けむり》は、自《おのづ》から下伏《したぶせ》になつて、情《なさけ》に平伏《ひれふ》すが如《ごと》くに見《み》えたのである。

# 笈摺草紙

# 一

真先《まつさき》に立《た》つたのは、黒《くろ》と茶《ちや》と鼠《ねずみ》とを、縦《たて》に棒縞《ばうじま》のお召縮緬《めしちりめん》の八尺袖《しやくそで》。藤色《ふぢいろ》の替裏《かはりうら》、此袷《このあはせ》に、藍鼠地《あゐねずみぢ》に桃色《もゝいろ》と紅《あか》で牡丹《ぼたん》を染《そ》めた友染《いうぜん》の長襦袢《ながじゆばん》を重《かさ》ねて、派手《はで》な姿《すがた》。唐獅子《からじし》を白《しろ》で抜《ぬ》いた緋縮緬《ひぢりめん》と繻子《しゆす》を打合《うちあは》せの帯《おび》、鼠《ねずみ》の平《ひら》打《うち》のパチン留《どめ》。髪《かみ》は桃割《もゝわれ》に結《ゆ》つた、年紀《とし》は十六ばかりな綺麗《きれい》なのが、右《みぎ》の手《て》に端《はし》を持《も》つた白地《しろぢ》の手拭《てぬぐひ》に、中指《なかゆび》の尖《さき》を繋《つな》いで、引張合《ひつぱりあ》ひながら後《あと》へ続《つゞ》くのは、二十一二の新姐《しんぞ》で。一楽《いちらく》の袷《あはせ》の裾《すそ》を端折《はしよ》つて、水浅黄《みづあさぎ》の下〆《したじめ》をしやんと結《むす》むで、下長《したなが》く、白《しろ》い脛《はぎ》に緋縮緬《ひぢりめん》の蹴出《けだし》を絡《まと》つて居《ゐ》る。後《うしろ》から結城《ゆふき》の衣服《きもの》に浅黄《あさぎ》の長襦袢《ながじゆばん》を襲《かさ》ねて、博多《はかた》と黒繻子《くろじゆす》を打合《うちあはせ》の帯《おび》。丸髷《まるまげ》の横顔《よこがほ》を見《み》せたのは、二三度《にさんど》素人《しろうと》に成《な》つたといふ風《ふう》、何処《どこ》か世帯染《しよたいじ》みた俤《おもかげ》がある。

右《みぎ》いづれも赤緒《あかを》の雪駄《せつた》、二枚裏《まいうら》で歩《ほ》を悩《なや》み、五月霽《さつきばれ》で日《ひ》のあたる坂《さか》の山路《やまみち》を登《のぼ》つて来《く》る。

「最《も》ちつと急《いそ》いでお歩行《あるき》ツてば、焦《じ》れつたいねえ。」

と前《さき》に立《た》つた一番少《いちばんわか》いのが邪険《じやけん》に手拭《てぬぐひ》を引《ひ》いたので、片端《かたはし》に縋《すが》つて、中《なか》に立《た》つた、首《くび》へ環《わ》にして緩《ゆる》く手拭《てぬぐひ》をかけて居《ゐ》る投島田《なげしまだ》の新姐《しんぞ》は、煙《けむり》の立《た》つてる煙管《きせる》を手《て》にしたまゝ、ぐいと手繰寄《たぐりよ》せられて、思《おも》はず前《まへ》へ出《で》たので、いま吸《すひ》つけようとして雁首《がんくび》を押着《おつゝ》けてた殿《しんがり》の老妓《としま》は、不意《ふい》に火皿《ひざら》を引手繰《ひつたく》られたから、気抜《きぬ》けのした状《かたち》、姉《あね》さん被《かぶり》の口許《くちもと》に吸口《すひくち》をあてがつたまゝで立停《たちど》まつて、

「あら、」と云《い》つたが黙《だま》つて見《み》て居《ゐ》る。

「乱暴《らんばう》ぢやあないか、酷《ひど》いよ。」と、新姐《しんぞ》はなぐれた身体《からだ》を坂道《さかみち》で蹈据《ふみす》ゑた時《とき》、腹立《はらだ》たしげに云《い》つた。少《わか》いのは済《す》ましたもので、

「だつてさ、焦《じ》れつたくツて仕様《しやう》が無《な》いんだもの。」

「何《なん》が焦《じ》れつたいんだよ。せツせツ云《い》つてながら、何《なん》だね、お前《まへ》、そんなに急《いそ》がなくツたつて可《い》いぢやあないか。」

慳貪《けんどん》にたしなめると、少《わか》いのは笑《わら》ひながら、

「だつて……」とうつむいて其手拭《そのてぬぐひ》のさきを捻《ひね》る。

「だつて何《ど》うしたのさ。」

「喜《き》いちやんはね、そら何《なん》なんだわ、お前《まへ》。」と老妓《らうぎ》は考《かんが》へついたやうに、口《くち》から其拍子抜《そのひやうしぬけ》の煙管《きせる》を放《はな》して、これを乳《ちゝ》のあたりへ構《かま》へたとき云《い》つた。

「早《はや》く行《い》つて、また旦那《だんな》に負《お》ぶさらうと云《い》ふんだアね。」

「あゝ左様《さう》……」と何《なに》か合点《のみこ》んだ顔色《かほつき》で、老妓《らうぎ》と目配《めくばせ》した目《め》を振向《ふりむ》けて、少《わか》いのゝ顔《かほ》を見《み》る。

「だけど、今《いま》ぢやあ何《ど》うだか不知《しら》、ねえ喜《き》いちやん。」

「何《なに》が、え、姉《ねえ》さん。」

「何《なに》がツて、お前《まへ》、蓑岡《みのをか》の若旦那《わかだんな》はお亡《なく》なり遊《あそ》ばしたからさ。」

「は、だからお墓詣《はかまゐり》をするんぢやありませんか。」

「其《それ》だからの事《こと》だね、お前何時《まへいつ》でも甘《あま》え散《ち》らして、初中《しよつちう》あの若旦那《わかだんな》に負《おぶ》つて貰《もら》つたらう。」

「喜《き》いちやん、惚《ほ》れてたんだわ。」と背後《うしろ》から声《こゑ》を懸《か》けると、又中《またなか》のが引取《ひきと》り、

「だもんだから、又今日《またけふ》も負《おぶ》つて貰《もら》はうと思《おも》つて、それで那様《そんな》にさつさと急《いそ》ぐんだらう。だけれど、何《ど》うだ

かねえ、亡《な》くなつた方《かた》のこツたから。もし負《おぶ》つて頂《いたゞ》かれないと、誠《まこと》にお気《き》の毒様《どくさまみ》見たやうなわけのもんだから
ねえ。」

「それで、あの、一寸相談《ちよつとさうだん》をかけて見《み》たのよ。」

「喜《き》いちやん、何《ど》うだい、ほら、こんな風《ふう》に、」と背後《うしろ》から負《お》はれかゝると、真顔《まがほ》で眼《め》を瞠《みは》つて聞《き》いて居《ゐ》たのが、身《み》もだえしてふりもぎつた。

「嫌《いや》だ、私《わたし》。」

二

「でもさ、信《しん》が籠《こも》ると恐《おそろ》しいもんだからね、また思召《おぼしめし》に合《かな》つて、幽霊《いうれい》に成《な》つて出《で》てお見《み》えなさらないとも限《かぎ》らないから、」

「そんなに気落《きおち》する事《こと》は無《な》いよ、喜《き》いちやん、」と中《なか》のは背《うしろ》から負《お》はれ懸《かゝ》つたまゝで居《ゐ》た。

「嫌《いや》なこツた。」

「あれ、急《きふ》に薄情《はくじやう》に成《な》つたぢやないか、あんなに可愛《かはい》がつて下《くだ》すつたものを。お前《まへ》、お亡《なく》なんなすつたつて、そんな嫌《いや》なこツたなんて言《い》はうもんなら、それこそ真個《ほんたう》にお怨《うら》みなさらうも知《し》れないよ。」

「だつて昼間《ひるま》ぢやありませんか。」と、少《わか》いのは言消《いひけ》さうとする、あとの老妓《らうぎ》は、ずつと寄《よ》つて、

「でも山《やま》ン中《なか》だし、御覧《ごらん》な、谷《たに》も、崖《がけ》も、峯《みね》ン処《ところ》も、青葉《あをば》や、草《くさ》で、一面《いちめん》に蒼青《まつさを》だ。赤《あか》いものはお前《まへ》たちの襦袢位《じゆばんぐらゐ》なもんぢやあないか。よならね時分《じぶん》だから、人《ひと》ツ子《こ》一人居《ひとりゐ》ようではなし。」

ずつと奥山《おくやま》になれば、又丁々《またちやうく》たる伐木《ばつぼく》の音《おと》も聞《きこ》えよう。市《まち》から十町《ちやう》とは隔《へだ》たらない、郡《こほり》の境《さかひ》の一座《いちざ》の岳《をか》で、蓑岡山《みのをかやま》といふのである。持主《もちぬし》であつた蓑岡《みのをか》といふのが、此《こゝ》を開拓《ひら》いて、我《わ》が名《な》の附《つ》いた都《みやこ》にしようと、此処《ここ》の

谷間《たにあひ》、彼処《かしこ》の峯《みね》へ、堂《だう》を建《た》てる、寺《てら》を拵《こしら》へる、思切《おもひき》つて小《ち》さな芝居小屋《しばゐごや》も築《きづ》いて見《み》るで、家《いへ》も出来《でき》たし、茶店《ちやみせ》も出《で》た。地《ぢ》ならしだ、棟上《むねあげ》だ、建立《こんりふ》だと、三個所《かしよ》の廓《くるわ》を狩催《かりもよほ》し、藝妓《げいしや》を勝《すぐ》つて、水《みづ》いろ縮緬《ちりめん》の襷《たすき》に、緋縮緬《ひぢりめん》の長襦袢《ながじゆばん》で、一昨年《いつさくねん》の青葉《あをば》の頃《ころ》は、毎日玉《まいにちぎよく》をつけて練出《ねりだ》させた。これが花《はな》で、押懸《おしか》ける見物人《けんぶつにん》が、田楽《でんがく》を焼《や》いて騒《さわ》いだが、彼《かれ》が故人《こじん》になつた後《のち》は、人口《じんこう》の少《すくな》い、殊《こと》に一年《ねん》の内《うち》四分《ぶん》の二以上《いじやう》までは、雨《あめ》と雪《ゆき》と霰《あられ》と、曇天《どんてん》とで持切《もちき》つてる地方《ちはう》であるから、此山《このやま》は開《ひら》けなかつた。で結果《けつくわ》は其《その》すべての建物《たてもの》のあつたあとが、三年《ねん》と立《た》たぬ内《うち》、悉《こと〴〵》く扇《あふぎ》ケ原《はら》だの、題目堂《だいもくだう》だの、餅投松《もちなげまつ》だの、襷《たすき》ケ岳《をか》だのといふ急拵《きふこしら》へな称《となへ》ながら、ものゝあはれな古跡《こせき》になつて、他《ほか》につかひ道《みち》はないのであるから、いま女達《をんなたち》が蹈《ふ》むで居《ゐ》る土《つち》の中《なか》には、去年《きよねん》の秋土葬《あきどさう》にした蓑岡《みのをか》の主人《しゆじん》で、山下《やました》の寮《れう》の若旦那《わかだんな》といつた美男子《びだんし》の、生々《なま〴〵》しい死骸《しがい》が、生前一時《せいぜんひとしきり》豪遊《がういう》を極《きは》めて、其驕者《そのけうしや》の一《いつ》の手段《しゆだん》であつた、此蓑岡山《このみのをかやま》の頂《いたゞき》の下《した》に横《よこた》はつて居《ゐ》る。

　麓《ふもと》は西北《せいほく》に展《ひら》けて、裾広《すそひろ》がりに、左右《さいう》へ果《はてし》のない、六十万石《まんごく》の田《た》の浅翠《あさみどり》。又海《またうみ》が渺《べう》として片帆《かたほ》が見《み》える。空《そら》も拭《ぬぐ》つたやうではあるが、其年諸国《そのとししよこく》に天変《てんぺん》と地異《ちい》とがあり、豫言《よげん》が盛《さかん》に行《おこな》はれて、槍《やり》が降《ふ》るわ、風《かぜ》が吹《ふ》く、海嘯《つなみ》が寄《よ》せると恐《おそ》れて居《ゐ》た。其五月雨《そのさみだれ》の頃《ころ》なので、樹立一《こだちひと》つで目《め》の届《とゞ》かぬ、葉隠《はがく》れの空《そら》、峯《みね》の裏《うら》、何処《どこ》に、紫《むらさき》か、朱《しゆ》か、緑青《ろくしやう》か、人《ひと》を奪《うば》つて去《さ》るやうな恐《おそろ》しいものゝ色《いろ》が潜《ひそ》むで居《ゐ》るかも解《わか》らない。眼《め》に映《えい》ずるものは、此時彼等《このときかれら》の目《め》に唯青葉《たゞあをば》、若葉《わかば》、緑《みどり》の草《くさ》で、風《かぜ》もない、森《しん》とした、此単調《このたんてう》な蒼《あを》いのが、あまり日《ひ》が明《あかる》いから暗《くら》いやうである。

　山《やま》が浅《あさ》い、東南《とうなん》が市《まち》に面《めん》して居《ゐ》て、麓《ふもと》の横町《よこちやう》の周囲《しうゐ》には、豆腐屋《とうふや》が通《とほ》つて居《ゐ》る。八百屋《やほや》が荷《に》を下《おろ》して居《ゐ》る。トある二階窓《にかいまど》が開《あ》いて居《ゐ》る。小児《こども》が川縁《かはべり》で摘草《つみくさ》をして居《ゐ》る。町中《まちなか》に挟《はさま》つた花街《くるわ》には、三味線弾《さみせんひ》いて唄《うた》つても居《ゐ》れば、現《げん》に三人《さんにん》のうはさをして居《ゐ》る朋輩《ほうばい》もあるのだけれども、三人《さんにん》は淋《さび》しくなつて、しばらくの間皆黙《あひだみなだま》つたのである。

「だもの、昼《ひる》だつて、」

老妓《らうぎ》はあたりを見《み》ながら云《い》つた。此時《このとき》は実際《じつさい》少《わか》いのを遊《あそ》ばうための串戯《じやうだん》ばかりでは無《な》かつたらしい。

「出《で》ないとは限《かぎ》らないわ、何《なん》だか出《で》さうだ。」と仕方《しかた》なく断念《あきら》めたやうなものいひ。此《こ》の新姐《しんぞ》が手《て》の煙管《きせる》からは、煙《けむり》が立《た》つて、脈々《みやく〳〵》と山懐《やまふところ》の草《くさ》の中《なか》にやゝ動《うご》いてた。

## 三

「皆《みんな》がをかしく成《な》つたぢやあないか、喜《き》いちやん、お歩《ある》きな、何《ど》うした。」老妓《らうぎ》は開《ひら》いて立直《たちなほ》つた。

おつかなびツくりで、少《わか》いのは進《す》ゝみさうにもしないので、

「さあ、喜《き》いちやん、」と背《せな》から離《はな》れて、新姐《しんぞ》もまた急《いそ》がし立《た》てる。

「仕《し》やうがないぢやあないか。世話《せわ》がかゝるツたらない。先刻《さつき》や、せツせツてせツつくし、何《ど》うしたのさ。」

「だつて、恐《こは》いもの、姉《ねえ》さん、いろんなことを言《い》つて。」と声《こゑ》も穏《おだやか》でない。

「さあ〳〵お行《で》なさらないか、立《た》つてなすつちやあ不可《いけ》ませんぜ。あい、馬《うま》だ。一条路《ひとすぢみち》でござい、先《せん》さまからお早《はや》く。」と路《みち》をせき留《と》められて立淀《たちよど》む。これは一足後《ひとあしおく》れに同伴《とも》をして来《き》た、壮《わか》い者《し》で、半纏《はんてん》、股引《もゝひき》、白足《しろた》袋《び》の雪駄穿《せつたばき》で威勢《ゐせい》の可《い》いのが、供養《くやう》の塔婆《たふば》を一本《ぽん》、山路《やまみち》と平行《へいかう》の、うしろさがりに長《なが》くかついで居《ゐ》て、

「え、もし、お前様方《まへさんがた》ア何《なに》をこだはつて居《ゐ》なさるんだ。急《いそ》いで行《い》つてお上《あげ》なさい。寮《れう》の若旦那《わかだんな》お待兼《まちかね》でさ。」

老妓《らうぎ》は慌《あわたゞ》しく一寸銀煙管《ちよいとぎんぎせる》でおさへ、

「叱《しつ》。源《げん》どん、お前《まへ》なほ不可《いけ》なくしちまつたぢやあないか。お待兼《まちかね》だなんていふから、其《それ》で皆《みんな》が窘《すく》むでるんだよ。」

「何《なん》だつてね。」

「いゝえ、幽霊《いうれい》が出《で》やしないだらうかツて相談《さうだん》をして居《ゐ》たの。」と新姐《しんぞ》は言《い》つた。

「はゝはゝ、景気《けいき》の可《い》いことを言《い》つて居《ゐ》なさらあ。死《し》んだ人《ひと》が幽霊《いうれい》になつて出《で》てくれりや世話《せわ》あねえ、真個《まつたく》でさ、旦那《だんな》が幽霊《いうれい》にでもなつてあらはれて下《くだ》すつて、おい、源《げん》やといふ声《こゑ》が懸《かゝ》りや、此方《こちら》アいゝ目《め》が出《で》るんです。盆《ぼん》の心配《しんぱい》なんざ為《し》ないんだけれど、あゝ仕方《しかた》がないや。無駄《むだ》は止《よ》して急《いそ》ぎませうぜ。お前様方《まへさんがた》の歩行《あるく》んぢやあ、いくら日《ひ》が永《なが》えたつて追着《おつつ》きません、此頃《このごろ》のお天気《てんき》だ。」

と若《わか》い者《し》は、眼《め》をくる〳〵とやつて、空《そら》を見《み》て、

「曇《くも》ると雨《あめ》だ。さあ、あよびなさい、どれ草分《くさわ》けをしようかね。」と塔婆《たふば》をかついだ肩《かた》を入《い》れかへ、路傍《みちばた》の叢《くさむら》を蹈《ふ》みながら、並《なら》むだ二人《ふたり》の横手《よこて》を擦《す》り抜《ぬ》けてツト前《まへ》へ出《で》る。これに誘《さそ》はれて歩《ある》き出《だ》したが、皆滅入《みんなめい》つた顔色《かほつき》、むだも言《い》はないで神妙《しんめう》に後《あと》からついて登《のぼ》つた。

此《こ》の坂《さか》三町《ちやう》とは行《ゆ》くまでもない、松《まつ》の葉《は》の落溜《おちたま》る処《ところ》、やゝ坦《ひらた》くなる坂《さか》の上《あが》り口《くち》、これから次第高《しだいたか》な広場《ひろば》で、例《たと》へば原《はら》を斜《なゝ》めしたやうな墓地《はかぢ》にならうといふ、其取着《そのとりつき》に、一軒《けん》、山番《やまばん》の小屋《こや》がある。

掘立《ほつだて》の四《し》本柱《ほんばしら》で、仮屋《かりや》のやうに拵《こしら》へた、去年《きよねん》の雪垣《ゆきがき》はまだ取《と》りはづさない、其儘《そのまゝ》で、雨風《あめかぜ》に曝《さら》された板戸《いたど》の、隙間《すきま》だらけなのが四枚《よまい》。危《あやふ》く倒《たふ》れさうになつて立《た》つて居《ゐ》る。これが小家《こや》の正面《しやうめん》で、向《むかう》の峯《みね》から、まおもての日向《ひなた》で、挘《むし》つた紫雲英《れんげ》を一面《いちめん》に二坪《ふたつぼ》ばかり透間《すきま》もなく乾《ほ》してある。

件《くだん》の墓参詣《はかまゐり》四人《よつたり》の一行《いつかう》は、若《わか》い者《し》がさきに立《た》つて、此処《こゝ》まで来《く》ると、珍《めづ》らしい、茎《くき》がなえて白《しろ》くなつた、此《この》花《はな》の色《いろ》の、干《ひ》からびながら赤《あか》いのを見《み》たが、恰《ちやう》ど淡雪《あはゆき》で埋《うづ》むだやう、戸口《とぐち》に行《ゆ》かうとする路《みち》も無《な》かつた。見《み》ると人《ひと》の居《ゐ》る気勢《けはひ》もしないで、板戸《いたど》を透《す》かす節穴《ふしあな》の裏《うら》は皆暗《みなくら》い。

「え、誰《たれ》も居《ゐ》ねえのか、こゝで鍬《くは》も借《か》りようし、」

「お花《はな》も買《か》はうと思《おも》つたのに、」

「はてな、何処《どこ》へ行《い》つたらう。」と四人立乱《よにんたちみだ》れて彳《たゝず》むで、姿《すがた》を入違《いれちが》ひに、あとさきを見《み》ますと、小高《こだか》い見晴《みはらし》の丘《をか》の裾《すそ》で、時《とき》ならぬ人影《ひとかげ》を認《みと》めたが、小松原《こまつばら》の中《なか》へぬつと立《たち》あらはれた親仁《おやぢ》があつて、のさ〳〵と上《うへ》から下《お》りて来《く》る。

# 四

「親仁《とつあん》、おゝい、親仁《とつさん》や、」と若《わか》い者《し》は広々《ひろ〴〵》とある山《やま》の中《なか》へ、張上《はりあ》げた声《こゑ》を懸《か》ける。聞《きこ》えたでもなし、聞《きこ》えぬ？でも無《な》い、親仁《おやぢ》が少《すこ》し前屈《まへかゞ》みになつた、脊《せ》の倭《ひく》い形《かたち》は、段々《だん〳〵》に近《ちか》づいた。

草色《くさいろ》のどんつく布子《ぬのこ》に、同一《おなじ》色《いろ》の継《つぎ》はぎの半股引《はんもゝひき》、捩《よ》れ〳〵になつた小倉《こくら》の固《かた》い帯《おび》を克明《こくめい》に尻《しり》の突《と》さきに結《むす》むだのに、たばねた藁《わら》を一束《ひとたば》、木剪刀《きばさみ》を挟《はさ》み添《そ》へて、小《ちひ》さな斧《をの》をいかつげに横《よこた》へた、手《て》には竹箒《たけばうき》を持《も》つて居《ゐ》る、何《なに》か、植木屋《うゑきや》と、木樵《きこり》と、馬方《うまかた》を一人《ひとり》で帯《おび》にしたやうな身《み》ごしらへ。眼《め》のふちが赤《あか》くたゞれて居《ゐ》るので、日向《ひなた》が眩《まばゆ》いのを、眉毛《まゆげ》が光線《くわうせん》を遮《さへぎ》る蔭《かげ》から、細《ほそ》くしば〳〵瞬《またゝ》いて、間近《まぢか》になると、立停《たちど》まつて、瞼《まぶた》で嘗《な》めるやうに一個《ひとり》一《〳〵》人瞻《みまも》つた。

「えゝ、ござりませ。」

「むゝ、親仁《とつあん》、久潤《しばらく》だ。」

「はい、あり難《がた》いことに晴《は》れました。これは姉様達《あねさまたち》ようこそ。」

「旦那《だんな》のお墓詣《はかまゐり》に来《き》たんだよ。お爺《ぢい》さん達者《たつしや》で結構《けつこう》だね。」

「はい〳〵、」と云《い》つて、言《い》はれた言《こと》をのみこむだ頷《うなづき》をする。

「一寸休《ちよつとやす》まして貰《もら》はうねえ、」

「私《わたし》、水《みづ》が飲《の》みたいの、」

「種々《いろん》なことを言《い》ふよ。」

「生憎茶《あいにくちや》はございませぬが、水《みづ》ならば今朝《けさ》汲込《くみこ》みました、沢山《たんと》まゐりませ、」と跣足《はだし》であつたかさうに、紅《あか》い草《くさ》の堆《うづたか》いのを柔《やはら》かく蹈《ふみ》しだき、片手《かたて》に箒《はうき》をついたまゝ、皺《しわ》びた赤黒《あかぐろ》い、掌《たなぞこ》の生白《なまじろ》い、大《おほ》きな固《かた》い手《て》を戸《と》の合目《あはせめ》に掛《か》けた、親仁《おやぢ》は中腰《ちうごし》に成《な》つて力《ちから》を入《い》れると、板戸《いたど》はかた〱と鳴《な》つたが、外《は》づれて、音《おと》もしないで、生乾《なまび》の草《くさ》の上《うへ》へ沈《しづ》むだやうに黙《だま》つて倒《たふ》れた。

「おい、」と懸声《かけごゑ》をして、親仁《おやぢ》はゆつたりと踞《しやが》み、板戸《いたど》をわきへ掻遣《かいや》りながら、箒《はうき》を持《も》つてるのに係《かゝ》はらず、手《て》で草《くさ》を押分《おしわ》けて、

「さあ〱、」

「御免《ごめん》よ、」と若《わか》い者《し》は一足《ひとあし》ひよいと飛《と》んで、廂《ひさし》へ彼《か》の塔婆《たふば》を立懸《たてか》ける。

板戸《いたど》の内《うち》は横《よこ》に長《なが》い平土間《ひらどま》で、たゝきぱなしの高低《たかひく》が多《おほ》い。樒《しきみ》を突込《つゝこ》むで二《ふた》ツ、薄暗《うすぐら》い処《ところ》にならべた花桶《はなをけ》も、両方《りやうはう》へ傾《かし》いで居《ゐ》る。向《むか》う一面《いつぱい》の框《かまち》、片端《かたはし》を四角《しかく》に取《と》つて、四畳《よでふ》ばかり、其《それ》へ筵《むしろ》を敷《し》いてあるが、筵《むしろ》から芽《め》をふきさう、誰《だれ》もお客《きやく》になつて坐《すわ》るものはないのであらう。框《かまち》の端《はし》は板縁《いたえん》の様《やう》になつて居《ゐ》る、こゝへ一列《いちれつ》にならんで皆長襦袢《みんなながじゆばん》を閃《ひら》めかし、白《しろ》い足《あし》を蹈揃《ふみそろ》へて、赤《あか》い緒《を》の雪駄《せつた》を六《む》つならべて、腰《こし》を懸《か》けた。

「煙草《たばこ》の火《ひ》でも進《しん》ぜましよ。どれ〱。」と親仁《おやぢ》は身《み》を起《おこ》して入《はひ》つて来《き》て、片隅《かたすみ》に据《す》ゑてある黒燻《くろすぶ》りの土竈《どべつゝひ》の下《した》を覗《のぞ》く。

若《わか》い者《し》は塵《ちり》を払《はら》ひながら笑《わら》ひ出《だ》して、

「何時《いつ》焚《た》いた火《ひ》だ、親仁《とつ》あん、朝《あさ》の御飯《ごはん》を拵《こせ》えたおきが正午《ひる》過《すぎ》まであるものか。」

親仁《おやぢ》は竈《へつゝひ》へ天窓《あたま》から入《はひ》つて居《ゐ》る。チト籠《こも》つた声《こゑ》で、

「はあ、さうだつけか、御意《ぎよい》ぢや。」

「はゝゝは、さうだつたてえ奴《やつ》もないもんだ、其《それ》ともありますかい。」

「見当《みあた》らねえさ。」

「何《ど》うだ、此様子《このやうす》ぢやあ、汲立《くみたて》の水《みづ》が湧《わ》いてさうだ。喜《き》いちやん、冷《さ》めない内《うち》にあがんなさい。」

「嫌《いや》だ、私《わたし》、ぼうふらが居《ゐ》さうだわ。」とうすツ気味《きみ》の悪《わる》い目《め》をつける。煤《すゝ》だらけの天井裏《てんじやううら》の蜘蛛《くも》の囲《ゐ》を白《しろ》く見《み》せる光線《あかり》がさして、ほこりで蓋《ふた》の白《しろ》い釜《かま》をかけた其土竈《そのどべつゝひ》にならべて、手桶《てをけ》が一個《ひとつ》、流《ながし》はないから、直《すぐ》こゝで煮焚《にたき》をするので、土間《どま》のじく〳〵と濡《ぬ》れた処《ところ》に置《お》いてある。少《わか》いのはぢつと見《み》て、

「ねえ、姉《ねえ》さん。」

「今《いま》に蚊《か》になるから御覧《ごらん》なさい、」と、新姐《しんぞ》は手《て》に持《も》つた銀煙管《ぎんぎせる》を前髪《まへがみ》の上《うへ》へ投《な》げて、くるりと廻《まは》る処《ところ》を宙《ちう》で受《う》けた。

「あい、来《き》た、よい〳〵。」

## 五

「人《ひと》の気《き》も知《し》らないで憎《にく》らしいねえ、咽喉《のど》が渇《かわ》いて〳〵、仕《し》やうがないんだもの。」

「私《わたし》も飲《の》みたくツて〳〵、」といま煙管《きせる》の小手《こて》しらべを御覧《ごらん》に入《い》れたのが、脣《くちびる》をゆがめて胸《むね》を叩《たゝ》く。

「そら、御覧《ごらん》なさいな。姉《ねえ》さんも飲《の》みたいんでせう。」

「あゝ、だけども、今朝御飯《けさごはん》を焚《た》いたおきを探《さが》すんぢやあ仕《し》やうがない、此方《こつち》アぼうふらが居《ゐ》たつて可《い》いんだけれど、水《みづ》で煙草《たばこ》はのめないしねえ。」

「何《なに》を言《い》つてるのさ、つまらない。」と老妓《らうぎ》は二人《ふたり》を制《せい》して、

「火打石《ひうちいし》でも借《か》りようぢやないか。」

「そんだら早《は》やお易《やす》い御用《ごよう》だ。」

親仁《おやぢ》は蘇生《よみがへ》つた心持《こゝろもち》になつて、漸《やうや》く竈《へつゝひ》の中《なか》から天窓《あたま》を出《だ》し得《え》た。すぐ釜《かま》の蓋《ふた》にのせてあつた、石《いし》、火打釜《ひうちがま》、ほくちなんど、大方《おほかた》かうして置《お》くと湿《しめ》らないからであらう。三《み》つ道具《だうぐ》を左右《さいう》の手《て》に取《と》つて、

「待《ま》たつしやい、打《う》つて進《しん》ぜます。」

こつりとやる。眼《め》がたゞれてる上《うへ》に細《ほそ》いので、カチリと打《うち》はづしちやあ、焦《じ》れもしないで、またカツチリ。果《はて》しがないので、若《わか》い者《し》は焦込《じれこ》むで、

「私《わつし》が打《う》ちやす、」と引奪《ひつたく》るやうに道具《だうぐ》を取《と》つた。

折角箒《せつかくはうき》まで下《した》に置《お》いて打《う》ちかけた、かゝる好意《かうい》を無《む》にされた親仁《おやぢ》は、手持無沙汰《てもちぶさた》になり、眼《め》をしばたゝいて、空《むな》しく指《ゆび》の先《さき》を眺《なが》めて居《ゐ》たが、

「どれ、水《みづ》を汲《く》みかへて来《き》て進《しん》ぜよう。むかひの題目堂《だいもくだう》の清水《しみづ》は甘露《かんろ》ぢやぞい。釣鐘《つりがね》はあるけれどお住持《ぢうぢ》はござらねえ。空寺《あきでら》だもんで、毎朝《まいあさ》、日朝様《につてうさま》へ俺《おらあ》お初穂《はつほ》を汲《く》むであげる。其代《そんだい》清水《しみづ》は俺許《おらとこ》のも同《おな》じことぢや。へゝゝゝ、中《なか》に釣鐘《つりがね》の影法師《かげぼふし》が映《うつ》る山《やま》の井《ゐ》ぢや。まあ、飲《の》んで見《み》ツさりませ。」

と釣鐘《つりがね》の大《おほい》さは、身《み》を反《そ》らして胸《むね》へ抱《かゝ》へる位《くらゐ》にして見《み》せて、威張《ゐば》つて手桶《てをけ》を引《ひつ》さげた、親仁《おやぢ》は、腰《こし》を屈《かゞ》めて足《あし》に力《ちから》を入《い》れて、独言《ひとりごと》を云《い》ひながら、てく〳〵と土間《どま》から出《で》て行《ゆ》く。

「こんな処《ところ》に一人住《ひとりずみ》をしてる人《ひと》だ。何処《どこ》か変《かは》つてらな、」と若《わか》い者《し》は指《ゆび》のさきの火奴《ほくち》を吹《ふ》いて、フツ〳〵と息《いき》をかけながら摘《つま》むで出《だ》した。

「はゞかり、」と云《い》つて吸《す》ひつけた老妓《らうぎ》は、一息《ひといき》のどかに吹《ふ》いて、

「むかしから気《き》の可《い》い爺《ぢい》さんさ。寮《れう》の若旦那《わかだんな》が家《とこ》に御先代《ごせんだい》の親御《おやご》から奉公《つと》めた人《ひと》だつて、もう七十余《あまり》だらうねえ。かうやつてお墓守《はかもり》までして居《ゐ》りや、大概《たいがい》な者《もの》ぢやあないやね。ねえ、忠義《ちうぎ》ぢやありませんか、まつたく

だ。悪《わる》く気《き》の利《き》いたものにや出来《でき》ない事《こと》だ。」

「はい〳〵畏《かしこま》りました。」と新姐《しんぞ》は莞爾《にっこり》する。

「馬鹿《ばか》におしでない。お前《まへ》けふは御命日《ごめいにち》だよ。ちと神妙《しんめう》に致《いた》すが可《よ》からう。」

と煙管《きせる》をポンと落《おと》して老妓《らうぎ》は両膝《りやうひざ》に手《て》をついたが、思《おも》ひ出《だ》したやうに、

「あゝ、ほんとに串戯《じやうだん》いつてるんぢやあなかつた。喜《き》いちやん、お前水《まへみづ》を呑《の》むんなら、増《ます》さんとあとからおいで、私《わたし》ア一足《ひとあし》さきへ行《い》つて、お座《ざ》つきでも済《す》まして置《お》くから。」

斯《か》ういつて帯《おび》を探《さぐ》り、四《よつ》に畳《たゝ》んだ白紙《しろかみ》の間《あひだ》から小《ち》さな珠数《じゆず》を出《だ》して、チョイと頂《いたゞ》いて手《て》に取《と》つて、老妓《らうぎ》は立《た》たむとして戸外《おもて》へ向直《むきなほ》ると、戸《と》の外《そと》へ来《き》て、彳《たゝず》むだものがある。

光《ひかり》の射《さ》す山《やま》の翠《みどり》の中《なか》に、こゝに敷《し》いた紫雲英《れんげ》に踵《かゝと》を入《い》れて、恰《ちやう》ど此時《このとき》来《き》て、いま此方《こなた》を見《み》て立停《たちど》まつた、同時《どうじ》に、のツそりした、足《あし》の運《はこ》び、たけの高《たか》い身体《からだ》を大跨《おほまた》にづか〳〵と来《き》て、其背後《そのうしろ》に成《な》つて斉《ひと》しく立停《たちど》まつたのは、風《ふう》のかはつた、見馴《みな》れない漢《をとこ》の、年紀《とし》は三十二三と見《み》えた。

## 六

色《いろ》の黒《くろ》い、額《ひたひ》の抜《ぬ》けあがつた、頰骨《ほゝぼね》の出《で》た、いかめしいのが、裄《ゆき》も丈《たけ》も短《みじか》い衣服《きもの》から、二《に》の腕《うで》、脛《すね》のあたり、文身《ほりもの》をしたのが露出《あらは》れて居《ゐ》るから、此方《こなた》の女《をんな》どもは皆眼《みなめ》を睜《みは》つた。

漢《をとこ》は背《うしろ》を見《み》て揉手《もみで》をして、

「お嬢様《ぢやうさま》、お休《やすみ》になりますか。」

嬢様《ぢやうさま》と言《い》はれたのは、無言《むごん》で頷《うなづ》くと見《み》え、菅《すげ》の小笠《をがさ》が前《まへ》に俯向《うつむ》いた。其足《そのあし》を、後《うしろ》に引《ひ》いて、身《み》を退《すさ》らし、斜《ないめ》に心《こゝろ》ばかり仰向《あをむ》く形《かたち》で、浅黄《あさぎ》の手甲《てかふ》を白《しろ》い紐《ひも》で手首《てくび》に結《むす》むだのを上《あ》げる、と二《に》の腕《うで》が雪《ゆき》のやう。翳《かざ》して笠《かさ》の縁《ふち》

を取《と》つて透《す》かしながら、いま若《わか》い者《し》が庇《ひさし》へ立懸《たてか》けて置《お》いた、新《あた》らしい、墨色《すみいろ》のまだ濡《ぬ》れても居《ゐ》さうな追善《つゐぜん》の塔婆《たふば》を見《み》た。表《おもて》に、丶丶丶丶丶丶信士《しんし》と書《か》いてある。

キツと見《み》たが、眦《まなじり》を返《かへ》して、笠《かさ》の中《なか》から、清《すゞし》い、流《なが》るゝ如《ごと》き黒目《くろめ》勝《がち》な瞳《ひとみ》を寄《よ》せて、框《かまち》に並《なら》んで、不審《いぶかし》げに此方《こなた》を瞻《みまも》る妓《ぎ》たちを、ぢつと見《み》て、静《しづ》かに同伴《つれ》の漢《をとこ》を振返《ふりかへ》る。

「え、御《ご》一服《いつぷく》、それが可《よ》うござります。」

と入交《いりかは》つて前《さき》に立《た》ち、つか〳〵と戸口《とぐち》に臨《のぞ》むだが、四辺《あたり》を見廻《みま》はして猶豫《ためら》つて居《ゐ》る。恁《か》ういふ時《とき》は、何者《だれ》か見《み》て取《と》つて、お掛《か》けなさい、入《い》らつしやいましを言《い》はねばならぬ。

親仁《おやぢ》は空寺《あきでら》の山《やま》の井《ゐ》を汲《く》みに行《い》つて居《ゐ》ないのに、居合《ゐあ》はせたほどの者《もの》は、留守《るす》といふでもなく、いづれも勝《かつ》手《て》の知《し》れぬのであるから、唯《たゞ》きよろ〳〵するばかり。

取着《とつつき》が悪《わる》いので、入《はひ》り兼《か》ねたものらしい。

皆《みんな》が黙《だま》つて、思《おも》ひ〳〵に、只管《ひたすら》顔《かほ》と顔《かほ》を瞻《みまも》つて、遣場《やりば》に困《こま》つた眼《め》の行《ゆ》く処《ところ》、小松原《こまつばら》の中《なか》を、手桶《てをけ》を提《さ》げて、親仁《おやぢ》はのそ〳〵と帰《かへ》つて来《き》た。

「えゝそら、汲《く》むで参《まゐ》りました。」

言《い》ひかけて、件《くだん》の嘗廻《なめまは》すやうな細《ほそ》い眼色《めつき》で、少時《わづか》の間《ま》行《い》つて来《き》た、少時《わづか》の間《ま》に、天《てん》から降《ふ》つたか、湧《わ》いたのか、珍《めづ》らしい人《ひと》が新《あた》らしく来《き》て、自分《じぶん》を待《ま》つて居《ゐ》たやうに感《かん》じらるゝのを思《おも》ひかけず見《み》たのである。

法華《ほつけ》で、下総《しもふさ》から出《で》る中山派《なかやまは》の巡礼《じゆんれい》は、団扇太鼓《うちはたいこ》と小撥《こばち》とを持《も》つて居《ゐ》るが、此千個寺《このせんがじ》詣《まゐり》の手《て》は、空《むな》しく無意《むい》識《しき》に垂《た》れて居《ゐ》た。扮装《いでたち》は同一《おんなじ》で、脚絆《きやはん》、手甲《てかふ》、草鞋《わらぢ》、足袋《たび》穿《ばき》。婦人《をんな》と見《み》え、爪《つま》さきが反《そ》つて、踵《かゝと》の可愛《かはい》い、すらつとした立姿《たちすがた》で、給《あはせ》の下《した》の乳《ち》のあたりを鎧《よろ》つて、白《しろ》の頭陀袋《づだぶくろ》を懸《か》けて居《ゐ》る。背《せな》には笈《おひ》、真中《まんなか》に打《う》つた剣形《けんがた》の御符《ごふ》の札《ふだ》は、頸《うなじ》あたりに真《まつ》すぐに、しやんと立《た》つて凛々《りゝ》しかつた。

天窓《あたま》のさきから爪尖《つまさき》まで、親仁《おやぢ》はつく〴〵と視《なが》めながら、うつとりとしたやうであつたが、落《おと》すが如《ごと》く、其《その》手《て》桶《をけ》を下《おろ》すと、身近《みぢか》に寄《よ》つて、紅《あか》い花《はな》の上《うへ》へ、股引《もゝひき》の足《あし》を折《を》つて、片手《かたて》を地《つち》について一膝《ひとひざ》ずり出《だ》したが、顔《かほ》をあげて、立《た》つた人《ひと》の向脛《むかはぎ》のあたりへ跪《ひざまづ》いて、笠《かさ》の中《なか》を差覗《さしのぞ》く。

艶《つやゝ》かな鬢《びん》のふツさりして、前髪《まへがみ》の乱《みだ》れかゝツた、薄暗《うすぐら》い笠《かさ》の中《なか》に、眉《まゆ》は鮮《あざやか》である。

鼻筋《はなすぢ》の通《とほ》つた、色《いろ》の白《しろ》い、めツきり痩《やせ》の見《み》ゆる、俤《おもかげ》はやつれて居《ゐ》るが、気高《けだか》い、品《ひん》の備《そな》はつた、しまつた紅《くれなゐ》の莟《つぼみ》のやうな口許《くちもと》が、此時《このとき》わづかに和《なご》むと見上《みあ》げた。清《すゞし》い、凜《りん》とした瞳《ひとみ》が動《うご》いて、うつむきざまに見《み》おろした、少《すこ》し曇《くも》つた月夜《つきよ》に消《に》た、憂《うれひ》を帯《おび》た下向《したむき》の顔《かほ》を、親仁《おやぢ》は何《なん》で忘《わす》れよう。世《よ》に亡《な》き蓑岡《みのをか》の主人《しゆじん》が生命《いのち》を賭《か》けた恋女房《こひにようばう》で、山下《やました》の寮《れう》に住《す》むで居《ゐ》た、紫《むらさき》といつた美人《びじん》である。と言《い》へば顔《かほ》は見《み》ないまでも、聞《き》いて知《し》つて、こゝにあるほどの者《もの》は皆忘《みなわす》れはせぬ。

## 七

慶応元年《けいおうぐわんねん》、上野《うへの》の戦争《せんさう》にさきだつて、江戸《えど》は修羅《しゆら》の巷《ちまた》となる由《よし》、豫《あらかじ》め騒《さわ》いだので、紫《むらさき》の一家《いつけ》は、両親《ふたおや》と、兄《あに》と、嫂《あによめ》、嫂《あによめ》は江戸《えど》の生《うまれ》でない上総《かづさ》のもので、嬰児《あかんぼ》を持《も》つて居《ゐ》た。此乳呑児《このちのみご》と、犬張子《いぬはりこ》と合乗《あひのり》で駕籠《かご》一挺《ちやう》。紫《むらさき》十六と云《い》ふ時《とき》、厚裏《あつうら》の雪駄《せつた》を赤《あか》い切《きれ》で結《ゆは》へた旅装束《たびしやうぞく》のまゝ横《よこ》に乗《の》つた一挺《ちやう》、都合《つがふ》二挺《ちやう》。両親《りやうしん》は老人《としより》で二人《ふたり》一《ひと》ならびに馬《うま》に乗《の》つた。兄《あに》は歩行立《かちだち》で、妻《つま》のと、妹《いもうと》のと、交《かは》る〳〵駕籠脇《かごわき》に引添《ひきそ》うて、別《べつ》に小荷駄馬《こにだうま》一頭《とう》。大方《おほかた》の諸道具《しよだうぐ》は前《さき》に三度《さんど》から廻《まは》して置《お》いて、これに積《つ》むだのは家《いへ》の宝《たから》、金春流《こんばるりう》の能《のう》の大鼓打《おほつゞみうち》であつたから、シテワキに朱《しゆ》を打《う》つた謡《うたひ》の本《ほん》、家元《いへもと》から皆伝《かいでん》の巻物《まきもの》、鼓《つゞみ》の類《るゐ》。ほかに紫《むらさき》が愛翫《あいぐわん》して、本陣《ほんぢん》へ泊《と》まる直蓋《すぐふた》を取《と》つて見《み》ようといふお雛様《ひなさま》、五人囃《ごにんばやし》の能人形《のうにんぎやう》。小《ち》さい洞燈《ぼんぼり》、江《え》の島貝細工《しまかひざいく》の小屏風《こびやうぶ》、簞笥《たんす》、鏡立《かゞみだて》、足高《あしたか》の夫婦膳《めをとぜん》、蒔絵《まきゑ》の対《つゐ》で掌《てのひら》に乗《の》りさうな。一式取揃《いつしきとりそろ》へて嵩張《かさば》つた箱《はこ》が二個《ふたつ》。田舎源氏《ゐなかげんじ》、大倭文庫《やまとぶんこ》、白縫物語《しらぬひものがたり》、と其《そ》れから小倉百《をぐらひやく》人一首《にんいつしゆ》、大形《おほがた》の古代絵《こだいゑ》で、一枚毎《まいごと》に吉野紙《よしのがみ》で間《あひ》をした歌《うた》がるた。紅猪口《べにちよこ》、白粉刷毛《おしろいばけ》、鬢水入《びんみづいれ》、玉《たま》くしげ、畳紙《たゝふがみ》、桐壺《きりつぼ》黄金《きん》砂子《すなご》の香箱《かうばこ》まで、紫《むらさき》が袖《そで》の薫《かをり》を留《と》めた、指《ゆび》の爪紅《つまべに》のついた品物《もの》は、残《のこ》らず荷作《にづくり》にして、直《す》ぐ駕籠《かご》のあとについて居《ゐ》た。

別《べつ》に手廻《てまはり》の入用《いりよう》のものが多《おほ》い。費《つひえ》を省《はぶ》いて小荷駄《こにだ》一頭《ひとつ》なら、手遊《おもちや》や、慰物《なぐさみもの》は措《お》いて、外《ほか》のものを積《つ》むだならばと、兄《あに》と嫂《あによめ》は不足《ふそく》をいつて渋《しぶ》つたのだけれど、男《をとこ》五人《にん》、女《をんな》四人《にん》、はじめから九人《にん》もあつた、紫《むらさき》は父親《ちゝおや》五十四、母親《はゝおや》四十四の時《とき》の末《すゑ》ツ子《こ》であつたから、喩《たとへ》にもいふ掌《たなぞこ》の珠《たま》、簪《かんざし》の花《はな》なり、豫《あらかじ》め兵乱《へいらん》を避《さ》けて、舞《まひ》の舞台《ぶたい》のあつた、下谷《したや》黒門町《くろもんちやう》の邸《やしき》を開《ひら》いて、田舎《ゐなか》へ落《お》ちようといふ時《とき》、矢玉《やだま》が飛《と》ぶからと言《い》つておどしても、雛《ひな》の傍《かたはら》を離《はな》れないで、くさ草紙《ざうし》や、歌《うた》がるた、紅猪口《べにちよこ》と一緒《いつしよ》でなくツてはと、あどけないことをいつてむづかつたわがまゝを、可愛《かはい》さに眼《め》のない両親《ふたおや》は、唯《たゞ》莞爾《にこ》々々《〳〵》顔《がほ》で聞《き》き入《い》れた。好《このみ》の衣裳《いしやう》を襲《かさ》ねたまゝ、ビラ〳〵の簪《かんざし》、高島田《たかしまだ》、胸高《むなだか》の帯《おび》。ふツくりした懐中《くわいちう》から、箱《はこ》せこ簪《かざし》の紅《くれなゐ》の総《ふさ》がしツとりとしてうつくしい。衽《ふき》のあつい、きりツとした、武家《ぶけ》の風《ふう》に、品《ひん》は能《よ》くツても藝人《げいにん》の好《このみ》、町家《ちやうか》の俠《きやん》な処《ところ》を取《とり》まぜた、眼《め》さむる姿《すがた》で、塗骨《ぬりぼね》の銀地《ぎんぢ》の扇《あふぎ》を持《も》ち、裾《すそ》をば引《ひき》あげもしないで乗《の》つた、駕籠《かご》には紙《かみ》の枝《えだ》をかざゝぬばかり、猿若町《さるわかまち》へハツチヨで飛《と》ばす時《とき》と、さしてかはりはない。最《もつと》も贔屓《ひいき》で抱《かゝ》へられて居《ゐ》た、江戸詰《えどづめ》の藩主《との》が内命《ないめい》で、其本国《そのほんごく》へ落《おと》したので、手当《てあて》はあるなり、派手《はで》な消光《くらし》はして居《ゐ》たなり、控《ひか》へ目《め》ではあるが、さして不自由《ふじいう》もせず、江戸《えど》を卯月《うづき》の八日《やうか》といふのに。

泊《とま》り〳〵も本陣《ほんぢん》で、袴穿《はかまは》いた男《をとこ》の給仕《きふじ》で夕餉《ゆふげ》をしたゝめる。紫《むらさき》は、海道《かいだう》の波《なみ》の音《おと》が淋《さび》しいから、母親《はゝおや》の内懐《うちふところ》へ前髪《まへがみ》をつけて抱《だ》かれて寝《ね》る。

さて暁《あかつき》の鶏《とり》の声《こゑ》、駅路《えきろ》の馬《うま》の鈴《すゞ》の音《おと》。おたちといふと、駕籠《かご》が二挺《ちやう》、乗馬《じようめ》三頭《とう》、小荷駄《こにだ》が一頭《ひとつ》。

蒼空《あをぞら》の鶴《つる》に袂《たもと》を翳《かざ》し、夕日《ゆふひ》の波《なみ》の眩《まばゆ》いので茜《あかね》を染《そ》めた顔《かんばせ》は、銀《ぎん》の扇《あふぎ》でかくしもした。暮《くれ》ると、次《つぎ》の本陣《ほんぢん》へ、乗《の》つた駕籠《かご》を横《よこ》づけで、兄《あに》の手《て》に縋《すが》つて出《で》る。湯《ゆ》に入《はひ》つて、化粧《けしやう》を直《なほ》す。十日《とをか》あまり八十里《り》の道中《だうちう》、鬢《びん》の毛《け》も乱《みだ》さなかつた。日和《ひより》が続《つゞ》いて、親不知《おやしらず》も、唯蒼《たゞあを》い空《そら》から、黒《くろ》い巌《いはほ》に、さゞ波《なみ》の白《しろ》いのが、果《はて》なくさら〳〵と寄《よ》するを見《み》たばかり。珍《めづら》しい貝殻《かひがら》を、駕籠舁《かごかき》に拾《ひろ》つて貰《もら》つて、大事《だいじ》にはこせこの間《あひだ》に納《い》れて秘蔵《ひざう》したまゝ、駕籠《かご》から下《お》りると、ハヤ指《さ》した地方《かた》の藩主《はんしゆ》の下邸《しもやしき》の一室《ひとま》に着《つ》いたので。——丁《ちやう》ど今《いま》、山番《やまばん》の小屋《こや》へ来《き》て、爰《こゝ》に立《た》つた、十一年前《ねんぜん》のことである。

## 八

地方《ゐなか》のは手《て》が違《ちが》ひ、恰好《かつかう》が悪《わる》いとて、第一《だいいち》、母親《はゝおや》が合点《がつてん》せず、人橋《ひとばし》かけて捜《さが》しあてた、鳶《とび》の者《もの》の女房《にようばう》で、江《え》戸《ど》から遁《に》げて来《き》たのがあつて、内職《ないしよく》にはしませぬ、頼《たの》まるれば遊《あそ》びがてらといふに頼《たの》むでは、紫《むらさき》の髪《かみ》を結《ゆ》はしたといふ。嫂《あによめ》は子持《こもち》だから余《あま》り外出《そとで》はせず、父親《ちゝおや》は出嫌《でぎら》ひ、兄《あに》はまた勤《つとめ》がある。母親《はゝおや》と紫《むらさき》と、二三年《ねん》さきへ来《き》て土地馴《とちな》れた其鳶《そのとび》の女房《にようばう》を連《つ》れて、観音様《くわんのんさま》だ、愛染様《あいぜんさま》だ、大橋《おほはし》だ、池《いけ》だ、といつて一寸々々《ちよい〳〵》出《で》あるいた。

皆《みな》が錦絵《にしきゑ》より他《ほか》に見《み》た事《こと》のない、振袖《ふりそで》、高島田《たかしまだ》、襲着《かさねぎ》の裾《すそ》の軽《かる》い、木履穿《ぼつくりばき》で、紫《むらさき》の矢《や》がすりに、繻珍《しゆちん》の丸帯《まるおび》、猩々《しやう〴〵》緋《ひ》の羅紗《らしや》に乱菊《らんぎく》の縫《ぬひ》のある箱《はこ》せこを懐《ふとこ》つた、襟足《えりあし》が雪《ゆき》のやう、耳朶《みゝたぶ》のすき透《とほ》る、役者《やくしや》が舞台《ぶたい》から下《お》りて来《き》たやうな後姿《うしろすがた》を、生《しやう》のもので、しかも往来《わうらい》で眼《め》の前《さき》に。ともすれば、袖《そで》でも触《ふれ》さうな処《ところ》をぞろ〳〵と、ついて歩《ある》いて人《ひと》だかり。驚《おどろ》いて、呆《あき》れて、眼《め》を覚《さま》して、茫乎《ぼんやり》で、うつくしい、品《ひん》の可《い》い、さつぱりした、艶《えん》な、女《むすめ》の都風俗《みやこふうぞく》をはじめて見《み》たのは其時《そのとき》で。

杜若《かきつばた》の濃《こ》い紫《むらさき》なるを、雨《あめ》の日《ひ》蛇目傘《じやのめ》の下《した》に、地《ぢ》ずりに提《さ》げて歩行《ある》くよりも、むしろ此《こ》の矢《や》がすりの姿《すがた》は、片《かた》田舎《ゐなか》の眼《め》に立《た》つて仰々《ぎやう〳〵》しく評判《ひやうばん》した。

何《なに》とやらいふ楼《ろう》の高尾《たかを》といふのが素人《しろうと》になつたのであらうか。梅暦《うめごよみ》の中《なか》なるが、洒落本《しやれほん》の中《なか》から駈落《かけおち》をして来《き》たのであらうか。対手《あひて》は誰《たれ》だ、それにしては、初心《うぶ》だ、威《ゐ》がある、おとなしい、じろ〳〵見《み》ると顔《かほ》を赧《あか》うする、素人《しろうと》だ。皆《みな》がついてあるくから、おもはゆげといふ状《かたち》を見《み》よ、うつむいてつゝましげに急足《いそぎあし》でいつも歩行《ある》くわ。其癖澄《そのくせす》まさぬ人懐《ひとなつか》しい、近《ちか》からむものはおたふくども、一目《ひとめ》なりと拝《をが》んで置《お》け、一生《いつしやう》の思出《おもひで》だ、髪《かみ》の毛《け》一筋《ひとすぢ》でも消《に》て見《み》ろよ、と女房持《にようばうもち》まで騒《さわ》ぎ立《た》て、寄《よ》ると触《さは》ると其《そ》の風説《うはさ》。何時《いつ》の間《ま》にか素性《すじやう》も分《わか》つて、江戸《えど》の下《した》谷《や》から此方《こちら》の下邸《しもやしき》まで、土《つち》といふものは蹈《ふ》まないで乗打《のりうち》にして、金春金之丞《こんぱるきんのじよう》といふ鼓打《つゞみうち》の秘蔵娘《ひそつこ》だ。但長《たゞなが》い道《だう》中《ちう》の草臥休《くたびれやす》めに、親不知《おやしらず》で駕籠《かご》を下《お》りて雪駄《せつた》で渚《なぎさ》を蹈《ふ》むだと思《おも》へ。夕日《ゆふひ》がさすので扇《あふぎ》を翳《かざ》して、袂《たもと》をふり絞《しぼ》つて肩《かた》にかけた。衣服《きもの》は紫《むらさき》のおなじ矢絣《やがすり》。横《よこ》には空駕籠《あきかご》。嫂《あによめ》が乗《の》つてまた一挺《ちやう》、うしろに馬《うま》が三匹《びき》で一《ひと》ならびにずらりと留《と》まつた。佐渡《さど》から打通《うちとほ》し青畳千畳敷《あをだゝみせんでふじき》へ、白紙《はくし》が散《ち》つたやうな波頭《なみがしら》で、サラ〳〵といふ凪《な》ぎた日《ひ》に、夫婦貝《めをとがひ》だ、桜貝《さくらがひ》だ、銀杏貝《いてふがひ》だ、子安貝《こやすがひ》だ、と雲助《くもすけ》に拾《ひろ》はして、興《きよう》にのり、遊山《ゆさん》ではないものを、皆《みな》が促《うなが》しても肯入《きゝい》れないで、海《うみ》が黒《くろ》くなつて巌《いは》が白《しろ》くなり、夕日《ゆふひ》が沈《しづ》むで紫《むらさき》の衣服《きもの》の色《いろ》も青《あを》ずむまで、浪打際《なみうちきは》をあるいたとよ。海《うみ》も名残《なごり》を惜《をし》んだのだと、細《こま》いことまで探《さぐ》つて来《き》て、誰《たれ》いふとなく都落《みやこおち》の、紫《むらさき》、紫《むらさき》といひ囃《はや》したものである。

で半年《はんとし》あまり経《た》つ間《あひだ》に、身《み》の上《うへ》が悉《くは》しく分《わか》る頃《ころ》は、本尊《ほんぞん》の姿《すがた》がかくれてしまつて、あまり市人《まちびと》の目《め》に触《ふ》れなくなつた。

が一年経《ねんた》つてあくる年《とし》の春《はる》、川一条市《かはひとすぢまち》を隔《へだ》てた、山下《やました》の一構《ひとかまへ》、流《ながれ》に臨《のぞ》むだ森《もり》の中《なか》の一軒家《いつけんや》で、二階造《にかいづくり》の欄干《てすり》のついた、蓑岡《みのをか》といつて土地随一《とちずゐいち》の財産家《ものもち》の寮《れう》の裏《うら》、丁《ちやう》ど山《やま》の麓《ふもと》になる、薄《うす》ら寒《さむ》い細道《ほそみち》に、表門《おもてもん》とは大違《おほちが》ひで、一枝折《ひとえだを》つてつけたばかりの門松《かどまつ》の淋《さび》しい木戸《きど》で、また此矢《このや》がすりの姿《すがた》を見《み》たが。

## 九

こゝあたりには珍《めづ》らしい、三四人《さんよにん》の女中《ぢよちう》を対手《あひて》に追羽子《おひばね》を打《う》つて居《ゐ》た。白《しろ》い手《て》のしなやかのが撓《たわ》みさう。其《その》頃《ころ》歌舞伎《かぶき》の大立物《おほだてもの》、二代目《にだいめ》沢村訥升《さはむらとつしよう》が白頭《しろがしら》一人立《いちにんたち》、二尺《しやく》もの〻羽子板《はごいた》を軽々《かる〴〵》と取《と》り、高《たか》く飛《と》んで、や〻風立《かぜた》つた、たそがれの空《そら》にきり〻と舞《ま》うて落《お》ちか〻るのを、カチ〳〵と受留《うけと》めて、羽子《はね》の音冴々《おとさえ〴〵》しく、松《まつ》をめぐつて、葉《は》がくれに、人目《ひとめ》もくれないで、静々《しづ〳〵》とついてまはる、裾袂《すそたもと》に友染《いうぜん》のこぼれた姿《すがた》は、また八方《はつぱう》へ吹聴《ふいちやう》をされた。

いよ〳〵おもひものか、内君《うちぎみ》か、蓑岡《みのをか》の持物《もちもの》になつたと、人《ひと》の料簡《れうけん》が極《きま》つてから、程《ほど》たつて、藤色《ふぢいろ》の小袖《こそで》を着《き》せた嬰児《みどりご》を、乳母《うば》が抱《だ》いて真先《まつさき》に立《た》ち、下婢《おはした》が日傘《ひがさ》で、小厠《こもの》がつき、紫《むらさき》は鉄漿《かね》を含《ふく》むだ詰袖《つめそで》の紋着《もんつき》、白襟《しろえり》で、丸髷《まるまげ》に鼈甲《べつかふ》の笄《かうがい》であとについた、一行《いつかう》の晴々《はれ〴〵》しい宮詣《みやまうで》が寮《れう》の表門《おもてもん》から出《で》たことがある。

五月《ぐわつ》には、吹流《ふきながし》が天《てん》を蔽《おほ》つて幟《のぼり》が立《た》つた。

で最初《さいしよ》が矢《や》がすりの娘姿《むすめすがた》で、次《つぎ》が追羽子《おひはご》、それからあとが宮詣《みやまうで》の紋附《もんつき》といふ順序《じゆんじよ》で、紫《むらさき》の時代《じだい》は過《す》ぎて、騒《さわ》ぎ立《た》てた人《ひと》の口《くち》も静《しづか》になり、さしあたり皆《みな》が黙《だま》つた。いまに九年《ねん》と十年《ねん》と経《た》つた後《のち》、県《けん》で三美人《さんびじん》の投票《とうへう》でもすることがあると、若《わか》いもの〻数《かず》が此地《このち》で投票《とうへう》する最高点《さいかうてん》、第一蓑岡《だいいちみのをか》の寮《れう》の丸髷《まるまげ》といふことになるのであらうが、まづ其《それ》までは無事《ぶじ》であらうと思《おも》つた、が然《さ》うではない。

はじめて幟《のぼり》が立《た》つた年《とし》から、数《かぞ》へて三年《ねん》、紫《むらさき》の児《こ》は三歳《さい》になつたといふ年紀《とし》から、不思議《ふしぎ》に品行《みもち》が可《い》いと風説《うはさ》した蓑岡《みのをか》の当代《たうだい》、三次郎《さんじらう》といつたのが、せきとめた樋口《ひのくち》を雄滝《をたき》ではづしたやうな崩《くづ》れ方《かた》で、相場《さうば》へ手《て》を出《だ》す、飲続《のみつゞ》ける、女狂《をんなぐるひ》をする、路傍《みちばた》で寝《ね》そべる。といふ身持《みもち》。

寮《れう》のお庭《には》を拝見《はいけん》、と云《い》ふので、罷出《まかりい》で〻、築山《つきやま》だ、泉水《せんすゐ》だ、唐橋《からはし》だ、と半日見巡《はんにちみめぐ》つて、晩方《ばんがた》まで居《ゐ》たものがある。打水《うちみづ》をして、松葉一《まつばひと》ツこぼれて居《を》らぬ前栽《ぜんさい》の植込《うゑこみ》をすかして見《み》ると、木隠《こがく》れに断続《だんぞく》した長廊下《ながらうか》を、夕餉《ゆふげ》の運《はこび》で、左褄《ひだりつま》の婀娜《あだ》もの、振袖《ふりそで》の艶《えん》なもの、一列《いちれつ》にならんで、奥座敷《おくざしき》へかよひをするのが八九人《にん》、まだ〳〵三味《さみ》の音《おと》も奥深《おくふか》く聞《きこ》え、太鼓《たいこ》も鳴《な》つて居《ゐ》たが、皆廓《みなくるわ》で屈指《くつし》の女《をんな》だ、アノ驕方《おごりかた》は恐《おそ》ろしい、と舌《した》を巻《ま》いた。

十二の蔵《くら》も、三万畝《まんせ》の沃田《よくでん》も、本宅《ほんたく》も、此寮《このれう》も、既《すで》に其頃《そのころ》は故人《こじん》であつた先代《せんだい》は、高利貸《かうりがし》から仕上《しあ》げたもので。

最初《はじめ》は浜《はま》でこぼれた魚《さかな》を拾《ひろ》つて売《う》つたものだが、元日《ぐわんじつ》の朝《あさ》だといふ、初日《はつひ》を拝《をが》みに、千石船《せんごくぶね》の持主《もちぬし》が船《ふね》に乗《のり》込《こ》むで帆柱《ほばしら》を礼拝《らいはい》した。朝霧《あさぎり》のなかに、先代《せんだい》の蓑岡《みのをかく》九平《へい》といふのが、烏帽子《ゑぼし》を被《かぶ》り、白丁《はくちやう》を着《き》て、あらかじめ帆柱《ほばしら》の突尖《とつさき》に踞《しやが》むで居《ゐ》て、自分《じぶん》の口《くち》から、善哉《ぜんざい》、汝《なんぢ》、冥福《みやうふく》を得《え》むとならば、板小屋《いたこや》に露宿《ろじゆく》してこぼれ魚《さかな》を拾《ひろ》つて居《ゐ》る、九平《くへい》に五両小判《ごりやうこばん》を与《あた》へよ、渠《かれ》は神慮《しんりよ》に合《かな》ひしものぞと、いひ終《をは》ると、てつぺんからもんどり打《う》つて、海中《かいちう》に白波《しらなみ》を立《た》てゝ没《ぼつ》したが、すぐぬき手《て》を切《き》つて泳《およ》いであがつて、首尾《しゆび》よく小判《こばん》を頂《いたゞ》いた。其《それ》が元《もと》で高利《かうり》を貸《か》したが、あれ〳〵とばかりに成《な》りあがつたと、突拍子《とつぴやうし》もない風説《うはさ》をさへした位《くらゐ》なもの。

が、三代《さんだい》までは持《も》ちあへず。初代《しよだい》が歿《ぼつ》して二代目《にだいめ》が、やつと部屋住《へやずみ》から直《なほ》つたばかりで、紫《むらさき》と、森《もり》の中《なか》に甍《いらか》の聳《そび》えた欄干《らんかん》づきの総二階《そうにかい》で、清《きよ》い大川《おほかは》の流《ながれ》に臨《のぞ》むだ、寮《れう》の内《うち》に住《す》むで、五年《ねん》とは持堪《もちこた》へず。家《いへ》も蔵《くら》もありのまゝで藻抜《もぬけ》になつた。主人《しゆじん》のからだは、こゝに、其頃寮番《そのころれうばん》であつた親仁《おやぢ》に守《まも》られて、空《むな》しく墓《はか》に眠《ねむ》つて居《ゐ》る。塔婆《たふば》の面《めん》の、丶丶丶丶信士《しんじ》と書《か》いたのが其《それ》である。

十

あれまでの分限《ぶげん》だつた蓑岡《みのをか》の身上《しんしやう》が、五七年《ねん》の間《あひだ》に微塵《みぢん》に成《な》つた。其《それ》よりも寧《むし》ろ怪《あやし》むべきは、若《わか》い主人《しゆじん》の身《み》持《もち》である。丁《ちやう》ど崩《くづ》れ出《だ》した前《まへ》あたりから、寮《れう》に紫《むらさき》の姿《すがた》が見《み》えなくなり、何処《どこ》へか行方《ゆくへ》が知《し》れなくなつたが、仔《し》細《さい》は分《わか》らない。若《わか》い主人《しゆじん》の放埒《はうらつ》は何《なに》か其故《そのせゐ》ではあるまいかと、人々《ひと〴〵》はいひ〳〵する。去年《きよねん》なくなつた一週忌《しうき》。紫《むらさき》が所《ところ》を去《さ》つて七年目《ねんめ》で、笈《おひ》を負《お》ひ、頭陀袋《づだぶくろ》をかけた、変《かは》つた千個寺詣《せんがじまうで》の扮装《なり》で、恰《あたか》も命日《めいにち》、墓番《はかばん》の親仁《おやぢ》が小屋《こや》に来《き》て現在《いま》イ《たゝず》むだのである。おもがはりはして窶《やつ》れて居《ゐ》るが、其清《そのすゞし》い、情深《なさけぶか》い、優《やさし》い、しかも威《ゐ》の備《そな》はつた眼《め》と、笠《かさ》の裏《うち》で下《した》から見上《みあ》げて眼《め》を合《あは》した親仁《おやぢ》は、紫《むらさき》が門《かど》で追羽子《おひはご》をした時《とき》も知《し》つて居《ゐ》る、宮詣《みやまうで》に出《で》た時《とき》も知《し》つて居《ゐ》る。居間《ゐま》にならべた其《その》お雛様《ひなさま》の階下《かいか》に跪《ひざまづ》いて、爺《ぢい》や、一杯《いつぱい》おあがりと、白酒《しろざけ》の酌《しやく》をされて、余《あま》りの勿体《もつたい》なさに、いける口《くち》ながら咽入《むせびい》つたこともある。爾時《そのとき》は五壇《だん》に積《つ》んだ雛壇《ひなだん》の燃立《もえた》つやうな緋《ひ》の毛氈《まうせん》を敷《し》いた、白《しろ》と紅《あか》と桃《もゝ》の、花瓶《くわびん》に乱《みだ》れ咲《さ》いた中《なか》に洞燈《ぼんぼり》の灯《ひ》がともれて、蠟燭《らふそく》の影《かげ》に玉《たま》のやうな雛《ひな》がまたゝく下《した》で、こゝに寝《ね》て、お雛様《ひなさま》とおはなしをするの、と言《い》つてたあどけない人《ひと》であつた。ある時《とき》は絹夜具《きぬやぐ》をかけた炬燵《こたつ》に凭《もた》れて、前栽《ぜんさい》の梅《うめ》の古木《こぼく》が三ツ五ツ蕾《つぼ》んだのを欞子窓《れんじまど》から眺《なが》めながら、乳呑児《ちのみご》を抱《だ》いたまゝ、件《くだん》の二尺《しやく》ものゝ羽子板《はごいた》で、曲《きよく》づきをやつて、一度《いちど》つきあげたのを片膝《かたひざ》も立《た》てないで半日落《はんにちおと》さず、女中《ぢよちう》どもを驚《おどろ》かした名人《めいじん》で、或日《あるひ》は二百枚《まい》の歌留多《かるた》を読《よ》みながら取《と》つて、五人《にん》の車《くるま》がゝりを単身《みひとつ》で突崩《つきくづ》したこともある。一時《あるとき》は爺《ぢい》やが嘆願《たんぐわん》に困《こま》つて、倭文庫《やまとぶんこ》の講釈《かうしやく》をして聞《き》かしたこともある。ありがたい方《かた》だと思《おも》ふと、爺《ぢい》やの鼻《はな》は源氏《げんじ》にある、山科《やましな》が館《やかた》に紅《くれなゐ》といつたお腰元《こしもと》のおとつさん、門番《もんばん》をして居《ゐ》たのによく肖《に》て居《ゐ》るといつた口《くち》の悪《わる》いお方《かた》なり。怨《うら》めしくもまた懐《なつ》かしく思《おも》つて、高楼《たかどの》から、また枝折戸《しをりど》から、書院《しよゐん》の窓《まど》から、また湯殿《ゆどの》の口《くち》から、ぢいやと一声《ひとこゑ》かゝると斉《ひと》しく、ぶる〱震《ふる》へるまで、いつでも太《いた》く身《み》にしみた、寮番《れうばん》であつたもの。何《なに》しに其俤《そのおもかげ》を忘《わす》れよう！

親仁《おやぢ》は足《あし》を折《を》つて片手《かたて》をつき、這身《はひみ》で笠《かさ》の内《うち》を覗《のぞ》いたまゝ、海鼠《なまこ》に藁《わら》をさしたやうに、べと〱と小《ちひ》さく、円《まる》くなつて、額《ひたひ》を千個寺《せんがじ》の婦人《をんな》のつまさきにつけて、草鞋《わらぢ》をなめるやうに突伏《つゝぷ》して踞《うづく》まつた。其《その》まゝ消《き》えても失《う》せさうである。

笠傾《かさかた》げて、ぢつと見《み》たが、千個寺《せんがじ》の婦人《をんな》は、額《ひたひ》をつけられた足《あし》をのけようともせず、其《その》まゝ胸《むね》を伏《ふ》せて片膝《かたひざ》ついて、屈《かゞ》むで搔抱《かいだ》くやうに片手《かたて》を其背《そのせ》にかけて、其時《そのとき》、かなぐつて笠《かさ》を取《と》つた。いまさらながら見《み》まもらるゝ、気高《けだか》い顔《かほ》で斜《なゝ》めに覗《のぞ》いて、鷹揚《おうやう》に、ものゝ優《やさ》しい声《こゑ》で、
「爺《ぢい》や息災《そくさい》でよかつたね。」と一言《ひとこと》さういつたばかりで、眼《め》をねむつて涙《なみだ》をおさへた。

親仁《おやぢ》は附着《くつつ》いたまゝ離《はな》れない、布子《ぬのこ》の背《せなか》を二《ふた》ツ三《み》ツ撫《な》でゝ、

「もう可《よ》いよ。爺《ぢい》や、さあ、もう可《よ》いよ。」

「御免《ごめん》なされまし、御免《ごめん》なされまし。」とばかりで突伏《つゝぷ》したきり泣《な》いて居《ゐ》た。

戸口《とぐち》に立《た》つて腕《うで》を拱《こまぬ》き、無言《むごん》で此体《このてい》を見《み》て居《ゐ》た同伴《つれ》の漢《をとこ》は、背高《せたか》い身体《からだ》を折屈《をりかゞ》めて、むづと親仁《おやぢ》の襟《えり》を攫《つか》むだ。

「とつあん、まあ、これ頭《つむり》を上《あ》げなせえ。」

## 十一

「あなた様《さま》、あなた様《さま》ア御機嫌《ごきげん》ようございます。旦那《だんな》はハヤ申訳《まをしわけ》がございません。」と啜泣《すゝりなき》にいふことは紛《まぎ》れるけれども、真心《まごゝろ》はよく知《し》れた。其人《そのひと》が留守《るす》の間《ま》に、若《わか》い主人《しゆじん》の失《う》せたのは、自分《じぶん》が殺《ころ》しでもしたやうに親仁《おやぢ》は悔《くやみ》をいふのであらう。

千個寺《せんがじ》の婦人《をんな》は、平伏《ひれふ》した親仁《おやぢ》の背《せな》に手《て》をのせたまゝ、其頸《そのうなじ》のあたりをしめやかに見《み》て、何《な》にもいはないで頷《うなづ》いて居《ゐ》る。

「これさ、起《お》きろよ。まあ、何《なん》てえこつた。そんなに附着《くつつ》いてちやあ、お足《みあし》が擽《くすぐ》つてえやな。えゝ、おい。」

とこつ〳〵と其帯《そのおび》の上《うへ》を叩《たゝ》いて云《い》つた。

「はい〳〵。」

「まだ、放《はな》れねえや。しやうがねえ、山蛭《やまひる》のやうだ。これ、串戯《じようだん》ぢやあねえ。人《ひと》が見《み》て笑《わら》ふぜえ。」と男《をとこ》は持《も》て余《あま》したか引立《ひきた》てようとした。手《て》を放《はな》して苦笑《くせう》したが、取縋《とりすが》られて素直《すなほ》になつて居《ゐ》る、気高《けだか》い人《ひと》のおもやつれした、束髪《たばねがみ》の、艶《つやゝ》かなのも、櫛《くし》の歯《は》を入《い》れないで、しツくりと黒《くろ》く頸《うなじ》に懸《かゝ》つて居《ゐ》る。頸足《えりあし》も垢《あか》つかず、額《ひたひ》も清《きよ》

らかに、手《て》さきも細《ほそ》く白《しろ》いのに、荷《に》に余《あま》る笈《おひ》を背《せ》にして、色《いろ》のあせた袷《あはせ》の袖《そで》の、膝《ひざ》に垂《た》れかゝつて重《おも》さうな、あはれにも殊勝《けなげ》な姿《すがた》を見《み》て、ぎよろりとした目《め》に、これも暗涙《あんるゐ》を湛《たゝ》へて居《ゐ》た。

千個寺《せんがじ》はまた、搔撫《かいな》でゝ、

「爺《ぢい》や、何《ど》うぞしたか。」と問慰《とひなぐさ》めるやうな言《ことば》でいつた。これに、漸《やつ》とむづ〳〵と天窓《あたま》をあげて、

「何《なん》ともござりませぬ。はい、爺《ぢい》は何《なん》ともござりませぬ。余《あま》りのおなつかしさに、えゝ、勿体《もつたい》ない。」と親仁《おやぢ》は身《み》を起《おこ》したが、屈《かゞ》むだなりで手《て》を合《あ》はせる。

婦人《をんな》は笠《かさ》を片手《かたて》に、袂《たもと》を払《はら》つてすつと立《た》つた。がホツといきをついて、傍《かたはら》にあつた手桶《てをけ》に目《め》をつけて、

「清水《しみづ》かい。」といつて親仁《おやぢ》を顧《かへり》みる。

「えゝ、題目堂《だいもくだう》のでござります。」

「あゝ、日朝様《につてうさま》の、然《さ》う。」

ぢつと見《み》て、唇《くちびる》をキツと結《むす》び、片手《かたて》を胸《むね》にあげて、婦人《をんな》は伏拝《ふしをが》むが如《ごと》く、たてに掌《てのひら》を開《ひら》いた。

「爺《ぢい》や一杯《いつぱい》飲《の》みたいがねえ。」

「召《めし》あがりますか。ぢいさん、おい、嬢様《ぢやうさま》があがるとよ。」

「えゝ〳〵。」

「えゝぢやあない、から、何《なん》ぞ持《も》つて来《き》ねえ。」

「柄杓《ひしやく》は、」といひかけて、親仁《おやぢ》は腰《こし》をのして急《いそ》いで立《た》つ。

「杓呑《しやくのみ》が出来《でき》るかい。茶碗々々《ちやわん〳〵》。」と言《い》つて、漢《をとこ》は、親仁《おやぢ》が土間《どま》へ飛込《とびこ》むで、藝者《げいしや》たちのならんだ前《まへ》をきよろついて廻《まは》るのを見《み》て、また苦笑《にがわらひ》。

「ぢいさん、此《これ》かい。」と、先刻《さつき》から一寸々々《ちよい〳〵》、少《わか》いのと二人《ふたり》で耳打《みゝうち》して居《ゐ》た老妓《らうぎ》は、傍《わき》を向《む》いて、手近《てぢか》にあつたのを見附《みつ》けて取《と》つた。

「おゝ〳〵、其《それ》だ、其《それ》だが、待《ま》つてくだつしやい。えゝ、此処《こちら》へあがつて、まあ、ゆつくりとまゐりませ。」

と何《なに》かそは〳〵して、件《くだん》の筵《むしろ》を敷《し》いた上《うへ》を、跣足《はだし》で框《かまち》から伸上《のびあが》りながら、手拭《てぬぐひ》で払《はら》つて居《ゐ》る。

漢《をとこ》は千個寺《せんがじ》を見返《みかへ》つて、

「お休《やす》みなさりますか。」

婦人《をんな》はちつとも猶豫《ためら》はないで、

「此《この》まゝでお墓《はか》へ参《まゐ》ります。寄《よ》るのは後《あと》にしようね。」

「それぢやあ親仁《とつ》あん、おい、茶碗《ちやわん》を。」と声《こゑ》を掛《か》ける。

「ま、ま、こゝへござらつせえ。」

「疾《はや》く〳〵。」と云《い》つて、男《をとこ》はつか〳〵と跨《また》いで入《はひ》らうとする。ト老妓《らうぎ》は、ツト其框《そのかまち》から離《はな》れて出《で》た。

「もし、それへ上《あ》げませう。」

## 十二

「あ、私《わたし》も飲《の》まうや。」と、いま思《おも》ひ出《だ》したのでもあるまいが、先刻《さつき》から変《かは》つたことに見惚《みと》れて居《ゐ》た少《わか》い妓《こ》は、此時《このとき》立《た》つて出《で》ようとした。

「お待《ま》ちよ。」

「だつて、」

「いゝえさ、まだ貴女《あちら》がめしあがらないぢやあないか。蓑岡《みのをか》の御新姐様《ごしんぞさま》だよ。よく見《み》てお置《お》き。アノ紫様《むらさきさま》といつた方《かた》だ、叱《しつ》！」囁《さゝや》き留《と》めると、頷《うなづ》いて膝《ひざ》に手《て》を置《お》いた。

底《そこ》に少《すこ》しばかり汲取《くみと》つて、白《しろ》い縁《ふち》の茶碗《ちやわん》を含《ふく》んだ。紫《むらさき》は、紅《くれなゐ》にぬれ色《いろ》を見《み》せて、脣《くちびる》を濡《うる》ほしたが、うつとりとしたやうである。ほつと息《いき》をついて、

「ぢいや。」

「えゝ、」と、むかうで振向《ふりむ》いて、手《て》を膝《ひざ》に垂《た》れてお辞儀《じぎ》をした。

「七年前《ねんさき》にお国《くに》を出《で》た時分《じぶん》、寮《れう》の井戸《ゐど》が濁《にご》つたから、あゝ、もう此地《こちら》の水《みづ》は呑《の》まれぬか、せめて余所《よそ》の水《みづ》はのむまいと思《おも》つて、川《かは》だの、池《いけ》だの見《み》る毎《たび》に、何《どん》なにほしい時《とき》も堪《こら》へて居《ゐ》た。峠《たうげ》を越《こ》す時《とき》だの、浜辺《はまべ》をあるく時《とき》だの、あゝ何《ど》うかして、御国《おくに》の水《みづ》を、もう一度《いちど》のみたいと思《おも》つて居《ゐ》たから。」

漢《をとこ》は言《ことば》を引取《ひきと》つて、

「何《なに》よ、さつきもの、此処《こゝ》へ行《い》らつしやる道《みち》で、旧《もと》の寮《れう》だとかおつしやつた、山下《やました》の邸《やしき》へお寄《よ》んなすつて、主《ぬし》ア門《もん》のわきにかくれて待《ま》つてお出《い》でなさる。俺玄関《おらあげんくわん》へ行《い》つて、頭《あたま》をさげた。恐《おそ》れ入《い》りますが、此方様《こちらさま》のお邸《やしき》のお庭《には》の、唐橋《からはし》の傍《そば》にございます、アノ井戸《ゐど》の水《みづ》を一杯下《いつぱいくだ》さいましと、然《さ》ういつて頼《たの》むだらの。」

「ぢいや、アノ水《みづ》は最《も》ういけないとね。」

「えゝ、もう何《なん》の故《せゐ》か、水晶《すゐしやう》のやうでございましたが、お嬢様《ぢやうさま》お留守《るす》になつた時分《じぶん》から、濁《にご》りました。旦那《だんな》様《さま》がおかくれになります前《まへ》から、ぶツ〱叱言《こゞと》をいふやうに泡《あわ》が立《た》ちます、溝《どぶ》のやうな臭《にほひ》がして一滴《いつてき》もいけませぬ。はい、其《その》まゝで、いま居《を》ります者《もの》も貰水《もらひみづ》だと申《まを》しまする。」

「がつかりしてお出《いで》なすつたが、お口《くち》に合《あ》ひましたか、お嬢様《ぢやうさま》。」

「あゝ、おいしい水《みづ》なの。ぢいや、寮《れう》のとかはりはないね。」

「はい。」といつたが、親仁《おやぢ》は腰《こし》を屈《かゞ》めて立《た》つて居《ゐ》たまゝ、すゝりなきして、古手拭《ふるてぬぐひ》を目《め》にあてる。紫《むらさき》も愁然《しうぜん》

と顔《かほ》をそむけた。

漢《をとこ》はとみかうみて、腕《うで》を拱《こまぬ》いて黙《だま》つて立《た》つて居《ゐ》たが、フト思《おも》ひ出《だ》したやうに、

「およろしくば。」とばかりいつて、そつと紫《むらさき》の顔《かほ》を見《み》た。

瞳《ひとみ》を返《かへ》して、

「飲《の》みますか。」とやさしくいはれて。何《ど》うしたのか、わなく〳〵とふるへた。

紫《むらさき》の手《て》から、おづ〳〵しながら茶碗《ちやわん》を貰《もら》つて、目《め》を眠《ねむ》つて頂《いたゞ》いた、が、忘《わす》れたやうに一息《ひといき》にあふいで呑《の》むだ、其顔《そのかほ》の色《いろ》も変《かは》つて居《ゐ》る。

「もう、一生《いつしやう》の思出《おもひで》でございます。」と、気《き》ぬけがしたやうになつて、ばつたりと、地《つち》に手《て》をついて、がツくり首垂《うなだ》れたが頭《つむり》を擡《もた》げ、

「へい、これで、帰《かへ》れならば帰《かへ》りますが、こゝまでおともをして参《まゐ》りましたから、お邪魔《じやま》でございませねば、おまゐりになりますお墓《はか》まで、もう一足《ひとあし》、おともがいたしたうございますが、」

あふいで云《い》つた目《め》に涙《なみだ》を湛《たゝ》へて居《ゐ》る。

紫《むらさき》は答《こた》へなかつた。

三人《さんにん》が情《じやう》に迫《せま》つて、人目《ひとめ》を忘《わす》れた此《こ》のありさまは、少《わか》い妓《こ》がのんどの渇《かわ》いたのも忘《わす》れさしたであらう。皆《みな》が唾《づ》をのんで見《み》て居《ゐ》たのである。此時《このとき》、藝妓《げいしや》に附添《つきそひ》の男《をとこ》の、土間《どま》にしやがんで膝《ひざ》の上《うへ》へ手《て》を拱《こまぬ》いて居《ゐ》たのが、独《ひとり》で頷《うなづ》いてツト前《まへ》へ出《で》た。

「えゝ御免《ごめん》なすつて、此処《こゝ》へ出《で》まして恁《か》う申《まを》しましては、可《い》いのか悪《わる》いのか存《ぞん》じませんが、御免《ごめん》なすつて下《くだ》さい。此処《こゝ》に参《まゐ》りましたのは、皆廓《みなくるわ》の者《もの》で、旦那《だんな》には大層御贔屓《たいそうごひいき》を蒙《かうむ》りました。今日《こんち》ア御命日《ごめいにち》と云《い》ふので、まあ皆《みな》がまた多勢《おほぜい》、お参詣《さんけい》をしたいなんて、へい、そんなこと申《まを》しますけれど、どれも親方持《おやかたもち》、また勤《つとめ》の事《こと》であ

りますので、まあ、一人《ひとり》が五六人《にん》づゝのことづけを持《も》つて来《き》たんでございますが、あなた様《さま》、御参詣《ごさんけい》の御様子《ごやうす》。こりや私等《わつちら》が出《で》ます処《ところ》ぢやあございません。最《もつと》も名高《なだか》いので、一人《ひとり》も其何《そのなに》か、妙《めう》な、かゝりあひのものは無《な》いのでございますけれども、故《わざ》ツと御遠慮《ごゑんりよ》を申上《まをしあ》げませうと存《ぞん》じます。で、同伴《おつれ》もいらつしやりますから、次手《ついで》にハヤ真《まこと》に何《なん》ですが、かうやつて持《も》つて参《まゐ》りました塔婆《たふば》アおことづかり下《くだ》さいまして、お気《き》に入《い》りましたら、あなた様《さま》、お口《くち》から、こんな奴等《やつら》ア参《まゐ》りましたと、おことづけが願《ねが》ひたう存《ぞん》じます。いえ、そりや最《も》う然《さ》うおつしやるのは知《し》れてますが、故《わざ》ツと御遠慮《ごゑんりよ》をいたしますことで、ねえ姉《ねえ》さん、何《ど》うだね。」

と、くるりとうしろ向《む》いて老妓《らうぎ》を見《み》ると、これも幾度《いくたび》も頷《うなづ》いた。

「まあ、何分《なにぶん》。へい。」と一《ひと》ツ天窓《あたま》をさげて、

「何処《どこ》か、ま、ぶらついて帰《かへ》るとしませう。」

皆《みな》が顔《かほ》をあはせて合点《がてん》をしあひ、帯《おび》に煙管《きせる》をしまふ、袖《そで》を引張《ひつぱ》る、裾《すそ》を払《はた》く、鬢《びん》をなでるなど、ざつとあり。

ぞろ〳〵と、綺麗《きれい》ないろ〳〵の、衣《きもの》は、小屋《こや》から、ばらりと出《で》た。

紫《むらさき》の前《まへ》で、小腰《こごし》を屈《かゞ》めて、皆《みな》が行《ゆ》きかけると、身《み》を開《ひら》きながら片寄《かたよ》つて、

「失礼《しつれい》を、」と言《い》ひながら見送《みおく》り果《は》てた。

紫《むらさき》は振返《ふりかへ》つて、

「お前《まへ》さんも帰《かへ》つておくれ。」

「でもございませうが。」と、立《た》ち兼《か》ねた、——これには何《なん》ぞ仔細《しさい》があらう。

## 十三

「何《ど》うした、お新発意《しんぼち》。」

しつかりした声《こゑ》、浜《はま》の摩耶寺《まやでら》の鐘楼《しようろう》の前《まへ》で、背後《うしろ》から天窓《あたま》を撫《な》でたのは、此辺《このあたり》の漁師《れふし》と見《み》える。毛脛《けずね》に俎《まないた》のやうな杉《すぎ》の柾《まさ》、棕櫚《しゆろ》の縄鼻緒《なははなを》のたつた、厚《あつ》い歯《は》の下駄《げた》を穿《は》いた漢《をとこ》である。うつかり空《そら》を見《み》て、何《なに》か幼《いとけな》いものながら、習《なら》はずに経《きやう》を読《よ》む、此《こ》の境遇《きやうぐう》にある男《をとこ》の児《こ》の、跣足《はだし》で胡坐《あぐら》かいて砂《すな》いぢりをするのでなく、剃立《そりたて》の可愛《かはい》い天窓《あたま》円々《まる〳〵》とうつくしく、襟《えり》の白《しろ》い、耳朶《みゝたぶ》の大《おほき》いのが、無垢《むく》の布《ぬの》の、洗《あら》ひざらしではあるが汚《よごれ》の見《み》えぬのを着《き》て、黒《くろ》い覆輪《ふくりん》のくけたのを背《うしろ》からまはして前《まへ》で占《し》めた、あかぎれのない、象牙《ざうげ》のやうな小《ちひさ》な踵《かゝと》に、穿《は》きあまる縁下駄《えんげた》を引《ひつ》かけたが、恰《まる》で台《だい》つきの雛《ひな》の立《た》つた形《かたち》。手《て》を額《ひたひ》に加《くは》へて、寺《てら》の棟《むね》に横《よこ》を向《む》いて、むく面《づら》で羽虱《はじらみ》をつゝいてる、大《おほき》な鳶《とび》を見《み》ながら澄《す》まして彳《たゝず》むだうしろ姿《すがた》、年紀《とし》には似《に》ないで、宛《ゑん》として唐画《たうぐわ》の山水《さんすゐ》の中《なか》の人物《じんぶつ》である。

背後《うしろ》から不意《ふい》に天窓《あたま》を撫《な》でたので、新発意《しんぼち》は驚《おどろ》いて振向《ふりむ》いたが、仰《あふ》いで漁師《れふし》を見《み》た、らふたけた十《とを》ばかりの、あどけない顔《かほ》に日《ひ》があたつて、白《しろ》いのにあかりがさし、一《ひと》ツの目《め》が腫《はれ》ぼつたく、瞼《まぶた》が赤《あか》くなつてやゝたゞれて居《ゐ》たが、日光《につくわう》をうけて炫《まば》ゆさうである。

むくつけな顔《かほ》に、愛想《あいさう》らしい、漁師《れうし》はカラ〳〵と笑《わら》つた。

「はゝゝ、お新発意《しんぼち》、和尚《をしやう》は寺《てら》かね。」

「また参詣《さんけい》に見《み》えたの。」と新発意《しんぼち》は大人《おとな》びたものゝ言《い》ひやう。恁《か》ういはれて、漁師《れふし》は何《なに》か行詰《ゆきつま》つたが、チヨイと頷《うなづ》いて。

「むゝ、そんなものよ、何《なに》は、和尚様《をしやうさま》はお寺《てら》かの。」

とあらためて言《い》ふ顔《かほ》を、まばゆさうな目《め》でのぞいて、ふつくりした片頬《かたほ》に笑《ゑ》み、

「あの、あんまりお前《まへ》、無理《むり》を言《い》つてねだるから、それであの、困《こま》るんだツて、お上人様《しやうにんさま》は、昨夜《ゆうべ》から出《で》てまだお帰《かへ》りぢやあないよ。」

「何《なに》か云《い》はあ。」とまた笑《わら》つて天窓《あたま》を撫《な》でる。ト痒《かゆ》いか袖口《そでぐち》で目《め》をこすつて、

「何《なに》も岡蔵《をかざう》が、アノ雲助《くもすけ》をして居《ゐ》た時《とき》、紫色《むらさきいろ》の衣服《きもの》を着《き》て錦絵《にしきゑ》のやうなお嬢様《ぢやうさん》に、桜貝《さくらがひ》を拾《ひろ》つてあげたからツて、お上人《しやうにん》さん御存《ごぞん》じの事《こと》ぢや無《な》いのだもの。アノそれから、女房《かみさん》も貰《も》らはないで居《ゐ》るからたつて、それも何《なに》もお上人《しやうにん》さん知《し》らないこツた。そんなことは、あのお経《きやう》には書《か》いて無《な》いから、どんなにねだられたつて分《わか》りやしないよ。それだのに、むづかしい、苦《にが》い顔《かほ》して、お前来《まへく》るとは、お上人《しやうにん》さんをせめるから、それだから、あの、今日《けふ》は居《ゐ》ないんだよ。ほんたうに、うるさいツて言《い》つておいでだツた。」と云《い》ひながら、莞爾《につこり》する。岡《をか》蔵《ざう》と云《い》ふのは、堪《たま》らないやうな面相《めんさう》で苦笑《にがわらひ》をして、

「あんなこと言《い》はあ、何時《いつ》聞《き》いたよ、お新発意《しんぼち》。え、誰《たれ》に習《なら》つてそんなこと覚《おぼ》えたよ。むゝ、何《なに》、おらあ何《な》にもそんなことは知《し》らねえぞ。いや、ほんたうに、和尚《をしやう》め、留守《るす》か。」

「あい。」と頷《うなづ》いてまた目《め》をこすつた。新発意《しんぼち》は忘《わす》れたやうに、こんどは真面目《まじめ》である。

「ぢやあお新発意《しんぼち》、お前《まへ》さん、昨夜《ゆうべ》また一人《ひとり》だな。むゝ、知《し》らせば可《い》いに。おらあ、また泊《とまり》に来《き》て、足藝《あしげい》ぶツて、踵《かゝと》の上《うへ》でお前《まへ》を躍《をど》らせて遣《や》るだツけなア、淋《さび》しかつたらう。狸和尚《たぬきをしやう》め、いゝ年紀《とし》をからげて、払子《ほつす》のやうな白《しろ》いやつを生《は》やしてながら、畜生《ちくしやう》、何処《どこ》へ芋《いも》を掘《ほ》りに行《い》きあがつたか。」と苦《にが》い顔《かほ》をして、緊《しま》つた一文字《いちもんじ》の大口《おほぐち》を弛《ゆる》めてまた微《かすか》に笑《わら》つた。

## 十四

岡蔵《をかざう》はフト思《おも》ひついたやうに四辺《あたり》を見《み》たが、鳶《とび》はまだ屋《や》の棟《むね》に居《ゐ》て、日向《ひなた》で此折《このをり》から羽《は》づくろひをした。が、けろりとして嘴《くちばし》を腹毛《はらげ》にさして凝《ぢつ》とした。

「のんきな状《ざま》だ。」と投《な》げたやうに云《い》つて、岡蔵《をかざう》はまた俯向《うつむ》いて、新発意《しんぼち》が目《め》をこすつて居《ゐ》る顔《かほ》を覗《のぞ》き、

「そりや、然《さ》うとな、お新発意《しんぼち》、誰《たれ》かお寺《てら》にお客《きやく》があらうな。」

「どんな。」と袖口《そでぐち》を引張《ひつぱ》り直《なほ》してあをむいた。

「どんなつて何《なに》よ、六十六部《ろくじふろくぶ》よ。え、ぢやあない、巡礼《じゆんれい》か、そら、何《なに》よ。アノ何《なん》とか言《い》はあ、御題目《おだいもく》を書《か》いた御札《おふだ》をしよつて、笈《おひずる》かついでる、何《なに》、千個寺《せんがじ》か、むゝ、それだ。」と頷《うなづ》くと、新発意《しんぼち》も意《こゝろ》を得《え》て、黙《だま》つて合点《がつてん》々々《〱》する。

「何《なに》よ、女《をんな》ばかりのよ。」

また頷《うなづ》く。

「えゝ、二人連《ふたりづれ》だ、婆《ばあ》さんと、少《わか》い二十八九な、むゝ、然《さ》うだ。」と一言毎《ひとことごと》に、岡蔵《をかざう》は身《み》に力《ちから》を入《い》れて、

「来《き》たか、お寺《てら》へ、え、居《ゐ》る。然《さ》うか、何処《どこ》に居《ゐ》るの。」

と何《なに》かそは〱して、其 俎《そのまないた》を穿《は》いた毛脛《けずね》もがた〱しさうに、むくつけな顔《かほ》の目《め》も眉《まゆ》も働《はたら》いて、寺《てら》をずつと見込《みこ》むで、爪立《つまだ》つたばかりにあたりを見《み》た。片折戸《かたをりど》から遥《はるか》に卵塔場《らんたふば》をすかした処《ところ》を、

「何《なん》だい、」と新発意《しんぼち》に然《さ》う言《い》はれて、激《げき》した赤《あか》い顔《かほ》で、背《そむ》いて屋《や》の棟《むね》に眼《め》をそらした。

「何《ど》うだい、鳶ア野面《とびのづら》だなあ、お新発意《しんぼち》。」

とつかぬ事《こと》を言《い》つて、また顔《かほ》を見合《みあ》はせた。

「はゝゝゝはゝ。」

「お客様《きやくさま》が何《ど》うしたの。」

「何《なに》よ、えゝと、何《なん》でもねえがの。さつき磯《いそ》でもつて、其二人《そのふたり》づれに、俺《おら》あ此処《ここ》の此《こ》のお寺《てら》の名《な》を聞《き》かれたわけよ。二人《ふたり》とも笠《かさ》をかぶつて居《ゐ》たがな。かう、まあ、ずつと砂道《すなみち》を真直《まつすぐ》に一町《いつちやう》ばかり行《い》つた処《ところ》だツて教《をし》へたがな、何《なに》か、土地《とち》は初《はじ》めての様《やう》だ。殊《こと》にハヤ日《ひ》にあぶられちやあ居《ゐ》ねえ。弱々《よわ〱》しい、心許《こゝろもと》ねえ。あつち此方《こつち》、

笠《かさ》の中《なか》から、え、何《なに》よ、其少《そのわか》いのがすかして見《み》ながら行《い》つたわけよ。一条道《ひとすぢみち》なり、近所《きんじよ》に家《うち》あねえ、一棟《ひとむね》だ。あの松《まつ》の中《なか》の寺《てら》だつて、砂原見《すなはらみ》通《とほ》しの此森《このもり》へ見当《けんたう》まで着《つ》けて教《をし》へたから、見《み》はぐして迷《まよ》やしまいと思《おも》つたけれど、何処《どこ》か心許《こゝろもと》ねえ。何《なん》の一足《ひとあし》だ。ついて行《い》つて案内《あんない》して、次手《ついで》に和尚《をしやう》に一番驕《いちばんおご》らしてやれ。女同士《をんなどうし》だ、母娘《おやこ》のやうだと然《さ》う思《おも》つてな、あとからついて来《こ》ようとすると、えゝ、お新発意《しんぼち》、居合《ゐあ》はせた奴《やつこ》どもが、むねきぢやあねえか。見《み》や、見《み》や、岡《をか》ア千個寺《せんがじ》の女《をんな》のあとにくツつかあ、道中《だうちう》の何《なに》かを狙《ねら》ひやあがつて、汝《うぬ》ア山鳩《やまばと》だあ。谷《たに》の庵《あん》のお比丘尼《びくに》をおツぱらましたのもお前《まへ》だらうツて、汚《けが》らはしいことを言《い》ふからの、俺《おら》もむくれ切《き》つて見《み》合《あ》はせたが、何《なん》だか懐《なつか》しいやうで堪《たま》らねえから、我慢《がまん》が出来《でき》ねえで、実《じつ》は皆《みんな》の目《め》をかくれて来《き》たのよ。何《なに》か、顔《かほ》を見《み》られるやうで、子供《こども》のお前《まへ》にも極《きまり》が悪《わる》いと云《い》つたやうな次第《わけ》のものよ。つまらないわけだ、なあ、お新発《しんぼ》意《ち》。」と来《き》た方《はう》を振向《ふりむ》いて、岡蔵《をかざう》は心咎《こゝろとが》めがするらしかつた。

新発意《しんぼち》は、いたいけで、

「あの、然《さ》う、二人《ふたり》とも先刻来《さつきき》たの。摩耶夫人様《まやふじんさま》にお参《まゐり》をして、本堂《ほんだう》に坐《すわ》つておいでだつたから、お上人《しやうにん》さん、留守《るす》だつたけれど、休《やす》んでござるが可《い》いツて、お位牌堂《ゐはいだう》のわきの小座敷《こざしき》へ通《とほ》したんだ。」

「え、不思議《ふしぎ》だ。本堂《ほんだう》に坐《すわ》つて、小座敷《こざしき》に通《とほ》つた。むゝ、お新発意《しんぼち》よくしてあげた。」

## 十五

「然《そ》して何《なに》か、お小僧様《こぞうさま》とか、お新発意《しんぼち》とか、はい、とか、有難《ありがた》う、とか、ものを言《い》ふか。え、ものを。何《なに》、え、誰《たれ》だつて。然《さ》うよ。唖《おふし》で無《な》くツてしやべらないと云《い》ふ奴《やつ》もねえけれど、其処《そこ》が何《なん》だ、チト其《その》、ものだからよ。それ、千個寺《せんがじ》の女《をんな》はまた云《い》ふことが此人方等《こちとら》と違《ちが》ふだらうかと思《おも》つてよ。えゝ、何《なに》、坐《すわ》つたつて。矢張《やつぱり》あたりまへの、袖《そで》をトやつて、足《あし》をトやつて、坐《すわ》つたか。え、む、然《さ》うかな。あんな人《ひと》でも矢張然《やつぱりさ》うかな。坐《すわ》つたり、立《た》つたりするだらうか。でも、何処《どこ》か違《ちが》やしねえか。あたりまへか。何《ど》んな声《こゑ》だつた、む、なるほど真《ま》似《ね》られめえ。はてな、それだが、何《なん》だ、えゝ、おらあ、こりや、何《ど》うかして居《ゐ》らあ。」

しきりにあせつたが、岡蔵《をかざう》はホツと息《いき》をついて空《そら》を見《み》た、

「見《み》ねえ、お新発意《しんぼち》、状《ざま》あ、野面《のづら》だぜえ。」鳶《とび》はけろりとして居《ゐ》たのである。新発意《しんぼち》は黙《だま》つてしまつて、聞《き》くといふよりは、むしろものを言《い》ふ岡蔵《をかざう》を見《み》て居《ゐ》たのであつた。

「むゝ、そして何《なに》か、番茶《ばんちや》でもものましてくれたか。」

「あゝ、土瓶《どびん》で出《だ》した。それから、いり豆《まめ》があつたから其《それ》を持《も》つて行《い》つたの。」

岡蔵《をかざう》はほたく〳〵して、

「旨《うめ》えな、其《その》いり豆《まめ》にやあ花《はな》が咲《さ》くぜ。お新発意《しんぼち》あ利口《りこう》だい。むゝ〳〵、よくしてあげてくれた。」と然《さ》も嬉《うれ》しさうである。あまりの様子《やうす》ツたらないから、新発意《しんぼち》も怪《あやし》くなつたか、

「あの、知《し》つた人《ひと》。」

「何《なに》、何《なに》、別《べつ》に何《なに》も知《し》つた人《ひと》と云《い》ふのぢやあないが、その、何《なに》よ。」とこんな幼《いとけな》いものゝ前《まへ》ながら、岡蔵《をかざう》は口《くち》籠《ごも》る。トぢつと其顔《そのかほ》を見《み》て居《ゐ》て、

「あゝ、錦絵《にしきゑ》のお嬢様《ぢやうさま》か。」と、禅心《ぜんごゝろ》あつて、円《まる》いもの、五本《ほん》の指《ゆび》、個《こ》中物有《ちうものあり》これ什麼《いかに》で、突拍子《とつぴやうし》もないことを一喝《いつかつ》したやうに、附《つ》かぬことを打《ぶ》ツつけにいつた。

岡蔵吃驚《をかざうびつくり》した。

「串戯《じようだん》を言《い》はあ、勿体《もつてい》ねえ。」

「それだつて、うつくしい人《ひと》だから。あの、モ一人《ひとり》、お婆《ばあ》さんの方《はう》は、何《なに》かいろんなことを話《はな》すけれど、きれいな人《ひと》アそんなに云《い》やしない。私《わたし》、傍《そば》へ行《ゆ》きたいけれど、遠慮《ゑんりよ》してるの。本堂《ほんだう》の仏様《ほとけさま》、やさしい顔《かほ》して、拝《をが》

むと、少《すこ》し莞爾《にっこり》しておいでだけれど、何《なん》だか勿体《もったい》ないもの、傍《そば》へ寄《よ》ると、でも、叱《しか》りさうぢやあないけれど、恐《こは》いやうだ。尊《たふと》いのだつて、お上人《しやうにん》さん、然《さ》う云《い》つた。」

とおぼろげなことをいふ。岡蔵《をかざう》は聞《き》いて、案《あん》じて居《ゐ》て。

「むゝ、そりや人品《ひとがら》よ、威《ゐ》があると云《い》ふものだ。えゝと、小座敷《こざしき》に二人《ふたり》か。」

「あゝ、然《そ》してぴつしやり閉切《しめき》つてあるの。先刻《さつき》もそツと行《い》つて見《み》たら、分《わか》らないんだけれど、泣《な》いてたやうだ。だから何《ど》うしようと思《おも》つて、お上人様《しやうにんさま》アお留守《るす》だし、こゝにアノ、それでこゝに居《ゐ》るんだよ。」

とたよりなげな風情《ふぜい》である。此児《このこ》も人《ひと》なつこい、愛《あい》くるしいので。

「待《ま》ちねえよ、泣《な》いて居《ゐ》たつて。はてな、待《ま》ちねえ、小座敷《こざしき》に居《ゐ》ると云《い》やあ、何《なん》だ、ソツと行《い》つたら、前栽《ぜんさい》から様子《やうす》が知《し》れよう。何《ど》うかしてモ一度《いちど》見《み》たいもんだが、え、お新発意《しんぼち》、お前《まへ》さんも何《なん》なら一緒《いつしよ》に連《つ》れて行《ゆ》きねえ、そつと見《み》よう。」

「だつて悪《わる》いから。」

「可《い》いやな、こんな野郎《やらう》ぢやあ悪《わる》からう。気味《きみ》を悪《わる》くされると悪《わる》いで、おらあ、遠《とほ》くに居《ゐ》て内証《ないしよ》で見《み》らあ。お前《まへ》さん小児《こども》だから女《をんな》の児《こ》は構《かま》はねえ。えい、おい、然《さ》うしねえ。だから叱《しか》られたらあやまることよ。可《よし》か、さあ、さきへ行《ゆ》きねえ。ついてかあ。あゝ、小児《こども》を出《だし》に……小恥《こツぱづ》かしくもなく……畜生《ちくしやう》……」

「何《ど》うしたの。」

「野面《のづら》なもんだぜ。」と、岡蔵《をかざう》は窘《すく》むで、鳶《とび》を見《み》た。

## 十六

小《ちひ》さな身体《なり》に縁下駄《えんげた》を引摺《ひきず》つて、青《あを》く伸《のび》た芝《しば》の上《うへ》を、新発意《しんぼち》は、黒《くろ》い帯《おび》で無垢《むく》の姿《すがた》で、ソツと小座敷《こざしき》の庭《には》にうかゞひ寄《よ》る。

岡蔵《をかざう》はずつと離《はな》れて、木戸《きど》の中《なか》へ片足《かたあし》を跨《また》ぎ、半身《はんしん》を庭《には》の隅《すみ》へ入《い》れながら、片足《かたあし》は境内《けいだい》に浮《う》かして居《ゐ》、横《よこ》になつた顔《かほ》を出《だ》して、構《かま》はぬ、開《あ》けい、小児《こども》だから大事《だいじ》ない、気《き》に逆《さから》つたらあやまるこツた、と両手《りやうて》を出《だ》して、……見返《みかへ》つちや猶豫《ためら》ふ新発意《しんぼち》の身体《からだ》を遠《とほ》くから掬《すく》つて押《お》すやうな。仕方《しかた》、手真似《てまね》をして居《ゐ》る。

微笑《ほゝゑ》みながら頷《うなづ》いては、少《すこ》しづゝ前《まへ》へ出《で》て、いま小座敷《こざしき》の前《まへ》と思《おも》ふと、障子《しやうじ》の裏《うら》に人《ひと》の気勢《けはひ》。また猶豫《ためら》つて、岡蔵《をかざう》を振返《ふりかへ》る。ト焦《あせ》つて押《お》すやうに手《て》を上《あ》げ下《さ》げして煩《もど》かしがる。頷《うなづ》いて、またコツソリと寄《よ》つたが、極《きまり》が悪《わる》かつたか、庭前《にはさき》を直角《ちよくかく》に切《き》つて筋違《すぢちが》にツ、と外《そ》れた。新発意《しんぼち》は小《ちひ》さな築山《つきやま》の下《した》の、根《ね》笹《ざゝ》隠《がく》れに二坪《ふたつぼ》ばかりの池《いけ》があつて杜若《かきつばた》が咲《さ》いて居《ゐ》る、其《その》ふちに立《た》つて、手《て》のものを落《おと》したやうな、呆《あき》れた岡蔵《をかざう》の顔《かほ》を遥《はるか》に見返《みかへ》つて、所在《しよざい》なく莞爾《につこり》した。

「不可《いけね》え〳〵。」と、口《くち》の内《うち》で呟《つぶや》いて、岡蔵《をかざう》は伸上《のびあが》りざまに手《て》を振《ふ》つた。

新発意《しんぼち》はあどけなく、いや〳〵をして、また莞爾《につこり》したが、其《その》まゝ池《いけ》のふちに屈《かゞ》むだ。円《まる》い臀《ゐしき》は縁下駄《えんげた》の上《うへ》へちやんと据《す》ゑられた。

むかうで岡蔵《をかざう》にます〳〵焦《あ》せられて、新発意《しんぼち》は俯向《うつむ》いたが、遣瀬《やるせ》なさゝうに指《ゆび》のさきで長《なが》く伸《の》びた杜若《かきつばた》の葉《は》のさきを撮《つ》むだ。ト葉摺《はず》れがして、一葉《ひとは》サラ〳〵と動《うご》いて、新発意《しんぼち》の踞《つくば》つてぢつとして居《ゐ》る姿《すがた》がチラリと揺《ゆ》れるやうに見《み》えた。途端《とたん》に、

「あれ！」と叫《さけ》むだ、障子《しやうじ》の裏《うち》で魂切《たまぎ》る声《こゑ》。吃驚《びつくり》して、新発意《しんぼち》の姿《すがた》は白《しろ》い兎《うさぎ》が飛《と》ぶやうに築山《つきやま》のうしろへ流《なが》れて隠《かく》れる。岡蔵《をかざう》もハツとして小蔭《こかげ》へ踞《しやが》む。

## 十七

障子《しやうじ》の透間《すきま》に手《て》が懸《かゝ》つて、急《いそ》いだ如《ごと》く其半《そのなか》ばを開《ひ》らく、ト板縁《いたえん》に載《の》せてある小笠《こがさ》の紐《ひも》を結《ゆは》へて附《つ》けた笈《おひ》の上《うへ》へ、色《いろ》のあせた衣《きぬ》ながら、衣紋《えもん》の正《たゞ》しい、威《ゐ》のある美《うつく》しい顔《かほ》、束髪《たばねがみ》をつやゝかに耳《みゝ》にかけた、手甲《てかふ》のまゝ、親《おや》指《ゆび》のさきを少《すこ》しく開《あ》けかけた障子《しやうじ》にかけて立《た》つたのは、——昨日《きのふ》の其時《そのとき》、摩耶寺《まやでら》に居《ゐ》た紫《むらさき》である。

蒼海原《あをうなばら》は銀《ぎん》のやう、砂《いさご》の浜《はま》にさら〳〵と日《ひ》かげがさして、池《いけ》の中《なか》は昼《ひる》の最中《さなか》で、水《みづ》に根笹《ねざゝ》の蔭《かげ》が暗《くら》く、濃《こい》紫《むらさき》の杜若《かきつばた》の花《はな》が沈《しづ》むで、葉《は》さき幽《かすか》に戦《そよ》いで居《ゐ》る。その一面《いちめん》の庭《には》をぢつと見《み》た。眉《まゆ》は憂《うれ》はしげに、清《すゞ》しい目《め》がうろ〳〵して居《ゐ》た。

「何《なん》ぢや。」と、取続《とりつゞ》いて、背後《うしろ》から慌《あわたゞ》しげに立《た》つて来《き》て、笈《おひ》の傍《わき》へ、これは片膝《かたひざ》ついて、も一枚障子《いちまいしやうじ》を右《みぎ》へ開《あ》けて、斉《ひと》しく庭前《にはさき》を見廻《みま》はしたのは、母親《はゝおや》と見《み》えた、七十あまりの老女《らうぢよ》である。

消《き》えも入《い》りさうな現下《いま》の叫《さけ》ひ声《ごゑ》、あなやと見《み》る間《ま》に立《た》つて出《い》で、其庭《そのには》を見廻《みまは》しても、海原《うなばら》の方《はう》を見遣《みや》つても、浜松《はままつ》の中《なか》を透《す》かしても、右《みぎ》を見《み》ても、左《ひだり》を見《み》ても、目《め》につく虫《むし》一匹《ぴき》這《は》つて居《を》らぬ。あまりの仰々《ぎやう〳〵》しさに顚動《てんどう》した胸《むね》の轟《とゞろ》くのが耳《みゝ》について、肉《しゝむら》が動《うご》くやうな。女《むすめ》は、ト見《み》れば、ぢつと目《め》を瞻《みは》つて居《ゐ》るが、陸《くが》にも海《うみ》にも何事《なにごと》も無《な》い。うつかりした様子《やうす》であつた。どぎまぎしながら、笈《おひ》の竹《たけ》を一《ひと》ツ拍《う》つて、

「これ。」

「はい。」と、はツきり答《こた》へた。

「何《ど》うぞしたかの、けたゝましい。何《なん》ぢやつたぞ。」吻《ほつ》と息《いき》を吐《つ》いて、おなじく手甲《てつかふ》したので胸《むね》を撫《な》でる。

立《た》つた紫《むらさき》もといきをついて、

「母様《おつかさん》、御免《ごめん》なさいまし。」

「えゝ、何《なに》あやまることも何《なに》もないがの。ま、ま、無事《ぶじ》でよかつた。お前《まへ》つひぞない、何《ど》うしたのぢや。癇《かん》のせゐでか、恐《おそろ》しいものでも見《み》えましたか。」

「いゝえ、堪忍《かんにん》なさいまし。つい何《なん》でございます。寺《てら》のお小僧《こぞう》さんでせう、彼処《あすこ》の杜若《かきつばた》を引《ひ》きましたのが、障子《しやうじ》の間《すき》から見《み》えたもんですから、私《わたし》はもう吃驚《びつくり》いたしました。」

「お小僧様《こぞうさま》が杜若《かきつばた》を撮《つま》んだツて、其《それ》が何《なん》の吃驚《びつくり》ぢや。をかしいではないか。案《あん》じられる、聞《き》かせておくれ。」

「可《よ》うございます、母様《おつかさん》。」と云《い》つた時《とき》は、顔《かほ》の色《いろ》も常《つね》であつた。

「何《なに》も秘《かく》すことはないに、はなしてお聞《き》かせ、気《き》に懸《かゝ》ります。」疑《うたがひ》の色《いろ》は解《と》けぬ。

「秘《かく》しますのではないの、母様《おつかさん》。お気《き》に懸《かゝ》りますならば申《まを》しませう。あの、山下《やました》の寮《れう》に残《のこ》して参《まゐ》りました坊《ばう》やが三歳《みつゝ》になりました。あゝ、丁《ちやう》ど今時分《いまじぶん》。」と言《い》ひかけて、つく〴〵と空《そら》を視《なが》めて、

「唐橋《からはし》の下《した》に池《いけ》がありましたのに、杜若《かきつばた》が咲《さ》いて居《ゐ》て、ちよこ〳〵あるきましたもんですから、乳母《ばあや》のさきへ立《た》つて駈《か》け出《だ》します。アレと云《い》つて飛《と》びつきましたが、水《みづ》の中《なか》へ落《お》ちましたの。私《わたし》は、秋《あき》と千代《ちよ》と三人《さんにん》で、慿《か》うやつて、縁側《えんがは》に立《た》つて見《み》て居《を》りましたが、吃驚《びつくり》いたして気《き》が遠《とほ》くなつたのですよ。坊《ばう》やは虫《むし》も起《おこ》らないで何《なん》ともございませんかつた。私《わたし》はそれから一月《ひとつき》ばかり寝《ね》ましたの。をかしうございますこと。其《それ》からはもう、小《ちひ》さなのが水《みづ》のふちにをりますと、何時《いつ》でもはら〳〵思《おも》ひますのに、杜若《かきつばた》も咲《さ》いて居《ゐ》ますし、池《いけ》も池《いけ》で、丁《ちやう》ど其時《そのとき》のやうな気《き》がしましたから、落《お》ちはせぬか、危《あぶな》い、と其《そこ》で声《こゑ》を立《た》てたんですよ。ちかごろこんなに吃驚《びつくり》したことはありません。嘸《さぞ》、お驚《おどろ》きなすつたでせう。私《わたし》さへあんまり！」と云《い》つて紫《むらさき》は笑《わら》つて居《ゐ》た。

十八

丁《ちやう》ど此折《このをり》、新発意《しんぼち》は築山《つきやま》の蔭《かげ》から根笹越《ねざゝごし》に、最《い》と其愛《そのあい》くるしい顔《かほ》を少《すこ》し傾《かたむ》けて出《だ》した。眩《まばゆ》い眼《め》で、これは驚《おどろ》かされた声《こゑ》の成行《なりゆき》を伺《うかゞ》つたのであつた。

が心《こゝろ》づかひをして居《ゐ》た千個寺《せんがじ》は、少《わか》いのは立《た》ち、老《お》いたるは膝《ひざ》をついて、二人《ふたり》ともあからさまに縁側《えんがは》に笈《おひ》が

くれに見《み》えたので、悪《わる》いことでも見付《みつ》かつたやうに、あわてゝ、かくれようとする。

トいま紫《むらさき》の話《はな》すのを頷《うなづ》き〳〵、目《め》をしばたゝいて、堪《た》へ得《え》ない風情《ふぜい》だつた老女《らうぢよ》が、目疾《めばや》くこれを認《みと》めて、

「あの、もし、お小僧様《こぞうさま》。」と声《こゑ》を懸《か》ける。

呼《よ》ばれてかくれあへず、新発意《しんぼち》は間《ま》の悪《わる》さうにまた顔《かほ》を出《だ》して覗《のぞ》いた。

「おいで、おいで、こゝへおいでなさい。」と老女《らうぢよ》は手招《てまね》きする。少《すこ》し進《すゝ》むだが、傍《かたはら》に凜《りん》として立《た》つて居《ゐ》る、先刻《さつき》、懐《なつかし》いが遠慮《ゑんりよ》がある、叱《しか》られさうにはないけれども恐《こは》いと云《い》つた、紫《むらさき》に憚《はゞかり》あつて、新発意《しんぼち》は、さうなく、近《ちか》づき兼《か》ねるのである。

「人見《ひとみ》をするかの。」と老女《らうぢよ》は紫《むらさき》を顧《かへり》みた。

「遠慮《ゑんりよ》をするのですよ。」と云《い》つた紫《むらさき》は、其威《そのゐ》のある目《め》を和《やは》らげながら、口許《くちもと》をやさしく、頷《うなづ》くやうに傾《かたむ》いてぢつと新発意《しんぼち》を遥《はるか》に見《み》た。

然《さ》うすると斉《ひと》しく、大《おほき》な縁下駄《えんげた》をやりちがへ、蹈《ふ》みかへ、芝《しば》もしどろにばた〳〵と駈《か》けて来《き》て、縁先《えんさき》で留《と》まると、

「あい、」と云《い》つて嬉《うれ》しさうな目色《めつき》をする。

「いろ〳〵御面倒《ごめんだう》で有難《ありがた》う存《ぞん》じます。あなた、幾歳《いくつ》になりますえ。」と老女《らうぢよ》が聞《き》く。

「十一。」

「あゝ、お十一かい。何時此《いつこの》お寺《てら》へおいでなされたの。」

「去年《きよねん》、お父《とつ》さんが亡《なく》なつてから、」

「おゝ、まあ、其《それ》はお可哀相《かはいさう》に、そして母様《おかゝさま》はえ。」

「存《ぞん》じません。」

「御存《ごぞん》じないのか。それはまあ、そして何《なに》は矢張《やつぱ》り此処《ここ》のお生《うま》れかい。」

「然《さ》うぢやないの、彼処《あすこ》からアノ海《うみ》を渡《わた》つて、お上人様《しやうにんさま》と船《ふね》に乗《の》つて来《き》た。」と云《い》つて、うつむいた。襟《えり》の白《しろ》い、耳《みゝ》の大《おほき》なつむりのすつぱりと蒼《あを》いのを、紫《むらさき》は瞬《またゝき》もしないで瞻《みまも》つて居《ゐ》る。

老女《らうぢよ》はすり寄《よ》つて、

「いろ〳〵なことを聞《き》きますが、お小僧様《こぞうさま》、あなた、母様《おかゝさま》は御存《ごぞん》じないが、父様《おとうさま》は知《し》つておいでなさるかい。何《なん》といふお方《かた》だつた。え、お小僧様《こぞうさま》。」と顔《かほ》を覗《のぞ》いてから問《と》ひかけた。紫《むらさき》は思《おも》はず、声《こゑ》をかけて、傍《かたはら》から、

「母様《おつかさん》、そんなことおよしなさいましよ。思《おも》ひ出《だ》してお泣《な》きです、悪《わる》うございますよ。」とおさへて云《い》ふ。

「あゝ、左様《さう》だつたか。左様《さう》だつた、左様《さう》だつた。」とこれは口《くち》をつぐむだ。新発意《しんぼち》は不審《いぶかし》げに、こすつて居《ゐ》た、たゞれた赤《あか》い目《め》で振仰向《ふりあをむ》いて、うつとりしたやうに紫《むらさき》の顔《かほ》を瞻《みまも》る。ト心《こゝろ》付いたものであらう。

「お目《め》が痛《いた》みますか。」とやさしく然《さ》う云《い》つた、紫《むらさき》は極《きは》めて機嫌《きげん》のいゝ面色《おもゝち》である。

「痛《いた》かあないの、痒《かゆ》い。」

「痒《かゆ》いの。」とあうむかへしに云《い》つて、紫《むらさき》はしとやかに出《い》で、縁《えん》に屈《かゞ》むで、手早《てばや》く一ツほどいた手甲《てかふ》をはづして、新発意《しんぼち》の頤《おとがひ》にかけた、手《て》は暖《あつたか》であつたが、少《すこ》しふるへた。顔《かほ》を背《そむ》けて母親《はゝおや》を見返《みかへ》りながら、

「目《め》もらひですよ。」

十九

「それではお小僧様《こぞうさま》、禁厭《まじなひ》をしてお貰《もら》ひなさい。目《め》もらひと云《い》ふものは、一寸《ちよつと》仕方《かた》をして、人《ひと》の末《すゑ》の女児《むすめ》に結《むす》むで貰《もら》ふと治《なほ》ります。丁《ちやう》ど可《い》い、この女《こ》は私《わたし》が一番末《いちばんすゑ》の女《こ》ぢや。お役《やく》に立《た》てゝあげませう。つひぞ未《ま》ださせたことはないで知《し》りますまいがの、むゝ、よく利《き》く、現当《げんたう》に治《なほ》ります。仕方《しかた》は私《わたし》が教《をし》へますよ。お小僧様《こぞうさま》、ま

あ、此処《ここ》へお上《あが》りなされ。」

「あい。」といつた、が猶豫《ためら》つて、そと紫《むらさき》の顔《かほ》を見《み》た。目《め》の所為《せゐ》もあるか、おもはゆげである。

「此方《こちら》へ、」と云《い》つて、紫《むらさき》も指《ゆび》で縁側《えんがは》を教《をし》へたが、なほしりごみをして居《ゐ》たので、莞爾笑《にっこりわら》つて手《て》を入《い》れた。脇《わき》の下《した》へ両手《りやうて》を挟《はさ》むで、紫《むらさき》は、ツと白衣《びやくえ》の童《わらは》を抱《だ》きあげたが、似《に》げなく活溌《くわつばつ》に、しかも迅速《じんそく》な仕方《しかた》であつた。板縁《いたえん》へ抱下《だきおろ》して、

「軽《かる》いな。」新発意《しんぼち》は日向《ひなた》の板縁《いたえん》で、瞻《みまも》られる顔《かほ》をやるせなげに笈《おひ》の裏《うら》へ押《おし》かくして、嬉《うれ》しげな微笑《ほゝゑみ》の見《み》える、ふつくりした横顔《よこがほ》を見《み》せながら、極悪《きまりわる》げに横《よこ》すわりをして居《ゐ》る。うしろむきに円《まる》い臀《ゐしき》の乗《の》つた踵《かゝと》、投出《なげだ》した足《あし》は練物《ねりもの》でしたやうにきれいである。

其内老女《そのうちらうぢよ》は何《なに》か、拵《こしら》へた。紙《かみ》を切《き》つて、長《なが》く五寸《すん》ばかりのものを紫《むらさき》の手《て》に渡《わた》して、

「さあ、これを持《も》つて此処《こゝ》に居《ゐ》るのだよ、可《い》いかい。お小僧様《こぞうさま》は内《うち》へござつて、此障子《このしやうじ》の、ほゝゝゝ、幸《さいはひ》といふでもないが破《やぶ》れて居《ゐ》る、こゝから其悪《そのわる》い方《はう》の片目《かため》でのぞく。お前《まへ》は其処《そこ》に其捩《そのより》をあてがつて居《ゐ》て、はじめは伸《のば》して置《お》く。彼方《あつち》でお小僧様《こぞうさま》が、(なあにを結《むす》ぶ、)と然《さ》ういふと、お前《まへ》は其処《そこ》から(目《め》もらひ結《むす》ぶ。)といつて、一《ひと》ツ環《わ》にする。可《い》いかい。それからまた、彼方《あつち》で(なあにを結《むす》ぶ、)お前《まへ》が、(目《め》もらひ結《むす》ぶ)と斯《か》う云《い》ふわけぢや。其処《そこ》で、も一《ひと》ツ環《たま》をこしらへる。またいつて、またいふと、三度《さんど》、可《よ》いかい。三度《さんど》繰返《くりかへ》し、わを三個《みツつ》拵《こしら》へる。これが、おまじなひで直《す》ぐに治《なほ》るのだから、さあ〳〵、お小僧様《こぞうさま》おはじめ。」と、老女《らうぢよ》はまめやかに促《うなが》しながら、居寄《ゐよ》つて膝《ひざ》に手《て》をついて、障子《しやうじ》の破目《やぶれめ》に覗《のぞ》き合《あ》ふ、二人《ふたり》の状《さま》を視《なが》めて居《ゐ》た。

「さあ〳〵、あなたからぢや、なアにを結《むす》ぶと……」

「なあにを。」とやう〳〵云《い》つたが、新発意《しんぼち》は目《め》を放《はな》して此方《こつち》を覗《のぞ》いた。

「ちやんとおつしやい。」

「だつて、あの……おばあさん。」

「可《い》いからおつしやいな。」と、障子《しやうじ》の内《うち》から声《こゑ》が懸《かゝ》つた。

「なあにを結《むす》ぶ。」

「ほゝゝ、め、も、ら、ひ、む、す、ぶ。」

「これ笑《わら》はず、真面目《まじめ》ぢや。」と老女《らうぢよ》はたしなめるやうに云《い》つて笑《わら》つた。

「何《なん》ですか、母様《おつかさん》、極《きまり》が悪《わる》うございます。」と紫《むらさき》は振向《ふりむ》いたが、母親《はゝおや》と見合《みあは》した雪《ゆき》の様《やう》な顔《かほ》をやゝ赤《あか》らめて居《ゐ》る。

「今度《こんど》はお小僧様《こぞうさま》、そちらで云《い》ふのぢや。」と、促《うな》がしても、黙《だま》つて居《ゐ》るので、

「どれ、何《ど》うしておいでぢやの。」と呟《つぶや》きながら老女《らうぢよ》は立《た》つて小座敷《こざしき》へ入《はひ》つた。

直《たゞ》ちに声《こゑ》がした。

「なアにを結《むす》ぶ。」

「目《め》、も、ら、ひ、」と受《う》けて見《み》たが、たゞならぬ音調《おんてう》で、結《むす》びかけた環《わ》を引《ひ》き結《ゆ》ひあへず、ソと見《み》ると、母《はゝ》親《おや》は内《うち》に入《はひ》つて人目《ひとめ》がなかつた時《とき》の、紫《むらさき》の顔《かほ》は蒼《あを》かつた。あとを云《い》ひ得《え》ないで密《ひそ》かにむせむだのである。

「何《ど》うおしだい。」

「目《め》もらひ結《むす》ぶ。」と、居直《ゐなほ》つてしつかり云《い》つた。

「何《なに》を結《むす》ぶ。」とあどけない何《なん》にも、知《し》らぬ声《こゑ》の中《なか》に、ものゝあはれは籠《こも》つて居《ゐ》る。

## 二十

目《め》もらひ結《むす》ぶ、

何《なに》を結《むす》ぶ、
目《め》もらひ結《むす》ぶ。

いひ直《なほ》して全《まつた》きを、絶句《ぜつく》しないで三度《さんど》続《つゞ》けた。紫《むらさき》の手《て》の糸《いと》も三個《みつ》の環《わ》を結《むす》び果《は》てた。が、他《ほか》に見《み》るものがなければこそ、わがねた糸《いと》を袂《たもと》に入《い》れつゝ紫《むらさき》は顔見《かほみ》らるゝ心地《こゝち》がした。で、何《なん》となく振返《ふりかへ》る途端《とたん》に、ものゝやうを聞取《きゝと》つて、恐《おそ》る〳〵顔《かほ》を出《だ》して、木戸《きど》の蔭《かげ》でうかゞつて居《ゐ》た岡蔵《をかざう》の顔《かほ》をチラリと見《み》た。其《その》まゝ顔《かほ》を背《そむ》けたが、をさないことを見《み》られたと思《おも》つて紫《むらさき》は顔《かほ》を背《そむ》ける時故《ときわざ》と莞爾《につこり》した。

岡蔵《をかざう》は何《なん》と思《おも》つたか、放心《はうしん》の体《てい》で、つか〳〵と進《すゝ》むだが、あからさまに其姿《そのすがた》が見《み》えた処《ところ》で、ばツたり膝《ひざ》を折《を》つて芝生《しばふ》に手《て》を支《つ》いた。

けれども、これは紫《むらさき》に見《み》えなかつた。いま微笑《ほゝゑ》むで目《め》をそらしたまゝ、紫《むらさき》は身《み》を起《おこ》して小座敷《こざしき》へ入《はひ》る、とうしろ手《て》ですつと障子《しやうじ》をしめた。たをやめは障子《しやうじ》のなかへ人目《ひとめ》から消《き》えたのである。

座《ざ》につくと老女《らうぢよ》は笑《わら》つて、

「御苦労《ごくらう》ぢやつた。お小僧様《こぞうさま》、さあ、もうちやんとなほります。」

新発意《しんぼち》は行儀《ぎやうぎ》よく坐《すわ》つて、紫《むらさき》の前《まへ》でいたいけに手《て》を支《つか》へ、

「ありがたう存《ぞん》じました。」とおとなしく然《さ》ういつて、機嫌《きげん》のいゝ顔《かほ》をぢつと見《み》たが、パツチリと一《ひと》ツまたゝいた時《とき》、……カタリといふ音《おと》。耳《みゝ》を傾《かたむ》けて其《その》まゝ立《た》つて、くるりと背後向《うしろむ》いてちよこなんと立《た》つたと思《おも》ふと、すた〳〵駈《か》け出《だ》して、引戻《ひきもど》されたやうに板敷《いたじき》の黒光《くろびかり》がする本堂《ほんだう》の前《まへ》で、振返《ふりかへ》つて見《み》た、白衣《びやくえ》の姿《すがた》は、巨大《きよだい》な賽《さい》銭箱《せんばこ》にかくれて、遥《はるか》に跫音《あしおと》が聞《きこ》えて止《や》むだ。

障子《しやうじ》の外《そと》に咳《しはぶ》いた声《こゑ》がする。

身《み》を開《ひら》いて、斉《ひと》しく膝《ひざ》に手《て》を置《お》くと、おづ〳〵下《した》の方《はう》から摺《す》りあげて、岡蔵《をかざう》は自《みづか》ら罵《のゝし》つた。其野面《そののづら》を出《だ》して

一目見《ひとめみ》たが、天窓《あたま》も上《あが》らない。で切《せつ》なる声《こゑ》で、

「大事《だいじ》ございません、決《けつ》して御慮外《ごりよぐわい》は申《まを》しません。私《わつし》は其《その》、もうお覚《おぼ》えはございますまいが、十年経《ねんた》ちました。忘《わす》れずにお見知《みし》り申《まを》して居《を》ります。親不知《おやしらず》で、嬢様《ぢやうさま》のへい、お駕籠《かご》を舁《か》きました雲助《くもすけ》でございます。かやうな処《ところ》へしやつ面《つら》を出《だ》しまして、ハヤお気味《きみ》が悪《わる》うございます。えゝ、お気《き》に障《さは》りましたら、えゝ、もう海《うみ》の彼方《あつち》へでも参《まゐ》ります。地体透見《ぢたいすきみ》をいたしましても済《す》みませぬが、へい御機嫌《ごきげん》が悪《わる》ければ出《で》ますのぢやあございませなんだ。唯今莞爾遊《たゞいまにつこりあそ》ばしたのを拝《をが》みまして、何《なに》が扨《さ》て夢中《むちう》でのたり出《で》ました。えゝ、此方人《こちと》づれにものおつしやるのではございますまいが、恁《か》うやつていらつしやれば、船頭馬方《せんどううまかた》だ。たゞの千個寺様《せんがじさま》のつもりで、何《なに》か御心配《ごしんぱい》の様子《やうす》をお話《はな》し下《くだ》さりまし。何《ど》ういふ御縁《ごえん》やら、いまだに生命《いのち》でもあげます気《き》だ。」と、云《い》ふことのしどろながら、真情《まごころ》は面《おもて》に見《み》えて、紫《むらさき》の色《いろ》もとけたので、遂《つひ》に老女《らうぢよ》は語《かた》りだした。

## 二十一

金春金之丞《こんばるきんのじよう》は、抱《かゝ》へられた藩主《はんしゆ》が特《とく》に内意《ないゝ》を下《くだ》して、十分《じふぶん》の手当《てあて》で国許《くにもと》なる其下邸《そのしもやしき》まで落《おと》したくらゐ贔屓《ひいき》の大鼓打《おほつゞみうち》ではあつたけれど、維新《ゐしん》の際《さい》なり、本領《ほんりやう》が危《あぶな》いので、能処《のうどころ》の騒《さわ》ぎでない。最初《さいしよ》の内《うち》こそ、折々《をり〳〵》心着《こゝろづけ》があつて、留守役《るすやく》の者《もの》から附届《つけとゞけ》もしてくれたが、国事多端《こくじたたん》の折《をり》から、段々構《だん〳〵かま》ひつけずなつて、金之丞《きんのじよう》は老夫婦《らうふうふ》、空屋《あきや》を借《か》りて、格子戸《かうしど》の中《なか》に茶釜《ちやがま》の小《ちひ》さなのを二個《ふたつ》ならべて、紅梅焼《こうばいやき》を売《う》つて居《ゐ》たが、とても消光《くらし》には足《た》りなかつた。

九人《にん》あつた小児《こども》の内《うち》、前後《あとさき》に亡《な》くなつたのが三人《さんにん》で、江戸《えど》に残《のこ》つたのが四人《よにん》、国《くに》へ連立《つれだ》つたのが二人《ふたり》であるが、兄《あに》は其妻《そのつま》と乳呑児《ちのみ》とを連《つ》れて別《べつ》に住居《すまひ》をして居《ゐ》た。これは狂言師《きやうげんし》で、おなじく不如意《ふによい》になり、消光《くらし》に追《お》はるゝやうに成《な》ると、烈《はげし》い男《をとこ》で、片田舎《かたゐなか》で米《こめ》とは何《なん》だ、どつちを見《み》ても畠《はたけ》ぢやあねえか。飯《めし》が欲《ほし》い、江戸《えど》ツ児《こ》の

やうでもない、空腹《ひだる》くばそこいらの畝《たんぼ》の殻《から》でも嚙《かじ》つて置《お》けと、泣縋《なきすが》る女房《にようばう》を蹴飛《けと》ばして出《で》ちやあ、大酒《おほざけ》を煽《あふ》つて血《ち》を吐《は》いて死《し》んだので、女房《にようばう》は連子《つれこ》で、一神官《あるかんぬし》に嫁《かたづ》いたから、これは便《たより》になるのではない。

一番《いちばん》の姉女《あねむすめ》といふのは、容色《きりやう》も勝《すぐ》れて才《さい》もあつた。酒飲《さけのみ》で、これは一家《いつけ》が此国《このくに》へ来《く》る時分《じぶん》は、番町《ばんちやう》の小《こ》ツ旗《ぱた》本《もと》で辻斬《つじぎり》の上手《じやうず》だと云《い》つて、いつも閉門《へいもん》して居《ゐ》た、なにがしと云《い》ふのにかたづいて居《ゐ》たが、上野《うへの》の落《お》ちたと風説《うはさ》が聞《きこ》える頃《ころ》から些少《ちつと》も音信《たより》が来《こ》なかつた。其次《そのつぎ》のは、些少《ちと》二《に》の町《まち》で、顔《かほ》に薄《うす》あばたのあつた女《ひと》だが、極《きは》めて実体《じつてい》なので、豊前《ぶぜん》の小倉《こくら》だといふ、大百姓《おほひやくしやう》とやらの許《もと》に縁《えん》づいて居《ゐ》る。それこれにめぐりあひもしようため、まだ一人《ひとり》他《た》の養子《やうし》になつて、舅《しうと》と折合《をりあひ》が悪《わる》いため、家附《いへづき》の女《むすめ》と駈落《かけおち》をした弟《おとうと》があるから、其行方《そのゆくへ》も尋《たづ》ねよう。かた〴〵見《み》す〳〵山国《やまぐに》の路頭《ろとう》に立《た》たうよりも、旧《もと》より法華《ほつけ》の信者《しんじや》で、祖師《そし》に帰依《きえ》をして居《ゐ》た固《かた》いのであるから、何彼《なにか》と云《い》ふより、津々浦々《つゞうら〳〵》の寺々《てら〴〵》に参詣《さんけい》しよう。小湊《こみなと》にも行《い》つて見《み》ようし、身延《みのぶ》へも詣《まゐ》らうと、老夫婦《らうふうふ》が破《やぶれ》襖《ぶすま》の暗《くら》い行燈《あんどん》の下《もと》に、一枚《まい》の袷《あはせ》を引張《ひつぱり》あつて、咳《せ》き入《い》る寝物語《ねものがたり》に相談《さうだん》をして、大鼓《おほつゞみ》の朱《あか》い緒《を》の綾《あや》を外《はづ》すと、胴《どう》と面《めん》と別々《べつ〳〵》にして、たゝむで笈《おひ》のなかへ入《い》れた。いよ〳〵千個寺《せんがじ》に出《で》ることになつた。

これより前《さき》、紫《むらさき》は、名《な》だたる蓑岡《みのをか》の山下《やました》の寮《れう》に、あまたの女中《ぢよちう》にかしづかれて気《き》まゝに遊《あそ》んで居《ゐ》たのであるが、両親《りやうしん》が然《さ》うはならない前《さき》に、不自由《ふじいう》はさせますまい、引取《ひつとり》ませう、扶持《ふち》をしよう、湯治《たうぢ》においでなさいまし、隠居所《いんきよじよ》をたてませうと、若《わか》い主人《しゆじん》までが手《て》をさげて云《い》つたけれど、頑《ぐわん》として肯入《きゝい》れない。お国猿《くにざる》が生意気《なまいき》な、べらぼうめ、御身《おみ》は知《し》らいでも高利《かうり》でこせえた家蔵《いへくら》だ。かゝりうどになつて堪《たま》るかい、金春金之丞《こんぱるきんのじよう》は女《むすめ》で食《く》はぬと、白髪《しらが》の総髪《そうはつ》で、藝人《げいにん》の、柔和《にうわ》な、おとなしい口《くち》から、ありツたけの我《わが》まゝを云《い》つて、其《その》かはり紫《むらさき》は可愛《かはい》がつてやつて下《くだ》さい。諺《ことわざ》にも申《まを》す末《すゑ》ツ子《こ》で、老人《らうじん》ども言《い》ひなり放題《はうだい》に些《ち》と甘《あま》やかし過《す》ぎました。羽子《はね》と、手鞠《てまり》と、歌留多《かるた》が上手《じやうず》で、これは名人《めいじん》と云《い》つても可《い》いが、能《のう》にはならず、小袖《こそで》の片袖《かたそで》も縫《ぬ》ひ得《え》ませぬ。不束《ふつゝか》なものながら、身《み》にかへて可愛《かはゆ》うござると、いつも然《さ》ういひ〳〵した。

でいよ〳〵老夫婦《らうふうふ》が笈《おひ》をしよつて、夜《よ》にげ同様《どうやう》に出発《しゆつぱつ》することになつて、あけがた町《まち》はづれへ着《つ》くと、腰元《こしもと》を連《つ》れて紫《むらさき》が駕籠《かご》であとから追着《おひつ》いたのである。

## 二十二

おともをしませう、良人《やど》から許《ゆるし》をうけました。お二人《ふたり》が然《さ》うやつて、廻国《くわいこく》に行《い》らつしやるものを、お年寄《としより》なり、欞子《れんじ》から見《み》ては居《を》りませぬと、柳《やなぎ》の茶屋《ちやゝ》と云《い》ふので、みなりをかへて、藤《ふぢ》の花《はな》も咲《さ》いて居《ゐ》た、しら〳〵あけに丁《ちやう》どいまから七年前《ねんさき》、紫二十《むらさきはたち》の五月《ぐわつ》であつた。縁下駄《えんげた》を引《ひつ》かけて、黄昏《たそがれ》の梅《うめ》を見《み》に出《で》るやうに、座敷《ざしき》から、草鞋《わらぢ》で下《お》りて、其《その》まゝ両親《ふたおや》の中《なか》に挟《はさ》まれて、松並木《まつなみき》に出《で》たのであるが、唯良人《たゞやど》のゆるしを受《う》けたとばかり、何事《なにごと》も言《い》はなかつたけれど、あとで知《し》れると、蓑岡《みのをか》の主人《しゆじん》とは正《まさ》に七年《ねん》だけと云《い》ふ、固《かた》い約束《やくそく》がしてあつたので。柳《やなぎ》の茶屋《ちやや》で草鞋《わらぢ》を穿《は》いて出《で》てから数《かぞ》へて、日数《につすう》二千二百十幾日《いくにち》、翌日《あす》がちやうど、其日《そのひ》になるまで、めぐりめぐつて此処《こゝ》に来《き》た。いま摩耶寺《まやでら》の此《こ》の小座敷《こざしき》に憩《いこ》ひながら、岡蔵《をかざう》に語《かた》つて居《ゐ》るが、アノ小松原《こまつばら》から透《す》いて見《み》える、白砂続《しらすなつゞき》で砥《と》のやうな、むかうの海《うみ》を船《ふね》で越《こ》せば、一夜路《いちやぢ》で国《くに》に着《つ》き得《え》らるゝ。で約束《やくそく》は変《か》へられぬ。久《ひさし》い間《あひだ》のことであるから、譬《たと》ひ何《ど》のやうにものがかはつて居《ゐ》ようとも、きつと蓑岡《みのをか》へ帰《かへ》らねばならないのである。

彼《か》の旗本《はたもと》に嫁《かたづ》いて居《ゐ》て、はじめて紫《むらさき》が国《くに》に着《つ》いた頃《ころ》は、まだ三代目《さんだいめ》の種彦《たねひこ》が筆《ふで》を取《と》つた、白縫物語《しらぬひものがたり》の続《つゞき》だの、葛飾物語《かつしかものがたり》だの、出《で》る毎《たび》に送《おく》つてくれた、一番《いちばん》の姉《あね》は、会津《あひづ》の城《しろ》で乱軍《らんぐん》のなかに、髪《はつ》を被《かむ》つて血《ち》だらけになつて最期《さいご》を遂《と》げたのが分《わか》り、小倉《こくら》へ行《い》つては、既《すで》に其妹《そのいもうと》が亡《な》くなつて、一週忌《しうき》の法筵《ほふえん》に列《れつ》したのである。また駈《かけ》落《おち》をした若《わか》い夫婦《ふうふ》には、四国《しこく》でも、畿内《きない》でもめぐりあはない内《うち》、去年《きよねん》、若狭《わかさ》小浜《をばま》の木《き》賃宿《ちんやど》で、父親《てゝおや》は昏々《こん〳〵》としてうはごとの如《ごと》く、内百番《うちひやくばん》の養老《やうらう》を口吟《くちずさ》みながら、紫《むらさき》の膝《ひざ》を枕《まくら》に、大往生《だいわうじやう》を遂《と》げてしまつた。年紀《とし》は八十三であつた。

残《のこ》る母親《はゝおや》は七十四で、紫《むらさき》の打明《うちあ》けていつたのを聞《き》くと、親《おや》の年紀《とし》を数《かぞ》へては済《す》まないけれど、七年《ねん》の間《あひだ》には見送《みおく》り果《は》てようと、果敢《はか》ないことを、あはれにも、胸《むね》に畳《たゝ》んで居《ゐ》たのであつたが、まだ恁《か》うやつて達者《たつしや》で居《ゐ》る。はじめさへ見棄《みす》てられなかつたものを、たとひ良人《をつと》に誓《ちか》つたにしろ、七年《ねん》が、九年《ねん》にならうが、一層年《いつそうとし》を取《と》つて歩行《ほかう》さへ腑甲斐《ふがひ》ないものを一人路傍《ひとりみちばた》に棄《す》てゝ行《ゆ》かれはせぬ。尤《もつと》もまた婿《むこ》に対《たい》して、今《いま》になつて阿容々々《おめ〳〵》母親《はゝおや》がついて行《ゆ》かれる義理《ぎり》ではない。自分《じぶん》は面《めん》を被《かぶ》らうと、此《これ》は亡《なく》なつた金春《こんぱる》に対《たい》して済《す》まぬ。と云《い》つて一人残《ひとりのこ》らうとしては、紫《むらさき》が海《うみ》を渡《わた》らうと言《い》はないので、もし自分《じぶん》の為《ため》に約束《やくそく》をかへるやうでは、義《ぎ》として此母親《このはゝおや》は縊《くび》れても死《し》なねばならぬ。死《し》ぬのは易《やす》いが、それでは折角少《せつかくわか》い身《み》を、千個寺《せんがじ》までして、我慢《がまん》の父親《てゝおや》を見送《みおく》つた孝《かう》の道完《みちまつた》からずで、水《みづ》の泡《あわ》といふものなり。海《うみ》さへ渡《わた》れば、期日《きじつ》を後《おく》れず、約束《やくそく》を違《たが》へないことの出来《でき》るやう、今日此寺《けふこのてら》まで来て着《つ》いた。来《く》る路《みち》でも、母《はゝ》は繰《く》り返《かへ》して進《すゝ》めるけれども、紫《むらさき》は決《けつ》しない。でそれならば死《し》なうといはるゝ、死《し》なうと迄《まで》いはれては、約束《やくそく》に趨《おもむ》いて、母親《はゝおや》を棄《す》てねばならず。それはといつて、棄《す》てられるわけのものではない。棄《す》てなければ行《ゆ》かれないが、一緒《いつしよ》に行《い》つては婿《むこ》に済《す》まぬ。これはまた老人《としより》の意地《いぢ》で、亡《な》き人《ひと》の我意《がい》は曲《まげ》ぬといふので、とかうにも決《けつ》しかねるとのことを、一徹《いつてつ》な母親《はゝおや》は、其一徹《そのいつてつ》な眼《め》に涙《なみだ》ぐむで、長々《なが〳〵》と岡蔵《をかざう》に語《かた》り果《は》てた。紫《むらさき》は威儀《ゐぎ》を崩《くづ》さず、手《て》を膝《ひざ》にしてうつむいて居《ゐ》る。森《しん》とした小座敷《こざしき》を遥《はるか》にへだつて、くりやの方《はう》で、若《にやく》—有《う》—無《む》—量《りやう》—百《ひやく》—千《せん》—万《まん》—億《おく》—衆《しう》—生《じやう》—受《じゆ》—諸《しよ》—苦《く》—悩《なう》—と張上《はりあ》げた、清《きよ》い、うら少《わか》い声《こゑ》で、新発意《しんぼち》の誦《じゆ》すのがあはれに聞《きこ》える。

肉《しゝむら》を動《うご》かして、瞬《また》きもしないで聞《き》いてゐた。岡蔵《をかざう》は血《ち》の上《のぼ》つた活々《いき〳〵》した顔《かほ》で、元気《げんき》よく云《い》つた。

「何易《なにやす》いことを、えゝ！ 御心配《ごしんぱい》はござりません。御母様《おふくろさま》は私《わつし》がお引受《ひきう》け申《まを》しませう。こんなけちなんぢやござりますが、腕力《ちから》があるだけ、負《おぶ》ひましたり、手《て》を引《ひ》いたりは、嬢様《ぢやうさま》よりも確《たしか》でげす。七《しち》むづかしい、気《き》の置《お》ける、嚊《かゝあ》も丁《ちやう》ど持《も》ちませぬ。些少《ちよつと》もお心置《こゝろお》きはございません。魚臭《さかなくさ》い漁師町《れふしまち》お嫌《いや》ならば、此《この》まゝで、此小座《このこざ》敷《しき》に楽隠居《らくいんきよ》でおいでなせえ。三日《みつか》も四日《よつか》も、あひまにや一月《ひとつき》も、ふいと消《き》えて行《ゆ》く変《へん》な和尚《をしやう》ではござりますが、私《わつし》ア大好《だいすき》で、爺《ぢゞい》だけれど兄弟分《きやうだいぶん》だ。お小僧様《こぞうさま》も、それはもう優《やさし》い、おとなしい、深切《しんせつ》な児《こ》でござりますぜ。ええ、さうなされまし、お母様《ふくろさま》の。そして其代《そのかは》りお願《ねがひ》だ。嬢様《ぢやうさま》が行《い》らつしやる処《ところ》まで、丁《ちやう》ど船《ふね》も漕《こ》ぎまさあ。海《うみ》は座敷《ざしき》も同一《おんなじ》で、気心《きごころ》は知《し》れてます。嬢様《ぢやうさま》がうつくしいたつて、波《なみ》、風《かぜ》、霧《きり》を起《おこ》すやうな気《き》まぐれは出《だ》しません。きつとあけ方《がた》までにや、向《むか》うの浦《うら》へ漕《こ》ぎつけますから、恐《おそ》れ多《おほ》いこツたけれど、船《ふね》のおともはさして下《くだ》さい、私《わつし》が一生《いつしやう》のお願《ねがひ》だ。」としみ〲思入《おもひい》つた体《てい》でいつた。岡蔵《をかざう》はまた紫《むらさき》を見《み》た時《とき》、畳《たゝみ》にくツついて平伏《ひれふ》した。

紫《むらさき》はぢつと見《み》た。母親《はゝおや》は胸《むね》に手《て》を置《お》いた。…爾時《そのとき》…

聞《もん》—是《ぜ》—観《くわん》—世《ぜ》—音《おん》—菩《ぼ》—薩《さつ》—即《そく》—時《じ》—観《くわん》—其《ご》—音《おん》—声《じやう》—皆《かい》—得《とく》—解《げ》—脱《だつ》—と、朗《ほが》らかに聞《きこ》えたのである。

母親《はゝおや》は耳《みゝ》を澄《す》まして、

「紫《むら》。」

「はい。」

「あゝ、御利益《ごりやく》ぢや。お頼《たの》み申《まを》さう。」

紫《むらさき》はうつむいて、たてこめた室《ま》のやゝ暗《くら》い、隅《すみ》なる床柱《とこばしら》のしら〲と艶《つや》を帯《お》びて日《ひ》の映《えい》ずる前《まへ》で、ぢつと思《おも》ひ沈《しづ》んだが、涙《なみだ》ぐむだ目《め》をあげて、畏《かしこま》つた岡蔵《をかざう》を嬉《うれ》しげに見《み》た。

一昨日《をとゝひ》は知《し》らず。昨日《きのふ》の其時《そのとき》の紫《むらさき》は、けふ此時《このとき》、山番《やまばん》の親仁《おやぢ》が小屋《こや》の前《まへ》へ、岡蔵《をかざう》にひざまづかれて彳《たゝず》むで居《ゐ》るのである。

## 二十三

「え、孃様《ぢやうさま》、こんなことになりまして、ハヤ申上《まをしあ》げやうもございません。もう亡《なく》なつたお方《かた》でございます。お墓《はか》まで参《まゐ》りましてもお邪魔《じやま》にはなりますまいで、道々《みちみち》でも帰《かへ》れ〳〵とおつしやるのを、無理《むり》におともいたしましたが、これから先《さき》は、きつとお許《ゆるし》は出《で》ますまいと思《おも》ひますけれど、何卒《どうぞ》おともをさして下《くだ》さいまし。」と、岡蔵《をかざう》は手《て》を揉《も》みながら、きづかはしさうである。

紫《むらさき》は目《め》を瞑《ねむ》りながら、横《よこ》にさした櫛《くし》を抜《ぬ》いた、が見《み》て、二《ふた》ツばかり、ほつれ毛《け》を掻上《かきあ》げる。

「え〻、第一《だいいち》、いくらお約束《やくそく》だつたつて、孃様《ぢやうさま》、もう孃様《ぢやうさま》、亡《な》くなつた方《かた》に何《ど》うしてお逢《あ》ひなさります。」

と眼《まなこ》を睜《みは》つて紫《むらさき》の顔《かほ》を見《み》た。

「唯《たゞ》お墓参《はかまゐり》を遊《あそ》ばすばかりなら、何《なに》も傍《そば》に居《ゐ》たからたつて、差支《さしつか》へはありさうもございませぬ。お約束《やくそく》さへ済《す》みまして、日《ひ》も違《ちが》はずに、お墓《はか》になつていらつしやる処《ところ》までおいでなさりましたら、其《それ》で仏様《ほとけさま》も言句《もんく》はございますまいに。摩耶寺《まやでら》にや、母親様《おふくろさま》がおいで〻ございますぜ。またお同伴《とも》をして帰《かへ》りたうございます。まあ、お墓参《はかまゐり》を遊《あそ》ばして、何《ど》うなさらうと云《い》ふ思召《おぼしめし》で。」

「夫婦《ふうふ》の中《なか》のことだもの、其《それ》はお前《まへ》には分《わか》りません。」

と紫《むらさき》はあでやかに微笑《ほゝゑ》むだが、ツと其手《そのて》にして居《ゐ》た鬢櫛《びんぐし》を、呆《あき》れる岡蔵《をかざう》の手《て》にのせた。

「お目《め》にか〻る時《とき》、さしあうては悪《わる》いから、お前《まへ》さんもうお帰《かへ》り。そして何《なに》かの御縁《ごえん》でせうから、母様《おつかさん》のことを頼《たの》みました。またね、摩耶寺《まやでら》のあのお小僧《こぞう》さんが、フト私《わたし》の坊《ばう》やだつたら、母様《おつかさん》が治《なほ》してやつた目《め》だ、大事《だいじ》におしツて、然《さ》うことづかつて下《くだ》さい、坊《ばう》やでなくツても可《い》い、可愛《かはい》らしい児《こ》だから、心着《こゝろづ》けてあげませう。櫛《くし》はね、お前《まへ》さん女房《かみさん》を取《と》つてさ〻しておくれ。何《なに》、またうか〴〵つてね、おゆるしが出《で》たら、三年《ねん》でも、一月《ひとつき》でも、一日《いちにち》でも、逢《あひ》に行《ゆ》きます、とお母様《つかさん》は皆御存《みなごぞん》じだから、さう申《まを》せば分《わか》りますよ。」と落着《おちつ》いて静《しづ》かに然《さ》ういつた。紫《むらさき》はいま志《こゝろざし》のものが、託《たく》して行《い》つた、塔婆《たふば》に手《て》をかけたが、小《ちひ》さな軽《かる》いのであるから、笈《おひ》をしよつた立姿《たちすがた》で、真蒼《まつさを》な山《やま》をうしろに、小屋《こや》の前《まへ》の紫雲英《げんげ》を踏《ふ》むで居《ゐ》ながら、両手《りやうて》にのせて頂《いたゞ》いたが、脇《わき》へ落《おと》して、手《て》に斜《なゝ》めに横《よこた》へた。

「爺《ぢい》や。」

「えゝ。」とばかり纔《わづか》に答《こた》へた。親仁《おやぢ》は目《め》にあてゝ居《ゐ》た古手拭《ふるてぬぐひ》を攫《つか》むだまゝ、腰《こし》を屈《かゞ》めてひよこくと土間《どま》から出《で》る。

「おまゐりをするから。」

「御奇特《ごきどく》でござります。」と、いそくして立《た》ちまはり、ぶきつちやうに其古手拭《そのふるてぬぐひ》を克明《こくめい》に帯《おび》に挟《はさ》んで、樒《しきみ》とあか桶《をけ》とを両手《りやうて》に提《さ》げて、

「御新姐様《ごしんぞさま》。」

「案内《あんない》しておくれ。」と、いひながら、紫《むらさき》は、嗚咽《をえつ》して手《て》をこまぬいて居《ゐ》る岡蔵《をかざう》を見返《みかへ》つた。

「それでは、ね、」

「お、お妨《さまたげ》をいたしましては悪《わる》うござります。行《い》つて入《い》らつしやいまし。」といつた声《こゑ》がふるへて、かゝるあでなる顔《かほ》の、これが見納《みをさめ》だと、最後《さいご》に一目《ひとめ》見《み》たかつたが、岡蔵《をかざう》は顔《かほ》があがらなかつた。虫《むし》が這《は》ふけはひのやうな、幽《かすか》なゆかしい衣《きぬ》の音《おと》。薫《かをり》が細《ほそ》く縷々《るゝ》として、空《そら》に靡《なび》いて去《さ》るやうな心地《こゝち》がして、紫《むらさき》の遠《とほ》ざかるのが天窓《あたま》にありくと響《ひゞ》いて、胸《むね》を衝《つ》いた岡蔵《をかざう》は、あゝ、これがよみぢを歩行《ある》く人《ひと》の跫音《あしおと》だと思《おも》ひ取《と》つた。愚直《ぐちよく》な親仁《おやぢ》は、何《なに》か忘《わす》れ物《もの》があると言《い》はれたさうで、息《いき》を切《き》つて駈《か》け戻《もど》つて、探《さが》したけれど、誰《た》が、紫《むらさき》の其時《そのとき》の、心《こゝろ》を知《し》らないものがあらう。

岡蔵《をかざう》は前後《ぜんご》を忘《わす》れて駈《か》けつけると、墓間近《はかまぢか》になつた時《とき》、蠟燭《らふそく》を銜《くは》へて、烏《からす》が蓑岡山《みのをかやま》の頂《いたゞき》の松《まつ》へ、ばツさり飛《とん》だのを、青葉《あをば》の間《あひだ》にあざやかに見《み》た。

# 名媛記

# 上

「私《わたくし》の故郷《ふるさと》の、亜米利加《あめりか》の大《おほき》な竹藪《たけやぶ》には、尾《を》の尖《さき》に楽器《がくき》を持《も》つた蛇《へび》が棲《す》んで、其《それ》が通《とほ》る時《とき》にはチリ〳〵といふ音《おと》がするんですよ。

それから、大《おほき》いの、毒《どく》のあるの、色《いろ》の美《うつく》しいの、優《やさ》しい性質《せいしつ》のもあります。よく人《ひと》に馴《な》れて、教《をし》へると藝《げい》を覚《おぼ》えるのもあります。蛇《へび》の種類《しゆるゐ》は数《かぞ》へ切《き》れないほどある中《なか》に、おもしろいのは其《そ》の尾《を》の鳴《な》るのと、最《も》う一種《いつしゆ》、連続蛇《れんぞくじや》といひまして、五分《ぶ》一寸位《すんぐらゐ》づつに、体《からだ》を刻《きざ》んで打棄《うつちや》ると、フツといつて、一切《ひときれ》が天窓《あたま》、フツといつて、又一切《またひときれ》が胴《どう》に附着《くつつ》いて、そして視《み》て居《ゐ》る内《うち》に、頭《あたま》から尾《を》の尖《さき》まで旧《もと》の通《とほ》りの長虫《ながむし》になつて、草叢《くさむら》に入《はひ》つて行《ゆ》きますよ。」

恁《か》う言《い》つて話《はな》したのは、地方《ちはう》に居《ゐ》た某《なにがし》といふ宣教師《せんけうし》の妹君《いもうとぎみ》で、学校《がくかう》の初級《しよきふ》を預《あづか》つた、りゝかといふ令嬢《れいぢやう》であつた。一個《ひとり》の少年《せうねん》は、其《そ》の学校《がくかう》の広場《ひろば》に植《うわ》つた碧桐《あをぎり》の幹《みき》に背《せ》を持《も》たせ、水兵《すゐへい》のやうに腕組《うでぐみ》をしながら、藤色《ふぢいろ》に紅《くれなゐ》の縁《へり》を取《と》つた上着《うはぎ》に、白茶色《しろちやいろ》の裳《もすそ》を曳《ひ》いて、小《ちひさ》なごむ靴《ぐつ》を穿《は》いた姿《すがた》を見《み》て、然《さ》も楽《たのし》げに聞惚《きゝと》れた。

髪《かみ》を引上《ひきあ》げて束《たば》ねた時《とき》より、搔垂《かいた》れて細《ほそ》い雪《ゆき》のやうな頸《くび》にふツくりと結《むす》んだ方《はう》が、年紀《とし》より二《ふた》ツ三《み》ツ長《た》けて二十三四に見《み》えるけれども、一層気高《いつそうけだか》くツて可《い》い。今日《けふ》のりゝかの顔《かほ》を見《み》つゝ、此《こ》の外国《ぐわいこく》の蛇《へび》の話《はなし》を聞《き》いて居《ゐ》る少年《せうねん》は、自分《じぶん》の師《し》で且《か》つ年上《としうへ》のりゝかを目《もく》するに、国王《こくわう》に不思議《ふしぎ》な物語《ものがたり》をする宰相《さいしやう》の姫君《ひめぎみ》、を以《もつ》てした。少《せう》年《ねん》は此頃《このごろ》（あらびやんないと）を読《よ》んで、魂《たましひ》を奪《うば》はれて居《ゐ》たのであるから。

そして自《みづか》らひそかに、妹《いもうと》ぎみの如《ごと》き一人《いちにん》のきゝてを以《もつ》て任《にん》じて居《ゐ》たに違《ちがひ》はなからう。

## 中

一体此頃学校《いつたいこのごろがくかう》の二階《にかい》にあつた寄宿舎《きしゆくしや》では、専《もつぱ》ら「雪中梅《せつちうばい》、」が行《おこな》はれて、基《もとゐ》だの、猛《たけし》だの、名士《めいし》と豪傑《がうけつ》ばかり居《ゐ》たのである。が、這少年《このせうねん》は談話室《だんわしつ》に備《そな》へてあつた、郵便報知新聞《いうびんはうちしんぶん》の、行商《かうしやう》りうしあすが、魔法使《まはふつかひ》の薬《くすり》を間《ま》違《ちが》へて、驢馬《ろば》になつて薔薇《ばら》の花《はな》を食《た》べる話《はなし》、また鴻《こう》の鳥《とり》になつたぼへみやの国王《こくわう》の話《はなし》などに魅入《みい》られて、道《みち》を行《ゆ》く馬《うま》をも、垣根《かきね》に咲《さ》いた薔薇《ばら》の花《はな》をも、立《た》つて凝視《みつ》めるやうになつて居《ゐ》たのであるから、太《いた》く此《こ》のりゝかの風采《ふうさい》と、尾《を》の鳴《な》る蛇《へび》、結《むす》びつく蛇《へび》の話《はなし》に動《うご》かされた。

熱心《ねつしん》な新教《しんけう》の信者《しんじや》で、淑徳《しゆくとく》を備《そな》へて、学問《がくもん》があつて、宗教《しうけう》のために身《み》を犠牲《いけにへ》にして、波濤万里《はたうばんり》を越《こ》えて、合《がつ》衆国《しうこく》から家兄《かけい》とゝもに日本《につぽん》の然《しか》も僻陬《へきすう》の地《ち》に来《く》る位《くらゐ》、見識《けんしき》も気象《きしやう》もあつて、其上心優《そのうへこゝろやさ》しいりゝか、課業《くわげふ》を果《は》てゝ後《のち》も、数学《すうがく》や、漢籍《かんせき》や、他《た》の諸先生《しよせんせい》とゝもには退《ひ》かず、二階《にかい》に上《あが》つて、彼方此方寄宿舎《かなたこなたきしゆくしや》の彼《か》の名士《めいし》豪傑《がうけつ》の士《し》の部屋《へや》々々を見舞《みま》ふのが例《れい》であつた。

然《しか》るについ二三日前《にちまへ》、りゝかは平時《いつも》の通《とほ》り寄宿舎《きしゆくしや》を音信《おとづ》れて、五番室《ごばんしつ》の戸《と》を外《そと》からこと〳〵と叩《たゝ》くと、響《ひゞき》に応《おう》じて内《うち》へ請《しやう》じた、六畳《ろくでふ》の部屋《へや》に立向《たちむか》ふと、煙草《たばこ》の煙《けむり》が朦々《もう〳〵》と天井《てんじやう》を籠《こ》めて居《ゐ》た。劇薬《げきやく》の粉《こな》を嗅《か》ぐよりも可恐《おそろし》い、其《そ》の毒《どく》に面《おもて》を打《う》たれて、りゝかは血《ち》が上《あが》つて、背後《うしろ》へ卒倒《そつたう》しようとしたことがある。

元来基督教組織《げんらいキリストけうそしき》の学校《がくかう》で、飲酒《いんしゆ》と喫煙《きつえん》は厳禁《げんきん》してあつた。校外生《こうぐわいせい》の制裁《せいさい》は兎《と》も角《かく》も、豫《あらかじ》め誓《ちかひ》を立《た》てた寄宿《きしゆく》だけには、此《こ》の禁《きん》を犯《をか》す者《もの》はなからうと信《しん》じて居《ゐ》たりゝかは、五番室《ごばんしつ》の其《そ》の失態《しつたい》を悲《かな》しんで、昨日《きのふ》も、一昨日《をとゝひ》も、病気《びやうき》だといつて引籠《ひきこも》つたのである。

五番室《ごばんしつ》の塾生《じゆくせい》は、松崎《まつざき》といふ、二十四五の色《いろ》の白《しろ》い、きちんと髪《かみ》を分《わ》けた、はんけちにも額《ひたひ》にも香水《かうすゐ》の滴《したゝ》る美男子《びなんし》。

之《これ》にりゝかが気《き》があるといふ評判《ひやうばん》だつた。

大方其《おほかたそれ》は彼《か》の松崎《まつざき》が、其《そ》の香水《かうすゐ》も手巾《はんけち》も靴《くつ》も白皙《はくせき》なる其《そ》の顔《かほ》、手足《てあし》とゝもに、極《きは》めて西洋的《せいやうてき》である処《ところ》から、割出《わりだ》した風説《ふうせつ》であらう。

松崎《まつざき》は才子《さいし》である。譬《たと》へばいんぶりい氏《し》の会話《くわいわ》の暗誦《あんしよう》を怠《なま》けて、日課《につくわ》の質問《しつもん》に窮《きう》したにせよ、人《ひと》は皆知《みなし》りません、忘《わす》れましたといつて引下《ひつさが》るのに、松崎《まつざき》は愁然《しうぜん》として、（りゝか、済《す》みません）とばかり差俯向《さしうつむ》いて、哀《あはれ》を請《こ》ふのである。りゝかは其様子《そのやうす》を見《み》ると、気《き》の毒《どく》さうに、（お温習《さらひ》をしませんでしたか。）（唯々《はい》、否《いゝえ》、多分《たぶん》お温習《さらひ》をしなかつたのでありませう、何故《なぜ》なら、私《わたくし》は答《こたへ》が出来《でき》ませんから、）といつて益々《ます〱》しをらしい。

りゝかは之《これ》を聞《き》くと、常《つね》に同情《どうじやう》を表《へう》して、深《ふか》く過怠《くわたい》を命《めい》ぜぬが例《れい》であつた。異《おつ》う様子《やうす》の可《い》いことを言《い》つてはぐらかすぢやあないか、と流眄《しりめ》にかける者《もの》もあつた。毛色《けいろ》の変《かは》つた御機嫌《ごきげん》の取方《とりかた》だ、と冷《ひや》かす者《もの》もあつた、が、いづれ、罵《のゝし》る者《もの》にも、冷《ひや》かす者《もの》にも、りゝかが渠《かれ》を愛《あい》することは斉《ひと》しく認《みと》められて居《ゐ》たのであるが。……殊《こと》に前日《ぜんじつ》、体操場《たいさうば》のふらゝこに乗《の》つた一人《ひとり》が、はずんで振《ふ》つた鉄《てつ》の輪《わ》が、折悪《をりあし》く行合《ゆきあ》はせた松崎《まつざき》の、身《み》を交《かは》す暇《ひま》なく、額《ひたひ》が破《やぶ》れて、血《ち》の流《なが》るゝ怪我《けが》をしたので、療養《れうやう》のため寄宿舎《きしゆくしや》を辞《じ》して、暫《しば》らく自宅《じたく》に引籠《ひきこも》つたことがあつた。

りゝかは横鞍《よこぐら》を置《お》いた馬《うま》に乗《の》つて、革《かは》の鞭《むち》を挙《あ》げながら、急《いそ》ぎ松崎《まつざき》の宅《たく》に怪我《けが》を見舞《みま》つて、そして唇《くちびる》も、顔《かほ》の色《いろ》も褪《さ》めるまで血《ち》の色《いろ》を失《うしな》ひ、繃帯《はうたい》をして寝《ね》て居《ゐ》る状《さま》を、正面《しやうめん》からは見《み》るに忍《しの》びない、といつて、横顔《よこがほ》で取《と》つた一葉《えふ》の写真《しやしん》を送《おく》つて、学校《がくかう》でした過失《あやまち》なれば、監督《かんとく》の行届《ゆきとゞ》かぬ自分《じぶん》の罪《つみ》を謝《しや》するため、りゝかが付添《つきそ》つて看病《かんびやう》をすると思《おも》つて枕許《まくらもと》に置《お》いて欲《ほ》しいといふ、細《こま》やかな心尽《こゝろづく》し。

横顔《よこがほ》の写真《しやしん》は鼻高《はなたか》く、目《め》が大《おほ》きく、髪《かみ》が房々《ふさ〳〵》と、頤《おとがひ》細《ほそ》く、気高《けだか》く美《うつく》しく見《み》えて、りゝかの写真《しやしん》の内《うち》でも最《もつと》も容色《ようしよく》の勝《すぐ》れたのである。然《さ》らぬだに兎《と》角人《かくひと》の口《くち》の端《は》に懸《かゝ》つたのが、其事《そのこと》のあつてからは、又仰々《またぎやう〳〵》しくなつた。

けれども（あらびやんないと）に於《お》ける妹君《いもうとぎみ》、即《すなわ》ち此処《こゝ》に面白《おもしろ》い蛇《へび》の物語《ものがたり》を聞《き》いて居《ゐ》る少年《せうねん》は、其《そ》の嘗《かつ》て学《がく》校《かう》の帰途《かへるさ》に他《た》の小児《せうに》と喧嘩《けんくわ》をして、対手《あひて》を痛《いた》めつけて追遣《おひや》つたは可《い》いが、自分《じぶん》も砂《すな》まぶれになつて擦切《すりぎ》つた二《に》の腕《うで》を甜《な》めて居《ゐ》る背後《うしろ》に、おなじ帰途《かへるさ》なるりゝかが立《た》つて、あれほど言《い》つて置《お》くに、何故《なぜ》喧嘩《けんくわ》をする、汝等《なんぢら》の敵《てき》を愛《あい》せよ、貴方《あなた》は忘《わす》れました、といつて、涙《なみだ》ぐんだことを知《し》つて居《ゐ》る。

尚過日《なほくわじつ》、松崎《まつざき》とりゝかと、少年《せうねん》が之《これ》を伴《ともな》つて郊外《かうぐわい》を歩《あ》行《る》いた時《とき》、唯《と》ある田圃道《たんぼみち》の畝《あぜ》を仕切《しき》つて、菊《きく》の花《はな》が植《う》ゑてあつて、黄《き》菊《ぎく》の輪《りん》の大《おほき》いのを松崎《まつざき》が一枝《ひとえだ》折《を》つて、りゝかの胸《むね》に挿《さ》さうとすると、（花《はな》は難有《ありがた》いけれども、之《これ》はあなたの所有《しよいう》ではありません、盗賊《どろばう》ね！）といつて可恐《おそろし》い顔《かほ》をして見《み》せて、笑《わら》つて受取《うけと》らなかつたことも知《し》つて居《ゐ》るから、人《ひと》の風説《うはさ》を聞《き》いても、少《すこ》しも信《しん》じなかつた。又《また》それが若《も》し事実《じじつ》であつたら、僕《ぼく》は、りゝかをこそぐり殺《ころ》して了《しま》つて、……追《お》つて来《きた》るべき其《そ》の悲《かなし》い運命《うんめい》を見《み》ないやうにすると、今《いま》も食堂《しよくだう》で気《き》焰《えん》を吐《は》いた。妹君《いもうとぎみ》は、食卓《しよくたく》に足《あし》を蹈《ふみ》かけて、腕白《わんぱく》な、其《その》まゝ硝子窓《がらすまど》から広庭《ひろには》へ飛下《とびお》りて、其処《そこ》の雑草《ざつさう》の中《なか》に輪《わ》を仕懸《しか》けた、クリツケツトの対手《あひて》をと、槌《つち》を取《と》つて眴《みまは》したけれども、いづれも、猛《たけし》、基《もとゐ》の輩《やから》、然《さ》る子供《こども》らしい遊戯《いうぎ》の、仲間《なかま》入《いり》をするものといつては無《な》かつたので、徒《いたづ》らに草《くさ》の葉《は》を敲《たゝ》きながら、唯《と》見《み》ると、一箇《いつこ》石造《せきざう》の井戸《ゐど》の輪《わ》が転《ころ》がつて居《ゐ》た。

此《これ》は、賄方《まかなひかた》が新《あらた》に井戸《ゐど》を掘《ほ》ると云《い》つて用意《ようい》をしたのが、経済上《けいざいじやう》、其《その》まゝ沙汰止《さたやみ》になつて居《ゐ》たものである。

少年《せうねん》は目《め》を付《つ》けて、飜然《ひらり》、其上《そのうへ》へ飛上《とびあが》る、爪《つま》さきで動《うご》かして、くる〳〵とまはしたが、クリツケツトの槌《つち》で、体《たい》を支《さゝ》へて前《まへ》へ出《で》るのは然《さ》までにはない、背後《うしろ》へ身《み》を引《ひ》くのが離《はな》れ業《わざ》であつて、少年《せうねん》は幾度《いくたび》も体《たい》の中心《ちうしん》を失《うしな》つて仰向《あをむ》けに草《くさ》の上《うへ》へ転《ころ》んだ。

寄宿舎《きしゆくしや》の窓《まど》からは頬杖《ほゝづゑ》を支《つ》いたのやら、頤《おとがひ》を支《さゝ》へたのやら、半身乗出《はんしんのりだ》したのやら、四《よ》ツ五《いつ》ツ名士《めいし》と豪傑《がうけつ》の顔《かほ》が出《で》て、井戸側《ゐどがは》から落《お》ちる毎《ごと》に、拍手喝采《はくしゆかつさい》。

輝《かゞや》く太陽《たいやう》の色《いろ》に面《おもて》を染《そ》めて、最後《さいご》にむツくと起《お》きて、又石《またいし》の上《うへ》へ飛上《とびあが》つた時《とき》、思《おも》ひがけずりゝかが校舎《かうしや》の石《いし》段《だん》を下《くだ》つて来《き》たのであつた。

惟《おも》ふに、嬌瞋《けうしん》を発《はつ》して二日休《ふつかやす》んだ彼《か》の五番室《ごばんしつ》の、既《すで》に此頃《このころ》は額《ひたひ》の疵《きず》が癒《い》えて再《ふたゝ》び寄宿舎《きしゆくしや》へ帰《かへ》つて居《ゐ》た松崎《まつざき》が、禁《きん》を犯《をか》して盟《ちかひ》を破《やぶ》つた莨《たばこ》に激《げき》して、二階《にかい》に寄《よ》らない、帰《かへり》がけであらう。

突然《いきなり》、（貴方《あなた》おもしろいことをなさいます、）と軽業《かるわざ》の前《まへ》に立塞《たちふさ》がつたから、少年《せうねん》は慌《あわたゞ》しく井戸側《ゐどがは》を乗棄《のりす》てゝ、極《きまり》の悪《わる》さうに後退《あとずさり》をして、りゝかに瞻《みまも》らるゝ面晴《おもてはれ》がましく、日《ひ》の光《ひかり》の眩《まぶし》さ、碧桐《あをぎり》の蔭《かげ》に入《はひ》つたのである。

りゝかは日曜日《にちえうび》の会堂《くわいだう》に集《あつま》る小児《こども》にも、渠等《かれら》学校《がくかう》の生徒《せいと》に、日課《につくわ》を教《をし》へるのに馴《な》れて、日用《にちよう》の日本語《につぽんご》はすら〳〵と綴《つゞ》ることを得《え》たが、何《なに》を何《ど》うして間違《まちが》へたか、此《こ》のおもしろいといふ言葉《ことば》の範囲《はんゐ》を、極《きは》めて広《ひろ》く扱《あつか》つた。

をかしな人《ひと》だ、と言《い》ふ処《ところ》へも、飛《と》んでもない、と言《い》ふ場合《ばあひ》にも、不思議《ふしぎ》な、と言《い》ふべき処《ところ》でも、怪《け》しからん、といふ事《こと》にも、すべて、一《いつ》のおもしろいなる言《ことば》を以《もつ》て当嵌《あては》めるのである。

勿論《もちろん》、喧嘩《けんくわ》をしてたしなめられた時《とき》も、おもしろい事《こと》をしては可《い》けませんといふのを聞《き》いたし、今軽業《いまかるわざ》を叱《しか》つた時《とき》も、恁《か》ういつた、屹《きつ》と松崎《まつざき》の怪我《けが》を聞《き》いて吃驚《びつくり》した時《とき》には、大変《たいへん》とあらうのに、まあ、おもしろい！と言《い》つたであらう。

で、爰《こゝ》に少年《せうねん》は、危《あぶな》いといふことから、草叢《くさむら》といふことから、こんな暖《あたゝか》な日《ひ》といふ処《ところ》から、一種《いつしゆ》の意味《いみ》が連《れん》続《ぞく》した。おもしろい蛇《へび》の話《はなし》を聞《き》いたのであつた。

繰返《くりかへ》すまでもない、鴻《こう》の鳥《とり》になつたぼへみやの王様《わうさま》の話《はなし》、驢《ろ》馬《ば》になつた男《をとこ》の話《はなし》に興味《きようみ》を持《も》つて、髪《かみ》の長《なが》い老《らう》僧《そう》や、目《め》の窪《くぼ》んだ教師《けうし》や、伽《が》藍《らん》の屋《や》根《ね》や、古《ふる》い橋《はし》や、幽邃《いうすゐ》な川《かは》や、巌窟《がんくつ》の蛙《かへる》、棟《むね》の烏《からす》、薔《ば》薇《ら》の花《はな》はいふに及《およ》ばず、木《き》にも草《くさ》にも心《こゝろ》を置《お》いて居《ゐ》る好奇心《かうきしん》の強《つよ》い少年《せうねん》は、此時《このとき》のりゝかの状《さま》を、九十九夜《あらびやんないと》の物語《ものがたり》をする姫《ひめ》のやうに思《おも》ひ取《と》つて、やがて其《それ》は、国君《こくくん》の心《こゝろ》を慰《なぐさ》むるために、不可思議《ふかしぎ》なる福音《ふくいん》を齎《もた》らして、天《てん》より下《くだ》し給《たま》へる仙媛《せんゑん》であらう。其《そ》の美《うつく》しさも、気高《けだか》さも、人《ひと》には過《す》ぎると思《おも》つたのである。

係《かゝ》る少年《せうねん》も、以前《いぜん》、渠《かれ》が家《いへ》とおなじ町内《ちやうない》の、唯《と》ある荒物屋《あらものや》の、仔細《しさい》あつて近鄰《きんりん》の人々《ひと〴〵》に忌《い》み憎《にく》まれて商《あきなひ》がなくなり、寂《さび》れ果《は》てた店前《てんぜん》に、一日曜日《あるにちえうび》の朝《あさ》をはじめとして、基督《キリスト》の教会《けうくわい》が開《ひら》かれた時分《じぶん》には、其《そ》の家《いへ》の前《まへ》を通《とほ》ることも快《こゝろよし》としなかつたのに。……

軈《やが》てりゝかが奏《かな》づるオルガンの音《ね》と、讃美歌《さんびか》の声《こゑ》を怪《あやし》んで、恐々差覗《こは〴〵さしのぞ》いて見《み》るやうになり、立留《たちど》まつて聞《き》くやうになり、立草臥《たちくたび》れて腰《こし》を掛《か》けるやうになると、いつの間《ま》にか座敷《ざしき》に入《はひ》つて、りゝかの手《て》から絵札《かあど》を貰《もら》ふやうになつた。

鳥《とり》が人間《にんげん》の言《ことば》を語《かた》つたら、聞《き》く人《ひと》はいかに其《そ》の耳《みゝ》を傾《かたむ》けるであらう。聞馴《きゝな》れぬりゝかの、殊《こと》に髪容《かみかたち》も服装《みなり》も、我《わ》が人間界《にんげんかい》にあるまじき、雲《くも》に駕《が》した天女《てんによ》のやうな人《ひと》の口《くち》から、おなじ言葉《ことば》を以《もつ》てものいはるゝ、一言一句《いちごんいつく》と雖《いへど》も、能《よ》く胸《むね》に響《ひゞ》いて、心《こゝろ》を動《うご》かされ、従《したが》つて人情《にんじやう》も、我《われ》にかはらず、優《やさ》しさも、可懐《なつか》しさも異《ことな》ることのないのが知《し》れると、敢《あへ》ていはゆる耶蘇教《やそけう》の信徒《しんと》といへば、必《かなら》ず磔《はりつけ》にかゝつて死《し》ぬものとは限《かぎ》らないことが解《わか》つて、追《おつ》て、あからさまに仮《かり》の其《そ》の荒物屋《あらものや》の店《みせ》の、日曜学校《にちえうがくかう》へ出入《でいり》したのである。

然《さ》れば、珍《めづ》らしいものに接《せつ》して、声《こゑ》を聞《き》いて、綺麗《きれい》な絵《ゑ》を得《え》らるゝ日曜《にちえう》を楽《たのしみ》にして居《ゐ》たが、一日《あるひ》歯《は》が痛《いた》んで行《ゆ》かなかつた。そして学校《がくかう》の済《す》む時分《じぶん》、町家《まちや》風《ふう》なる父《ちゝ》の住居《すまひ》の、二階《にかい》の窓《まど》から齲歯《むしば》を圧《おさ》へて、茫然《ぼんやり》往来《ゆきゝ》を視《なが》めて居《ゐ》ると、内儀《ないぎ》、娘《むすめ》、魚屋《さかなや》、丁稚《でつち》の行交《ゆきか》ふ中《なか》を、今日《けふ》は何云《どうい》ふ道《みち》を取《と》つたか、りゝかは馬《うま》に乗《の》つて、大《おほき》く目《め》の下《した》へ顕《あら》はれた。帽子《ばうし》を飾《かざ》つた真白《ましろ》な鳥《とり》の羽《はね》は、颯《さつ》と向《むか》う前《まへ》の山《やま》おろしに戦《そよ》いで、見《み》るに、ちら〳〵する目《め》の前《さき》へ、弗《ふ》と打仰《うちあふ》いだ、気高《けだか》い顔《かほ》は、廂《ひさし》の上《うえ》で、高《たか》く少年《せうねん》と面《おもて》を合《あ》はせた。

（お内は此処《こゝ》なの、）といふ内《うち》も上下《うへした》に身《み》の揺《ゆ》るゝ糸《いと》のやうな後姿《うしろすがた》は馬《うま》の尾《を》を吹《ふ》く風《かぜ》に靡《なび》いて、町中《まちなか》の樫《かし》の梢《こずゑ》にかくれた。

翌日《あくるひ》、早速《さつそく》、次《つぎ》の日曜《にちえう》までは待《ま》たれないで、りゝかの館《やかた》へ、可懐《なつかし》い顔《かほ》を見《み》ようと思《おも》つて行《い》つた。もとより家《うち》へ遊《あそ》びに来《こ》よ、と日曜毎《にちえうごと》に言《い》はれたのであつたけれども、親《おや》の手《て》から苧環《をだまき》の糸《いと》を身《み》につけて、宝剣《はうけん》でも提《ひつさ》げて入《い》らなければ、心細《こゝろぼそ》く、様子《やうす》の知《し》れぬ西洋館《せいやうくわん》へ、一人行《ひとりゆ》くのは良気怯《やゝきおくれ》がしたために、其日《そのひ》まで猶豫《ためら》つたくらゐであつたが、山国《やまくに》の城跡《しろあと》の大手《おほて》を其《その》まゝに構《かま》へて、森《もり》の中《なか》に巍然《ぎぜん》として聳《そび》えた三層楼《さんそうろう》、即《すなは》ちうゐりえむ家《け》の彼処《かしこ》の一室《いつしつ》に、りゝかありと思《おも》ひながら、我《わ》が亜細亜人種《あじあじんしゆ》を隔《へだ》てたやうな、昼間《ひるま》も、厳《いかめ》しく鎖《とざ》し固《かた》めた門《もん》を開《あ》ける術《すべ》も知《し》らず、行戻《ゆきもど》りして、やがて、裏手《うらて》へ廻《まは》ると、藪《やぶ》の中《なか》に畝《うね》り畝《うね》り路《みち》と並《なら》んだ板塀《いたべい》があつて、淋《さび》しいから人通《ひとゞほり》はない。

表門《おもてもん》からは森《もり》に隠《かく》れて、僅《わづ》かに其外壁《そのそとべい》ばかり仰《あふ》がるゝが、其処《そこ》からは却《かへ》つて窓《まど》も見《み》え、萌黄《もえぎ》の窓掛《まどかけ》も見《み》えて、そして窓《まど》の前《まへ》の欄干《らんかん》も見《み》えたので。藪《やぶ》をうしろに立《た》つて居《ゐ》ると、寂寞《せきばく》として人《ひと》の気勢《けはひ》もない、大厦《たいか》の窓《まど》へ、天《てん》から降《ふ》つたる如《ごと》く、衝《つ》と、藤色《ふぢいろ》の姿《すがた》があらはれたが、件《くだん》の欄干《らんかん》の内《うち》なる高楼《たかどの》の廊下《らうか》と覚《おぼ》しき処《ところ》へ、身《み》を投出《なげいだ》したやうに立《た》つた。

遥《はるか》に響《ひゞ》く流《ながれ》の音《おと》、其《そ》の大河《おほかは》の景色《けしき》をや打眺《うちなが》むる？　しかし少年《せうねん》は、心咎《こゝろとがめ》がしたので、翩然《ひらり》と身《み》を躱《かは》して忍《しの》んだが、這《こ》はいかに、背《せ》に打掛《うちか》けた板塀《いたべい》は恰《あたか》も戸《と》で、不意《ふい》にばくりと口《くち》を開《あ》けたから、吃驚《びつくり》して飛退《とびの》いた目《め》の前《さき》へ、藤色《ふぢいろ》の姿《すがた》、板塀《いたべい》の黒《くろ》い処《ところ》へ色《いろ》も映《うつ》るやうに鮮麗《あざやか》にあらはれて、おゝ！――それから館《やかた》で日《ひ》を暮《くら》して帰《かへ》つた。で、足《あし》も繁《しげ》くなると、言葉《ことば》も覚《おぼ》え、字《じ》も習《なら》つた。少年《せうねん》は詰《つま》り恁《かゝ》りしため、朋友《ほういう》には疎《うと》ぜられ、教師《けうし》には憎《にく》まれて、己《おの》が市立《しりつ》の学校《がくかう》には籍《せき》を置《お》き兼《か》ねたゝめに、件《くだん》の教会《けうくわい》の手《て》で開《ひら》かれた学校《がくかう》に転《てん》じたのであつた。

然《さ》れば椅子《いす》にかゝり、卓子《ていぶる》に向《むか》つて、親《した》しくりゝかの教《をしへ》を請《う》くるやうになつて、愛《あい》の念《ねん》は益々《ます〱》深《ふか》くなり増《まさ》り、おのが身《み》に取《と》つて、此上《このうへ》に又《また》ものゝないやうな思《おもひ》がして、果《はて》は、相対《あひたい》する時《とき》は、恐《おそ》るゝとはなしに、頭《かうべ》を低《た》るゝやうにもなつた。

# 下

「りゝかさん、尾《を》の尖《さき》の鳴《な》る蛇《へび》は日本《につぽん》にも居《ゐ》ようと思《おも》ふんです。」

うゐりえむ家《け》の令嬢《れいぢやう》は、片手《かたて》をふつくりした其《そ》の胸《むね》にあてゝ、打傾《うちかたむ》き、

「否《いゝえ》、そんなものは私《わたくし》の故郷《こきやう》にだつて居《を》りはしませんよ。」

「何故《なぜ》、それでも此間藪《こなひだやぶ》の中《なか》を通《とほ》るつて言《い》つたでせう。」

「あの、然《さ》うね。学校《がくかう》の庭《には》で言《い》ひましたつけ。其《それ》はね、つい私《わたくし》が思違《おもひちが》ひをしたんです。いつか仏蘭西《フランス》の田舎《ゐなか》で一百姓家《あるひやくしやうや》の爺《ぢい》さんが、博物館《はくぶつくわん》へ献《けん》じて、勲章《くんしやう》を貰《もら》はうと思《おも》つて、十五年《ねん》かゝつて蛇《へび》の種類《しゆるゐ》を、丁《ちやう》ど三千幾種《さんぜんいくしゆ》といふのを集《あつ》めて、最《も》う些《ちつ》とゝ思《おも》つて、空櫃《からひつ》の中《なか》へ封《ふう》じ籠《こ》めて置《お》いた、其《そ》の箱《はこ》が壊《こは》れて、ありつたけの蛇《へび》が這《は》つて出《で》たので、毒蛇《どくじや》に咬《か》まれて人死《ひとじに》があつたといつて、罪《つみ》に行《おこな》はれたことがありましたね。」

「えゝ。」

「其中《そのなか》にだつて、そんなおもしろいのはありませんでした。譬《たと》ひ居《ゐ》ましてもね、南亜米利加《みなみアメリカ》の熱帯《ねつたい》の林《はやし》の中《なか》で、人《ひと》を食《た》べる土人《どじん》だつて棲《す》むことの出来《でき》ないやうな、地獄《ぢごく》よりもつと恐《おそろ》しい処《ところ》に居《ゐ》るんでせう。お国《くに》になんぞ居《ゐ》るものですか。」と語《かた》るも憚《はゞか》るやうな調子《てうし》である。

少年《せうねん》は恍惚《うつとり》した夢《ゆめ》を見《み》るやうに目《め》を瞬《みは》つて、

「僕《ぼく》は、あの、其《それ》でも屹《きつ》と居《ゐ》るんだらうと思《おも》ふんです、本当《ほんたう》です。」

「まあ、一体何処《いつたいどこ》に、」

「藪《やぶ》ん中《なか》に、其《それ》も直《す》ぐ此裏《このうら》なんです。ね、先生《せんせい》が僕《ぼく》を内《うち》へ入《い》れて遊《あそ》ばして下《くだ》すつた、彼《あ》の板塀《いたべい》の向《むか》うの竹藪《たけやぶ》なんです。えゝ、昔何《むかしなん》だつていひます。矢張《やつぱり》キリシタンといつた時分《じぶん》、禁制《きんぜい》を犯《をか》した若《わか》い女《をんな》があつて、上《かみ》へ知《し》れました。色々《いろ〳〵》拷問《がうもん》をしても白状《はくじやう》しなかつたつていひます。それだもんだから、役人《やくにん》が一条《ひとすぢ》幾銭《いくら》づゝといふ触《ふれ》を出《だ》すと、其《それ》こそ今《いま》のお話《はなし》のやうに方々《はう〳〵》から幾千《いくせん》となく献《けん》じたでせう。其《それ》と一所《いつしよ》に其《そ》の女《をんな》を大瓶《おほかめ》に入《い》れて埋《うづ》んだのが彼《あ》の藪《やぶ》ですつて。僕《ぼく》は何《なん》にもそんなことは知《し》らないで居《ゐ》たんですが、此間《こなひだ》お話《はなし》を聞《き》いて、おもしろくツてならないもんですから、山《やま》にでも、谷《たに》にでも、そんなものが居《ゐ》やしまいかと思《おも》ひ〳〵。一昨日《をとゝひ》の晩方《ばんかた》、又《また》あの裏木戸《うらきど》から入《はひ》らうと思《おも》つて、何《なに》か考《かんが》へながら少時立《しばらくた》つてますとね、藪《やぶ》がざわ〳〵して、そして雀《すゞめ》が沢山《たくさん》ちう〳〵ツて囀《さへづ》つて居《ゐ》たでせう。

西日《にしび》は射《さ》して暖《あたゝか》いし、何《なん》だか嬉《うれ》しいやうで、ぢつと聞《き》いて居《ゐ》たんです。さうすると、一《ひと》ツ止《や》み、二《ふた》ツ止《や》み、段々《だん〳〵》静《しづか》になつて行《ゆ》くと思《おも》ふと、何《ど》うしたんだか、チリヽン、チリヽンてツて、藪《やぶ》の中《なか》で鳴出《なきだ》したんです。

あ！……雀《すゞめ》の声《こゑ》が段々《だん〳〵》鈴《すゞ》の音《おと》に化《ば》けて来《き》たよ、とおもしろかつた内《うち》に、フト彼《あ》の尾《を》の鳴《な》るのに考《かんが》へついたの。りゝかさん、其《それ》から垣根《かきね》も何《なん》にもないんですから突然入《いきなりはひ》つて探《さが》したけれども……見当《みあた》りはしなかつたのです。

帰《かへ》つてから人《ひと》に聞《き》いて見《み》ますとね、その昔《むかし》の其《それ》でせう。山《やま》かゞしだの、何《なん》だの、いろんなのが居《ゐ》て、今《いま》でも国《くに》ぢや、一番蛇《いちばんへび》の多《おほ》い処《ところ》だつて言《い》つたぢやありませんか。

占《し》めたと思《おも》つて、今朝《けさ》から探《さが》してるんですけれど、未《ま》だ何《なん》にも居《ゐ》やしない。ですが、屹度《きつと》居《ゐ》ることは居《ゐ》ます、摑《つか》まへたら見《み》せませう。」

聞《き》いて居《ゐ》る内《うち》に、りゝかは真蒼《まつさを》になつたがわなゝきながら少年《せうねん》を瞻《みつ》める目《め》に、はら〳〵と落涙《らくるゐ》して、それほど私《わたくし》を信《しん》ずる者《もの》が、どんなに真心《まごゝろ》を以《もつ》て頼《たの》むやうに勧《すゝ》めても、未《ま》だ洗礼《せんれい》を受《う》けようとはせぬ。そして其《そ》の蛇《へび》を探《さが》すのも、猶凡《なほすべ》てに於《おい》て、知《し》らず〳〵悪魔《あくま》に近《ちかづ》くのである。私《わたくし》は貴方《あなた》の喜《よろこ》ぶ顔《かほ》を見《み》たさに、ついうつかり、おもしろいことを聞《き》かせた、といつて、片手《かたて》で顔《かほ》を蔽《おほ》ひながら、その胸《むね》に十字《じふじ》を記《き》した。

# 海異記

# 一

砂山《すなやま》を細《ほそ》く開《ひら》いた、両方《りやうはう》の裾《すそ》が向《むか》ひあつて、恰《あたか》も二頭《とう》の恐《おそろ》しき獣《けもの》の踞《うづくま》つたやうな、最《も》う些《ちつ》とで荒海《あらうみ》へ出《で》ようとする、路《みち》の傍《かたへ》に、崕《がけ》に添《そ》うて、一軒漁師《けんれふし》の小家《こいへ》がある。

崕《がけ》はそも〳〵波《なみ》といふものゝ世《よ》を打《う》ちはじめた昔《むかし》から、がツきと鉄《くろがね》の楯《たて》を支《つ》いて、幾億尋《いくおくひろ》とも限《かぎ》り知《し》られぬ、潮《うしほ》の陣《ぢん》を防《ふせ》ぎ止《と》めて、崩《くづ》れかゝる雪《ゆき》の如《ごと》く鎬《しのぎ》を削《けづ》る頼母《たのも》しさ。砂山《すなやま》に生《は》え交《まじ》る、茅《かや》、芒《すゝき》はやがて散《ち》り、はた年《とし》毎《ごと》に枯《か》れ果《は》てゝも、千代万代《ちよよろづよ》の末《すゑ》かけて、巌《いはほ》は松《まつ》の緑《みどり》にして、霜《しも》にも色《いろ》は変《か》へないのである。

然《さ》ればこそ、松五郎《まつごらう》。我《わ》が勇《いさま》しき船頭《せんどう》は、波打際《なみうちぎは》の崕《がけ》をたよりに、お浪《なみ》といふ、其《そ》の美《うつく》しき恋女房《こひにようばう》と、愛《あい》らしき乳児《ちのみ》を残《のこ》して、日毎《ひごと》に、件《くだん》の門《かど》の前《まへ》なる細路《ほそみち》へ、衝《つ》と其《そ》の後姿《うしろすがた》、相対《あひむか》へる猛獣《まうじう》の間《あひだ》に突立《つゝた》つよと見《み》れば、直《たゞ》ちに海原《うなばら》に潜《くゞ》るやう、砂山《すなやま》を下《お》りて浜《はま》に出《で》て、忽《たちま》ち荒波《あらなみ》を漕《こ》ぎ分《わ》けて、飛《と》ぶ鷗《かもめ》よりなほ高《たか》い、見果《みは》てぬ雲《くも》に隠《かく》るゝので。

留守《るす》は唯磯吹《たゞいそふ》く風《かぜ》に藻屑《もくづ》の匂《にほ》ひの、襷《たすき》かけたる腕《かひな》に染《し》むが、浜百合《はまゆり》の薫《かをり》より、空爐《そらだき》より、女房《にようばう》には一際床《ひときはゆか》しく、小児《こども》を抱《だ》いたり、頬摺《ほゝずり》したり、子守唄《こもりうた》うたうたり、つゞれさしたり、はりものしたり、松葉《まつば》で乾物《ひもの》をあぶりもして、寂《さび》しく今日《けふ》を送《おく》る習《なら》ひ。

浪《なみ》の音《おと》には馴《な》れた身《み》も、鶏《とり》の音《ね》に驚《おどろ》きて、児《こ》と添臥《そひぶし》の夢《ゆめ》を破《やぶ》り、門引《かどひ》きあけて隈《くま》なき月《つき》に虫《むし》の音《ね》の集《すだ》くにつけ、夫恋《をつとこひ》しき夜半《よは》の頃《ころ》、寝衣《ねまき》に露《つゆ》を置《お》く事《こと》あり。もみぢのやうな手《て》の胸《むね》に、弥生《やよひ》の花《はな》も見《み》ずに過《す》ぎ、若葉《わかば》の風《かぜ》のたよりにも艪《ろ》の声《こゑ》にのみ耳《みゝ》を澄《す》ませば、生憎《あやにく》待《ま》たぬ時鳥《ほとゝぎす》。鯨《くぢら》の冬《ふゆ》の凄《すさま》じさは、逆巻《さかま》き寄《よ》する海《うみ》の牙《きば》に、涙《なみだ》に氷《こほ》る枕《まくら》を砕《くだ》いて、泣《な》く児《こ》を揺《ゆす》るは暴風雨《あらし》ならずや。

母《はゝ》は腕《かひな》のなゆる時《とき》、父《ちゝ》は沖《おき》なる暗夜《あんや》の船《ふね》に、雨《あめ》と、波《なみ》と、風《かぜ》と、艪《ろ》と、雲《くも》と、魚《さかな》と渦巻《うづま》く活計《なりはひ》。

津々《つゝ》浦々《うら〳〵》到《いた》る処《ところ》、同《おな》じ漁師《れふし》の世《よ》渡《わた》りしながら、南《みなみ》は暖《あたゝか》に、北《きた》は寒《さむ》く、一条路《ひとすぢみち》にも蔭日向《かげひなた》で、房州《ばうしう》も西向《にしむき》の、館山北条《たてやまほうでう》とは事《こと》かはり、其《そ》の裏側《うらがは》なる前原《まへばら》、鴨川《かもがは》、古川《ふるかは》、白子《しらこ》、忽戸《こつと》など、就中《なかんづく》、船幽霊《ふないうれい》の千倉《ちくら》が沖《おき》、江見和田《えみわだ》などの海岸《かいがん》は、風《かぜ》に向《むか》いたる白帆《しらほ》の外《ほか》には一重《ひとへ》の遮《さへぎ》るものもない、太平洋《たいへいやう》の吹通《ふきとほ》し、人《ひと》も知《し》つたる荒磯海《あらいそうみ》。

此《こ》の一軒屋《いつけんや》は、其《そ》の江見《えみ》の浜《はま》の波打際《なみうちぎは》に、城《しろ》の壁《かべ》とも、石垣《いしがき》とも、岸《きし》を頼《たの》んだ若木《わかぎ》の家造《やづく》り、近《ちか》ごろ別家《べつけ》をしたばかりで、葺《ふ》いた茅《かや》さへ浅《あさ》みどり、新藁《しんわら》かけた島田《しまだ》が似合《にあ》はう、女房《にようばう》は子持《こも》ちながら、年紀《とし》は未《ま》だ二十三。

去年丁度今時分《きよねんちやうどいまじぶん》、秋《あき》のはじめが初産《うひざん》で、お浜《はま》といへば砂《いさご》さへ、敷妙《しきたへ》の一粒種《ひとつぶだね》。日《ひ》あたりの納戸《なんど》に据《す》ゑた枕蚊帳《まくらがや》の蒼《あを》き中《なか》に、昼《ひる》の螢《ほたる》の光《ひかり》なく、すや〳〵と寐入《ねい》つて居《ゐ》るが、可愛《かはい》らしきは四辺《あたり》にこぼれた、畳《たゝみ》も、縁《ふち》も、手遊《おもちゃ》、玩弄物《おもちゃ》。

犬張子《いぬはりこ》が横《よこ》に寝《ね》て、起上《おきあが》り小法師《こぼし》のころりと坐《すわ》つた、縁台《えんだい》に、はりもの板《いた》を斜《なゝ》めにして、添乳《そへぢ》の衣紋《えもん》も繕《つくろ》はず、姉《あね》さんかぶりを軽《かる》くして、襷《たすき》がけの二《に》の腕《うで》あたり、日《ひ》ざしに惜気《をしげ》なけれども、都育《みやこそだ》ちの白《しろ》やかに、紅絹《もみ》の切《きれ》をぴた〳〵と、指《ゆび》を反《そ》らした手《て》の捌《さば》き、波《なみ》の音《おと》のしらべに連《つ》れて、琴《こと》の糸《いと》を辿《たど》るやう、世帯染《しよたいじ》みたがなほ優《やさ》しい。

秋日和《あきびより》の三時《じ》ごろ、人《ひと》の影《かげ》より、黍《きび》の影《かげ》、一《ひと》つ赤蜻蛉《あかとんぼ》の飛《と》ぶ向《むかう》の畝《あぜ》を、威勢《ゐせい》の可《い》い声《こゑ》。

「号外《がうぐわい》、号外《がうぐわい》。」

# 二

「三《さん》ちやん、何《なん》の号外《がうぐわい》だね。」

と女房《にようばう》は、毎日《まいにち》のやうに顔《かほ》を見《み》る同《おな》じ漁場《ぎよぢやう》の馴染《なじみ》の奴《やつこ》、張《はり》ものにうつむいたまゝ、徒然《つれぐ》らしい声《こゑ》を懸《か》ける。

片手《かたて》を懐中《ふところ》へ突込《つゝこ》んで、何《ど》う、してこました買喰《かひぐひ》やら、一番蛇《ひとつへび》を呑《の》んだ袋《ふくろ》を懐中《ふところ》、微塵棒《みぢんぼう》を縦《たて》にして、前歯《まへば》でへし折《を》つて噛《かじ》りながら、縁台《えんだい》の前《まへ》にによつきりと、吹矢《ふきや》が当《あた》つて出《で》たやうな福助頭《ふくすけあたま》に向《むか》う皻巻《はちまき》。少兀《すこはげ》の紺《こん》の筒袖《つゝそで》、何処《どこ》の嘷々衆《かゝあしう》に貰《もら》つたやら、浅黄《あさぎ》の扱帯《しごき》の裂《さ》けたのを、縄《なは》に綟《よ》つた一重《ひとへ》まはし、小生意気《こなまいき》に尻下《しりさが》り。

これが親仁《おやぢ》は念仏爺《ねんぶつぢゝい》で、網《あみ》の破《やぶ》れを繕《つくろ》ふうちも、珠数《じゆず》も放《はな》さず手《て》にかけながら、葎《むぐら》の中《なか》の小窓《こまど》の穴《あな》から、鄰《となり》の柿《かき》の樹《き》、裏《うら》の屋根《やね》、烏《からす》をじろりと横目《よこめ》に覗《のぞ》くと、いつも前《まへ》はだけの胡坐《あぐら》の膝《ひざ》へ、台尻重《だいじりおも》く引《ひき》つけ置《お》く、三代《さんだい》相伝《さうでん》の火縄銃《ひなはじう》、のツそりと取上《とりあ》げて、フツと吹《ふ》くと、ぱツと立《た》つ、障子《しやうじ》のほこりが目《め》に入《はひ》つて、涙《なみだ》は出《で》ても、狙《ねらひ》は違《たが》へず、真黒《まつくろ》な羽《はね》をばさりと落《おと》して、奴《やつこ》、おさへろ、と見向《みむき》もせず、また南無阿弥陀《なむあみだ》で手内職《てないしよく》。晩《ばん》のお菜《かず》に、煮《に》たわ、喰《く》つたわ、其数《そのすう》三万《まん》三千三百さるほどに爺《ぢい》の因果《いんぐわ》が孫《まご》に報《むく》つて、渾名《あだな》を小烏《こがらす》の三之助《さんのすけ》、数《かぞ》へ年《どし》十三の大柄《おほがら》な童《わつぱ》でござる。

搔垂《かきた》れ眉《まゆ》を上《うへ》と下《した》、大《おほ》きな口《くち》で莞爾《につこり》した。

「姉様《あねさん》、己《おら》の号外《がうぐわい》だよ。今朝《けさ》、号外《がうぐわい》に腹《はら》が痛《いた》んだて、稲葉丸《いなばまる》さ、号外《がうぐわい》になまけたゞが、直《ぢ》きまた号外《がうぐわい》に治《なほ》つたゞよ。」

「それは困《こま》つたねえ、それでもすつかり治《なほ》つたの。」と紅絹切《もみぎれ》の小耳《こみゝ》を細《こま》かく、一寸《ちよい》々々《〱》一寸と伸《のば》していふ。

「あゝ号外《がうぐわい》だ、最《も》う何《なん》ともありやしねえや。」

「だつて、お前《まへ》さん、そんなことをしちや又《また》お腹《なか》が悪《わる》くなるよ。」

「何《なに》をよ、そんな事《こと》ツて。なあ、姉様《あねさん》。」

「甘《あま》いものを食《た》べてさ、がり〳〵嚙《かじ》つて、乱暴《らんばう》ぢやないかねえ。」

「むう、これかい。」

と目《め》を上《あげ》ざまに細《ほそ》うして、下脣《したくちびる》をぺろりと嘗《な》めた。肩《かた》も脛《すね》も懐《ふところ》も、がさ〳〵と袋《ふくろ》を揺《ゆす》つて、

「こりや、何《なに》よ、何《なん》だぜ、あのう、己《おら》が嫁《よめ》さんに遣《や》らうと思《おも》つて、姥《おんば》が店《みせ》で買《か》つて来《き》たんで、旨《うま》さうだから、しよこなめたい。唯《たつ》た一ツだな、皆《みん》な嫁《よめ》さんに遣《や》るんだぜ。」

とくるりと、はり板《いた》に並《なら》んで向《むき》をかへ、縁側《えんがは》に手《て》を支《つ》いて、納戸《なんど》の方《はう》を覗《のぞ》きながら、

「やあ、寐《ね》てやがら、姉様《あねさん》、己《おら》が嫁《よめ》さんは寐《ね》ねかな。」

「あゝ、今《いま》しがた昼寐《ひるね》をしたの。」

「人情《にんじやう》がないぜ、なあ、己《おら》が旨《うま》いものを持《も》つて来《く》るのに。えゝ、おい、起《お》きねえか。お浜《はま》ツ児《こ》。へ。」

とのめずるやうに頸《うなじ》を窘《すく》め、腰《こし》を引《ひ》いて、

「何《なん》にもいはねえや、蠅《はへ》ばかり、ぶん〳〵いつてまはつてら。」

「真個《ほんと》に酷《ひど》い蠅《はへ》ねえ、蚊《か》が居《ゐ》なくツても昼間《ひるま》だつて、あゝして蚊帳《かや》へ入《い》れて置《お》かないとね、可哀《かはい》さうなやうに集《たか》るんだよ。それに恬《か》うやつて糊《のり》があるもんだからね、うるさいツちやないんだもの、三《さん》ちやん、お前《まへ》さんの許《とこ》なんぞも、矢張《やつぱ》り恬《か》うかねえ、浜《はま》へは些《ちつ》とでも放《はな》れて居《ゐ》るから、それでも幾《いく》か少《すく》なからうねえ。」

「矢張居《やつぱりゐ》ら、居《ゐ》る処《どころ》か、もつと居《ゐ》ら、どしこと居《ゐ》るぜ。一《ひと》つかみ打捕《ふんづかま》へて、岡田螺《をかたにし》とか何《なん》とかいつて、お汁《つけ》の実《み》にしたいやうだ。」

とけろりとして真顔《まがほ》にいふ。

# 三

こんな年《とし》していふことの、世帯《しよたい》じみたも暮向《くらしむ》き、塩焼《しほや》く煙《けむり》も一列《ひとつら》に、おなじ霞《かすみ》の藁屋同士《わらやどうし》と、女房《にようばう》は打微笑《うちほゝゑ》み、

「どうも、三《さん》ちやん、感心《かんしん》に世帯《しよたい》じみたことをおいひだねえ。」

奴《やつこ》は心《こゝろ》づいて笑《わら》ひ出《だ》し、

「はゝゝ、世帯《しよたい》じみねえでよ、姉《あね》さん。こんのお浜《はま》ツ子《こ》が出来《でき》てから、己《おら》なりたけ小遣《こづかひ》はつかはねえ。吉《きち》や、七《しち》と、一銭《いちもん》こを遣《や》つてもな、大事《だいじ》に気《き》をつけてら。玩弄物《おもちや》だのな、飴《あめ》だの、いろんなものを買《か》つて来《く》るんだ。」

女房《にようばう》は何《なん》となく、手拭《てぬぐひ》の中《なか》に伏目《ふしめ》になつて、声《こゑ》の調子《てうし》も沈《しづ》みながら、

「三《さん》ちやんは、どうしてそんなだらうねえ。お前《まへ》さんくらゐな年紀恰好《としかつかう》ぢや、小児《こども》の持《も》つて居《ゐ》るものなんか引奪《ひつたく》つても自分《じぶん》が欲《ほし》い時《とき》だのに、然《さ》うやつて些《ちつ》とづつ皆《みんな》から貰《もら》ふお小遣《こづかひ》で、あの児《こ》に何《なに》か買《か》つて呉《く》れてさ。姉《ねえ》さん、沁々《しみ〴〵》嬉《うれ》しいけれど、真個《ほんと》に三《さん》ちやん、お前《まへ》さん、お食《あが》りなら可《い》い、気《き》の毒《どく》でならないもの。」

奴《やつこ》は嬉《うれ》しさうに目《め》を下《さ》げて、

「へゝ、何《なに》、ねえだよ、気《き》の毒《どく》な事《こと》は些《ちつ》ともねえだよ、嫁《よめ》さんが食《た》べる方《はう》が、己《おら》が自分《じぶん》で食《た》べるより旨《うま》いんだから。」

「あんなことをいふんだよ。」

と女房《にようばう》は顔《かほ》を上《あ》げて莞爾《につこり》と、

「何《なん》て情《じやう》があるんだらう。」

熟《ぢつ》と見《み》られて独《ひとり》で頷《うなづ》き、

「だつて、男《をとこ》は誰《だれ》でも然《さ》うだぜ。兄哥《あにや》だつて然《さ》ういはあ。船《ふね》で暴風雨《あらし》に濡《ぬ》れてもな、屋根代《やねだい》の要《い》らねえ内《うち》で、姉《あね》さんやお浜《はま》ツ児《こ》が雨露《あめつゆ》に濡《ぬ》れねえと思《おも》や、自分《じぶん》が寒《さむ》い気《き》はしねえとよ。」

「嘘《うそ》ばツかり。」

と対手《あひて》が小児《こども》でも女房《にようばう》は、思《おも》はずはつと赧《あか》らむ顔《かほ》。

「嘘《うそ》ぢやねえだよ、其《そ》の代《かはり》にや、姉《あね》さんも然《さ》うやつて働《はたら》いてるだ。なあ姉《あね》さん、己《おの》が嫁《よめ》さんだつて何《なん》だぜ、己《おら》が漁《れふ》に出掛《でか》けたあとぢや、矢張《やつぱり》、張《はり》ものをして呉《く》んねえぢや己厭《おらいや》だぜ。」

「あゝ、しませうとも、しなくつてさ、おほゝ、三《さん》ちやん、何《なに》を張《は》るの。」

「え、そりや、何《なん》だ、また其《そ》の時《とき》だ、今《いま》は着《き》たツきりで何《なん》にもねえ。」

と面《めん》くらつた身《み》のまはり、はだかつた懐中《ふところ》から、つり落《お》ちさうな菓子袋《くわしぶくろ》を、爾時縁《そのときえん》へ差置《さしお》くと、鉄砲玉《てつぱうだま》が、から〱から。

「号外《がうぐわい》、号外《がうぐわい》ツ。」と慌《あわた》しく這身《はひみ》で追掛《おひか》けて平手《ひらて》で横《よこ》ざまにポンと払《はた》くと、ころりとかへるのを、此方《こつち》から最《も》一ツ《ひと》払《はた》いてくるりとまはして、一寸《ちよいと》すくひ、

「は。」

とかけ声《ごえ》でポンと口《くち》。

「おや、御《ご》馳《ち》走様《そうさま》ねえ。」

三之《さんの》助《すけ》はぐツと呑《の》んで、

「あゝ号外《がうぐわい》。」ときよとりとする。

女房《にようばう》は濡《ぬ》れた手《て》をふらりとさして、すツと立《た》つた。

「三《さん》ちやん。」

「うむ。」

「お前《まへ》さん、其《そ》の三尺《さんじやく》は、大層色気《たいそういろけ》があるけれど、余《あま》りよれ〳〵になつたぢやないか、序《ついで》だから一寸此《ちよいとこ》の端《はし》へはつて置《お》いて上《あ》げませう。」

「何《なに》こんなものを。」

とあとへ退《さが》り、

「いまに解《と》きます繻子《しゆす》の帯《おび》……」

奴《やつこ》は聞《き》き覚《おぼ》えの節《ふし》になり、中音《ちうおん》でそゝりながら、くるりと向《むか》うむきになつたが早《はや》いか、ドウとしたゝかな足《あし》踏《ぶみ》して、

「わい！」

日向《ひなた》へのツそりと来《き》た、茶《ちや》の斑犬《ぶち》が、びくりと退《すさ》つて、ぱつと砂《すな》、いや、其《そ》の遁《に》げ状《ざま》の慌《あわた》しさ。

## 四

「状《ざま》を見《み》ろ、弱虫《よわむし》め、誰《だれ》だと思《おも》ふえ、小鳥《こがらす》の三之助《さんのすけ》だ。」

と呵々《から〳〵》と笑《わら》つて大得意《だいとくい》。

「吃驚《びつくり》するわね、唐突《だしぬけ》に怒鳴《どな》つてさ、あゝ、未《ま》だ胸《むね》がどき〳〵する。」

はツと縁側《えんがは》に腰《こし》をかけた、女房《にようばう》は草履《ざうり》の踵《かゝと》を、清《きよ》くこぼれた褄《つま》にかけ、片手《かたて》を背後《うしろ》に、あらぬ空《そら》を視《なが》めながら、俯向《うつむ》き通《とほ》しの疲《つか》れもあつた、頻《しきり》に胸《むね》を撫擦《なでさす》る。

「姉《あね》さんも弱虫《よわむし》だなあ。東京《とうきやう》から来《き》て大尽《だいじん》のお邸《やしき》に、棲《つま》を引摺《ひきず》つて居《ゐ》たんだから駄目《だめ》だ、意気地《いくぢ》はねえや。」

女房《にようばう》は手拭《てぬぐひ》を掻《か》い取《と》つたが、目《ま》ぶちのあたりほんのりと、逆上《のぼ》せた耳《みゝ》にもつれかゝる、おくれ毛《げ》を撫《な》でながら、

「厭《いや》な児《こ》だよ、また裾《すそ》を、裾《すそ》をツて、お引摺《ひきず》りのやうで人聞《ひとぎ》きが悪《わる》いわね。」

「錦絵《にしきゑ》の姉様《あねさま》だあよ。見《み》ねえな、皆引摺《みんなひきず》つてら。」

「そりや昔《むかし》のお姫様《ひめさま》さ。お邸《やしき》は大尽《だいじん》の、稲葉様《いなばさま》の内《うち》だつて、お小間《こま》づかひなんだもの、引摺《ひきず》つてなんぞ居《ゐ》るものかね。」

「いまに解《と》きます繻子《しゆす》の帯《おび》とけつかるだ。お姫様《ひめさま》だつて、お小間使《こまづかひ》だつて、そんなことは構《かま》はねえけれど、船頭《せんどう》のおかみさんが、そんな弱虫《よわむし》ぢや不可《いけ》ねえや、あゝ、お浜《はま》ツ児《こ》は恁《か》うは育《そだ》てたくないもんだ。」と機械《きかい》があつて人形《にんぎやう》の腹《はら》の中《なか》で聞《きこ》えるやうな、顔《かほ》には似《に》ない高慢《かうまん》さ。

女房《にようばう》は打笑《うちゑ》みつゝ、向直《むきなほ》つて顔《かほ》を見《み》た。

「ほゝゝ、いふことだけ聞《き》いて居《ゐ》ると、三《さん》ちやんは、大層強《たいそうつよ》さうだけれど、其《そ》の実意気地《じついくぢ》なしツたらないんだもの、何《なに》よ、あれは?」

「あれはツて?」と目《め》をぐる〳〵。

「だつて、源次《げんじ》さん千太《せんた》さん、理右衛門爺《りゑもんぢい》さんなんかゞ来《く》ると……お前《まへ》さん、此《こ》の五月《ごぐわつ》ごろから、粋《いき》な小烏《こがらす》といはれいで、ベソを掻《か》いた三之助《さんのすけ》だ、ベソ三《さん》だ、ベソ三《さん》だ。序《ついで》に鯔《ぼら》と改名《かいめい》しろなんて、何《なん》か高慢《かうまん》な口《くち》をきく度《たび》に番《ばん》ごと籠《こ》められておいでぢやないか。何《なん》でも、恐《こは》いか、辛《つら》いかして屹《きつ》と沖《おき》で泣《な》いたんだよ。此人《このひと》は。」とをかしさうに正向《まむき》に見《み》られて、奴《やつこ》は、口《くち》をむぐ〳〵と、顱巻《はちまき》をふらりと下《さ》げて、

「へ、へ、へ。」と俯向《うつむ》いて苦笑《にがわら》ひ。

「見《み》たが可《い》い、ベソちやんや。」と思《おも》はず軽《かる》く手《て》をたゝく。

「だつて、だつて、何《なん》だ。」

と奴《やつこ》は口惜《くちを》しさうな顔色《かほつき》で、

「己《おら》ぐらゐな年紀《とし》で、鮪船《まぐろぶね》の漕《こ》げる奴《やつ》は沢山《たんと》ねえぜ。

此処《こゝい》らの鼻垂《はなつたら》しは、よう磯《いそ》だつて泳《およ》げようか、たか〴〵堰《せき》でめだかを極《き》めるか、古川《ふるかは》の浅《あさ》い処《ところ》で、ばちや〳〵と鮒《ふな》を遣《や》るだ。

浪打際《なみうちぎは》といつたつて、一畝《ひとうね》り乗《の》つて見《み》ねえな。のたりと天上《てんじやう》まで高《たか》くなつて、嶽《たけ》の堂《だう》は目《め》の下《した》だ。大風呂敷《おほぶろしき》の山《やま》ぢやねえか、一波越《ひとなみこ》すと、谷底《たにそこ》よ。浜《はま》も日本《こほん》も見《み》えやしねえで、お星様《ほしさま》が映《うつ》りさうで、お太陽様《てんたうさま》は真蒼《まつさを》だ、姉《あね》さん凪《なぎ》の可《い》い日《ひ》で然《さ》うなんだぜ。

処《ところ》を沖《おき》へ出《で》て一《ひと》つ暴風雨《しけ》と来《く》るか、めちやめちやの真暗《まつくら》やみで、浪《なみ》だか滝《たき》だか分《わか》らねえ、真《ま》水《みづ》と塩水《しほみづ》をちやんぽんにかぶりと遣《や》つちや、あみの塩《しほ》からをぺろ〳〵とお茶《ちや》の子《こ》で、鼻唄《はなうた》を唄《うた》ふんだい、誰《だれ》が沖《おき》へ出《で》てベソなんか。」

と肩《かた》を怒《いか》らして大手《おほで》を振《ふ》つた、奴《やつこ》、おまはりの真似《まね》して力《りき》む。

「ぢや、何《なん》だつて、何《なん》だつてお前《まへ》、ベソ三《さん》なの。」

「うむ。」

と忽《たちま》ち妙《めう》な顔《かほ》、けろ〳〵と擬勢《ぎせい》の抜《ぬ》けた、顱巻《はちまき》をいぢくりながら、

「ありやね、ありやね、へゝゝ、号外《がうぐわい》だ、号外《がうぐわい》だ。」

五

「あれさ、一寸《ちよいと》、用《よう》がある。」

と女房《にようばう》は呼止《よびと》める。

奴《やつこ》は遁《に》げ足《あし》を向《むか》うのめりに、うしろへ引《ひ》かれた腰付《こしつき》で、

「だつて、号外《がうぐわい》が忙《いそが》しいや。あ、号外《がうぐわい》ツ。」

「一寸《ちよいと》、あれさ、何《なん》だよ、お前《まへ》、お待《ま》ちてばねえ。」

衝《つ》と身《み》を起《お》こして追《お》はうとすると、奴《やつこ》は駈出《かけだ》した五足《いつあし》ばかりを、一飛《ひとと》びに跳《は》ね返《かへ》つて、ひよいと踞《しやが》み、立《た》つた女房《にようばう》の前垂《まへだれ》のあたりへ、円《まる》い頤《あご》、出額《おでこ》で仰《あふ》いで、

「おい。」といふ。

出足《であし》へ唐突《だしぬけ》に突屈《つゝかゞ》まれて、女房《にようばう》の身《み》は、前《まへ》へしなひさうになつて蹌踉《よろめ》いた。

「何《なん》だねえ、また、吃驚《びつくり》するわね。」

「へゝゝ、番毎《ばんごと》だぜ、弱虫《よわむし》やい。」

「あゝ、可《い》いよ、三《さん》ちやんは強《つよ》うございますよ、強《つよ》いからね、お前《まへ》は強《つよ》いから其《そ》のベソ掻《か》いたわけをお話《はな》しよ。」

「お前《まへ》は強《つよ》いからベソを掻《か》いたわけ、」と、念《ねん》のためいつてみて、瞬《またゝき》した、目《め》が渋《しぶ》さう。

「不可《いけ》ねえや、強《つよ》いからベソをなんて、誰《たれ》が強《つよ》くつてベソなんか掻《か》くもんだ。」

「ぢや、矢張弱虫《やつぱりよわむし》ぢやないか。」

「だつて姉《あね》さん、ベソも掻《か》かざらに。夜一夜《よつぴて》亡念《ばうねん》の火《ひ》が船《ふね》について離《はな》れねえだもの。理右衛門《りゑもん》なんざ、己《おら》が

ベソをなんていふ口《くち》で、あゝ見《み》えて爾時《そのとき》はお念仏唱《ねんぶつとな》へたゞ。」と強《つよ》がりたさに目《め》を眴《みは》る。女房《にようばう》はそれかあらぬか、内々危《ないくあやぶ》んだ胸《むね》へ犇《ひし》と、色変《いろかは》るまで聞咎《きゝとが》め、

「えゝ、亡念《ばうねん》の火《ひ》が憑《つ》いたつて、」

「おつと……、」

とばかり三之助《さんのすけ》は口《くち》をおさへ、

「黙《だま》らう、黙《だま》らう、」と傍《わき》を向《む》いた、片頰《かたほ》に笑《ゑみ》を含《ふく》みながら吃驚《びつくり》したやうな色《いろ》である。

秘《かく》すほどなほ聞《き》きたさに、女房《にようばう》は故《わざ》とすねて見《み》せ、

「可《い》いとも、沢山然《たんとさ》うやつてお秘《かく》しな。どうせ、三《さん》ちやんは他人《たにん》だから、お浜の婿《むこ》さんぢやないんだから、」

と肩《かた》を引《ひ》いて、身《み》を斜《なゝ》め、捩《ねぢ》り切《き》りさうに袖《そで》を合《あ》はせて、女房《にようばう》は背向《そがひ》になンぬ。

「了《しま》つた！　姉《あね》さん、何《なに》も秘《かく》すといふわけぢやねえだよ。奴《やつこ》は出《で》る杭《くひ》を打《う》つ手《て》つき、ポン〳〵と天窓《あたま》をたゝいて、こんの兄哥《あにき》も然《さ》ういふし、乗組《のりく》んだ理《り》右衛門徒《ゑもんでえ》も、姉《あね》さんには内証《ないしよう》にして置《お》け、話《はな》すと恐怖《こは》がるツていふからよ。」

「だから、皆《みんな》で秘《かく》すんだから、せめて三《さん》ちやんが聞《き》かせて呉《く》れたつて可《い》いぢやないかね。」

「むゝ、ぢや話《はな》すだがね、おらが饒舌《しやべ》つたつて、皆《みんな》にいつちや不可《いけね》えだぜ。」

「誰《たれ》が、そんなことをいふもんですか。」

「お浜《はま》ツ児《こ》にも内証《ないしよう》だよ。」

と窃《そつ》と伸上《のびあが》つて又縁側《またえんがは》から納戸《なんど》の母衣蚊帳《ほろがや》を差覗《さしのぞ》く。

「嬰児《あかんぼ》が、何《なに》を知《し》つてさ。」

「それでも夢《ゆめ》に見《み》て魘《うな》されら。」

「一寸《ちよつと》、そんなに恐怖《こは》い事《こと》なのかい。」と女房《にようばう》は縁《えん》の柱《はしら》につかまつた。

「え、何《なに》、おらがベソを掻《か》いて、理右衛門《りゑもん》が念仏《ねんぶつ》を唱《とな》へたくらゐな事《こと》だけんども。そら、姉《あね》さん、此《こ》の五月《ごぐわつ》、三日《みつか》流《なが》しの鰹船《かつをぶね》で二晩沖《ふたばんおき》で泊《とま》つたつけよ。中《なか》の晩《ばん》の夜中《よなか》の事《こと》だね。

野《の》だも山《やま》だも分《わか》ンねえ、茫《ぼつ》とした海《うみ》の中《なか》で、晩《おそ》めに夕飯《ゆふめし》を食《く》つたあとでよ。

昼間《ひるま》つからの霧雨《きりあめ》がしと〳〵降《ふ》りになつて来《き》たで、皆胴《みんなどう》の間《ま》へもぐつてな、そん時《とき》に千太《せんた》どんが漕《こ》がしつけえ。

急《きふ》に、おゝ寒《さむ》い、おゝ寒《さむ》い、風邪《かぜ》挙句《あげく》だ不精《ぶしやう》せう。誰《たれ》ぞかはんなはらねえかつて、艫《とも》からドンと飛下《とびお》りたゞ。船《ふね》はぐら〳〵としたゞがね。それで止《と》まるやうな波《なみ》ぢやねえだ。どんぶりこツこ、すつこツこ、陸《をか》へ百里《り》やら五十里《り》やら、方角《はうがく》も何《なに》も分《わか》らねえ。」

女房《にようばう》は打頷《うちうなづ》いた襟《えり》さみしく、乳《ち》の張《は》る胸《むね》をおさへたのである。

## 六

「晩飯《ばんめし》の菜《さい》に、塩《しほ》からさ嘗《な》め過《す》ぎた。どれ、糠雨《ぬかあめ》でも飲《の》むべい、とつてな、理右衛門《りゑもん》どんが入交《いれか》はつて漕《こ》がしつけえ。

や、おぞいな千太《せんた》、われ、えてものを見《み》て逃《に》げたな、と艫《ろ》で爺《ぢい》ツさまがいはつしやるとの。馬鹿《ばか》いはつしやい、ほんたうに寒気《さむけ》がするだつて、千太《せんた》は天窓《あたま》から褞袍《どてら》被《かぶ》つてころげた達磨《だるま》よ。

ホイ、ア、ホイ、と浪《なみ》の中《なか》で、幽《かす》に呼《よ》ばる声《こゑ》がするだね。

何処《どこ》からだか分《わか》ンねえ、近《ちか》いやうにも聞《きこ》えれば、遠《とほ》いやうにも聞《きこ》えるだ。

来《き》やがつた、来《き》やがつた、陽気《やうき》が悪《わる》いとおもつたい！ おらも何《ど》うも疝気《せんき》がきざした、さあ、誰《たれ》ぞ来《き》て遣《や》つてくれ、些《ちつ》と踞《しやが》まねえぢや、筋張《すぢは》つてしよ事《こと》がない、と小《こ》半時《はんどき》で又理《またり》右衛《ゑ》門爺《もんぢい》さまが潜《もぐ》つたゞよ。われ漕《こ》げ、頭痛《づつう》だ、汝漕《きさまこ》げ、脚気《かつけ》だ、と皆苦《みんなにが》い顔《かほ》をして、出手《でて》がねえだね。

平胡坐《ひらあぐら》で一寸磁石《ちよつとじしやく》さ見《み》さしつけえ、此家《こゝ》の兄哥《あにや》が、奴《やつこ》、汝漕《てめえこ》げ、といはしつたから、何《なん》の気《き》もつかねえで、船《ふね》で達者《たつしや》なのは、おらばかりだ。おつとまかせ、」と奴《やつこ》は顱巻《はちまき》の輪《わ》を大《おほ》きく腕《うで》いつぱいに占《し》める真似《まね》して、

「いきなり艫《とも》へ飛《と》んで出《で》ると、船《ふね》が波《なみ》の上《うへ》へ橋《はし》にかゝつて、雨《あめ》で辷《すべ》るといふもんだ。

どツこいな、と腰《こし》を極《きは》めたが、づツしりと手答《てごた》へして、槻《けやき》の大木根《たいぼくね》こそぎにしたほどな大《おほき》い艪《ろ》の奴《やつ》、のツしりと搔《か》いただがね。雨《あめ》がしよぼ〳〵と顱巻《はちまき》に染《し》むるばかりで、空《そら》だが水《みづ》だか分《わか》らねえ。はあ、昼間《ひるま》見《み》る遠《とほ》い処《ところ》の山《やま》の上《うへ》を、ふは〳〵と歩行《ある》くやうで、底《そこ》が轟々《ぐわう〳〵》と沸《に》えくり返《かへ》るだ。

ア、ホイ、ホイ、アホイと変《へん》な声《こゑ》が、真暗《まつくら》な海《うみ》にも隅《すみ》があつて其《そ》の隅《すみ》の方《はう》から響《ひゞ》いて来《き》たゞよ。

西《にし》さ向《む》けば、西《にし》の方《はう》、南《みなみ》さ向《む》けば南《みなみ》の方《はう》、何《なん》でもおらがの向《む》いた方《はう》で聞《きこ》えるだね。浪《なみ》の畝《うね》ると同一《おんなじ》に声《こゑ》が浮《う》いたり沈《しづ》んだり、遠《とほ》くなつたりな、近《ちか》くなつたり。

其内《そのうち》ぼや〳〵と火《ひ》が燃《も》えた。船《ふね》から、沖《おき》へ、ものゝ十四五町《ちやう》と真黒《まつくろ》な中《なか》へ、ぶく〳〵と大《おほ》きな泡《あわ》が立《た》つやうに、ぼツと光《ひか》らあ。

やあ、火《ひ》が点《とも》れたいツて、おらあ、吃驚《びつくり》して喚《わめ》くとな、……姉《あね》さん。」

「おゝ、」と女房《にようばう》は変《かは》つた声音《こわね》。

「黙《だま》つて、黙《だま》つて、と理《り》右衛《ゑ》門爺《もんぢい》さまが胴《どう》の間《ま》で苫《とま》の下《した》でいはつしやる。

また、千太《せんた》がね。彼《あれ》もよ、陸《をか》の人魂《ひとだま》で、十五の年《とし》まで見《み》ねえけりや、一生逢《いつしやうあ》はねえといふんだが、十三で出《で》つくはした奴《やつ》は幸福《しあはせ》よ、と吐《こ》くだあね。

おらあ、それを聞《き》くと、艪《ろ》づかを握《にぎ》つた手首《てくび》から、寒《さむ》くなつたあ。」

「……まあ、厭《いや》ぢやないかね、それでベソを搔《か》いたんだね、無理《むり》はないよ、恐怖《こは》いわねえ。」

とおくれ毛《げ》を風《かぜ》に吹《ふ》かせて、女房《にようばう》も悚然《ぞつ》とする。奴《やつこ》の顔色《かほいろ》、赤蜻蛉《あかとんぼ》、黍《きび》の穂《ほ》も夕《ゆふ》づく日《ひ》。

「そ、そんなくれえで、お浜《はま》ツ児《こ》の婿《むこ》さんだ、そんなくれえでベソなんか搔《か》くべいか。

炎《ほのほ》といふだか、変《へん》な火《ひ》が、燃《も》え燃《も》え、此方《こつち》へ来《き》さうだで、漕《こ》ぎ放《はな》すべいと艪《ろ》をおしたゞ。

姉《あね》さん、然《さ》うすると、其《そ》の火《ひ》がよ、大方浪《おほかたなみ》の形《なり》だんべい、おらが天窓《あたま》より高《たか》くなつたり、船底《ふなぞこ》へ崕《がけ》が出来《でき》るやうに沈《しづ》んだり、ぶよ〳〵と転《ころ》げやがつて、船脚《ふなあし》へついて、海蛇《うみへび》の、のたくるやうについて来《く》るだ。」

「…………」

「そして何《なに》よ、ア、ホイ、ホイ、アホイと厭《いや》な懸声《かけごゑ》がよ、火《ひ》の浮《う》く時《とき》は下《した》へ沈《しづ》んで、火《ひ》の沈《しづ》む時《とき》は上《うへ》に浮《う》いて、上下《うへした》に底澄《そこず》んで、遠《とほ》いのが耳《みゝ》について聞《きこ》えるだ。」

## 七

「何《なん》でも、はあ、おらと同《おな》じやうに、誰《たれ》か其《そ》の、炎《ほのほ》さ漕《こ》いで来《く》るだがね。傍《そば》へ来《こ》られてはなんねえだ、と艪《ろ》づかを刻《きざ》んで、急《いそ》いでしやくると、はあ、不可《いけね》え。向《むか》うも、ふは〳〵と疾《はや》くなるだ。

こりや、なんねえ、しよことがない、ともう打《う》ちやらかして、おさへて突立《つゝた》つてびく〳〵して見《み》て居《ゐ》たらな。矢張《やつぱり》それでも、来《き》やあがつて、ふはりとやつて、鳥《とり》のやうに、舳《へさき》の上《うへ》へ、水際《みづぎは》さ離《はな》れて、たかつたがね。一《ひと》あふり風《かぜ》を食《く》つて、向《むか》うへ、ぶく〳〵とのびたつけよ。又《また》いびつ形《なり》に円《まる》くなつて、ぼやりと黄色《きいろ》い、薄濁《うすにご》りの影《かげ》がさした。大《おほ》きな船《ふね》は舳《へさき》から胴《どう》の間《ま》へかけて、半分《はんぶん》ばかり、黄色《きいろ》くなつた。婦人《をんな》がな、裾《すそ》を拡《ひろ》げて、膝《ひざ》を立《た》てゝ、飛乗《とびの》つた形《かた》だつけ。一《いつ》ぱし大《おほ》きさも大《おほ》きいで、艪《ろ》が上《あが》つて、向《むか》うへ重《おも》くなりさうだに、はや他愛《たわい》もねえ軽《かる》いのよ。

おらあ、わい、というて、艪《ろ》を放《はな》した。

そん時《とき》だ、われの、顔《かほ》は真蒼《まつさを》だ、然《さ》ういふ汝《おめえ》の面《つら》は黄色《きいろ》いぜ、と苫《とま》の間《あひだ》で、てん〴〵がいつたあ。——あやかし火《び》が通《とほ》つたよ。

奴《やつこ》、黙《だま》つて漕《こ》げ、何《なん》ともするもんぢやねえツて、此《こん》家の兄哥《あにや》が、いはつしやるで、どうするもんか。おら屈《かゞ》んでな、密《そつ》と其《そ》の火《ひ》を見《み》て遣《や》つた。

ぼやりと黄色《きいろ》な、底《そこ》の方《はう》に、うよ〳〵と何《なん》か動《うご》いてけつから。」

「えツ、何《なに》さ、何《なに》さ、三《さん》ちやん、」と忙《せは》しく聞《き》いて、女房《にようばう》は庇《ひさし》の陰《かげ》。

日向《ひなた》の奴《やつこ》も暮《く》れかゝる、秋《あき》の日《ひ》の黄《き》ばんだ中《うち》に、薄黒《うすくろ》くもなんぬるよ。

「何《なん》だか些《ちつ》とも分《わか》らねえが、赤目鰒《あかめふぐ》の腸《はらわた》さ、引《ひき》づり出《だ》して、たゝきつけたやうな、うよ〳〵としたものよ。どす赤《あか》いんだの、うす蒼《あを》いんだの、にち〳〵舳《みよし》の板《いた》にくツついて居《ゐ》るやうだつけ。すぽりと離《はな》れて、海《うみ》へ落《お》ちた、ぐる〳〵と廻《まは》つたゞがな、大《おほ》のしに颯《さつ》とのして、一浪《ひとなみ》で遠《とほ》くまで持《も》つて行《い》つた、何処《どこ》かで魚《うを》の目《め》が光《ひか》るやうによ。

おらが肩《かた》も軽《かる》くなつて、船《ふね》はすら〳〵と辷《すべ》り出《だ》した。胴《どう》の間《ま》ぢや寂《ひつそ》りして、幽《かす》かに鼾《いびき》も聞《きこ》えるだ。夜《よる》は恐《おそ》ろしく更《ふ》けただが、浪《なみ》も平《たひら》になつたゞから、おらも息《いき》を吐《つ》いたがね。

えてものめ、何《なに》が息《いき》を吐《つ》かせべい。

アホイ、アホイ、とおらが耳《みゝ》の傍《はた》で又呼《またよ》ばる。

黙《だま》つて漕《こ》げ、といはつしやるで、おらは、スウとも泣《な》かねえだが、腹《はら》の中《なか》で懸声《かけごゑ》さするかと思《おも》つたゞよ。

厭《いや》だからな、聞《き》くまいとして頭《あたま》あ掉《ふ》つて、耳《みゝ》を紛《まぎ》らして居《を》つたつけが、畜生《ちくしやう》、船《ふね》に憑《つ》いて火《ひ》を呼《よ》ぶだとよ。波《なみ》が平《たひら》だで、なほと不可《いけね》え。火《ひ》の奴《やつ》め、苦《く》なしでふは〳〵とのしをつた、爾時《そのとき》は、おらが漕《こ》いで居《ゐ》る艪《ろ》の方《はう》へさ、ぶく〳〵と泳《およ》いで来《き》たが、急《きふ》にぼやつと拡《ひろ》がつた、狸《たぬき》の睾丸八畳敷《きんたまはちでふじき》よ。そこら一面《いちめん》、波《なみ》が黄色《きいろ》に光《ひか》つたゞね。

其《そ》の中《なか》に、はあ、細長《ほそなが》い、ぬめらとした、黒《くろ》い島《しま》が浮《う》いたつけ。あやかし火《び》について、そんな晩《ばん》は、鮫《さめ》の奴《やつ》が化《ば》けるだと……あとで爺《ぢい》さまがいはしつた。

然《さ》うや、目《め》だつぺい。真赤《まつか》な火《ひ》が二《ふた》つ空《そら》を向《む》いて、其《そ》の背中《せなか》の突先《とつさき》に睨《にら》んで居《ゐ》たが、しばらくするとな。いまの化鮫《ばけざめ》めが、微塵《みぢん》になつたやうに、大《おほ》きい形《かた》はすぽりと消《き》えて、百《ひやく》とも千《せん》とも数《かず》を知《し》れねえ、いろんな魚《うを》が、すら〳〵すら〳〵、黄色《きいろ》な浪《なみ》の上《うへ》を渡《わた》りをつたが、化鮫《ばけざめ》めな、さま〴〵にして見《み》せる。唐《から》の海《うみ》だか、天竺《てんぢく》だか、和蘭陀《おらんだ》だか、分《わか》ンねえ夜中《よなか》だつけが、おらあそんな事《こと》で泣《な》きやしねえ。」と奴《やつこ》は一息《ひといき》に勇《いさ》んでいつたが、言《こと》を途切《とぎ》らし辺《あたり》を視《なが》めた。


目《め》の前《まへ》なる砂山《すなやま》の根《ね》の、其《そ》の向《む》き合《あ》へる猛獣《まうじう》は、薄《すゝき》の葉《は》とゝもに黒《くろ》く、海《うみ》の空《そら》は浪《なみ》の末《すゑ》に黄《き》をぼかしてぞ紅《くれなゐ》なる。

## 八

「然《さ》うする内《うち》に、又《また》お猿《さる》をやつて、ころりと屈《かゞ》んだ人間《にんげん》くれゐに縮《ちゞ》かまつて、其処等《そこら》一面《いちめん》に、颯《さつ》と暗《くら》くなつたと思《おも》ふと、あやし火《び》の奴《やつ》め、ぶら〳〵と裾《すそ》に泡《あわ》を立《た》てゝ、いきをついて畝《うね》つて来《き》て、今度《こんど》はおらが舟《ふね》の舵《かぢ》に搦《から》んで、ひら〳〵と燃《も》えたゞよ。

おらあ、目《め》を塞《ふさ》いだが、鼻《はな》の尖《さき》だ。艫《とも》へ這上《はひあが》りさうな形《かたち》よ。それで片《かた》つぺら燃《も》えのびて、おらが持《も》つて居《ゐ》る艪《ろ》をつかまへさうにした時《とき》、おらが手《て》は爪《つめ》の色《いろ》まで黄色《きいろ》くなつて、目《め》の玉《たま》も矢張其《やつぱりそ》の色《いろ》に染《そ》まるだかね、だぶり〳〵舷《ふなべり》さ打《う》つ波《なみ》も船《ふね》も、黄色《きいろ》だよ。それでな、姉《あね》さん、金色《きんいろ》になつて光《ひか》るなら、金《かね》の船《ふね》で大丈夫《だいぢやうぶ》といふもんだが、あやかしだから然《さ》うは行《い》かねえ。

時々煙《とき〴〵けむ》のやうになつて船《ふね》の形《かた》が消《き》えるだね、浪《なみ》が真黒《まつくろ》に畝《うね》つてよ、其毎《そのたび》に化物《ばけもの》め、いきをついて又《また》燃えるだ。

おら一生懸命《いつしやうけんめい》に、艪《ろ》で掻《か》きのめして呉《く》れたけれど、火《ひ》の奴《やつ》は舵《かぢ》にからまりくさつて、はあ、婦人《をんな》の裾《すそ》が巻《ま》きついたやうにも見《み》えれば、爺《ぢい》の腰《こし》がしがみついたやうでもありよ。大《おほ》きい鮟鱇《あんかう》が、腹《はら》の中《なか》へ、白張提灯《しらはりぢやうちん》鵜呑《の》みにしたやうにもあつた。

こん畜生《ちくしやう》、こん畜生《ちくしやう》と、おら、ぢだんだを蹈《ふ》んだもんだで、舵《かぢ》へついたかよ、と理右衛門爺《りゑもんぢい》さまがいはつしやる。えゝ、引《ひつ》からまつて点《とも》れくさるだ、というたらな。よくねえな、一《ひと》あれ、あれようぜ、と滅入《めい》つた声《こゑ》で松公《まつこう》が然《さ》ういつけえ。

奴《やつこ》や。

ひやあ。

其《そ》のあやし火《び》の中《なか》を覗《のぞ》いて見《み》ろい、いかいこと亡者《まうじや》が居《ゐ》らあ、地獄《ぢごく》の状《さま》は一見《ひとみ》えだ、と千太《せんた》どんがいふだあね。

小児《こども》だ、馬鹿《ばか》をいふない、と此家《こゝ》の兄哥《あにや》がいはしつけ。

おら堪《たま》んなくなつて、ベソを掻《か》き〳〵、おい〳〵恐怖《こは》くつて泣《な》き出《だ》したあだよ。」

いはれは恁《か》くと聞《きこ》えたが、女房《にようばう》は何《なん》にもいはず、唇《くちびる》の色《いろ》が褪《あ》せて居《ゐ》た。

「苫《とま》を上《あ》げて、ぼやりと光《ひか》つて、こんの兄哥《あにや》の形《かた》がな、暗中《くらやみ》へ出《で》さしつた。

おれに貸《か》せ、奴寐《やつこね》ろい。なるほどうつたうしく憑《つ》きやあがるツて、ハツと掌《てのひら》へ呼吸《いき》を吹《ふ》かしつたわ。

一《ひと》しけ来《く》るぞ、騒《さわ》ぐな、といつて艪《ろ》づかさ取《と》つて、真直《まつすぐ》に空《そら》を見《み》さしつたで、おらも、ひとりでにすツこむ天窓《あたま》を上《あ》げて視《なが》めるとな、一面《いちめん》にどす赤《あか》く濁《にご》つて来《き》たゞ。波《なみ》は、其処《そこ》らに真黒《まつくろ》な小山《をやま》のやうな海坊主《うみばうず》が、かさなり合《あ》つて寝《ね》てるやうだ。

おら胴《どう》の間《ま》へ転《ころ》げ込《こ》んだよ。こゝにもごろ〳〵と八九人《にん》さ、小《ちひ》さくなつてすくんで居《ゐ》るだね。

何処《どこ》だも知《し》んねえ海《うみ》の中《なか》に、船《ふね》さ唯一艘《たゞいつそう》で、目《め》の前《まへ》さ、化物《ばけもの》に取巻《とりま》かれてよ、やがて暴風雨《あらし》が来《こ》ようといふだに、活《い》きて働《はたら》くのはこんの兄哥《あにや》、唯《たゞ》一人《ひとり》だと思《おも》や心細《こゝろぼそ》いけんどとな、兄哥《あにや》は船頭《せんどう》、こんな時《とき》のお船頭《せんどう》だ、」

女房《にようばう》は引入《ひきい》れられて、

「まあ、ねえ、」とばかり深《ふか》い息《いき》。

奴《やつこ》は高慢《かうまん》に打傾《うちかたむ》き、耳《みゝ》に小《ちひ》さな手《て》を翳《かざ》して、

「轟《ぐわう》――と唯鳴《たゞな》るばかりよ、長延寺様《ちやうえんじさま》さ大釣鐘《おほつりがね》を半日天窓《はんにちあたま》から被《かぶ》つたやうだね。

うと〳〵と恁《か》う眠《ねむ》つたつべ。相撲《すまふ》を取《と》つて、ころり投《な》げ出《だ》されたと思《おも》つて目《め》さあけると、船《ふね》の中《なか》は大水《おほみづ》だあ。

あかを汲《く》み出《だ》せ、大変《たいへん》だ、と船《ふね》も人《ひと》もくる〳〵舞《ま》ふだよ。

苫《とま》も何《なに》も吹飛《ふきと》ばされた。恐《おそろ》しい音《おと》ばかりで雨《あめ》が降《ふ》るとも思《おも》はねえ、天窓《あたま》から水《みづ》びたり、真黒《まつくろ》な海坊主《うみばうず》め、船《ふね》の前《まへ》へも後《うしろ》へも、右《みぎ》へも左《ひだり》へも五十三十、ぬく〳〵と肩《かた》さ並《なら》べて、手《て》を組《く》んで突立《つゝた》つたわ、手《て》を上《あ》げると袖《そで》の中《うち》から、口《くち》い開《あ》くと咽喉《のど》から湧《わ》いて、真白《まつしろ》な水柱《みづばしら》が、から、倒《さかさま》にざあ〳〵と船《ふね》さ目《め》がけて突蒐《つゝかゝ》る。

アホイ、ホイと何処《どこ》だやら呼《よ》ばる声《こゑ》さ、彼方《あちら》にも此方《こちら》にも耳《みゝ》について聞《きこ》えるだね。」

## 九

「爾時《そのとき》さ、船《ふね》は八丁艪《はつちやうろ》になつたがな、おらゝが呼《よ》ばる声《こゑ》ぢやねえだ。

矢張《やつぱり》おなじ処《ところ》に、舵《かぢ》についた、あやし火《び》のあかりでな、影《かげ》のやうな船《ふね》の形《かた》が、薄《うす》ぼんやり、鼠色《ねずみいろ》して煙《けむ》が吹《ふ》いて消《き》える工合《ぐあひ》よ、すツ飛《と》んぢやするく＼と浮《う》いて行《ゆ》く。

難有《ありがて》え、島《しま》が見《み》える、着《つ》けろく＼、と千太《せんた》が喚《わめ》く。やあ、何処《どこ》のか船《ふね》も漕《こ》ぎつけた、島《しま》が何処《どこ》に、と理《り》右衛《ゑ》門爺《もんぢい》さま。直《ぢき》さ其処《そこ》に、すくく＼と山《やま》の形《かたち》さあらはれて、暗《やみ》の中突貫《なかつきぬ》いて大幅《おほはゞ》な樹《き》の枝《えだ》が、飛沫《しぶき》のあひだに揺《ゆす》ぶれてな、帆柱《ほばしら》さ突立《つきた》つて、波《なみ》の上《うへ》を泳《およ》いでるだ。

血迷《ちまよ》つたか此奴等《こいつら》、爺様《ぢいさま》までが何《なに》をいふよ、島《しま》も山《やま》も、海《うみ》の上《うへ》へ出《で》たものは石塊一《いしころひと》ツある処《ところ》ぢやねえ。暗礁《かくれいは》へ誘《さそ》ひ寄《よ》せる、連《つれ》を呼《よ》ぶ幽霊船《いうれいぶね》だ。気《き》を確《たしか》に持《も》たつせえ、弱《よわ》い音《ね》を出《だ》しやあがるなツて、此家《こん》の兄哥《あにや》が怒鳴《どな》るだけんど、見《み》すく＼天竺《てんぢく》へ吹《ふ》き流《なが》されるだ、地獄《ぢごく》の土《つち》でも構《かま》はねえ、陸《をか》へ上《あが》つて呼吸《いき》が吐《つ》きたい、助《たす》け船《ぶね》——なんのつて弱《よわ》い音《ね》さ出《だ》すのもあつて、七転八倒《しちてんばつたう》するだでな、兄哥《あにや》真直《まつすぐ》に突立《つゝた》つて、ぶるツと身震《みぶるひ》をさしつけえよ、突然素裸《いきなりすつぱだか》になつたゞね。」

「内《うち》の人《ひと》が、」と声《こゑ》を出《だ》して、女房《にようばう》は唾《つ》を呑《の》んだ。

「兄哥《あにや》がよ。おい。

あやかし火《び》さ、まだ舵《かぢ》に憑《つい》て放《はな》れねえだ、天窓《あたま》から黄色《きいろ》に光《ひか》つた下腹《したはら》へな、鮪縄《まぐろなは》さ、ぐるく＼と巻《ま》きつけて、其《そ》の片端《かたはし》を、胴《どう》の間《ま》の横木《よこぎ》へ結《ゆは》へつけると、さあ、念《ねん》ばらしだ、娑婆《しやば》か、地獄《ぢごく》か見届《みとゞ》けて来《く》るツてな、此処《こゝ》さ、はあ、こんの兄哥《あにや》が、渾名《あだな》に呼《よ》ばれた海雀《うみすゞめ》よ。鳥《とり》のやうにびらりと刎《は》ねたわ、海《うみ》の中《なか》へ、飛込《とびこ》む、でねえ——真白《まつしろ》な波《なみ》のかさなりく＼流《なが》れて来《く》る、大《おほ》きな山《やま》へ——駈上《かけのぼ》るだ。

百尋《ひやくひろ》ばかり束《つか》ね上《あ》げた鮪縄《まぐろなは》の、舷《ふなべり》より高《たか》かつたのがよ、一掬《ひとすく》ひにつツと伸《のば》した！　其《そ》の、十丈《ぢやう》、十五丈《ぢやう》、弓《ゆみ》なりに上《うへ》から覗《のぞ》くのやら、反《そ》りかへつて、睨《にら》むのやら、口《くち》さあげて威《おど》すのやら、蔽《おほ》はりかゝつて取《と》り囲《かこ》んだ、黒坊主《くろばうず》の立《たち》はだかつて居《ゐ》る中《なか》へ浪《なみ》に揉《も》まれて行《い》かしつけえ、船《ふね》の中《なか》では其《そ》の綱《つな》を手《て》ン手《で》に取《と》つて、理《り》右衛《ゑ》門爺《もんぢい》さま、其時《そのとき》にお念仏《ねんぶつ》だ。

やつと時《とき》が立《た》つて戻《もど》つてござつた。舷《ふなべり》へ手《て》をかけて、神様《かみさま》のやうな顔《かほ》を出《だ》して、何《なん》にもねえ、八方《はつぱう》から波《なみ》を打《うち》つける暗礁《かくれいは》があるばかりだ、迷《まよ》ふな、ツていはしつた。

お船頭《せんどう》、御苦労《ごくらう》ぢや、御苦労《ごくらう》ぢや、お船頭《せんどう》と、皆握《みんなにぎり》拳《こぶし》で拝《をが》んだゞがね。

坊主《ばうず》も島《しま》も船《ふね》の影《かげ》も、さらりと消《き》えてよ。其処《そこ》ら山《やま》のやうな波《なみ》ばかり。急《きふ》に、あれだ、また其処等《そこら》ぢう、空《そら》も、船《ふね》も、人《ひと》の顔《かほ》も波《なみ》も大《おほ》きい〳〵海《うみ》の上《かみ》さ半分仕切《はんぶんしき》つて薄黄色《うすきいろ》になつたでねえか。

え丶、何《なに》をするだ、あやかしめ、又拡《またひろ》がつたなツて、皆《みんな》くそ焼《や》けに怒鳴《どな》つたつけえ。然《さ》うぢやねえ、東《ひがし》の空《そら》さお太陽《てんたう》さまが上《のぼ》らつしつたが、其処《そこ》でよ、姉《あね》さん、天《てん》と波《なみ》と、上下《うへした》へ放《はな》れたゞ。昨夜《ゆうべ》、化鮫《ばけざめ》の背中《せなか》出《だ》したやうに一面《いちめん》の黄色《きいろ》な中《なか》に薄《うす》ぼんやり黒《くろ》いものがかゝつたのは、嶽《たけ》の堂《だう》が目《め》の果《はて》へ出《で》て来《き》たゞよ。」

女房《にようばう》はほつとしたやうな顔色《かほいろ》で、

「まあ、可《よ》かつたねえ、それぢや浜《はま》へも近《ちか》かつたんだね。」

「思《おも》つたよりは流《なが》されて居《ゐ》ねえだよ、それでも沖《おき》へ三十里《り》ばかり出《で》て居《ゐ》たつべい。」

「三十里《り》、」

と又驚《またおどろ》いた状《さま》である。

「何《なん》だなあ、姉《あね》さん、三十里《り》ぐれえ何《なん》でもねえや。

それで、はあ夜《よ》が明《あ》けると、黄色《きいろ》く環《わ》どつて透通《すきとほ》つたやうな水《みづ》と天《そら》との間《あひだ》さ、薄《うす》あかりの中《なか》をいろ〳〵な、片手《かたて》で片身《かたみ》の奴《やつ》だの、首《くび》のねえのだの、蝦蟇《がま》が呼吸《いき》吹《ふ》くやうなのだの、犬《いぬ》の背中《せなか》へ炎《ほのほ》さ絡《から》まつて居《ゐ》るやうなのだの、牛《うし》だの、馬《うま》だの、異形《いぎやう》なものが、影燈籠《かげどうろう》見《み》るやうにふは〳〵まよつて、さつさと駈《か》け抜《ぬ》けて何処《どこ》かへ行《ゆ》くだね。」

## 十

「あとで、はい、理《り》右衛《ゑ》門爺《もんぢい》さまも然《さ》ういつけえ、此《こ》の年《とし》になるまで、昨夜《ゆうべ》ぐらゐ執念深《しふねんぶけ》えあやかしの憑《つ》いた事《こと》はねえだつて。

姉《あね》さん。

何《なん》だつて、彼《あれ》だよ、そんなに夜《よ》があけて海《うみ》のばけものどもさ、する〳〵駈《か》け出《だ》して失《う》せるだに、手許《てもと》が明《あか》くなつて皆《みんな》の顔《かほ》が土気色《つちけいろ》になつて見《み》えてよ、艪《ろ》が白《しろ》うなつたのに、舵《かぢ》にくいついた、えてものめ、未《ま》だ退《の》かねえだ。

お太陽《てんたう》さまお庇《かげ》だね。其色《そのいろ》が段々《だん〳〵》蒼《あを》くなつてな、些《ちつ》とづゝ固《かた》まつて掻《か》いすくまつたやうだつけや、ぶく〳〵と裾《すそ》の方《はう》が水際《みづぎは》で膨《ふく》れたあ、蛭《ひる》めが、吸《す》ひ肥《ふと》つたやうになつて、ほとりの波《なみ》の上《お》へ落《お》ちたがね、から〳〵と明《あか》るくなつて蒼黒《あをくろ》い海《うみ》さ、日《ひ》の下《した》で突張《つゝぱ》つて、跳《は》ねてるだ。

まあ、めでゝえ、と皆《みんな》で顔《かほ》を見《み》たつけや、めでてえは其《それ》ばかりぢやねえだ、姉《あね》さんも、新《あたら》しい衣物《きもの》が一枚出《まいで》来《き》たつべい、あん時《とき》の鰹《かつを》さ、今年中《ことしぢう》での大漁《だいれふ》だ。

舳《みよし》に立《た》つて釣《つ》らしつた兄哥《あにや》の身《からだ》のまはりへさ、銀《ぎん》の鰹《かつを》が降《ふ》つたつけ、やあ、姉《あね》さん。」

と暮《く》れかゝる蜘蛛《くも》の囲《ゐ》の檐《のき》を仰《あふ》いだ、奴《やつこ》の出額《おでこ》は暗《くら》かつた。

女房《にようばう》もそれなりに咽喉《のど》ほの白《しろ》う仰向《あをむ》いて、目《め》を閉《と》ぢて見《み》る、胸《むね》の中《うち》の覚《おぼ》え書《がき》。

「ぢや何《なん》だね、五月雨時分《さみだれじぶん》、夜中《よなか》からあれた時《とき》だね。

まあ、お前《まへ》さんは泣《な》き出《だ》すし、爺《ぢい》さまもお念仏《ねんぶつ》をお唱《とな》へだつて。内《うち》の人《ひと》は其《そ》の恐《おそろ》しい浪《なみ》の中《なか》で、生命《いのち》がけで飛込《とびこ》んでさ。

私《わたし》はたゞ、波《なみ》の音《おと》が恐《おそろ》しいので、宵《よひ》から門《かど》へ錠《ぢやう》をおろして、奥《おく》でお浜《はま》と寝《ね》たつけ、ねえ。どんな烈《はげ》しい浪《なみ》が来《き》ても裏《うら》の崕《がけ》は崩《くづ》れない、鉄《てつ》の壁《かべ》だ安心《あんしん》しろツて、内《うち》の人《ひと》がおいひだから、其《そ》ればかりをたよりにして、それでもドンと打《ぶ》つかる度《たび》に、崕《がけ》と浪《なみ》とで戦《いくさ》をする、今打《いまう》つた大砲《たいはう》で、岩《いは》が破《やぶ》れやしまいかと、坊《ばう》やを緊乎抱《しつかりだ》くばかり、夜中《よなか》に乳《ちゝ》のかれるのと、寂《さむ》しいばかりを慾《よく》にして、冷《つめた》いとも寒《さむ》いとも思《おも》はないで寝《ね》て居《ゐ》たのに、然《さう》だつたのか、ねえ、三《さん》ちやん。

そんな、荒浪《あらなみ》だの、恐《おそろ》しいあやかし火《び》とやらだの、黒坊主《くろばうず》だの、船幽霊《ふないうれい》だのゝ中《なか》で、内《うち》の人《ひと》は海《うみ》から見《み》りや木《こ》の葉《は》のやうな板一枚《いたいちまい》に乗《の》つて居《ゐ》てさ、」と女房《にようばう》は首垂《うなだ》れつゝ、

「私《わたし》にや何《なん》にもいはないんだもの……」と思《おも》はず袂《たもと》に一雫《ひとしづく》、ほろりとして、

「済《す》まないねえ。」

奴《やつこ》は何《なん》の仔細《しさい》も知《し》らず、慰《なぐさ》め顔《がほ》に威勢《ゐせい》の可《い》い声《こゑ》、

「何《なに》も済《す》まねえツて事《こと》あゝりやしねえだ。よう、姉《あね》さん、お前《まへ》に寒《さむ》かつたり冷《つめ》たかつたり、辛《つら》い思《おも》ひさ、させめえと思《おも》ふだから、兄哥《あにや》が然《さ》うして働《はたら》くだ。おらも何《なん》だぜ、もう、そんな時《とき》さあつたつてベソなんか掻《か》きやしねえ、お浜《はま》ツ子《こ》の婿《むこ》さんだ、一緒《いつしよ》に海《うみ》へ飛込《とびこ》むぜ。

其《その》かはり今《いま》もいつけえよ。兄哥《あにや》のために姉《あね》さんが、お膳立《ぜんだ》てしたり、お酒買《さけか》つたりよ。

おら、酒《さけ》は飲《の》まねえだ、お芋《いも》で可《い》いや。

よツしよい、と鰹《かつを》さ積《つ》んで波《なみ》に乗込《のりこ》んで戻《もど》つて来《く》ると、……浜《はま》に煙《けむり》が靡《なび》きます、あれは何《なん》ぞと問《と》うたれば、」

と、いたいけに手《て》をたゝき、

「石々《いし〳〵》合《あ》はせて、塩汲《しほく》んで、玩弄《おもちや》のバケツでお芋煮《いもに》て、かじめをちよろ〳〵焚《た》くわいのだ。……よう姉《あね》さん、」

奴《やつこ》は急《きふ》にぬいと立《た》ち、はだかつた胸《むね》を手《て》で仕切《しき》つて、

「おらが此処《こゝ》まで大《おほ》きくなつて、お浜《はま》ツ子《こ》が浜《はま》へ出《で》て、まゝ事《ごと》するは何時《いつ》だらうなあ。」

女房《にようばう》は夕露《ゆふつゆ》の濡《ぬ》れた目許《めもと》の笑顔《ゑがほ》優《やさ》しく、

「あゝ、そりやもう今日明日《けふあす》といふ内《うち》に、直《ぢ》きに娘《むすめ》になるけれど、あの、三《さん》ちやん、」

と調子《てうし》をかへて、心《こゝろ》ありげに呼《よ》びかける。

## 十一

「あゝ、」

「あのね、私《わたし》は何《なに》も新《あたら》しい衣物《きもの》なんか欲《ほし》いとは思《おも》はないし、坊《ばう》やも、お菓子《くわし》も用《い》らないから、お前《まへ》さん、何《ど》うぞ、お婿《むこ》さんになつて呉《く》れる気《き》なら、船頭《せんどう》はよして、何《なん》ぞ他《ほか》の商売《しやうばい》にしておくれな、姉《ねえ》さん、お願《ねが》ひだが、何《ど》うだらうね。」

と思《おも》ひ入《い》つたか言《ことば》もあらため、縁《えん》に居《ゐ》ずまひもなほしたのである。

奴《やつこ》は遊《あそ》び過《す》ぎた黄昏《たそがれ》の、鴉《からす》の鳴《な》くのをきよろ〳〵聞《き》いて、浮足《うきあし》に目《め》も上《うは》つき、

「姉《あね》さん、稲葉丸《いなばまる》は今日《けふ》さ日帰《ひがへ》りだつべいか。」

「あゝ、内《うち》でもね、今日《けふ》は晩方《ばんがた》までに帰《かへ》るつて出《で》かけたがね、まあ、お聞《き》きよ、三《さん》ちやん、」

とそは〳〵するのを圧《おさ》へていつたが、奴《やつこ》はよくも聞《き》かないで、

「姉《あね》さんこそ聞《き》きねえな、あらよ、堂《だう》の嶽《たけ》から、鳥《からす》が出《で》て来《き》た、カオ、カオもねえもんだ、盗坊《どろばう》をする癖《くせ》にしやがつて、漁《れふ》さへ当《あた》ると旅《たび》をかけて寄《よ》つて来《き》やがら。

姉《あね》さん船《ふね》が沖《おき》へ来《き》たぜ、大漁《だいれふ》だ大漁《だいれふ》だ、」

と烏《からす》の下《した》で小《ちひ》さく躍《をど》る、

「ぢや、内《うち》の人《ひと》も帰《かへ》つて来《こ》よう、三《さん》ちやん、浜《はま》へ出《で》て見《み》ようか。」と良人《をつと》の帰《かへ》る嬉《うれ》しさに、何事《なにごと》も忘《わす》れた状《さま》で、女房《にようばう》は衣紋《えもん》を直《なほ》した。

「まだ見《み》えるやうな処《ところ》まで船《ふね》は入《はひ》りやしねえだよ。見《み》さつせえ、其処《そこ》らの柿《かき》の樹《き》の枝《えだ》なんか、ほら、ざわ〳〵と烏《からす》めい、えんこをして待《ま》つてやがる。

五六里《り》の処《ところ》、嗅《か》ぎつけて来《く》るだからね。此処等《こゝら》に待《ま》つて居《ゐ》て、浜《はま》へ魚《さかな》の上《あが》るのを狙《ねら》ふだよ、浜《はま》へ出《で》たつて遠《とほ》くの方《はう》で、船《ふね》は漸《やつ》と此《こ》の烏《からす》ぐれえにしか見《み》えやしねえや。

やあ、見《み》さつせえ、また十五六羽《ぱ》遣《や》つて来《き》た、沖《おき》の船《ふね》は当《あた》つたぜ。

姉《あね》さん、又《また》、着《き》ものが出来《でき》らあ、チヨツ、」

舌打《したうち》の高慢《かうまん》さ、

「おらも乗《の》つて行《ゆ》きや小遣《こづかひ》が貰《もれ》えたに、号外《がうぐわい》を遣《や》つて儲《まう》け損《そこ》なつた。お浜《はま》ツ児《こ》に何《なん》にも玩弄物《おもちや》が買《か》へねえな。」

と出額《おでこ》をがツくり、爪尖《つまさき》に蠣殻《かきがら》を突《つ》ツかけて、赤蜻蛉《あかとんぼ》の散《ち》つたあとへ、ぼた〳〵と溢《あふ》れて映《うつ》る、烏《からす》の影《かげ》へ足《あし》礫《つぶて》。

「何《なに》をまたカオ〳〵だ、おらも玩弄物《おもちや》を、買《か》を、買《か》をだ。」

黙《だま》つて見《み》て居《ゐ》る女房《にようばう》は、急《きふ》に又《また》しめやかに、

「だからさ、三《さん》ちやん、玩弄物《おもちや》も着物《きもの》も要《い》らないから、お前《まへ》さん、漁師《れふし》でなく、何《なん》ぞ他《ほか》の商売《しやうばい》をするやうに心懸《こゝろが》けてお呉《く》んなさいよ。」といふ声《こゑ》もうるんで居《ゐ》た。

奴《やつこ》ははじめて口《くち》を開《あ》け、けろりと真顔《まがほ》で向直《むきなほ》つて、

「何《なん》だつて、漁師《れふし》を止《や》めて、何《なん》だつて、よ。」

「だつても、そんな様子《やうす》ぢや、海《うみ》にどんなものが居《ゐ》ようも知《し》れない、ね、恐《こは》いぢやないか。内《うち》の人《ひと》や三《さん》ちやんが、然《さ》うやつて私《わたし》たちを留守《るす》にして海《うみ》へ漁《れふ》をしに行《い》つてる間《あひだ》に、あらしが来《き》たり浪《なみ》が来《き》たり、そりや未《ま》だい〻として、もしか、あの海《うみ》から上《あが》つて私《わたし》たちを漁《れふ》しに来《く》るものがあつたらどうしよう。貝《かひ》が殻《から》へかくれるやうに、家《うち》へ入《はひ》つて窘《すく》んで居《ゐ》ても、向《むか》うが強《つよ》ければ捉《つか》まへられるよ。お浜《はま》は嬰児《あかんぼ》だし、私《わたし》は恁《か》うやつて力《ちから》がないし、それを思《おも》ふと真個《ほんと》に心細《こゝろぼそ》くつてならないんだよ。」

としみ〴〵いふのを、呆《あき》れた顔《かほ》して、聞《き》き済《す》ました、奴《やつこ》は上脣《うはくちびる》を舌《した》で嘗《な》め、眦《めじり》を下《さ》げて哄々《くつ〳〵》とふき出《いだ》し、

「馬鹿《ばか》あ、馬鹿《ばか》あいはねえもんだ。へ、へ、へ、魚《うを》が、魚《うを》が人間《にんげん》を釣《つ》りに来《き》てどうするのだ。尾《を》で立《た》つてちよこ〳〵歩行《ある》いて、鰭《ひれ》で棹《さを》を持《も》つのかよ、よう、姉《あね》さん。」

「そりや鰹《かつを》や、鯖《さば》が、棹《さを》を背負《しよ》つて、其処《そこ》から浜《はま》を歩行《ある》いて来《き》て、軒《のき》へ踞《しやが》むとはいはないけれど、底《そこ》の知《し》れない海《うみ》だもの、どんなものが棲《す》んで居《ゐ》て、陽気《やうき》の悪《わる》い夜《よる》なんぞ、浪《なみ》に乗《の》つてこようも知《し》れない。昼間《ひるま》だつて、お前《まへ》、此処《こゝ》へ来《き》たものは、——今日《けふ》は、三《さん》ちやんばかりぢやないか。」

と女房《にようばう》は早《は》や薄暗《うすくら》い納戸《なんど》の方《かた》を顧《かへり》みる。

## 十二

「あ〻、何《なん》だか陰気《いんき》になつて、穴《あな》の中《なか》を見《み》るやうだよ。」

とうら寂《さび》しげな夕間暮《ゆふまぐれ》、生干《なまひ》の紅絹《もみ》も黒《くろ》ずんで、四辺《あたり》はもの〻磯《いそ》の風《かぜ》。

奴《やつこ》は旧来《もとき》た黍《きび》がらの、痩《や》せた地蔵《ぢざう》の姿《すがた》して、ずらりと立並《たちなら》ぶ径《こみち》を見返《みかへ》り、

「もつと町《まち》の方《はう》へ引越《ひきこ》して、軒《のき》へ瓦斯燈《がすとう》でも点《つ》けるだよ、兄哥《あにや》もそれだから稼《かせ》ぐんだ。」

「否《いゝえ》、私《わたし》や、何《なに》も今《いま》のくらしにどう恁《か》うと不足《ふそく》をいふんぢやないんだわ。私《わたし》は我慢《がまん》をするけれどね、お浜《はま》が可哀《かはい》さうだから、号外屋《がうぐわいや》でも何《な》んでもいゝ、他《ほか》の商売《しやうばい》にしておくれつて、三《さん》ちやん、お前《まへ》に頼《たの》むんだよ。内《うち》の人《ひと》が心配《しんぱい》をすると悪《わる》いから、お前決《まへけつ》して、何《な》んにもいふんぢやないよ、可《い》いかい、解《わか》つたの、三《さん》ちやん。」

と因果《いんぐわ》を含《ふく》めるやうにいはれて、枝《えだ》の鴉《からす》も頷《うなづ》き顔《がほ》。

「むゝ、ぢや何《なん》だ、腰《こし》に鈴《すゞ》をつけて駈《か》けまはるだ、帰《かへ》つたら一番《いちばん》、爺様《ぢいさま》と相談《さうだん》すべいか、だつて、お銭《あし》にやならねえとよ。」

と奴《やつこ》は悄乎《しよ》げて指《ゆび》を噛《か》む。

「否《いゝえ》さ、今《いま》が今《いま》といふんぢやないんだよ。突然《いきなり》そんな事《こと》をいつちや不可《いけな》いよ、まあ、話《はなし》だわね。」

と軽《かる》くいつて、気《き》をかへて身《み》を起《おこ》した、女房《にようばう》は張板《はりいた》を密《そつ》と撫《な》で、

「慾張《よくば》つたから乾《かわ》き切《き》らない。」

「何姉《なにあね》さんが泣《な》くからだ、」

と唐突《だしぬけ》にいはれたので、急《きふ》に胸《むね》がせまつたらしい。

「あゝ、」

と片袖《かたそで》を目《め》にあてたが、はツとした風《ふう》で、又納戸《またなんど》を見《み》た。

「がさ〳〵するね、鴉《からす》が入《はひ》りやしまいねえ。」

三之助《さんのすけ》は又笑《またわら》ひ、

「海《うみ》から魚《さかな》が釣《つ》りに来《き》たゞよ。」

「あれ、厭《いや》、驚《おどろ》かしちや……」

お浜《はま》がむづかつて、蚊帳《かや》が動《うご》く。

「そら御覧《ごらん》な、目《め》を覚《さ》ましたわね、人《ひと》を驚《おど》かすもんだから、」

と、片頬《かたほ》に莞爾《にっこり》、一寸睨《ちよいとにら》んで、

「あいよ、あいよ、」

「やあ、目《め》を覚《さま》したら密《そっ》と見《み》べい。おらが、いろツて泣《な》かしちや、仕事《しごと》の邪魔《じやま》するだから、先刻《さつき》から辛抱《しんばう》してたゞ。」とかことがましく身《み》を曲《くね》る。

「お逢《あ》ひなさいまし、ほゝゝ、ねえ、お浜《はま》、」

と女房《にようばう》は暗《くら》い納戸《なんど》で、母衣蚊帳《ほろがや》の前《まへ》で身動《みじろ》ぎした。

「おつと、」

奴《やつこ》は縁《えん》に飛《と》びついたが、

「あゝ、跣足《はだし》だ姉《あね》さん。」

と脛《すね》をもぢ〳〵。

「可《いゝ》よ、お上《あが》りよ、」

「だつて、姉《あね》さんは綺麗《きれい》ずきだからな。」

「構《かま》はないよ、ねえ、」

といつて、抱《だ》き上《あ》げた児《こ》に頬摺《ほゝずり》しつゝ、横《よこ》に見向《みむ》いた顔《かほ》が白《しろ》い。

「やあ、もう笑《わら》つてら、今泣《いまな》いた烏《からす》が、」

と縁端《えんはし》に遠慮《ゑんりよ》して遠《とほ》くで顔《かほ》をふつて、あやしたが、

「真個《ほんと》に騒々《さう〴〵》しい烏《からす》だ。」

と急《きふ》に大人《おとな》びて空《そら》を見《み》た。夕空《ゆふぞら》にむら〳〵と嶽《たけ》の堂《だう》を流《なが》れて出《で》た、一団《いちだん》の雲《くも》の正中《たゞなか》に、颯《さつ》と揺《ゆ》れたやうにド

ンと一発《ぱつ》、ドドド、ドンと波《なみ》に響《ひゞ》いた。

「三《さん》ちやん、」

「や、又爺《まただい》さまが鴉《からす》をやつた。遊《あそ》んでるツて叱《しか》られる、早《はや》くいつて圧《おさ》へゞい。」

「まあ、遊《あそ》んでおいでよ。」

と女房《にようばう》は、胸《むね》の雪《ゆき》を、児《こ》に暖《あたゝか》く解《と》きながら、斜《なゝ》めに抱《だ》いて納戸口《なんどぐち》。

## 十三

「ねえ、今《いま》に内《うち》の人《ひと》が帰《かへ》つたら、菜《さい》のものを分《わ》けてお貰《もら》ひ、然《さ》うすりや叱《しか》られはしないからね。何《なん》だか、今日《け》は寂《さび》しくツて、心細《こゝろぼそ》くツて、ならないから、もう些《ちつ》と、遊《あそ》んで行《い》つてお呉《く》れ、ねえ、お浜《はま》、もうお父《とつ》さんがお帰《かへ》りだね。」

と顔《かほ》に顔《かほ》、児《こ》にいひながら縁《えん》へ出《で》て来《き》た。

おくれ毛《げ》の、こぼれかゝる耳《みゝ》に響《ひゞ》いて、号外《がうぐわい》——号外《がうぐわい》——とうら寂《さびし》い。

「おや、最《も》ういつて了《しま》つたんだよ。」

女房《にようばう》は顔《かほ》を上《あ》げて、

「小児《こども》だねえ、」

と独《ひと》りでいつたが、檐《のき》の下《した》なる戸外《おもて》を透《す》かすと、薄黒《うすくろ》いのが立《た》つて居《ゐ》る。

「何《なん》だねえ、人《ひと》をだましてさ、未《ま》だ、其処《そこ》に居《ゐ》るのかい、此奴《こいつ》、」

と小児《こども》に打《う》たせたさうに、つか〳〵と寄《よ》つた、がぎよつとして退《すさ》つた。

檐下《のきした》の黒《くろ》いものは、身《み》の丈《たけ》三之助《さんのすけ》の約《やく》三倍《ばい》、朦朧《もうろう》として頭《つむり》の円《まる》い、袖《そで》の平《ひら》たい、入道《にふだう》であつた。

女房《にようばう》は身《み》をしめて、キと脣《くちびる》を結《むす》むだのである。

時《とき》に身《み》じろぎをしたと覚《おぼ》しく、彳《たゝず》んだ僧《そう》の姿《すがた》は、張板《はりいた》の横《よこ》へ揺《ゆ》れたが、丁《ちやう》ど浜《はま》へ出《で》る其《そ》の二頭《とう》の猛獣《まうじう》に護《まも》られた砂山《すなやま》の横穴《よこあな》の如《ごと》き入口《いりくち》を、幅一杯《はゞいつぱい》に塞《ふさ》いで立《た》つた、背高《せだか》き形《かたち》が、傍《わき》へ少《すこ》し離《はな》れたので、最《も》う、とつぷり暮《く》れたと思《おも》ふ暗《くら》さだつた、今日《けふ》は未《ま》だ、一条海《ひとすぢうみ》の空《そら》に残《のこ》つて居《ゐ》た、良人《をつと》が乗《の》つた稲葉丸《いなばまる》は、其下《そのした》あたりを幽《かすか》な横《よこ》雲《ぐも》。

それに透《すか》すと、背《せ》のあたりへぼんやりと、何処《どこ》からか霧《きり》が迫《せま》つて来《き》て、身《み》のまはりを包《つゝ》むだので、瘠《や》せたか、肥《こえ》たか知《し》らぬけれども、窪《くぼ》んだ目《め》の赤味《あかみ》を帯《お》びたのと、尖《とが》つて黒《くろ》い鼻《はな》の高《たか》いのが認《みと》められた。衣《ころも》は潮垂《しほた》れては居《ゐ》ないが、潮《しほ》は足《あし》あとのやうに濡《ぬ》れて、砂浜《すなはま》を海方《うみて》へ続《つゞ》いて且《か》つ其《そ》の背《せ》のあたりが連《しき》りに息《いき》を吐《つ》くと見《み》えて、戦《わなゝ》いて居《ゐ》るのである。

心弱《こゝろよわ》き女房《にようばう》も、直《たゞ》ちにこれを、怪《あや》しき海《うみ》の神《かみ》の、人《ひと》を漁《あさ》るべく海《うみ》から顕《あら》はれたとは、余《あま》り目《ま》のあたりゆゑ考《かんが》へず。女房《にようばう》は、唯総毛立《たゞそうけだ》つた。

けれども、厭《いや》な、気味《きみ》の悪《わる》い乞食坊主《こじきばうず》が、村《むら》へ流《なが》れ込《こ》んだと思《おも》つたので、然《さ》う思《おも》ふと同時《どうじ》に、ばた〳〵と納《なん》戸《ど》へ入《はひ》つて、簞笥《たんす》の傍《そば》なる暗《くら》い隅《すみ》へ、横《よこ》ざまに片膝《かたひざ》つくと、忙《せわ》しく、しかし、殆《ほと》んど無意識《むいしき》に、鳥目《てうもく》を。
早《はや》く去《い》つて貰《もら》ひたさの、女房《にようばう》は自分《じぶん》も急《いそ》いで、表《おもて》の縁《えん》へする〳〵と出《で》て、此方《こなた》に控《ひか》へながら、

「はい、」

といふ、それでも声《こゑ》は優《やさ》しい女《をんな》。

薄黒《うすぐろ》い入道《にふだう》は目《め》を留《と》めて、其《そ》の挙動《ふるまひ》を見《み》るともなしに、此方《こなた》の起居《たちゐ》を知《し》つたらしく、今《いま》、報謝《はうしや》をしようと嬰児《あかご》を片手《かたて》に、掌《て》を差出《さしだ》したのを見《み》も迎《むか》へないで、大儀《たいぎ》らしく、かツたるさうに頭《つむり》を下《した》に垂《た》れたまゝ、緩《ゆる》く二《ふた》ツばかり頭《かぶり》を掉《ふ》つたが、然《さ》も横柄《わうへい》に見《み》えたのである。

又泣《またな》き出《だ》したを揺《ゆ》りながら、女房《にようばう》は手《て》持無沙汰《もちぶさた》に清《すゞ》しい目《め》を瞬《みは》つたが、

「何《なん》ですね、何《なに》が欲《ほし》いんですね。」

となほ物貰《ものもら》ひといふ念《ねん》は失《う》せぬ。

稍《やゝ》あつて、鼠《ねずみ》の衣《ころも》の、何処《どこ》が袖《そで》ともなしに手首《てくび》を出《だ》して、僧《そう》は重《おも》いものゝやうに指《ゆび》を挙《あ》げて、其《そ》の高《たか》い鼻《はな》の下《した》を指《さ》した。

指《さ》すとゝもに、ハツといふと息《いき》を吐《つ》く。

渠飢《かれう》ゑたり矣《い》。

「三《さん》ちやん、お起《お》きよ。」

あゝ居《ゐ》て呉《く》れゝば可《よ》かつた、と奴《やつこ》の名《な》を心《こゝろ》ゆかし、女房《にようばう》は気転《きてん》らしく呼《よ》びながら、又納戸《またなんど》へ。

## 十四

強盗《がうたう》に出逢《であ》つたやうな、居《ゐ》もせぬ奴《やつこ》を呼《よ》んだのも、我《われ》ながら、それにさへ、動悸《どうき》は一倍高《いちばいたか》うなる。

女房《にようばう》は連《しき》りに心急《こゝろせ》いて、納戸《なんど》に並《なら》んだ台所口《だいどころぐち》に片膝《かたひざ》つきつゝ、飯櫃《めしびつ》を引寄《ひきよ》せて、及腰《およびごし》に手桶《てをけ》から水《みづ》を結《むす》び、効々《かひぐ》しう、嬰子《ちのみ》を腕《かひな》に抱《だ》いたまゝ、手許《てもと》も上《うは》の空《そら》で覚束《おぼつか》なく、三《み》ツばかり握飯《にぎりめし》。

潮風《しほかぜ》で漆《うるし》の乾《から》びた、板昆布《いたこぶ》を折《を》つたやうな、折敷《をしき》にのせて、カタリと櫃《ひつ》を押遣《おしや》つて、立《た》てゝ居《ゐ》た踵《かゝと》を下《した》へ、直《す》ぐに出《で》て来《き》た。

「小人数《こにんず》の内《うち》ですから、沢山《たくさん》はないんです、私《わたし》のを上《あ》げますからね、はやく持《も》つて行《い》つて下《くだ》さいまし。」

今度《こんど》は稍近寄《やゝちかよ》つて、僧《そう》の前《まへ》へ、片手《かたて》、縁《えん》の外《そと》へ差出《さしだ》すと、先刻口《さつきくち》を指《さ》したまゝ、鱗《うろこ》でもありさうな汚《きたな》い胸《むね》のあたりへ、ふらりと釣《つ》つて居《ゐ》た手《て》が動《うご》いて、ハタと横《よこ》に払《はら》ふと、発奮《はずみ》か、冴《さえ》か、折敷《をしき》ぐるみ、パツタリ落《お》ちて、

昔々《むかし〳〵》、蟹《かに》を潰《つぶ》した渋柿《しぶがき》に似《に》てころりと飛《と》んだ。

僧《そう》はハアと息《いき》が長《なが》い。

余《あまり》の事《こと》に凝《ぢつ》と視《み》て、我《われ》を忘《わす》れた女房《にようばう》、

「何《なに》をするんですよ。」

一足退《ひとあしの》きつゝ、

「そんな、そんな意地《いぢ》の悪《わる》いことをするもんぢやありません、お前《まへ》さん、何《なに》が、然《さ》う気《き》に入《い》らないんです。」

と屹《きつ》といつたが、腹立《はらた》つ下《した》に心弱《こゝろよわ》く、

「御坊《おばう》さんに、おむすびなんか、差上《さしあ》げて、失礼《しつれい》だとおつしやるの。

それでは御膳《ごぜん》にしてあげませうか。

然《さ》うしませうかね。

それではじめから、然《さ》うしてあげるのだつたんですが、手《て》はなし、恁《か》うやつて小児《こども》に世話《せわ》が焼《や》けますのに、入相《いりあひ》で忙《せは》しいもんですから。……あの、茄子《なす》のつき加減《かげん》なのがありますから、それでお茶《ちや》づけをあげませう。」

薄暗《うすくら》がりに頷《うなづ》いたやうに見《み》て取《と》つた、女房《にようばう》は何《なん》となく心《こゝろ》が晴《は》れて機嫌《きげん》よく、

「ぢや、然《さ》うしませう〳〵。お前《まへ》さん、何《なん》にもありませんよ。」

勝手《かつて》へ後姿《うしろすがた》になるに連《つ》れて、僧《そう》はのツそり、夜《よ》が固《かた》つて入《はひ》つたやうに、ぬいと縁側《えんがは》から上《あが》り込《こ》むと表《おもて》の六畳《でふ》は一杯《いつぱい》に暗《くら》くなつた。

これにギヨツとして立淀《たちよど》んだけれども、さるにても婦人《をんな》一人《ひとり》。

唯《たゞ》、些《ちつ》とも早《はや》く無事《ぶじ》に帰《かへ》して了《しま》はうと、灯《ひ》をつける間《ま》ももどかしく、良人《をつと》の膳《ぜん》を、と思《おも》ふにつけて、自分《じぶん》の気《き》の弱《よわ》いのが口惜《くやし》かつたけれども、目《め》を眠《ねむ》つて、やがて嬰児《ちのみ》を襟《えり》に包《つゝ》んだ、胸《むね》を膨《ふく》らかに膳《ぜん》を据《す》ゑた。

「あの、なりたけ、早《はや》くなさいましよ、もう追《お》ツつけ帰《かへ》りませう。内《うち》のはいつこくで、気《き》が強《つよ》いんでござんすから知《し》らない方《かた》を恁《か》うやつて、又間《またま》違《ちが》ひにでもなると不可《いけ》ません、ようござんすか。」

と茶碗《ちやわん》に堆《うづたか》く装《も》つたのである。

爾時《そのとき》、間《ま》の四隅《よすみ》を籠《こ》めて、真中処《まんなかどころ》に、のツしりと大胡坐《おほあぐら》で居《ゐ》たが、足《あし》を向《むか》うざまに突《つ》き出《だ》すと、膳《ぜん》はひしやげたやうに音《おと》もなく覆《くつがへ》つた。

「あれえ、」

と驚《おどろ》いて女房《にようばう》は腰《こし》を浮《う》かして遁《に》げさまに、裾《すそ》を乱《みだ》して、ハタと手《て》を支《つ》き、

「何《なん》ですねえ。」

僧《そう》は大《おほ》いなる口《くち》を開《あ》けた、又指《またさ》して、其《そ》の指《ゆび》で、かゝる中《うち》にも袖《そで》で庇《かば》つた、女房《にようばう》の胸《むね》をじりゝとさしつゝ、

（児《こ》を呉《く》れい。）

と聞《き》いたと思《おも》ふと、最《も》う何《なん》にも知《し》らなかつた。

我《われ》に返《かへ》つて、良人《をつと》の姿《すがた》を一目《ひとめ》見《み》た時《とき》、犇《ひし》と取縋《とりすが》つて、わな〳〵と震《ふる》へたが、余《あま》り力強《ちからづよ》く抱《だ》いた所為《せゐ》か、お浜《はま》は冷《つめた》くなつて居《ゐ》た。

こんな心弱《こゝろよわ》いものに留守《るす》をさせて、良人《をつと》が漁《すなど》る海《うみ》の幸《さち》よ。

其夜《そのよ》はやがて、砂白《すなしろ》き、崕蒼《がけあを》き、玲瓏《れいろう》たる江見《えみ》の月《つき》に、奴《やつこ》が号外《がうぐわい》、悲《かな》しげに浦《うら》を駈《か》け廻《まは》つて、蒼海《わだつみ》の浪《なみ》ぞ荒《あら》かりける。

# 外科室

## 上

実《じつ》は好奇心《かうきしん》の故《ゆゑ》に、然《しか》れども予《よ》は予《よ》が画師《ゑし》たるを利器《りき》として、兎《と》も角《かく》も口実《こうじつ》を設《まう》けつゝ、予《よ》と兄弟《きやうだい》もたゞならざる医学士《いがくし》高峰《たかみね》を強《し》ひて、某《それ》の日《ひ》東京府下《とうきやうふか》の一病院《あるびやうゐん》に於《おい》て、渠《かれ》が刀《たう》を下《くだ》すべき、貴船伯爵夫人《きふねはくしやくふじん》の手術《しゆじゆつ》をば予《よ》をして見《み》せしむることを余儀《よぎ》なくしたり。

其日《そのひ》午前《ごぜん》九時《じ》過《す》ぐる頃《ころ》家《いへ》を出《い》でゝ病院《びやうゐん》に腕車《わんしや》を飛《と》ばしつ。直《たゞ》ちに外科室《げくわしつ》の方《かた》に赴《おもむ》く時《とき》、先方《むかう》より戸《と》を排《はい》してすら〳〵と出来《いできた》れる華族《くわぞく》の小間使《こまづかひ》とも見《み》ゆる容目《みめ》妍《よ》き婦人《をんな》二三人《にん》と、廊下《らうか》の半《なか》ばに行違《ゆきちが》へり。

見《み》れば渠等《かれら》の間《あひだ》には、被布《ひふ》着《き》たる一個《いつこ》七八歳《さい》の娘《むすめ》を擁《よう》しつ、見送《みおく》るほどに見《み》えずなれり。これのみならず玄関《げんくわん》より外科室《げくわしつ》、外科室《げくわしつ》より二階《にかい》なる病室《びやうしつ》に通《かよ》ふあひだの長《なが》き廊下《らうか》には、フロツクコート着《き》たる紳士《しんし》、制服《せいふく》着けたる武官《ぶくわん》、或《あるひ》は羽織袴《はおりはかま》の扮装《いでたち》の人物《じんぶつ》、其他《そのた》、貴夫人令嬢《きふじんれいぢやう》等《とう》いづれも尋常《たゞ》ならず気高《けだか》きが、彼方《あなた》に行違《ゆきちが》ひ、此方《こなた》に落合《おちあ》ひ、或《あるひ》は歩《ほ》し、或《あるひ》は停《てい》し、往復《わうふく》恰《あたか》も織《お》るが如《ごと》し。予《よ》は今門前《いまもんぜん》に於《おい》て見《み》たる数台《すだい》の馬車《ばしや》に思《おも》ひ合《あは》せて、密《ひそ》かに心《こゝろ》に頷《うなづ》けり。渠等《かれら》の或者《あるもの》は沈痛《ちんつう》に、或者《あるもの》は憂慮《きづかは》しげに、はた或者《あるもの》は慌《あわたゞ》しげに、いづれも顔色《かほいろ》穏《おだやか》ならで、忙《せは》しげなる小刻《こきざみ》の靴《くつ》の音《おと》、草履《ざうり》の響《ひゞき》、一種寂寞《いつしゆせきばく》たる病院《びやうゐん》の高《たか》き天井《てんじやう》と、広《ひろ》き建具《たてぐ》と、長《なが》き廊下《らうか》との間《あひだ》にて、異《い》様《やう》の跫音《きようおん》を響《ひゞ》かしつゝ、転《うた》た陰惨《いんさん》の趣《おもむき》をなせり。

予《よ》はしばらくして外科室《げくわしつ》に入《い》りぬ。

時《とき》に予《よ》と相目《あひもく》して、脣辺《しんぺん》に微笑《びせう》を浮《うか》べたる医学士《いがくし》は、両手《りやうて》を組《く》みて良《やゝ》あをむけに椅子《いす》に凭《よ》れり。今《いま》にはじめぬことながら、殆《ほとん》ど我国《わがくに》の上流社会全体《じやうりうしやくわいぜんたい》の喜憂《きいう》に関《くわん》すべき、この大《おほい》なる責任《せきにん》を荷《にな》へる身《み》の、恰《あたか》も晩餐《ばんさん》の筵《むしろ》に望《のぞ》みたる如《ごと》く、平然《へいぜん》として冷《ひやゝ》かなること、恐《おそ》らく渠《かれ》の如《ごと》きは稀《まれ》なるべし。助手三人《じよしゆさんにん》と、立会《たちあひ》の医博士《いはかせ》一人《いちにん》と、別《べつ》に赤十字《せきじふじ》の看護婦《かんごふ》五名《めい》あり。看護婦《かんごふ》其者《そのもの》にして、胸《むね》に勲章《くんしやう》帯びたるも見受《みう》けたるが、あるやんごとなきあたりより特《とく》に下《くだ》し給《たま》へるもありぞと思《おも》はる。他《た》に女性《によしやう》とてはあらざりし。なにがし公《こう》と、なにがし侯《こう》と、なにがし伯《はく》と、皆立会《みなたちあひ》の親族《しんぞく》なり。然《しか》して一種形容《いつしゆけいよう》すべからざる面色《おもゝち》にて、愁然《しうぜん》として立《た》ちたるこそ、病者《びやうしや》の夫《をつと》の伯《はく》爵《しやく》なれ。

室内《しつない》のこの人々《ひとぐ》に瞻《みま》もられ、室外《しつぐわい》の彼《か》の方々《かたぐ》に憂慮《きづか》はれて、塵《ちり》をも数《かぞ》ふべく、明《あか》るくして、しかも何《なん》となく凄《すさ》まじく侵《をか》すべからざる如《ごと》き観《くわん》ある処《ところ》の外科室《げくわしつ》の中央《ちうあう》に据《す》ゑられたる、手術台《しゆじゆつだい》なる伯爵夫人《はくしやくふじん》は、純潔《じゆんけつ》なる白衣《びやくえ》を絡《まと》ひて、死骸《しがい》の如《ごと》く横《よこた》はれる、顔《かほ》の色飽《いろあ》くまで白《しろ》く、鼻高《はなたか》く、頤《おとがひ》細《ほそ》りて手足《てあし》は綾羅《りようら》にだも堪《た》へざるべし。唇《くちびる》の色少《いろすこ》しく褪《あ》せたるに、玉《たま》の如《ごと》き前歯《まへば》幽《かす》かに見《み》え、眼《め》は固《かた》く閉《とざ》したるが、眉《まゆ》は思《おも》ひなしか顰《ひそ》みて見《み》られつ。纔《わづか》に束《つか》ねたる頭髪《とうはつ》は、ふさ〳〵と枕《まくら》に乱《みだ》れて、台《だい》の上《うへ》にこぼれたり。

其《その》かよわげに、且《か》つ気高《けだか》く、清《きよ》く、貴《たふと》く、美《うる》はしき病者《びやうしや》の俤《おもかげ》を一目《ひとめ》見《み》るより、予《よ》は慄然《りつぜん》として寒《さむ》さを感《かん》じぬ。

医学士《いがくし》はと、不図《ふと》見《み》れば、渠《かれ》は露《つゆ》ほどの感情《かんじやう》をも動《うご》かし居《を》らざるものゝ如《ごと》く、虚心《きよしん》に平然《へいぜん》たる状露《さまあらは》れて、椅《い》子《す》に坐《すわ》りたるは室内《しつない》に唯渠《たゞかれ》のみなり。其太《そのいた》く落着《おちつ》きたる、これを頼母《たのも》しと謂《い》はゞ謂《い》へ、伯爵夫人《はくしやくふじん》の爾《しか》き容体《ようだい》を見《み》たる予《よ》が眼《め》よりは寧《むし》ろ心憎《こゝろにく》きばかりなりしなり。

折《をり》からしとやかに戸《と》を排《はい》して、静《しづか》にこゝに入来《いりきた》れるは、先刻《さき》に廊下《らうか》にて行逢《ゆきあ》ひたりし三人《さんにん》の腰元《こしもと》の中《なか》に、一《ひと》際目《きはめ》立《だ》ちし婦人《をんな》なり。

そと貴船伯《きふねはく》に打向《うちむか》ひて、沈《しづ》みたる音調《おんてう》以《も》て、

「御前《ごぜん》、姫様《ひいさま》はやう〳〵お泣《な》き止《や》み遊《あそ》ばして、別室《べつしつ》に大人《おとな》しう在《い》らつしやいます。」

伯《はく》はものいはで頷《うなづ》けり。

看護婦《かんごふ》は吾《わ》が医学士《いがくし》の前《まへ》に進《すゝ》みて、

「それでは、貴下《あなた》。」

「宜《よろ》しい。」

と一言答《ひとことこた》へたる医学士《いがくし》の声《こゑ》は、此時少《このときすこ》しく震《ふるひ》を帯《お》びてぞ予《よ》が耳《みゝ》には達《たつ》したる。其顔色《そのかほいろ》は如何《いか》にしけむ、俄《にはか》に少《すこ》しく変《かは》りたり。

さては如何《いか》なる医学士《いがくし》も、驚破《すは》といふ場合《ばあひ》に望《のぞ》みては、さすがに懸念《けねん》のなからむやと、予《よ》は同情《どうじやう》を表《へう》したりき。

看護婦《かんごふ》は医学士《いがくし》の旨《むね》を領《りやう》して後《のち》、彼《か》の腰元《こしもと》に立向《たちむか》ひて、

「もう、何《なん》ですから、彼《あ》のことを、一寸《ちよつと》、貴下《あなた》から。」

腰元《こしもと》は其意《そのい》を得《え》て、手術台《しゆじゆつだい》に擦寄《すりよ》りつ。優《いう》に膝《ひざ》の辺《あたり》まで両手《りやうて》を下《さ》げて、しとやかに立礼《りつれい》し、

「夫人《おくさま》、唯今《たゞいま》、お薬《くすり》を差上《さしあ》げます。何《ど》うぞ其《それ》を、お聞《き》き遊《あそ》ばして、いろはでも、数字《すうじ》でも、お算《かぞ》へ遊《あそ》ばしますやうに。」

伯爵夫人《はくしやくふじん》は答《こたへ》なし。

腰元《こしもと》は恐《おそ》る〳〵繰返《くりかへ》して、

「お聞済《きゝずみ》でございませうか。」

「あゝ。」とばかり答《こた》へ給《たま》ふ。

念《ねん》を推《お》して、

「それでは宜《よろ》しうございますね。」

「何《なに》かい、魔酔剤《ねむりぐすり》をかい。」

「唯《はい》、手術《しゆじゆつ》の済《す》みますまで、ちよつとの間《あひだ》でございますが、御寝《げし》なりませんと、不可《いけ》ませんさうです。」

夫人《ふじん》は黙《もく》して考《かんが》へたるが、

「いや、よさうよ。」と謂《い》へる声《こゑ》は判然《はんぜん》として聞《きこ》えたり。一同顔《いちどうかほ》を見合《みあは》せぬ。

腰元《こしもと》は諭《さと》すが如《ごと》く、

「それでは夫人《おくさま》、御療治《ごれうぢ》が出来《でき》ません。」

「はあ、出来《でき》なくツても可《い》いよ。」

腰元《こしもと》は言葉《ことば》は無《な》くて、顧《かへり》みて伯爵《はくしやく》の色《いろ》を伺《うかゞ》へり。伯爵《はくしやく》は前《まへ》に進《すゝ》み、

「奥《おく》、そんな無理《むり》を謂《い》つては不可《いけ》ません。出来《でき》なくツても可《い》いといふことがあるものか。我儘《わがまゝ》を謂《い》つてはなりません。」

侯爵《こうしやく》はまた傍《かたはら》より口《くち》を挟《はさ》めり。

「余《あま》り、無理《むり》をお謂《い》やつたら、姫《ひい》を連《つ》れて来《き》て見《み》せるが可《い》いの。疾《はや》く快《よ》くならんで何《ど》うするものか。」

「はい。」

「それでは御得心《ごとくしん》でございますか。」

腰元《こしもと》は其間《そのあひだ》に周旋《しうせん》せり。夫人《ふじん》は重《おも》げなる頭《かぶり》を掉《ふ》りぬ。看護婦《かんごふ》の一人《いちにん》は優《やさ》しき声《こゑ》にて、

「何故《なぜ》、其様《そんな》にお嫌《きら》ひ遊《あそ》ばすの、ちつとも厭《いや》なもんぢやございませんよ、うと〳〵遊《あそ》ばすと、直《す》ぐ済《す》んでしまひます。」

此時夫人《このときふじん》の眉《まゆ》は動《うご》き、口《くち》は曲《ゆが》みて、瞬間苦痛《しゆんかんくつう》に堪《た》へざる如《ごと》くなりし。半《なか》ば目《め》を睜《みひら》きて、

「そんなに強《し》ひるなら仕方《しかた》がない。私《わたし》はね、心《こゝろ》に一《ひと》つ秘密《ひみつ》がある。魔酔剤《ねむりぐすり》は譫言《うはごと》を謂《い》ふと申《まを》すから、それが

恐《こは》くつてなりません、何卒《どうぞ》もう、眠《ねむ》らずにお療治《れうぢ》が出来《でき》ないやうなら、もう〳〵快《なほ》らんでも可《い》い、よして下《くだ》さい。」

聞《き》くが如《ごと》くんば、伯爵夫人《はくしやくふじん》は、意中《いちう》の秘密《ひみつ》を夢現《むげん》の間《あひだ》に人《ひと》に呟《つぶや》かむことを恐《おそ》れて、死《し》を以《も》てこれを守《まも》らむとするなり。良人《をつと》たる者《もの》がこれを聞《き》ける胸中《きようちう》いかん。此言《このことば》をしてもし平生《へいぜい》にあらしめば必《かなら》ず一条《いちでう》の紛紜《ふんぬん》を惹起《ひきおこ》すに相違《さうゐ》なきも、病者《びやうしや》に対《たい》して看護《かんご》の地位《ちゐ》に立《た》てる者《もの》は何等《なんら》のことも之《これ》を不問《ふもん》に帰《き》せざるべからず。然《しか》も吾《わ》が口《くち》よりして、あからさまに秘密《ひみつ》ありて人《ひと》に聞《き》かしむることを得《え》ずと、断乎《だんこ》として謂出《いひいだ》せる、夫人《ふじん》の胸中《きようちう》を推《すゐ》すれば。

伯爵《はくしやく》は温乎《をんこ》として、

「私《わし》にも、聞《き》かされぬことなンか。え、奥《おく》。」

「はい、誰《たれ》にも聞《き》かすことはなりません。」

夫人《ふじん》は決然《けつぜん》たるものありき。

「何《なに》も麻酔剤《ますゐざい》を嗅《か》いだからつて、譫言《うはごと》を謂《い》ふといふ、極《きま》つたことも無《な》さゝうぢやの。」

「否《いゝえ》、このくらゐ思《おも》つて居《ゐ》れば、屹《きつ》と謂《い》ひますに違《ちが》ひありません。」

「そんな、また、無理《むり》を謂《い》ふ。」

「もう、御免下《ごめんくだ》さいまし。」

投棄《なげすつ》るが如《ごと》く恪謂《かくい》ひつゝ、伯爵夫人《はくしやくふじん》は寝返《ねがへ》りして、横《よこ》に背《そむ》かむとしたりしが、病《や》める身《み》のまゝならで、歯《は》を鳴《な》らす音聞《おときこ》えたり。

ために顔《かほ》の色《いろ》の動《うご》かざる者《もの》は、唯《たゞ》彼《か》の医学士《いがくし》一人《いちにん》あるのみ。渠《かれ》は先刻《さき》に如何《いか》にしけむ、一度其平生《ひとたびそのへいぜい》を失《しつ》せしが、今《いま》やまた自若《じじやく》となりたり。

侯爵《こうしやく》は渋面造《じふめんつく》りて、

「貴船《きぶね》、こりや何《なん》でも姫《ひい》を連《つ》れて来《き》て、見《み》せることぢやの、なんぼでも児《こ》の可愛《かはい》さには我折《がを》れよう。」

伯爵《はくしやく》は頷《うなづ》きて、

「これ、綾《あや》。」

「は。」と腰元《こしもと》は振返《ふりかへ》る。

「何《なに》を、姫《ひい》を連《つ》れて来《こ》い。」

夫人《ふじん》は堪《たま》らず遮《さへぎ》りて、

「綾《あや》、連《つ》れて来《こ》んでも可《い》い。何故《なぜ》、眠《ねむ》らなけりや、療治《れうぢ》は出来《でき》ないか。」

看護婦《かんごふ》は窮《きう》したる微笑《ゑみ》を含《ふく》みて、

「お胸《むね》を少《すこ》し切《き》りますので、お動《うご》き遊《あそ》ばしちやあ、危険《けんのん》でございます。」

「なに、私《わたし》や、ぢつとして居《ゐ》る。動《うご》きやあしないから、切《き》つておくれ。」

予《よ》は其余《そのあま》りの無邪気《むじやき》さに、覚《おぼ》えず森寒《しんかん》を禁《きん》じ得《え》ざりき。恐《おそ》らく今日《けふ》の切開術《せつかいじゆつ》は、眼《まなこ》を開《ひら》きてこれを見《み》るものあらじとぞ思《おも》へるをや。

看護婦《かんごふ》はまた謂《い》へり。

「それは夫人《おくさま》、いくら何《な》んでも些少《ちつと》はお痛《いた》み遊《あそ》ばしませうから、爪《つめ》をお取《と》り遊《あそ》ばすとは違《ちが》ひますよ。」

夫人《ふじん》はこゝに於《お》いてぱつちりと眼《め》を睜《ひら》けり。気《き》もたしかになりけむ、声《こゑ》は凜《りん》として、

「刀《たう》を取《と》る先生《せんせい》は、高峰様《たかみねさま》だらうね！」

「はい、外科々長《げくわくちやう》です。いくら高峰様《たかみねさま》でも痛《いた》くなくお切《き》り申《まを》すことは出来《でき》ません。」

「可《い》いよ、痛《いた》かあないよ。」

「夫人《ふじん》、貴下《あなた》の御病気《ごびやうき》は其様《そん》な手軽《てがる》いのではありません。肉《にく》を殺《そ》いで、骨《ほね》を削《けづ》るのです。ちつとの間《あひだ》御《ご》辛抱《しんばう》なさい。」

臨検《りんけん》の医博士《いはかせ》はいまはじめて愕謂《かくい》へり。これ到底《たうてい》関雲長《くわんうんちやう》にあらざるよりは、堪《た》へ得《う》べきことにあらず。然《しか》るに夫人《ふじん》は驚《おどろ》く色《いろ》なし。

「其事《そのこと》は存《ぞん》じて居《を》ります。でもちつともかまひません。」

「あんまり大病《たいびやう》なんで、何《ど》うかしをつたと思《おも》はれる。」

と伯爵《はくしやく》は愁然《しうぜん》たり。侯爵《こうしやく》は傍《かたはら》より、

「兎《と》も角《かく》、今日《けふ》はまあ見合《みあは》すとしたら何《ど》うぢやの。後《あと》でゆつくりと謂聞《いひき》かすが可《よ》からう。」

伯爵《はくしやく》は一議《いちぎ》もなく、衆皆《しうみな》これに同《どう》ずるを見《み》て、彼《か》の医博士《いはかせ》は遮《さへぎ》りぬ。

「一時後《ひとゝきおく》れては、取返《とりかへ》しがなりません。一体《いつたい》、あなた方《がた》は病《やまひ》を軽蔑《けいべつ》して居《を》らるゝから埒《らち》あかん。感情《かんじやう》をとやかくいふのは姑息《こそく》です。看護婦《かんごふ》一寸《ちよつと》お押《おさ》へ申《まを》せ。」

いと厳《おごそか》なる命《めい》の下《もと》に五名《めい》の看護婦《かんごふ》はバラ〳〵と夫人《ふじん》を囲《かこ》みて、其手《そのて》と足《あし》とを押《おさ》へむとせり。渠等《かれら》は服従《ふくじう》を以《もつ》て責任《せきにん》とす。単《たん》に、医師《いし》の命《めい》をだに奉《ほう》ずれば可《よ》し、敢《あへ》て他《た》の感情《かんじやう》を顧《かへりみ》ることを要《えう》せざるなり。

「綾《あや》！　来《き》ておくれ。あれ！」

と夫人《ふじん》は絶入《たえい》る呼吸《いき》にて、腰元《こしもと》を呼《よ》び給《たま》へば、慌《あわ》てゝ看護婦《かんごふ》を遮《さへぎ》りて、

「まあ、一寸待《ちよつとま》つて下《くだ》さい。夫人《おくさま》、何《ど》うぞ、御堪忍遊《ごかんにんあそ》ばして。」と優《やさ》しき腰元《こしもと》はおろ〳〵声《ごゑ》。

夫人《ふじん》の面《おもて》は蒼然《さうぜん》として、

「何《ど》うしても肯《き》きませんか。それぢや全快《なほ》つても死《し》んでしまひます。可《い》いから此儘《このまゝ》で手術《しゆじゆつ》をなさいと申《まを》すのに。」

と真白《ましろ》く細《ほそ》き手《て》を動《うご》かし、辛《から》うじて衣紋《えもん》を少《すこ》し寛《くつろ》げつゝ、玉《たま》の如《ごと》き胸部《きようぶ》を顕《あらは》し、

「さ、殺《ころ》されても痛《いた》かあない。ちつとも動《うご》きやしないから、大丈夫《だいじやうぶ》だよ。切《き》つても可《い》い。」

決然《けつぜん》として言放《いひはな》てる、辞色《じしよく》ともに動《うご》かすべからず。さすが高位《かうゐ》の御身《おんみ》とて、威厳《ゐげん》あたりを払《はら》ふにぞ、満堂斉《まんだうひと》しく声《こゑ》を呑《の》み、高《たか》き咳《しはぶき》をも漏《も》らさずして、寂然《せきぜん》たりし其瞬間《そのしゆんかん》、先刻《さき》より些《ち》との身動《みうご》きだもせで、死灰《しくわい》の如《ごと》く、見《み》えたる高峰《たかみね》、軽《かる》く身《み》を起《おこ》して椅子《いす》を離《はな》れ、

「看護婦《かんごふ》、刀《メス》を。」

「えゝ。」と看護婦《かんごふ》の一人《いちにん》は、目《め》を瞠《みは》りて猶豫《ためら》へり。一同斉《いちどうひと》しく愕然《がくぜん》として、医学士《いがくし》の面《おもて》を瞻《みまも》る時《とき》、他《た》の一人《いちにん》の看護婦《かんごふ》は少《すこ》しく震《ふる》へながら、消毒《せうどく》したる刀《メス》を取《と》りてこれを高峰《たかみね》に渡《わた》したり。

医学士《いがくし》は取《と》ると其《その》まゝ、靴音軽《くつおとかる》く歩《ほ》を移《うつ》して、衝《つ》と手術台《しゆじゆつだい》に近接《きんせつ》せり。

看護婦《かんごふ》はおど〳〵しながら、

「先生《せんせい》、このまゝでいゝんですか。」

「あゝ、可《い》いだらう。」

「ぢやあ、お押《おさ》へ申《まを》しませう。」

医学士《いがくし》は一寸《ちよつと》手《て》を挙《あ》げて、軽《かる》く押留《おしと》め、

「なに、それにも及《およ》ぶまい。」

謂《い》ふ時疾《ときはや》く其手《そのて》は既《すで》に病者《びやうしや》の胸《むね》を掻開《かきあ》けたり。夫人《ふじん》は両手《りやうて》を肩《かた》に組《く》みて身動《みうご》きだもせず。

慥《かゝ》りし時《ときい》医学士《がくし》は、誓《ちか》ふが如《ごと》く、深重厳粛《しんちようげんしゆく》なる音調《おんてう》もて、

「夫人《ふじん》、責任《せきにん》を負《お》つて手術《しゆじゆつ》します。」

時《とき》に高峰《たかみね》の風采《ふうさい》は一種神聖《いつしゆしんせい》にして犯《をか》すべからざる異様《いやう》のものにてありしなり。

「何《ど》うぞ。」と一言答《ひとことこた》へたる、夫人《ふじん》が蒼白《さうはく》なる両《りやう》の頬《ほゝ》に刷《は》けるが如《ごと》き紅《くれなゐ》を潮《てう》しつ。ぢつと高峰《たかみね》を見詰《みつ》めたるま〻、胸《むね》に臨《のぞ》める鋭刀《ナイフ》にも眼《まなこ》を塞《ふさ》がむとはなさゞりき。

唯見《とみ》れば雪《ゆき》の寒紅梅《かんこうばい》、血汐《ちしほ》は胸《むね》よりつと流《なが》れて、さと白衣《びやくえ》を染《そ》むると〻もに、夫人《ふじん》の顔《かほ》は旧《もと》の如《ごと》く、いと蒼《あを》白《じろ》くなりけるが、果《はた》せるかな自若《じゞやく》として、足《あし》の指《ゆび》をも動《うご》かさゞりき。

ことのこ〻に及《およ》べるまで、医学士《いがくし》の挙動脱兎《きよどうだつと》の如《ごと》く神速《しんそく》にして聊《いさゝ》か間《かん》なく、伯爵夫人《はくしやくふじん》の胸《むね》を割《さ》くや、一同《いちどう》は素《もと》より彼《か》の医博士《いはかせ》に到《いた》るまで、言《ことば》を挟《さしはさ》むべき寸隙《すんげき》とてもなかりしなるが、こ〻に於《おい》てか、わなゝくあり、面《おもて》を蔽《おほ》ふあり、背向《そがひ》になるあり、或《ある》は首《かうべ》を低《た》る〻あり、予《よ》の如《ごと》き、我《われ》を忘《わす》れて、殆《ほとん》ど心臓《しんざう》まで寒《さむ》くなりぬ。

三秒《セコンド》にして渠《かれ》が手術《しゆじゆつ》は、ハヤ其佳境《そのかきやう》に進《すゝ》みつ〻、刀骨《メスほね》に達《たつ》すと覚《おぼ》しき時《とき》、

「あ。」と深刻《しんこく》なる声《こゑ》を絞《しぼ》りて、二十日以来《はつかいらい》寝返《ねがへ》りさへも得《え》せずと聞《き》きたる、夫人《ふじん》は俄然器械《がぜんきかい》の如《ごと》く、其半身《そのはんしん》を跳起《はねお》きつ〻、刀取《たうと》れる高峰《たかみね》が右手《めて》の腕《かひな》に両手《りやうて》を確《しか》と取縋《とりすが》りぬ。

「痛《いた》みますか。」

「否《いゝえ》、貴下《あなた》だから、貴下《あなた》だから。」

恁言懸《かくいひか》けて伯爵夫人《はくしやくふじん》は、がつくりと仰向《あをむ》きつ〻、凄冷極《せいれいきはま》り無《な》き最後《さいご》の眼《まなこ》に、国手《こくしゆ》をぢつと瞻《みまも》りて、

「でも、貴下《あなた》は、貴下《あなた》は、私《わたくし》を知《し》りますまい！」

謂《い》ふ時晩《ときおそ》し、高峰《たかみね》が手《て》にせる刀《メス》に片手《かたて》を添《そ》へて、乳《ちゝ》の下深《したふか》く掻切《かきゝ》りぬ。医学士《いがくし》は真蒼《まつさを》になりて戦《をのゝ》きつ〻、

「忘《わす》れません。」

其声《そのこゑ》、其呼吸《そのいき》、其姿《そのすがた》、其声《そのこゑ》、其呼吸《そのいき》、其姿《そのすがた》。伯爵夫人《はくしやくふじん》は嬉《うれ》しげに、いとあどけなき微笑《ゑみ》を含《ふく》みて高峰《たかみね》の手《て》より手《て》をはなし、ばつたり、枕《まくら》に伏《ふ》すとぞ見《み》えし、唇《くちびる》の色変《いろかは》りたり。

其時《そのとき》の二人《ふたり》が状《さま》、恰《あたか》も二人《ふたり》の身辺《しんぺん》には、天《てん》なく、地《ち》なく、社会《しやくわい》なく、全《まつた》く人《ひと》なきが如《ごと》くなりし。

# 下

数《かぞ》ふれば、はや九年前《ねんぜん》なり。高峰《たかみね》が其頃《そのころ》は未《いま》だ医科大学《いくわだいがく》に学生《がくせい》なりし砌《みぎり》なりき。一日《あるひ》予《よ》は渠《かれ》とゝもに、小石川《こいしかは》なる植物園《しよくぶつゑん》に散策《さんさく》しつ。五月五日《ごぐわついつか》躑躅《つゝじ》の花盛《はなさかん》なりし。渠《かれ》とゝもに手《て》を携《たづさ》へ、芳草《はうさう》の間《あひだ》を出《で》つ、入《い》りつ、園内《ゑんない》の公園《こうゑん》なる池《いけ》を繞《めぐ》りて、咲揃《さきそろ》ひたる藤《ふぢ》を見《み》つ。

歩《ほ》を転《てん》じて彼処《かしこ》なる躑躅《つゝじ》の丘《をか》に上《のぼ》らむとて、池《いけ》に添《そ》ひつゝ歩《あゆ》める時《とき》、彼方《かなた》より来《きた》りたる、一群《ひとむれ》の観客《くわんかく》あり。一個《ひとり》洋服《やうふく》の扮装《いでたち》にて煙突帽《えんとつばう》を戴《いたゞ》きたる蓄髯《ちくぜん》の漢《をとこ》先衛《ぜんゑい》して、中《なか》に三人《さんにん》の婦人《ふじん》を囲《かこ》みて、後《あと》よりもまた同一様《おなじさま》なる漢《をとこ》来《きた》れり。渠等《かれら》は貴族《きぞく》の御者《ぎよしや》なりし。中《なか》なる三人《さんにん》の婦人等《をんなたち》は、一様《いちやう》に深張《ふかばり》の涼傘《ひがさ》を指翳《さしかざ》して、裙捌《すそさばき》の音《おと》最冴《いとさや》かに、するく\と練来《ねりきた》れる、ト行違《ゆきちが》ひざま高峰《たかみね》は、思《おも》はず後《あと》を見返《みかへ》りたり。

「見《み》たか。」

高峰《たかみね》は頷《うなづ》きぬ。「むゝ。」

慨《かく》て丘《をか》に上《のぼ》りて躑躅《つゝじ》を見《み》たり。躑躅《つゝじ》は美《び》なりしなり。されど唯赤《たゞあか》かりしのみ。

傍《かたはら》のベンチに腰懸《こしか》けたる、商人体《あきうどてい》の壮者《わかもの》あり。

「吉《きつ》さん、今日《けふ》は好《い》いことをしたぜなあ。」

「さうさね、偶《たま》にやお前《まへ》の謂《い》ふことを聞《き》くも可《い》いかな、浅草《あさくさ》へ行《い》つて此処《こゝ》へ来《こ》なかつたらうもんなら、拝《をが》まれるんぢやなかつたつけ。」

「何《なに》しろ、三人《さんにん》とも揃《そろ》つてらあ、どれが桃《もゝ》やら桜《さくら》やらだ。」

「一人《ひとり》は丸髷《まるまげ》ぢやあないか。」

「何《ど》の道《みち》はや御相談《ごさうだん》になるんぢやなし、丸髷《まるまげ》でも、束髪《そくはつ》でも、乃至《ないし》しやぐまでも何《なん》でも可《い》い。」

「ところでと、あの風《ふう》ぢやあ、是非《ぜひ》、高島田《ぶんきん》と来《く》る処《ところ》を、銀杏《いてふ》と出《で》たなあ何《ど》ういふ気《き》だらう。」

「銀杏《いてふ》、合点《がてん》がいかぬかい。」

「えゝ、わりい洒落《しやれ》だ。」

「何《なん》でも、貴姑方《あなたがた》がお忍《しの》びで、目立《めだ》たぬやうにといふ肚《はら》だ。ね、それ、真中《まんなか》のに水際《みづぎは》が立《た》つてたらう。いま一人《ひとり》が影武者《かげむしや》といふのだ。」

「そこでお召物《めしもの》は何《なん》と踏《ふ》んだ。」

「藤色《ふぢいろ》と踏《ふ》んだよ。」

「え、藤色《ふぢいろ》とばかりぢや、本読《ほんよみ》が納《をさ》まらねえぜ。足下《そこ》のやうでもないぢやないか。」

「眩《まばゆく》つてうなだれたね、おのづと天窓《あたま》が上《あが》らなかつた。」

「そこで帯《おび》から下《した》へ目《め》をつけたらう。」

「馬鹿《ばか》をいはつし、勿体《もつたい》ない。見《み》しやそれとも分《わ》かぬ間《ま》だつたよ。あゝ残惜《のこりをし》い。」

「あのまた、歩行振《あるきぶり》といつたらなかつたよ。唯《たゞ》もう、すうツとかう霞《かすみ》に乗《の》つて行《ゆ》くやうだつけ。裾捌《すそさばき》、褄《つま》はづれなんといふことを、なるほどゝ見《み》たは今日《けふ》が最初《はじめ》てよ。何《ど》うもお育柄《そだちがら》はまた格別違《かくべつちが》つたもんだ。ありやもう自然《しぜん》、天然《てんねん》と雲上《うんじやう》になつたんだな。何《ど》うして下界《げかい》の奴儕《やつばら》が真似《まね》ようたつて出来《でき》るものか。」

「酷《ひど》くいふな。」

「ほんのこつだが私《わつし》やそれ御存《ごぞん》じの通《とほ》り、北廓《なか》を三年《ねん》が間《あひだ》、金毘羅様《こんぴらさま》に断《た》つたといふもんだ。処《ところ》が、何《なん》のこたあない。肌守《はだまもり》を懸《か》けて、夜中《よなか》に土堤《どて》を通《とほ》らうぢやあないか。罰《ばち》のあたらないのが不思議《ふしぎ》さね。もう〳〵今日《けふ》といふ今日《けふ》は発心切《ほつしんき》つた。あの醜婦《すべつた》ども何《ど》うするものか。見《み》なさい、アレ〳〵ちらほらとかう其処《そこ》いらに、赤《あか》いものがちらつくが、何《ど》うだ。まるでそら、芥塵《ごみ》か、蛆《うじ》が蠢《うご》めいて居《ゐ》るやうに見《み》えるぢやあないか。馬鹿《ばか》々々《〱》

しい。」

「これはきびしいね。」

「串戯《じようだん》ぢやあない。あれ見《み》な、やつぱりそれ、手《て》があつて、足《あし》で立《た》つて、着物《きもの》も羽織《はおり》もぞろりとお召《めし》で、おんなじ様《やう》な蝙蝠傘《かうもりがさ》で立《た》つてる処《ところ》は、憚《はゞか》りながらこれ人間《にんげん》の女《をんな》だ、然《しか》も女《をんな》の新造《しんぞ》だ。女《をんな》の新造《しんぞ》に違《ちが》ひはないが、今拝《いまをが》んだのと較《くら》べて、何《ど》うだい。まるでもつて、くすぶつて、何《なん》といつて可《い》いか汚《よご》れ切《き》つて居《ゐ》らあ。あれでもおんなじ女《をんな》だつさ、へむ、聞《き》いて呆《あき》れらい。」

「おや／＼、何《ど》うした大変《たいへん》なことを謂出《いひだ》したぜ。しかし全《まつた》くだよ。私《わつし》もさ、今《いま》まではかう、ちよいとした女《をんな》を見《み》ると、ついそのなんだ。一所《いつしよ》に歩《ある》くお前《めえ》にも、随分迷惑《ずゐぶんめいわく》を懸《か》けたつけが、今《いま》のを見《み》てからもう／＼胸《むね》がすつきりした。何《なん》だかせい／＼とする、以来女《いらいをんな》はふつゝりだ。」

「それぢやあ生涯《しやうがい》ありつけまいぜ。源吉《げんきち》とやら、みづからは、とあの姫様《ひいさま》が、言《い》ひさうもないからね。」

「罰《ばち》があたらあ、あてこともない。」

「でも、あなたやあ、と来《き》たら何《ど》うする。」

「正直《しやうぢき》な処《ところ》、私《わつし》は遁《に》げるよ。」

「足下《そこ》もか。」

「え、君《きみ》は。」

「私《わつし》も遁《に》げるよ。」と目《め》を合《あは》せつ。しばらく言途絶《ことばとだ》えたり。

「高峰《たかみね》、ちつと歩《ある》かうか。」

予《よ》は高峰《たかみね》と共《とも》に立上《たちあが》りて、遠《とほ》く彼《か》の壮佼《わかもの》を離《はな》れし時《とき》、高峰《たかみね》はさも感《かん》じたる面色《おもゝち》にて、

「あゝ、真《しん》の美《び》の人《ひと》を動《うご》かすことあの通《とほ》りさ、君《きみ》はお手《て》のものだ、勉強《べんきやう》し給《たま》へ。」

予《よ》は画師《ゑし》たるが故《ゆゑ》に動《うご》かされぬ。行《ゆ》くこと数百歩《すひやつぽ》、彼《か》の樟《くす》の大樹《たいじゆ》の鬱蓊《うつをう》たる木《こ》の下蔭《したかげ》の、稍《やゝ》薄暗《うすぐら》きあたりを行《ゆ》く藤色《ふぢいろ》の衣《きぬ》の端《はし》を遠《とほ》くよりちらとぞ見《み》たる。

園《ゑん》を出《い》づれば丈高《たけたか》く肥《こ》えたる馬《うま》二頭《とう》立《た》ちて、磨硝子《すりガラス》入《い》りたる馬車《ばしや》に、三個《みたり》の馬丁《べつたう》休《やす》らひたりき。其後《そのゝち》九年《ねん》を経《へ》て病院《びやうゐん》の彼《か》のことありしまで、高峰《たかみね》は彼《か》の婦人《ふじん》のことにつきて、予《よ》にすら一言《ひとこと》をも語《かた》らざりしかど、年齢《ねんれい》に於《おい》ても、地位《ちゐ》に於《おい》ても、高峰《たかみね》は室《しつ》あらざるべからざる身《み》なるにも関《かゝは》らず、家《いへ》を納《をさ》むる夫人《ふじん》なく、然《しか》も渠《かれ》は学生《がくせい》たりし時代《じだい》より品行一層謹厳《ひんかういつそうきんげん》にてありしなり。予《よ》は多《おほ》くを謂《い》はざるべし。

青山《あをやま》の墓地《ぼち》と、谷中《やなか》の墓地《ぼち》と所《ところ》こそは変《かは》りたれ、同一日《おなじひ》に前後《ぜんご》して相逝《あひゆ》けり。

語《ご》を寄《よ》す、天下《てんか》の宗教家《しうけうか》、渠等《かれら》二人《ふたり》は罪悪《ざいあく》ありて、天《てん》に行《ゆ》くことを得《え》ざるべきか。

# 紅玉

時《とき》。
現代《げんだい》。　初冬《しよとう》。
場所《ばしよ》。
府下《ふか》郊外《かうぐわい》の原野《げんや》。
人物《じんぶつ》。
画工《ぐわこう》。　侍女《じぢよ》。（烏《からす》の仮装《かさう》したる。）
貴夫人《きふじん》。　老紳士《らうしんし》。　少紳士《せうしんし》。　小児《せうに》五人《にん》。
——別《べつ》に、　三羽《さんば》の烏《からす》。（侍女《じぢよ》と同《おな》じ扮装《ふんさう》。）

小児一。やあ、停車場《ステイション》の方《はう》の、遠《とほ》くの方《はう》から、あんなものが遣《や》つて来《き》たぜ。

小児二。何《なん》だい〳〵。

小児三。あゝ、大《おほき》なものを背負《しよ》つて、蹌踉《よろ》々々《〳〵》来《く》るねえ。

小児四。影法師《かげぼふし》まで、ぶら〳〵して居《ゐ》るよ。

小児五。重《おも》いんだらうか。

小児一。何《なん》だ、引越《ひつこし》かなあ。

小児二。構《かま》ふもんか、何《なん》だつて。

小児三。御覧《ごらん》よ、背《せな》よりか高《たか》い、障子見《しやうじみ》たやうなものを背負《しよ》つてるから、凧《たこ》が歩行《ある》いて来《く》るやうだ。

小児四。糸《いと》をつけて揚《あ》げる真似《まね》エして遣《や》らう。

小児五。遣《や》れ〳〵、おもしろい。


凧《たこ》を持《も》つたのは凧《たこ》を上《あ》げ、独楽《こま》を持《も》ちたるは独楽《こま》を廻《まは》す。手《て》にものなき一人《いちにん》、一方《いつぱう》に向《むか》ひ、凧《たこ》の糸《いと》を手繰《たぐ》る真似《まね》して笑《わら》ふ。

画工。(枠張《わくはり》のまゝ、絹地《きぬぢ》の画《ゑ》を、やけに紐《ひも》からげにして、薄汚《うすよご》れたる背広《せびろ》の背《せ》に負《お》ひ、初冬《はつふゆ》、枯野《かれの》の夕日《ゆふひ》影《かげ》にて、あか〳〵と且《か》つ寂《さみ》しき顔《かほ》。酔《ゑ》へる足《あし》どりにて登場《とうぢやう》。)……落第《らくだい》々々《〳〵》、大落第《おほらくだい》。(ぶらつく体《からだ》を 杖《ステツキ》 に突《つゝ》掛《か》くる状《さま》、疲切《つかれき》つたる樵夫《きこり》の如《ごと》し。しばらくして、叫《さけ》ぶ。)畜生《ちくしやう》、状《ざま》を見《み》やがれ。

声《こゑ》に驚《おどろ》き、且《か》つ活《い》ける玩具《おもちや》の、手許《てもと》に近《ちか》づきたるを見《み》て、糸《いと》を手繰《たぐ》りたる小児《こども》、衝《つ》と開《ひら》いて素知《そし》らぬ顔《かほ》す。

画工《ぐわこう》、其《そ》の事《こと》には心付《こゝろづ》かず、立停《たちど》まりて嬉戯《きぎ》する小児等《せうにら》を眴《みまは》す。

よく遊《あそ》んでるな、あゝ、羨《うらやま》しい。何《ど》うだ。皆《みんな》、面白《おもしろ》いか。

小児等《こどもら》、彼《かれ》の様子《やうす》を見《み》て忍笑《しのびわらひ》す。中《なか》に、糸《いと》を手繰《たぐ》りたる一人《いちにん》。

小児三。あゝ、面白《おもしろ》かつたの。

画工。（管《くだ》をまく口吻《くちぶり》。）何《なに》、面白《おもしろ》かつた。面白《おもしろ》かつたは不可《いか》んな。今《いま》の若《わか》さに。……小児《こども》をつかまへて、今《いま》の若《わか》さも変《へん》だ。（笑《わら》ふ）はゝは、面白《おもしろ》かつたは心細《こゝろぼそ》い。過去《すぎさ》つた事《こと》のやうで情《なさけ》ない。面白《おもしろ》いと云《い》へ。面白《おもしろ》がれ、面白《おもしろ》がれ。尚《な》ほ其《そ》の上《うへ》に面白《おもしろ》く成《な》れ。むゝ、何《ど》うだ。

小児三。だつて、兄《にい》さんは怒《おこ》るだらう。

画工。（解《かい》し得《え》ず。）俺《おれ》が怒《おこ》る、何《なに》を……何《なに》を俺《おれ》が怒《おこ》るんだ。生命《いのち》がけで、描《か》いて文部省《もんぶしやう》の展覧会《てんらんくわい》で、平《へ》つくばつて、可《い》いか、洋服《やうふく》の膝《ひざ》を膨《ふく》らまして膝行《いざ》つてな、いゝ図《づ》ぢやないぜ、審査所《しんさじよ》のお玄関《げんくわん》で頓首再拝《とんしゆさいはい》と仕《つかまつ》つた奴《やつ》を、紙鉄砲《かみでつぱう》で、ポンと撥《は》ねられて、ぎやふんとまゐつた。それでさへ怒《おこ》り得《え》ないで、悄々《すご／＼》と杖《つゑ》に縋《すが》つて背負《しよ》つて帰《かへ》る男《をとこ》ぢやないか。景気《けいき》よく馬肉《けとばし》で呷《あふ》つた酒《さけ》なら、跳《は》ねも、いきりもしようけれど、胃《ゐ》のわるい処《ところ》へ、げつそり空腹《すきはら》と来《き》て、蕎麦《そば》ともいかない。停車場前《ステイシヨンまへ》で饂飩《うどん》で飲《の》んだ、臓腑《ざうふ》が宛然《さながら》蚯蚓《みみず》のやうな、しツこしのない江戸児擬《えどつこまがひ》が、何《ど》うして腹《はら》なんぞ立《た》て得《え》るものかい。ふん、だらしやない。

　他《た》の小児《こども》はきよろ／＼見《み》て居《ゐ》る。

小児三。何《なん》だか知《し》らないけれどね、今《いま》、向《むか》うから来《く》る兄《にい》さんに、糸目《いとめ》をつけて手繰《たぐ》つて居《ゐ》たんだぜ。

画工。何《なん》だ、糸《いと》を着《つ》けて……手繰《たぐ》つたか。いや、怒《おこ》りやしない。何《なん》の真似《まね》だい。

小児一。兄《にい》さんがね、然《さ》うやつてね、ぶら／＼来《き》た処《ところ》がね。

小児二。遠《とほ》くから、まるで以《もつ》て、凧《たこ》の形《かたち》に見《み》えたんだもの。

画工。はゝあ、凧《たこ》か。(背負《しよつ》てる絵《ゑ》を見《み》る。)むゝ、其処《そこ》で、(仕形《しかた》しつゝ、)と遣《や》つて面白《おもしろ》がつて居《ゐ》たんだな。処《ところ》で、俺《おれ》が恁《か》う近《ちか》く来《き》たから、怒《おこ》られやしないかと思《おも》つて、其《そ》の悪戯《いたづら》を止《や》めたんだ。だから、面白《おもしろ》かつたと云《い》ふのか。……かつたは寂《さみ》しい、つまらない。壮《さかん》に面白《おもしろ》がれ、もつと面白《おもしろ》がれ。さあ、糸《いと》を手繰《たぐ》れ、上《あ》げろ、引《ひつ》張《ぱ》れ。俺《おれ》が、凧《たこ》に成《な》つて、上《あが》つて遣《や》らう。上《あが》つて、高《たか》い空《そら》から、上野《うへの》の展覧会《てんらんくわい》を見《み》て遣《や》る。京《きやう》、大阪《おほさか》を見《み》よう。日本中《にほんぢう》を、いや世界《せかい》を見《み》よう。……さあ、あの児《こ》来《き》て煽《あふ》れ、それ、お前《まへ》は向《むか》うで上《あ》げるんだ。さあ、遣《や》れ、遣《や》れ。(笑《わら》ふ、)はゝゝ、面白《おもしろ》い。

小児等《こどもら》しばらく逡巡《しゆんじゆん》す。画工《ぐわこう》の機嫌《きげん》よげなるを見《み》るより、一人《ひとり》は、画工《ぐわこう》の背《せなか》を抱《いだ》いて、凧《たこ》を煽《あふ》る真似《まね》す。一人《ひとり》は駈出《かけだ》して距離《きより》を取《と》る。其《そ》の一人《いちにん》。

小児三。やあ、大凧《おほだこ》だい、一人《ひとり》ぢや重《おも》い。

小児四。うん、手伝《てつだ》つて遣《や》ら。(と独楽《こま》を懐《ふところ》にして、立並《たちなら》ぶ。)——風吹《かぜふ》け、や、吹《ふ》け。山《やま》の風吹《かぜふ》いて来《こ》い。——(同音《どうおん》に囃《はや》す。)

画工。(あふりたる児《こ》の手《て》を離《はな》るゝと同時《どうじ》に、大手《おほて》を開《ひら》いて、)恁《か》う成《な》りや凧絵《たこゑ》だ、提灯屋《ちやうちんや》だ。そりや、しやくるぞ、水汲《みづく》むぞ、べつかつこだ。

小児等《こどもら》の糸《いと》を引《ひ》いて駈《かけ》るがまゝに、ふら〳〵と舞台《ぶたい》を飛廻《とびまは》り、やがて、樹根《きのね》に撞《だう》と成《な》りて、切《せつ》なき呼吸《いき》つく。暮色到《ぼしよくいた》る。

小児三。凧《たこ》は切《き》れ了《ちや》つた。

小児一。暗《くら》く成《な》つた。——丁《ちやう》ど可《い》い。

小児二。又《また》、……あの事《こと》をしよう。

其の他。遣《や》らうよ、遣《や》らうよ。——(一同《いちどう》、手《て》はつながず、少《すこ》しづつ間《あひだ》をおき、ぐるりと輪《わ》に成《な》りて唄《うた》ふ。)

　　　青山《あをやま》、葉山《はやま》、羽黒《はぐろ》の権現《ごんげん》さん、
　　あとさき言《い》はずに、中《なか》はくぼんだ、おかまの神《かみ》さん

唄《うた》ひつゝ、廻《まは》りつゝ、繰返《くりかへ》す。

画工。（茫然《ばうぜん》として黙想《もくさう》したるが、吐息《といき》して立《た》つて此《これ》を視《なが》む。）おい、おい、其《それ》は何《なん》の唄《うた》だ。

小児一。あゝ、何《なん》の唄《うた》だか知《し》らないけれどね、恁《か》うやつて唄《うた》つて居《ゐ》ると、誰《だれ》か一人踊出《ひとりをどりだ》すんだよ。

画工。踊《をど》る？　誰《たれ》が踊《をど》る。

小児二。誰《だれ》が踊《をど》るつて、此《こ》のね、環《わ》の中《なか》へ入《はひ》つて踞《しやが》むでるものが踊《をど》るんだつて。

画工。誰《だれ》も、入《はひ》つては居《を》らんぢやないか。

小児三。でもね、気味《きみ》が悪《わる》いんだもの。

画工。気味《きみ》が悪《わる》いと？

小児四。あゝ、あの、其《それ》がね、踊《をど》らうと思《おも》つて踊《をど》るんぢやないんだよ。ひとりでにね、踊《をど》るの。踊《をど》るまいと思《おも》つても。だもの、気味《きみ》が悪《わる》いんだ。

画工。遣《や》つて見《み》よう、俺《おれ》を入《い》れろ。

一同。やあ、兄《にい》さん、入《はひ》るかい。

画工。俺《おれ》が入《はひ》る、待《ま》て、（画《ゑ》を取《と》つて大樹《たいじゆ》の幹《みき》によせかく。）さあ、可《い》いか。

小児三。目《め》を塞《ふさ》いで居《ゐ》るんだぜ。

画工。可《よし》、此《こ》の世間《よのなか》を、酔《よ》つて踊《をど》りや本望《ほんまう》だ。

　　青山《あをやま》、葉山《はやま》、羽黒《はぐろ》の権現《ごんげん》さん

小児等《こどもら》唄《うた》ひながら画工《ぐわこう》の身《み》の周囲《まはり》を廻《めぐ》る。環《わ》の脈《みやく》を打《う》つて伸《の》び且《か》つ縮《ちゞ》むに連《つ》れて、画工《ぐわこう》、殆《ほと》んど、無意識《むいしき》な

るが如《ごと》く、片手《かたて》又片足《またかたあし》を異様《いやう》に動《うご》かす。唄《うた》ふ声《こゑ》、愈々《いよ〳〵》冴《さ》えて、次第《しだい》に暗《くら》く成《な》る。

時《とき》に、樹《き》の蔭《かげ》より、顔黒《かほくろ》く、嘴《くちばし》黒《くろ》く、烏《からす》の頭《かしら》して真黒《まつくろ》なるマント様《やう》の衣《きぬ》を裾《すそ》まで被《かぶ》りたる異体《いたい》のもの一個《いつこ》顕《あらは》れ出《い》で、小児《こども》と小児《こども》の間《あひだ》に交《まじ》りて斉《ひと》しく廻《まは》る。

地《ち》に踞《うづくま》りたる画工《ぐわこう》、此《こ》の時《とき》、中腰《ちうごし》に身《み》を起《おこ》して、半身《はんしん》を左右《さいう》に振《ふ》つて踊《をど》る真似《まね》す。

続《つゞ》いて、初《はじめ》の黒《くろ》きものと同《おな》じ姿《すがた》したる三個《さんこ》、人《ひと》の形《かたち》の烏《からす》。樹蔭《こかげ》より顕《あらは》れ、同《おな》じく小児等《こどもら》の間《あひだ》に交《まじ》つて、画工《ぐわこう》の周囲《しうゐ》を繞《めぐ》る。

小児等《こどもら》は絶《た》えず唄《うた》ふ。いづれも其《そ》の怪《あやし》き物《もの》の姿《すがた》を見《み》ざる趣《おもむき》なり。あとの三羽《さんば》の烏出《からすい》で〻輪《わ》に加《くは》る頃《ころ》より、画工全《ぐわこうまつた》く立上《たちあが》り、我《われ》を忘《わす》れたる状《さま》して踊《をど》り出《いだ》す。初手《しよて》の烏《からす》もともに、就中《なかんづく》、後《あと》なる三羽《さんば》の烏《からす》は、足《あし》も地《ち》に着《つ》かざるまで跳梁《てうりやう》す。

彼等《かれら》の踊狂《をどりくる》ふ時《とき》、小児等《こどもら》は唄《うた》を留《とゞ》む。

一同。（手《て》に手《て》に石《いし》を二《ふた》ツ取《と》り、カチ〳〵と打鳴《うちな》らして、）魔《ま》が来《き》た、でん〳〵。影《かげ》がさいた、もん〳〵。

（四五度《しごたび》口々《くち〴〵》に寂《さみ》しく囃《はや》す。）真個《ほんと》に来《き》た。そりや来《き》た。

小児《こども》のうちに一人《いちにん》、誰《たれ》とも知《し》らず慥《か》く叫《さけ》ぶと〻もに、ばら〳〵と、左右《さいう》に分《わか》れて逃《に》げ入《い》る。木《こ》の葉《は》落《お》つ。

木《こ》の葉《は》落《お》つる中《なか》に、一人《いちにん》の画工《ぐわこう》と四個《しこ》の黒《くろ》き姿《すがた》と頻《しきり》に踊《をど》る。画工《ぐわこう》は靴《くつ》を穿《は》いたり。後《あと》の三羽《さんば》の烏皆爪尖《からすみなつまさき》まで黒《くろ》し。初《はじめ》の烏《からす》ひとり、裾《すそ》をこぼる〻褄《つま》紅《くれなゐ》に、足白《あしゝろ》し。

画工。（疲果《つかれは》てたる状《さま》、摚《どう》と仰様《のけさま》に倒《たふ》る。）水《みづ》だ、水《みづ》をくれい。

いづれも踊《をど》り留《や》む。後《あと》の烏三羽《からすさんば》、身《み》を開《ひら》いて一方《いつぱう》に翼《つばさ》を交《か》はしたる如《ごと》く、腕《うで》を組合《くみあは》せつ〻立《た》ちて視《なが》む。

初の烏。（うら若《わか》き女《をんな》の声《こゑ》にて。）寝《ね》たよ。まあ……だらしのない事《こと》。人間《にんげん》、慥《か》うは成《な》りたくないものだわね。

——其《そ》のうちに目《め》が覚《さ》めたら行《ゆ》くだらう——別《べつ》にお座敷《ざしき》の邪魔《じやま》にも成《な》るまいから。……どれ、（樹《き》の蔭《かげ》に一《ひと》むら生茂《おひしげ》りたる薄《すゝき》の中《なか》より、組立《くみた》てに交叉《かうさ》したる三脚《さんきやく》の竹《たけ》を取出《とりいだ》して据《す》ゑ、次《つぎ》に、其上《そのうへ》に円《まる》き板《いた》を置《お》き、卓子《ていぶる》の如《ごと》くす。）

後《あと》の烏《からす》、此《こ》の時《とき》、三羽《みつゝ》とも無言《むごん》にて近《ちか》づき、手伝《てつだ》ふ状《さま》にて、二脚《にきやく》のズツク製《せい》、おなじ組立《くみた》ての床几《しやうぎ》を卓子《ていぶる》の差向《さしむか》ひに置《お》く。

初《はじめ》の烏《からす》、又《また》、旅行用手《りよかうようて》提《さ》げの中《なか》より、葡萄酒《ぶだうしゆ》の瓶《びん》を取出《とりい》だし卓子《ていぶる》の上《うへ》に置《お》く。後《あと》の烏等《からすら》、青《あを》き酒《さけ》、赤《あか》き酒《さけ》の瓶《びん》、続《つゞ》いてコツプを取出《とりい》だして並《なら》べ揃《そろ》ゆ。

やがて、初《はじめ》の烏《からす》、一挺《いつちやう》の蠟燭《らうそく》を取《と》つて、此《これ》に火《ひ》を点《てん》ず。

舞台明《ぶたいあかる》くなる。

初の烏。（思《おも》ひ着《つ》きたる体《てい》にて、一《ひと》ツの瓶《びん》の酒《さけ》を玉盞《ぎよくさん》に酌《つ》ぎ、燭《しよく》に翳《かざ》す。）おゝ、綺麗《きれい》だ。燭《あかり》が映《うつ》つて、透徹《すきとほ》つて、いつかの、あの時《とき》、夕日《ゆふひ》の色《いろ》に輝《かゞや》いて、丁《ちやう》ど東《ひがし》の空《そら》に立《た》つた虹《にじ》の、其《そ》の虹《にじ》の目《め》のやうだと云《い》つて、薄雲《うすぐも》に翳《かざ》して御覧《ごらん》なすつた、奥様《おくさま》の白《しろ》い手《て》の細《ほそ》い指《ゆび》には重《おも》さうな、指環《ゆびわ》の球《たま》に似《に》てること。

三羽《さんば》の烏《からす》、打傾《うちかたむ》いて聞《き》きつゝあり。

あゝ、玉《たま》が溶《と》けたと思《おも》ふ酒《さけ》を飲《の》んだら、どんな味《あぢ》がするだらうねえ。（烏《からす》の頭《あたま》を頂《いたゞ》きたる、咽喉《のど》の黒《くろ》き布《ぬの》をあけて、少《わか》き女《をんな》の面《おもて》を顕《あらは》し、酒《さけ》を飲《の》まむとして猶豫《ためら》ふ。）あれ、こゝは私《わたし》には口《くち》だけれど、烏《からす》にすると丁《ちやう》ど咽喉《のど》だ。可厭《いや》だよ。咽喉《のど》だと血《ち》が流《なが》れるやうだねえ。こんな事《こと》をして居《ゐ》るんだから、気《き》に成《な》る。よさう。まあ、独言《ひとりごと》を云《い》つて、誰《だれ》かと話《はなし》をして居《ゐ》るやうだよ……

（四辺《あたり》を眴《みまは》す）然《さ》う〳〵、思《おも》つた同士《どうし》、人前《ひとまへ》で内証《ないしよう》で心《こゝろ》を通《かよ》はす時《とき》は、一《ひと》ツに向《むか》つた卓子《ていぶる》が、人知《ひとし》れず、脚《あし》を上《あ》げたり下《さ》げたりする、幽《かすか》な、しかし脈《みやく》を打《う》つて、血《ち》の通《かよ》ふ、其《そ》の符牒《ふてふ》で、黙《だま》つて居《ゐ》て、暗号《あひづ》が出来《でき》ると、何時《いつ》も奥様《おくさま》がおつしやるもんだから。――卓子《ていぶる》さん（卓《たく》をたゝく。）殊《こと》にお前《まへ》さんは三《み》ツ脚《あし》で、狐狗狸《こつくり》さん、其《そ》のまゝだもの。活《い》きてるも同《おな》じだと思《おも》ふから、つい、お話《はなし》をしたんだわ。しかし、うつかりして、少々〳〵大事《せうだいじ》なことを饒舌《しやべ》つたんだから、お前《まへ》さん聞《き》いたばかりにして置《お》いておくれ。誰《だれ》にも言《い》つては不可《いけな》いよ。一寸《ちよいと》、注《つ》いだ酒《さけ》を何《ど》うしよう。あゝ、いゝ事《こと》がある。（酔倒《ゑひたふ》れたる画工《ぐわこう》に近《ちか》づく。後《あと》の烏一《からすひと》ツ、同《おな》じく近寄《ちかよ》りて、画工《ぐわこう》の頭《うなじ》を抱《いだ》いて仰向《あおむ》けにす。）
　酔《よつ》ぱらひさん、さあ、冷水《おひや》。

画工。（飲《の》みながら、現《うつゝ》にて、）あゝ、日《ひ》が出《で》た、が、俺《おれ》は暗夜《やみ》だ。（其《その》まゝ寝返《ねがへ》る。）

初の烏。日《ひ》が出《で》たつて――赤《あか》い酒《さけ》から、私《わたし》の此《こ》の烏《からす》を透《す》かして、まあ。――画《ゑ》に描《か》いた太陽《おひさま》の夢《ゆめ》を見《み》たんだらう。何《なん》だか謎《なぞ》のやうな事《こと》を言《い》つてるわね。――さあ〳〵、お寝室《ねま》ごしらへをして置《お》きませう。（もとに立戻《たちもど》りて、又薄《またすゝき》の中《なか》より、此《こ》のたびは一領《いちりやう》の天幕《てんと》を引出《ひきだ》し、卓子《ていぶる》を蔽《おほ》うて建廻《たてま》はす。三羽《さんば》の烏《からす》、左右《さいう》より此《これ》を手伝《てつだ》ふ。天幕《てんと》の裡《うち》は、見《けん》ぶつ席《せき》より見《み》えざるあつらへ。）
お楽《たのし》みだわね。（天幕《てんと》を背後《うしろ》にして正面《しやうめん》に立《た》つ。三羽《さんば》の烏《からす》、其《そ》の両方《りやうはう》に佇《たゝず》む。）
もう、すつかり日《ひ》が暮《く》れた。（時《とき》に、はじめてフト自分《じぶん》の他《た》に、烏《からす》の姿《すがた》ありて立《た》てるに心付《こゝろづ》く。されどおのが目《め》を怪《あやし》む風情《ふぜい》。少《すこ》しづゝ、あちこち歩行《ある》く。歩行《ある》くに連《つ》れて、烏《からす》の形動《かたちうご》き絡《まと》ふを見《み》て、次第《しだい》に疑惑《うたがひ》を増《ま》し、手《て》を挙《あ》ぐれば、烏等《からすら》も同《おな》じく挙《あ》げ、袖《そで》を振動《ふりうご》かせば、斉《ひと》しく振動《ふりうご》かし、足《あし》を爪立《つまだ》つれば爪立《つまだ》ち、踞《しやが》めば踞《しやが》むを透《す》かし視《なが》めて、今《いま》はしも激《はげ》しく恐怖《きようふ》し、慌《あわたゞ》しく駈出《かけいだ》す。）

帽子《ばうし》を目深《まぶか》に、オウバアコオトの鼠色《ねずみいろ》なるを被《き》、太《ふと》き洋杖《すてつき》を持《も》てる老紳士《らうしんし》、憂鬱《いうゝつ》なる重《おも》き態度《たいど》にて登場《とうぢやう》。初《はじめ》の烏《からす》ハタと行当《ゆきあた》る。驚《おどろ》いて身《み》を開《ひら》く。紳士《しんし》其《そ》の袖《そで》を捉《とら》ゆ。初《はじめ》の烏《からす》、遁《のが》れむとして威《おど》す真似《まね》して、かあ〳〵、と烏《からす》の声《こゑ》をなす。泣《な》くが如《ごと》き女《をんな》の声《こゑ》なり。

紳士。こりや、地獄《ぢごく》の門《もん》を背負《しよ》つて、空《そら》を飛《と》ぶ真似《まね》をするか。（摑《つかみ》ひしぐが如《ごと》くにして突離《つきはな》す。初《はじめ》の烏《からす》、撞《どう》と地《ち》に座《ざ》す。三羽《さんば》の烏《からす》は故《わざ》とらしく吃驚《きつきやう》の身振《みぶり》をなす。）地《ち》を這《は》ふ烏《からす》は、鳴《な》く声《こゑ》が違《ちが》ふぢやらう。うむ、何《ど》うぢや。地《ち》を這《は》ふ烏《からす》は何《なん》と鳴《な》くか。

初の烏。御免《ごめん》なさいまし、何《ど》うぞ、御免《ごめん》なさいまし。

紳士。はゝあ、御免《ごめん》なさいましと鳴《な》くか。（繰返《くりかへ》して）御免《ごめん》なさいましと鳴《な》くぢやな。

初の烏。はい。

紳士。うむ、（重《おも》く頷《うなづ》く。）聞《きこ》えた。とに角《かく》、汝《きさま》の声《こゑ》は聞《きこ》えた。――こりや、俺《おれ》の声《こゑ》が分《わか》るか。

初の烏。えゝ。

紳士。俺《おれ》の声《こゑ》が分《わか》るかと云《い》ふんぢや。こりや、面《つら》を上《あ》げろ。――何《ど》うだ。

初の烏。御前様《ごぜんさま》、あれ……

紳士。（杖《すてつき》を以《も》つて、其《そ》の裾《すそ》を圧《おさ》ゆ。）ばさ〱騒《さわ》ぐな。槍《やり》で脇腹《わきばら》を突《つ》かれる外《ほか》に、樹《き》の上《うへ》へ得《え》上《あが》る身体《からだ》でもないに、羽《は》ばたきをするな、女郎《めらう》、手《て》を支《つ》いて、静《ぢつ》として口《くち》をきけ。

初の烏。真《まこと》に申訳《まをしわけ》のございません、飛《と》んだ失礼《しつれい》をいたしました。……先達《せんだ》つて、奥様《おくさま》がお好《この》みのお催《もよほ》しで、お邸《やしき》に園遊会《ゑんいうくわい》の仮装《かさう》がございました時《とき》、私《わたくし》がいたしました、あの、此《こ》のこしらへが、余《あま》りよく似合《にあ》つたと、皆様《みなさま》が然《さ》うおつしやいましたものでございますから、つい心得違《こゝろえちが》ひな事《こと》をはじめました。あの……後《あと》で、御前様《ごぜんさま》が御旅行《ごりよかう》を遊《あそ》ばしましたお留守中《るすちう》はお邸《やしき》にも御用《ごよう》が少《すくな》うございますものですから、自分《じぶん》の買《かひ》もの、用達《ようた》しだの、何《なん》のと申《まを》して、奥様《おくさま》にお暇《いとま》を頂《いたゞ》いては、こんな処《ところ》へ出《で》て参《まゐ》りまして、偶《たま》に通《とほ》りますものを驚《おど》かしますのが面白《おもしろ》くて成《な》りませんので、つい、あの、癖《くせ》になりまして、今晩《こんばん》も……旦那様《だんなさま》に申訳《まをしわけ》のございません失礼《しつれい》をいたしました。何《ど》うぞ、御免遊《ごめんあそ》ばして下《くだ》さいまし。

紳士。言《い》ふ事《こと》は其《それ》だけか。

初の烏。はい？（聞返《きゝかへ》す。）

紳士。俺《おれ》に云《い》ふ事《こと》は、それだけか、女郎《めらう》。

初の烏。あの、（口籠《くちごも》る。）今夜《こんや》は何《ど》ういたしました事《こと》でございますか、私《わたくし》の形《なり》……あの、影法師《かげぼふし》が此《こ》の、野《の》中《なか》の宵闇《よひやみ》に判然《はつきり》と見《み》えますのでございます。其《それ》さへ気味《きみ》が悪《わる》うございますのに、気《き》をつけて見《み》ますと、二《ふた》つも三《み》つも、私《わたくし》と一所《いつしよ》に動《うご》きますのでございますもの。三方《さんばう》に分《わか》れて佇《たゝず》む、三羽《さんば》の烏《からす》、また打頷《うちうなづ》く。もう可恐《おそろし》く成《な》りまして、夢中《むちう》で駈出《かけだ》しましたものですから、御前様《ごぜんさま》に、つい――あの、そして、……御前様《ごぜんさま》は、何時《いつ》御旅行《ごりよかう》さきから。

紳士。俺《おれ》の旅行《りよかう》か。ふゝん。（自《みづか》ら嘲《あざ》ける口吻《くちぶり》。）汝《きさま》だちは、俺《おれ》が旅行《りよかう》をしたと思《おも》ふか。

初の烏。はい、一昨日《いつさくじつ》から、北海道《ほくかいだう》の方《はう》へ。

紳士。俺《おれ》の北海道《ほくかいだう》は、すぐに俺《おれ》の邸《やしき》の周囲《しうゐ》ぢや。

初の烏。はあ、（驚《おどろ》く。）

紳士。俺《おれ》の旅行《りよかう》は、冥土《めいど》の旅《たび》の如《ごと》きものぢや。昔《むかし》から、事《こと》が、恁《か》う云《い》ふ事《こと》が起《おこ》つて、其《それ》が破滅《はめつ》に近《ちか》づく時《とき》は、誰《だれ》もするわ。平凡《へいぼん》な手段《しゆだん》ぢや。通例過《つうれいす》ぎる遣方《やりかた》ぢやが、為《せ》んと云《い》ふ事《こと》には行《ゆ》かなかつた。今云《いまい》うた冥土《めいど》の旅《たび》を、可厭《いや》ぢやと思《おも》うても、誰《だれ》もしないわけには行《ゆ》かぬやうなものぢや。又《また》、汝等《きさまら》とても、恁《か》う云《い》ふ事件《じけん》の最後《さいご》の際《さい》には、其《そ》の家《いへ》の主人《しゆじん》か、良人《をつと》か、可《え》えか、俺《おれ》がぢや、或手段《あるしゆだん》として旅行《りよかう》するに極《きま》つとる事《こと》を知《し》つて居《を》る。汝《きさま》は知《し》らいでも、悧怜《りこう》な彼《あれ》は知《し》つて居《を》る。汝《きさま》とても、少《すこ》しは分《わか》つて居《を》らう。分《わか》つて居《ゐ》て、其《そ》の主人《しゆじん》が旅行《りよかう》と云《い》ふ、隙間《すきま》を狙《ねら》ふ。故《わざ》と安心《あんしん》して大胆《だいたん》な不埒《ふらち》を働《はたら》く。うむ、耳《みゝ》を蔽《おほ》うて鐸《すゞ》を盗《ぬす》むと云《い》ふのぢや。いづれ音《おと》の立《た》ち、声《こゑ》の響《ひゞ》くのは覚悟《かくご》ぢやらう。何《なに》も彼《か》も隠《かく》さずに言《い》つて了《しま》へ。何時《いつ》の事《こと》か。一体《いつたい》、何時頃《いつごろ》の事《こと》か。これ。

侍女。何時頃《いつごろ》とおつしやつて、あの、影法師《かげぼふし》の事《こと》でございませうか。其《それ》は唯今《たゞいま》……

紳士。黙《だま》れ。影法師《かげぼふし》か何《なに》か知《し》らんが、汝等三人《きさまらさんにん》の黒《くろ》い心《こゝろ》が、形《かたち》にあらはれて、俺《おれ》の邸《やしき》の内外《ないぐわい》を横行《わうぎやう》しはじめた時《とき》だ。

侍女。御免遊《ごめんあそ》ばして、御前様《ごぜんさま》、私《わたくし》は何《なん》にも存《ぞん》じません。

紳士。用意《ようい》は出来《でき》とる。女郎《めらう》、俺《おれ》の衣兜《かくし》には短銃《ピストル》があるぞ。

侍女。えゝ。

紳士。さあ、言《い》へ。

侍女。御前様《ごぜんさま》、お許《ゆる》し下《くだ》さいまし。春《はる》の、暮方《くれかた》の事《こと》でございます。美《うつく》しい虹《にじ》が立《た》ちまして、盛《さか》りの藤《ふじ》の花《はな》と、つゝじと一所《いつしよ》に、お庭《には》の池《いけ》に影《かげ》の映《うつ》りましたのが、薄紫《うすむらさき》の頭《かしら》で、胸《むね》に炎《ほのほ》の搦《から》みました、真紅《しんく》なつゝじの羽《はね》の交《まじ》つた、其《そ》の虹《にじ》の尾《を》を曳《ひ》きました大《おほ》きな鳥《とり》が、お二階《にかい》を覗《のぞ》いて居《を》りますやうに見《み》えたのでございます。其《そ》の日《ひ》は、御前様《ごぜんさま》のお留守《るす》、奥様《おくさま》が欄干越《らんかんごし》に、其《そ》の景色《けしき》をお視《なが》めなさいまして、――あゝ、綺麗《きれい》な、此《こ》の白《しろ》い雲《くも》と、蒼空《あをぞら》の中《なか》に漲《みなぎ》つた大鳥《おほとり》を御覧《ごらん》――お傍《そば》に居《を》りました私《わたくし》に然《さ》うおつしやいまして――此《こ》の鳥《とり》は、頭《かしら》は私《わたし》の簪《かんざし》に、尾《を》を私《わたし》の帯《おび》に成《な》るために来《き》たんだよ。角《つの》の九《こゝの》つある、龍《りう》が、頭《かしら》を兜《かぶと》に、尾《を》を草摺《くさずり》に敷《し》いて、敵《てき》に向《むか》ふ大将軍《たいしやうぐん》を飾《かざ》つたやうに。……けれども、虹《にじ》には目《め》がないから、私《わたし》の姿《すがた》が見《み》つからないので、頭《かしら》を水《みづ》に浸《ひた》して、うなだれ悄《しを》れて居《ゐ》る。どれ、目《め》を遣《や》らう――と仰有《おつしや》いますと、右《みぎ》の中指《なかゆび》に嵌《は》めておいで遊《あそ》ばした、指環《ゆびわ》の紅《あか》い玉《たま》でございます。開《ひら》いては虹《にじ》に見《み》えぬし、伏《ふ》せては奥様《おくさま》の目《め》に見《み》えません。ですから、其《そ》の指環《ゆびわ》をお抜《ぬ》きなさいまして。

紳士。うむ、指環《ゆびわ》を抜《ぬ》いてだな。うむ、指環《ゆびわ》を抜《ぬ》いて。

侍女。そして、雪《ゆき》のやうなお手《て》の指《ゆび》を環《わ》に遊《あそ》ばして、高《たか》い処《ところ》で、青葉《あをば》の上《うへ》で、虹《にじ》の膚《はだ》へ嵌《は》めるやうになさいますと、其《そ》の指《ゆび》に空《そら》の色《いろ》が透通《すきとほ》りまして、紅《あか》い玉《たま》は、颯《さつ》と夕日《ゆふひ》に映《うつ》つて、まつたく虹《にじ》の瞳《ひとみ》に成《な》つて、そして晃々《きら〱》と輝《かゞや》きました。其《そ》の時《とき》でございます。お庭《には》も池《いけ》も、真暗《まつくら》に成《な》つたと思《おも》ひます。虹《にじ》も消《き》えました。黒《くろ》いものが、ばつと来《き》て、目《め》潰《つぶ》しを打《う》ちますやうに、翼《つばさ》を拡《ひろ》げたと思《おも》ひますと、其《そ》の指環《ゆびわ》を、奥様《おくさま》の手《て》から攫《さら》ひまして、烏《からす》が飛《と》びましたのでございます。露《つゆ》に光《ひか》る木《こ》の実《み》だ、と紅《あか》い玉《たま》を、間違《まちが》へたのでございませう。築山《つきやま》の松《まつ》の梢《こずゑ》を飛《と》びまして、遠《とほ》くも参《まゐ》りませんで、塀《へい》の上《うへ》に、此《こ》の、野《の》の末《すゑ》の処《ところ》へ入《はひ》ります、真赤《まつか》な、まん円《まる》な、大《おほ》きな太《お》陽《ひ》様《さま》の前《まへ》に黒《くろ》く留《と》まつたのが見《み》えたのでございます。私《わたし》は跣足《はだし》で庭《には》へ駈下《かけお》りました。駈《か》けつけて声《こゑ》を出《だ》しますと、烏《からす》は其《そ》のまゝ塀《へい》の外《そと》へ又飛《またと》びましたのでございます。丁《ちやう》ど其処《そこ》が、裏木戸《うらきど》の処《ところ》でございます。あの木戸《きど》は、私《わたし》が御《ご》奉公《ほうこう》申《まを》しましてから、五年《ごねん》と申《まを》しますもの、お開《あ》け遊《あそ》ばした事《こと》と云《い》つては一度《いちど》もなかつたのでございます。

紳士。うむ、あれは開《あ》けるべき木戸《きど》ではないのぢや。俺《おれ》が覚《おぼ》えてからも、止《や》むを得《え》ん凶事《きようじ》で二度《にど》だけは開《あ》けんければ成《な》らんぢやつた。が、其《それ》とても凶事《きようじ》を追出《おひだ》いたばかりぢや。外《そと》から入《はひ》つて来《き》た不祥《ふしやう》はなかつた。——其《それ》が其《そ》の時《とき》、汝《きさま》の手《て》で開《あ》いたのか。

侍女。えゝ、錠《ぢやう》の鍵《かぎ》は、がつちりさゝつて居《を》りましたけれど、赤錆《あかさび》に錆《さび》切《き》りまして、圧《お》しますと開《あ》きました。くされて落《お》ちたのでございます。塀《へい》の外《そと》に、散歩《さんぽ》らしいのが一人《ひとり》立《た》つて居《ゐ》たのでございます。其《そ》の男《をとこ》が、烏《からす》の嘴《くちばし》から落《おと》しました奥様《おくさま》の其《そ》の指環《ゆびわ》を、掌《てのひら》に載《の》せまして、凝《ぢつ》と見《み》て居《ゐ》ましたのでございます。

紳士。餓鬼《がき》め、其奴《そいつ》か。

侍女。えゝ。

紳士。相手《あひて》は其奴《そいつ》ぢやな。

侍女。あの、私《わたくし》がわけを言《い》つて、其《そ》の指環《ゆびわ》を返《かへ》しますやうに申《まを》しますと、串戯《じようだん》らしく、否《いや》、此《これ》は、人間《にんげん》の手《て》を放《はな》れたもの、烏《からす》の嘴《くちばし》から受取《うけと》つたのだから返《かへ》されない。尤《もつと》も、烏《からす》にならば、何時《なんどき》なりとも返《かへ》して上《あ》げよう

——と然《さ》う申《まを》して笑《わら》ふんでございます。それでも、何《ど》うしても返《かへ》しません。そして——確《たし》かに預《あづか》る、決《けつ》して迂散《うさん》なものでない——と云《い》つて、丁《ちやん》と、衣兜《かくし》から名刺《めいし》を出《だ》してくれました。奥様《おくさま》は、面白《おもしろ》いね——とおつしやいました。それから日《ひ》を極《き》めまして、同《おな》じ暮方《くれがた》の頃《ころ》、其《そ》の男《をとこ》を木戸《きど》の外《そと》まで呼《よ》びましたのでございます。其《そ》の間《あひだ》に、此《こ》の、あの、烏《からす》の装束《しやうぞく》をお誂《あつら》へ遊《あそ》ばしました。そして私《わたくし》がそれを着《き》て出《で》まして、指環《ゆびわ》を受取《うけと》りますつもりなのでございましたが、なぶつて遣《や》らう、とおつしやつて、奥様《おくさま》が御自分《ごじぶん》に烏《からす》の装束《しやうぞく》をおめし遊《あそ》ばして、塀《へい》の外《そと》へ——でも、ひよつと、野原《のはら》に遊《あそ》んで居《ゐ》る小児《こども》などが怪《あや》しい姿《すがた》を見《み》て、騒《さわ》いで悪《わる》いと云《い》ふお心付《こゝろづ》きから、四阿《あづまや》へお呼《よ》び入《い》れに成《な》りました。

紳士。奴《やつ》は、あの木戸《きど》から入《はひ》つたな。あの、木戸《きど》から。

侍女。男《をとこ》が吃驚《びつくり》するのを御覧《ごらん》、と私《わたくし》にお囁《さゝや》きなさいました。奥様《おくさま》が、烏《からす》は脚《あし》では受取《うけと》らない、とおつしやつて、男《をとこ》が掌《てのひら》にのせました指環《ゆびわ》を、此処《こゝ》をお開《ひら》きなさいまして、（咽喉《のど》のあく処《ところ》を示《しめ》す。）口《くち》でおくはへ遊《あそ》ばしたのでございます。

紳士。口《くち》でな、最《も》う其《そ》の時《とき》から。毒蛇《どくじや》め。上顋下顋《うはあごしたあご》へ拳《こぶし》を引掛《ひつか》け、透通《すきとほ》る歯《は》と紅《べに》さいた唇《くちびる》を、めり〳〵と引《ひき》裂《さ》く、売婦《ばいた》。（足《あし》を挙《あ》げて、枯草《かれくさ》を踏躙《ふみにじ》る。）

画工。うゝむ、（二声《ふたこゑ》ばかり、夢《ゆめ》に魘《うな》されたるもの ゝ如《ごと》し。）

紳士。（はじめて心付《こゝろづ》く。）女郎《めらう》、此方《こつち》へ来《こ》い。（杖《すてつき》を以《もつ》て一方《いつぱう》を指《ゆびさ》す。）

侍女。（震《ふる》へながら、）はい。

紳士。頭《かしら》を着《つ》けろ、被《かぶ》れ。俺《おれ》の前《まへ》を烏《からす》のやうに躍《をど》つて行《ゆ》け、——飛《と》べ。邸《やしき》を横行《わうかう》する黒《くろ》いもの ゝ形《かた》を確《しか》と見《み》覚《おぼ》えて置《お》かねばならん。躍《をど》れ。衣兜《かくし》には短銃《ピストル》があるぞ。

侍女《じぢよ》、烏《からす》の如《ごと》く其《そ》の黒《くろ》き袖《そで》を動《うご》かす。をのゝき震《ふる》ふと同《おな》じ状《さま》なり。紳士《しんし》、あとに続《つゞ》いて入《い》る。

三羽《さんば》の烏《からす》。（声《こゑ》を揃《そろ》へて叫《さけ》ぶ。）おいらのせゐぢやないぞ。

一の烏。（笑《わら》ふ）はゝゝゝゝ、其処《そこ》で何《なん》と言《い》はう。

二の烏。せう事《こと》はあるまい。矢張《やつぱ》り、あとは、烏《からす》の所為《せゐ》だと言《い》はねば成《な》るまい。

三の烏。すると、人間《にんげん》のした事《こと》を、俺《おれ》たちが引被《ひつかぶ》るのだな。

二の烏。かぶらうとも、背負《しよ》はうとも。かぶつた処《ところ》で、背負《しよ》つた処《ところ》で、人間《にんげん》のした事《こと》は、人間同士《にんげんどうし》が勝手《かつて》に夥間《なかま》うちで帳面《ちやうめん》づらを合《あは》せて行《ゆ》く、勘定《かんぢやう》の遣《や》り取《と》りする。俺《おれ》たちが構《かま》ふ事《こと》は少《すこ》しもない。

三の烏。成程《なるほど》な、罪《つみ》も報《むくい》も人間同士《にんげんどうし》が背負《しよ》ひつこ、被《かぶ》りつこをするわけだ。一体《いつたい》、此《こ》のたびの事《こと》の発源《おこり》は、其処《そこ》な、お一《いち》どのが悪戯《いたづら》からはじまつた次第《しだい》だが、さて、恁《か》うなれば高《たか》い処《ところ》で見物《けんぶつ》で事《こと》が済《す》む。嘴《くちばし》を引傾《ひつかた》げて、ことん〳〵と案《あん》じて見《み》れば、われらは、これ、余《あま》り性《たち》の善《い》い夥間《なかま》でないな。

一の烏。いや、悪《わる》い事《こと》は少《すこ》しもない。人間《にんげん》から言《い》はせれば、善《よ》いとも悪《わる》いとも言《い》はうがまゝだ。俺《おれ》は唯屋《たゞや》の棟《むね》で、例《れい》の夕飯《ゆふめし》を稼《かせ》いで居《ゐ》たのだ。処《ところ》で艶麗《あでやか》な、奥方《おくがた》とか、それ、人間界《にんげんかい》で言《い》ふものが、虹《にじ》の目《め》だ、虹《にじ》の目《め》だ、と云《い》ふものを（嘴《くちばし》を指《さ》す。）此《こ》の黒《くろ》の、鼻《はな》の先《さき》へひけらかした。此《こ》の節《せつ》、肉《にく》どころか、血《ち》どころか、贅沢《ぜいたく》な目《め》玉《だま》などはつひに賞翫《しやうぐわん》した験《ためし》がない。鳳凰《ほうわう》の髄《ずゐ》、麒麟《きりん》の鰓《えら》さへ、世《よ》にも稀《まれ》な珍味《ちんみ》と聞《き》く。虹《にじ》の目《め》玉《だま》だ、やあ、八《はつ》千年生延《せんねんいきの》びろ、と逆落《さかおと》しの廂《ひさし》はづれ、鵯越《ひよどりごえ》を遣《や》つたがよ、生命《いのち》がけの仕事《しごと》と思《おも》へ。鳶《とび》なら油揚《あぶらげ》も攫《さら》はうが、人《にん》間《げん》の手《て》に持《も》つたまゝを引手《ひつた》繰《ぐ》る段《だん》は、お互《たがひ》に得手《えて》でない。首尾《しゆび》よく、かちりと銜《くは》へてな、スポンと中庭《なかには》を抜《ぬ》けたは可《よ》かつたが、虹《にじ》の目《め》玉《だま》と云《い》ふ件《くだん》の代《しろ》ものは何《ど》うだ、歯《は》も立《た》たぬ。や、堅《かた》いの候《さふらふ》の。先祖《せんぞ》以来《いらい》、田螺《たにし》を突《つゝ》つくに鍊《きた》へた口《くち》も、さて、がつくりと参《まゐ》つたわ。お庇《かげ》で舌《した》の根《ね》が弛《ゆる》んだ。癪《しやく》だがよ、振放《ふりはな》して素飛《すつと》ばいたまでの事《こと》だ。な、其《それ》が源《もと》で、人間《にんげん》が何《なに》をせうと、彼《か》をせうと、薩張俺《さつぱりおれ》が知《し》つた事《こと》ではあるまい。

二の烏。道理《だうり》かな、説法《せつぽふ》かな。お釈迦《しやか》様《さま》より間違《まちが》ひのない事《こと》を云《い》ふわ。いや、又《また》お一《いち》どのゝ指環《ゆびわ》を銜《くは》へたのが悪《わる》ければ、晴上《はれあが》つた雨《あめ》も悪《わる》し、ほか〳〵とした陽気《やうき》も悪《わる》し、虹《にじ》も悪《わる》い、と云《い》はねば成《な》らぬ。雨《あめ》や陽気《やうき》がよくないからとて、何《ど》うするものだ。得《え》ての、空《そら》に美《うつく》しい虹《にじ》の立《た》つ時《とき》は、地《ち》にも綺麗《きれい》な花《はな》が咲《さ》くよ。芍薬《しやくやく》か、牡丹《ぼたん》か、菊《きく》か、猿《えて》が折《を》つて蓑《みの》にさす、お花畑《はなばたけ》のそれでなし不思議《ふしぎ》な花《はな》よ。名《な》も知《し》れぬ花《はな》よ。雑《ざつ》と虹《にじ》のやうな花《はな》よ。人間《にんげん》の家《や》の中《うち》に、然《さ》うした花《はな》の咲《さ》くのは壁《かべ》にうどんげの開《ひら》くとおなじだ。俺《おれ》たちが見《み》れば、薄暗《うすくら》い人間界《にんげんかい》に、眩《まぶし》い虹《にじ》のやうな、其《そ》の花《はな》のパツと咲《さ》いた処《ところ》は鮮麗《あざやか》だ。な、家《いへ》を忘《わす》れ、身《み》を忘《わす》れ、生命《いのち》を忘《わす》れて咲《さ》く怪《あや》しい花《はな》ほど、美《うつく》しい眺望《ながめ》はない。分《わ》けて今度《こんど》の花《はな》は、お一《いち》どのが蒔《ま》いた紅《あか》い玉《たま》から咲《さ》いたもの、吉野紙《よしのがみ》の霞《かすみ》で包《つゝ》んで、露《つゆ》をかためた硝子《びいどろ》の器《うつは》の中《なか》へ密《そつ》と蔵《しま》つても置《お》かうものを。人間《にんげん》の黒《くろ》い手《て》は、此《これ》を見《み》るが最後《さいご》攫《つか》み散《ち》らす。当人《たうにん》は、黄色《きいろ》い手袋《てぶくろ》、白《しろ》い腕飾《うでかざり》と思《おも》ふさうだ。お互《たがひ》に見《み》れば真黒《まつくろ》よ。人間《にんげん》が見《み》て、俺《おれ》たちを黒《くろ》いと云《い》ふと同一《おなじ》かい、別《べつ》して今来《いまき》た親仁《おやぢ》などは、鉄棒同然《てつぼうどうぜん》、腕《うで》に、火《ひ》の舌《した》を搦《から》めて吹《ふ》いて、右《みぎ》の不思議《ふしぎ》な花《はな》を微塵《みぢん》にせうと苛《あせ》つて居《を》るわ。野暮《やぼ》めがな。はて、見《み》て居《ゐ》れば綺麗《きれい》なものを、仇花《あだばな》なりとも美《うつく》しく咲《さ》かして置《お》けば可《い》い事《こと》よ。

三の烏。なぞとな、お二《ふた》めが、体《てい》の可《い》い事《こと》を吐《ぬか》す癖《くせ》に、朝烏《あさがらす》の、朝桜《あさざくら》、朝露《あさつゆ》の、朝風《あさかぜ》で、朝飯《あさめし》を急《いそ》ぐ和郎《わろ》だ。何《なん》だ、仇花《あだばな》なりとも、美《うつく》しく咲《さ》かして置《お》けば可《い》い事《こと》だ。からからからと笑《わら》はせるな。お互《たがひ》に此処《こゝ》に何《なに》して居《ゐ》る。其《そ》の虹《にじ》の散《ち》るのを待《ま》つて、やがて食《く》はう、突《つ》かう、嘗《な》めう、しやぶらうと、毎夜《まいよ》、毎夜《まいよ》、此《こ》の間《あひだ》、……咽喉《のど》、嘴《くちばし》を、カチ〳〵と囓鳴《かみな》らいて居《を》るのでないかい。

二の烏。然《さ》ればこそ待《ま》つて居《ゐ》る。桜《さくら》の枝《えだ》を踏《ふ》めばと云《い》つて、虫《むし》の数《かず》ほど花片《はなびら》も露《つゆ》もこぼさぬ俺《おれ》たちだ。此《こ》のたびの不思議《ふしぎ》な其《そ》の大輪《たいりん》の虹《にじ》の台《うてな》、紅玉《こうぎよく》の蕊《しべ》に咲《さ》いた花《はな》にも、俺《おれ》たちが、何《なん》と、手《て》を着《つ》けるか。雛芥子《ひなけし》が散《ち》つて実《み》に成《な》るまで、風《かぜ》が誘《さそ》ふを視《なが》めて居《ゐ》るのだ。色《いろ》には、恋《こひ》には、情《なさけ》には、其《そ》の咲《さ》く花《はな》の二人《ふたり》を除《の》けて、他《ほか》の人《にん》間《げん》は大概風《たいがいかぜ》だ。中《なか》にも、ぬしと云《い》ふものはな、主人《あるじ》と云《い》ふものはな、淵《ふち》に棲《す》むぬし、峰《みね》にすむ主人《あるじ》と同《おな》じで、此《これ》が暴風雨《あらし》よ、旋風《つむじかぜ》だ。一溜《ひとたま》りもなく吹散《ふきち》らす。あゝ、無慙《むざん》な。

一の烏。と云《い》ふ嘴《くちばし》を、こつ〳〵鳴《な》らいて、内々《ない〳〵》其《そ》の吹《ふ》き散《ち》るのを待《ま》つのは誰《たれ》だ。

二の烏。はゝゝはゝ、俺達《おれたち》だ、はゝゝはゝ。先《ま》づ口《くち》だけは体《てい》の可《い》い事《こと》を言《い》ふて、其《そ》の実《じつ》はお互《たがひ》に餌食《ゑじき》を待《ま》つのだ。又《また》、此《こ》の花《はな》は、紅玉《こうぎよく》の蕊《しべ》から虹《にじ》に咲《さ》いたものだが、散《ち》る時《とき》は、肉《にく》に成《な》り、血《ち》に成《な》り、五色《ごしき》の腸《はらわた》と成《な》る。やがて見《み》ろ、脂《あぶら》の乗《の》つた鮟鱇《あんかう》のひも、と云《い》ふ珍味《ちんみ》を、つるりだ。

三の烏。何時《いつ》の事《こと》だ、あゝ、聞《き》いただけでも堪《たま》らぬわ。(ばた〳〵と羽《はね》を煽《あふ》つ。)

二の烏。急《いそ》ぐな、どつち道俺《みちおれ》たちのものだ。餌食《ゑじき》が其《そ》の柔《やはら》かな白々《しろ〳〵》とした手足《てあし》を解《と》いて、木《き》の根《ね》の塗膳《ぬりぜん》、錦《にしき》手《で》の木《こ》の葉《は》の小皿盛《こざらもり》と成《な》るまでは、精々《せい〳〵》、咲《さ》いた花《はな》の首尾《しゆび》を守護《しゆご》して、夢中《むちう》に躍跳《をどりは》ねるまで、楽《たのし》ませて置《お》かねば成《な》らん。網《あみ》で捕《と》つたと、釣《つ》つたとでは、鯛《たい》の味《あぢ》が違《ちが》ふと言《い》はぬか。あれ等《ら》を苦《くるし》ませては成《な》らぬ、悲《かなし》ましては成《な》らぬ、海《うみ》の水《みづ》を酒《さけ》にして泳《およ》がせろ。

一の烏。むゝ、其処《そこ》で、椅子《いす》やら、卓子《ていぶる》やら、天幕《てんと》の上《あ》げさげまで手伝《てつだ》ふかい。

三の烏。彼《あ》れほどのものを、(天幕《てんと》を指《さ》す。)持運《もちはこ》びから、始末《しまつ》まで、俺《おれ》たちが、此《こ》の黒《くろ》い翼《つばさ》で人間《にんげん》の目《め》から蔽《おほ》うて手伝《てつだ》ふとは悟《さと》り得《え》ず、薄《すゝき》の中《なか》に隠《かく》したつもりの、彼奴等《あいつら》の甘《あま》さが堪《たま》らん。が、俺《おれ》たちの為《な》す処《ところ》は、退《しりぞ》いて見《み》ると、如法《によほふ》これ下女下男《げぢよげなん》の所為《しよゐ》だ。天《あめ》が下《した》に何《なん》と烏《からす》ともあらうものが、大分《だいぶ》権式《けんしき》を落《おと》すわけだな。

二の烏。獅子《しゝ》、虎《とら》、豹《へう》、地《ち》を走《はし》る獣《けもの》。空《そら》を飛《と》ぶ仲間《なかま》では、鷲《わし》、鷹《たか》、みさごぐらゐなものか、餌食《ゑじき》を摑《つか》んで容色《きりやう》の可《い》いのは。……熊《くま》なんぞが、あの形《かたち》で、椎《しひ》の実《み》を拝《をが》んだ形《かたち》な。鶴《つる》とは申《まを》せど、尻《しり》を振《ふ》つて泥鰌《どぢやう》を追懸《おつか》ける容体《ようだい》などは、余《あま》り喝乎《やんや》とは参《まゐ》らぬ図《づ》だ。誰《だれ》も誰《だれ》も、食《くら》ふためには、品《ひん》も威《ゐ》も下《さ》げると思《おも》へ。然《さ》までにして、手《て》に入《い》れる餌食《ゑじき》だ。突《つゝ》くと成《な》れば会釈《ゑしやく》はない。骨《ほね》までしやぶるわ。餌食《ゑじき》の無慙《むざん》さ、いや、又其《またそ》の骨《ほね》の肉汁《そつぷ》の旨《うま》さはよ。(身震《みぶる》ひする。)

一の烏。(聞《き》く半《なか》ばより、じろ〳〵と酔臥《ゑひふ》したる画工《ぐわこう》を見《み》て居《を》り。)おふた、お二《ふた》どの。

二の烏。あい。

三の烏。あい、と吐《ぬか》す、魔《ま》ものめが、ふてぐ〱しい。

二の烏。望《のぞ》みとあらば、可愛《かはい》い、とも鳴《な》くわ。

一の烏。いや、串戯《じようだん》は措《を》け。俺《おれ》は先刻《さつき》から思《おも》ふ事《こと》だ、待設《まちまう》けの珍味《ちんみ》も可《い》いが、こゝに目《め》の前《まへ》に転《ころ》がつた餌食《ゑじき》は何《ど》うだ。

三の烏。其《そ》の事《こと》よ、血《ち》の酒《さけ》に酔《ゑ》う前《まへ》に、腹《はら》へ底《そこ》を入《い》れて置《お》く相談《さうだん》には成《な》るまいかな。何分《なにぶん》にも空腹《くうふく》だ。

二の烏。御同然《ごどうぜん》に夜食前《やしよくまへ》よ。俺《おれ》も一先《いつさき》に心付《こゝろづ》いては居《ゐ》るが、其《そ》の人間《にんげん》は未《ま》だ食頃《くひごろ》には成《な》らぬと思《おも》ふ。念《ねん》のために、面《つら》を見《み》ろ。

三羽《さんば》の烏《からす》、ばさ〱と寄《よ》り、頭《かうべ》を、手《て》を、足《あし》を、ふん〱と嗅《か》ぐ。

一の烏。堪《たま》らぬ香《にほひ》だ。

三の烏。あゝ、旨《うま》さうな。

二の烏。いや、まだ然《さ》うは成《な》るまいか。此《こ》の歯《は》をくひしばつた処《ところ》を見《み》い。総《そう》じて寝《ね》て居《ゐ》ても口《くち》も結《むす》んだ奴《やつ》は、蓋《ふた》をした貝《かい》だと思《おも》へ。うかつに嘴《はし》を入《い》れると最後《さいご》、大事《だいじ》な舌《した》を挟《はさ》まれる。やがて意地汚《いぢきたな》の野良犬《のらいぬ》が来《き》て舐《な》めよう。這奴《しやつ》四足《よつあし》めに瀬踏《せぶみ》をさせて、可《よ》いと成《な》つて、其《そ》の後《あと》で取蒐《とりかゝ》らう。食《くひ》ものが、悪《わる》いかして。脂《あぶら》のない人間《にんげん》だ。

一の烏。此《こ》の際《さい》、乾《ひ》ものでも構《かま》はぬよ。

二の烏。生命《いのち》がけで乾《ひ》ものを食《く》つて一分《いちぶん》が立《た》つと思《おも》ふか、高蒔絵《たかまきゑ》のお肴《とゝ》を待《ま》て。

三の烏。や、待《ま》つと云《い》へば、例《れい》の通《とほ》り、ほんのりと薫《かを》つて来《き》た。

一の烏。おゝ、人臭《ひとくさ》いぞ。そりや、女《をんな》のにほひだ。

二の烏。はて、下司《げす》な奴《やつ》、同《おな》じ事《こと》を不思議《ふしぎ》な花《はな》が薫《かを》ると言《い》へ。

三の烏。おゝ、蘭奢待《らんじやたい》、蘭奢待《らんじやたい》。

一の烏。鈴《すゞ》ケ森《もり》でも、此《こ》の薫《かをり》は、百年目《ひやくねんめ》に二《に》三度《さんど》だつたな。

二の烏。化鳥《ばけどり》が、古《ふる》い事《こと》を云《い》ふ。

三の烏。なぞと少《わか》い気《き》で居《を》ると見《み》える、はゝはゝ。

一の烏。いや、恁《か》うして暗《くら》やみで笑《わら》つた処《ところ》は、我《われ》ながら不気味《ぶきみ》だな。

三の烏。人《ひと》が聞《き》いたら何《なん》と言《い》はう。

二の烏。烏鳴《からすなき》だ、と吐《ぬか》す奴《やつ》よ。

一の烏。何《なん》にも知《し》らずか。

三の烏。不便《ふびん》な奴等《やつら》。

二の烏。(手《て》を取合《とりあ》うて。)おゝ、見《み》える、見《み》える。それ侍女《こしもと》の気《き》で迎《むか》へて遣《や》れ。(みづから天幕《てんと》の中《なか》より、燭《とも》したる蠟燭《らふそく》を取出《とりい》だし、野中《のなか》に黒《くろ》く立《た》ちて、高《たか》く手《て》に翳《かざ》す。一《いち》の烏《からす》、三《さん》の烏《からす》は、二《に》の烏《からす》の裾《すそ》に踞《しやが》む。)薄《すゝき》の彼方《あなた》、舞台深《ぶたいふか》く、天幕《てんと》の奥斜《おくなゝ》めに、男女《なんによ》の姿立顕《すがたたちあらは》る。一《いつ》は少紳士《わかきしんし》、一《いつ》は貴夫人《きふじん》、容姿《ようし》美《うつく》しく輝《かゞや》くばかり。

二の烏。恋《こひ》も風《かぜ》、無常《むじやう》も風《かぜ》、情《なさけ》も露《つゆ》、生命《いのち》も露《つゆ》、別《わか》るゝも薄《すゝき》、招《まね》くも薄《すゝき》、泣《な》くも虫《むし》、歌《うた》ふも虫《むし》、跡《あと》は野原《のはら》だ、勝手《かつて》に成《な》れ。(怪《あや》しき声《こゑ》にて呪《じゆ》す。一《いち》と三《さん》の烏《からす》、同時《どうじ》に跪《ひざまづ》いて天《てん》を拝《はい》す。風一陣《かぜいちぢん》、灯《ともしび》消ゆ。舞台一時《ぶたいいちじ》暗黒《あんこく》。)はじめ、月《つき》なし、此《こ》の時薄月出《ときうすづきい》づ。舞台明《ぶたいあか》る《》く成《な》りて、貴夫人《きふじん》も少紳士《わかきしんし》も、三羽《さんば》の烏《からす》も皆《みな》見えず。天幕《てんと》あるのみ。

画工《ぐわこう》、猛然《まうぜん》として覚《さ》む。魘《おそ》はれたる如《ごと》く四辺《あたり》を眴《みま》はし、慌《あわたゞ》しく画《ゑ》の包《つゝみ》をひらく、衣兜《かくし》のマツチを探《さぐ》り、枯草《かれくさ》に火《ひ》を点《てん》ず。

野火《やくわ》、炎々《えんえん》。絹地《きぬぢ》に三羽《さんば》の烏《からす》あらはる。

凝視《ぎようし》。
彼処《かしこ》に敵《てき》あるが如《ごと》く、腕《うで》を挙《あ》げて睥睨《へいげい》す。
画工。俺《おれ》の画《ゑ》を見《み》ろ。――待《ま》て、しかし、絵《ゑ》か、其《それ》とも実際《じつさい》の奴等《やつら》か。

――幕。）

山中哲学

# 一

煤《くす》びた黒《くろ》くなつた店前《みせさき》の柱《はしら》には、緋縅《ひをどし》の鎧《よろひ》のやうに、真赤《まつか》な唐《たう》がらしの束《たば》にして編《あ》んだのを懸《か》けてある。笊《ざる》の中《なか》には薬屋《くすりや》の簞笥《たんす》にありさうな、干《ひ》からびた棗《なつめ》が一摑《ひとつかみ》、黒《くろ》くなつた熟柿《じゆくし》がごつ〳〵して居《ゐ》る。藁屋根《わらやね》の低《ひく》い軒下《のきした》に吊《つる》した山駕籠《やまかご》に摑《つか》み込《こ》んである藁《わら》の中《なか》から、すくまつて円《まる》くなつた鶏《にはとり》が二三羽《ば》、目白押《めじろおし》になつて頰《つら》を出《だ》して、自在竹《じざいだけ》で引《ひつ》かけた鉄鍋《てつなべ》から白《しろ》い湯気《ゆげ》がむく〳〵と立騰《たちのぼ》るのを、くるツとした眼《め》で、きよろりと見《み》ながら、思《おも》ひ出《だ》したやうに羽《は》ばたきをする。ばツさりといふ音《おと》が時々《とき〴〵》聞《きこ》える。かすがの峠《たうげ》の冬《ふゆ》の日《ひ》は寂然《ひつそり》して風《かぜ》も吹《ふ》かない。

件《くだん》の鍋《なべ》の下《した》は炉《ろ》があるのでなく、一枚板《いちまいいた》の長《なが》いのに竹《たけ》で脚《あし》をつけた腰《こし》かけのやうなもので、其《それ》を三角形《さんかくなり》に三《みつ》ツならべて据《す》ゑてある。其三角形《そのさんかくけい》の腰掛《こしかけ》で劃《くぎ》つた一座《いちざ》の土間《どま》へ直《たゞち》に榾《ほだ》を投《な》げて火《ひ》を焚《た》いて、旅人《たびゞと》に足《あし》を突込《つゝこ》ませるのが重《かさ》なり〳〵して、灰《はひ》が堆《うづたか》くなつて、宛然囲炉裡《まるでゐろり》に出来《でき》て居《ゐ》るので。

大方《おほかた》また人参《にんじん》と蒟蒻《こんにやく》を煮《に》て居《ゐ》るのであらう。鍋《なべ》は掛《か》け棄《すて》にして、客《きやく》がないから、爺《ぢい》さんか、婆《ばあ》さんか、この休茶屋《やすみぢやゝ》のあるじといふものが、寒《さむ》いので店《みせ》へも出《で》ず、納戸《なんど》の炬燵《こたつ》に居《ゐ》すくまつてござる。南天《なんてん》のやうなものだの、馬蘭《ばらん》のやうなものだの、殊勝《しゆしよう》にもあしらつた、この茶屋《ちやゝ》の小庭《こにはひと》一ツの外《そと》は、直《すぐ》に崖《がけ》の樹《き》の梢《こずゑ》の枝《えだ》を組違《くみちが》へた千仞《せんじん》の谷《たに》である。

越前武生《ゑちぜんたけふ》から三里《り》十町《ちやう》、かすがの村《むら》から手《て》を立《た》つたやうな急坂《きうはん》、昇天《しようてん》する龍《りう》のやうに蜿《うね》り上《のぼ》つて麓《ふもと》から十八町《ちやう》、たゞし武生《たけふ》からずツと爪先上《つまさきあが》りの道《みち》で、此坂《このさか》から忽《たちま》ち打《ぶ》つかるやうに嶮《けは》しくなる。

上《のぼ》り尽《つく》すと休茶屋《やすみぢやゝ》から斜《なゝめ》に遠《とほ》く隔《へだゝ》つて隧道《トンネル》が一《ひと》ツある。三十五七間《けん》もあらう。別《べつ》に名《な》はないので、唯《たゞ》、かすがのゝ隧道《トンネル》といふのだけれど、土地《とち》のものは、理《わけ》は分《わか》らない。まんぶ、万夫《まんぶ》と号《がう》するので、或《あるひ》はこの絶難《ぜつなん》の峠《たうげ》に隧道《トンネル》を抜《ぬ》いた大工事《だいこうじ》に人夫《にんぷ》が、万《まん》とでもいふのか知《し》れぬ。

この隧道《トンネル》を抜《ぬ》けるとまた坂《さか》になる。十二《じふに》層《そう》といふ谷間《たにあひ》の寒村《かんそん》まで二里《り》半《はん》の下《くだ》り、それからまた十六町《ちやう》の上《のぼ》りで大良《だいら》に着《つ》くと、あとは海《うみ》に臨《のぞ》んだ山腹《さんぷく》の崖道《がけみち》六里《り》一《ひと》なだれの下《くだ》り坂《ざか》で、まつしぐらに敦賀《つるが》金《かね》ヶ崎《さき》に着《ちやく》するので、この坂《さか》も、山《やま》も、谷《たに》も、峠《たうげ》も、武生《たけふ》も、敦賀《つるが》も、福井《ふくゐ》も、遥《はるか》に加賀《かゞ》、越中《ゑつちう》、能登《のと》から、飛驒《ひだ》、越後《ゑちご》へかけて、たゞ一面《いちめん》の雪《ゆき》である。

今朝《けさ》から小歇《をやみ》に歇《や》んで居《ゐ》たのが今《いま》またちら〳〵と降《ふ》り出《だ》して、堆《うづたか》い雪《ゆき》のある上《うへ》へ、見《み》る〳〵一寸《いつすん》積《つも》るので、何処《どこ》の峠《たうげ》からこぼれて来《き》たか、休茶屋《やすみぢやゝ》の庭《には》に――雪《ゆき》をかぶつて水《みづ》も見《み》えない――手水鉢《てうづばち》の下《した》にあつた、一片《ひとひら》の紅《くれなゐ》の木《こ》の葉《は》もかくれてしまつた。風《かぜ》も添《そ》ひ、横《よこ》なぐりに粉雪《こなゆき》を吹込《ふきこ》んで、土間《どま》も薄《うつす》りと白《しろ》くなる。駕籠《かご》の窓《まど》へもあてるので、やゝ怒《いかり》を帯《お》びた鶏《にはとり》の顔《かほ》は引込《ひつこ》んでしまつた。また羽《は》ばたきをする、ばツさりといふ。恰《あたか》も其時《そのとき》、空谷《くうこく》の跫音《きようおん》、隧道《トンネル》の真中《まんなか》あたりに、唐銅《からかね》を鳴《な》らすやうな声《こゑ》がして、（ほツ）（おツ）と響《ひゞ》き出《だ》したが、踏違《ふみちが》へる多《た》人数《にんず》の跫音《あしおと》も手《て》に取《と》るやうにどん〳〵と聞《きこ》えて来《く》る。ト納戸《なんど》の方《はう》から白髪《しらが》を小《ちひ》さく結《ゆ》つた、五十ばかりの脊《せい》の低《ひく》い皺《しわ》だらけな痩枯《やせが》れた婆《ばあ》さんが、なまいだ〳〵〳〵と口叱言《くちこごと》のやうに呟《つぶや》きながら、のそりと出《で》て来《き》た。

出《で》ると、のび上《あが》つて、雪《ゆき》に埋《うも》れた向側《むかひがは》の家《いへ》の、ちやうど其屋根《そのやね》の上《うへ》あたりの処《ところ》に、径《けい》八尺《しやく》ばかり、真黒《まつくろ》になつて高《たか》い処《ところ》に遠《とほ》く見《み》える、隧道《トンネル》の口《くち》を眺《なが》めたが、腰《こし》をのして、てく〳〵と土間《どま》へ下《お》りて、「どツこい。」といふ掛声《かけごゑ》で、件《くだん》の腰掛《こしかけ》を踏跨《ふみまた》ぐと、火《ひ》は消《き》えかゝつて灰《はひ》が白《しろ》くなり、木《こ》の葉《は》の生枯《なまがれ》なのが半《はん》分《ぶん》ばかり燃《も》え残《のこ》つて居《ゐ》た。婆《ばあ》さんは足《あし》を踏開《ふみひら》いて少《すこ》し前屈《まへかゞ》みになり、自在竹《じざいだけ》を片手《かたて》で取《と》つて向《むか》うへ押《お》すと、大《おほき》い鉄鍋《てつなべ》が一《ひと》ゆり揺《ゆ》つた、其手《そのて》で杖《つゑ》にするばかり丈《たけ》の長《なが》い、鉄《てつ》の大火箸《おほひばし》をぐいと取《と》つて、

「突拍子《とつぴやうし》もねえ、降《ふ》ることわ〳〵。」

と呟《つぶや》いて、また隧道《トンネル》の方《はう》を見《み》た。ワツ〳〵と響《ひゞ》いた中空《なかぞら》の人声《ひとごゑ》がばツたり留《や》んで、山一面《やまいちめん》に鶴《つる》の毛《け》を挘《むし》つて、しと〳〵と重《おも》さうな雪《ゆき》の降《ふ》りしきるなかへ、ばら〳〵と黒《くろ》くなつて、八九人《にん》の人《ひと》が出《で》た。

## 二

皆一揃《みんなひとそろひ》の扮装《いでたち》は、股引《もゝひき》向《むか》はぎ、草鞋《わらぢ》がけで、風《かぜ》を受《う》ける憂《うれひ》があるから、前《まへ》へまはして合羽《かつぱ》を被《き》た、向膝《むかはぎ》へ雪《ゆき》を浴《あ》びて、眉毛《まゆげ》にも、頭髪《づはつ》にも雪片《せつぺん》を被《かう》むりながら、筵《むしろ》で織《お》つた肩当《かたあて》して、一人一人《ひとりひとり》、二三十貫《くわん》もあらうといふ荷《に》を背負《しよ》つて居《ゐ》る。会社《くわいしや》の運送荷物《うんそうにもつ》で、冬日《とうじつ》は敦賀《つるが》から、海上《かいじやう》、船《ふね》が利《き》かないので、三国《みくに》、福井《ふくゐ》、乃至《ないし》、加賀《かゞ》、越中地方《ゑつちうちはう》へ行《ゆ》くのを陸《くが》で山越《やまごえ》に運搬《うんぱん》する。渠等《かれら》は宿次《しゆくつぎ》の荷担《にかつぎ》である。

一条道《ひとすぢみち》の雪《ゆき》の中《なか》を一列《いちれつ》にならんで、互《たがひ》に矢声《やごゑ》をかけながら、大呼吸《おほいき》の汗《あせ》みどろで、流《ながれ》をさかのぼるやうに推《お》して来《き》たが、あたりに飛々《とび〳〵》の休茶屋《やすみぢやゝ》の、彼方《あつち》へ二人《ににん》、此方《こつち》へ三人《さんにん》、おもひ〳〵に列《れつ》をぬけて、あとに残《のこ》つたのがどや〳〵と此婆《このばあ》さんの茶店《ちやみせ》へ入《はひ》つた。

敷居《しきゐ》を跨《また》ぐと、はつといふ呼吸《いき》をついて、一同《いちどう》が草鞋《わらぢ》にかぶさつた雪《ゆき》を踏落《ふみおと》し、顱巻《はちまき》を取《と》つて肩《かた》の雪《ゆき》を払《はら》ふのもあれば、顔《かほ》の汗《あせ》を拭《ぬぐ》ふのもあり、仰向《あをむ》いて洟《みづはな》を啜《すゝ》るのもある。

「やあ、ようござつた。」と婆《ばあ》さんは早速《さつそく》に声《こゑ》を懸《か》ける。

「あゝ、やれ〳〵。」と三人《さんにん》が三人《さんにん》、同一《おなじ》やうなことをいつて、前後《あとさき》に腰《こし》を掛《か》けた。

「いかいこと降《ふ》るこつた、なあ婆《ばあ》さん。」

「御大儀様《ごたいぎさま》ぢや、はい、なか〳〵止《や》みさうにもござらぬ。」

「や、やも此様子《このやうす》で積《つも》つたら、時《とき》の間《ま》に山留《やまどめ》ぢやらうて、なあ、」と一人《ひとり》を見返《みかへ》る。

「まづ、何《なん》ぢやの、四五日経《にちた》たぬでは、あとの組《くみ》は出《で》て来《こ》まいかい。」と突出《つきだ》して手《て》を烘《あぶ》る。婆《ばあ》さんは眉《まゆ》を顰《ひそ》めて、

「それでは多日逢《しばらくあ》はれましねえか。」

「然《さ》うよ。」と茶釜《ちやがま》の茶《ちや》を汲《く》み出《だ》しながら一人《ひとり》がいつた。

「ヘツぽこな若《わか》い奴等《やつら》、十二層《じふにそう》まで此方人等《こちとら》と一組《ひとくみ》に来《き》たのでせえ、峠《たうげ》の雪《ゆき》を見《み》て彼処《あすこ》で居竦《ゐすく》んでしまやあがつた、一歩《ひとあし》も踏出《ふみだ》し得《え》ない、此方《こつち》は何《なん》の、といふ元気《げんき》でやつて来《き》たが、何《ど》うしてなか〳〵なこツた、近来《きんらい》にねえよ、此方人等《こちとら》も武生《たけふ》で此荷物《このにもつ》を下《おろ》したら逗留《とうりう》だ。やもう、ほつとした、あてこともねえ。」

「あゝ、こいつを卸《おろ》してゆつくりと欠伸《あくび》がしてえな。」

「卸《おろ》してゆつくりと休《やす》まつしやいまし。」と婆《ばあ》さんは火箸《ひばし》で枯枝《かれえだ》を交《ま》ぜ返《かへ》すと、ばつと灰《はひ》が立《た》つたのを、一人《ひとり》が手拭《てぬぐひ》でおさへながら、

「うんにや卸《おろ》して休《やす》むとせえ、もう一足《ひとあし》も行《ゆ》けるのぢやあねえ。これから見《み》ると潜水夫《もぐり》といふ奴《やつ》の方《はう》が増《まし》だぜなあ。何《なん》のそれ磐石《いし》を抱《だ》いて淵《ふち》へとやらだが、重量《おもり》をつけて沈《しづ》むのだから仔細《しさい》はなからう。分《わけ》のないこツたい。此方人《こちと》は重荷《おもに》を背負《しよ》つて山《やま》へ上《のぼ》るのだから堪《たま》らねえ。」

「そこでよ。」とまたいひかゝる処《ところ》へ、納戸《なんど》から一人《ひとり》手探《てさぐ》りで、白《しろ》い眼《め》で天井《てんじやう》を仰《あふ》ぎながら出《で》て来《き》た盲人《めくら》があるので、いひ合《あは》せたやうに、黙《だま》つて、皆《みんな》が見《み》た。

肩《かた》のしよぼけた、顔色《かほいろ》の蒼《あを》い、白痘痕《しろあばた》で、面長《おもなが》な、五分刈《ごぶがり》の伸《の》びた痩《や》せた、盲人《めくら》で、こざつぱりした綿入《わたいれ》の上《うへ》へ黒《くろ》のけんちゆう、紋《もん》なしの羽織《はおり》を着《き》て、小倉《こくら》の帯《おび》を占《し》めたのが、よぼ〳〵と出《で》て来《く》ると、早《は》や土間《どま》へ足《あし》を

下《おろ》した。ちやうど草鞋《わらぢ》が片寄《かたよ》せてあるのを猶豫《ためら》はず直《すぐ》に取《と》つて片足《かたあし》をあてがつたから、荷担夫《にかつぎ》どもは驚《おどろ》いた。

然《しか》るに、婆《ばあ》さんは心得《こゝろえ》たもので、

「それでは発足《たゝ》つしやるかの。」と、ちと身体《からだ》をずらしたばかり、榾《ほだ》にあたつたまゝ落着《おちつ》いた風《ふう》で声《こゑ》をかける。

絶《た》えず仰向《あをむ》いて居《ゐ》るのが軽《かる》くうつむいて、

「はい、お世話《せわ》になりました。」

と手早《てばや》く草鞋《わらぢ》を結《むす》んで両足《りやうあし》を揃《そろ》へた。盲人《めくら》は悠々《いう〱》として襟《えり》を合《あは》せる。

## 三

手荷物《てにもつ》も何《なん》にもない、小包《こづゝみ》一個《ひとつ》持《も》つては居《を》らず、此雪《このゆき》に盲人《めくら》の単身《みひとつ》で、然《しか》も茣蓙《ござ》も着《き》ず、合羽《かつぱ》も着《き》ず、今《いま》草鞋《わらぢ》を穿《は》いて仕舞《しま》ふと、蝙蝠傘《かうもりがさ》を一本杖《いつぽんつゑ》にして、其《その》まゝ身《み》を起《おこ》さうとするのを見《み》て、荷担夫《にかつぎ》の一人《いちにん》、堪《こら》へかねて声《こゑ》を掛《か》けた。

「や、按摩《あんま》さん、お前《まへ》は、」

「何処《どこ》へ発《た》つて行《ゆ》かうといふのだ。」と他《た》の一人《いちにん》は婆《ばあ》さんにいつた。

盲人《めくら》は別《べつ》に答《こた》へなかつたが、婆《ばあ》さんは頷《うなづ》いて、

「何《なん》ぢや、大良《だいら》まで行《ゆ》かつしやるのぢや。」

「え、え、大良《だいら》へ行《ゆ》くえ。かう、途方《とはう》もねえ、此雪《このゆき》ぢやお前気《まへき》の利《き》いた奴《やつ》は獣《けだもの》でも虚《うつ》かり歩行《ある》かねえぜ。」

「いきなり氷《こほり》になつちまはあ。」

「今《いま》、これ、お前《まへ》が出《で》かけた日《ひ》にや、此方人等《こちとら》の帰《かへ》る時分《じぶん》にや、かすがの峠《たうげ》に座頭《ざとう》の亡念《まうねん》が出《で》るといふ風説《うはさ》をすらあ。」

「いやまた、其時《そのとき》はお目《め》に懸《かゝ》りますかい。」

盲人《めくら》は聞《き》いてニヤ〳〵と笑《わら》つたばかり、気《き》に懸《か》けた様子《やうす》もない。

荷担夫《にかつぎ》は言《い》ひ加《くは》へて、

「そりや何《なに》、お前《まへ》、盲人《めくら》で川《かは》を渡《わた》るのもあるから、断《た》つて峠《たうげ》を越《こ》せねえといふ次第《しだい》もなからうけれど、茣蓙《ござ》一《ひと》ツ着《き》ねえでお前《まへ》、此雪《このゆき》に何《ど》うするもんだの。」

「難有《ありがた》う存《ぞん》じます。」とばかりいつたが、落着《おちつ》いて、立上《たちあが》つて、綿入《わたいれ》の裾《すそ》を抓《つま》み上《あ》げると、生白《なまじろ》い痩《や》せた足《あし》が出《で》る。しよた〳〵とだらしのない風《ふう》、杖《つゑ》を取《と》つてしよんぼりと佇《たゝず》んだ。

「よう、これ其風《そのふう》で行《ゆ》かれるもんか。」

「なに、いゝえ、」と、いひざまに振返《ふりかへ》つて、顔《かほ》を傾《かたむ》けて、

「婆《ばあ》さん、お世《せ》話《わ》でした。」

「ござらつしやるかの。」

づか〳〵と檐下《のきした》へ出《で》ると、鶏《にはとり》が羽《は》ばたきしたらう、駕籠《かご》にばつさりと音《おと》がしたので、仰《あふ》いで見《み》た。額《ひたひ》へぱら〳〵と雪《ゆき》がかゝつた。盲人《めくら》は立停《たちどま》つて考《かんが》へたが、

「小降《こぶり》ぢや。」といつて淋《さび》しく笑《わら》つた。

「おゝ、小降《こぶり》になつた。」と婆《ばあ》さんは首途《かどで》を祝《しゆく》するが如《ごと》く勢《いきほひ》よくいふ。

盲人《めくら》は蝙蝠傘《かうもりがさ》を、さゝず脇挟《わきばさ》んで、杖《つゑ》を突立《つゝた》てたが、敷居《しきゐ》を跨《また》いで峠《たうげ》へ出《で》た。

「ふむ。」と三人《さんにん》は嘲《あざけ》るやうに呟《つぶや》いたが、呆《あき》れた顔《かほ》で見送《みおく》ると、盲人《めくら》は隧道《トンネル》の方《はう》を指《さ》してとぼ〳〵とあるいて行《ゆ》く。雪《ゆき》は小歇《こや》んで、風《かぜ》が凪《な》ぎた。綿《わた》に包《つゝ》まれたやうな山《やま》の巓《いたゞき》が波頭《なみがしら》のやうになつて、はツきり見《み》える。向《むかひ》の茶店《ちやみせ》に火《ひ》を焚《た》くのであらう。青《あを》い煙《けむり》が一団《ひとかたまり》、火《ひ》の形《かたち》をして真白《まつしろ》な戸外《おもて》へ出《で》た。

撫肩《なでがた》の悄乎《しよんぼり》した、黒羽織《くろばおり》に紋《もん》の無《な》い、首《くび》の細《ほそ》い盲人《めくら》の首垂《うなだ》れた其後姿《そのうしろつき》は、淋《さび》しく細道《ほそみち》を向《むか》うへ遥《はるか》になつたが、終《つひ》に雪《ゆき》の下《した》になつて見《み》えなくなつた。

隧道《トンネル》の巨《おほい》なる黒《くろ》い口《くち》は、パクリとして天《てん》の一方《いつぱう》にあいて居《ゐ》る。

「命知《いのちし》らずめ。」

「様《ざま》あ見《み》ろよ、今《いま》にまた。しかし可哀相《かはいさう》に。」

「いや婆《ばあ》さん、お前《まへ》といふものも、また何《なん》だツて見放《みはな》してたゝしたのだ。」

「何処《どこ》のものだの。」口々《くちぐ》に荷担夫《にかつぎ》は問《と》ひ懸《か》ける。

婆《ばあ》さんは幾度《いくたび》も頷《うなづ》いて、

「そりやも、いはねえでものこんでござらあ。昨夜内《ゆうべうち》に泊《とま》らつしやつて、翌日《あす》は大良《だいら》へ発《た》つといはつしやるの。雪《ゆき》はふるなり、お前方《まへがた》のいはつしやるより、もつと〲此《こ》の愚痴《ぐち》つぽい婆々《ばゞ》の口《くち》で、いやになるほど留《と》めましたが、何《なん》の雪《ゆき》も合羽《かつぱ》もない、袖《そで》のあるものは樹《き》の枝《えだ》に引《ひつ》かゝる道理《だうり》ぢや、裸身《はだか》で転《ころが》り落《お》ちてなりと、行《ゆ》く処《ところ》へ行《ゆ》かいではと、何《なに》かハヤ一心《いつしん》のことがあると見《み》えるもの。仏様《ほとけさま》がござらつしやる。それまでに思《おも》ふものを、何《なに》か知《し》らぬが棄《す》てさつしやるまい。お助《たす》けなされうと思《おも》うたで、快《こゝろよ》くたゝせましたが、なんまいだ〲〲。」と、口《くち》の中《うち》で念仏《ねんぶつ》を唱《とな》へたまゝ、婆《ばあ》さんは黙《だま》つてしまつた。

「いや、裸身《はだか》で転《ころ》げ落《お》ちるは豪《えら》いな、何《ど》うだ、やい。」

「むゝ、其気《そのき》で出懸《でか》けろ。」

「どれ、」と一斉《いつせい》に背負《しよ》つた荷《に》をゆり直《なほ》した。手《て》に〲顱巻《はちまき》を扱《しご》きながら、

「や、婆《ばあ》さま。」

「いじやござれだ。」

「どつこいしよ。」と呼吸《いき》を入《い》れて皆立《みなた》つた。あとには藁屑《わらくず》が散《ち》らばつて、背《せな》の荷物《にもつ》から落《おと》した雪《ゆき》が炉《ろ》の火《ひ》で溶《と》けたので、斑々《はん〱》として土間《どま》を濡《ぬら》した。

婆《ばあ》さんは彼《か》の大火箸《おほひばし》で、樹《き》の枝《えだ》、枯葉《かれは》を四隅《よすみ》から灰《はひ》の中《なか》へ掻《か》き寄《よ》せながら、うつむいて眼《め》を瞑《ねむ》つて、

「なんまいだ、なんまいだ、なんまいだ。」とぶつ〱唱《とな》へる。

# 四

「先生《せんせい》、荷担夫《にかつぎ》でがす。道《みち》を除《よ》けておやんなされ。的等《てきら》は重荷《おもに》を背負《しよつ》てますで、路傍《みちばた》のぶは〱雪《ゆき》に踏込《ふみこ》んぢやあ、足《あし》を抜《ぬ》いて取《と》ることを為得《しえ》ませぬ。いや、また雪路《ゆきみち》はこれも難儀《なんぎ》でがすよ。けんどもこの模様《もやう》ぢやあ、もう二番手《にばんて》の続《つゞ》くこツちやあござりませぬで、峠《たうげ》を越《こ》すまでは逢《あ》ひますまい。また荷担夫《にかつぎ》ばかりぢやござりませぬ。多日《しばらく》往来《わうらい》は途絶《とだ》えませうか、はい〱、嶮《けは》しいの何《なん》のツて、こりや木《き》の芽《め》峠《たうげ》、栃《とち》の木峠《きたうげ》などゝいふ、命《いのち》がけの奴《やつ》と多分《たぶん》には違《ちが》ひませぬ。北国《ほつこく》から上洛《かみがた》へ出《で》ようといふには冬《ふゆ》の関所《せきしよ》でござります。

地体平生《ぢたいへいぜい》はこれでも道幅《みちはゞ》が一間《けん》の余《よ》もありますわ。谷底《たにそこ》の樹《き》の下《した》では鶯《うぐひす》と時鳥《ほとゝぎす》が一時《いちどき》に鳴《な》いて居《ゐ》て、夏《なつ》なんざ結構《けつこう》な処《ところ》でごすがね、もそりや来《き》た雪《ゆき》、といふが最後《さいご》此通《このとほり》、それ見上《みあ》げるとおつかぶさるやうな巓辺《てつぺん》から何《なん》千丈《ぢやう》といふ谷底《たにそこ》まで、滝《たき》が落《お》つるやうな一《ひと》なだれの雪《ゆき》で、樹《き》も山《やま》も何《なに》もあつたもんぢやござりませぬ。これで、先生《せんせい》、此方人等《こちとら》は樹《き》の梢《こずゑ》をかうやつて歩行《ある》いて居《ゐ》るのでござりますわ。大《でつ》かい雪《ゆき》のかたまりへぐる〱巻《まき》に糸《いと》をつけたやうな細《ほそ》い道《みち》ぢや、宛然《まるで》綱渡《つなわたり》といふもんでがす。

こりやまあ余程《よつぽど》下腹《したつぱら》を落着《おちつ》けませぬと眼《め》がまひます。それで足《あし》がこそばゆくなつて天窓《あたま》がふら〱すりや、一本橋《いつぽんばし》を踏外《ふみはず》すわけで、ころ〱。はゝゝはゝ、其《それ》がね、馴《なれ》でごす。此処《こゝ》へまた馬《うま》を引張《ひつぱ》つて来《こ》ようといふ恐《おそろ》

しい人間《にんげん》がござりますぢや。え、落《おち》、落《お》ちますとも、落《お》ちますとも、よく横倒《よこだふ》れに馬《うま》がなだれます。ありうちのことで、これでないとまた狼物《えてもの》が餌食《ゑじき》にありつかれませぬで困《こま》るでがすて。は、はい、何《なに》、狼《おほかみ》、狼物《えてもの》かね。出《で》ます、出《で》ますとも。何《なに》、恐《こは》いの恐《こは》かねえのたつて、そりや先様《さきさま》より此親仁《このおやぢ》が空腹《すきばら》ぢや。いやまた其時《そのとき》のまづいものなし、何《なん》でもござれ取《と》つて喰《く》ひたいといふ、こんな厄介《やくかい》な人間《にんげん》にかゝつちやあ、彼奴《あいつ》がまた利口《りかう》でな、傍《そば》あたりへ寄付《よりつ》くものぢやござりませぬ。

何《なん》でも、物《もの》が恐《おそろ》しいのは、腹《はら》の張《は》つた時《とき》と金子《かね》のある時《とき》に限《かぎ》りまするわ。あゝ、我《おら》あ懐《ふところ》中に満《まん》とあるが、取《と》られようか、盗《と》られようかと、はつ〱思《おも》つてると、此奴《こいつ》が手《て》もなくやられますかい。初手《しよて》からまた盗《と》られまい〱と怯気々々《びく〱》した日《ひ》には指《ゆび》一本《ぽん》さはられぬ前《さき》、ハヤ盗《と》られてるも同一《おんなじ》で、どつち道無《みちな》い奴《やつ》が暢気《のんき》でごすがね。また懐《ふところ》に持《も》つて居《ゐ》ても、えゝ！　盗《と》つてやらう、持《も》つてさうな奴《やつ》が見《み》えたら摑《つか》んでやらうと、盗眼《ぬすびとまなこ》で歩行《あるい》て見《み》ますか、此奴《こいつ》盗《と》られつこなしの一番《いちばん》、大丈夫《だいぢやうぶ》なもので、つまり盗賊《どろばう》の用心《ようじん》には手前《てまへ》でさきに盗賊《どろばう》になるのでごす。はゝゝはゝ、いやよく饒舌《しやべ》りますわ、これでまた一杯《いつぱい》とあふつて御覧《ごらう》じまし、雪《ゆき》の中《なか》へ寝転《ねころ》んで、寐言《ねごと》さへいひかねませぬ。はゝゝはゝ、さあまづ峠《たうげ》へ着《つ》きました。一時《いつとき》ゆつくらと休《やす》まつせえまし。おい、婆《ばあ》さまや。」と先《さき》へ立《た》つた。籐編《とあみ》の向膝《むかはぎ》に沓懸草鞋《くつかけわらぢ》、足袋《たび》なしの跣足《はだし》で、大《おほ》きな足《あし》をやつとこさと上《あ》げて、のさりと入《はひ》る。頬被《ほゝかむり》をして、笠《かさ》は着《き》ないで、石田縞《いしだじま》の綿入《ぬのこ》の上《うへ》へ手軽《てがる》う豊島茣蓙《としまござ》を引懸《ひつか》けた、しやんとした造《つくり》つけのやうな武骨《ぶこつ》な親仁《おやぢ》。片手《かたて》を懐《ふとこ》つたまゝ片手《かたて》にはいま火《ひ》の消《き》えた提灯《ちやうちん》をぶらりと提《さ》げて居《ゐ》るが、其《その》まゝ、ナアござれナア、なんどゝ鼻唄《はなうた》でもやりかねさうにない、達者《たつしや》もので、これは武生《たけふ》あたりから朝疾《あさはや》く出《で》る道案《みちあん》内《ない》。

急《きふ》に雪《ゆき》が来《き》て一晩《ひとばん》に積《つも》つた時《とき》、早立《はやだち》の客《きやく》は地《ち》の理《り》を知《し》らないのに、粉雪《こなゆき》が風《かぜ》に吹《ふ》きまはされて、小《ちひ》さな池《いけ》の上《うへ》も、用水《ようすゐ》も、小川《をがは》の堰《せき》も、田《た》の上《うへ》も、唯凸凹《たゞとつあふ》のない雪《ゆき》の原《はら》になるので、づばと穴《あな》を踏《ふ》みあけて水《みづ》に落《おち》ツこちなどしないやう、宿《やど》から心着《こゝろづ》けて先立《さきだ》たせる。此峠《このたうげ》まで先達《せんだつ》となり、万夫《まんぶ》を越《こ》す処《ところ》まで見送《みおく》つて、ぶらりと帰《かへ》ることになつて居《ゐ》る。

# 五

「おゝ、御苦労様《ごくらうさま》ぢや、さあ〳〵、ずつと寄《よ》つてあたらつしやれ。」

「はい〳〵。」といつて道案内《みちあんない》の親仁《おやぢ》は、自分《じぶん》先《ま》づ腰《こし》を掛《か》けた、が振向《ふりむ》いた。

「さあ、先生《せんせい》、休《やす》まつせえまし、婆《ばあ》さん、どつさりと焚《た》いてあげてくれ。」と微笑《ほゝゑ》んでいふもてなしぶり。無《む》言《ごん》でずつと入《はひ》つたのは中脊《ちうぜい》の洋服姿《やうふくすがた》、ゲートルを堅《かた》く占《し》めて靴《くつ》を穿《は》いた、外套《ぐわいたう》を着《き》て深々《ふかぶか》と帽《ばう》を被《かぶ》つた、真黒《まつくろ》な緊《しま》つた扮装《いでたち》、身軽《みがる》に結束《けつそく》をした旅客《りよかく》である。

雪《ゆき》だらけのまゝ親仁《おやぢ》の向《むか》うへ、婆《ばあ》さんの隣《となり》へ、腰掛《こしかけ》を跨《また》いで入《はひ》つて、いま焚着《たきつ》けた炎《ほ》さきへ手袋《てぶくろ》のまゝ両手《りやうて》を翳《かざ》した。其歩《そのほ》を移《うつ》すのも、腰《こし》を掛《か》けたのも、炉《ろ》の火《ひ》に手《て》をば翳《かざ》したのも、心《こゝろ》あつてするのではないやうな、無心《むしん》の状《さま》で、別《べつ》に深《ふか》く何等《なんら》か思《おも》ふ処《ところ》があるらしい。其一挙動《そのいつきよどう》はすべて此旅客《このりよかく》に取《と》つては、ほんの、纔《わづか》に、軽少《けいせう》な、些細《ささい》なことであるらしい。旅客《りよかく》は深《ふか》い帽子《ばうし》の中《なか》から外《と》の方《かた》を眺《なが》めながら、無雑作《むざふさ》に、

「茶《ちや》をおくれ。」といつた。

一体《いつたい》、飲《いん》を求《もと》むるとか、暖《だん》を要《えう》するとかいふ、手足《てあし》や口《くち》についてのこと、たとへば主義意見《しゆぎいけん》などに必要《ひつえう》のない、即《すなは》ち此親仁《このおやぢ》や、婆《ばあ》さんに対《たい》してものをいふ其口数《そのくちかず》は極《きは》めて少《すく》ない、言《こと》は簡単《かんたん》なものであるが、しかし注意《ちうい》せぬ、無雑作《むざふさ》な、其挙動《そのきよどう》たるや、頗《すこぶ》る軽快《けいくわい》なものであつた。

「はい〳〵。」といつて、婆《ばあ》さんは茶碗《ちやわん》を取《と》ると、案内者《あんないしや》の親仁《おやぢ》は手近《てぢか》にあつた茶柄杓《ちやびしやく》を取《と》つて、

「こゝへ出《だ》さつしやい、汲《く》んであげよう。」

と茶碗《ちやわん》を婆《ばあ》さんから取《と》つて、親仁《おやぢ》はまめ〳〵しく茶釜《ちやがま》の蓋《ふた》を外《はづ》して、持直《もちなほ》して突込《つゝこ》む茶柄杓《ちやびしやく》が釜《かま》の底《そこ》へトンとあたつて、金《かね》の蓋《ふた》がカチリと鳴《な》つた。榾《ほだ》は焚《も》え立《た》つて、其時《そのとき》ばう〳〵と音《おと》がする。旅客《りよかく》の黒《くろ》い外套《ぐわいたう》のやゝ濡《ぬれ》色《いろ》を帯《お》びたのが火《ひ》のあかりで、赤《あか》らんだ。

婆《ばあ》さんは右瞻左瞻《とみかうみ》ながら、

「何処《どこ》までござらつしやるの。」

打《うち》つけには威儀《ゐぎ》ある人《ひと》に失礼《しつれい》とでも思《おも》つたか、かういつて婆《ばあ》さんは親仁《おやぢ》を見《み》る。

「敦賀《つるが》までお急《いそ》ぎぢや。」

「やれ、お年少《としわか》ながお一人《ひとり》で、それは御大儀《ごたいぎ》でござらつしやるの。」

旅客《りよかく》は会釈《ゑしやく》をしたのであらう、ちよいとうつむいた。婆《ばあ》さんはほく〳〵した顔色《かほつき》で、

「矢張御修行《やつぱりごしゆぎやう》に行《ゆ》かつしやるのか。」

親仁《おやぢ》は傍《かたはら》から引取《ひきと》つて。

「いんにや、ずつとお役人《やくにん》、それ、婆《ばあ》さん、お前《まへ》も聞《き》いてるぢやらう。今度《こんど》敦賀《つるが》から福井《ふくゐ》へかゝる鉄道《てつだう》の、アノお係《かゝり》で。えゝ、武生《たけふ》のお宿《やど》で何《なん》とやらいひましたわ。其《その》、何《なに》、技師《ぎし》とやら、なう先生《せんせい》。」

「むゝ、出懸《でか》けような。」といつた。片手《かたて》で茶代《ちやだい》を置《お》くと、其《その》まゝ粛《しゆく》として立《た》つた。両手《りやうて》を懐《ふところ》へ入《い》れたが衝《つ》と腰掛《こしかけ》を跨《また》いで出《で》る。

婆《ばあ》さんは口早《くちばや》に、

「まあ、旦那様《だんなさま》。」

「さあ、お急《いそ》ぎが宜《よ》からうて、そんなら行《ゆ》かしやりますか。」

「御苦労《ごくらう》。」

「はい〳〵。」

と労《ねぎ》らはれたのを喜《よろこ》ぶ状《さま》で、いそ〳〵あとへついて出《で》る。こゝまでは先導《せんだう》で、親仁《おやぢ》の役目《やくめ》は済《す》んだのだけれど、あとは実体《じつてい》ものゝ見送《みおく》るつもり。

此時《このとき》、また一《ひと》しきりサラ〳〵と降出《ふりだ》して、ぱつくり開《あ》いて居《ゐ》た高《たか》い処《ところ》の隧道《トンネル》の口《くち》は、紛々《ふんぷん》たる雪片《せつぺん》のなかに明滅《めいめつ》する。

前途《ゆくて》をキツと仰《あふ》いで見《み》て、技師《ぎし》はまつすぐに立《た》つた。親仁《おやぢ》はまた振返《ふりかへ》つていま来《き》た、かすがのゝ麓《ふもと》の方《かた》、技《ぎ》師《し》とは反対《はんたい》に其足許《そのあしもと》を瞰下《みおろ》した。

峠《たうげ》から谷《たに》の真底《まそこ》まで、一《ひと》かたまりの雪《ゆき》になつて、唯《たゞ》この二人《ふたり》は凄《すさ》まじい一個《いつこ》絶大《ぜつだい》なる雪《ゆき》まろげの上《うへ》に立《た》つてるので、山《やま》の鼻《はな》、山《やま》の懐《ふところ》に、断続《だんぞく》して一条糸《ひとすぢいと》のやうに通《かよ》つて居《ゐ》る、雪《ゆき》の細道《ほそみち》の遥《はるか》に眼《め》の届《とゞ》く谷間《たにあひ》あたりが、此《この》時吹雪《ときふゞき》たつて颯《さつ》と粉雪《こゆき》を吹《ふ》き上《あ》げたが、宛然鉄瓶《さながらてつびん》の口《くち》から湯気《ゆげ》が立《た》つたやうに、処々《ところ〴〵》ぷす〳〵となだらかな雪《ゆき》の面《めん》へ湧《わ》きあがる。

峠一座《たうげいちざ》はソヨとの風《かぜ》も吹《ふ》かず、ぽた〳〵と大《おほ》きな雪《ゆき》が降《ふ》りしきる、森《しん》とした耳許《みゝもと》に、ケケケツケーと鶏《とり》が鳴《な》いたが、山《やま》から山《やま》、山《やま》から山《やま》へ響《ひゞ》き渡《わた》つた。

親仁《おやぢ》は更《さら》に麓《ふもと》を見《み》た。寸人豆馬《すんじんとうば》三四人《にん》、中《なか》に挟《はさ》んだ黒《くろ》いものは、一挺《ちやう》の駕籠《かご》であるが、いま其吹雪《そのふゞき》を潜《くゞ》つて出《で》た。

「隧道《トンネル》は？」と不意《ふい》に聞《き》いた、むかうむきの技師《ぎし》の声《こゑ》に、親仁《おやぢ》は慌《あわたゞ》しく腰《こし》を屈《かゞ》めて、

「この前途《さき》でござります。」

## 六

「何《ど》うなさりました先生《せんせい》、先生《せんせい》、何《ど》うしなされたのでござります。」

背後《うしろ》に従《したが》へた親仁《おやぢ》に怪《あやし》まれながら、技師《ぎし》は、隧道《トンネル》の口《くち》へ立停《たちどま》つて、一歩《ひとあし》も進《すゝ》みさうにない。彼《か》の手《て》を両《ふたつ》とも衣兜《かくし》にいれたまゝ、肩《かた》を張《は》つて、真向《まむき》に隧道《トンネル》に面《めん》し佇《たゝず》んで、冷《つめた》い、暗《くら》い、湿《しめつ》ぽい、山腹《さんぷく》を穿《うが》つた、煉瓦畳《れんぐわだゝみ》の巨《きよ》大《だい》な洞穴《ほらあな》の中《なか》を透《すか》しながら、

「何時《いつ》造《つく》つた、この万夫《まんぶ》はいつ出来《でき》たか知《し》らないか。」と見返《みかへり》もしないで問《と》ふ。親仁《おやぢ》は背後《うしろ》から答《こた》へていつた。

「えゝ、新道《しんみち》が開《ひら》けました時《とき》で、七八年経《ねんた》ちませうか。」

「むゝ、そんなものだ。」と技師《ぎし》は一歩退《ひとあしさが》つて、仰《あふ》いで、アーチ形《がた》の入口《いりくち》の天窓《あたま》の上《うへ》の処《ところ》を見《み》る。

親仁《おやぢ》は問寄《とひよ》つて、

「何《ど》うさつしやりました。」

技師《ぎし》は疾《とみ》には応《おう》じないで、また後退《あとずさり》をしたが、半腹《はんぷく》を穿《うが》つた隧道《トンネル》の頂《いたゞき》をぢつと見《み》て、

「此頂上《このちやうじやう》までは、三百二三十尺《しやく》あるか。」

「ちやうど其位《そのくらゐ》、といふ風説《うはさ》をします、よく御存《ごぞん》じだな。はいく。」と頷《うなづ》いた。

技師《ぎし》は左《ひだり》を瞻《み》、右《みぎ》を瞻《み》て、つかくとまた前《まへ》へ進《すゝ》んだ、穴《あな》へは片足《かたあし》をも入《い》れないで頭巾《づきん》の中《なか》からすかして見《み》る。暗闇《まつくら》な洞《ほら》の中《なか》は、藕糸《ぐうし》の孔《こう》といつても可《い》い、太上老君《だじやうらうくん》の照魔鏡《せうまきやう》も此裡《このうち》をば照《てら》し得《え》はしまいと思《おも》はるゝが、知識《ちしき》を以《もつ》て経験《けいけん》を積《つ》んだ、此旅客《このりよかく》の目《め》には梟《ふくろふ》の眼《まなこ》のやうな小《ち》さな向《むか》ひの出口《でぐち》まで透《すか》して歴然《ありく》と見《み》えるのであらう。親仁《おやぢ》も呆《あき》れ顔《がほ》で立《た》つて、ものも言《い》ひかけないで、しばらく控《ひか》へたから、技師《ぎし》は、黙然《もくねん》として深《ふか》く思《おも》ふところあるやうに身動《みうご》きもしないで居《ゐ》たが、決然《けつぜん》として、振返《ふりかへ》つて、くるりと隧道《トンネル》に背《せ》を向《む》けて、親仁《おやぢ》と正面《まおもて》に顔《かほ》を見合《みあ》つた時《とき》、確《しか》とした音調《おんてう》で、

「いかん、危険《けんのん》だ、く。」

と然《さ》ういつた。技師《ぎし》は吐《と》いきをついたが、急《いそ》いで頭巾《づきん》を撥《は》ね上《あ》げてふつくりと項《うなじ》へ懸《か》ける、雪《ゆき》がばさ〳〵と落《お》ちて、外套《ぐわいたう》の其頭巾《そのづきん》の萌葱《もえぎ》の裏《うら》が飜《ひるがへ》つて、一揺《ひとゆれ》ゆれると、右手《めて》を懐《ふところ》から出《だ》して横《よこ》ざまに手袋《てぶくろ》で払《はら》つたが、熱《ねつ》したと見《み》える、清《きよ》らかな額《ひたひ》は汗《あせ》ばんで、細《ほそ》い、黒《くろ》い、頭髪《かみのけ》が柔《やはら》かにかゝつて少《やゝ》濡《ぬ》れて居《ゐ》た。眼《め》の涼《すゞ》しい、色《いろ》の白《しろ》い、面長《おもなが》で、そして口《くち》の緊《しま》つた、好箇《かうこ》白面《はくめん》の一少年《いちせうねん》。年紀《とし》は二十二三であらう。但眉宇《たゞびう》の間《かん》に一種憂鬱《いつしゆいううつ》の気《き》の溢《あふ》れて居《ゐ》る、晴々《はれ〴〵》しくない、曇《くも》りがちな、孤児《みなしご》の相《さう》がある、——そんな顔備《かほぞなへ》。親仁《おやぢ》はつく〴〵と顔《かほ》を見《み》たが、やゝ、まじめになつた、これも穏《おだや》かでない面色《おもゝち》で、

「危険《けんのん》、何《なに》が何《ど》うしたのでござります。」

うら若《わか》い技師《ぎし》は、やさしげな、しかし憂《うれ》はしげな眉《まゆ》を顰《ひそ》めて、

「こりやいかん、親仁《おやぢ》、此隧道《このトンネル》が出来《でき》てから、こゝで幾人人死《いくたりひとじに》があつたんだ。」

「えゝ！」といつたが、調子《てうし》はづれな声《こゑ》である。

「人《ひと》が何人死《なんにんし》んだ。」

「何《なに》が、何処《どこ》で死《し》んだのでござります。」

「此中《このなか》で、此隧道《このトンネル》が出来《でき》てから、此中《このなか》で、」と、判然《はつきり》いふ。親仁《おやぢ》は小首《こくび》を傾《かたむ》けながら、

「一人《ひとり》、」

「むゝ、」

「二人《ふたり》、三人《さんにん》、あの時《とき》と、それから……」

「怪我《けが》は？」

「ちよい〳〵ござりましたやうに聞《き》いたでござります。」

技師《ぎし》は其夢《そのゆめ》を見《み》るやうな眼《め》で、更《さら》に四辺《あたり》を眗《みまは》した。が静《しづか》に頷《うなづ》いて、

「危《あぶな》い、こんな中《なか》が通《とほ》れるものか、帰《かへ》らう。」

「何《なに》、お帰《かへり》、」

「通《とほ》れやせん、帰《かへ》る。」

「何処《どこ》へ、」

「とも角《かく》、いま休《やす》んだ茶屋《ちやゝ》まで行《ゆ》くんだ。」

## 七

「其《それ》は⁉ いや、先生《せんせい》、お前様《まへさま》、何《ど》うなさりました。」

「危《あぶな》いから、」

「何《なに》が危《あぶな》うござりますの。」

「恐《おそろ》しくないか、親仁《おやぢ》、」といひかけて、技師《ぎし》は落着《おちつ》いたらしく微笑《ゑみ》を含《ふく》んだ。また慌《あわたゞ》しく衣兜《かくし》へ手《て》のさきをつッこんで、

「むかし天井《てんじやう》から石《いし》を落《おと》して人《ひと》を殺《ころ》したといふ宿屋《やどや》があつた。此隧道《このトンネル》は何《ど》うしてそんな易《やさ》しいものか、天窓《あたま》へ山《やま》を落《おと》すんだから、親仁《おやぢ》、恐《おそろ》しいだらう。」といつて、また莞爾《くわんじ》とした。親仁《おやぢ》は苦笑《くせう》して、

「あてこともない、はゝゝゝはゝ、可《い》い年《とし》を仕《つかまつ》つたものをつかめえて、お前様《まへさま》なぶらつしやる、はゝゝはゝ。」

「串戯《じようだん》なもんか、こんな、こんな無責任《むせきにん》な、乱暴《らんばう》な隧道《トンネル》があるもんか。煉瓦《れんぐわ》で埋《うづ》められるなんか易《やさし》いこつた。山《やま》がずん〱と下《さが》つて来《く》る。足《あし》の爪先《つまさき》でも入《い》れようもんなら、取《とり》かへしの着《つ》かない横穴《よこあな》だ。私《わたし》も気《き》が着《つ》いて助《たす》かつた。あゝ、親仁《おやぢ》、お前《まへ》も命《いのち》を拾《ひろ》つたんだ。もう忘《わす》れても通《とほ》つちやあ不可《いかん》、さあ、行《ゆ》かう。」といひ切《き》ると、

其《その》まゝ引返《ひきかへ》す。親仁《おやぢ》は心《こゝろ》なしに二足《ふたあしみ》三足後《あしうしろ》ざまに推出《おしだ》されたやうに身《み》を開《ひら》いたが、何《なに》か言《い》はうとする其《その》すきもなかつたので、雪《ゆき》の峠《たうげ》の一条道《ひとすぢみち》を、思《おも》はず向直《むきなほ》つて元来《もとき》た茶店《ちやみせ》の方《はう》へ、技師《ぎし》のさきに立《た》つて知《し》らず〳〵歩行《ある》き出《だ》した。が、立淀《たちよど》んで、

「それぢや、先生《せんせい》。此隧道《このトンネル》はまやかしものゝ、推《おつ》つけ仕事《しごと》がしてあるのでござりますかの。」

「仕事《しごと》、何《なに》が仕事《しごと》なもんか。おツつけ仕事《しごと》だつていや、ともかく仕事《しごと》を知《し》つて居《ゐ》て手《て》を抜《ぬ》くのだけれど、それまでにもしてありはせん。まるで分《わか》らない。大川尻《おほかはじり》へ鉄《てつ》の板《いた》をあてゝ一雫《ひとしづく》もないやうにせき留《と》めて、水《みづ》が乗《のつ》越《こ》すまでを野原《のはら》だといつて耕《たがや》してると同一《おんなじ》ものだ。」

「はて、さて。」

「それでも鉄《てつ》の其板《そのいた》が一尺高《いつしやくたか》ければ、一分時間《いつぷんじかん》水《みづ》の溢《こぼ》れやうが遅《おそ》い訳《わけ》だ。いまゝで無事《ぶじ》に通《とほ》つたものがあるとすれば、夫《それ》は其一分間《そのいつぷんかん》の間《あひだ》に通《とほ》つたんだ。」

「先生《せんせい》、真実《まつたく》でござりますかさ。」

技師《ぎし》は言鋭《ことばするど》く、

「お前《まへ》は何《なん》だ。この雪道《ゆきみち》を眼《め》を瞑《ねむ》つて通《とほ》るでないか、そんなことが私《わたし》に出来《でき》るか。」

「はい、いや分《わか》つたでござります。なるほど七八年《ねん》のことはさて置《お》いて、ツイ此秋《このあき》ぢや、白鬼《しらき》女川《ぢよがは》の鉄橋《てつけう》を川田村《かはだむら》から架《か》けようといつたお役人《やくにん》に、この隧道《トンネル》をまかしましたら、先生《せんせい》のいはつしやる、そんな危険《けんのん》なものが出来《でき》ましたでござりましよ。から、あんな、もゝんがあは盲目滅法界《めくらめつぽふかい》、先生《せんせい》が断《た》つておつしやつて、御供田《ごくうでん》の方《はう》へ架《か》けることにお計《はか》らひ下《くだ》されたればこそ、然《さ》もない時《とき》には此方人等《こちとら》の家《いへ》は皆《みな》ハヤ鳰《にほ》とやらの浮巣《うきす》となつて、雨《あめ》の降《ふ》る毎《たび》に湖《うみ》の上《うへ》を泳《およ》いであるくのでござりましたわ。いやまた汝《うぬ》の勝手《かつて》で川東《かはひがし》の十八ケ村《そん》が是非《ぜひ》とも川田村《かはだむら》の方《はう》へというて、役人《やくにん》と一緒《いつしよ》に騒《さわ》ぐのを、お前様《まへさま》が御技倆《ごきりやう》で御供田《ごくうでん》へ架《か》けてくれさつしやつてから、毎《まい》

年一度《としいちど》あての出水《でみづ》さへ今年《ことし》は其気《そのけ》もございませなんだ。秘《かく》すことは知《し》れるとやら、はい、お名前《なまへ》もお国《くに》も知《し》りませぬが、誰《たれ》いふとなくお前様《まへさま》を、貴下《あなた》ぢや貴下《あなた》ぢやというて分《わか》りましてから、老人《としより》どもは後《うしろ》から拝《をが》みますわ。其《それ》に違《ちがひ》はござりますまい。先生《せんせい》、お前様《まへさま》のおつしやる通《とほ》り、いかにも危険《けんのん》でござりましよ。なれども御存《ごぞん》じでもござりませうが、これから敦賀《つるが》へ行《ゆ》かつしやるに、この中《なか》を抜《ぬ》けませいでは何処《どこ》からも通《とほ》る路《みち》がござりませぬ。何分《なにぶん》にもこの大雪《おほゆき》で、故道《ふるみち》はなくなりますなり、中《なか》の河内《かはち》へお廻《まは》りでは路《みち》の十里余《りよ》もござります。こりやまあ、茶店《ちやみせ》までお帰《かへ》りなされてから、何《なん》となさります思召《おぼしめし》ぢや。」

　黙《だま》つて聞《き》いて居《ゐ》た技師《ぎし》は、この言下《げんか》に答《こた》へた。

「三国《みくに》から船《ふね》にしよう。」

## 八

「其船《そのふね》が、さて其船《そのふね》が出《で》ますやうなら、些少《ちつと》も憂慮《きづかひ》はござりませぬが、二三日《にち》の此模様《このもやう》では、汽船《きせん》が出《で》ました処《ところ》で第一危《だいいちあぶな》うはござりませぬかの。」

「何《なに》、暴風《あれ》たつて、あの隧道《トンネル》を歩行《ある》くよりはましなんだ。」

「まづ此節《このせつ》では九分《ぶ》九厘《りん》まで暴《あ》れますが、さうすりや、どちら道危《みちあぶ》ないのでござります。わざ〳〵海《うみ》の方《はう》へお出懸《でか》けなさらずに、山《やま》をお越《こし》になつた方《はう》が、いづれお前様《まへさま》の御運《ごうん》なら、大丈夫《だいぢやうぶ》ぢやろと思《おも》ひますがさ。」

「何《なに》、船《ふね》はまだ万一無事《まんいちぶじ》に渡《わた》られようかといふ頼《たのみ》もあるが、あの隧道《トンネル》は見《み》す〳〵危険《けんのん》だ。万《まん》に一《ひと》ツも事《こと》なしには通《とほ》られやしないから。」

「えゝ、それはさうでもござりませうが、したが先生《せんせい》、また万《まん》に一《ひと》ツも通《とほ》られぬといふこともござりますまいに。」

「駄目《だめ》だ。」と、接穂《つぎほ》なく技師《ぎし》はいつた。

「こりや先生《せんせい》でもござりませぬ。船《ふね》も万一《まんいち》、隧道《トンネル》も万一《まんいち》、いづれも、万一《まんいち》なら、」

「何《なに》、私《わたし》は船《ふね》のことは些少《ちつと》も知《し》らん。火加減《ひかげん》も、水加減《みづかげん》も艫楫《ろかぢ》の取《と》りやうも知《し》つちやあ居《を》らん。人《ひと》まかせに船長《せんちやう》を頼《たの》むのだから、たとひ大《おほ》しけに逢《あ》はうとも、また何《ど》のやうな腕《うで》があつて、乗越《のりこ》さないものでもない。だから万一《まんいち》といふのだけれど、隧道《トンネル》のことは私《わたし》がよく知《し》つてる。船頭《せんどう》だつてさうだ。止《や》むを得《え》ない場合《ばあひ》には、万《まん》一《いち》を頼《たの》んでしいけを見込《みこ》みながら帆《ほ》も張《は》らうが、誰《だれ》が穴《あな》のあいた船《ふね》に乗《の》つて出《で》るもんか。穴処《あなどころ》でないよ。あの隧道《トンネル》の上《うへ》に山《やま》のあるのは、船《ふね》に底《そこ》がないのと同一《おんなじ》だ。」

「はい〳〵。」とばかりで親仁《おやぢ》は口《くち》をつぐんで言《い》はなくなつた。黙《だま》つて、一《ひと》しきり紛々《ふんぷん》として身体《からだ》に重荷《おもに》の掛《かゝ》るやうな真白《まつしろ》な中《なか》を潜《くゞ》つて、再《ふたゝ》び土間《どま》の見《み》える、炉《ろ》の見《み》える、真赤《まつか》な唐《たう》がらしの懸《かゝ》つた、煤《すゝ》けた壁《かべ》の、店前《みせさき》へ出《で》た。

茶店《ちやみせ》の趣《おもむき》は一変《いつぺん》して、極《きは》めて賑《にぎは》しいものとなつて居《ゐ》る。鶏《とり》も驚《おどろ》いたらう。入口《いりくち》の土間《どま》には一挺《ちやう》駕籠《かご》が舁《か》き据《す》ゑてあつて、駕籠舁《かごかき》か四人《にん》、土間《どま》の片隅《かたすみ》に入乱《いりみだ》れて、焚火《たきび》をしながら、何《なに》か声高《こわだか》に話《はな》し合《あ》つて、食事《しよくじ》をして居《ゐ》る。別《べつ》に三人《さんにん》、いづれも防寒具《ばうかんぐ》に結束《けつそく》した草鞋《わらぢ》がけの旅扮装《たびいでたち》で、件《くだん》の腰掛《こしかけ》に懸《か》けて休《やす》んで居《ゐ》たが、いま親仁《おやぢ》を前《さき》にして引返《ひつかへ》した技師《ぎし》が店先《みせさき》へ立《た》つと、此人数《このにんず》で、前《さき》に坐《すわ》つて居心《ゐごゝろ》の知《し》れた腰掛《こしかけ》を奪《うば》はれたのみならず、駕《か》籠《ご》の人足《にんそく》やら、旅客《りよかく》やら、いづれも屈竟《くつきやう》な男《をとこ》が都合《つがふ》七人《にん》で、土間《どま》一杯《いつぱい》になつた上《うへ》、駕籠《かご》で入口《いりくち》を塞《ふさ》いであるので、小《ちひ》さな婆《ばあ》さんなんざ、誰《たれ》の袖《そで》の下《した》になつてるか一寸《ちよいと》は分《わか》らない、急変《きふへん》した意外《いぐわい》の光景《くわうけい》に、入《はひ》りかけて、技《ぎ》師《し》は猶豫《ためら》つて居《ゐ》る。

これを見《み》て、さきに技師《ぎし》が坐《すわ》つた座《ざ》に、大《だい》の字《じ》なりに足《あし》を拡《ひろ》げて、火《ひ》にあたつて居《ゐ》た男《をとこ》が、少《すこ》し身《み》をずらして、座《ざ》を譲《ゆづ》つて、

「さあ、ずつとこれへ、あなた、御遠慮《ごゑんりよ》には及《およ》びません。」

恁《か》ういつたのは三人《さんにん》の旅客《りよかく》のなかで、一番年《いちばんとし》を取《と》つて居《ゐ》る。他《た》の二人《ににん》が引絡《ひきまと》つた毛布《けつと》の下《した》は、前垂《まへだれ》がけの角《かく》帯《おび》だけれど、此男《このをとこ》ばかりは同一縞毛布《おなじしまけつと》を上《うへ》へかけて、身《み》には洋服《やうふく》を着《ちやく》して居《ゐ》た。天窓《あたま》はすこ禿《はげ》で、色《いろ》の黒《くろ》い、眼《め》の細《ほそ》い、丸顔《まるがほ》で、あまり品《ひん》のよろしくない、四十ばかりの男《をとこ》である。

「番頭《ばんつ》さん、大良《だいら》まで何里《なんり》だね。」と傍《そば》に居《ゐ》るのが此折《このをり》に聞《き》いたので、

「ざつと三里《り》ぢや。」と答《こた》へながら、彼番頭《かのばんとう》さんの洋服《やうふく》を着《き》たのは、また此方《こつち》を見《み》て、

「御遠慮《ごゑんりよ》には及《およ》びませぬ、さあ、まづ、」

技師《ぎし》は無言《むごん》で立《た》つて居《ゐ》る。

案内者《あんないしや》の親仁《おやぢ》は振返《ふりかへ》つて、

「先生《せんせい》、」

「お前《まへ》、ともかく酒《さけ》でも飲《の》め。」

と言《い》ひすてゝ、ずツと入《はひ》つた。

## 九

洋服《やうふく》の番頭《ばんとう》は、いま隧道《トンネル》から来《き》た技師《ぎし》を見《み》ると、途中《とちう》で引返《ひきかへ》したものとは思《おも》はない。自分達《じぶんたち》が行《ゆ》かうとする、敦賀《つるが》、大良《だいら》あたりから山越《やまごえ》で此処《こゝ》に着《つ》いたものと思《おも》つたらしい。

よこに、腰掛《こしかけ》の上《うへ》に置《お》いてある、高帽子《たかばうし》と、目金《めがね》と、手拭《てぬぐひ》とを一摑《ひとつかみ》にして、傍《かたはら》へ取《と》り去《さ》つて技師《ぎし》を請《しやう》じて、

「何《ど》んな様子《やうす》ですな、路《みち》はいかゞなことで。」と先《ま》づ聞《き》いた。

技師《ぎし》は唯簡単《たゞかんたん》に、

「危険《けんのん》です。」といつたばかり、顔《かほ》を背《そむ》けて、指《ゆび》を折《を》つて、何《なに》か算《かぞ》へながら、一向取合《いつかうとりあ》ひさうにもない。

番頭《ばんとう》は熱心《ねつしん》で、

「へい、何《ど》うにかなつてをりますかな。」と腰《こし》をねぢつて額《ひたひ》をさし寄《よ》せたが、技師《ぎし》はもの案《あん》じ顔《がほ》で、冷《ひや》ゝかであるので、接穂《つぎほ》がないから、其《その》まゝ向《むか》うを見《み》て、鼻《はな》を仰向《あをむ》け、あンと口《くち》をあいて、間《あひだ》の離《はな》れてる案内《あんない》の親仁《おやぢ》を呼《よ》び懸《か》け、やゝ高慢《かうまん》な調子《てうし》で、

「何《ど》うぢや、親仁《おやぢ》、何《ど》んな塩梅《あんばい》ぢやな。」

親仁《おやぢ》は駕籠《かご》舁《かき》とさしむかひで、腰《こし》をかゞめて、店先《みせさき》に掛《か》け、向脛《むかうずね》を踏《ふ》みのばして、片手《かたて》を炎尖《ほさき》にかざし、少《すこ》しく反《そ》つた形《なり》で大《おほ》きな茶碗《ちやわん》を嘗《な》めながら黙《だま》つて居《ゐ》る。

番頭《ばんとう》は話声《はなしごゑ》が届《とゞ》かない故《せゐ》で、返事《へんじ》をしないのとでも思《おも》つたか、眉根《まゆね》を皺《しわ》めて、目金《めがね》を鼻《はな》ツさきへのせて、額《ひたひ》で親仁《おやぢ》を見《み》やりながら、

「おい、何《ど》うぢや、うむ親仁《おやぢ》。」

「其処《そこ》な先生《せんせい》がいはつしやる通《とほ》りよ。何《なん》だ、茶《ちや》だ、べらぼうづらめ、先生《せんせい》が下《くだ》された御酒《おさけ》だぞ。」と駕籠《かご》舁《かき》へ語《ことば》を移《うつ》して斯《か》ういつた。親仁《おやぢ》は見向《みむき》もしないで、ふつと天井《てんじやう》へ呼吸《いき》をつく、脣《くちびる》がうるほつて、ハヤ酔《ゑひ》が出《で》て少《すこ》し赧《あか》ら顔《がほ》で居《ゐ》る。

殊更《ことさら》に隣人《りんじん》を動《うご》かさないで、番頭《ばんとう》の威《ゐ》行《おこな》はれず、何《なに》か風向《かざむき》が悪《わる》いので、両人《りやうにん》二《ふた》ツの口《くち》へ八文字《はちもんじ》に煙管《きせる》をくはへて、同一《ひとつ》の煙草入《たばこいれ》に左右《さいう》から互《たがひ》に手《て》を突込《つゝこ》み、同時《いつしよ》に煙草《たばこ》を捻《ひね》つて居《ゐ》た。手代《てだい》風《ふう》の壮者《わかもの》の一人《ひとり》は、ポンと、煙管《きせる》をはたいて、

「番頭《ばんつ》さん、もう出懸《でか》けちや何《ど》うです。」

「待《ま》て。」といつて番頭《ばんとう》、此度《このたび》は婆《ばゞ》を呼《よ》んだ。

「何《ど》うぢやな、婆《ばあ》さん、些少《ちつた》あ上《のぼ》りの客《きやく》があつたかな。」

「えい、些少《ちつと》もございませぬ。」

「何《なに》、些少《ちつと》もないか。」

「はい、今《いま》しがたの、昨夜内《ゆうべうち》に泊《と》まらしやつた按摩《あんま》さんが一人発《ひとりた》ちましたよ。」

「按摩《あんま》が、ほゝう、此路《このみち》にな。いや盲人《めくら》が道中《だうちう》すりや頼《たの》もしい。さしたることでもあるまいて。」と技師《ぎし》を尻《しり》目《め》にかけて手代《てだい》を見《み》て、

「なあ、多計《たけ》どん。」

「番頭《ばんつ》さん、恐《おそろ》しくお弱《よわ》んなすつたやうだね。」

「何弱《なによわ》りやせぬが役目《やくめ》が大事《だいじ》ぢや、ちよいとでも辷《すべ》つたら御新姐様《ごしんぞさま》のお身《み》の上《うへ》ぢや、気《き》を着《つ》けねばなりませんわ。おい〳〵若《わか》い衆《しゆ》さん、それではそろ〳〵出懸《でか》けるでの、何《なん》ぢや、此《この》さきの隧道《トンネル》は路《みち》が一町《ちやう》もあらう、まるで真暗《まつくら》ぢやで、また御気分《ごきぶん》に障《さは》ると悪《わる》い。それの、用意《ようい》をした松明《たいまつ》をつけてください、景気《けいき》よく乗込《のりこ》むぢや。」

言下《げんか》に、駕籠舁《かごかき》は一束《ひとたば》にして背負《しよつ》て来《き》た松明《たいまつ》を抜《ぬ》いて取《と》つて、手《て》に〳〵焚火《たきび》の中《なか》へ突込《つゝこ》んだ。

颯《さつ》と一陣《ひとしきり》山颪《やまおろし》が来《き》て、押伏《おつぷ》せたやうになつた炎《ほのほ》が𤏋《ぱつ》と宙《ちう》に分《わか》れて、三個火《みつゝひ》が点《とも》れたが、あふりをくれて、持《もち》直《なほ》して、

「さあ、よし、」

「お出懸《でか》けなさいまし。」

いま一人《ひとり》の若手代《わかてだい》は、腰掛《こしかけ》から立《た》つて駕籠《かご》の前《まへ》にしやがんで、膝《ひざ》に手《て》をかまへて片手《かたて》は土《つち》につき、

「御新姐様《ごしんぞさま》。」

駕籠《かご》には、ひつそりとして声《こゑ》がしない。

十

合棒《あひぼう》はあとさきになり、息杖《いきづゑ》を取《と》つてハヤ肩《かた》を入《い》れるし、松明《たいまつ》はいま一人《ひとり》の手代《てだい》が一《ひと》つ取《と》つて前《さき》に立《た》つた。あとの二《ふた》つは手代《てがはり》の人足《にんそく》が捧《さゝ》げて持《も》つて、垂《たれ》の右左《みぎひだり》に引添《ひきそ》うた。あはや舁上《かきあ》げようとする、ト手代《てだい》は更《さら》に頭《かしら》を下《さ》げて、

「御新姐様《ごしんぞさま》。」

あどけない、少《すこ》し口籠《くちご》もつた、優《やさ》しい声《こゑ》で、駕籠《かご》の中《なか》から、

「あゝ、多計《たけ》か。」

「はい、それではお供《とも》いたします。」

「待《ま》つて下《くだ》さい、あの多計《たけ》や。」

「へい、もつとお休《やす》み遊《あそ》ばしますか。」

「何《なに》、今何《いまなん》とか言《い》ひましたね。」

「何《なん》でございますか。」と手代《てだい》は憂慮《きづか》はしげにいつた。

いま既《すで》に舁上《かきあ》げようとした駕籠舁《かごかき》も、これを聞《き》いて別《べつ》に制《せい》せられは為《し》ないながら、猶豫《ためら》つて居《ゐ》る。

「あの、盲目《めくら》が何《ど》うしました。」

「へい。」とばかりで、手代《てだい》はギツクリ思《おも》ひあたつたらしい。振返《ふりかへ》つて彼《か》の洋服《やうふく》の番頭《ばんとう》と顔《かほ》を見合《みあは》せたが、双《さう》方目《はうめ》くばせをして何《なん》にも言《い》はない。また駕籠《かご》の中《なか》で、

「善助《ぜんすけ》に然《さ》ういつて下《くだ》さい、私《わたし》は少《すこ》し見合《みあは》せたいから、」と弱々《よわ〱》しい音調《おんてう》である。

「番頭《ばんつ》さん。」といつて、手代《てだい》はまた彼洋服《かのやうふく》を着《き》たのを見返《みかへ》る。こゝへといふ眼《め》つきをするので、ソツと傍《そば》へ行《ゆ》くと、低声《こごゑ》になつて、

「悪《わる》いことを聞《き》かせたぜ、なあ。御新姐様《ごしんぞさま》に盲人《めくら》と来《き》た日《ひ》にや、それ知《し》つての通《とほ》りの禁物《きんもつ》よ。お前《まへ》は知《し》るまいが、昨夜《ゆうべ》だつて左様《さう》さ。ちやうどお休《やすみ》にならうといふ処《ところ》へ、お前《まへ》、旅屋《やどや》のこつたからお療治《れうぢ》は、といつて盲目《めくら》が来《き》たらう。何《なに》もあの、御新姐様《ごしんぞさま》に執心《しふしん》をかけて取着《とつゝ》きさうな、ソレ新町《しんまち》の盲目《めくら》のあれとは似《に》もつかない、たゞの旅屋《はたご》を稼《かせ》ぐ按摩《あんま》だつたのに、一眼《ひとめ》御覧《ごらん》なさると真蒼《まつさを》よ。今朝《けさ》も其響《そのひゞき》で御気分《ごきぶん》が悪《わる》いのだ。飛《と》んだことを聞《き》かしたものだ。私等大《わたしらだい》の男《をとこ》が何人附添《なんにんつきそ》つてゝも、いま此《この》さきへ盲人《めくら》がたつたといつちやあ到底《とてもきふ》急におたちにはなるまいて、こりやお見合《みあは》せぢやの。何《なん》てつたつてお聞入《きゝいれ》になるものぢやあない。お心《こゝろ》の休《やす》まるまでな、ともかくお待たせ申《まを》すとしよう。嫌《きらひ》な蝶々《てふ〳〵》に取着《とりつ》かれて、死《し》んだ人《ひと》さへあるといふから、御新姐様《ごしんぞさま》の盲人《めくら》ぎらひは、こりや私等《わたしら》には度合《どあひ》の分《わか》らない位《くらゐ》なものだぜ。」

手代《てだい》は頻《しきり》に頷《うなづ》いて、

「真実《まつたく》でさ、ぢや然《さ》うしよう。」

立直《たちなほ》つて、

「御新姐様《ごしんぞさま》。」

「可《い》いかい。」

「へい、お見合《みあは》せが宜《よろ》しからうと、へい、番頭《ばんつ》さんも然《さ》う申《まを》します。」

「あ、面倒《めんだう》だつたね。」

駕籠《かご》の中《なか》は静《しづか》になつた。松明《たいまつ》を持《も》つた三人《さんにん》は其意《そのい》を諒《りやう》して一斉《いつせい》にふるツて消《け》した。土間《どま》へ叩《たゝ》きつけると火花《ひばな》が散《ち》つて、ぱつと雪《ゆき》の中《なか》へ交《まじ》つて消《き》えると、鼠色《ねずみいろ》の雪空《ゆきぞら》がかぶつて茶店《ちやみせ》がまた薄暗《うすぐら》くなる。炉《ろ》の煙《けむり》は白《しろ》くなつ

てむく〱といぶつて居《ゐ》る。駕籠舁《かごかき》はついたものが離《はな》れたやうに先後《あとさき》に分《わか》れて片隅《かたすみ》へ寄《よ》つた。

「御新姐様《ごしんぞさま》、しばらくお見合《みあは》せになりますなら、まあ、ともかく、些《ち》と外《そと》へお出《で》ましになつておあたりなさいませんか、冷《ひ》えますと、またお胸《むね》が痛《いた》みませう。山家《やまが》でございます、むさくるしうございますが、一向《いつかう》、お心置《こゝろお》きはございませんで、へい。」

しばらくして、

「ぢや、些《ち》とお邪魔《じやま》になりませう。」

垂《たれ》を上《あ》げると肩掛《シヨール》の端《はし》が飜《ひるがへ》つて袖《そで》が出《で》た。急《いそ》いで揃《そろ》へたる駒下駄《こまげた》に、そと足《あし》を下《おろ》すと長襦袢《ながじゆばん》の端《はし》が土間《どま》にこぼれて、袘《ふき》の厚《あつ》い襲着《かさねぎ》の裾《すそ》がしつとりと爪先《つまさき》に乗《の》ると、半身《はんしん》が顕《あらは》れる。

## 十一

藤色縮緬《ふぢいろちりめん》の頭巾《づきん》を被《かぶ》つた、高髷《たかまげ》の形《かたち》の可《い》い、黒目勝《くろめがち》の目《め》の涼《すゞし》い、丈《たけ》は高《たか》い方《はう》のすらつとした、見《み》るから美《うつく》しい、気高《けだか》い、人品《ひとがら》なのが、サラ〱といふ衣《きぬ》ずれの音《おと》で立《た》ち露《あらは》れると、少《すこ》しうつむいて頤《おとがひ》で掻合《かきあは》せた肩掛《シヨール》の襟《えり》をおさへながら静《しづか》に二三歩《ぽ》、歩《ほ》を運《はこ》んだ。

手代《てだい》は件《くだん》の三角形《さんかくなり》に並《なら》ばつた腰掛《こしかけ》をはづして、急《いそ》いで一方《いつぱう》の口《くち》をあけて、

「何《ど》うぞこれへ、何《ど》うぞ。」といつて中腰《ちうごし》になる。無言《むごん》でそろ〱と来《き》てなかへ入《はひ》ると、またぴつたりと腰掛《こしかけ》を寄《よ》せた。端《はし》の方《はう》へ歩《あゆ》み寄《よ》つて、と見《み》ると向《むかひ》の腰掛《こしかけ》には技師《ぎし》がさつきから手帳《てちやう》のやうなものを繰広《くりひろ》げて、うつむいて見《み》て居《ゐ》たので、

「御免遊《ごめんあそ》ばしまし。」と慇懃《いんぎん》に会釈《ゑしやく》をして腰《こし》をかける。同時《どうじ》に善助《ぜんすけ》は高帽子《たかばうし》と其手拭《そのてぬぐひ》を引攫《ひつさら》つて座《ざ》を立《た》つた。

手代《てだい》も傍《かたはら》へ退《の》かうとする。

「可《い》いよ、構《かま》ひませんから、其処《そこ》に。」

「いゝえ、何《ど》ういたしまして。」

対座《たいざ》は恐《おそ》れありといふ状《さま》で、慌《あわたゞ》しく席《せき》を駕籠《かご》舁《かき》の方《はう》の焚火《たきび》へ移《うつ》す。三角形《さんかくなり》の腰掛《こしかけ》には唯《たゞ》むかひあつて二人《ふたり》となつた。技師《ぎし》はつく〴〵と見《み》て居《ゐ》た手帳《てちやう》をばつたり畳《たゝ》んで、下《した》に置《お》いて、少《すこ》し胸《むね》を張《は》つて身体《からだ》をのびたが、また前《まへ》へ屈《かゞ》んで手《て》を其額《そのひたひ》に加《くは》へた。

「先生《せんせい》、先生様《せんせいさま》。」と案内者《あんないしや》の親仁《おやぢ》は、遥《はるか》に手《て》をついて乗出《のりだ》して呼《よ》び懸《か》けた。が、技師《ぎし》は黙《だま》つて居《ゐ》た。

「もし、先生《せんせい》、えゝ、それでは何《ど》うなさります、何《ど》うしてもあの隧道《トンネル》を通《とほ》らつしやりませぬと極《きま》りましたかの。」

技師《ぎし》は沈黙《ちんもく》して居《ゐ》る。

「先生《せんせい》、先生《せんせい》。」と、また呼《よ》んだ。

「む、待《ま》て。」といつた技師《ぎし》は、手帳《てちやう》を取《と》つて、ぐつと衣兜《かくし》へ突込《つゝこ》むと膝《ひざ》に手《て》を置《お》いた。

「少々《せう〳〵》御免《ごめん》なさいましよ。」と藤色《ふぢいろ》の頭巾《づきん》は優《やさ》しく然《さ》ういつて、榾《ほだ》に両手《りやうて》をさしのべるトタンに肩《かた》を辷《すべ》つて肩掛《ショール》がさらりと落《お》ちて腰掛《こしかけ》の上《うへ》へ畳《たゝ》まる。

「さあ、」とばかり、はづしてある手袋《てぶくろ》を取《と》つて片手《かたて》に掴《つか》む、無頓着《むとんぢやく》な技師《ぎし》の顔《かほ》を頭巾《づきん》のなかゝら、御新姐《ごしんぞ》はぢつと見《み》る。

技師《ぎし》はまたうつむいた。

「先生《せんせい》。」

聞《き》きつけない。

「先生《せんせい》。」といつて、親仁《おやぢ》は一膝《ひとひざ》摺《ず》り出《だ》したが、何《なん》とも言《い》はないから、また引込《ひつこ》んで、今度《こんど》は外《そと》の方《かた》を見《み》て空《そら》模様《もやう》を窺《うかゞ》つて居《ゐ》る。

技師《ぎし》は其《その》まゝうつむいて居《ゐ》た。藤色《ふぢいろ》の頭巾《づきん》は襲着《かさねぎ》の羽織姿《はおりすがた》で、すつと立《た》つて、腰掛《こしかけ》の一方《いつぱう》から出《で》ようとする。

手代《てだい》は見《み》ると心着《こゝろづ》けて、

「お手水《てうづ》ですか。」

黙《だま》つて、頭《かぶり》を振《ふ》りながら、まはつて、技師《ぎし》の背後《うしろ》へ行《い》つて、気《き》の着《つ》かないのを傾《かたむ》き見《み》ながら、ちつともためらはないで、手《て》を其《その》うなじへソツと懸《か》けて、含《ふく》んだこゑで、

「何《ど》うしたの？」

技師《ぎし》は驚《おどろ》いて顔《かほ》をあげた。

「三《さん》さん。」

屹《きつ》と眼《め》を見合《みあ》つた。

「三《さん》さん。」

技師《ぎし》は色《いろ》をかへた。

「分《わか》りませんか。」

「…………」

「私《わたくし》。」

「…………」

「信乃《しの》ですわ。」と云《い》つた時《とき》、頭巾《づきん》を取《と》つて、気高《けだか》い顔《かほ》で微笑《ほゝゑ》んで、

「ね。」

## 十二

技師《ぎし》は顔《かほ》を背《そむ》けてしまつた。

「よそ〳〵しい、何《なん》でございます。」と投《な》げるやうにいひすてゝ、信乃《しの》といつたのは、つか〳〵と元《もと》の座《ざ》に復《かへ》つて、肩掛《シヨール》を揺《ゆ》り上《あ》げながら、ちよいと肩《かた》を縮《ちゞ》めて、

「寒《さむ》いこと。」

四辺《あたり》を眴《みまは》して、はつとしたやうす。駕籠舁《かごかき》が四人《よつたり》、案内者《あんないしや》と婆《ばあ》さんと、殊《こと》に供《とも》の番頭手代《ばんとうてだい》が皆《みんな》これを見《み》て居《ゐ》たのである。技師《ぎし》は何《なん》とも云《い》はないで、炉《ろ》に燃料《ねんれう》を添《そ》へて、鉄火箸《てつひばし》をぐつと入《い》れて灰《はひ》をすかすと、白《しろ》い煙《けむり》が続《つゞ》けさまに二《ふた》ツ三《み》ツちぎれたやうに飛《と》んで、炎《ほのほ》がぱつとあがつて、皀莢茨《さいかち》の燃《も》え込《こ》むのが、はじいて、ぱち〳〵と鳴《な》つた。灰《はひ》はたつて、降《ふ》りかゝつたが、信乃《しの》は燃《も》え立《た》つた炎先《ほさき》に翳《かざ》してた手《て》を引込《ひつこ》まして、肩掛《シヨール》にかくして肩《かた》をしめて、肱《ひぢ》の処《ところ》で胸《むね》を抱《だ》いた、頤《おとがひ》を襟《えり》に埋《うづ》めて居《ゐ》る。

技師《ぎし》は眉《まゆ》を顰《ひそ》めながら、手巾《ハンケチ》を摑《つか》み出《だ》して、何《ど》うしたのか知《し》ら、仰《あふ》いで額《ひたひ》の汗《あせ》を拭《ぬぐ》つた。

善助《ぜんすけ》は来《きた》り小腰《こごし》を屈《かゞ》め、

「御新姐様《ごしんぞさま》、何《ど》うなさいますな。」

其《その》まゝ、頤《おとがひ》を襟《えり》に埋《うづ》めたまゝ、見向《みむき》もしないで、

「待《ま》たうよ。」

「何時《いつ》までお待《ま》ちなさいますな。」

「盲人《めくら》はお前《まへ》、足《あし》が遅《おそ》からうね。」

「へい、路《みち》で追着《おつゝ》かないやうに隔《へだゝ》りますまで待《ま》ちましては、かやうな日脚《ひあし》でございますなり、暗《くら》くなりませ

うも知《し》れません。」

「仕方《しかた》がないから、さうしたら此処《こゝ》で泊《とま》りませう。貴下《あなた》、」といつて技師《ぎし》を見《み》る、技師《ぎし》は瞳《ひとみ》を返《かへ》してぢつと面《おもて》を見合《みあ》ひ、

「貴下《あなた》は何方《どちら》へ行《い》らつしやいます。」

「敦賀《つるが》に越《こ》すんですが、此《この》さきの隧道《トンネル》が通《とほ》れません。武生《たけふ》へ帰《かへ》らうと思《おも》つてますが、もう草臥《くたび》れつちまひました。」

「通《とほ》られません。え、隧道《トンネル》が何《ど》うかなりましたかな。」と番頭《ばんとう》は奪《うば》つて聞《き》く。

「何《ど》うにもなつちやあ居《ゐ》ないでがすが、何《ど》うにかなるだらうと仰《おつ》しやるんで。」と、親仁《おやぢ》は引取《ひきと》つて口《くち》を挾《さしはさ》む。

善助《ぜんすけ》は振返《ふりかへ》つて、

「何《ど》うかなる、そりや何《ど》うしたことだな。」

「先生《せんせい》はお前様《まへさま》、あの隧道《トンネル》の人相《にんさう》を覧《み》さつしやつたんで、いまにも壊《こは》れさうだで、危《あぶな》いとおつしやるんでがす。」

「何《なん》ぢや、隧道《トンネル》の人相《にんさう》ぢや。」

「人相《にんさう》ぢやないがの、何《なん》でも、はい、私等《わしら》が此山道《このやまみち》のことを心得《こゝろえ》てゝ眼《め》を瞑《ねむ》つてなり、てく／＼と歩行《ある》くでがす。其《それ》とおんなじに、あの先生《せんせい》は隧道《トンネル》のことを心得《こゝろえ》て在《い》らつしやるで、危《あぶな》い、こんな処《ところ》が通《とほ》られるか。技師《ぎし》ぢや、鉄道《てつだう》の役人《やくにん》ぢや。其道《そのみち》のものがあの隧道《トンネル》を通《とほ》るのは、船頭《せんどう》がしけを見《み》かけて、底《そこ》のない船《ふね》に乗《の》つての、佐渡《さど》が島《しま》へ渡《わた》るのと違《ちが》はんと恁《か》うおつしやるので。」

番頭《ばんとう》は、ひよんな顔《かほ》で、

「や、大《たい》したことになつて来《き》たなあ。」

「私《わし》はハイさほどにもあるまいと思《おも》ふでがす。けれどもまた。」

「いや、此方人《こつち》はそんなことは何《なん》でもないが、盲人《めくら》が大難《だいなん》ぢやとおつしやるわい。ま、ま、何《なに》しろお心《こゝろ》の安《やす》まるまで、日《ひ》が暮《く》れたら泊《とま》るとして、落着《おちつ》いて居《ゐ》るが可《よ》からう。なあ、多計《たけ》どん、千《せん》どん。」

「談《はなし》の材料《たね》でさ。」

「何《なに》も可《よ》うございませう。」と、手代《てだい》二人《ふたり》は然《さ》う云《い》つた。

緘黙《かんもく》してさしむかひ、身動《みうごき》もしないで居《ゐ》る二人《ふたり》が中《なか》には、また炎《ほのほ》が消《き》えて、皂莢茨《さいかち》の蔓《つる》の燃《も》えたのが、一条《ひとすぢ》真赤《まつか》になつて居《ゐ》たが、ぼろ〳〵と細《こまか》く折《を》れた。其時《そのとき》、山《やま》が鳴《な》つて、雪《ゆき》が斜《なゝめ》に降《ふ》つて来《き》た。

## 十三

「それでは先生《せんせい》、お前様《まへさま》もこゝで泊《とま》るとさつしやりまし。こゝがものゝ峠《たうげ》でがす。また何《なん》として隧道《トンネル》を見直《みなほ》さしやつて、お考《かんがへ》が違《ちが》うてから、通《とほ》る気《き》にならつしやるまいものでもないが、あとへ戻《もど》らつしやつては、又《また》のぼりでござりますで、ゆつくりお考《かんが》へなされましたが可《よ》うござりませう。」

技師《ぎし》は頷《うなづ》いた。

「御新姐様《ごしんぞさま》、あなたもまあゆつくりお休《やす》み遊《あそ》ばしたが可《よ》うございます。何《ど》の道半日《みちはんにち》か一晩《ひとばん》のことでございますから。」

番頭《ばんとう》の言《ことば》に、信乃《しの》は固《もと》より異議《いぎ》はない。駕籠舁《かごかき》も尻《しり》を据《す》ゑる。皆《みんな》が呼吸《いき》をついてゆつくりする。

案内《あんない》の親仁《おやぢ》は立懸《たちかゝ》つて、

「ぢやあの、婆《ばあ》さん、何《ど》の道不自由《みちふじいう》なは御承知《ごしようち》ぢやで、気《き》まゝに泊《と》めてあげさつせえ。」

多人数《たにんず》の旅客《りよかく》に炉縁《ろべり》を占《し》められて、腰掛《こしかけ》にも框《かまち》にも居《ゐ》たゝまらず、しかし珍《めづ》しい、きれいな女客《をんなきやく》と、うつくしい、うらわかい技師《ぎし》とに見惚《みと》れたので、納戸《なんど》にも引込《ひつこ》まず、店口《みせぐち》に踞《しやが》んで、あの緋縅《ひをどし》の鎧《よろひ》をかけた、煤《すゝ》けた柱《はしら》によつかゝつてつくねんと、先刻《さつき》から、あちこちのいひ分《ぶん》を、聞《き》いて黙《だま》つて居《ゐ》た婆《ばあ》さんは、いま親仁《おやぢ》が言《ことば》を聞《き》くと、居直《ゐなほ》つて前《まへ》へ出《で》た。からびた声《こゑ》で、

「まあ〳〵、お前様方《まへさまがた》は何《なに》をいはつしやる。此処《こゝ》さ、お前方《まへがた》、何処《どこ》だと思《おも》つてござらつしやる。かすがのゝ峠《たうげ》でござらあ。冬空《ふゆぞら》に此処《こゝ》へござつて、草臥《くたび》れたの、ゆつくりぢやの、泊《とま》らうのと、まあ、何《なん》たるこつたの。其上《それ》に見《み》さつしやい、此雪《このゆき》ぢや。休《やす》まうの、泊《とま》らうかといふ段《だん》かいの、あてこともないことを。このまた親仁《おやぢ》どのが、気楽《きらく》でござらあ。

内《うち》の納戸《なんど》を行《い》つたり、来《き》たりするやうに、通馴《かよひな》れて居《ゐ》る山稼《やまかせぎ》の男《をとこ》でさへが、一足《ひとあし》づゝ気《き》をつけて、渋《しぶ》ツ面《つら》で空《そら》を見《み》て歩行《ある》きますするわ。一時《いつとき》おくれると路《みち》が埋《う》もれてしまひますが、こゝで降籠《ふりこ》められたら雪籠《ゆきごめ》にあひますで、これが武生《たけふ》に居《ゐ》りや、福井《ふくゐ》へ帰《かへ》ることが出来《でき》ますなり、さきの大良《だいら》まで行《い》つてござれば、後《あと》は海辺《うみべ》ぢやで吹雪《ふゞ》いてから敦賀《つるが》へ何《ど》うなりとして参《まゐ》られまする。此《こ》の峠《たうげ》で閉《と》ぢられては、さきは十二社《さう》まで二里《り》半《はん》の山中《やまなか》なり、あとは武生《たけふ》まで三里《り》十町《ちやう》の坂道《さかみち》なり、あとへもさきへも行《ゆ》かれませぬで、来年《らいねん》の三月彼岸前《さんぐわつひがんまへ》にならいでは、私《わし》がこの小屋《こや》から里《さと》へ生《うま》れて出《で》ることがなりませぬぞ。一昨日《をとゝひ》から今朝《けさ》まで二晩《ふたばん》、昨日来《きのふき》さつしやつたなら半《はん》日《にち》と一晩《ひとばん》、昨夜《ゆうべつ》着かつしやつたら今朝《けさ》までよ、それだけなら泊《と》めましたのでござるけれど、見《み》さつしやれ、この降《ふり》ぢや。これでは半日《はんにち》も覚束《おぼつか》ない。さきほどからお前様《まへさま》がた、平気《へいき》で茶《ちや》を参《まゐ》つたり、煙草《たばこ》を吹《ふ》かしたりしてござらつしやる。やれも〳〵心《こゝろ》ない人達《ひとたち》ぢや、此年《このとし》まで生《い》きてゝさへ覚《おぼ》えて三度目《さんどめ》の大雪《おほゆき》に、何《なん》としたものであらうと、私《わし》は気《き》が気《き》ぢやござりませなんだが、お懐《なつか》しい、また多日人様《しばらくひとさま》にお目《め》にかゝられまい、雁《かり》を抱《だ》いて寝《ね》ることか、しばらくでも恁《か》うやつて賑《にぎや》かにして居《を》りたさに、つい申《まを》さずにをりましたが、お泊《とま》りなどゝは思《おも》ひも寄《よ》りませせぬ。一時《いつとき》もはやく立《た》たつしやれ。駕籠《かご》の衆《しう》も素人《しろうと》ぢやの、第一親仁《だいいちおやぢ》どのが何《ど》うしたものぢや。」

と、すつきりと云《い》はれて、口籠《くちごも》つた親仁《おやぢ》は慚悔《ざんくわい》の体《てい》で、

「いや。」

「いやぢやござりませぬ。さ、ちやつと、何方《どちら》へなり早《はや》くたゝつしやりまし。あれ〳〵、日中《ひなか》に鶏《にはとり》が鳴《な》きまする、お名残惜《なごりをし》い、なんまみだ〳〵。」と口中《こうちう》に誦《じゆ》して、婆《ばゞ》は愁然《しうぜん》と眼《め》を瞑《ねむ》つて、黙々《もく〳〵》として冷灰《れいくわい》のやうになつた。

「親仁《おやぢ》、」と、駕籠舁《かごかき》どもは一斉《いつせい》にいつて、きづかはしげに親仁《おやぢ》を見《み》た。親仁《おやぢ》は穏《おだやか》ならぬ顔色《がんしよく》で、

「違《ちげ》えねえ、まつたくだ。」

「さあ、来《き》た、はじまつた〳〵。」と手代《てだい》は忙《いそがは》しさうに身《み》を起《おこ》す。善助《ぜんすけ》は慌《あわ》てた状《さま》で、つか〳〵と寄《よ》つた。

「御新姐様《ごしんぞさま》、親御《おやご》が御大病《ごたいびやう》でおいで遊《あそ》ばす、もとへお引返《ひつかへ》しなさりますわけにはまゐりますまいが。」

「あゝ。」

「それだと早《はや》くたちませんでは。」

信乃《しの》は得堪《えた》へない色《いろ》で深《ふか》く頭《かうべ》を垂《た》れた。技師《ぎし》は仰《あふ》いで胸中《きようちう》の苦《く》を忍《しの》んで居《ゐ》る。

信乃《しの》は顔《かほ》をあげて、覗《のぞ》くやうに技師《ぎし》を瞻《みまも》つて、

皆黙《みんなだま》つた。

「あなたはお急《いそ》ぎではないの。」

「私《わたし》も急《きふ》なんです。」

「それでは参《まゐ》りませう。」と、信乃《しの》は意《い》を決《けつ》したやうである。

信乃《しの》の先刻《さつき》の様子《やうす》といふものが、たゞ盲人《めくら》がさきへ通《とほ》つたといふから、いやなものと道《みち》で一所《いつしよ》にはなりたくない、とばかり好嫌《すききらひ》をする、単《たん》にわがまゝでいつたやうな、さやうな軽々《かる〴〵》しいのではなかつた。

更《さら》に技師《ぎし》が隧道《トンネル》を危《あや》ぶんだのは、其安否《そのあんぴ》を疑《うたが》ふといふやうなことではない。一歩《いつぽ》でも踏込《ふみこ》めば自分《じぶん》の生命《いのち》を奪《うば》はれるのが何《なに》かの因縁《いんねん》にでもなつて居《ゐ》るかのやうに、それほどまでに其危険《そのきけん》を信《しん》じて居《ゐ》るので、いまこれを諾《だく》するとすれば、死《し》を決《けつ》するのである。否《いな》、たゞ死《し》を決《けつ》するといふ容易《たやす》いのでない。決心《けつしん》は最後《さいご》の策《さく》で、何等《なんら》か万一《まんいち》といふはかないながらも望《のぞみ》はあるが、底《そこ》の無《な》い船《ふね》であらしの中《なか》を佐渡《さど》が島《しま》へこぎ出《だ》すのだといつた隧道《トンネル》を通《とほ》るのは、何《なん》の事《こと》はなく、死《し》に赴《おもむ》くといふものである。

それほど大事《だいじ》なことだのに、唯一言《たゞひとこと》さそはれたゝめに、忽《たちま》ち其色《そのいろ》の動《うご》いたのは蓋《けだ》し怪《あやし》むべきことではないのか。技師《ぎし》は顔《かほ》の色《いろ》をかへながら、呼吸《いき》ぐるしい、おもい調子《てうし》で、

「参《まゐ》りませう。」と、いつて、真蒼《まつさを》になつた。

## 十四

「番頭《ばんつ》さん、何《ど》うしたんです、番頭《ばんつ》さん。」

真先《まつさき》に立《た》つた番頭《ばんとう》は足《あし》をすくめた。多計《たけ》と千《せん》、其背後《そのうしろ》に続《つゞ》いて、空駕籠《からかご》はあとから来《く》る。番頭《ばんとう》は前途《ゆくて》をすかしながら、退《すさ》つて隧道《トンネル》の口《くち》にためらひ、

「待《ま》て、心持《こゝろもち》が何《なに》か変《へん》だわえ。多計《たけ》どん、まあ、急《せ》くな。茶店《ちやみせ》を出《で》る時《とき》はたゞあわたゞしいので、何《なん》の気《き》もつかなんだが、此真暗《このまつくら》な薄《うす》ら寒《さむ》い穴《あな》へ面《めん》と向《むか》つたら些《ち》と怪《あや》しくなつたて。何《なん》ぢやろとをかしいぜ。考《かんが》へて見《み》ると、一番《いちばん》さき盲人《めくら》でけちがついたわ、御新姐様《ごしんぞさま》がぢぶくり出《だ》したわ。其《それ》上にあの技師《ぎし》とやらが一度《いちど》こゝへ来《き》て、又《また》あつちへ引返《ひつかへ》したのぢや。可《い》いか。まづそれこの処《ところ》が危《あぶな》いとして見《み》るか、此方《こつち》はあのまゝで休《やす》んで居《ゐ》りや何《なに》事《ごと》もなしぢや、また技師《ぎし》もよ、一度《いちど》引返《ひつかへ》したものを其《その》まゝにして置《お》けば、別条《べつでう》はなしで、まづそれまではものゝ知《し》らせで天道様《てんたうさま》のお助《たす》けといふものぢやて。其処《そこ》で、さきも此方《こつち》も見合《みあは》せることに極《きま》つたわ。そこへあの

婆《ばあ》さんが故障《こしやう》をいひ出《だ》して、それで到頭《たうとう》また出《で》かけることになつたは可《い》いが、けたいが悪《わる》いな。御新姐様《ごしんぞさま》も、技師《ぎし》も何《なに》か知《し》ら考《かんが》へて見《み》るとすべて影法師《かげぼふし》が薄《うす》かつた。あなたが行《ゆ》けば私《わたくし》も参《まゐ》ります、あなたが行《ゆ》くなら御一《ごいつ》所《しよ》に参《まゐ》ります、と何《なに》かいやなことを知《し》つてゞも居《ゐ》ながら、覚悟《かくご》をしていつたやうな口《くち》ぶりぢやての。第一鶏《だいいちとり》の声《こゑ》も変《へん》なり、婆《ばゞ》のお名残惜《なごりをし》いがいやなり、あのまたお念仏《ねんぶつ》も気《き》にくはぬ。して見《み》るとあの二人《ふたり》は何《なに》かそれ、この一《ひと》ツ穴《あな》で因縁事《いんねんごと》とでもいふやうなことではあるまいかさ。無《な》からう〳〵、そんなことがあつてはならず、またありもしまいが、こりや些《ち》と同時《いつしよ》に同一穴《ひとつあな》ン中《なか》は恐《おそろ》しい。なそれ、此方《こつち》へ来《き》てから気《き》のついたといふも、また定《さだ》まつた天命《てんめい》ぢやあるまいか。多計《たけ》どん、まあ〳〵、ともかくもこゝで立竦《たちすくみ》とやれ、何《ど》うぢやい。」

「えゝ! いやなことをいはあ、番頭《ばんつ》さん、ぞく〳〵するぜ。こいつあ、一足《ひとあし》もあるけやしない。」

「待《ま》て〳〵、幸《さいは》ひ松明《たいまつ》を持《も》つてさきへ入《はひ》つてるから、幽《かすか》に行前《ゆくさき》が見《み》えるわ。ずつと、あの二人《ふたり》が通《とほり》すぎて、むかうへ抜《ぬ》けるまで、こりや何《なに》がなしに見合《みあは》せることにしよう。」

と、異様《いやう》な顔色《かほいろ》で、震《ふる》へる足《あし》を踏固《ふみかた》めて動《うご》かないから、一筋道《ひとすぢみち》なり、一列《れつ》七人《にん》、ずらりと黒《くろ》い形《なり》で、雪《ゆき》のふりしきるなかに立停《たちどま》る。

真先《まつさき》の番頭《ばんとう》は、かゞんで、隧道《トンネル》の中《なか》をうかゞつて見《み》る。真暗《まつくら》の穴《あな》の中《なか》三十五間《けん》の半《なか》ばあたりでもあらう。薄紫《うすむらさき》の肩掛《シヨール》の後姿《うしろすがた》が、いま一団《いちだん》のあかりの中《なか》へぼんやり見《み》えた。人形《にんぎやう》だけの大《おほ》きさで頭上《づじやう》、左右《さいう》の崖《がけ》は水気《すゐき》を含《ふく》んで黒《くろ》いのに、あかりがさして、キラ〳〵と光《ひか》る。足許《あしもと》には此雪《このゆき》にも岩《いは》の点滴《てんてき》が落《おち》たまつて蒼《あを》くなつて颯《さつ》と走《はし》つて居《ゐ》る。藤色《ふぢいろ》の頭巾《づきん》の色《いろ》のやゝ黒《くろ》ずんだのがひつたり胸《むね》にくツついて細《ほそ》い手《て》で其肩《そのかた》を抱《だ》いた。技師《ぎし》は松《たい》明《まつ》を一《ひと》ゆり揺《ゆ》つて、頭高《かしらたか》く、ツとさしかざした。其火《そのひ》の岩《いは》にうつる中《なか》に、真黒《まつくろ》な外套《ぐわいたう》ですくつと立《た》つたのが、いま松明《たいまつ》をあげると穴《あな》の西《にし》の入口《いりぐち》を見返《みかへ》つた。薄紫《うすむらさき》の肩掛《シヨール》、藤色《ふぢいろ》の頭巾《づきん》と、黒《くろ》の外套《ぐわいたう》と、一《ひと》つになつた姿《すがた》があり〳〵と見《み》えて、松明《たいまつ》をあげて振返《ふりかへ》つた技師《ぎし》の顔色《かほいろ》は土気色《つちけいろ》である。と見《み》る時《とき》、わつといつた一列《れつ》七人《にん》の男《をとこ》は、真白《まつしろ》な雪《ゆき》の上《うへ》へ巨砲《きよはう》の口《くち》から射出《いだ》されたもの丶やうに哄《どつ》と投出《なげだ》されて算《さん》を乱《みだ》した。
山《やま》が暗《くら》くなつて、けたゝましい鶏《とり》の声《こゑ》。

# 「澁澤龍彦　泉鏡花セレクション」誕生秘話

桑原茂夫

一九七一年末に刊行された「別冊現代詩手帖・泉鏡花特集号」（奥付では一九七二年一月一日発行）が新しい鏡花ムーブメントのきっかけとなったのは、間違いのないところだが、その折にはあまり知られていなかった、澁澤龍彦さんと三島由紀夫さんの対談（一九六九年一月、中央公論社版『日本の文学第4巻　尾崎紅葉・泉鏡花』月報所収）こそ、それまでの鏡花評価を根底からあらためる起爆剤になっていたことも、またたしかなことである。私が「別冊現代詩手帖」を企画するにあたって、この対談はとてつもなく大きな後押しとなった。

それまでの鏡花は、私の不勉強のせいでもあるが、どちらかというと新派が上演する作品の範疇に押し込まれていて、この対談で言及されている「山吹」や「天守物語」「春昼」「眉かくしの霊」といった幻想的な作品に親しむ機会などほとんどなかった。岩波版の全集はなかなか入手できず（絶版だった）、河出書房版の『現代文豪名作全集・泉鏡花集』（一九五三年）といった古書を頼りにするしかなかった。

そんな時代だったから、「別冊現代詩手帖・泉鏡花特集号」を刊行した後も、作品そのものを読むことのできる企画を、と思うのは当然のことだった。雑誌編集の時からずっと親しくさせていただいていた泉鏡花の姪で当時は著作権継承者でもあった泉名月《なつき》さんも、なんとかしなければと、じりじりしていたようで、私が學藝書林という出版社に移籍するとほぼ同時に、「泉鏡花作品集」の企画・刊行を持ちかけたとき、二つ返事というか、むしろ勢い込んで、やりましょう、ぜひ！　という反応を示してくれた。

ここで、泉名月さんのことにあらためてふれておかなければならない。

名月さんのお宅は神奈川県逗子市にあり、母親のサワさん（泉鏡花の弟、斜汀の奥さん）と一緒に暮らしていた。お住まいの奥に、渡り廊下を挟んで、鏡花関連のモノやホンが大切に保存・管理されている、特別の部屋があった。鏡花がひっそりと息づいているかのような雰囲気が漂う部屋で、もっぱらこの部屋（ひそかに「鏡花の間」と呼んでいた）でさまざまなお話をうかがったのだが、ふと気づくと、名月さんの独特の言葉遣いや、ちょっとした仕草などに、鏡花作品のヒロインと重なるところがあった。それもそのはず、名月さんは鏡花亡きあと、鏡花との劇的な出会いなどで知られるすゞ夫人のもとに養女として入り、すゞ夫人に、なにからなにまで徹底的に仕込まれていた。つまり名月さんは泉鏡花と日常を共にしていたすゞ夫人そのひとでもあったのである。その名月さんが「泉鏡花作品集」に乗り気になってくれたのである。心強いかぎりであった。

企画としては、全七巻ほどで、作品の選定から解説まで全体の編集を、澁澤龍彥さんと種村季弘さんにお願いして、語注などを、当時角川書店版『日本近代文学大系・泉鏡花』の注釈を執筆していた鏡花研究家の三田英彬さんと、まだ学生でありながら東京大学で鏡花研究会を主宰していた脇明子さんにお願いすることになった。

ちなみに「別冊現代詩手帖」編集の折、澁澤さんに原稿を依頼したのは当然だが、鏡花のことを書く先約があって、それをないがしろにするわけにはいかないので、といういかにも俠気のある澁澤さんらしいご返事をいただきあきらめていた。それからおよそ二年の時を経て、ようやく澁澤さんが鏡花と向き合う現場に立ちあうことができたわけである。

さて、最初の編集会議は逗子の名月さん宅。もちろん件の「鏡花の間」で行われた。談論風発、各々方がそれぞれの鏡花イメージを描きだす、実り多い会議だった。そして次回の会議までに、澁澤さんと種村さんがそれぞれの候補作品をリストアップし、それを基に詰めていくことにした。

かくして、お二人から原稿用紙に記されたリストをいただくことになるのだが、澁澤さんからいただいたリストには、大正期以降の作品が少なく、これはあくまでも第一稿であることを念押しされた。

それでも、種村さんのリストと重ねると、新しい鏡花イメージの誕生を予感させる、大胆で刺激的なものだった。すぐにこれをコピーして、二回目の編集会議に臨んだ。

澁澤さんはリスト第一稿には記載しなかったものの、気になっている作品について、脇さんたちに率直な質問を重ねながら、リストを完成させていった。種村さんは、そのやりとりを聞きながら、ご自分のリストに修正を加えるなどして、けっきょくこのときの編集会議で、ほとんど構成原案ができあがった。あとはこちらで整理しながら、ページ計算などをして、次の編集会議に最終案を提示するという段階まで、話は一気に進んだ。

ところが、その最終案の作成中、とんでもない事態が出来した。

名月さんからの電話で、全集を出していた版元が突然、全集を再版するから作品集企画を取りやめるように言ってきたというのである。それが突然のことであるのは、著作権継承者である名月さんの、この作品集にかけた意気込みからも明らかで、名月さんの悔しがること。私としても啞然呆然である。しかし、著作権継承者の名月さんが、この企画はあきらめてくれというので、手の打ちようもなく、澁澤さんたちにはひたすら謝って、断念するしかなかった。

ただこの企画が私の与太話だったのかと思われるのも癪だし、あえて大げさに言えば歴史を歪めることにもなるので、そのまま放っておく気はなかった。幸い私の手元に、お二人の候補作品を記した原稿がしまってあったので、自分の個人誌で澁澤さんのことを書く機会に、これをそのまま複写掲載したところ、旧知の編集者・礒崎純一さんの目に留まり、幻の企画が、幻に消えることなく、あっという間に現実のものになったという次第である。

つまりこの選集は、今は鬼籍に入られた澁澤龍彥さんだけではなく、泉名月さん、種村季弘さんたちの鏡花に対する揺るぎのない敬意・熱意も、ぎっしり詰まっている「本」なのである。

# 解説

山尾悠子

今からほぼ半世紀前、泉鏡花再評価の機運高まる一九七〇年代初め、澁澤龍彥・種村季弘二名の共同編纂による泉鏡花選集の企画があった。その存在および幻の企画に終わったという経緯がこのたび初めて公にされた。詳しくは当事者のひとり、桑原茂夫氏の懇切な文にあるとおり。桑原氏により保存されていた澁澤自筆の鏡花選集案リストも併せて公開され、そして今ここに国書刊行会版『澁澤龍彥　泉鏡花セレクション』全四巻発刊の運びとなった次第である。

改めて澁澤リストを掲げる。これは岩波書店版鏡花全集（当時の初版では全二十八巻）の巻立てに沿ったリストとなっている。各巻の作品の収録順、また作品名と巻数の合わない箇所を微修正した。

泉鏡花　作品　澁澤龍彥選

巻一　活人形　夜行巡査
巻二　外科室　化銀杏　紫陽花　照葉狂言
巻三　龍潭譚　X蟷螂鰒鉄道　化鳥　さゝ蟹　清心庵　なゝもと桜　髯題目　玄武朱雀
巻四　蛇くひ　山僧　笈摺草紙　黒百合　星あかり　鶯花径　通夜物語
巻五　幻往来　名媛記　高野聖
巻六　式部小路　裸蠟燭　処方秘箋　蠅を憎む記
巻七　お留守さま

巻九　千鳥川　海異記
巻十　春昼　春昼後刻
巻十一　草迷宮　沼夫人
巻十三　酸漿
巻十四　貴婦人　夜釣
巻二十二　眉かくしの霊
巻二十三　貝の穴に河童の居る事
巻二十六　海神別荘　紅玉　天守物語　山吹　戦国茶漬

偏りの大きいリストであることは見てのとおり。桑原氏の説明にあるように、この澁澤リストは仮の初回案に過ぎないもので、特に鏡花全集後半は未だ精読はしていない（戯曲作品のみ例外として）とのエクスキューズつきであったとか。ここから澁澤・種村合同の編集会議で揉まれる前提であったのだからべつだん不都合はないわけで、そして見方を変えるならば、いっさい忖度なし、ストレートにして純粋な〈澁澤好み〉のリストアップがまさしくこれであったとも言えるのではないか。ヴァリアントは往々にして初回のそれがもっとも自己に忠実な良い出来であったりするものだ。

いっぽうの編者・種村季弘による鏡花セレクションならば、九〇年代になってからのちくま文庫版『泉鏡花集成』全十四巻という完成品がある。各巻末には意を尽くした種村解説も付いている。

澁澤・種村没後の索漠たる世界となった現在、いま望まれるのは澁澤セレクトによる鏡花選集である。遺されたた澁澤リストを見れば、偏りが大きいこと以上に数多くの魅力的な謎を孕んでいるようにも思われる。いかにも澁澤好みと誰もが頷く作も多ければ、意外なマッチングの選択もあり、また何故これを澁澤がと不思議に感じられるものも少なくはない。「半世紀も昔のほんの下書きのリスト、何を書いたか忘れてしまったよ」と泉下の氏には苦笑されてしまいそうであるが、それでも鏡花と澁澤龍彥、相対する二者の魅惑は互いに響きあい、興趣は尽きない。おぼつかぬことながら謎の一端なりとも追っていければと思う。

＊

澁澤リストは年代順。しかし『澁澤龍彥　泉鏡花セレクション』全四巻においては分量と読みやすさを第一に考え、適宜取り混ぜて配置することとなった。各巻のタイトル『龍蜂集』『銀燭集』『新柳集』『雨談集』は版元国書刊行会が選択決定したものであり、それぞれ大正時代の鏡花本、すなわち小村雪岱装丁・春陽堂発行の袖珍本の題名である。

さて、新たに意匠を凝らして出発する本セレクションであるが、全四巻にわたって触れるべき事柄は多く、充分な解説役が務まるものか責任は重い。しかし再度繰り返すことになるが、澁澤龍彥・種村季弘共同編纂による鏡花選集とはまた見事な企画もあったもので、両者の個性のせめぎあいもまた見どころのひとつ。不運にも実現しなかったとは誠に残念なことである。ちくま文庫版『泉鏡花集成』解説を見れば博覧強記の種村らしく、鏡花博物誌といわんばかりに豊富にして十全な知見卓見を尽くしたものとなっている。比べて澁澤の鏡花エッセイ類は少数精鋭・一点豪華主義というのか、自らの個性と響きあう部分を深く豊かに掘り下げたものが目につくようである。たとえば『思考の紋章学』所収、「草迷宮」をめぐる伝説的名エッセイ「ランプの廻転」のように。

澁澤の遺した泉鏡花に関する文章・対談としては次のようなものがある（数字は発表年月、カッコ内は言及のある作品名）。

六九年一月　「鏡花の魅力」三島由紀夫との対談（「山吹」「天守物語」「日本橋」「春昼」「眉かくしの霊」「酸漿」「高野聖」「黒百合」等）
七一年五月　『暗黒のメルヘン』アンソロジー解説（「龍潭譚」）
七一年五月　「吉村博任『泉鏡花——芸術と病理』」書評（「春昼」「春昼後刻」「星あかり」「眉かくしの霊」「蠅を憎む記」等）
七二年九月　『変身のロマン』アンソロジー解説（「高野聖」）
七二年十二月　『幻妖』アンソロジー解説（「天守物語」）
七五年十月　『思考の紋章学』所収「ランプの廻転」（「草迷宮」）
七八年九月　「化けもの好きの弁　泉鏡花『夜叉ケ池』公演に寄せて」（「夜叉ケ池」）
八一年十月　「天上界の作家」三島由紀夫との対談をめぐるエッセイ（「山吹」「草迷宮」「春昼」「春昼後刻」等）
八一年十一月　『城　夢想と現実のモニュメント』所収「城Ⅲ」（「天守物語」）
八四年四月　「『夜叉ケ池・天守物語』解説」（「夜叉ヶ池」「天守物語」）

もっとも古い三島対談は七〇年代の鏡花再評価ムーブメント直前のことで、当時エポックメイキングなものとして鏡花ファン・研究者からも注目を集めたとか。そして時は流れて八七年八月、惜しくも澁澤逝去。七〇年代初めの澁澤リスト作成以後、鏡花後期作品に関して新たに触れた文章というものはない。唯一、「天上界の作家」のなかで、最晩年の作「縷《る》紅新草《こうしんそう》」への三島発言に同意する箇所が見られるくらいだろうか。

鏡花後期作を澁澤が読むに至ったのか否か判然とはしない。が、さいしょから厳然と完成されていた〈澁澤好み〉は、結局さいごまで小ゆるぎもしなかったようにも見受けられる。こうなれば、我われはその指し示すところに何があるのか見つめるだけでよいのではないか。

本書、『澁澤龍彥　泉鏡花セレクション』第Ⅰ巻にはいきなり鏡花最重要作のひとつ「春昼《しゅんちゅう》」「春昼後刻《しんちゅうごこく》」が登場し、また三島対談で互いにもっとも話が盛り上がったという異色の戯曲「山吹《やまぶき》」、鏡花晩年期からの数少ない収録作「貝の穴に河童の居《い》る事」、なぜ選ばれたのか余人には理由がわかりかねる無名の小品やら、どうやら澁澤偏愛の対象であったと思しい最初期作のあれこれなど、一冊のうちにバリエーション豊かに多数収められている。それらのすべてに言及することはなかなかたいへんであるが、まずは順番に〈初期鏡花問題〉について。——澁澤リストの特に岩波全集版巻三・巻四からのリストアップ数の多さ、突出したアンバランスさ。これはいったい何事なのか。

## 「清心庵」「お留守さま」「鶯花径」

「僕は『照葉狂言《てりはきょうげん》』を最初に読んだんですよ。ものすごくロマンチックで、あれでまいりました」——三島対談での澁澤はこのように語っている。〈ファースト鏡花〉が何であろうとたいした問題でもなかろうが、個人的感覚だけを言うのなら、ごく普通に「高野聖《こうやひじり》」や「歌行燈《うたあんどん》」、「眉かくしの霊」から入るのとはやはり少し違うように思えなくもない。

本セレクションでは第Ⅲ巻収録予定の「照葉狂言」であるが、これは岩波版全集巻二所収の鏡花最初期文語体小説のひとつ。続く巻三の「龍潭譚《りゆうたんだん》」、「清心庵《せいしんあん》」（明治三十）、「化鳥《けちよう》」あたりを境にいよいよ鏡花は文語体から口語体へと移行を始めることになるが、この時期の鏡花は何といってもたいへん品がよい。この時期だけに限ったわけではないが、〈観念小説〉と呼ばれた「夜行巡査《やこうじゆんさ》」、「外科室」（明治二十八）の頃の生硬さはすっかり薄れ、たとえば「清心庵」の主人公の母親が世を儚むに至る「お〻、寒《さむ》、寒《さむ》」との老尼の独言のくだりなど、具体的でありつつひたすら品がよい。「われは嘗《かつ》てか〻る時《とき》、か〻ることに出会《いであ》ひぬ。母上《はゝうへ》か、摩耶《まや》なりしか、われ覚《おぼ》えて居《を》らず、夢《ゆめ》なりしか、知《し》らず、前《さき》の世《よ》のことなりけむ。」――「清心庵」掉尾の有名なこの文を澁澤もまた愛したのかと、好もしく想像される。

　ところで澁澤リストで驚くことのひとつに、巻七の「お留守さま」（明治三十五）があるのではないか。まったく無名の小品であり、同巻の重要作「薬草取《やくそうとり》」を差し置いて選ばれる理由がどうにもわからない。強いて言えば「清心庵」別バージョンとでもいうのか、若い男女がひとつ部屋で寝ても心配はないと傍目が認めるという共通の箇所がある。九歳で母を亡くした鏡花の母恋いテーマは有名であるが、あるいはこのように親密なイノセンス状態が澁澤好みであったのだろうか？「鶯花径《おうかけい》」（明治三十一）などは母恋いでもかなり錯綜しており、冒頭書き出しの「松《まつ》は、あれは、――彼《あ》の山《やま》の上《うへ》に見《み》えるのは、確《たしか》にあれは一本松《いつぽんまつ》。」といういかにも不思議な口調、そして「化鳥」とまったく同様の結文が印象に残る。が、この項は後続巻の「龍潭譚」「化鳥」で再びということに。同様に、「照葉狂言」と同時期の〈金沢もの〉の再話めく「名媛記《めいえんき》」（明治三十三）や、最初期作の「紫陽花《あじさい》」（明治二十九）についても後続巻にて。

## 「星あかり」「笈摺草紙」「裸蠟燭」「X蟷螂鰒鉄道」「千鳥川」

さるにても鏡花は天才、とは三島由紀夫の言。のちの作家たちが苦心惨憺行なったことがらを、鏡花は何の苦もなく易々と成し遂げた、といった評は他にも多々存在し、しかし文語体から口語体へ移行する時期の鏡花を見れば、いかに天才といえども試行錯誤の跡はうかがわれる。明治三十年代、世の作家たちと時を同じくして文語から口語へ――小説の近代化への激変期であるが、鏡花は少年の一人称という形式で初めての口語体小説「化鳥」を書き、また文語体に戻り、そののち「なゝもと桜」から本式に口語体となっている。そしてそこからさほど経たないうちに、いきなり〈人称代名詞抜きの一人称小説〉という奇態な手法で「星あかり」(明治三十一)を書いているが、これなど感覚としては実験小説に近いのではないか。内容的には「春昼」「眉かくしの霊」にも繋がる自己像幻視、ドッペルゲンガーを扱ったもので、のちの怪談嗜好を伺わせるものであるのだが。

そして同時期の絢爛たる「笈摺草紙《おいずるそうし》」(明治三十一)。「照葉狂言」のロマンを愛した澁澤がこれを選んだことは納得できるとともに、何やら嬉しくなることである。江戸邸より都落ちするあどけない娘姿の道中は、さながら極彩色の錦絵のよう。「件《くだん》の二尺《しやく》ものゝ羽子板《はごいた》で、曲《きよく》づきをやつて、一度《いちど》つきあげたのを片膝《かたひざ》も立《た》てないで半日《はんにち》落《おと》さず」「或《あるひ》は二百枚《まい》まいた歌留多《かるた》を読《よ》みながら取《と》つて、五人《にん》の車《くるま》がゝりを単身《みひとつ》で突崩《つきくづ》したことも」と多々艶やかに描出される主人公〈紫〉の過去であるのだが、さてこの明治三十一年作の古めかしい短篇小説、わずか半日ほどの出来事を描きつつ、複雑に折り畳まれた回想の語りを自在に駆使しているのだ。未だ近代小説夜明けのころというのに、技術面だけを見てもどれだけ時代に先駆けているのかと驚くばかりで、中身の美意識は通俗といえば通俗。しかし天才がこれを書いた、ということだろうか。

鏡花の天才ぶりにはいちいち驚いてもいられないが、基礎となる文学的素養は耳から得た草双紙の語りというだけあって、目が醒めるようにアクロバティックな〈小説の落としかた〉を頻々と披露していることも。するするすとんと小説の語りが決まって終わる、と読者はすっかり腑に落ちて、気がせいせいするような。「裸《はだか》蠟燭《ろうそく》」（明治三十三）なども採られた理由がわかりかねるもののひとつだが、見どころはやはり語り口、さいごの〈落としかた〉の堂に入った上手《うま》さだろうか。ところで、澁澤リスト大量採用があった初期作で残念ながら採られていない「山中哲学《やまなかてつがく》」（明治三十）という作があって、これのラストなども〈ただ一行のカタストロフ〉で小説が終わるというめざましさでもって印象深い。ついでながらこの短篇、鄙びた茶屋を描写する自然体の見事な文が漱石の「草枕」に影響を及ぼしたのでは、との研究者の指摘もあるほどで、文体の研鑽の跡はこんなところにも見られるのである。わざわざこの作に言及する理由はまたのちほど。

さて漱石と同様、鏡花と交流があった同時代の文学者たちのひとりに樋口一葉がいる。直接の交流は淡いものだったようだが、鏡花にとっては誰より才能をつよく意識する同世代の相手（一葉がひとつ年上）であったことだろう。明治二十年代終わり頃は小金井喜美子、若松賤子ら多くの女性作家がいちどきに登場し注目を浴びた時期であり、なかでも高評価を得ていたさなかの一葉の急逝は二十九年十一月。鏡花の「X《えっきす》蟷螂《かまきり》鰒鉄《ふぐてつ》道《どう》」（明治二十九）発表はまさにその直後で、影響や関連があるともないとも言えない微妙なタイミングなのである。それにしても、女性作家という最新の存在を題材とするにあたり、零落した友人との相克という構図を持ち出すとは目のつけどころが風変わりであるのだが、そもそも社会の底辺層へと目を向ける傾向は「夜行巡査」以来の〈観念小説〉、すなわち社会派問題小説の系統にあるもの。であるにしても、困窮する高学歴女性の精神的苦痛を何より重視する目が当時の鏡花にはすでにあったということになる。ということで「千鳥川」(明治三十七)にも触れることにするが、そろそろ活動中期に差し掛かる時期のこの短篇、鏡花の女性全般に対する珍しくも明るい全肯定感があって、読後感がたいへんよい。そしてむろん、これらの作を特に選んだ選者の目もまた好もしいのである。

## 「春昼」「春昼後刻」

初期鏡花は何しろ品がよい、とはむろん大雑把な言いかたであって、「蛇くひ」(明治三十)その他の薄気味わるい作、無残絵の血なまぐささの系統も絶えず暗い水脈のように存在した。「人《ひと》は怯《か》うふことから気《き》が違《ちが》ふのであらう。」で終わる「星あかり」なども相当なものだが、さて初心研鑽の時期を過ぎて、いよいよ問題の「春昼」「春昼後刻」(共に明治三十九)へ。

「もし鏡花作品のベスト・テンを選ぶとすれば、さしあたって私のぜひ入れたいと思うものには『草迷宮《くさめいきゅう》』と『春昼』および『春昼後刻』があるが」――このような澁澤本人の発言があるように、フェイバリット中のフェイバリット。「春昼」「春昼後刻」は鏡花最高傑作と賞賛する評者もあり、〈海は真蒼な酒のよう、空は緑の油のよう〉と息苦しいほど濃密に綴られる春の描写には世の定評がある。のちの佐藤春夫「田園の憂鬱」に通じるとの評も多い、悩ましい心象風景の世界なのである。

「私は名作『春昼』のなかの、物語の男の分身の登場する、あの妙にノスタルジックな、笛太鼓の囃子の音の聞える、山の谷間の祭の舞台の場面を初めて読んだ時の、ぞっとするような異様な感動を、今でもありありと想起することができる。いや、読み返すたびに、初読の印象と全く同じ強烈さで、この感動は何度でも私の心に甦るのである。それは単なる恐怖というのではなく、前世とか、既視感《デジャ・ヴュ》とかいった、何かしら神秘の情緒

と結びついた、言うに言われない悲哀の情緒に近いものでもある。」(「吉村博任『泉鏡花――芸術と病理』」書評)

この澁澤本人の文をもって本作への言及は終わりとすればよいのだが、ヒロイン玉脇みをの〈絶妙な変さ〉について少しだけ。尊いほどの美女というのに、盛装に海水帽、浴衣に金鎖、ときに服装が少しだけ変。〈傍を通った男の気《け》に襲われ〉〈幽にぶるぶると肩が揺れ〉てみたり、女装紛いの夫の友人たちに引き立てられる図はまるで完全に静止した無残絵のよう。あられもない痴話もどきの電話の肉声のみが――まるで空中に印字されるような不自然さでもって――克明に記録され、それでも「夢《ゆめ》てふものは頼《たの》みそめてき」「水《みづ》の底《そこ》をもかつき見《み》てまし」の古歌二首が彼女の品格をしっかりと支える。○△□の夢うつつの恋に陥る女であるが、その描きかたが〈絶妙に変〉というのは時代にも合わないことで、やはり天才の仕業というべきだろうか。「笈摺草紙」のころの安定の通俗美からはすでに遠いところまで来ているが、ここから「山吹」の〈世間へよろしく〉まであと少し。

## 「山吹」「紅玉」「酸漿」「貝の穴に河童の居る事」

「澁澤さんが「山吹」を褒めてくれたのは嬉しいな。僕は今まで「山吹」を読んでいる人に会ったことがないんだ」――三島由紀夫をしてこのように喜ばせた、鏡花をめぐる澁澤・三島対談。この発言の少しまえには、「澁澤さん、鏡花の芝居は嫌いですか。「天守物語」なんか」「あれは最高傑作ですね」と即答のやり取りもあって抜かりはないが、それにしても対談中でもっとも愉快に盛り上がったのは「山吹」(大正十二)をめぐってのことだった、とはさすが端倪すべからざる異能者たちの対話なのである。

鏡花の戯曲は基本的にどれもシュールレアリスム、と澁澤は言う。俗世に絶望した名流夫人が醜い人形遣いの老人を打ち据え、腐った鯉を喰らいつつ「世間へ、よろしく」「御機嫌よう」と彼岸へ退場する「山吹」といい、ほとんどアニミズムの世界の「紅玉」（大正二）といい、〈芝居には鏡花のより本質的でなまなものが出る〉といううちでも出色の二作というべきか。俗世に絶望した人妻、すなわち幻の恋に感応してくれる男が見つからなかった玉脇みをといったところだろうが、鞭打ちに腐った鯉、心中の代わりに過激な彼岸へと突き抜ける舞台上のテロリストぶりがいっそ爽快なのである。

件の対談では「酸漿《ほおずき》」（明治四十四）も話題となり、澁澤が粗筋をなぞって聞かせると「ああ怖い」と笑って喜ぶ三島、という場面もあった。上演不能と思われていた「山吹」がのちに舞台化された（一九八〇年）のはこの対談の影響だったのでは、と澁澤は満足げに回顧しているが、さらに風変わりな「紅玉」のほうは意外にも大正二年の発表後すぐに上演されている。鳥に扮した侍女たち等の着ぐるみ姿が大正の童話趣味に叶っていたのかも、と思うものの、童話雑誌『赤い鳥』創刊と本格的な童話ブームはこののちのことであり、時代に先駆けた感覚であったと言えるのかもしれない。ちなみに今では人気演目となっている「天守物語」の初演は昭和二十六年で、昭和十四年没の鏡花生前の上演はなかったことになる。双璧の有名作と言える「夜叉ケ池」が澁澤リストから洩れている件については、これも後続巻にて。

さて「貝の穴に河童の居る事」（昭和六）、これなども鏡花晩年の境地を示す作として今でこそ有名であるが、当時は堀辰雄によるごく短い好意的な評があった程度。「酸漿」なども同様で、このように無名であった問題作に抜からず着目する澁澤の慧眼はやはりたいしたものなのである。にしても、清浄さが底にあった頃の初期鏡花、幻妖怪奇の世界に親しむ鏡花、血みどろであったり狂気すら孕む鏡花、さまざまな鏡花についての澁澤発言があるなかで、後期作品への言及が何もないのはやはり寂しい。たとえば近年の再評価作となっている

「山海評判記《さんかいひょうばんき》」など、澁澤評はぜひ聞きたかったものだ。「貝の穴に河童の居る事」にしても、オノマトペ好きで知られた澁澤のこと。さいごの神韻縹渺たる河童と鵄の飛翔場面なども、老大家の枯淡の境地というより、豊饒にしてアナーキーな世界として大いに愉快がったことと妄想されるのだがどうだろうか。

## 「山中哲学」「外科室」

さて余計なことと知りつつ、本セレクション全四巻に各一篇ずつ〈おまけ〉の選を加えることになった。全集後半は精読していなかったという澁澤リスト、「海異記《かいいき》」（明治三十八）、「夜釣《よづり》」（明治四十四）のような怪談噺が入るなら、後期作で澁澤好みに合いそうな怪奇幻想作を参考までに足すのも悪くはないか。あるいは何故選から洩れたのか不審な作についての考察も、と編集サイドと相談した結果である。そして第Ⅰ巻のみ無理を言い、初期作にさらに足すかたちで「山中哲学」を。先にも少し触れたが、問題の巻三からは収録作のほぼ半分が採られているのに、これは採られていない。澁澤好みではなかったかと無念でならない。

さてこの作、発表当初よりどうも評判がわるい。同時発表の「髯題目《ひげだいもく》」がラストの爽快さもあってか好評だったのに対し、こちらは黙殺状態。のちの研究者からも、「草枕」に影響を与えた可能性もある文章だけが取り得の駄作と謗《そし》られたりしている。ところで、発表当時の「外科室」は「夜行巡査」「化銀杏《ばけいちょう》」等と同じく社会派問題小説と見なされたが、今では映画化もされ、〈一瞬見交わしただけの運命的な恋〉を描いた作として広く認知されている。同様に、「山中哲学」を単に山中遭難ものと読む読者は今ではいないのではないか。〈いま入れば必ず崩落する〉と予言された真っ暗な隧道《トンネル》、そこへ松明一本を手にして入った男女ふたりの姿を鏡花は鮮明かつ印象的に描出しており、肝《きも》は技師の顔いろの〈真っ蒼〉と〈土気色〉。そしてラストの一文もしくは二文でもって、無残にして一種甘美なカタストロフを現出せしめてしまう、そのような鏡花がたいへん好きだ。

そして何が言いたいかといえば、やはり澁澤龍彥本人が語る声をもっと聞きたかったということ。「清心庵」について、「笈摺草紙」「X蟷螂鰒鉄道」「千鳥川」等々について澁澤本人が語ることをわれわれは何も聞いていない。この作のここが、とさまざまに語る声を是非聞いてみたかったと、これは返らぬ繰言である。

●編集付記

一、底本には『鏡花全集』（昭和二年、春陽堂）を用い、諸版を参考にした。

一、「貝の穴に河童の居る事」は、『鏡花全集　巻二十三』（昭和十七年、岩波書店）を用いた。

一、今日の人権意識に照らして不当・不適切と思われる語句や表現については、作品の時代背景と文学的価値とに鑑み、そのままとした。

澁澤龍彥　泉鏡花セレクションⅠ

# 龍蜂集（りゅうほうしゅう）

二〇一九年一〇月二〇日　初版第一刷発行
二〇二〇年　七月一六日　初版第二刷発行

著　者　泉　鏡　花
編　者　澁澤龍彥
解説者　山尾悠子
装釘・装画者　小村雪岱
発行者　佐藤今朝夫
発行所　株式会社国書刊行会
〒一七四—〇〇五六
東京都板橋区志村一—一三—一五
電話　〇三—五九七〇—七四二一
ＦＡＸ　〇三—五九七〇—七四二七
http://www.kokusho.co.jp

印刷所　三松堂株式会社
製本所　株式会社ブックアート

ISBN978-4-336-06545-2